龙 旗 飘 飘　甲 午 谍 影

胡石英 题

龙旗飘飘
甲午谍影

天喜 盛海 著

人民东方出版传媒

东方出版社

责任编辑:姜　玮
责任校对:马　婕

图书在版编目(CIP)数据

龙旗飘飘:甲午谍影/天喜,盛海 著. -北京:东方出版社,2014.8
ISBN 978－7－5060－7609－8

Ⅰ.①龙… Ⅱ.①天…②盛… Ⅲ.①长篇小说-中国-当代　Ⅳ.①I247.5

中国版本图书馆 CIP 数据核字(2014)第 155806 号

龙旗飘飘:甲午谍影
LONGQI PIAOPIAO JIAWU DIEYING

天喜　盛海　著

东方出版社 出版发行
(100706　北京市东城区隆福寺街 99 号)

涿州星河印刷有限公司印刷　新华书店经销

2014 年 8 月第 1 版　2014 年 8 月北京第 1 次印刷
开本:710 毫米×1000 毫米 1/16　印张:23.25
字数:337 千字

ISBN 978－7－5060－7609－8　定价:39.80 元

邮购地址 100706　北京市东城区隆福寺街 99 号
人民东方图书销售中心　电话 (010)65250042　65289539

文眼看甲午　风云大不同

近几年，很少看长篇历史小说，似乎被连篇累牍的卖弄历史资料、宏篇玩弄文字和淘淘不绝的评说历史而吓的远离。

我是搞形象思维的，对于文学，真不敢妄加评点。可是读了《龙旗飘飘：甲午谍影》，禁不住给作者打电话，表达赞赏之意！除了赞赏他们小说文学性的精彩，更赞赏他们通过大量细腻的、具有典型历史特征的风土人情、民俗细节，活生生地塑造了众多历史人物。在我的眼前呈现了真实可信的历史画卷，就像那脍炙人口的《清明上河图》。

这部长篇小说是写甲午海战的，也不仅仅是因为其梗概多气的文字和深厚有致的情思，更主要的是因为这部小说观察甲午海战的视角让我多有所思。

与诸多写甲午海战，乃至写战争的作品不同，《龙旗飘飘：甲午谍影》在小说头尾状写战争场景，也在小说中间状写民间抗倭，甚至还引入"新史学"的视角，呈现李鸿章等的无奈，呈现北洋军人的无辜。但在我看来，这部小说的核心不在这里，既不在甲午海战的"第一战场"上，也不在甲午海战的"第二战场"上，而是另有深意藏焉。

大概正是由于这个原因，作者对诸多同类小说中浓墨重彩尽情挥洒的战争场景一带而过，而是拿出工笔细描的细致与耐心，一笔一画地描摹发生在北京城——偶尔涉及天津——的故事，而且以其生花之笔，将这烟云京华写得花红柳绿，写得莺歌燕舞，写得今夕何夕。在这烟朦胧月朦胧情朦胧思朦胧的氤氲意境中，京都风华尽收眼底。我们见识了京城权贵的雅致与气度，颓废与浮纨，可叹与可笑。

作者不吝笔墨刻写京华烟云，其实是为了呈现一种世风，一种世相——一种浮华的世风，一种堕落的世相。作者不遗余力地呈现斗鸡场所鸡飞狗跳的乱象，不遗余力地呈现厨师大赛食不厌精、脍不厌细的真相，不遗余力地呈现美人戏权贵的丑相。这一切，看似闲笔，实则是作者真正用力的地方，这些地方写活了，那种像病菌一样无处不在而又无法把握的世风才能昭然若揭，使读者身临其境，反思历史，警示现实。栩栩如生的人物个性，不得不让我们回首身边的人和事，嫉恨那些贪腐，醒悟中华民族的复兴！

正是由于作者的匠心独运，在跟随他们游历晚清京华烟云之时，我们不仅没有忘记千里之外的浩瀚大海，而是更切近地走向那片大海，更真切地看到那片原本蔚蓝的大海是怎样变成一片红色的海洋。那些仁人志士们的奋斗及其失败也才能格外逼真地浮现出来，也才能格外悲壮。

作者的匠心独运还提醒我们，不要忘记那片"红海洋"又是怎样在历史的推移中逐渐恢复了"蔚蓝"的主色调。作者的匠心独运更提醒我们，为了我们的海洋永远地告别"血红"，走向"深蓝"，我们应该培养怎样的"精英"，保持怎样的"士气"，尤其是应该呼唤怎样的"世风"！在甲午海战已经过去两个甲子的今天，这样的"匠心"更是难能可贵。

真所谓：文眼看甲午，风云大不同。

作者要我为书作序，我自感班门弄斧，诚惶诚恐。不过阅读以后的激情，使我斗胆为《龙旗飘飘：甲午谍影》作序，向读者推荐这部小说。

周寰

2014 年 7 月 15 日

目 录

引 子

　　1895 年 2 月 10 日，由于遭到东洋人多日围剿的北洋水师严词拒绝了东洋联合舰队司令的逼降，东洋人对北洋水师所困守的威海卫刘公岛发起了更为凶猛的水陆联合夹击，北洋水师腹背受敌，直打得浓烟蔽日、血腥四散，尸横战舰触目惊心。新一轮的混战令水师的军舰损失更加惨重，水师提督丁汝昌所在的靖远号中弹搁浅，北洋水师的旗舰定远号也已是伤痕累累弹尽粮绝。眼瞅着东洋舰队步步进逼，定远号却丧失了战斗力只能坐以待毙，为免被俘资敌，管带刘步蟾毅然决定忍痛炸船，他让值旗水兵降下龙旗，喊了两遍却无人应答。

　　"管带，他们都……"帮带许石山哽咽着说不下去。

　　刘步蟾抬头瞅着被炮弹炸断飘悬在半空的升降索不由得眼中噙泪，官兵们也都默默地垂下了头。

　　"我去！"水手杜海龙主动请缨。

　　没等刘步蟾回答，杜海龙已经借力软梯弹上了桅杆中腰，只两三下便窜到了桅杆顶部。大家似乎暂时忘记了仍身处炮火纷飞的战场，全神贯注地看着杜海龙。杜海龙刚取下那面已然千疮百孔的龙旗，一发炮弹正中桅杆底部，桅杆应声而倒，众人齐声惊呼，杜海龙却一个鹞子翻身从十几丈高的空中直落下来，稳稳地站在了地上，定远号官兵们悬着的心才算放下。

　　杜海龙将龙旗双手捧给刘步蟾，刘步蟾恭恭敬敬地接过龙旗小心翼翼地揣进怀里，随即命人将所剩火药全部集中到船的中部后令许石山带弟兄们弃船上岛。

　　"管带！您说过人在舰在，我们岂能做那贪生怕死之辈！"许石山誓死不从。

　　"管带！我们不走！"定远号上的官兵们异口同声，就连伤员都挺起了胸脯。

　　"弟兄们！"刘步蟾眼含热泪声音颤抖，"你们的心思我懂！身为管带我曾向皇上发过誓，舰在人在，舰亡人亡！但你们不能死！只有你们活着水师才有希望！今天定远号沉了，明日你们还有机会驾驭新的定远号，定远号定能复活！可是若你们死了，定远号就再也没有出头之日啦！"

定远号上的官兵们早已泣不成声。

"快走！"刘步蟾又一次严令许石山。

"管带大人！"许石山还想争辩。

"快走！否则军法处置！"刘步蟾抽出指挥刀怒目圆睁。

许石山只得命令水兵们放下舷梯，刘步蟾望着定远号上的官兵们扶持着伤员依依不舍地沿梯而下，缓缓地将指挥刀插入刀鞘，悲愤难抑，抽出佩剑就欲引颈自刎，寒气逼人的宝剑上"苟丧舰，将自裁"六个大字金光闪耀。幸亏杜海龙跟许石山手疾眼快将剑夺下，但刘步蟾的脖颈却已是殷红一片，许石山忙撕下衣衫替他裹住伤口。

"管带大人，药已点着，快撤！"杜海龙急催刘步蟾。

刘步蟾却死活不肯挪步，杜海龙没法，只得硬抱住受伤的刘步蟾跳进海中，许石山也赶紧抱着阿福犬随后跃下。

随着震耳欲聋的巨响，定远号顿时骨肉横飞火光冲天。刘步蟾在水中疯狂而绝望地瞪着已不复存在的战舰，壮硕的身躯竟抖动如风中的残叶，立时背过气去。

"管带大人！"许石山焦急呼唤。

"管带大人！坚持住！"杜海龙慌忙托住下沉的刘步蟾向海岸的方向游去。

此时炮声仍未停止，炮弹激起的水浪不仅阻挡着他们的行进，还不断把他们逼进更深的涌浪之中，直至离岸越来越远，冰冷的海水似乎也想将他们身上仅存的热量带走。杜海龙和许石山轮流扶持着刘步蟾，阿福犬也用头帮着顶起刘步蟾的身子，刘步蟾却越发神情恍惚。杜海龙和许石山已筋疲力尽，但海岸看起来却仍是那样遥不可及。杜海龙挣扎着抓住飘过来的一块浮木，用它担住刘步蟾的身体，不断鼓荡的海水却把刘步蟾怀中的龙旗带出来一截儿，看着在水中浮动、染了鲜血的龙旗一角，杜海龙不禁感慨万千，好似又回到了他第一次与龙旗结缘的那一天……

引子

3

一、风云突变

　　1894年6月，天刚微明，急促的马蹄声就踏碎了天津港码头的宁静，也惊扰了停泊在岸边的定远号巡洋舰的美梦。

　　身着官服、年逾古稀的李鸿章探身而出，虽然背部微驼，他高大的身躯依然显得鹤立鸡群。他伫立在庞大的战舰前默默地凝视着这艘号称当今世界最先进的铁甲舰……

1894 年 6 月，天刚微明，急促的马蹄声就踏碎了天津港码头的宁静，也惊扰了停泊在岸边的定远号巡洋舰的美梦。它昨日刚到天津进行例行的北巡和检修。两名夜间执勤的洋枪队员尚未换岗，他们红色的号衣在雾色中分外醒目。

"你听！"年轻些的队员机警地抬起头。

"听啥？"老些的队员兀自打着哈欠。

"马蹄声！"年轻队员竖起耳朵细听。

"定是你犯困听差了。"老些的队员萎靡地靠在船舷上打盹。

不料话音刚落就见两队骑兵护着一辆由四匹高头大马拉的洋马车疾驰而来，直奔通往军舰的铁梯。那马车全然脱胎于一品大员的官轿，顶部饰有四条金龙，红色真皮车身镶嵌金边，车身两侧各有两盏玻璃风灯在薄雾中眨着昏黄的眼睛，金色的车轮，膘肥体壮的枣红马，衬得整辆马车华丽高贵却又神秘诡异。

"什么人？"年轻的洋枪队员连忙举枪高喝。

老洋枪队员惊了一跳也迷迷糊糊手忙脚乱地举枪。

"混账！中堂大人驾到休得无礼！"为首的亲兵跳下战马迅速冲上铁梯亮出腰牌。

"中堂大人？"年轻的洋枪队员有些发懵。

老洋枪队员闻听立刻瞪大眼睛瞅着为首的亲兵，见他青布包头身穿紫衣，裤脚竟有两尺多宽，不正是老百姓津津乐道的李鸿章的"大裤脚"亲兵队吗？登时吓出一身冷汗，赶忙推了一把年轻的洋枪队员："快去通报管带大人！"

"不必通报，只需尽快找人伺候马匹即可！"年轻的洋枪队员只得按照亲兵首领的命令行事。

亲兵首领一挥手，亲兵马队立即在战舰前一字排开，亲兵首领随即跑回马车边，打开车门放下踏脚板。

身着官服、年逾古稀的李鸿章探身而出，虽然背部微驼，他高大的身躯依然显得鹤立鸡群。他伫立在庞大的战舰前默默地凝视着这艘号称当今世界最先进的铁甲舰，深邃的目光越过船身坚实的钢板望向包裹住弹药库、锅炉和发动机的碉堡，最后落向军舰上305毫米的主炮，清瘦的面颊立时变得冷峻起来，花白的山羊胡子微微抖动。虽是热气蒸腾的初夏，阵阵海风却令他感到丝丝寒意，暗自感叹身躯老迈，早已不复当年驰骋疆场的铮铮铁骨。近日来的朝鲜内乱已弄得他焦头烂额，谁知东学党造反刚刚平息，东洋人就乘虚而入，清朝驻扎朝鲜总理交涉通商事宜大臣袁世凯急电朝廷派兵以定朝鲜民心，他思虑再三想先通过外交途径加以斡旋，然而昨日盛宣怀发来东洋人不肯从朝鲜退兵的消息，更令他感到雪上加霜。他叹口气，后背着手大步跨上铁梯。

舱房里传出的两声狗叫惊醒了刘步蟾，他睡意蒙眬地瞅了眼洋怀表，离升旗的时间还有一个小时，刚想再眯一会儿，舱门上骤然响起了剧烈的敲击。

"何事喧哗？"刘步蟾恼火地冲着门外大吼。

"中堂大人驾到，请管带速速觐见！"

刘步蟾悚然一惊翻身坐起，中堂大人？中堂大人怎会不打招呼凌晨跑到定远号上来？难道出了什么大事不成？遂顾不上衣冠不整，套上靴子便去开门。

"中堂大人现在何处？"

"中堂大人现在议事厅等候管带前去回话！"传令兵说完扭头自去。

刘步蟾慌忙洗漱更衣，心中兀自惊疑不定。

"管带好睡啊！"看到仓皇前来的刘步蟾，李鸿章用手掸了掸衣袖上的尘土揶揄道。

"下官不知中堂大人驾到，有失远迎，还望恕罪！"刘步蟾匍匐在地，心里打着鼓。

"你可知本官为何而来？"李鸿章冷冷地盯着刘步蟾。

"下官不知！"刘步蟾不敢抬头。

"离升旗还有多长时间？"李鸿章冷哼道。

"一个小时。"刘步蟾的额头渗出了汗。

"一个小时！"李鸿章愤怒地一拍桌子，惊得刘步蟾身子一抖，"除了执勤的水兵，整个甲板空无一人，就连你这个管带都在梦谒周公！"

"下官知罪！"刘步蟾魂飞魄散。

"你不会不知道朝鲜战事已开，朝廷一道道上谕令本官以水师护航从水路增派援兵！倭人更是处心积虑要与北洋水师在海上一决雌雄！若在六年前，本官敢打，水师初建兵士齐整军舰英武何等威风！可现在！"李鸿章握住拳头极力压住火气，"这六年水师官兵是卧薪尝胆还是养尊处优，是否还有当年傲视群雄的气概你们心里最清楚！你们可以在排场上糊弄本官，但在真正交手时却糊弄不了东洋人！所以本官今日才不期而至，就是要看看你们如何升旗！"

"升旗？"刘步蟾一头雾水，中堂大人起个大早就为了看升旗？

"对，升旗！"李鸿章郑重地点头。

"是！下官这就命人准备。"刘步蟾领命躬身退出。

"慢着！"李鸿章叫住刘步蟾，"万国旗就算了，今日一切从简，我只看升挂龙旗！""是！"刘步蟾闻言更是左思右想琢磨不透李鸿章此来的真正用意。

清脆的号声响彻战舰，官兵们纷纷从舱房跑上甲板准备升旗，舰上升旗颇有讲究，升旗不仅事关国体，更关乎军舰吉凶，军旗必须在早晨八点整升挂完毕，时辰要做到分毫不差，稍有延误就会被视为凶兆，影响全舰士气，因而舰上的官兵都把升旗当作一天中的头等大事！今日由于中堂大人亲临视察，更是容不得半点差池，刘步蟾急命官兵们预先演练以防出现纰漏。水兵们皆头戴订有黑色飘带的方顶草帽，白衣白裤赤着双脚在甲板上整肃列队，军官们则是一水儿的海军蓝宝纱制服，腰挎战刀，脚蹬薄底战靴，水兵头用英文喊出稍息立正的号令，值旗手们则小心翼翼地捧着叠好的旗正步走向旗杆旁的悬索，麻利地将旗展开挂上悬索，然后有节奏地拉拽悬索，旗冉冉升起。

所有人的目光全都齐刷刷地聚焦在那面旗上，那可不是一般的旗，而是大清龙旗！因为北洋水师建制之初，舰上并没有旗。为了与国际接轨，皇上特别下诏，命专人设计了这款黄底青龙旗，并勒令江南织造选最好的绣工连夜赶制，以正黄色羽纱做底，然后用宝蓝色羽纱在上面镶嵌出神气活现的四爪青龙。那龙绣得尾藏五彩，钢爪锋利，鳞片闪耀晃人眼目，龙头高昂喷珠似火，预示大清真龙天子受命于天威震四方。这面旗由皇上钦

一
风
云
突
变

7

赐，升旗即如皇上亲临，代表了大清的威仪和脸面，丝毫马虎不得。

突然，龙旗在半空中戛然而止，既上不去又下不来，两名旗手对了下眼色，开始轮流使劲，可悬索愣是僵硬如铁不听使唤。大家的心也都随着旗吊在了半空，大清早儿的就降半旗，这不等于报丧吗？刘步蟾的双眼直刺水兵头，水兵头的脸立马涨成了酱紫的茄子。大家都心急火燎地盼着那面龙旗赶快上去，谁也不想一大早就触霉头。两个升旗手更是急了眼，猛劲儿地生拉硬拽，偏偏龙旗犹如空中生根，竟是纹丝不动。

"怎么搞的？"刘步蟾眉头紧皱，厉声质问水兵头，偏偏在李中堂视察的节骨眼儿上给自己来个下马威，那急赤白脸的表情看上去恨不能把水兵头一口吞了。

"估计是滑轮出了问题。"水兵头胖脸流汗惊慌失措。

"立即抢修！若误了时辰严惩不贷！"刘步蟾冲着水兵头怒吼，他没料到这一切早已被悄悄站在前舱舷窗内的李鸿章看得一清二楚。

刘步蟾吼完了水兵头，转身进舱去安抚李鸿章，水兵头眼见祸从天降，窝了一肚子火，疾步走到两名升旗手面前，一人屁股上狠狠地踹了一脚。

"你们俩，马上上桅杆把滑轮修好，否则现在就把你们扔到海里喂鱼！"

"啊？"稍胖些的旗手老锁头惊恐地抬头瞅一眼几十米高的桅杆，虽然桅杆上有软梯，但软梯只到杆子中腰的瞭望塔，瞭望塔以上除了光秃秃的杆身全无借力之处，不由得心生惧怕，"我哪爬过杆儿啊？不用长官扔我估计我爬到一半就会掉下来摔死见阎王了！"

"您老行行好，找那能爬杆儿的行吗？"小旗手根娃哭丧着脸央求道。

"你们不爬难道要我爬？"水兵头凶相毕露，抬手就给了根娃一记耳光，然后吩咐另两个管巡查的水兵去拿板子，"今天该着你们倒霉！我把板子预备下了，不爬就先打个半死，你们选吧！"

老锁头和根娃面面相觑，那就爬吧，总比打死好些。还好现在风平浪静桅杆不曾摇晃，可想想那爬到上面去的滋味儿心里都发毛，但那也得硬着头皮往上爬。那软梯看似手脚皆可有的放矢，其实不懂行的人很难把握，加之软梯易晃，脚下更易踩空，常常使攀爬之人悬在上面徒劳挣扎。老锁头哆哆嗦嗦手脚并用，使出吃奶的劲儿才爬到三分之一。根娃比他强些，已经接近了中腰，龙旗正悬在那儿，他大概想使个巧，若是中途能够将旗拽动，就不必再去那高危之地涉险，于是伸出手去抓住旗用力一扯，他这一扯不打紧，不仅扯动了旗，居然将那滑轮一并扯了下来。只见一黑圆之物拖着绳索呼啸而下直奔根娃的脑袋。根娃吓得大叫一声，手脚一松，顺着桅杆哧溜下去正坐在老锁头的脑袋上。老锁头原本就抱持不住，经根娃一记重挫登时就撒了手，两人重重地摔在水兵头的面前叫苦连天。飞驰而下的滑轮由于绳索的牵制改奔了水兵头的脚面，水兵头惊得慌忙跳开，滑轮在甲板上砸出一个坑，蹦跳着弹起又落下，冲着水兵们的队列就去了，水兵们哄的一声四散奔逃，谁也不敢去碰那横冲直撞的铁家伙。直至碰到了船舷，滑轮才停了下来，龙旗也死气沉沉地躺在甲板上一动不动。

水兵们全都被这突如其来的灾祸吓傻了，竟没一人想着去捡起那面沾了土的龙旗，还是水兵头先回过味儿来，赶紧把龙旗取下，小心地拍打掉尘土。水兵头的脸简直比阎王爷的脸还可怕，冲到老锁头和根娃面前就是一顿爆骂，直骂得两人汗流浃背。水兵头骂够了，冲着刚刚恢复队列仍在心有余悸交头接耳的水兵们大叫："谁能上去把滑轮修好，我会请示管带重重有赏！"

水兵们顿时鸦雀无声，刚刚还有些幸灾乐祸的此时也闭了嘴低了头，生怕老天不长眼让水兵头瞅上自己，落得像那俩倒霉蛋儿一样的下场。水兵头见无人自告奋勇不免有些气急败坏，再修不好滑轮挂不上旗倒霉的就是自己，可这会子去哪儿抓挠那般身轻如燕的武林高手？据他所知舰上根本就没这种人！这一惊非同小可，难道今儿个挂旗不顺就是为自己报丧不成？就在他急得火烧眉毛之际，一个叫郑喜的老兵油子凑上前来。那郑喜五十来岁，身材矮胖淡眉细眼白净面皮，总是一副笑呵呵的弥勒佛的样子。

"长官！我可为您保举一人，此事除了他，别人全都没辙！"郑喜胸有成竹地打着保票。

"谁？"水兵头犹如深渊之中看到了曙光。

"您忘了小黑屋中的那位了？"郑喜提醒道。

"他？不行！"水兵头的脑袋摇得像拨浪鼓，"不行！不行！他要跑了怎么办？"

"跑了三次都给抓了回来，他还能飞上天去？"郑喜笑道，"事办成了，他可将功赎罪；办不成，也可数罪并罚。可要是事儿没人办，您老可是要挨板子的！"

一提板子水兵头的身体条件反射般地打了个冷战。这水兵头名叫刘富，拕挲着膀子，一脸的横肉，尤其那心眼儿比针鼻儿还小。虽是汉人却是在旗的，祖上曾跟着努尔哈赤打过天下，因此当了兵跟满人的待遇一样，规格上就要比汉人高上一头。他又使了钱，弄了水兵头这么个肥缺，最擅长的就是媚上欺下，水兵们即便恨他却又奈何他不得，宠得他越发使开了性子，那板子岂是他这种作威作福的人所能挨的？打上去别说皮开肉绽，最他妈赶巧的是今日当差巡查的李四、王五昨夜刚把血本儿输给自己，他俩要是趁机挟私报复下个狠手，自己这条小命儿就得交代了！于是心一横从了郑喜之计，大步向底舱走去。

杜海龙已经在这密不透风的禁闭室里憋了一天一夜，水米未进，他坐在地上背靠舱壁，室内潮热难当，身上的衣服干了又湿湿了又干，黏黏地糊在身上。他索性脱了上衣光着膀子，露出黝黑结实的肌肉。他又饿又渴，身子发虚，头也发昏，不时用舌头舔舔干裂的嘴唇，空洞的眼神深处似乎还有一丝尚未泯灭的光亮。自从被再次关进这间小黑屋子，他的脑海中就一遍遍走马灯似地回想着他被抓兵那天的情形。那天是他人生中最重要的日子——是他大喜的日子！天刚放亮他就下湖摸鱼，他要给未婚妻兰烟摸一条最大的蓝背花儿做彩礼。蓝背花儿是他们村边湖中特产的鲤鱼，通体青色，唯脊背有黑色的花纹，个头硕大，肉质细腻鲜美异常，是兰烟最爱吃的鱼，也是他们两个青梅竹马的苦命娃能得到的最奢侈的美味。想到蓝背花儿，他下意识地摸了摸下巴上月牙形的白色伤疤，那是十二岁时他第一次下湖给兰烟摸蓝背花儿时让鱼尾巴给扇的，扇得鲜血直流，兰烟一边心疼地给他上药一边说，她会一辈子记着他的好，等她长大了，除了他谁也不嫁。他心里就把这道疤当作了兰烟的定情信物，生怕它长好了长没了，时不时地摸摸它看还在不在？这疤倒也争气，不但越长越深，还逐渐在下巴上形成了一个深深的窝。弟兄们把抱着鱼的他从水里捞出来带回家，用红绳绑了鱼，也给他披红戴花，吹吹打打热热闹闹地去迎兰烟。从村东走到村西不过二里地，可还没走到一半就遇上了抓兵的。弟兄们拼死抵抗，眼瞅着迎亲的弟兄接二连三地做了俘虏，情急之下他打算跳进湖中伏上两天逃此一劫，谁知就在他把追进湖中捉他的官兵戏要强灌之际，一张大网却把他像鱼一样网到了这里。大喜之日瞬间成了大痛之日。一别数月，不知兰烟可还好吗？一想起兰烟他就心如刀割，自从三年前父母惨死的那个夜晚，兰烟就成了他唯一的亲人，他再也无法承受失去亲人的痛苦。他要逃！只要还有一口气在，他就要去找兰烟，就是死，他也要跟兰烟死在一块儿。他模糊的意识中蓦然浮出一块腰牌来，那是抓他的兵头腰上挂的物件儿，那腰牌竟不是府衙差人的腰牌！他猛然张开眼睛像是要抓住什么转瞬即逝的念头。

门矸的一声被从外面打开，一道光射进舱房，杜海龙急忙扭头避开那刺目的光亮，眯着眼看那门外之人。

"出来！"刘富耀武扬威地命令。

杜海龙用手撑着舱壁直起身子，仗着年轻体壮，活动了一下筋骨慢慢走到门口。

"现在给你一个将功赎罪的机会！"刘富粗暴地将杜海龙拽出舱门。

清新咸腥的空气立时充满了杜海龙的鼻孔，他贪婪地深深吸了两口，心肺犹如充了气的气泵再次充满了活力，就连干裂的嘴唇都有了一丝湿润。

"水！"杜海龙低声说。

"哪那么多废话！"刘富恼火地照着杜海龙的腿肚子就是一脚。

杜海龙硬挺着没吭声，怒视着刘富："要我干活，就先给我水喝！"

"你小子还拽了！"刘富刚要发作，转念一想还得用这小子替自己免去皮肉之苦，遂大声吩咐其他的水兵，"给他拿水来！"

水兵赶紧送来一皮囊水，杜海龙接过去一口气喝个见底，用手一抹嘴："说吧，干啥？"

"上去再说。"刘富把杜海龙从底舱带上甲板，一路上还不忘敲边鼓，"我可把话撂下！你要再敢动花花肠子，我就先把你腿打折了！省得到时候上面怪罪下来还得为你垫背！"

杜海龙一声不吭地走上甲板，刘富把他带到滑轮和悬索面前，杜海龙看着地上的东西仍是一言不发。

"你哑巴了？"刘富用手一指地上的滑轮，"瞅见没？上去把滑轮修好，我就向管带为你请功免了惩罚。"

杜海龙瞟一眼滑轮，反而不紧不慢地伸展一下胳膊，盘腿坐在了甲板上望着刘富："拿饭来！"

"你小子别他妈得寸进尺！"刘富的脸挂不住了，抡起手掌就要抽杜海龙嘴巴子。

杜海龙一仰脸："我吃不饱从上面栽下来，你再上去修？"

一句话把刘富扬起的巴掌刹在了空中，直恨得他牙根儿痒痒，他掏出怀表，见还有时间，只得权且忍耐，却在心里头发狠，等这小子从杆子上下来再好好收拾他，忙让生火的水兵赶快备饭。生火的水兵忙不迭地把饭送来，都想看看杜海龙有什么本事能上到旗杆顶上，这已经成了舰上的一件稀罕事儿，站累了的嘟嘟囔囔地吵爹骂娘，欠着烟土的不断地打着哈欠，更有那好玩儿两把的暗地里已经在杜海龙身上下了注，赌赢的盼着他旗开得胜，赌输的则巴望他出师不利。水兵们闹哄哄地各怀鬼胎，热切地关注着这场戏究竟如何收场，就连站在管带身后的帮带许石山也被杜海龙临危不惧的个性吸引住了。这许石山在船上可是响当当的人物，级别仅次于管带。他三十五六岁的年纪，身材挺拔，一双丹凤眼柔中带刚透着精气。他是福州船政学堂的第二期学员，又到英国皇家海军学院留过洋，受过正规的海军训练，对制海方略战术颇有心得，加之性格沉毅为人正直，很受水兵们敬重。他养的黑毛猎犬阿福则乖乖地蹲在他的脚边，吐着长舌一动不动。刘富紧催着杜海龙快吃，杜海龙却直到吃饱喝足才站起身来，走到滑轮边将它拿在手中仔细观瞧。爬杆子对他来说小菜一碟，可这东西他还是头一次见，能不能修好心里着实没底。

郑喜看出了杜海龙的犹豫，有心指点他："看见没？这滑轮上有个鼻儿，那桅杆顶上有个钩子，你把鼻儿挂在钩子上就算妥了，可瞅好了再下来。"

"多谢郑伯！"杜海龙心下豁然亮堂，向郑喜抱拳致谢。

"少废话！赶快干活！"刘富催促杜海龙，时间紧迫，越是耽搁他就离板子越近。

杜海龙走到桅杆底下向上瞅了瞅，然后用悬索把滑轮斜系在身上。许石山见杜海龙做事仔细，特意多打量他两眼，看他剑眉虎目瘦长结实，确是做水兵的好材料。捆扎妥当，杜海龙不往那软梯上爬，看上去倒像是要对那桅杆下手。那桅杆可都是选用经得起风吹日晒的上等硬木木料，本就打磨得圆润结实，上了漆更是滑溜，并且杆身下粗上细，即便那惯熟爬杆之人尚不好借力攀附，更别提那毫无爬杆经验之人，若无相当的胆识和技巧，一旦失手非死即伤。水兵们一阵喧哗，都估摸这小子为了逞能连命都豁出去了。杜海龙却毫无怯意，他先将右手搭在杆子上试了试，再出左手比右手高抓一截儿，两只脚也顺势上了杆子。他的攀爬绝技的确别具一格！不似别人两脚抱杆全靠双手用力，而是像猫似的双脚蹬住桅杆手脚并用，手脚仿佛长了吸盘一样牢牢扒住杆子，不但速度奇快，在直立高耸的桅杆上行走对他来说竟似如履平地一般，眨眼的工夫已攀过中腰，眼看就要登顶。谁知在人群中的许石山忽然突发奇思，想试试杜海龙的真功夫，可巧身边带了个还未及吃的苹果，遂抬手将苹果掷向杜海龙大喊一声："接果子！"

大家正全神贯注地盯着杜海龙，暗暗佩服他的绝技，冷不防被许石山一喊全都打了个激灵，登时替杜海龙捏了把汗，就连被刘步蟾特意引到船尾视察的李鸿章都闻声向这边张望。风似乎也来赶场子凑趣，刮得杜海龙的衣服呼啦啦直响。船身也开始有了明显的摇晃，桅杆在风中左右摇摆，上面的风更比甲板上烈上三分。杜海龙本为稳住身体放慢了速度，听到许石山的喊声更是大吃一惊，心道这档口让我接果子不是拿我的性命开玩笑吗？可不接又显得自己太没胆气。那许石山也是练家子，苹果抛得又准又狠，裹挟着一股疾风就奔了杜海龙的面门。杜海龙急忙使一招倒金钟，双腿勾住桅杆身子刷地倒挂下来，水兵们不由得一阵惊呼，以为他要一头栽下，不料他却来了飞燕展翅身子一挺，侧头避过苹果的前劲儿，一口将苹果咬住随即再次翻身上杆，手抓苹果朗声道谢："多谢长官赏赐！"

水兵们这下炸了锅，叫好声此起彼伏。许石山也暗自点头，从此存了有意栽培他的念头。

"好身手！"李鸿章也由衷地赞叹。

身后的刘步蟾却忙从怀中掏出洋表查看，还有十分钟！升旗的最后时间几乎近在眼前，这最后的通牒令他心头的阴霾变得越发浓重。

杜海龙看不到别人的心思，用嘴咬了苹果爬到桅杆顶上将滑轮挂到钩子上并理顺了悬索。看到滑轮修好，官兵们都为杜海龙鼓掌，李鸿章捋着山羊胡子暗暗点头，刘步蟾去了心病立时感到舒坦，刘富见免了板子也总算稳住了筛糠一般的身子。却说杜海龙正想将悬索拢住，一抬眼看到了岸上的房舍。军舰就停泊在岸边，若是借助绳索用脚在桅杆上稍加用力，他就能轻松地跳到岸上去！杜海龙激动得心怦怦直跳，这可是逃跑的天赐良机！机不可失时不再来，他立刻打定主意，故意松脱绳索脚底用劲身子一荡，眨眼的工夫他已跃离桅杆跳到了离岸更近的帆索上。

"好！"水兵们只当杜海龙卖弄身手大声叫喊起来，呼地跟着他涌向帆索。

刘富却看出了端倪，生怕杜海龙逃走自己难逃干系，趁水兵鼓噪无人注意悄悄抽出随身带的水手刀直甩向杜海龙的心口，刀速极快，眼瞅着迫到杜海龙的胸前，杜海龙只觉寒光耀目躲闪不及，忙用胳膊去挡，另一道寒光却比他还急，啪地将刘富的水手刀磕飞出去，这道寒光则来自许石山。杜海龙心下大骇，扫一眼刘富跟许石山，死亡的威胁却并未让他就此放弃，帆索离岸边只有一步之遥，胜利在望，他岂肯罢休？他双目放光，抑制不住的兴奋让他显出难得的笑容。岂知就在他准备再次起跳逃出生天的一刹那，甲板上忽然传来惊叫。杜海龙稍一迟疑，只见刚才还在为他摇旗呐喊的水兵们此时却都涌向了船舷，一个人正在波涛中拼命挣扎上下起伏，眼看就要被海浪吞噬。

"快丢救生圈！他是个旱鸭子！"郑喜冲着水兵们大叫。

水兵们赶忙往海里扔救生圈，怎奈风高浪急，那人又不懂踩水，根本抓不住。杜海龙的心却比那巨浪还要翻滚得厉害。趁乱逃走神鬼莫知！然而见死不救良心难安！杜海龙抓紧帆索左右不是，那帆索在他的手上越勒越紧，越勒越紧，眼瞅着就要勒进皮肉。哎！杜海龙长叹一声，一头扎进了滚滚波涛。

水兵们再次爆出惊叹之声，此时李鸿章已完全被桅杆这边的情形吸引，不顾刘步蟾的好意劝阻带着亲兵卫队直奔过来，官兵们见到中堂大人瞬时跪倒一片向他请安，李鸿章却并不答话，而是在亲兵的层层围护之下靠近船舷俯视海面。杜海龙真个水性不凡！恰似那浪里白条水中游鱼，几下便游到了落水者的身边。那落水者竟是刘富！杜海龙一愣，难道这是上天对他刚刚妄图行刺自己的惩罚不成？却原来就在刘富向杜海龙甩出刀子之际，阿福犬也跟在乱哄哄拥来搡去的水兵们身后跑跑跳跳。也该着刘富今天时运不济，刚甩完刀子惊见阿福对他龇牙猛扑，他知阿福被许石山训练得专捉刺客，见了他的刀子焉能坐视，别看刘富对水兵们耀武扬威，却最怕阿福，冷不丁看它凶相毕露，忙往后急退，谁知竟然翻过船舷掉下舰去。一下海刘富就连灌三口海水，此刻为了求生狂舞乱抓，拚命去揪杜海龙的头发，杜海龙却身子一沉没入水中，从水下借助海水的浮力将刘富轻轻托起奋力游向船边。水兵们连忙向水中抛下两只救生圈。杜海龙抓住一只套在刘富的脖子上，自己则抓住另一只。刘富仿佛筋疲力尽的软体动物一样瘫在救生圈上，听凭水兵们将他们拖拽上船。上了甲板，杜海龙甩了甩湿漉漉的头发，人是救了，可极度的懊悔却像尖刀一样剐着他的心，他不但又一次失去了见兰烟的机会，还冒死救了个敌人！

刘步蟾见升旗的时间只剩下三分钟，忙用英文高喊号令，官兵们紧急集合分列两厢，乐童们也以最快的速度手持乐器各就各位，值旗手此刻已恢复了精神，昂然走到悬索前将龙旗穿上。悠扬的军乐响起，刘步蟾带领全体官兵手触帽檐向龙旗行西式军礼，众人的目光再次聚焦在龙旗之上。他们的心不但被龙旗渐次攀升的节奏揪得更紧，并且惶恐地竖起耳朵生怕旗未到顶就听到嘹亮的军号，只因一旦军号吹响就意味着八点已到升旗完毕，先前所有的努力都将前功尽弃。偷眼瞥到李鸿章面沉似铁，更令刘步蟾心悬一线望眼欲穿，决定他今日成败的最后几秒竟比万蚁噬心还要难熬。龙旗猛地跳了两下，所有人的心也跟着跳了两下，龙旗刚跳上旗杆的顶端，滴滴答答的军号便骤然响起，对军旗的崇敬取代了目光中的焦灼，大家的心这才真正放松下来。刘步蟾宣布升旗已毕，转身请李鸿章训话，李鸿章点名要见方才爬杆之人，杜海龙忙走出队列跪倒在李鸿章面前。

李鸿章兴致勃勃地瞅着杜海龙问："你叫什么名字？何时到得舰上？在舰上所司何职？"

"小人杜海龙，到舰一月有余，是舰上的三等练勇。"杜海龙抱拳回答。

"新兵竟如此身手不凡，可喜可贺！"李鸿章自从到得舰上，头一回笑逐颜开，欣然嘉奖杜海龙，"你为升旗立功，现升你为三等水手！"

"谢大人！"杜海龙连忙谢恩。

"起来吧。"李鸿章吩咐，杜海龙领命起身，站入了三等水手的队列。

"不过，靠拳脚保家卫国的日子已经过去，现如今要想保我大清海疆永固只能靠坚船利炮！都说大清的舰队亚洲第一，不错！大清的舰船的确有这个实力！大清2000吨以上排水量的舰船就有七艘，而日本只有五艘。

就拿旗舰来说，定远号有 305 毫米的主炮四门，日本的吉野号只有 4 门 150 毫米的速射炮，我们的舰炮数量和威力远超日本！"李鸿章踱到水兵们面前，显得踌躇满志，"但真正能决定战争成败的不是这些冷冰冰的数据，而是活生生的人！是能熟练驾驭这些坚船利炮的水兵！所以本官今日才要来看你们升旗，龙旗代表着大清，要是对自己朝廷的旗都不敬重，这样的军队根本不堪一击！升旗同样还能看出水师的士气，看出你们是否还有为旗而战的血性！今天挂旗颇费周折，大家也人心浮动，可本官还是注意到了一个细节，当龙旗升起的时候你们的眼睛里尚有敬畏之情，这说明你们是忠于大清、忠于朝廷的！自古忠勇不可分，只有忠于大清忠于民族的人才会为了它去拼、去死！若水师官兵都能像杜海龙一样勇武，更何愁拒敌！本官对你们寄予厚望，望你们勤加操练，扬我大清军威！"

"请中堂大人放心！"刘步蟾带领全体官兵齐声高喊。

"时辰不早，本官尚有要务缠身，管带好自为之！"李鸿章心满意足地在亲兵卫队的簇拥下离开军舰，刘步蟾率领军官一直恭送到马车前，躬身目送马车绝尘而去。

"把杜海龙带过来！"送走了李鸿章，刘步蟾疾步回到甲板怒喝。

水兵们赶紧抓住杜海龙把他摁倒在管带面前。

"你修好滑轮本想赏你免去前过，怎奈你屡教不改，竟敢趁机试图逃遁，你能蒙过中堂大人，休想蒙过我的眼睛！"刘步蟾严令巡查水兵，"继续给他关禁闭！关到他不跑了为止，没有我的命令谁也不准放他出来！"

许石山一看事要闹大不好收场，急忙跪下替杜海龙求情："他还年轻不知深浅，下官定当亲自管教，请管带法外开恩！"

军官们和郑喜见许石山下跪也忙跪下，众水兵正欲下跪，却见刘富侧头望了大家一眼，尽皆变得犹疑不决，许石山见此情形也向刘富转过头去。刘富突然回过味儿来，落水被救让他自觉颜面尽失满腹气恼，可众目睽睽之下若再不说话会显得更没肚量，遂咳嗽了一声也爬前两步给管带磕头："求管带念他搭救小的一命免于责罚！"

水兵们看到刘富开口也立时跪倒一片，齐声请求管带免去对杜海龙的责罚。刘步蟾见大家异口同声，又有许石山亲自作保，兼之杜海龙算是帮他在李鸿章面前保全了面子，怒气已消去一半，借机顺水推舟："许帮带需好生训诫，如若再犯，定不轻饶！"

"谢管带！" 许石山拱手道谢。

"谢管带不罚之恩！" 众水兵也齐声道谢。

待刘步蟾回了舱房、众水兵各自散去，许石山拍了杜海龙肩膀一巴掌："你随我来！"

杜海龙郁闷地跟着许石山进了他的舱房，许石山递过一条手巾让他擦擦身体，自己则在杜海龙的对面坐下。

"你多大年纪？读过书吗？" 许石山关切地问。

"小人年方二十，读过村塾，六岁开蒙读到十五。" 杜海龙回答。

"读书好啊！读过书军舰上的操练知识就学得快了。" 许石山满意地点头，"你是何方人氏？家中还有何人？"

"小人家住保定府杜家村，父母双亡，大哥很多年前失了踪，二哥去修颐和园也自此了无音信，现在我又！" 杜海龙叹了口气。

"手足情深人之常情，然朝廷目前正是用人之际，你有一身好功夫正可为国效力，为何几次三番却要逃跑？" 许石山不解地问杜海龙。

杜海龙停住手一脸悲愤，向许石山拱手施礼："长官！请恕小的得罪！要是您在大婚之日被人抓了兵，您会不会跑？"

许石山陡然一惊，随即明白了杜海龙深藏心中的苦痛。洞房花烛夜，金榜题名时，这是男人一辈子梦寐以求的辉煌时刻啊！不由得暗暗咒骂那些地方官吏缺德。

"我会跑，可跑了又有何用？" 许石山苦笑地看着杜海龙。

"跑了我就可以去找未婚妻，我不能抛下她一个人无依无靠。" 杜海龙说。

"你可知朝廷对逃兵的惩罚最重，轻则处死悬挂辕门以儆效尤，重则祸灭三族！只怕你未等跑掉就把你未婚妻一并害死了。" 许石山责道。

杜海龙紧咬嘴唇沉吟不语。

"再说你已离家数月，只怕家中早已物是人非。还好我的朋友常去河北那边走动，可以托他先为你多方打听，一旦有了你未婚妻的消息咱们再做处置，你看好吗？" 看到杜海龙点头，许石山继续说，"以后你就安心待在舰上跟我学习舰上的本事，日后也好谋个出身，切不可再盘算那些鲁莽的念头。我旁边的舱房正好缺个护卫，你也好随传随到。"

正说话间有水兵来请许石山："许爷，管带请您过去，说有要事商议。"

"我这就去。"许石山打发了水兵转头对杜海龙微微一笑，"你先下去歇息吧，可别再跑了！"

"是！"杜海龙应一声转身走出舱门。

许石山看着杜海龙的背影叹息摇头，这孩子虽命苦却不定性，今后还要好生看管，否则难免再生事端。杜海龙更是憋着一肚皮的怨气，他根本不想在舰上谋什么出身，兰烟才是最让他牵肠挂肚的人。现在可好，逞了英雄救了人反倒成了自投罗网，什么贴身护卫？分明就是把他放在眼皮子底下让他插翅难逃，即使兰烟有了消息他又如何能除去军籍立时就去？他不想再在船舱里待，复又去到甲板上透透气。他趴在船舷上望着海岸，他多想离开这摇晃的军舰踏上那坚实的土地啊！

折腾了一早上，水兵们都趁着此时难得的空闲时间松快松快，刘富因呛了水栽了面子，更是急于要耍耍威风，四仰八叉地躺在椅子上吆三喝四地让几个水兵给他捏背捶腿，阴冷的目光不时瞟着船舷边的杜海龙，却不知别人也在看着他，一个面色鳌黑干瘦的菜贩子坐在菜担子上用草帽扇着风，手背上的长毛儿黑痣随着他的手左右晃动，他透过破草帽的缝隙不动声色地打量了刘富两眼后啐了一口，挑起菜担子颤颤悠悠地离开了岸边。杜海龙没注意刘富正盯着自己，他想起了那些跟他一起被抓的弟兄们，不知他们给分到了哪个军营？他刚琢磨兰烟此刻在做些什么，心内猛然一阵绞痛，他最怕兰烟出事，偏偏兰烟正生死攸关命悬一线！

二、歪打正着

　　火匣子刚灭，那珠子就放出光来，起初是淡淡的绿色光芒，那光越来越强，眨眼的工夫已是霞光万道，照得屋内亮似白昼，更绝的是那大珠中竟似藏着一颗红色的小珠，小珠兀自向四周射出七道黄色的光晕，仿佛一颗炽热的心脏般隐隐跃动。

　　离天津卫不远的大清帝国京城里还是一派歌舞升平。位于北京定阜街3号的庆郡王府正张灯结彩为庆郡王的福晋庆寿。做寿在王府里可是大事儿，下人们几天前就开始忙碌着收拾准备，房里的摆设、廊子上的张挂、园子里的布置都有讲究，还不能忘了请戏班子，那可是王爷和福晋的最爱。请帖早就发了出去，更多的人则是听了信儿不请自来的。王府侧门口前来道贺的车马络绎不绝拥塞于道，门子高声唱着客人的名刺，下人们则忙着把礼物搬进府里。

　　齐三儿鬼鬼祟祟地躲在等候进门的客人队伍里，琢磨着怎么能趁着门子们不得空儿的时候夹在客人堆儿里混进王府，那双贼溜溜的小眼睛不时地瞅着那些硕大的礼物箱，恨不能直接钻进那些箱子里让人给抬进去，他心里清楚王府的门子们最防的就是自己这种人。齐三儿三十出头的年纪，长得又瘦又矮，尖脸高颧骨，下巴上稀稀拉拉的几根老鼠须子。一条黄不拉几的辫子耷拉在脑后，穿一身洗褪了色的蓝布袍子，外罩一件灰不溜秋的对襟马褂，脚上的皮靴子已经磨得隐约窥见了里面不安分的脚趾头。他仗着是旗人出身无须营生，整日里无非是斗鸡走狗泡茶馆儿，又喜欢替人张罗着打茶围喝花酒，还好抽两口，结果把朝廷给的钱粮全都换成了烟泡儿喷在了空中。他跟王爷的福晋虽是八竿子划拉不着的远亲，但平时他却极力吹嘘和王府的关系，把道听途说的王府家事添油加醋地一顿白活，倒也能糊弄几个不知根底儿的来往客商，然而王府他是打死也不敢来的。既没钱攀附，更怕胡乱认亲被揪送宗人府掉了吃饭的家伙。这几日若不是让烟瘾逼得火烧眉毛无处抓挠，今儿个他也不会来趟这个险。他打了个哈欠，怨恨那日头太毒，伸手摸了摸怀里的硬货还在，心里稍稍有了些底气。

　　门子小顺子眼尖，早就瞅见了齐三儿，径直走过去拎小鸡儿似的把齐三儿从候着的送礼人群里拽到了一边的墙角旮旯。

　　"这位爷，我劝您还是麻溜儿地该去哪儿凉快去哪儿凉快，否则一会子我们小爷儿回来瞧见，对谁都不好看！"小顺子膀大腰圆比齐三儿高了一头，斜着眼撇着嘴一脸的鄙夷。

"爷，我再不济也是王爷福晋的远亲，福晋大寿我能不来道贺吗？您就行行好把我当个屁放进去不就完了吗？等我见了福晋自然少不了您的好处。"齐三儿一边揉着被捏疼的肩膀一边低头哈腰地讨好。

"说得倒轻巧！把你这屁放进去，若是惊了福晋或是府里少了东西，倒霉的可是我！再说了，"小顺子向那些捧着礼物的人摆摆头，"瞧见没？人家那才叫贺寿！就你抢着两只袖子也敢来闯王爷府？我都替你寒碜！告诉你，再不走我可就不客气啦！"

"爷，我哪儿能空手来呢？只是我的东西虽不在面儿上，却比那些面儿上的还金贵呢！"齐三儿眯起他的小眼儿吊小顺子的胃口。

"金贵？"小顺子冷冷地上下打量齐三儿，"不是我说，就你这颗脑袋都不值几个钱！"

齐三儿一咬牙，看来只能动真格的了，王府的门子可不比整日里跟自己厮混的那些市井无赖，门子就是王府的关卡，不给他们好处休想进得了王府，即便是只苍蝇他们也能想方设法从它身上拔下根毛儿来。王府对这些门子的做法心知肚明大加怂恿，看着礼物是门子收了，其实大头儿都进了王府。并且这些门子因为见多识广，个个都是识货的主儿。还好齐三儿提前动了个心眼儿，把人家托的东西借着上茅厕的机会分成两份，一份揣在怀里，另一份则偷偷塞进了靴子，再怎么着也得给自己留点棺材本儿不是？尽管托他的人一看就是花钱的祖宗，但在街面儿上混了这么多年，好歹不说，眼力见儿他还是有的，那帮人可绝不是善茬儿，因此做完了这票，成与不成他都准备一走了之，找个那帮人摸不着的地儿猫上一阵，好好儿地享受享受。他哆哆嗦嗦地去怀里摸索，估计就算从胸口上剜下一块肉来也不至于让他如此心疼，终于把那丝缎小包儿攥在手里掏了出来。小顺子却不管三七二十一，一把抓过齐三儿的手，用力掰开他的手指把丝缎包儿夺了过去，用手掂了掂，不屑一顾地打开，眼睛却立时瞪得有鸭蛋大小，小小的丝缎包儿里竟然有六颗色泽淡金光润逼人的上等东珠！东珠是黑龙江流域江河里出产的稀世珍宝，因其晶莹透澈圆润巨大，自古以来都是朝廷的贡品。大清朝廷更是把它作为皇家和王公贵族的专用饰物，民间私藏被获一律是要杀头的。清廷为了满足皇宫贵胄对东珠日益增长的需求，甚至特设布特哈乌拉总管，专门替朝廷采办东珠。然而随着采珠规模的不断扩大，东珠资源却逐渐枯竭，常常遍寻三十条河都得不到一颗能作为贡品的上等好珠，而死去的采珠人却不计其数，使得东珠变得愈发稀少珍贵。小顺子心下不由得一阵着慌，满腹狐疑地瞅着齐三儿，猜不透这小子从哪弄来的这等好货？自己要不要立即告发他？私瞒不报可是要掉脑袋的！

"这些都是孝敬您的！"齐三儿看出了小顺子的犹豫忙说。

"你跟我有仇？"小顺子恶狠狠地瞪齐三儿一眼。

"哪儿能呢！"齐三儿吓了一跳，送礼怎倒送出罪过来了？

"没仇您干嘛送我掉脑袋的家伙？"小顺子就像捧了一包烫手山芋，既想一口吞下，又怕烫烂了肚肠。

"爷真能说笑！"齐三儿这才松了口气定了定神，"这玩意儿在别人手里是掉脑袋的东西，在您手里可是晋升的法宝啊！"

"放屁！举国的东珠都由内务府统一管制，我要直接把它送给我们爷还不等于找死啊？"小顺子尽管吹胡子瞪眼，口气却已经软了不少。

"您要想把它们淘换成别的物件儿还不是小菜一碟吗？"齐三儿满脸赔笑。

小顺子略一思量便把珠子掖进了怀里，脸上也立时有了笑模样儿拱手行礼："这位爷，小的给您施礼了！不知您有何吩咐？"

"不敢！不敢！"齐三儿慌忙还礼，"我就想进去见见福晋，麻烦您给引个路？"

"送您进去倒是不难，至于能不能见着福晋可就不好说了。"小顺子皱了皱眉头，"我劝您还是在园子里玩玩儿乐乐，别去见福晋的好。一则您这身儿打扮太扎眼，就算见了福晋也是自讨没趣；再者福晋是不管事儿的人，您若真有事儿，不如抽空子见见我们家载贝子，他是个喜欢交朋友的人，也不太在乎朋友的根基，说不准事儿还能成。"

"多谢指点！"齐三儿连忙道谢，"只是我不知载贝子长啥样儿，如何去找啊？"

"载贝子最喜蝈蝈，您见着腰上挂一翠玉蝈蝈儿的就是我们家少爷了。"小顺子说，"您随我从后院小门儿进去，那里靠近戏园子，寿宴也摆在戏园子里。现在已经鸣锣开唱了，您先听听戏解解闷儿，我们小爷儿要到将近晌午才能回呢。"

"好说，好说！您费心！"齐三儿心花怒放，忙不迭地打躬作揖。

进了园子，齐三儿只恨爹妈少给他生了两只眼睛，他从未见过如此气派秀丽的园子。暮春的北京已是繁花似锦树木葱茏，再加上玲珑层叠的假山，雕梁画栋曲径通幽的回廊，齐三儿一如刘姥姥进了大观园，只看得如醉如痴，恍如掉进了神仙洞府，昏昏然竟不知该向哪里挪步。一阵急促的梆子声令他瞬时清醒过来，遂扶花穿柳向着声音传来的方向连蹿带跳。走不多时就看到一座雄伟壮观的两层大戏楼，黑瓦红柱，飞檐高耸，尽显王家的尊贵。进的门去则更觉眼花缭乱富丽堂皇。宽阔的厅堂上方挂着流苏飘逸的彩绘宫灯，厅堂的四壁和立柱上都画满了花鸟藤蔓，使人有清风入林听戏之感。整个园子可容纳四五百人，此时大部分的客人已然就座，人声嘈杂热闹非凡。锣鼓、唱腔、寒暄、叫好之声不绝于耳，香气、秽气、腐气、烟气时闻于鼻。齐三儿眼尖，见茶博士伺候上楼的客人个个都器宇轩昂，一看就是非官即贵，也感觉出自己这身儿实在污秽不堪入目，因此就在楼下靠近门边儿的地方找了个没人的末座权且安身，反正他的目的不是听戏，而是随时瞅着载振少爷何时从门里进来。好在桌上摆放着现成儿的干果点心，没吃早饭的齐三儿正饿得发昏，又怕来回添茶的茶博士瞧不起自己，也学了斯文人，用两根手指捏一根脆生生的小麻花放嘴里慢条斯理地嚼着，心里巴不得那茶博士快走远些，自己好放开肚皮。偏偏吃了麻花口干又要添茶，气得齐三儿索性不吃麻花而嗑起了瓜子儿。待茶博士刚一走远，他便迫不及待地捞起两块带馅儿的糕饼塞进嘴里一通猛吃，却不料那糕饼粘了牙卡在了嗓子眼儿，上不去又下不来，手忙脚乱地一顿连抠带捶才算把那坨糕饼打发进肚子，差点把齐三儿憋死，唬得齐三儿也不敢吃点心了，茶也不敢多喝，倒把一门心思给放到了戏上。齐三儿并不好戏，但他知道王府的人个顶个儿都是戏迷，这次赶上福晋大寿，至少也要连唱三天。这时台上正唱《铡美案》，黑老包慷慨激昂桩桩件件地数落着陈世美的罪过。以前绝少听戏，现在听起来果真是别有韵味，齐三儿竟也装模作样地随着鼓点儿摇头晃脑起来。

就在包拯要放出大铡刀开铡陈世美的要紧处，齐三儿伸长了脖子瞪着眼想看看陈世美如何人头落地，戏园子的门口忽然起了一阵小小的骚动。齐三儿不由得心头火起，心道谁这么不长眼在这关键时刻搅人雅兴？皱眉侧目向门边一瞧，却原来是一位十八九岁面如满月的少年公子正与客人们寒暄，他所到之处人们对他全都毕恭毕敬。少年公子挺胸抬头不怒而威，待人接物眼观六路行事老道。穿一身月白色掐袖丝缎长袍，宝石蓝走金线的锦缎马褂儿，腰间垂挂的玉佩旁拴着只一指来长翠玉雕成的蝈蝈儿，那蝈蝈雕得目须毕现，身随人动左右蹦跳，竟像是要从人身上跳将开，去那锦绣青翠的去处。齐三儿一见蝈蝈儿，猛然想起自己来王府的公干，按门子的话说，这位公子就该是庆郡王的大公子载贝子。可载贝子身边前呼后拥五六个随从，不要说上前请安，只怕不等近身就得让人给踹一边儿去，只能眼睁睁地看着载贝子昂首阔步地去楼上落座。这回齐三儿可再没心思听戏了，搜肠刮肚地想要找个适当的借口，既能上楼去跟少爷说上话，又不至于让人给从楼上扔下来，可把齐三儿难为坏了。书到用时方恨少，怪只怪自己小时候少吃了墨水儿，自见了王府少爷这番阵仗，把平日里那些油嘴滑舌吹牛撒泼的本事也一并打入了十八层地狱不见了天日。

此时的戏文已全然没了滋味儿，那紧凑的鼓点儿倒像催命符般逼得齐三儿坐立不安。也该着老天开眼，就在急得抓耳挠腮之际，载贝子居然匆匆从楼上下来，并且只带了一位随从直奔园外而去。这下齐三儿可乐坏了，急忙紧随其后出了戏楼。齐三儿对园子不熟，又怕跟丢了少爷，走得急，难免磕磕碰碰，好在园子里可藏身之处颇多，载贝子和随从并未发现身后还有个尾巴。绕山跨桥穿廊过院，总算到了载振的住处，一位官员已经在门外候着了，因为隔得远齐三儿并未看清那位官员的品级，但从载贝子对他的态度来看官阶应该不低。载贝子吩咐随从在门外把守，把官员让进了房间随即关了门。载振的这番神秘举动倒勾起了齐三儿的好奇心，蹑手蹑脚地借着树木假山做掩护，悄悄地向房子靠近，巴望着能听到只言片语，说不定还能从托他的那帮人那里捞些好处。房子前面有随从站岗，看来只能绕到房后偷听才妥当些。打定了主意齐三儿避开随从的眼线，沿着墙根儿慢慢蹭到房子后面。或许是因为府中做寿唱戏，下人们都去了那边伺候，房后竟然空无一人。齐三儿这才放心大胆地直起腰来，把耳朵贴在窗上细听。怎奈屋子里的声音太小，隔着玻璃听不清楚。他明明能看到那屋子里的人影却听不到声，这可如何是好？齐三儿泄气地瞪着透明坚硬的玻璃发怔，心里怨恨王府的戒备森严，也不知从哪弄来这劳什子糊在窗上，若是寻常人家的窗纸还能用唾沫戳个洞，可这东西戳痛了手指也弄不出个洞来。齐三儿不死心，居然上来一股子蛮劲，随手抄起一块石头来想把那玻璃砸了。真到砸时他又怕了，扔了石头一滩软泥似的坐在了地上。不行！冒了这么大的风险不能白来一遭，说出去会让人耻笑，以后还怎么在街面儿上混？齐三儿又打起精神，用手在玻璃上上下左右地推来推去，试图找到一丝半点儿的破绽。固定住玻璃的油泥历经风吹日晒有些朽坏，经他这么一推竟有些松动掉落，玻璃边儿上渐渐露出一道细细的缝儿来。齐三儿大喜过望，急忙跪下对着老天磕了三个响头，然后连忙起来靠近窗子竖起耳朵，将屋内人的说话听得一清二楚。

"这是什么时候的事？"载贝子很是惊奇。

"正在闹着，而且愈闹愈凶！"官员回道，"自朝鲜立国以来还从没闹得这般凶过！这帮乱党的势头越做越大，听说连整个皇室都人心惶惶呢！"

"我倒是听父王透露过一点风声，起初还以为只是毛贼闹事，照你这么说，难道还能殃及大清不成？"载贝子的语气不无担心。

"下官来正是跟贝子爷说这事儿。"官员说，"北洋大臣李鸿章已经接到了袁世凯的电报，催促朝廷火速出兵镇压，怕朝鲜内乱东洋人趁火打劫。"

"袁世凯还用跟朝廷借兵吗？"载贝子笑道，"他两次平定朝鲜叛乱，功高盖主，连朝鲜的内政外交都是他把持着，剿灭区区学党叛乱不就是他袁大人的一句话吗？"

"袁世凯尽管不是省油的灯，但其实力早已今非昔比，朝鲜王室畏之如畏虎狼，曾多次请求朝廷撤换他，又怎肯任凭他来摆布？况且此次民暴非同小可，只怕凭他那点兵力也着实无能为力。"官员分析道。

"李鸿章怎么说？"载贝子低头，似在吹茶。

"出兵！"官员回答。

"朝廷准了？"载贝子忙抬起头来。

"皇上正愁没机会建功立威，又岂肯放过如此大好时机？"官员话题一转，"对了，今天怎不见您的亲家瑞王爷上朝啊？"

"他老人家哪儿还顾得上这个！"载贝子笑道，"病了！"

"病了？那得瞧瞧去。"官员一怔。

"您可千万别去瞧！不是他病了，是他那心爱的斗鸡得病死了，那可是他的心尖儿！所以疼得连朝都不上了。"载贝子忍不住大笑起来。

"下官还奇怪他怎么甘心清净呢！"官员也笑起来。

载贝子笑了会儿问道："皇上要出兵，那老佛爷那边儿？"

"不好说。"官员沉吟道，"不过，袁世凯是李鸿章的得意门生，朝鲜人对袁的弹劾都是他在朝廷为之保奏给压下去的。现今学生有难，他能见死不救吗？再说朝鲜虽是藩属小国，却是大清抗拒外强的门户并受大清护佑，朝廷自当出兵救之，以示咱大清恩典。"

"出兵的日子定了吗？"载贝子呷一口茶。

"就这几日，已分定叶志超和聂士成的兵。"官员说。

"李鸿章真是心疼袁世凯，竟舍得派自己人去出征送死。"载贝子语含讥讽，"你在军机处需瞪起眼来，王爷自然不会忘了你的好处。且让他们使劲闹去，王爷交办的事你可做了吗？"

"多谢王爷、贝子爷栽培！"官员说着从袖筒中掏出一张纸来递给载贝子，"这是下官用心记下的几个省开出的肥缺，还请王爷定夺。"

"办得好！"载贝子不住地点头夸赞道，"这几日求王爷给差事的人把门都快挤破了！"

"我倒是认识一个极听话又极愿舍钱的主儿。"官员情不自禁地咻咻笑起来，"说到钱我倒想起件事儿来，万岁爷刚被抄了家！"

"打嘴！这种忤逆的话也敢说！"载贝子笑骂道。

"这话可是万岁爷自己说的！"官员乐不可支，"老佛爷十月份要办六十大寿，万岁爷想打只金镯子当作寿礼，就让内务府侍郎庆宽画了四种镯子式样请老佛爷挑选，老佛爷却说四种都要，万岁爷问庆宽四个镯子要多少钱，庆宽说要四万两银子。万岁爷的全部家当只有四万两银子，放在钱铺生息，谁知四只镯子就要了他的血本儿，这才大呼抄家！"

"万岁爷为了四万两银子心疼，王爷办的寿礼又岂止四万两？所以催着你加紧办事儿。"载贝子问，"你可探得清了，人现在在哪儿？"

齐三儿正听得入迷，冷不丁被人一把揪住了脖领子狠狠地掼在地上，上去就是一顿拳打脚踢，把齐三儿疼得杀猪似地嚎。

"我说怎么听着像在闹耗子，原来是闹你这么大个儿的耗子！"载贝子的随从两只手凶狠地掐住齐三儿的脖子，直扼得齐三儿气若游丝、魂飞魄散！

载贝子在屋里听得外面喧哗厉声喝问出了什么事，随从回说抓了个奸细。载振嘱咐官员在屋内候着，自己则走出房门看看是怎样的奸细。此时随从已将齐三儿从后窗带到了门前，扔在载振面前。

"爷！爷！我不是奸细！我是来给福晋贺寿的！"齐三儿吓得磕头如捣蒜。

"贺寿？贺寿你怎么跑到我们爷的后窗去了？"随从见齐三儿嘴硬，照着他的屁股就是一脚。

"哎哟！"齐三儿捂着屁股直往后躲，"我就是想找贝子爷说个话儿。"

"找我？"载贝子一摆头，随从连忙从屋子里搬出把椅子给少爷坐，又把那茶从屋里端出来递给少爷。载贝子四平八稳地坐下慢慢啜了口茶问，"我在这儿呢，有什么话你就说。"

"爷！您等等！您等等！"齐三儿让随从打昏了头，手忙脚乱地在身上上下摸索，摸了半天也没找到正主儿，忽然想起为了防贼，他把那要紧的东西缠在了裤腰里，急忙解开腰带。

随从一看齐三儿解腰带怕他耍花招袭击主子，一脚把齐三儿踹了个仰八叉："你解腰带干什么？"

"我，我拿东西啊！"齐三儿冤得泪都快下来了。

"你腰里能有什么好东西？"载贝子给随从丢了个眼色，两人哈哈大笑。

"爷！真是好东西！"齐三儿装傻充愣，全当不知道别人在挤对他，从裤腰里真的掏摸出一个锦缎包儿来恭恭敬敬地递给载振。

"哦？"载贝子好奇地接过锦缎包儿，打开，不禁连声惊叹，两眼瞬时放出光来，"这东西你从哪儿得的？"

"我知道爷一定喜欢！"齐三儿总算把心放进了肚子，"据孝敬您的人说，这东西得自西域皇宫，是举世罕有的宝贝！要不要我给爷演示演示，也好证明我所言非虚。"

"怎么演示？"载贝子来了兴趣。

"找间黑屋子就行。"齐三儿说。

"那好办。"载贝子打发随从，"去把书房的厚帘子都拉上。"

齐三儿颠颠儿地随着载振进了书房，这厚帘子一拉，屋内真个是漆黑一团，伸手不见五指。载振让随从点了火匣子，把锦缎包儿交给齐三儿，齐三儿从里面掏出一个珠子来。这珠子又不比那东珠，足有鸭蛋大小，通体碧绿，莹莹似有光波流动。齐三儿把珠子稳稳地放在桌子上，示意随从灭了火匣子。火匣子刚灭，那珠子就放出光来，起初是淡淡的绿色光芒，那光越来越强，眨眼的工夫已是霞光万道，照得屋内亮似白昼，更绝的是那大珠中竟似藏着一颗红色的小珠，小珠兀自向四周射出七道黄色的光晕，仿佛一颗炽热的心脏般隐隐跃动。就连载贝子这打小儿从珠宝堆里爬出来的王府少爷也从没见过这般稀罕玩意儿！那双眼就像着了磁铁，牢牢地被那珠子吸了过去。

"爷！夜明珠您见得多了，可见过这个？"齐三儿炫耀地裂开嘴叉子。

"你且说来让我听听。"载贝子微微一笑不置可否。

"据说这颗夜明珠取自西域的极寒之地千年雪池，世间只此一颗，一向被西域的皇室视为镇宫之宝。它有个好听的名儿叫"碧魄丹心"。瞅见那小红珠子没？那就是这颗夜明珠的心。您没听说过有心的夜明珠吧？这回叫爷您开开眼！更奇的是凡得此珠之人要不了多久便富可敌国！您瞅见那小珠射出的七道光没？那光就源自它的七窍，跟财神爷比干一样，也是一颗七窍玲珑心！它可是超级聚财的宝贝，比那聚宝盆都灵验百倍！"齐三儿原形毕露，直把载振当作了他平时吹牛皮的那些市井百姓，白活得吐沫星子乱飞。

"真有那么神？"载贝子似信非信。

"瞧您说的，蒙谁也不敢蒙您啊。"齐三儿讨好道。

"此人备下这么重的礼定是有大事相求吧？"载贝子试探道。

"也没什么大事儿，就是想找机会拜识少爷。"齐三儿回道，"他一个外地的买卖人初来京城，总得拜码头不是？"

"这人倒也懂事。"载贝子笑道，"他既这么有心，我倒不妨见他一见。"

"多谢少爷！"齐三儿赶紧行礼，"崇文门外乐善堂的洪禄洪老板给您请安。"

"好说，你就先回吧，省得让人家等得着急。"载贝子小心地捧着夜明珠，爱不释手地抚弄着。

"是。"齐三儿如遇大赦般忙不迭地逃出门去。

"爷！此人如此腌臢，估计托他的人也好不到哪儿去，我看也不用去见，别污了爷的眼！"随从说。

"别看这种泼皮无赖对咱们奴颜婢膝，若见了市井小民还不定怎么硬气呢！送礼之人既能制服他来疏通关系，必是有些道行的。他为财而来，我为财而去，京城是皇家的地盘儿，他还敢太岁头上动土不成？"载贝子冷冷一笑，"再说，此人出手如此大方，绝不是普通的商人，我倒想看看他到底是何方神圣？"

再说齐三儿成了事儿还从后园子溜了出去，心里高兴，一路上哼着小曲儿琢磨着赶明儿到黑市上把那昧下的四颗东珠卖了，够他下半辈子逍遥的。正走着，忽然被人一把拽住了胳膊，抬头一瞧，居然是乐善堂的伙计单田骏。

"我们爷正候着您呢！"单田骏体格壮实，怎么看都像个打手不像个伙计。

"我这不正要去回你们家爷嘛。"齐三儿心里叫苦，脸上还得装出笑脸儿。

"我们爷急，不敢劳他久等！"单田骏说着一招手，早有备下的马车一口气儿将齐三儿拉到了崇文门外的乐善堂。

这乐善堂外表毫不起眼儿，专以卖书籍和药品为业，内里却十分阔大。乐善堂的门口蹲着个破衣烂衫的乞丐，边用肮脏多痣的手挠着痒痒，边幸灾乐祸地瞅了眼耷拉着头的齐三儿。齐三儿被直接带到洪老板的会客室，被按到了椅子上，单田骏则抱着胳膊立在一旁。齐三儿心里发虚，硬撑着没让自己从椅子上出溜下去。

"齐爷辛苦了！不知事情可办得妥当？"洪老板坐在阴影里，齐三儿越是看不清他的表情越是心慌。

"我齐爷出马能不妥吗？"齐三儿又摆出那地痞的做派想给自己壮壮胆儿，"不但妥了，我还跟我那表弟载贝子搭上了茬儿，他可是个好事儿的主儿，他还说改日会叫随从来给您下帖子呢！"

"那就好！齐爷果真出手不凡！"洪老板听上去很满意。

"我办事儿您就擎好儿吧！"齐三儿站起身，"要是您再没吩咐，那我就回了？"

"回倒是可以回，不过，回之前齐爷不该把我的东西还给我吗？"洪老板的语气依旧平淡如水。

"东西？什么东西？"齐三儿没回过味儿来。

洪老板冲着单田骏一摆手，单田骏立刻把齐三儿又按回椅子，麻利地脱下齐三儿的破皮靴将四颗东珠倒在手里还给主人，回身就给了齐三儿一个牢实的大嘴巴子，直打得齐三儿嘴巴抽筋抖成一团，扑通跪到了洪老板的面前。

"您就饶我一回，下回绝不敢了！"齐三儿举着手赌咒发誓，却又不甘心地嘟囔，"再说总得给点儿跑腿儿钱不是？"

"为我办事的人我绝不会亏待，但私吞我钱财的人也绝不会轻饶！"洪老板冷冷地说。

单田骏领了命令随即就把齐三儿架起来往后院儿拖，唬得齐三儿鬼哭狼嚎，"你们要干什么？过河拆桥说出去都丢份儿啊！别打！别打！我还有话说！"

"带回来！"洪老板轻蔑地瞅着匍匐在地涕泪横流的齐三儿问，"你还有何话说？"

"我，我还听了贝子爷和一个人说话！"齐三儿牙齿打战吐字不清。

"什么人？"洪老板一皱眉。

"什么军机鸭机的我没听明白。"齐三儿哆嗦道。

"说啥了？"洪禄正欲抿茶，闻听此言猛抬头看着齐三儿，不自觉地将手中的茶递了过去。

齐三儿受宠若惊地接过茶偷眼瞧了瞧洪老板，吸了一小口，立时便抖起了精神："贝子爷跟大人说话，小的我在二堂候着，隐隐约约听了几耳朵，至于说的那可就多了！"

"你且细细讲来！"洪老板凑近身子紧盯齐三儿。

洪老板听罢，定神审视了一下齐三儿，这才发觉自己的钧瓷茶杯竟在他手里，猛地夺过来，向单田骏一挥手："带下去！"

洪老板站起身，背着手左右踱步，思忖良久，匆忙起草了一份电报稿直奔电报局。

三、京城奇遇

兰烟泪眼汪汪蓬头垢面，像个乞丐似的蜷缩在桥洞子下面。

她到京城已经三天了，带的干粮早已吃完，身上又没盘缠，要不是心里还存着对海龙哥的念想儿，早就死了一百回了。

兰烟泪眼汪汪蓬头垢面，像个乞丐似的蜷缩在桥洞子下面。

她到京城已经三天了，带的干粮早已吃完，身上又没盘缠，要不是心里还存着对海龙哥的念想儿，早就死了一百回了。

那天她正蒙着大红盖头坐在家里，心里撞鹿似的盼着海龙哥的花轿快点上门，不承想却盼来了晴天霹雳。她扯掉盖头没命地往海龙哥家里跑，半路上就看见了散了一地的锣鼓唢呐和歪倒在草丛里掀了顶子的花轿。她哭她找，可海龙哥和那些送亲的大老爷儿们都像被一阵邪风卷了去，再也没有了音信。哭够了她就安慰自己，海龙哥会回来的，我生是他的人死是他的鬼，我就在家等他哪儿也不去，这样他回来才能找见我。王宝钏不还苦守寒窑十八年吗？为了海龙哥我守二十年、三十年。

自从有了这个念头，她倒安下心来。然而没过半个月，她就觉得不对劲儿了。刚出事儿的时候，那些家里失了男人的女眷还到她家来跟她一起抹眼泪，可渐渐的人们都开始疏远她，看她的眼神儿也变了。村儿里竟有了传言，说她是丧门星专克男人，就连村子里的孩子都在背后指画她。因为对村里人来说，她家原本就是外乡人，于是愚昧的乡民们就把所有的悲苦和罪孽找了她这个最便利的人去承担。

她在家哭了一天，村里是不能待了，那就去找海龙哥吧。可去哪儿找？她依稀记得爹曾说过自己在京城有个姨娘，京城是个消息灵通的地方，或许真能打听到海龙哥的去处也说不定。她打定主意翻箱倒柜地找出姨娘曾寄来的家书，把新嫁娘的红袄红裤和绣花鞋都打了包袱，收拾了家里所有的干粮和仅剩的一点钱就上了路。谁知到了京城才知道，姨娘早已去世，姨夫又娶了新妇，自然不肯认她这个拖油瓶。世态炎凉，竟没有她一个弱女子的安身之处，想到此眼泪又扑簌簌地滚落下来。

"我说谁这么娇里娇气地挤猫尿，原来是个小娘们儿！"一声公鸭似的嬉笑传进兰烟的耳朵。

兰烟惊得抬起头来，桥洞子外不知何时竟多了两个手持打狗棒的乞丐！那两个乞丐发辫油腻散乱，衣服破洞百出、满身污垢，从里到外散发着一股难闻的恶臭，有一个乞丐左脸上居然长了一只巨大的瘤子，把整张脸都压得向左歪斜，一如那凶鬼恶煞，吓得她直往后缩。

"兄弟，该着咱俩吉星高照，今天开开荤！"瘤子乞丐一脸淫笑，贪婪地盯着兰烟。

"我可不敢坏了规矩！头儿说了，来的新人儿都要经他过目才轮到下面分呢，您老也知道头儿那打狗棒的厉害！"另一个年轻些的乞丐有些畏缩。

"要不说你笨呢！"瘤子乞丐狠狠地削了一下年轻乞丐的脑瓢儿，"这么大的北京城，头儿的眼能张过来？我们就先做了再把她带给头儿，这也没有记号，你不说我不说他能知道？前几天你见了春香楼的姑娘还挪不动步儿让人给轰了出来，今儿个有了现成儿的你倒熊了！"

"大哥，还是您明白！要不您大人有大量，就先让我尝个鲜儿？"年轻乞丐被瘤子乞丐说得猴急起来。

"嘿，你小子还攒着后劲呢哈！"瘤子乞丐嘴巴一撇，"你再急也是个雏儿！老老实实给我把风，让哥我先教教你！"

"成！我先给您把风！"年轻乞丐转头四顾，其实这桥洞子很是偏僻，即便有人见了乞丐也嫌他们晦气早躲得远远儿的，哪里会有人来？这下可得了瘤子乞丐的意，扔了打狗棒就扑向兰烟。

"别过来！"兰烟嘶声惊叫着翻身站起，迅疾从怀里摸出一把菜刀来，这是她一直揣着防身的家伙，"你再往前走我就抹脖子！"

瘤子乞丐被兰烟吓了一跳，没想到这弱不禁风的小娘们儿还揣着硬家伙。立时动了个心眼儿腆着脸皮笑肉不笑地说："好好儿的抹什么脖子啊？大妹子，哥哥逗你玩儿呢！"

边说边向后退，去寻那扔掉的打狗棒，琢磨着用打狗棒打掉兰烟手里的菜刀。

"你们走！马上走！"兰烟把刀架在硬挺的脖子上大叫。

"走，走，这就走！"瘤子乞丐面儿上安抚着兰烟，一伸手却捞起地上的打狗棒劈头盖脸地打向兰烟。

"啊！"兰烟惊叫一声，索性闭上眼心一横，那锋利的菜刀直向脖子抹去。

"莫寻死!"一声大喝震得兰烟手一哆嗦,瘤子乞丐的打狗棒恰好赶到,顺势把兰烟的菜刀打落在地。

瘤子乞丐正想欺身上前,不料斜刺里杀出一个大小伙子。那小伙子也不答话,照着瘤子乞丐的面门就是一拳。瘤子乞丐的脸这下可开了酱菜铺,什么红的黄的清的浊的一齐进将出来,疼得他嗷嗷地惨嚎。年轻乞丐见不是路,早一溜烟儿窜了个子。瘤子乞丐好汉不吃眼前亏,也顾不上打狗棒,捂着脸拼命逃窜。兰烟见乞丐跑了,一屁股瘫在地上,随即抓起地上的菜刀护在胸前,警惕地瞪着面前的小伙子。

"姑娘莫怕!"小伙子上下打量着兰烟笑道,"我不会害你!姑娘为何落到这般田地?有什么难处不妨说来听听,也许我还能帮上点忙。"

兰烟偷偷拿眼瞧那小伙子,二十左右的年纪,面相倒也憨厚,一身儿干净的白衣黑裤,脚上穿着软底黑布鞋,像是个本分人家的后生。遂把投亲不遇的话说了一遍,却绝口不提自己来京城的真正原因。

小伙子听后同情地叹口气说:"天儿也不早了,要是姑娘不嫌弃,就先跟我回家暂住一时。放心,我家中还有老娘,不会亏了姑娘。"

这不等于刚出狼窝又入虎口吗?兰烟有些犯难,又怕天晚了又有乞丐骚扰,再说也实在无处可去,只得点头应允。

"好嘞!请姑娘上车!"小伙子高兴地招呼。

"上车?"兰烟一怔,这才发觉离桥洞子不远的地方居然停了一辆黄包车,原来这小伙子是个拉车的,可瞅瞅自己身上的衣服不禁犹豫起来,"还是走吧,别把车给弄脏了。"

"不碍事!"小伙子爽快地说,"您尽管安安稳稳地坐好就成。"

兰烟理了理头发,上下拍打了身上的尘土,才让小伙子扶她上车坐下。她还从没坐过人拉的车,两手牢牢地抓住车帮,身子使劲靠在车背上。小伙子安顿好兰烟架起车把,走了几步慢慢地小跑起来。他跑得很有节奏,兰烟丝毫也没感到颠簸,但手脚还是绷得紧紧的。

"姑娘坐得还舒心吗?别急,再过几个胡同儿就到家了。"小伙子安慰兰烟。

"舒心!"兰烟忙说,"今天多亏壮士搭救,日后定当报答!还没请教壮士大名?"

"姑娘不必客气!我叫田文虎,不知姑娘如何称呼?"田文虎呼呼地喷着热气。

"我叫兰烟。"兰烟说。

田文虎的家就住在天桥儿旁的胡同儿里。车子刚到门口，老母亲就听到了声响开了门，见儿子拉回个乞丐吓了一跳，细看却是个满面风尘的姑娘，急忙把姑娘让进屋里。兰烟怯生生地道了打扰。田妈妈一看就是素净利索之人，不但长得慈眉善目，还是个热心肠儿，忙叫虎子去烧水好给兰姑娘梳洗，自己则拉着兰烟的手问长问短，陪着兰烟叹气掉泪，让兰烟就把这当家一样安心住下。一低头瞅见了兰烟的脚不禁大为惊讶。

"兰姑娘是旗人？"田妈妈看着兰烟的一双天足问。

"汉人。"兰烟回道，"我娘死得早，爹爹疼我不肯让我裹脚，他说旗人的女子不裹脚走路便当，汉人的女子裹了脚走起路来步步钻心，他不忍心让我遭那罪，等他老人家死后我的脚已经成型，也裹不了了。"

"唉，都是自己身上掉的肉，哪个当爹娘的愿意自己的闺女遭那罪啊？"田妈妈叹道，"可你不裹脚，将来怎么出嫁啊？"

"我不嫁！"兰烟低下头，心想海龙哥可从没嫌我脚大。

"傻孩子！哪有姑娘不嫁人的？兰姑娘今年多大了？"田妈妈问。

"十九。"兰烟轻声说。

田妈妈笑着拍拍兰烟的手："兰姑娘别着急，等到时候我给你想个法子。"

兰烟应也不是不应也不是，田文虎从门外探进头来说水烧好了，兰烟借口去梳洗才算躲了这尴尬。

田妈妈忙着张罗晚饭，田文虎帮着擦桌子，恰好兰烟梳洗完毕从屋子里出来，田文虎一见兰烟眼就直了。只见兰烟红扑扑的一张鹅蛋脸儿上眉清目秀，如瀑的黑发湿漉漉地散在肩头，行动含羞带娇，却全无一般女子的扭捏之气，倒像骨子里就透着一股爽利。兰烟被田文虎瞅得越发红了脸，低声说："虎哥，还是我来擦吧，男人做不惯这些家事的。"

"啊？哦！"田文虎也不好意思起来，"不打紧，我在家帮我娘做惯了。"

田妈妈端着菜进来，见了兰烟的模样也是打心眼儿里喜欢，再瞅瞅儿子的痴相，抿着嘴儿偷偷地乐。

"吃饭！吃饭！"田文虎懊恼自己的鲁莽，赶紧找个台阶儿下。

35

"兰姑娘，你一路辛苦，这几天就在家好好养养身子，等有了力气就让虎子带你去天桥儿好好转转，天桥可是京城最热闹的地儿呢！"田妈妈边说着边给兰烟夹菜。

"那就有劳虎哥了。"兰烟点头。

在田文虎家住了几天，兰烟明显感到身子骨有劲儿了。她不好意思在人家白吃白住，总是抢着帮田妈妈清扫屋子烧火做饭。然而清寒之家屋子就那么两间，每日的饭菜也无非就是青菜豆腐酱菜干粮，能做的实在不多，又不敢闲下来，一闲下来心上就觉得对不住人家。

其实兰烟心里明白，自打见到她的头一天起，虎哥就对她有了意思，田妈妈也是极力撮合。虎哥是个好人，朴实憨厚，能嫁给他的姑娘也算是有福气，可自己心里早已有了海龙哥，再待下去只怕会耽误了人家。还有一点也是她最害怕的，都说当兵的九死一生，她怕自己熬不过那扯心拉肺的思念，熬不过担惊受怕的夜晚，怕那些曾刻骨铭心的记忆会随着岁月淡去，更怕怀疑会蚕食掉她对海龙哥归来的信心。不行，她得想个法子走。打定了主意，当天晚上吃饭的时候她就央求虎哥第二天带她去天桥儿转转，走出去总比在家法子多，兰烟想。

吃过早饭，兰烟就跟田文虎出了门，走不上一袋烟的工夫就到了天桥儿。

北京的天桥儿并不单指那座皇上到天坛祭天必经的高大雄伟的汉白玉单孔高拱桥，而是包括正阳门大街、经东西珠市口而南、迄天坛门之西北和永定门之北的广大区域。这里茶肆、酒楼、饭馆、商铺一应俱全，更有技艺高超的曲艺和杂耍艺人在此撂地表演，再加上那些摆地摊儿镶牙的、治病的、卖药的、剃头的、吹糖人儿的、画年画儿的、演皮影儿的，真是各色人等热闹非凡。

兰烟何曾见过此等繁华的场面？看着什么都高兴、看着什么都新鲜。田文虎也专领她往那人多的地方走，看完了拉弓看举刀，那膀大腰圆的壮汉不但能把那一二百斤重的刀舞得虎虎生威，连背花儿都耍得轻快自如。

耍中幡更是让兰烟大开眼界，表演者是个身板儿敦实的大小伙子，那中幡由三丈多高的粗壮竹竿做成，杆顶有红罗伞盖。那小伙子用手托住中幡向上一送，待幡落下之际他却脖子一挺，用脑门儿将它接住。看客们刚叫了一个好儿，那幡早被他从脑门儿落到了脖子上，由脖子又轻松地滑落肘弯，再由肘弯向上用力一顶，身子一挫，竟然用牙齿咬住了幡底的一个边儿，硬生生地将幡接住挺立在空中。兰烟不由得跟着大家一起拍手叫好。

看完了耍中幡看爬杆儿，看着那些人在竹竿儿上灵活地表演，不禁让兰烟想起了海龙哥。每逢年节，村子里都会举办爬杆比赛，那杆子其实是根六七丈高、碗口粗的木头，不用的时候就放在庙里以避风挡雨，比赛前就在木头顶端扎个绣球竖在戏台旁的空地上，谁能爬到杆子顶上把绣球摘下来就算赢，这项比赛海龙哥一向都是拔头筹的。好像知道别人胜不过自己，海龙哥每次都是等到别人都爬过了才上场，她的脑海中再次浮现出海龙哥狸猫一般俏爽的身姿。他爬杆子可不像别人那样死命地抱着杆子还往下打滑，而是轻灵一跃就蹿上一人多高，他的身子仿佛粘在了杆子上，还不时玩儿个猴子望月、兔子蹬鹰的花样，逗得人哈哈大笑，更不忘将那绣球径直抛进兰烟怀里，全然不顾旁人的嬉笑和兰烟的娇羞。想到此兰烟鼻子发酸心头不快，面色也不像方才那般鲜亮了。

田文虎只道是兰烟走累了，遂带她去茶馆喝茶解乏。茶馆里早聚了七八桌的茶客，有正为一词儿争执不下的连句的秀才，也有眯着眼神游天外哼曲儿的票友，还有谈蛐蛐经的、帮人张罗事儿的、遛弯儿的、瞧病的，也有一个人闷头坐着喝茶的。掌柜的是个白白胖胖的中年人，约莫是来喝茶的大姑娘不多，遂多瞅了兰烟两眼。

"来了您呢！"伙计麻溜儿地搬出条凳，安排田文虎和兰烟在桌子边儿坐下，顺手又抹了遍桌子。

田文虎要了一壶茶，兰烟刚喝了一口，就听旁边桌子上的一个干巴巴抱着布幡儿跑江湖的老郎中开了腔儿："听说了吗？朝鲜那边儿打起来了！"老郎中捻着山羊胡子压低了声音，像是怕人家听见。

"四爷，谁跟谁打起来了？"一个商人打扮的中年人问。

"他们自己个儿打起来了，不过告急的文书可送来了朝廷，要朝廷派援兵去救他们呢！"老郎中砸一口茶摇摇头，"越是那芝麻大点儿的地方越不消停！听说是因为皇后那边儿的娘家人儿祸乱朝廷，百姓起了哄，内不调必发于表啊。"

"他们自己个儿打仗，干啥要咱朝廷派兵？"一旁收拾茶碗的伙计插嘴道。

37

"咱拿了人家的岁贡，现在出了事儿能不管吗？"老郎中哼道，"譬如人肚肠溃烂不下猛药如何得好？这朝廷的兵就是那猛药！可话又说回来，病在腠理尚可医治，倘若病入膏肓即使扁鹊在世也是回天乏术！"

"哎，不知哪里兵营的弟兄又要倒霉了！"中年商人叹道，"一打仗钱粮就紧，买卖也不好做。"

兰烟心里咯噔一下，手一抖差点把茶洒到身上。

"您这都是旧闻了，朝廷前天已经派兵了！"老郎中右边儿的凳子上噗通坐下个三十出头儿的捎脚儿汉子，他把褡裢往桌上一扔抹了把汗说："来碗儿茶！"

"好嘞！"伙计刚给沏上茶，抬头瞅见一个又高又胖穿着蓝绸旗袍儿提着鸟笼子的年轻爷们儿进来，连忙上前招呼，"呦！庞爷！您来了！您的画眉今天可精神？"

"不精神！昨个儿吃多了撑着了！"蓝旗袍儿小心地把鸟笼子搁在郎中左侧的桌子上，从怀里掏出一包茶叶来，"我带的小叶双薰，给冲一壶大的！"

"好嘞您呢！"伙计应着。

"王大嘴，你又蒙我！"老郎中瞟了一眼鸟笼子，像是嫌他耽搁了自己说话，回头瞪着王大嘴，"你又不是军机大臣，朝廷派兵你咋知道？"

"四爷，我蒙您干啥？我这也是今天去什刹海那边儿的兵营送货听营里的人说的。"王大嘴说。

"连皇城根儿下的兵都要派出去了？那谁来保卫皇上啊？"伙计忙问。

"保卫皇上的是御林军！"蓝旗袍儿白了伙计一眼，继续逗弄笼子里的鸟儿。

"还是庞爷有见识！"伙计弯腰赔笑。

"不是京城的绿营，听说是直隶提督叶志超和太原镇总兵聂士成的兵。"王大嘴见听众都竖起了耳朵说得更起劲了，"我还听说件怪事儿！咱朝廷派兵，东洋人也派兵，而且比咱的兵先到了朝鲜！"

"东洋人跟着掺和啥？"中年商人眨巴着眼。

"倭寇连年岂是大清才有的事儿啊？明朝闹得凶，让戚继光给打散了，十年前两次三番地撺掇高丽闹事儿，又让咱袁大人给压下了，估计这回也没安好心！东洋人可鬼精着呢！你精气足时它外邪不侵，等你稍有个气血亏损，他立马儿卷土重来！用药讲究对症，不对症事倍功半甚或危及性命。现今高丽病急投医，怕只怕这两药相冲其症难治噢！"老郎中摇头晃脑地喝完茶，把布幡儿一提杯子一放，将茶杯盖倒扣在杯子上站起身来。

"您老这就回？"王大嘴问。

"晌午有人请，下午再来。"老郎中说着踱着方步出了茶馆儿。

"走好您呐！"伙计赶忙招呼，"给您老留茶留座儿！"

"天天有人请，我估摸着又去哪儿倒腾吃食呢！"王大嘴不屑地向大伙儿丢个眼风，跟大伙儿哧哧地窃笑一回。

兰烟却在一旁听得手脚冰凉，千祈万祷地求着菩萨保佑海龙哥别被选去打仗。

田文虎瞅着兰烟的脸红一阵白一阵的，很是纳闷儿："兰姑娘不舒服吗？"

"没啥，就是有点儿乏。"兰烟慌忙笑着遮掩，手却在那桌子底下把那花褂子的前襟儿搓得皱成一团。

"咱先歇会儿，回头去小吃摊儿上来块炸糕，喝碗热乎乎的豆腐脑儿就有劲儿了。"田文虎热心地安慰兰烟。

"虎哥费心了！"兰烟心里还装着打仗的事儿，如何能提起精神？

田文虎不知就里，一味兴致勃勃地给兰烟介绍天桥儿的小吃如何繁多、如何好吃，不成想画眉在旁听高兴了竟悠扬婉转地啼叫起来，蓝旗袍儿像得了彩头儿，整张脸都乐成了花，疼那鸟儿疼得至不得，就差上前对着鸟嘴儿亲了，兰烟却被那鸟儿叫得愈发揪心烦乱。

"虎哥，您能随便弄点儿吃的到这茶馆儿里吃吗？我若再走过去就怕连回家的力气都没有了。"兰烟哪有心思吃饭，只想把田文虎打发走，自己好静静心想想辙。

"怕啥？你走不动我背你回去！"田文虎倒干脆。

兰烟腾地红了脸："虎哥，这可使不得！"

田文虎看兰烟脸红：知道犯了姑娘的忌讳，手忙脚乱地解释："兰姑娘别误会！我是说……算了，我还是去弄吃的吧，兰姑娘好生在这等我，省得走丢了。"

兰烟点头，望着田文虎的背影总算松了口气，可心里还是七上八下没个计较，想起海龙哥心头就像猫抓一样难受，眼泪直在眼眶儿里打转儿，却又不敢掉下来，怕人看见。她悄悄地用袖口擦拭眼角，望向茶馆儿外熙来攘往的人群，忽然瞅见茶馆儿的墙上贴着一张告示。兰烟打小儿跟着爹学过几本书认得字，于是上前看那告示，却是一个大户人家招聘厨师。兰烟心头一喜，遂把那告示揭了揣进了怀里。

四、突遭暗算

　　杜海龙自被许石山收做了贴身侍卫，就跟着他学习军舰上的各种设备和武器知识。有事做心里就踏实，杜海龙学得勤快，许石山也教得用心，有意将他培养成一名炮手。

杜海龙自被许石山收做了贴身侍卫，就跟着他学习军舰上的各种设备和武器知识。有事做心里就踏实，杜海龙学得勤快，许石山也教得用心，有意将他培养成一名炮手。每当舰上进行实弹操练的时候，许石山都会特意把杜海龙安排到主炮手的身边让他学着装弹、运弹，借机实地观摩炮手的操作流程，兼之杜海龙头脑聪明、手脚灵活，看过几次便已粗通门径。军舰之威力全靠炮来发挥，炮手也最容易得到上面的提拔重用。杜海龙明白许石山有心栽培自己，然而感激归感激，一天得不到兰烟的消息他就一天也无法彻底安下心来。

这一日正值舰上放假，官兵们照例三五成群地去岸上逍遥寻乐。杜海龙正在炮筒边练习装卸炮弹，然后把不合格的开花弹挑出来好送还给支应官运回工厂重新加工，郑喜则在旁帮着他把废弹放到一边的筐子里。

"这炮弹咋还有不合格的呢？"杜海龙看着废弹筐很纳闷儿。

"没钱呗！"郑喜瞅瞅四周低声跟杜海龙嘀咕道，"这种开花弹大清不会做，原先都是从洋人手里买。听说老佛爷为了预备今年的六十大寿，把水军的经费都拿去修了颐和园。水军没了经费买不起炮弹就只好赶鸭子上架，逼着天津机械局自己造，结果就造出这模样儿来了。"

"唉！"杜海龙刚要说话，忽听许石山喊他，急忙跑去行礼。

"这些日子在舰上还待得惯吗？"许石山似笑非笑地瞅着杜海龙。

"待得惯。"杜海龙脸一红，谁让自己总揣着逃的心思，也难怪人家要防着自己。

"今天我要派你下船去办点事。"许石山说。

"请帮带吩咐！"杜海龙心中一动，许石山从不派他下船，莫非今日是想要试探自己吗？

"近日舰上烟土泛滥，严重影响了官兵的士气，并且还有不少水兵为此结伙争斗，搞得人心不和。"许石山一提起烟土就深恶痛绝，"我已严厉责罚肇事的水兵，责问他们烟土从何而来？他们竟说是船上有人卖的，价钱居然不及正常的三成儿。待细细逼问幕后主使，你道是谁？却原来是水兵头刘富！"

"这事有些蹊跷。"杜海龙点头。

"所以我才想让你上岸暗中观察刘富的行踪，尽量摸清他跟何人联系？从哪里搞来的烟土？我派郑喜跟你同去，相互也好有个照应。"许石山嘱咐杜海龙，"刘富一会儿就会下船，你也好见机行事，但此事你一人知晓便可，万不能随意泄露！去把郑喜叫到这来。"

"是。"杜海龙领命把郑喜叫进了许石山的舱房。

"你们换身便装，一起去城里替我采办些笔墨纸砚，办完事快去快回，不得随意耽搁。"许石山说完把银子交给郑喜让他收着。

"许帮带，您也好些日子没回家了，难得军舰到了家门口，您不瞅机会回去瞧瞧夫人孩子？"郑喜殷勤地问。

"我已跟家里通过书信，现在舰上事杂不便分身，等过些日子再说吧。"许石山笑笑，"你们自去就是。"

杜海龙回房换上蓝色的水军便装，边下军舰边问郑喜："郑伯，许帮带是天津人吗？"

"许帮带家可是天津卫的大宅门，据说还跟皇亲国戚沾点边儿，不知为啥却放着大好前程不要偏偏跑到军队里混！"郑喜摇头道。

"郑伯，您不怕我跑了？"杜海龙边跟郑喜打着哈哈，边看似随意地望一眼前方几十米开外的刘富。他好像有什么急事，步子迈得又大又快。

"不怕，你小子仗义！"郑喜笑眯眯地瞅一眼杜海龙。

"此话怎样？"杜海龙没听明白。

"按大清律，要是你跑了俺也要被连坐处死。你小子连刘富都能救，更不可能害俺。"郑喜说。

杜海龙唯有叹气摇头，这大清律真够狠毒，连沾上边儿的人都不放过。

"兄弟，你也甭叹气，叹气也没用！"郑喜劝道，"人犟不过天不是？人这一辈子该遭什么难该享什么福老天爷心里都有数儿！也甭急！机缘到了自然就会给你个交代，世界上那么多生灵，老天爷管累了不也得喝盏茶歇息歇息不是？"

"您老说得对。"杜海龙点头称是。

"兄弟，问句不该问的话，你爹临死就没给你留下点儿值钱的东西？"郑喜紧瞅着杜海龙。

"东西？"杜海龙一脸茫然，"郑伯，您啥意思？"

"这世上离了钱不办事儿，要是你爹能给你留下啥宝贝，变卖变卖说不定能救你急难，刘富不就用钱捐了个水兵头吗？"郑喜意味深长地笑笑。

"我爹唯一传下来的值钱东西就是骨气！"杜海龙轻蔑地瞟着刘富的背影。

看到刘富坐了小船北上，杜海龙和郑喜也择了船前往三岔口。三岔口是天津卫重要的水陆码头，然后再由三岔口上岸进入天津城。这天津卫是京城的卫戍要地，雍正四年便在此设立水师营，建八旗兵营拱卫京城，直隶总督兼北洋大臣李鸿章更是奉旨驻守天津。天津的繁华程度并不次于北京，且它没有皇家禁地的阻隔，大街上满人、汉人，南方人、北方人，各色人等鱼龙混杂，服饰更是民族各异、洋洋大观。杜海龙从没到过这般热闹的去处，行事不免有些拘谨，紧紧跟定了郑喜，生怕自己迷了路，还要暗瞅着刘富。刘富进了城反倒不急了，优哉游哉地逛着街市，似乎也没什么特别的举动。郑喜对天津早已惯熟，对哪儿有好吃的好玩的好用的更是了如指掌。一路上给杜海龙指点茶楼酒肆，哪家茶馆儿的掌柜人敞亮，茶的口味地道不欺人；哪家的酒肆卖的是正宗天津义聚永的烧锅酒，义聚永的玫瑰露和五加皮声名远播，连南洋的客商都来天津进货。郑喜虽然说得馋涎欲滴，但还没忘记有公务在身，遂带着杜海龙直奔卖笔墨纸砚的铺子。铺子里有两位秀才打扮的男客像是一块儿来的，正在评着紫毫与狼毫之长短，还有一位穿短袄长裙的中年妇人也在漫不经心地翻着纸张。郑喜把许石山写的采办物品的单子交给伙计，恰逢那两位秀才选好了笔走出铺子，掌柜的便去招待那位女客。杜海龙不懂笔墨，又不能总往铺子外张望刘富引得郑喜起疑，遂在铺子里四处闲看，却见那女客竟从袖中掏出一张大红婚书来递给掌柜。掌柜看过将婚书还给女客，也不言语，径直掀了帘子奔了后房，不多时从里面取出一卷画儿来交给女客，女客付了钱携了画儿便走。杜海龙看得一头雾水，却见郑喜在一旁窃笑，就问郑喜为何发笑。

"你小子没造化，若是真成了事儿岂不比那画儿上精彩？"郑喜乐道。

"啥意思？"杜海龙愈加发懵。

"你可知道那画儿上画的什么吗?"郑喜故作神秘。

"她又没打开看,我怎么知道?"杜海龙说。

"那画儿可万万不能当众打开!"郑喜笑喷了嘴。

正巧伙计把许石山要的东西整备齐了,郑喜付了钱便拉着杜海龙出了铺子,悄悄附在他的耳朵边儿上说:"那卷画儿是春宫图!"

杜海龙腾地涨红了脸:"妇人家要那东西干啥?"

"这你小子就不懂了!还就是妇人家要,这可是天津卫的传统!"郑喜卖了个关子。

"咋会有这种传统?"杜海龙问。

"这叫压箱底儿!"郑喜津津有味儿地咂咂嘴,"别处姑娘出嫁,娘家都把那贵重宝贝压箱底儿,唯独天津卫不一样,是把那春宫画压箱底儿,并且还都是母亲传给女儿。待小夫妻入了洞房,就把那压箱底儿的春宫画掏出来照猫画虎,那日子不就和美了吗?不光是画儿,还有把那金的、银的、瓷的、陶的做成的男女欢爱的物件儿压箱底儿的,不但小夫妻喜欢,还辟邪呢!这可是天津人的智慧!当然这种画儿也不能随便卖,刚才你不是见着了?只有拿了婚书掌柜的才会卖呢。要不下回我也替你弄一卷儿备着?"

"郑伯又说笑了。"杜海龙只顾跟郑喜说话,猛地记起刘富,一抬头却不见人。急忙转头四顾,刘富仍是踪影皆无。

"看啥呢?"郑喜纳闷儿地问杜海龙。

"没看啥,刚才好像有个舰上的弟兄。"杜海龙遮掩道。

"那不稀奇,放了假在舰上呆着才稀奇呢!"郑喜说,"难得出来一趟,待逛了南市吃碗茶再回去也不迟。"

杜海龙跟丢了刘富心中懊恼,也不想这么早就回去复命,还存着能寻着刘富的想头,于是跟着郑喜奔了南市。南市是天津小吃的汇聚之地,几百种小吃各具特色,令人不忍释口,犹以天津大麻花、耳朵眼儿炸糕、狗不理包子并称三绝。小吃摊子鳞次栉比,让人看得眼花缭乱,听着那韵味儿十足的吆喝,闻着阵阵扑鼻的香气,杜海龙的肚子居然咕咕乱叫起来,就跟郑喜在南市喝了一碗老豆腐,吃了几块炸糕,又买了些果仁张的果仁好一会子就茶吃。

再说那刘富自下了军舰就发觉杜海龙和郑喜也在后面。起初他还以为杜海龙他们是在跟着自己，见他们进了卖笔墨纸砚的铺子才放下心来，趁机溜去办自己的正事儿。此时他正跟一帮约好的弟兄路过南市，那帮人的打扮可真是够瞧的，路人一见都纷纷躲避。只见为首的那个年轻汉子穿得不伦不类，挺大的个子却歪戴着小花帽，斜披着蓝色洋绸衫子还敞着怀，腰扎水红色的洋绉褡包，蓝袜子，绣花鞋，盘在胸前的辫子梢儿上竟还别着一朵花儿。走起路来晃着膀子摇着胯，生怕人家不把他当凶神恶煞。其余的人则是一水儿的青色衣裤，腰里不是别着铁尺子就是别着斧头把儿。刘富一抬眼看见了走在前面的杜海龙，心里一阵别扭，自打杜海龙救了自己一命，他就尽量避免和杜海龙两个单独照面儿，总觉得自己欠他一命在他面前耍不起威风。于是眉头一皱说道："郭兄弟，你先走，我见着个熟人儿不太方便，回避一下。"

"嘛回避？除了皇上，谁敢让大哥您回避？我揍他！"郭爷眼一瞪。这郭爷名叫郭松，专在码头上圈地称霸，码头上的船老大都畏之如虎。

"兄弟，你的义气大哥心领了！俗话说多一事不如少一事，我另选一条路走，咱码头上见。"刘富劝道。

"大哥，您把兄弟当嘛人了？兄弟是干嘛吃的？嘛时候怕过事儿？我就是找事儿的祖宗！"郭松一竖大拇指，"大哥，您说，哪个小子碍了您的眼？"

"就是前面那个穿水军服的，其实也没啥事儿，兄弟，你就别操心了。"刘富伸手拉住郭松。

"大哥，交给我了，擎好儿吧您！"郭松甩开刘富的手，领着一帮弟兄就冲向了杜海龙和郑喜。刘富点完了火，一闪身躲进了人群里。

杜海龙正走着，感觉身后有异，一回头，正瞅见一帮人气势汹汹地奔自己这边来，领头的那个汉子险些让他笑出声儿来。

"挺壮实的爷们儿干嘛把自己打扮得像个大姑娘？"杜海龙忍住笑问郑喜。

"什么大姑娘！这可是天津卫赫赫有名的——混星子！"郑喜低声斥道，"别让他瞅上你，瞅上你这条小命儿就玩完了！"

"他们不怕王法吗？"杜海龙不服气。

"在天津卫他们就是王法！"郑喜的声音有些抖，"知道什么是混星子吗？就是咱说的混混儿。只是天津卫的混混儿跟别处不同，最喜欢穿戴扎眼惹人注目，好的就是挑事儿打架，讲得就是打架不要命！他找你茬儿，你打他还不还手，任你把他打个半死，哼都不哼一声，只要他还有一口气儿活过来，他就扬了名立了万儿，这片街面儿就是他的了，不但老百姓不敢惹他们，就连官府都惧他们三分！李鸿章李大人的亲兵团厉害不？照样让他们给打尿了！"

"这帮人倒也可恨！"杜海龙皱起眉头。

"别看了，快走吧！"郑喜拉着杜海龙就要走。

"别走！"郭松对着杜海龙大叫，"小子，说你呢！"

"你，叫我？"杜海龙诧异地回过头来看着郭松。

"爷找的就是你！"郭松垮着膀子抖着腿，仔细瞅了瞅杜海龙，"小子！划个道儿吧！今天爷要跟你比试比试！"

"爷，您一定认错人了！"郑喜忙打圆场。

"嗨！这老头真眼儿！少他妈耍嘴皮子，一边儿去！"郭松上来就把郑喜推个趔趄，杜海龙连忙将郑喜扶住。

天津卫的人最爱看的就是打架，打架的消息传得像飞一样，眨眼的工夫他们周围就聚了一大群看热闹的。

"你小子有种！敢得罪我们大哥！"郭松斜眉挑眼，"道儿上的人最讲义气，你得罪他就等于得罪我，我就得替他出气！"

"我不知道您的大哥是谁，更不知道如何得罪了他？但既然要打咱就先说道说道。"杜海龙从小也是孩子堆儿里打出来的，他爹又教过他一招两式，所以打架他不怕，但对方的手下都拿着铁尺子斧头把儿，自己手无寸铁明显吃亏。

"你说。"郭松冷哼道。

"您若是个有胆气的咱就单挑，否则群狼围攻恶虎，就算赢了说出去也没面子不是？"杜海龙朗声说道。

"成！要是把你脑袋打开了花你可别哭！"郭松一摆头，手下都退到了一边儿。

郭松先下手为强，一个黑虎掏心、拳下生风，直取杜海龙的胸口。杜海龙闪身避过，欲抓郭松的胳膊，不料郭松腕子一翻迫向了杜海龙的下三路。杜海龙忙使了个神叉探海，交叉双手架住郭松的胳膊向下一压，身子一退用力一带，郭松立时脚下不稳连忙抽手，防备杜海龙偷袭他的下盘。

郭松见杜海龙出手不凡不再轻敌，杜海龙让郭松的拳头硌得生疼，也知对方并非一般的混混儿浪得虚名。俩人都瞅着对方的破绽，谁也不肯先出手，一旁观战的人可不干了。天津人看打架最喜欢起哄架秧子，你不打他比你还急。人群乱哄哄地嚷嚷开了："咋不打了？是爷们儿的就继续打！"

"我道嘛英雄？原来都是假把式！"

"这是雄霸码头的郭爷吗？别是冒充的吧？我可见过他的狠劲儿，今儿个为嘛身子骨儿都是软的？"

郭松脸上立马儿就挂不住了，一咬牙来了个双雷灌耳，奔着杜海龙的脑袋就去了。杜海龙知道郭松力大不敢硬碰，遂身子一矮就地来了个扫堂腿。郭松一抬脚顺势踹向杜海龙的肚子，谁知杜海龙向后一仰，一把抓住了郭松的脚。郭松挣了两下没挣出来，心里便犯了慌，杜海龙双手往身侧一带，眼看郭松就要来个大劈叉，郭松的脸都吓白了，没想到杜海龙却顺手一送，将脚还给了郭松，郭松踉跄了几步才稳住，他不感念杜海龙护了他的面子，反而一挥手大吼一声："兄弟们，给我上！把这两个不知天高地厚的家伙给我剁了！"

打手们立刻蜂拥而至，抡起铁尺子斧头把儿就照着杜海龙和郑喜劈头盖脸地打下来。人群轰的一声向后退散，杜海龙甩开架势一脚踹倒一个，劈手夺了另一个的斧头把儿将他敲晕，眼瞅着铁尺子就要切断郑喜的脖子，杜海龙飞掷过去的斧头把儿却利索地敲断了打手的手腕子，郭松眼见打手们都被打趴下了，自己又不敢贸然上前，万一失手这脸就彻底丢尽了，只好骂骂咧咧地向打手们撒气。杜海龙怒气攻心，迈步上前要找郭松好好理论理论，谁知那刘富见杜海龙果真不是善茬儿，生怕郭松再栽了跟头怨上自己，急忙从人群中走出来喝止："慢着！"

杜海龙一惊，闪目观瞧，看到刘富不由得一怔。

"干嘛呢这是？瞧不见这是我舰上的兵吗？"刘富佯装责怒，冲着郭松丢了个眼色。

"大哥！"郭松抱拳低头，也正好借坡下驴。

"今儿个都看我的面子，不管有什么误会，这事儿到此就算扯平了！今后各走各的路，各过各的桥，井水不犯河水。"刘富冲着郭松一拱手，然后命令杜海龙和郑喜，"你们没事儿也早些回去，省得在外面惹是生非！"

"是!"杜海龙和郑喜应道。

看着刘富和郭松扬长而去,杜海龙的肺都快气炸了,不禁想起自己初上军舰时被迫与刘富结下的梁子。每逢操练间隙,刘富就喜欢召集水兵们比试功夫,他仗着自己会个三招两式,别人又对他刻意奉承,常常把人打得哭爹叫娘,耀武扬威地号称舰上的功夫老大。那日杜海龙根本没想出手,甚至没在人群中围观,而是靠在大炮上想着心事,谁知刘富却指着鼻子把他叫进场子,非要给他来个下马威,好让他今后唯命是从。岂料杜海龙没费力气就把刘富打趴在地,刘富恼羞成怒从地上蹿起来,大骂杜海龙不识时务,杜海龙却没搭理他,兀自扬长而去。杜海龙万万没想到刘富竟会如此阴毒,自那日丢了面子后居然千方百计想要算计自己。

"走吧!谁让人家是头儿呢!"郑喜酸溜溜地说,"还好你小子有两下子,要不见了阎王爷都不知道怎么屈死的!"

"不行!我要跟着他!"杜海龙说着要走。

"你活腻歪了!"郑喜吓了一跳,"哪有自己去赶着送死的?"

"我不能让他随便摆布咱们!"杜海龙一指旁边的一家茶馆,"郑伯,您就在茶馆中等我,我去去就来。"

"唉!"郑喜见拉不住杜海龙,只得去茶馆中耐心等待。

杜海龙偷偷跟着刘富和郭松一伙儿,没想到他们出了南市就分了手,郭松带着手下奔了码头的方向,刘富一个人却拐向了紫竹林路。紫竹林是美、英、法等国的租界,也是他们使馆工作人员的聚居之地。刘富哼着小曲儿晃晃荡荡地进了一家松昌洋行,杜海龙不方便进去,见门口有个卖耗子药的,便蹲在门板后面同那卖药的汉子论起了耗子药的药效,那汉子用瘦长的手拿药给杜海龙看,杜海龙一眼瞅见他手上的黑痣竟似在哪里见过,却一时想不起来。杜海龙边跟卖药的周旋,边透过门板的缝隙侧耳倾听里面的动静。刘富似乎跟洋行的伙计很熟,他掏出一些花花绿绿的票子交给伙计,伙计随即就给换成了银子,刘富心花怒放地将银子揣进怀里。

"石先生不在吗?"刘富问伙计。

"在,我给您叫去。"伙计说完就进了里屋。

不大一会儿,伙计就领着一个不满三十岁的青年男人出来。这男人个头不高,眯着眼,一脸的精明,穿一身黑缎子的长袍马褂,一见刘富就热情地迎了上去。

"刘头儿，哪阵风把您吹来了？"石先生满面春风地招呼道。

"当然是财神爷的风。"刘富咧开嘴，"石先生，上次的货需求不错，价钱也合理，不知下一批何时能到啊？"

"很快，也就两三天吧。"石先生微微一笑，"怎么，刘头儿还很急吗？"

"我倒好说，只是弟兄们那里有些难过。下回石先生不妨多备些货，也好让弟兄们解解馋。"刘富说着把石先生拉到一边低声问，"石先生，我现在刚好有银子，您上次说的东洋魔女？"

石先生哈哈大笑起来，拍拍刘富的肩膀："刘头儿，哪儿能让您掏钱，我请客，保准让您玩儿得尽兴！我可试过，那东洋魔女的确比咱大清的姑娘别有风味儿啊！"

"那就恭敬不如从命了。"刘富顺水推舟嘴都笑歪了。

"走，咱们现在就去，正好可以一醉方休。"石先生说完拉着刘富出了洋行，直奔不远处东洋人开的妓院，杜海龙为免暴露，隔着几十步的距离尾随其后。

"对了刘头儿，您上次说要给我介绍一个人。"石先生说。

"他可不是一般人！"刘富炫耀道。

"他的官儿还有您的大吗？"石先生问。

"我这芝麻绿豆大的官儿算个屁！"刘富一撇嘴，"他可是军械局的书办！是我一个远房亲戚，叫刘茱。"

一听是军械局的书办，石先生不由得心头狂喜，面儿上却不露声色："他要是也像刘头儿那么善解人意，倒是可以见见。"

"还是这玩意儿最善解人意！"刘富意味深长地拍拍怀里的银子。

"刘头儿高见！"石先生心领神会。

东洋人开的妓院红灯高挂，里面不断地传出淫声浪语，刘富和石先生淫笑着迈了进去。杜海龙感到一阵恶心，遂撇了刘富回去找郑喜回舰复命。

杜海龙跟郑喜回了军舰交办许石山采买的东西。

"怎么去了这么许久才回来？"许石山问。

"能回来就不错了，差点儿就回不来了！"郑喜愤愤地嘟囔。

"此话何意？"许石山很是奇怪。

郑喜于是把刘富暗地唆使人对杜海龙下手的事说了一遍。

"有这等事!"许石山又惊又怒,但现在还不到该发火的时候,于是按下火气吩咐郑喜,"你先下去吧,我另有公务交代杜海龙。"

"可有收获?"郑喜一走,许石山就问杜海龙。

"刘富果真手脚不太干净!"杜海龙把刘富的行踪向许石山禀告了一遍。

"那烟土价钱如此之低,就算走私都无法保本,实在令人费解!"许石山沉吟道,"莫非那洋行里藏着什么名堂?你可继续暗中监视刘富的一举一动,但不要让他发觉,以免打草惊蛇!"

"是!"杜海龙领命。

送走了刘富,石先生回到洋行径直进了书房,将写就的纸条儿塞进一个细小的竹筒,然后来到后院,从鸽舍里取出一只鸽子,将竹筒绑在鸽子脚上用力向上一扔,看着鸽子振翅飞向高空。

四
突
遭
暗
算

51

五、厨刀陷阱

　　两拨人都来抢兰烟，田文虎左护右挡眼看招架不住被众人打倒在地。黑衣人明显比蓝衣人技高一筹，打得蓝衣人东倒西歪，遂抢了兰烟就走，兰烟欲喊，却被布团堵了嘴巴出不了声。

这日田文虎刚拉着车出了门，兰烟"扑通"一声就给田妈妈跪下了。

"兰姑娘！你这是干啥？"田妈妈慌得忙去拉兰烟，兰烟却死都不肯起来。

"大妈，我对不住您！"兰烟对着田妈妈连磕三个响头，泪就下来了，"我跟您说了瞎话！"

"兰姑娘，有话好好儿说，你行这么大礼我可受不起。"田大妈更是慌得六神无主。

"我知道您疼我，虎哥也帮衬我，您的心思我也明白，可我不能再留在这儿，不能再给虎哥留念想了！"兰烟说着失声痛哭。

"这话儿咋说的？"田妈妈赶紧用袖子帮兰烟擦眼泪。

"大妈，我不是为了投亲才进京城的，我是为了来寻我男人！"说到伤心处兰烟哭得更厉害了。

"男人？"田妈妈吓了一跳，下意识地抓住胸口的衣服。

"大婚那天我男人被官府抓了兵，我一个人在乡下无依无靠，这才想着到京投奔姨娘，也好借此打探丈夫的下落。谁知姨娘去世，我才沦落街头被虎哥救了。"兰烟抹了把眼泪，脸色倒坚毅起来，"我是出过嫁的女人，生是夫家的人死是夫家的鬼，一天不得着男人的消息一天就定不下心来。我知道虎哥喜欢我，所以我必须走，我不能拖累他！"

"唉，苦命的孩子，你一个姑娘家能往哪儿走啊？"田妈妈也抹开了眼泪。

"别走！"田文虎突然冲进门来，原来他出门忘了拿汗巾，折回来正赶上兰烟向田妈妈哭诉，"别走！不管有什么消息，我等着！"

"虎哥！您是好人！您的大恩大德我记一辈子！您找个好人家的姑娘娶了，也就了了做妹子的心愿，妹子不能对不住您！"兰烟说着就要给田文虎磕头，田文虎急忙拉住。

"兰姑娘，别说这些，你哪儿都别去，就在这儿安心住着，我帮着你打听你男人的消息，咱们从长计议，将来无论你做啥打算我都认！"田文虎也给他妈跪下，"娘！您就劝劝兰姑娘吧！"

"唉！"田妈妈长叹一声，就像怀里抱了个刺猬，留也不是扔也不是，一时竟没了主意。

"大妈，您别为难，我已经找着落脚的地儿了。"兰烟倒不哭了。

"啥？你要去哪儿？"田文虎急了。

"我去应聘厨子。"兰烟说着从怀里掏出招聘厨师的告示递给田文虎，田文虎红了脸没接，兰烟就替他念了一遍。

"不行！厨子那活儿是男人干的，你一个姑娘家哪儿干得了？"田文虎不答应。

"我从小跟着爹爹下厨，爹爹曾是宫里的御厨，厨房的活计难不倒我。"兰烟像是下了决心。

"那也不成！厨子没有招女人的！"田文虎极力反对。

"这倒也好办，只要我剃了头穿身儿男人衣服，好在我是大脚，别人也不会看出什么破绽。"兰烟显然已思虑周全。

"我觉得兰姑娘去试试也好。"一旁的田妈妈开了腔儿。

"娘！"田文虎惊讶地瞅着他娘。

"兰姑娘毕竟是出过嫁的人，再住在这儿对她的名声也不好，暂时出去走走也是个法子。成了最好，不成到时再做计较。"田妈妈把兰烟和田文虎拉起来，"反正丁府离这儿也不远，有事儿虎子也可以随时照应兰姑娘。这世间的事儿啊，一饮一啄都是前定，哪能都依着自己的性子？既然兰姑娘心意已定，虎子，你就帮兰姑娘操持操持吧，也算是兄妹一场，尽到做哥哥的心。"

田文虎虽万般不愿但也只好依从了娘的主张。

招聘厨师的人家姓丁，是盐商巨富，在京城和扬州都有房产。在扬州是做生意，回京城则是为了疏通关节。扬州的盐商有钱，吃喝的档次直逼皇宫内院。在那边吃顺了嘴，丁老板就估摸着在京城也要招个像模像样的厨子以满足自己的口腹之欲，这才吩咐下人在茶馆儿酒肆张贴广告，工钱比有名气的酒楼还要高些，以期应聘的人能高手云集，也好从中好好挑选，还特别请了几位美食家来做评委，力求评得公平公正。报名的还真不少，有几十个，个个儿都来头不小。丁老板为了显示财大气粗，索性就在宅子外的街面儿上摆开了擂台，立即轰动了整条街，每日观者如潮，都想观摩一下厨子们的真把式。第一天比刀工，不料一场比下来竟把应聘的人刷去一多半儿。这刀工是最显厨子根底的基本功，刀法是否干脆利落，切出的东西是否整齐划一，切出的材料是否符合烹调的需要，可都是有讲究的。这丁老板人也促狭，为了考验厨子们的刀工身手，居然让大家在横放的南瓜上切胡萝卜丝儿，不但要切得细致匀整，还不能把南瓜皮碰破了。想那南瓜本就浑圆乱滚，能制住它已属不易，在上面动刀就更难；加之南瓜胡萝卜色泽相近不好辨识，切着切着就弄岔了，因此好多人栽了跟头，一轮下来只剩下十个厨子，兰烟也是其中之一。过了第一关，兰烟松了口气，田文虎也替她高兴，回去的路上还在合计，不知明天会考些什么？此时兰烟已剃了头编了辫子束了胸，穿着田文虎改小的短衣长裤，俨然一个俊俏的后生。

谁知这第二关更绝：油炸冰块儿！这道菜考的就是厨子的巧思和火候，将至冷至热的两样东西合二为一，心思不到不知如何应对，火候拿捏不准冰块儿就会融化。兰烟从没做过这道菜，急中生智竟憋出个方子来。要想让冰块儿不化，最要紧的就是隔热。她将冰块儿涂上油裹进肉馅儿里，外面再包上糯米皮子攒成球儿。待糯米球儿从油锅中捞出来，颜色金黄，看着就喜相。咬一口，外皮焦脆适口，肉馅儿鲜咸适中，里面的冰块却仍是冰凉硬挺，评委们赞不绝口。这第二关下来就只剩下三位厨子了，那两位个个都是高手，兰烟不敢掉以轻心。第三关是每人做一道佛跳墙，这佛跳墙的做法费时费力，于是三位厨子当夜便应邀在丁老板府上留宿，以便连夜熬制所需的原料，好提前预备下迎接第二天的比赛。为免杂乱，丁老板特意让人把厨房格成三段儿，各间各灶，各人各料，互不冲犯。

管家刚照老爷的吩咐将厨房安顿妥当，张大厨就瞅着空子偷偷地给管家打手势，管家瞪了他一眼，用眼色示意他到墙边无人的胡同里等着。

"怎如此莽撞！要是让老爷知道了你是我侄子，这事儿就不成了！"管家一见张大厨就低声呵斥。

"叔，我也是没办法，这回您真得帮我！"张大厨哀求道。

"我不是一直在帮你吗？"管家有些不耐烦，"说，什么事儿？"

"叔，您瞅见兰师傅腰里别的那只葫芦了吗？"张大厨问。

"一个葫芦有什么值得大惊小怪的！"管家不解地看着侄子。

"您老不知道！那可是宝贝！"张大厨夸张地竖起大拇指。

"宝贝？"管家更惊奇了。

"您知道什么样的厨师才佩戴这种葫芦吗？宫廷御厨！"张大厨往前凑了凑，"那葫芦上有个金色的卍字符，以示同普通葫芦的区别。"

"你是说兰师傅是御厨的徒弟？"管家一惊，"它那葫芦里装的什么？"

"叔，我要知道不就不用心急了嘛！"张大厨哀叹道，"据说那可是宫廷秘方概不外传！每到做菜的时候御厨们就从葫芦里倒点儿东西进那菜里，那菜就会奇鲜无比，就连皇上都赞不绝口呢！"

"有这等事！"管家皱起眉头，"你是怕兰师傅明天往佛跳墙里放？"

"正是！"张大厨怂恿管家，"所以才想请叔给想个办法把那葫芦给偷出来！"

"他用不成你可以用？"管家阴阴地哼道。

"不，还是让他用！"张大厨诡秘地一笑。

"还让他用？"管家有些糊涂。

"对，还让他用，不过咱给他换点儿料！"张大厨和管家相视而笑。

兰烟不知管家和张大厨欲暗做手脚，兀自在厨房里精心准备着味料，忙得不亦乐乎。佛跳墙是她的拿手菜，海鲜如何去腥，鸡鸭如何蒸煮才会肥而不腻，如何用肥膘肉使味道香醇，以及主料和配料的上下摆放次序，她都曾跟爹爹演练过多回。因这道菜用料繁杂，为了培养兰烟对色香味的感觉，爹爹把他当年从宫中带出的全部家底儿用了个罄尽。除了兰烟，厨房里还有打下手的佣人负责生火添柴。兰烟只顾着煎炒烹煮，根本不知道佣人已经悄悄把她腰间的翠玉葫芦给偷梁换柱，用花椒粉替代了葫芦中原先的调味粉。此刻最让她心焦的是，食材配料里居然少了冬菇。这冬菇虽不是主料，却是重要的提香料。时已入夜，想再找人去要，身边却连一个佣人都没有了，这可如何是好？待她把所有食材都准备妥当，仍在为冬菇操心。缺了这味料差了香气，要想赢可就难了。

待在厨房憋闷，她又不能去为厨师们准备的卧房里跟另外两个厨师同屋而居，兰烟叹口气，只得去院子里散心。今夜的月光很好，看着皎洁的月亮兰烟又想起了海龙哥，想他生死未卜，自己身世飘零，不禁悲从中来，想着哭着竟靠在树根儿底下睡了过去。一觉醒来天已微明，兰烟赶紧起身，不想脚下却被树根绊了一下险些摔倒。恰在此时，兰烟意外地发现树下的草堆里居然有几个蘑菇样的东西，伸手采在手里却把她吓了一跳，竟然是松茸。这怎么可能？兰烟揉了揉眼睛仔细观瞧，真真确确是松茸！松茸是难得的调味上品，因为极其罕见，所以被皇室贵族奉为珍馐，爹爹更是对它推崇备至，不但给兰烟画影图形，而且详细讲述过它的样子和味道，自己应不至于认错。可松茸只存活于极少数的高山林地，想这丁家大院儿如何能长出松茸？再瞅瞅身旁的大树非松非栎，是棵老槐，难道是上天可怜我，特意在梦中赐给我的吗？兰烟慌忙跪下叩谢上天，欣喜地将松茸小心地揣进怀里。

为了炫耀自个儿的身价儿，也为了答谢平日里生意上的关照，第二天一大早，丁老板还特别派管家亲自去请乐善堂的老板洪禄过府，一同品鉴厨子们的拿手绝活儿。管家奉命到了乐善堂请了安，却不直接说请老爷上轿，而是吞吞吐吐地环视左右。洪禄挥挥手让下人都退下，管家这才开了口："洪老爷，小的想求您件事儿。"管家白胖的脸上堆满了笑。

"只要我能帮上忙的尽管说。"洪禄微微一笑，他中等身材，面颊清瘦，眼神含而不露，乌黑的辫子，外穿黑色绸缎马褂儿，里面是香色的锦缎袍子。

"其实也不是什么大事儿。"管家往前凑了凑，"我们老爷今儿个请您过府，就是想听听您的高见，从三个厨子里挑一个手艺高明的充实厨房。"

"我听说了贵府的厨子比赛，不是特设了评委以决高低吗？我对美食只不过略通皮毛，丁老爷又怎会听我的意见呢？"洪禄有些不解。

"的确是设了评委。"管家笑道，"不知洪老爷可对那三位评委有所耳闻？"

"有倒是有。"洪禄恍然大悟，"听说那三位虽是美食界响当当的人物，却貌合神离自成一派互不相让，只怕这决断有些难下。"

"洪老爷说的正是。"管家点头，"所以才希望洪老爷能出来说句话。"

"看来管家早已深谋远虑，只是前两场的比试我并未参加，人也不熟，还请管家多多指点，也免得我在丁老爷面前献丑。"洪禄心领神会。

"我们做下人的当然要替老爷打算，其实厨子除了做菜的本事要好，最重要的还是人要实诚，要是连吃带拿，那不等于请了个贼吗？您说是吧？"管家一副忠心为主的嘴脸，"这三个厨子手艺不分上下，选哪个也不亏了老爷，只是那姓张的厨子看上去更老成持重些，办事也比其余的妥当。"

"我心里有数了，备轿吧。"洪禄点头。

"多谢洪老爷！洪老爷请！"管家躬身施礼。

洪禄随着管家来到丁府，与丁老爷寒暄过后分宾主落座。

"丁兄这次厨师大赛可真是气势浩大、声名远播啊！"洪禄恭维道。

"哪里哪里，比起扬州的满汉全席还差得远呢！"丁老爷开心地自谦。

"满汉全席是皇家御宴，也允许在民间做吗？"洪禄很是惊奇。

"洪老弟有所不知，满汉全席早在乾隆爷年间就开始在扬州流行了，而且有些菜式用料的奢华程度早就超过了宫里。"丁老爷说。

"原来如此。丁兄，不知今天厨子们准备的是何菜品？"洪禄问。

"佛跳墙！"丁老爷眉飞色舞，"洪老弟品尝过吗？我在扬州吃过几回，但在'天京'吃过的那回最正宗，那味道竟似烙进我心里一般，至今都觉口有余香！"

"丁兄所说的'天京'可是长毛儿洪秀全的都城吗？"洪禄瞅着丁老爷。

"正是。"丁老爷回忆起往事不由慨叹，"我去的那会儿正是'天京'最富庶繁华的时期，长毛儿的生活穷奢极欲，不但金银财宝堆积如山，并且各路美食荟萃，据说洪秀全最爱的两样宝贝就是传国玉玺和佛跳墙。"

"就是用和氏璧所雕的传国玉玺吗？"洪禄心中猛跳，"小弟听说它已随元人遁入大漠，如何会出现在洪秀全的手中？"

"愚兄也不清楚来龙去脉，我只知道'天京'城破之时，这传国玉玺再次下落不明，据传李秀成派人将它秘密带出城以图东山再起。"丁老爷故作神秘地说。

"朝廷已布下天罗地网，想逃也难，更何况还带着那么块杀头的物件儿。"洪禄抿了口茶笑道。

"谁说不是呢？那玩意儿谁碰谁掉脑袋，没那么大造化趁早别沾。逃得了一时逃不了一世，迟早要给翻腾出来，南边儿已被翻了个底儿掉，谁能保得准京城不也折腾折腾？"丁老爷意味深长地瞅一眼洪禄，"咱这些平民百姓还是多赚点银子享受享受佛跳墙的滋味更实在些。"

"佛跳墙确非凡品，小弟也曾有幸领略。"洪禄暗地里动了心思，面儿上却仍清风朗月地称赞道，"这道菜是福州名菜，要想做好绝非易事！

据传这菜名还颇有来历呢！"

"哦？洪老弟像是对此很有研究，还望不吝赐教！"丁老爷也来了兴趣。

"佛跳墙原名满坛香，据传唐代的高僧玄荃前往福建少林寺的途中夜宿旅店，忽闻邻舍富贵人家以满坛香宴飨宾客，高僧嗅之垂涎三尺，顿弃多年佛门修行，跳墙而入一享满坛香，佛跳墙之名由此而来呀。"洪禄侃侃而谈。

"就连高僧都难挡美食诱惑，又何况你我凡人？"丁老板哈哈大笑。

"佛跳墙岂止名字诱人，其用料和做法更为讲究！"洪禄喝口茶润润嗓子继续说，"佛跳墙有十八种主料、十二种辅料，几乎囊括了人间美食！把那天上飞的、水里游的、地上长的，山珍海味汇聚一堂，如鱼翅、鲍鱼、刺参、大干贝、鳖裙、鱼肚、鱼唇、鹿筋、鸽蛋、花菇、猪肚头、鸭�，再配以老母鸡、黄嘴鸭、排骨、瑶柱等十几种辅料，把这三十多种原料辅料分别依其本身特色煎炒烹炸成各种菜式，再把这些菜分别码在酒坛里，这酒坛还必须选上好的绍兴酒坛，在酒坛中注入高汤和绍兴酒，使汤、酒、菜充分融合，然后用荷叶将酒坛口密封盖严，选中木质沉实无烟的白炭，先以武火烧沸，再用文火慢炖两三个时辰方才大功告成。开坛之时真是香飘四座，口味无穷啊！"

"没想到洪老弟竟对佛跳墙的制作工艺如此了如指掌，佩服！佩服！"丁老爷大加赞叹。

"在下纸上谈兵，让丁兄见笑了。"洪禄拱拱手。

"何谈见笑！"丁老爷正色道，"洪老弟品鉴高雅，等厨子们菜品备齐还要请您尽心评点，也算帮愚兄慧眼识珠、择才善用啊！"

"丁兄客气，小弟自当尽力。"洪禄应道。

正说话间，管家进来禀报厨子们的菜品已经完成，正等老爷出去开评。

"洪老弟，随愚兄外出一观如何？"丁老爷起身。

"丁兄请！"洪禄跟在丁老爷身后出了宅子。

厨子们果真都已候在外面，每人面前的桌子上都摆着一个绍兴酒坛，专等开坛品菜了。兰烟因得了松茸感觉受了上天恩赐，显得愈发有精神。今天自己炖制的佛跳墙品相口味俱佳，绝对不会辱没爹爹的手艺。田文虎在人群中看着兰烟，心中却七上八下，他既盼着兰烟胜出，又害怕兰烟胜出。兰烟胜出他会为她骄傲，也会更加伤心，因为那就意味着兰烟从此离他而去。评委们鱼贯进入评审席就座，丁老爷和洪禄也在主席坐了。兰烟的心陡然提了起来，田文虎则紧张地攥紧了拳头。第一个上前点评的是王厨师，坛盖儿一开，清香四溢，看客们叫了一声好。下人们将汤品分成五份儿，分别给三位评委和丁老爷、洪禄品尝。第二个上前点评的是张大厨，炖菜的时候他已将兰烟葫芦中的神秘之物加入了菜中，自觉其味定然无可比拟，遂一副成竹在胸的样子。揭开盖子，香味儿浓烈，看客们又叫了一声好。谁知评委们一品尝全都当场吐了出来，就连丁老爷和洪老爷都皱着眉头直用茶水漱口。张大厨大为惊诧，疾步上前，用手沾了汤汁填到嘴里，岂料那汤闻着是香的吃到嘴里竟是苦的！登时瞅了管家一眼，慌了手脚。第三个才轮到兰烟，兰烟的心怦怦乱跳。酒坛盖子刚开启了一道缝儿，浓郁的香气便随风四散，且香而不腻，韵味悠长。看客们不由得大大叫了一声好。看到评委们脸上满意的表情，兰烟也有了笑脸儿。

"各位评委，有何高见啊？"丁老爷问。

"兰厨师的菜品尽得佛跳墙精髓，入口软润柔滑荤香不腻，意味悠远，当拔头筹！"罗评委眯着眼摇头晃脑首先发言，似仍意犹未尽。

"罗兄所言极是！"没想到宋评委竟立即点头赞同。

罗评委颇感意外，忙向宋拱手致谢。

"我也同意两位老弟的意见，当推兰厨师为首。"唐评委捋着一部长髯道。

"多谢各位前辈指正！"兰烟开心地抱拳施礼。

看客们也觉得兰烟实至名归，跟着闹哄哄地叫开了好，兰烟向大家拱手致谢，田文虎的心里却着实不是滋味儿。

"洪老弟觉得如何？"丁老爷笑嘻嘻地问洪禄。

"祝贺丁兄喜得高才！"洪禄欣然道贺，惹得丁老爷开怀大笑。

管家见三位评委为了兰烟的菜都破天荒地达成了一致，洪禄更是说不上话，自己机关算尽居然没动了兰烟半毫，气急败坏，遂一不做二不休，偷着唤过一名家丁附耳交代："等比赛一结束，你就带几个人找那僻静的地方把兰师傅劫了！"

"劫到哪儿去？"家丁似已办惯这类事情，丝毫也没表露出惊讶。

"扔到山沟里喂狼！"管家恶狠狠地说。

"您放心！"家丁领命而去。

管家设好了局，复又回到老爷身边伺候。

"兰师傅，有句话不知当问不当问？"罗评委看着兰烟发了话。

"请讲。"兰烟一抱拳。

"我见你腰间挂着个葫芦，据传那是宫廷御厨用的东西，不知兰师傅可是御厨的徒弟？"罗评委问。

"不瞒前辈，家父曾是宫廷御厨，这葫芦是家父的遗物。"兰烟回答。

"兰师傅做的佛跳墙味道如此出类拔萃，莫不是用了你葫芦里装的宫廷秘方吗？"唐评委忙问。

"佛跳墙何须用那秘方？"兰烟笑道，"想那鱼翅、鲍鱼、刺参、大干贝、鳖裙、鱼肚、鱼唇本就是水中的极品美味，鹿筋、猪肚头、鸭胗、老母鸡、黄嘴鸭、排骨又属陆上珍品，香菇、笋尖、竹荪更是山林精气所聚，把这些东西炖在一起，肉取海中鲜，海鲜又取肉的醇，山珍提香提清，各种食材互相渗透糅合，出来的味道自是鲜美至极。况且任何味道都要有个度，过之反而不美。我那葫芦中的味料就为提鲜，普通的菜肴加之正好，若是佛跳墙加之，其鲜过重则其味必苦！"

张大厨一听恍然大悟，捶胸顿足，本指望锦上添花，反倒弄巧成拙。众评委一听味苦，也纷纷去看张大厨，把个张大厨看得脸似红布低头不语。

"兰师傅，我还有一事不明。"宋评委接口道。

"请指教！"兰烟说。

"佛跳墙中当有冬菇之味，然而我在你的菜品中并没有品出冬菇的味道，却似有一种似菇非菇更加香浓的味料，不知兰师傅可用了什么特别的食材吗？"宋评委问。

"前辈不愧是食中高人！"兰烟佩服道，"不过此味非我所故意，而是上天所赐！"

"此话怎讲？"宋评委很是好奇。

"我的食材配料中缺了冬菇，冬菇是提香之料，缺之味道会大打折扣。正当我一筹莫展之际，上天却在树下赐了我一棵松茸。"兰烟提起来依然兴奋不已。

"那不可能!"罗评委脱口而出,"此处平原地带根本不可能长松茸!兰师傅可看仔细了?"

"常言道,三年学手艺,七年学食材,再加上爹爹的悉心调教,小人这个眼力还是有的。"兰烟很自信。

"难道真是上天所赐?"评委们面面相觑。

不料丁老爷猛地一怕桌子吓了大家一跳:"这就是了!"丁老爷朗声说道,"前几日确是有人送我一包珍稀的松茸,我打开看时却发现有几朵被虫子蛀了根,怕那虫再污了其他的松茸,便随手将它扔进了院子,不想竟被兰师傅捡了去做成了美味,也算是物尽其用了!"

"原来是托了丁老爷的洪福!"兰烟赶紧道谢。

"这也是因缘际会!"丁老爷站起身,对众人拱手道,"多谢众位连日捧场!我丁府的聘厨大赛到此结束,我现在正式聘请兰师傅为丁府大厨,请兰师傅明日就来上工!"

看客们全都拍手叫好,兰烟更是心花怒放。回去的路上,兰烟见田文虎强颜欢笑,遂安慰他说:"虎哥,田大妈不是说了吗?咱们离得那么近,今后你还可以照顾我啊!"

"你毕竟是个女子,我是怕你在丁府有个闪失。"田文虎叮嘱道,"富贵人家不比咱小家小户,规矩特多,去了千万小心,有事一定找我商量!"

"放心吧,虎哥。"兰烟应道。

"还有,有空儿常回来看看我和娘。"田文虎叹口气。

"嗯。"兰烟点头。

两人说着话刚拐进一条僻静的胡同,谁知迎面却窜出四个蒙面的打手,兰烟和田文虎惊得慌忙后退,不料后面也出现了两个蒙面之人,只是两拨人的装束不同,一拨着蓝色短打,一拨却是黑衣黑裤。兰烟和田文虎被堵在当中不知所措,两拨人却不由分说冲了上来。两拨人都来抢兰烟,田文虎左护右挡眼看招架不住被众人打倒在地。黑衣人明显比蓝衣人技高一筹,打得蓝衣人东倒西歪,遂抢了兰烟就走,兰烟欲喊,却被布团堵了嘴巴出不了声。田文虎挣扎着爬起来追赶,可等他一瘸一拐地追出胡同,早不见了兰烟的踪影。田文虎无计可施,掉头就奔了衙门。

六、人鸡厮杀

　　不料那瘟鸡一上场就照着花冠鸡狠命地啄，根本不给花冠鸡
翻转的机会。你看它尖嘴凶猛，羽毛张扬，跳得高踹得狠，几下
子就让花冠鸡的脖子见了红，把赌花冠鸡的人看得心惊肉跳，不
停地给花冠鸡加油打气。

刘五爷的家里一大早儿就炸了营，卖鸡的和买鸡的几乎挤爆了他的院子。

还有三天就是农历四月十一，玉皇大帝的生日，到时鄄城的信义大庙要开大集，这可是全城老百姓的大事儿，善男信女们都要去庙里烧香磕头。庙会上除了拜神、诵经，还有杂耍表演，然而最热闹、最牵动人心的则是斗鸡。鄄城的斗鸡绝非凡品，是有名的鲁西斗鸡，动作敏捷生性好斗，一旦撕咬起来则宁死不屈决不后退，因而深受好勇斗狠者的青睐。就连大诗人曹植都是鲁西斗鸡的忠实拥趸，曾有诗云：挥羽激清风，悍目发朱光，嘴落轻毛散，严距往往伤，长鸣入青云，扇翼独翱翔，愿蒙狸膏助，常得擅此场。可见鲁西斗鸡的千古美誉。因此每年的庙会都会专门开辟一块斗鸡场地，得冠者往往被人重金所购，送往京师达官贵人的府第。

刘五爷就是鄄城最有名的鸡头儿，人称"老凤凰"，长得钩鼻环眼，跟那鸡倒有几分相似之处，虽年届六旬，身板儿倒还硬朗。因他眼光高信誉好，庙会前十里八乡的斗鸡都会集中到他这儿来论品定价。卖鸡的图个省心，买鸡的则希望能捡个便宜。每到这个节骨眼儿上，刘五爷就会搬把太师椅坐在院子里，面前摆张桌子，让需要点评的斗鸡在桌子上站站走走，把那长烟袋锅子往鞋底上磕磕，然后装上满满的烟丝，边吸烟边定神将斗鸡从冠到眼、从嘴到颈、从身到爪的看个遍，再瞅瞅那鸡的气势，老爷子心里就有数儿了。

刘五爷刚要评鸡，人群外忽然起了骚乱，只听人高喊："让开！让开！万老爷到了！"

人群迅疾让开一条道路，一个五短身材、头大脖子粗、身穿紫色缎面团花马褂的大少爷带着瘦巴巴的老师爷和两个打手走了进来。此人叫万全，是当地的大财主。刘五爷也对万老爷施礼，吩咐人拿椅子让万老爷坐。待万老爷坐定了，刘五爷才坐下琢磨起斗鸡来。

"这鸡好！"刘五爷冲着一个四五十岁的乡下汉子携来的红羽斗鸡挑

起了大拇指，"红冠短厚眼含锐气，尾羽高举爪子锋利，见着同类就奓毛，人称'怒发冲冠红缨枪'，斗起来绝对是把好手！"

"我出五两！"刘五爷话音儿刚落鸡贩子们就叫开了板。

"十两！"

"十五两！"

"二十两！"

"咱也出？"万老爷问师爷。

"老爷，咱再等等。"师爷回道。

"我出五十两！"

一声大喊把所有的鸡贩子都给镇住了。五十两？就算这鸡真得了冠军也就卖这价钱，何况现在胜负未定就如此豪掷，岂不是冤大头吗？就连刘五爷都吃了一惊，猛吸了三口烟没缓上劲儿来，呛得他一阵咳嗽。万全也瞪起眼想看看什么人这么拽，鸡贩子们则私语窃笑着循声望去，只见一个二十七八岁的黝黑壮汉立在人群里，一身黑色短打，长脸浓眉面色平静，正背着手瞅着场子里的斗鸡。此人正是洪老板的手下单田骏。

单田骏见众人都在看自己，遂谦恭地拱了拱手："承让！承让！"

卖鸡的乡下人一听五十两银子，忙不迭地把斗鸡送到单田骏面前。

"爷！您算是买着了！这鸡绝不亏了您！"乡下汉子生怕单田骏反悔，将斗鸡直往他怀里送。单田骏却一闪身吩咐手下："付钱，收鸡！"

手下把斗鸡装进特备的笼子，痛快地给了乡下汉子一个五十两的元宝。乡下汉子捧着元宝笑得合不拢嘴，千恩万谢地走了。鸡贩子们都觉得单田骏人挺谦虚，估计是拿点儿钱要要噱头，都没他当回事儿。

"下一个！"主持评鸡的司仪叫道。

刘五爷又装上一锅子烟，瞅着面前的这只白羽斗鸡。这斗鸡生得毛色雪白，没一根杂毛儿，走起来昂首挺胸步子稳健。

"这鸡也不赖！"刘五爷高兴地吸口烟，"鹰嘴椿眼兔子腿，管教对手命不长！"

鸡贩子们哄得一声又叫开了价。

"十两！"

"二十两！"

"三十两！"

"三十五两！"万全瞅着单田骏不顺眼，竟敢在自己的地盘儿上撒野，于是不顾师爷的反对叫开了价。

"四十两！"单田骏瞅了万全一眼，觉得此人有钱有势，是个不可小视的对手。

"五十两！"万全一梗脖子。

"老爷，五十两就亏了！不能再加了！"师爷连忙阻止。

"六十两！"单田骏客气地向万全拱拱手，"万老爷，请恕小的得罪！"

鸡贩子们立时炸开了锅，这人到底什么来头？这不是摆明了要断大伙儿的财路吗？可人家钱多，绝非小本儿生意人可比。大伙儿都瞅着万全，就他财大气粗，希望他能替大家挽回点儿面子，谁知万全非但不言语，眼神里还透着幸灾乐祸。

"你以为我傻呀？我是故意让那小子出出血，杀杀他的威风！"万全得意地跟师爷说。

"老爷圣明！"师爷麻溜儿地拍马屁，"这些鸡苗儿都不管事儿，那夺冠的鸡王才是真家伙！咱今天就是先来瞧瞧行市，庙会那天才是老爷真正露脸儿的时候呢！"

"那也不能便宜了那小子！敢跟我叫板？我要让他知道爷爷是谁！"万全抬了单田骏的价，心里美滋滋的。

有几个不服气的鸡贩子见万老爷没动静，大家一合计，干脆合伙儿赢他只好鸡，到时赚了赔了大伙儿公摊，不能让那外来的小子总占先。几个人商量定了，紧瞅着刘五爷的行情，一股暗流渐渐开始在人群中涌动。谁知第三只鸡都上桌儿半天了，刘五爷仍是只顾抽烟一言不发。

"是好是歹，您老倒是发个话啊？"卖鸡的急了。

"不好说。"刘五爷吧嗒着烟瞅着那只黄羽鸡，忽见那鸡一扑棱，又瞅瞅那卖鸡的人，不禁乐道，"这鸡可随了你的性儿了！"

"啥叫随了我的性儿了？"卖鸡的听得一头雾水。

"你平时好喝两口儿不？"刘五爷问。

"好啊！"卖鸡的回答。

"那就是了！"刘五爷笑道，"你这鸡也是酒来疯儿！灌点儿酒勇猛无敌，去了酒劲儿一摊烂泥。这会子定是喝了酒的，你看那鸡眼直愣愣地透着一股子邪劲。"

"五爷的确眼里不揉沙子，这鸡是爱喝点儿。"卖鸡的红了脸，看鸡贩子们没有反应又赶紧补充，"不过上了场它绝对能打！"

"是喝了酒能打！"大家哈哈大笑。

"我出五两。"单田骏此语一出立马儿将众人的哄笑压了下去。

"卖！卖！五两也卖！"卖鸡的巴不得把鸡脱手，对他来说五两也赚大发了。

鸡贩子们这下懵了，连这种不着调的酒鬼鸡他也买？这人不是钱多了没处使就是有毛病，遂对单田骏更加不屑一顾。

"我出十两！"万全非要压单田骏一头。

"十两？万老爷，您真是财神爷！"卖鸡的一转身，乐颠颠儿地跑过去把鸡塞进万全手里。

"唉？你怎么不抬价了？"万全抓着鸡问单田骏。

"让给您了。"单田骏一咧嘴。

"让给我？那不成！你得抬价！"万全面皮发紫，努力不让自己从椅子上跳起来。

"您要我当然要让，哪里还用抬价？"单田骏嘲弄地看着万全。

"我？这！"眼看这酒鬼鸡砸在手里，万全那个气啊！又心疼银子又恨那鸡，更恨单田骏！可碍着脸面又不能发作，浑身的肥肉都涨得乱抖，一甩手把鸡扔给打手恼恨地大叫，"付钱！"

单田骏冷哼了一声，众人都捂着嘴偷着乐。

"这种小蚂蚱你也敢往这儿拿？连点儿精气神儿都没有能打架吗？快拿回去！"刘五爷瞅着一只非绿非灰的杂毛鸡呵斥那卖鸡的。

卖鸡的赶紧把鸡收了，省得丢人现眼。或许是鸡也凑堆儿，居然连着十几只鸡都让刘五爷提不起精神，皱着眉头，烟袋锅子都没烟了也没发觉，还吧嗒着吸。不料单田骏竟也照单全收，只是价钱压得很低。万全也老实了很多，不敢再跟单田骏胡乱竞价，只是仇人似地盯着单田骏。鸡贩子们见单田骏好坏通吃更加议论纷纷，谁也摸不准他到底安的啥心思。又一只鸡上了桌儿，这回真把刘五爷气坏了，用眼袋锅子指着抱鸡来的木老实就嚷开了："这不是斗鸡，是瘟鸡！腿弯翅敛冠子低，阎王小鬼儿催命急！它要是上了场，用不了一个回合保准趴下！拿走！拿走！看这种鸡我眼晕！"

木老实还想争辩两句，刘五爷一瞪眼他又把话咽回了肚子，单田骏这回居然也没说话，大概心里头也感觉买了瘟鸡会触霉头。

木老实快快地抱了鸡刚退出人群，却被人一把抓住。回头一看，是崔六儿。崔六儿长得身材瘦长獐头鼠目，人送外号老鼠精。这崔六儿原先也是个鸡头儿，一直想跟刘五爷分庭抗礼，也有些眼力见儿，怎奈心术不正，肯送钱的他就把鸡往好里说，不肯送钱的就是好鸡他都能给人说瘸了，时间长了再没人信他，弄得自己破落破户，总寻思着另找条财路。木老实没精打采地给崔六儿道了声好儿。

"干啥跟死了娘似的？"崔六儿用手捅捅木老实的斗鸡，诡笑着开了腔儿，"别听刘五爷瞎白活！你信不信，等庙会那天，我能让你的斗鸡赢一百两银子！"

"崔爷逗我呢！"木老实狐疑地瞅着崔六儿。

"逗你干嘛？"崔六儿一撇嘴，"不信咱俩就打赌！要是真赢了一百两，我拿八十两！"

"崔爷有高招儿？"木老实闻听也兴奋起来。

"不是高招儿，是秘不外传的绝招儿！你就等着拿钱吧！"崔六儿一拍胸脯。

"成！"木老实一口答应，瘟鸡能挣二十两银子，这不是天上掉馅饼儿吗？

"那咱去写张字据省得到时候你赖账。"崔六儿兴高采烈地拉着木老实就走，"听我慢慢儿告诉你怎么赢钱！"

接下来的斗鸡虽也看上去有模有样，却没有特别出众的。刘五爷评着不耐烦，大家看着也着急，人群显得愈发不安，不论认识的还是不认识的，谁都想跟旁边儿的人说上两句，似乎一说话那股子紧张劲儿就会烟消云散。尤其是那几个凑了份子想要赢单田骏一头的更急，眼巴巴地盼着能出一只叫得起价儿的好斗鸡。瞅着面前可供挑选的斗鸡越来越少，鸡贩子们急了眼，稍有那毛色齐整有精神头儿的都抢着竞价，好似无论好歹也要得上一只，生怕过了这个村儿没这个店，吵吵嚷嚷乱成一团。只有单田骏不紧不慢地加价收鸡，似乎那鸡的好坏跟他并无多大关系。

突然，一只黑羽鸡跳上了桌子，单田骏瞟了一眼没往心里去，当他看到刘五爷竟然也跟打了鸡血似的站起身，瞅着鸡团团转的时候他才上了心。只见刘五爷上上下下地打量那只鸡，就像从没见过斗鸡一样，甚至连那鸡的翅膀和脚爪子都用手扒拉扒拉，然后猛地站住。

"这才是真将军！"刘五爷大赞一声，激动地倒背着手连连感叹，"钢丝弓背铁脊梁，乌云盖雪后劲儿长，赛过英雄武二郎啊！这只斗鸡要是上了场，那指定是夺冠军的料儿！"

人群犹如开了锅的水立时沸腾起来，鸡贩子们全都红了眼，人群不断地拥挤推搡，恨不能都跳到桌上捉住那只黑羽鸡，吓得卖鸡人紧紧把鸡抱在怀里严防死守，唯恐一不留神被人抢了去。

"十两！"

"三十两！"

"四十两！"鸡贩子们疯了。

"五十两！"万全也沉不住气了，这冠军鸡绝不能让单田骏抢了去。

"六十两！"那几个凑了份子的鸡贩子也豁出去了，嘶声高喊。

"七十两！"单田骏挑起了眉毛。

"八十两！"万全咬了咬牙，忽地从椅子上蹿起来，看那架势要不是隔着桌子，他准能跳到单田骏的脸上去狠狠地踩他几脚。

"一百两！"单田骏叫完了价，全场顿时鸦雀无声。

"单爷，别闹大了！"随从小心提醒单田骏，单田骏却不吭声。

万全一屁股墩在椅子上，气得手直哆嗦。一百两银子！这不是买鸡，这是把钱往水里扔！师爷害怕主子给气坏了，又是给主子擦汗，又是给主子好话安慰。折腾了半天万全才缓过气儿来，觉得再待下去面子会丢得更彻底，立马儿就走又让人笑话，遂吆三喝四地骂手下、骂那只酒鬼鸡，闹腾够了才带着师爷和手下耀武扬威地走出了人群。万全走后，刘五爷停止了吸烟，也像打量斗鸡一样打量着单田骏。一百两买只鸡苗儿，做了这么多年的鸡头儿，还从没见过如此疯狂之人，可看他沉稳笃定的样子又不像一时冲动。他忽然有些得意，可得意过后却又没来由地感到深深的恐惧。鸡贩子们此时全都像斗败的鸡，连万全这个大财主都无法跟单田骏抗衡，他们更不可能有任何机会。果然，一天下来不管斗鸡好坏都被单田骏给包了圆儿。涌动的暗流终于演变成海啸，把鸡贩子们淹得全军覆没。鸡贩子们明知买卖就是砸钱，可又不甘心好处都让单田骏一人得了，遂纷纷请刘五爷给主持个公道。

"请问这位壮士贵姓？"刘五爷抱拳施礼。

"在下单田骏。"单田骏回礼。

"不知单壮士想把这些鸡带往何处？"刘五爷问。

"带往庙会斗鸡然后选出鸡王。"单田骏回答。

"哦，"刘五爷用火石将烟点着抽了一口，"那些不是鸡王的鸡单壮士打算如何处置啊？"

"还没想好，不知刘五爷有何见教？"单田骏依然不动声色地瞅着刘五爷。

"单壮士仁义，把鸡全都买了，所以老朽斗胆想提个不情之请，不知单壮士能否把那些当不上鸡王的鸡折价卖给这些贩鸡的弟兄，也让他们有口饭吃？"刘五爷请求道。

"既是刘五爷开口，小人自当遵命，也算对这些弟兄们有个交代。"单田骏朗然一笑。

"多谢单壮士！"刘五爷连忙感谢，众鸡贩闻言喜不自胜也纷纷道谢。

"不谢！"单田骏一抱拳。

单田骏带着手下回到旅店，掌柜的见那五六十只斗鸡乱糟糟的，怕惹客人烦不让往院子里放。

"那我要十间上房。"单田骏掏出一锭银子往柜台上一搁。

"您就那么几位要十间上房干啥？"掌柜的问。

"放鸡。"单田骏说。

"那不成！"掌柜的脑袋摇得像拨浪鼓，"那些鸡又吃又拉，又飞又跳，到时候别说被褥，就连家具都得给毁了！不成！"

"放院子里不成，放客房里又不成，你到底想怎样？"单田骏愤怒的目光直逼掌柜，吓得掌柜一哆嗦。

"放院子！放院子！"掌柜瞅着单田骏不是善茬儿，慌忙招呼小二帮忙往院子挪鸡，边赔着笑脸儿边去摸那锭银子，却被单田骏一把给夺了回去。

安顿好斗鸡，单田骏带着手下到一楼吃饭。

"有什么吃的？"单田骏问小二。

"我们店里有壮馍、煎饼、武大郎烧饼、潘金莲咸菜、单县羊汤，还有烧鸡。"小二说。

"斗鸡有做成烧鸡的吗？"单田骏一听烧鸡便问。

"那不是烧银子吗？谁舍得吃啊？"旁边桌上的一位住客插嘴道，周围的食客都跟着笑。

"这里最大的酒楼是哪一家？可往外包吗？"单田骏不理别人继续问小二。

"就是对面的广河楼，您是要请客吗？"小二问。

"对，是要请客！"单田骏点头。

信义大庙又称泰山行宫，庙里供奉的主神是泰山奶奶，深受当地百姓的尊崇和爱戴。信义大集汇聚了四方的信徒和游客，若恰逢那抬阁队的表演，则更是人头攒动盛况空前。所谓抬阁，就是由四名壮汉抬着一张方桌缓缓而行，方桌上有两名12岁左右的少年，身穿所要表演的故事人物的彩色戏服，一人用手托着另一人进行表演，此为一阁。每架阁前都有乐队开道，抬盒小童随行，阁的四个方向分插旌旗四面，彩旗三十面，阁所到之处旗随风摆鼓乐喧天。阁上表演的大多是《吕洞宾戏牡丹》、《白蛇和许仙》、《梁山伯与祝英台》和《哪吒闹海》等民间故事，看那表演者有时立于花扇上翩然起舞，有时则站在宝剑上腾挪婉转，不禁令人拍手叫绝。

这边乐手敲锣打鼓，那边斗鸡血战沙场。此次庙会的斗鸡市尤其盛大，前来观摩的、下赌的、寻购的个个摩拳擦掌，似乎不止是鸡在浴血奋战，人也在拼着见识、拼着精神、拼着财力。就连刘五爷也专程赶来观战，看看自己对鸡的评价是否恰如其分。鸡贩子们更是要来凑个热闹，都想从单田骏不要的矬子鸡里再拔出几个将军来。单田骏一早儿就吩咐人把所有的斗鸡都抬到斗鸡场上来，让它们捉对儿厮杀，他则搬把木头椅子往场边儿一坐，用锐利的目光瞅着斗鸡。万全居然也拿把椅子坐在单田骏对面儿跟他打起了擂台。他既不下赌也不助威，就是成心来恶心单田骏，手里捧着把小茶壶，不时往嘴里灌几口。单田骏尽管心里不痛快，面儿上却仍是礼数周全。

此时场子里的斗鸡一只红羽，一只白羽。两只鸡正互相啄咬，用距辟击对手。只见红羽斗鸡羽毛炸开高高跳起，用鸡喙猛啄白羽斗鸡的鸡冠，并奋起长直坚硬的鸡爪用力击打白羽斗鸡的胸腹。白羽斗鸡也不甘示弱，向旁一跳躲开红羽斗鸡的脚爪，瞬时一跃啄下红羽斗鸡的几片羽毛。红羽斗鸡哪肯罢休，脖子一伸，当下就把白羽斗鸡的鸡冠啄得鲜血直流。两只斗鸡杀得难解难分，喙来爪往，鸡毛乱飞，怒啼阵阵。旁边的看客们也兀自精神亢奋呐喊助威，更有那赌了钱的，恨不得下了注的斗鸡一爪子就能把对手拍倒好搂钱入怀。叫好声、哀叹声此起彼伏，唯有那坐在椅子上的单田骏依旧面不改色。这是他今天一早到现在看的第四场斗鸡比赛，红羽斗鸡势头强劲，白羽斗鸡却也能后发制人，两鸡斗得正酣，究竟鹿死谁手还尚无定论。庙会开三天，估计自己收的鸡到时就全都比完了，他也好回京复命。他并不好斗鸡，玩物丧志对他来说是不允许的，因此看客们的狂热只会让他反感。然而看着斗鸡拼力搏击视死如归，他的心竟也有所触动，微微皱了一下眉头。此时红羽斗鸡已完全占了上风，白羽斗鸡虽拼死顽抗，终因负伤过重卧倒在地，红羽斗鸡则仰头长啼，庆祝胜利。

"收了。"单田骏吩咐下人。

下人将红羽斗鸡和白羽斗鸡分别装在两个笼子里，然后又从其他的笼子提出一只花冠鸡和一只黄羽鸡继续争斗。

第二天斗鸡场刚开，崔六儿就和木老实抱着一只鸡来，指明要跟单田骏昨儿个胜了的花冠鸡斗。并当众夸下海口，若是输了就赔单田骏五十两银子，要是赢了单田骏要赔他五十两银子。单田骏惊奇地瞅了瞅木老实怀里的斗鸡，分明就是那只瘟鸡，然而今天的势头却跟评鸡那天大不相同，不但完全没有了瘟鸡蔫头蔫脚的样子，而且眼神凌厉气势夺人，心里不由得犯了嘀咕，难道刘五爷看走了眼？于是一口答应了崔六儿的挑战。赌钱的不知深浅，还是在花冠鸡上下注，只有崔六儿和木老实在瘟鸡上下了十两银子。不料那瘟鸡一上场就照着花冠鸡狠命地啄，根本不给花冠鸡翻转的机会。你看它尖嘴凶猛，羽毛张扬，跳得高踹得狠，几下子就让花冠鸡的脖子见了红，把赌花冠鸡的人看得心惊肉跳，不停地给花冠鸡加油打气。花冠鸡毕竟也非等闲之辈，稍作调整便奋力反抗。两只鸡你来我往，从场子里跳到了人身上，然后居然越过人墙跳到了场子外，又从场子外的土地上打到了矮树丛里。看客们也都像潮水一样跟在两只鸡后面涌来涌去。两只鸡从矮树丛又跳到了草垛上，直杀得茅草乱飞，直到瘟鸡一爪子把花冠鸡从草垛上踢飞，摔在地上长卧不起才算结束了战斗。赌徒们立时一片哀嚎，单田骏吃惊地看了一眼身边的刘五爷，刘五爷却在慢条斯理地装着烟，连头都不抬一下。单田骏只得把五十两银子交给崔六儿，崔六儿得意洋洋地向赌徒们收钱，共收了一百多两银子，可把木老实乐疯了。

"这鸡就算送给你了。"崔六儿倒大度起来，把瘟鸡往单田骏手里一塞，嘲弄地瞅一眼刘五爷，"也让你得个教训，以后不能只听一家之言，深藏不露的才是真正的高手！"

崔六儿说完，跟木老实拿了银子大摇大摆地走出人群。单田骏看着手里的瘟鸡不禁一阵气恼。

"刘五爷，这是咋回事？"单田骏将瘟鸡往刘五爷眼前一伸。

"单壮士，您放心，这瘟鸡就是瘟鸡！不信您就瞅着，用不了个把时辰它就会原形毕露。"刘五爷冷笑着说。

"您是说？"单田骏一怔。

刘五爷趴在单田骏的耳朵边儿上说了几句话，单田骏的眉毛立即竖了起来，冲着手下一使眼色，手下会意领命而去。

连斗了三天，终于决出一黑一红两只鸡王来。那鸡王果真是器宇轩昂不怒而威，斗了这么多场身上竟无半点伤痕，着实强悍。单田骏命下人用两个精致的笼子分装了鸡王，把其余的斗鸡也都收了刚要离开，不料万全却摆开了谱："你这两只鸡王我全要了，开个价吧！"

"鸡王不卖！"单田骏耐着性子说。

"这样吧，我给二百两银子，你也不亏！"万全仰着脸一副居高临下的姿态。

"你要买就一万两！"单田骏见万全纠缠不休，不耐烦地甩了句狠话。

周围的人见单田骏跟万全干了起来，也跟瞅那斗鸡似的来了精神，跟着起哄。

"一万两！就是金鸡也用不了一万两！我看你小子是穷疯了！"万全啪地把茶壶摔到地上，"告诉你！这鄄城可是我的地盘儿！你今天卖也得卖，不卖也得卖！"

"万老爷，我单田骏敬你是个人物一味忍让，不想你欺人太甚！这鸡我还就不卖了！你想怎么着吧？"单田骏被逼急了，一挥手，手下呼啦都围了过来，凶狠地瞪着万全。

"好，你等着！有种你就等着！"万全见单田骏人多，好汉不吃眼前亏，急忙跟师爷和手下回去搬救兵。

单田骏朝着万全的背影用力啐了一口，然后冲着所有的鸡贩子们抱拳道："小人在此叨扰多日，明日上午请大家都到广河楼去，我给各位送鸡！"

众人一听拍手叫好，都夸赞单田骏宅心仁厚。

第二日大伙儿早早儿地就到了广河楼，小二们忙着给大家安置座位，显然这里已经让单田骏给包下了。每张桌子上都摆着四荤四素八个凉菜，大伙儿瞅着就高兴。

"请大家不要客气，尽情享用！"单田骏微笑着做了个请的手势。

大伙儿纷纷向单田骏道谢。小二给上了酒，大伙儿就着凉菜喝着小酒，想着一会儿单田骏还给送鸡，心里甭提有多滋润了。

"伙计，一会儿分鸡的时候咱可要快点下手！你瞅准哪只了没有？"甲鸡贩问乙鸡贩。

"早就瞅准了三只，这三只可是要送到京里去的，决不能让别人抢了先！"乙鸡贩喝口酒说，"这三只鸡虽比不上鸡王，论勇猛也差不到哪儿去，进了王府一样卖个好价钱！"

"你小点声儿！"甲鸡贩急得捅了乙鸡贩一下，"别让人听了去！"

"还怕听？鸡贩子们谁不知道？就看到时候谁的手快谁就赚钱！"乙鸡贩不以为然。

单田骏却在旁听得心里一阵翻腾，自己是奉洪老板之命来替瑞王爷买鸡，没想到这些鸡贩子们也替王府买鸡，岂不是赚了自己的便宜还拆自己的台吗？想到自己竟要好心好意送鸡给他们，不由得气炸了肺，转身怒气冲天地去了厨房。

不一会儿热菜就接茬儿上桌，大伙儿兴高采烈地瞅着，可一连七道全是素菜，大伙儿心里就不乐意了，这是喂兔子呢？可人家请客又不能埋怨，只是拿碗儿放杯子的声儿就开始大了。单田骏从厨房出来，听在耳里骂在心里，吃着人家的还挑三拣四。冲着手下一摆头，喷香扑鼻的荤菜终于上桌了。大伙儿闻着味儿直流口水，什么东西这么香啊？菜一上桌都忙不迭地下手，用筷子轻轻挑开鲜脆欲滴的荷叶包皮，露出一只似鸟非鸟的东西来。

"是烧乳鸽吗？"

"看着更像是鹌鹑！"

"鹌鹑的腿哪有那么长？"

"吃着倒像是鸡肉!"有人尝了一口。

"没错!这就是我要送给大家的斗鸡,请大快朵颐,单某分文不取!"单田骏狰狞大笑,"对了,这里面还有崔六儿那只灌了大烟水的瘟鸡!"

"你把斗鸡都给煮了?那可都是银子啊!"

"你也太歹毒了!"

"你简直欺人太甚!"

"还等什么?揍他!"

鸡贩子们再也按捺不住心中的怒火,有的掀了桌子抄起凳子就冲向单田骏。单田骏岂是那坐以待毙之人,随即就跟手下们拉开了架势。

"单爷,咱们的鸡王早走了,还跟他们闹腾啥?"随从不解地问单田骏。

"你懂个屁!"单田骏瞪随从一眼,"闹得动静越大咱的鸡越值钱!"

别看鸡贩子们人多,但会拳脚的寥寥无几,再加上本身就是一群没头苍蝇,有的只顾着猛打,有的却打两下又回去狠狠地吃上几口,似乎不吃不解恨,还有的趁着别人打架他却去厨房找了只盛菜的麻袋挨桌儿装鸡,煮熟的鸡肉也金贵,千万不能浪费了!更有那天塌下来都让高个儿去顶的主儿,自顾自地斟酒吃菜,酒淌到手上急用嘴去吸,险些把痣上的毛舔进嘴里,舔过了酒还不忘给打架的叫上个好儿,俨然是在看一场不花钱的大戏。单田骏和手下却个个都是练家子,出拳抬脚招招制敌。鸡贩子们见单人难以制胜便展开群攻,甚至搂腰抱腿地去撕扯单田骏,怎奈单田骏心狠力大,正如砍菜切瓜一般,鸡贩子们被打得乱飞,撞到了装鸡的麻袋,鸡滚了一地,压翻了看热闹的吃客的桌子,把菜糊了那人一身,心疼得直喊他的新褂子。

鸡贩子们呼爹叫娘躺倒一片,单田骏和手下刚要脱身,不料万全领着一群打手闯了进来。

"把那鸡王给我抢了!"万全跳着脚大叫。

打手们蜂拥而上去抢鸡笼,单田骏和手下急忙将鸡笼护在当中。打手仗着人多势众猛打猛冲,不想单田骏和他的手下个个都不是善茬儿,很快就打得打手们七零八落。打手中也有那拳脚好的,谁知单田骏怪招迭出,打得他们措手不及无从招架。

"这不是北路拳啊!"一个耍弄花拳绣腿却被打得鼻青脸肿的打手哀

叫道。

"也不是南路拳啊!"另一个打手与肿了脸的打手惊讶对视,两人都对单田骏和他手下的招式感到疑惑不解。

双方直打得桌翻凳烂满屋狼藉,小二们和掌柜的早吓得跑没了影儿。万全瞅了空子想去夺那鸡笼,却被单田骏飞起一脚踹到了桌子底下,疼得他立时鬼哭狼嚎。打手们见老爷被打顾不上恋战,慌忙从桌子下拽出老爷架着便走,生怕走晚了老爷的小命就没了。

"我花钱让你们占便宜,简直做梦!"单田骏轻蔑地瞅一眼横七竖八倒在地上哼哼唧唧的鸡贩子,狂笑着带着手下抬着鸡王扬长而去。

"怎么会有这般心狠手辣之人!"一个鸡贩子骂道。

"有钱人大多如此。"另一个抱着肚子说。

"听说他们也是替王府买鸡。"躺在地上的鸡贩子哼道。

"这么买鸡能赚钱吗?"

"看他们的样子根本不是为了赚钱。"

"花这么大血本儿买斗鸡不为赚钱为了什么?"鸡贩子们顿感单田骏行如鬼魅不可捉摸。

七、宴无好宴

　　那兰烟听得外面连叫三声杜水手，慌得被刀蹭破了手指，急把手指含在嘴里开门观瞧，杜海龙却早跑得没了影儿。兰烟颓然地靠住门框，心一下子空了。

　　兰烟被劫恐惧万分不停挣扎，怎奈势单力薄被人用布包了头推进马车。她一路上战战兢兢，也不知在马车里晃荡了多久，马车终于停下，她被拖拽着一路高高低低地前行，心中惶恐无极。打劫之人令她停住，随手抽去了她头上的罩布和嘴里的布团她顿觉眼前一亮，于是眯着眼渐渐适应着光线，发觉自己竟然站在一间会客厅中。兰烟细细打量这间会客厅，见家具摆设都是富贵人家的东西，心里不禁纳闷儿。

　　忽听门响，兰烟惊得急向后退，却瞅着进来之人十分面熟，定睛细看，居然是洪老爷，兰烟惊奇地瞪大了眼睛。

　　"兰师傅，让你受惊了！"洪禄微笑着请兰烟入座。

　　"不知洪老爷为何将小人劫来此处？"兰烟没有坐，而是拱手施礼，警惕地盯着洪禄。

　　"兰师傅，坐，坐！"洪禄看着兰烟坐下才说，"在下也是迫于无奈才出此下策，实在是找不到更好的法子搭救兰师傅。"

　　"搭救小人？"兰烟更是如坠雾中。

　　"兰师傅，你可知另一帮要劫你的人是谁吗？"洪禄问。

　　"小人不知。"兰烟摇头。

　　"我可以告诉你，另一帮劫你之人就是丁府管家手下的家丁！"洪禄正色道。

　　"洪老爷如何得知？"兰烟大为震惊。

　　"丁府的管家为了让张大厨入聘府中曾找我说项，怎奈评委们均为兰师傅的手艺倾倒，张大厨又兀自出丑，我实在无话可说。我料定管家会对兰师傅不利，遂暗中派人监视，谁知他果真狗急跳墙，我才以其人之道还治其人之身啊。"洪禄解释说。

　　"多谢洪老爷仗义相救！"兰烟心存感激，立时起身拜谢。

　　"想那丁府的管家如此狠毒，兰师傅若是入了丁府必会为他所害。好在我府上也正缺个兰师傅这样的大厨，若兰师傅不嫌弃，可否愿意屈就？

工钱请兰师傅放心，绝对不会比丁府少。"洪禄说得非常诚恳。

"洪老爷对小人有救命之恩，小人感激不尽！何谈屈就？有事请尽管吩咐。"兰烟也以诚相待。

"兰师傅不必客气，我已命人单独收拾了一间客房安置兰师傅，有什么需要请尽管吩咐下人去买。"洪禄顿了顿犹豫道，"我不想趁人之危，但心中又实在好奇，不知兰师傅那葫芦里到底装的是何种神奇味料，居然在厨师界被奉为神话，就连今日的评委们都大加推崇？当然，若事关机密不便透露，洪某绝不勉强！"

"小人正愁救命之恩无以为报，区区配方何足挂齿？"兰烟倒非常爽快，"那味料听着奇异，正因此物分布极少，只在我家乡渤海湾一带才有出产，世人大多不知。加之捕捞不易，所以才会如此珍贵。"

"愿闻其详！"洪禄凝神静听。

"小人祖籍烟台福山，那味料是家乡特产，俗称海肠子，味道极其鲜美，但只有在早春大风浪的天气里才能捞到。家父每次都是亲自下海去捞，将捞上来的海肠子趁着鲜活用剪刀剪去头尾，把内脏清理干净，只留滑嫩的外皮，然后将收拾好的外皮晾干后再放到清洁的瓦片上用文火慢慢焙烤，烘焙之时鲜香四溢，闻之即令人馋涎欲滴。再将焙干的海肠子碾碎后用小箩筛去浮渣装进葫芦储存。这葫芦外用桐油刷过，密封后可保存半年不腐。那海肠子干粉竟比那活海肠子其鲜更甚，其香更浓，提味调鲜堪称一绝。而只有每年三月三那天捞到的海肠子才味为上品，所以此味料才尤为珍稀。"兰烟缓缓道来。

"原来如此！"洪禄恍然大悟，"兰厨师可否借葫芦一观啊？"

"方才太过慌乱，葫芦已不知去向。"兰烟满脸歉意。

"兰师傅请看，可是这个吗？"洪禄摸出一物递给兰烟。

"果真是我的葫芦！"兰烟接过大喜，"不知怎到了洪老爷手中？"

"我怕这宝贝遗失，所以才命人预先替兰师傅取下保管，现物归原主我也就放心了。"洪禄笑道。

兰烟揭开葫芦闻了闻，呛得她连打了两个喷嚏，不禁惊叫："这葫芦里何时换成了胡椒粉？"

"估计又是那丁府的管家干的好事！好好的调味粉竟变了鼻烟壶！"洪禄大笑。

兰烟只有苦笑摇头。

"不过兰师傅尽可放心，我立即就派手下去烟台采办海肠子以备兰师傅的葫芦之需。另外明日我正好要宴请王爷，还望兰师傅能大显身手。"洪禄拱拱手。

"小人自当尽力！"兰烟应承道。

刚安置好兰烟，下人就进来禀报载贝子驾到。洪禄慌忙整衣出外相迎。自那齐三儿给洪禄和载贝子牵了线儿，两人交往渐密，洪禄又会来事儿，那吃的穿的用的玩儿的居然无一不通，且都能讲出个典故来，再加上洪禄既舍得撒钱又能上贡，把个载贝子哄得竟缺他不得，没事儿就带着人来溜达一趟，也好借此看看洪禄又鼓捣出什么新鲜玩意儿没有。洪禄把载贝子迎进客厅，赶紧命人奉上香茶。

载贝子今天穿着豆绿走金线的多蝠马褂儿，白色长袍儿，一进门就大咧咧地往椅子上一坐，端起茶碗忙不迭地吹茶，似乎口渴的狠。洪禄躬身立在一旁劝道："贝子爷慢点儿，别烫着！"

载贝子总算灌下几口茶才把茶碗一搁冲着洪禄说："坐下说话！"

洪禄这才在载贝子对面的椅子上就座。

"怎么着？听说你弄了两只鸡王？"载贝子兴奋地瞅着洪禄。

"明儿个准到！贝子爷就等着瞧好儿吧。"洪禄笑道。

"你小子确实有能耐！"载贝子闻听愈发高兴，"知道吗？我刚从瑞王府过来。瑞王爷早就撒出人去到处弄鸡，结果弄来一堆，有十几只，个个儿能吃能拉，可一上场全都白瞎，斗不上两三个回合就歇菜，竟没个特别出众的，价儿还高得很！把老爷子狠狠气了一回，果真病倒在床上。今儿个听说我给他弄了只鸡王，老爷子立马儿跟打了鸡血似的从床上蹦了下来吵着要看。我说明儿个保准给他送过来，老爷子欢喜得坐不住，夸我有孝心，拉着我不停地唠斗鸡，唠得我口干舌燥，这么半天才算脱身。你这事儿办得争气，我得好好儿赏你！"

"贝子爷能赏脸就是对小的最好的赏赐了！"洪禄忙说。

"你可真会说话儿！"载贝子又喝了口茶，"那两只鸡王哪只更勇猛些？"

"都是将才！黑羽斗鸡似乎能略胜一筹。"洪禄思忖着回答。

"把那黑羽斗鸡给我留着，一下子都给了老爷子就不值钱了。等他把我的事儿都办妥了，再给他更厉害的角儿也不迟。"载贝子又问，"你这两只斗鸡花了多少钱？"

"算了，算了，也就区区五六百两银子的事儿。"洪禄轻描淡写地打着哈哈。

"那我就不客气了，可跟老爷子要说是一千两买的。"载贝子像是忽然想起什么来，"还有，明儿晚上你多备张椅子，我会多带个人来。"

"贝子爷吩咐就是。"洪禄有些迷惑。

"也不是外人儿。"载贝子看出了洪禄的疑惑便说，"是我的堂哥，在军舰上做帮带。他本打算明日过府看望父王，你不是前儿个说想了解些走船运货的行市吗？所以我把他也叫了来，正好一块儿热闹热闹，有什么事儿你可以当面问他。"

"多谢贝子爷成全！"洪禄心中激动，面儿上依旧清风化雨。

"这泡茶的水可是玉泉山上的泉水吗？"载贝子呷了口茶细品道。

"正是小人特命下人去玉泉山取的，别处的井水怕污了贝子爷的嘴。"洪禄点头称是。

"你也真是个有品位的人。"载贝子夸道，"想当年乾隆爷是个好茶的佛爷，评那天下的泡茶好水首推玉泉山的泉水，第二为塞上伊逊泉，第三为济南珍珠泉，第四为镇江金山泉。我却嫌这些泉用的人多了显得俗气，自叫人去院子里采那花上的晨露存着，那水既干净清甜，又带着花的香气，花香茶香相得益彰，冲出来比那俗泉好喝百倍。"

"贝子爷当真是茶中圣手，连品茶都品得如此高雅！"洪禄微微一笑，"只不知哪种花露的香气更合贝子爷的口味？"

"玫瑰浓郁，荷花清香，桂花热烈，梅花幽静，各有妙处，实在难以取舍啊！"载贝子摇头。

"我最近倒是闻到一种奇香，此香既非花香，又非脂粉香水之香，却是从人身上发出来，不知贝子爷可曾听说？"洪禄的小眼睛瞅着载贝子。

"曾有西域进贡的香妃遍体异香，令乾隆爷都闻之倾倒，但古往今来似乎也就只此一人，却不知你又从哪里见到？"载贝子惊奇地瞪起眼。

"不瞒贝子爷，我所见到的那些女子不但容貌脱俗，而且个个儿身上散发奇香，其神妙之处绝不亚于香妃。"洪禄故意卖个关子不往下说。

"当真有这样的奇女子吗？"载贝子俯身急问，"她们在哪儿？"

"贝子爷别急，过两日我自会带您去，让您看个够。"洪禄殷勤地站起身给载贝子倒茶。

载贝子会意哈哈大笑。

再说那许石山正在舰上带水兵们操练，不想接到了载贝子的飞马快报，让他明日申时直接去崇文门外的乐善堂赴宴。许石山心里就犯了嘀咕，自己本意要去看王爷，为何却要到乐善堂？这乐善堂又是什么去处？然王命难违，只得吩咐杜海龙给马添置草料，明日尽早出发。杜海龙一听许石山说要进京，心中一动，他曾听老乡说兰烟进京投奔了姨娘，有心抽空子去寻一下，于是请示许石山并得到了许石山的应允，心中欢喜！第二天天还未亮，两人就快马加鞭赶往京城。

这边洪禄也从一大早就开始忙着让下人把用膳房清扫干净，房间的摆设更是煞费苦心，既不能太过华丽，又不能太过简朴。插瓶里换上大红的月季花，金丝楠木的饭桌上搁着象牙筷子、金酒盅和官窑的薄瓷描金碗儿。就连那些预示吉祥如意的小玩意儿他都要好好琢磨着放哪儿，毕竟请王爷过府吃饭还是头一回，生怕哪里想得不周到忤了王爷的意，因此处处留神小心。厨房里有兰烟他倒省心了不少，否则还要去大饭店高薪聘厨子，但能不能做到好处心里实在没底。兰烟的存在无疑给了洪禄底气，成心要让王爷吃出个不同凡品来。其实那临时加上的客人倒更合洪禄猎奇的胃口。

申时已到，洪禄寻思着也该出门迎迎，刚走出店门就见单田骏带着手下风尘仆仆地正往这个方向赶。到了门口看见洪禄，单田骏急忙下马禀告："小人给老爷复命，已将两只鸡王带回。"

"做得好！"洪禄赞许点头，"一路辛苦！带弟兄们进去歇息吧。"

"多谢老爷！"单田骏拱手。

洪禄在门外张望了一会儿，见王爷还没到，便转身去找单田骏，想听听他买取斗鸡的经过。待单田骏回禀完毕，洪禄沉吟道："你虽有功，但处事太过张扬，需防人言可畏！今后还应多加谨慎，且不可意气用事锋芒毕露！"

"在下明白！只不过想……"单田骏鞠躬。

"好了，今晚早些休息，明日还要辛苦你走一趟天津接货。此批货物非同小可且催得紧，务必尽早赶回！"洪禄打断单田骏说。

"请放心，一定安全返回！"单田骏保证。

正说着话，下人进来禀报王爷的轿子就要到了，洪禄急忙出门迎接。王爷和载贝子下了轿，洪禄连忙趋前施礼："王爷、贝子爷大驾光临有失远迎，还望恕罪！"

"罢了！罢了！"庆郡王没穿朝服，而是穿着土黄色的马褂儿和水蓝色的旗袍，他用金鱼眼瞅瞅洪禄，又抬头瞅瞅乐善堂的招牌，长脸上露出笑来，"你这是药铺，怎么听说还卖书啊？"

"回王爷！药养身、书养心，都是补精气神儿的东西，所以小店兼着卖，既能得那书香又能得那药香，岂不两全其美？"

"也难为你一个卖药的能懂这些。"庆郡王说着，迈步走进乐善堂，洪禄紧随伺候。

洪禄把庆郡王和载贝子迎进用膳房上首坐了，那饭桌上早已摆上龙凤呈祥、鸡丝黄瓜、口蘑发菜、麻辣肚丝、瓜烧里脊、糖醋荷藕、泡绿菜花、蝴蝶虾卷等八样精致的小菜和一瓶上等的老烧。刚替庆郡王和载贝子斟上酒，那边下人就禀报许帮带带着随从到了。

"他来得倒快！"载贝子笑道。

"请王爷和贝子爷稍坐片刻，小人去去就来。"洪禄辞别庆郡王和载贝子，出去迎接许帮带。

洪禄让下人去帮杜海龙牵马备饭，然后亲自为许石山准备热水手巾净手净面。

"怎敢劳动洪老板亲自操劳？"许石山抱拳致谢。

"许帮带一路风尘光临寒舍，洪某自当略尽绵力！"洪禄拱手道，"许帮带先请自便，我去厨房看看就来。"

"洪老板真是细心，连厨房之事都要亲自过问。"许石山赞道。

"王爷大驾不敢怠慢，理当仔细。"洪禄弓身而退。

洪禄不想让王爷等得着急，急火火地奔了厨房催下人上热菜，还想再跟兰师傅叮嘱几句，让他千万记得，听自己的吩咐再上佛跳墙。由于走得急，一进厨房洪禄就不慎碰到了墙边架子上摆的笸箩，笸箩里面盛着洗好的黄豆，准备晾干做豆腐用。那笸箩经洪禄一碰顷刻翻转过来，黄豆霎时撒了一地。洪禄猝不及防，落脚之处黄豆乱滚，两脚站立不稳恰似踩上了风火轮，蹭、蹭、蹭倒着向后滑了三步，举腿甩臂仰面便倒，眼瞅着就要人仰马翻。许石山恰好看见，想冲过去搭救怎奈距离太远唯恐不及，稍一犹豫，却见原本脚步踉跄向后仰倒的洪禄竟然借势一个后空翻，双脚轻点在黄豆上稳稳地站住，然后向旁一纵立时躲开了黄豆的包围。他的辫子不小心被他扯了一下，他却像毫无知觉般径直走进了厨房。许石山不由得心下大惊，洪老板轻功如此卓绝，此人绝非等闲之辈。

宾主落座，洪禄首先举杯向王爷敬酒，"王爷光临蓬荜生辉！小人先干为敬！"

说罢一饮而尽。

"吃饭不必客套，省得浪费了好酒好菜。"庆郡王瞅着桌上的凉盘问洪禄，"你这些小菜怎么看着像满汉全席里的前菜啊？"

"王爷好眼力！"洪禄极力恭维，"小人知道王爷早已吃遍山珍海味，不敢造次，只得吩咐厨子仿照那满汉全席的样式备几样过得去的菜式，不成敬意，还望王爷海涵！"

"你倒乖巧！"王爷大笑，"满汉全席皇上一年才赐宴一回，就算我想多吃都不能得呢，没想到却在你这里解了馋！那接下来的热菜也都是满汉全席里的菜品吗？"

"除了一道，其余皆是。"洪禄点头。

"既然洪老板有心，那今夜就尽情领略一下皇家御宴，咱们也好好喝上两杯！"庆郡王开怀举杯。

"王爷请！"众皆举杯。

热菜接二连三地上桌，祥龙双飞、绣球干贝、奶汁鱼片、花菇鸭掌、五彩牛柳、罗汉大虾、八宝兔丁、清炸鹌鹑、金腿烧圆鱼共九道菜。庆郡王和载贝子吃得舒心，也喝得痛快。许石山却满腹心事，推说晚间尚要赶路回舰，只吃菜不喝酒，洪禄也不便勉强。

"听说王爷近日国事操劳，小人再敬一杯，请王爷务必保重身体！"酒过三巡，见庆郡王已有醉意，洪禄再次端起酒杯喝干。

"唉，还不是叫那朝鲜给闹的！"庆郡王郁闷地喝下一杯酒，"朝廷里吵成了一团，老佛爷和皇上娘儿俩斗气，可怜我们这些做臣子的左也不是右也不是。更可恨的是那东洋人，你说朝鲜闹事你跟着掺和啥？李鸿章托了一帮子洋人去劝，嘿，他还就是赖着不走了！你说可气不可气？"

"李鸿章大人从事洋务多年，自有调停斡旋之道。"洪禄说。

"李鸿章鬼精着呢！"载贝子不屑地哼道，"你道他为何只求斡旋，皇上几次严令都不肯积极派兵？还不是为了保他的命根子淮军和北洋水师吗？要是把这俩翅膀剪了，他就是只没毛儿的鸡，别想再在老佛爷面前飞起来！"

"也怪不得李大人缩步不前，淮军和北洋水师实力如何，石山最清楚。"庆郡王醉眼蒙眬地瞅着许石山。

"王爷又说笑了，我只是舰上的一个小小帮带，就连整个水师的状况都不甚了解，更何谈淮军？"许石山见庆郡王和载贝子酒醉，当着小民乱批朝政，急忙用话岔开。

"许帮带过谦了！"洪禄举杯道，"我一向敬重风浪里走船之人，若没有大智大勇，断不能从惊涛骇浪中生还。不知许帮带在那艘军舰上公干？"

"'定远号'铁甲舰。"许石山回答。

"那不是北洋水师的旗舰吗？"洪禄脱口而出，许石山一怔。洪禄自觉失态忙遮掩道："小的还听说'定远号'和'镇远号'是大清国的水上长城，威力无比，不知是真是假？"

"这一点大清国的百姓无人不知，自然是真。"许石山点头。

"我这堂哥不在家享福，却去当那劳什子帮带，那军舰上枯燥乏味，洪老板也想着帮我堂哥找点乐子。"载贝子一拍许石山的肩膀。

"这事好办！"洪禄连忙殷勤致问，"不知许帮带是喜欢玩意儿还是其他消遣呢？"

"多谢洪老板美意！"许石山拱手推辞，"只是在下一介武夫不懂风雅，还是军舰上的枯燥生活更适合我。"

"那不过是个差事，何必那么认真？洪老板这里好货可多得很呢！"载贝子诡秘一笑，"等你解了其中之味，只怕你欲罢不能呢！"

"贝子爷夸奖了！"洪禄谦恭道。

"在下应了这份差事自当尽职，余皆不敢多想！"许石山道。

"尽职也要审时度势啊！"王爷意味深长地瞟了许石山一眼，端起酒杯，"来，石山，陪我喝一个！"

"祝王爷吉祥！"许石山赶紧端起酒杯。

"许帮带忠勇为国小的佩服！小的经常从东北贩运药材，走陆路不甚安全。上回遇见几个军舰上的水兵，听他们说军舰也可帮助客商装运货物，且无人敢劫，不知许帮带可知此事？"洪禄自饮了一杯问。

"军舰严禁私自贩运货物，一旦抓住必当重罚！在下的舰上尚未发现此事。"许石山虽被洪禄戳到痛处，但言辞上决不能留有破绽。

"想是许帮带的军舰军纪严明。"洪禄似有所悟。

"王爷真是好酒量！"洪禄起身亲自给王爷斟酒，趁机俯身问，"王爷，小的那笔买卖？"

"好说！我已经交办了。"庆郡王醉意中带着一丝淫荡，"不过，我听载贝子说你那里有什么香妃？"

"不是香妃，但胜似香妃。"洪禄讨好道。

"那就是赛香妃！"庆郡王贴着洪禄的耳朵喷着酒气，"到时候……"

"王爷尽管放心！"洪禄哈腰鞠躬。

"还是你小子懂事儿！"庆郡王亲切地拍了洪禄后背一巴掌。

"唉，堂哥，让我怎么说你！你真是个木瓜脑袋不开窍儿！"载贝子用手比划着，舌头都有点儿大。

"他也逍遥不了几天儿了，眼瞅着就要打仗了。"庆郡王晃了晃脑袋。

"跟谁打仗？"洪禄忙问。

"还能有谁？东洋人呗。"载贝子说。

"何时要打？我也好多采办些药材，以备应急之需。"洪禄的眼睛紧瞅着载贝子。

"也就、就是月底！"载贝子打了个大大的酒嗝儿。

"载贝子，您喝醉了！"许石山有意岔开话题。

洪禄一见自己的话引起了许石山的警觉，一边暗地里给下人使眼色，一边招呼道："王爷，贝子爷，许帮带，小的特备了一道不是满汉全席菜品的佛跳墙，请您几位品尝！"

庆郡王瞅着刚放到面前的小陶罐儿正有些犯蒙，丫鬟将罐盖儿轻轻揭开，直冲鼻腔的香气登时让他不自觉地狠吸了两下鼻子，忙不迭地急呷了一口汤的滋味儿。看到庆郡王吃得猴急，载贝子也沉不住气尝了一口，许石山则慢条斯理地用勺子舀了一勺，洪禄却并未下箸，而是赔着笑小心地瞅着庆郡王的表情。

"好吃！"庆郡王眨眼间吃得罄尽，顾不得抹掉嘴边的汤汁大声赞道。

"王爷可还满意？"洪禄眼中含笑瞅着庆郡王。

"岂止满意！"庆郡王摇着头连拍了三下桌子，"简直就是世间极品！连佛都跳墙了，咱们哪儿还撑得住啊？"

"王爷高见！"洪禄暗自得意。

杜海龙早吃罢了晚饭就骑马进了城，千辛万苦总算打听到了姨娘的住处，不料姨娘却已过世，家人说的确曾有女子前来找过，但早就不知去向。闻听兰烟孤身流落京城，杜海龙不由得更加心焦，失魂落魄地回到了乐善堂。他把马牵进马房，给两匹马刷毛喂料，因晚上还要劳动它们走夜路，尽量让它们吃饱喝足身上有劲儿。马房就在厨房的后面，杜海龙正在刷马，蒙眬的月光下一个剪影映在窗上，杜海龙偶然一瞥遂惊讶地呆住，那形貌竟如此酷似兰烟！他心中一阵激动，却见那人背过身去，居然是个拖着辫子的男人影子。杜海龙瞬感失落不由苦笑，自己定是想兰烟想疯了，竟把男人看成了女人。刚要转头继续刷马，忽听有人呼唤："兰师傅，老爷传上佛跳墙！"

兰师傅？佛跳墙？杜海龙心头立时犹如响了炸雷一般。京城善做佛跳墙的师傅只有兰烟的爹，可她爹早已过世，难道真是兰烟？佛跳墙是兰烟的拿手菜，做菜的师父又姓兰，天下绝不可能有如此巧合！杜海龙扔下马刷就往厨房奔。只听厨房里的师父回了一声，俨然是个瓮声瓮气的男声。杜海龙猛地刹住脚步，看来真是自己多心了，厨房是不会聘请女人做师傅的，然而此人莫非跟兰家有什么渊源不成？杜海龙进退两难。踌躇半晌，决定管他是真是假，进厨房问个究竟再说。正迈步欲走，却听许石山喊他。他装作听不见，一门儿心思要搞清厨房里人是不是兰烟，于是继续向厨房走。许石山又喊了他一声，他一皱眉头还是走，并且加快了脚步，眼看已经到了厨房门口，正要敲门，许石山愤怒的大喝传了过来。杜海龙恨得一闭眼一跺脚，长叹一声，转身跑回马房牵了马奔向许石山。那兰烟听得外面连叫三声杜水手，慌得被刀蹭破了手指，急把手指含在嘴里开门观瞧，杜海龙却早跑得没了影儿。兰烟颓然地靠住门框，心一下子空了。

杜海龙快快地牵着马听着宾主寒暄，赞着佛跳墙的美味，心里更不是滋味儿。待送庆郡王和载贝子上了轿离开，洪禄和许石山才拱手道别。

"许帮带，天色已晚，夜路不便，不如就在舍下住下，明日再赶路如何？"洪禄诚心挽留。

杜海龙忙瞅着许石山，巴不得他答应留下来。

"多谢洪老板费心！只是公务在身不便久留，还请洪老板担待。"许石山坚辞。

"许帮带远道而来马匹劳乏，小人欲换两匹精壮之马给您骑乘，也方便赶路，您看这样好吗？"洪禄问。

"我的马匹已经叨扰了洪老板的饮水草料，怎敢再让洪老板破费？"许石山翻身上马一抱拳，"在下这就告辞，洪老板再会！"

看着许石山和杜海龙打马扬鞭，洪禄皱起了眉头，这许帮带可是块不好啃的硬骨头。

第二天洪禄就将鸡送进了王府，载贝子刚用过午膳，见了斗鸡喜得眉开眼笑啧啧称叹："这才叫斗鸡！瞅着就精神！瑞王爷的那些鸡跟这俩比简直就是一窝家雀儿跟老鹰的区别！"

"只要老王爷喜欢就成。"洪禄笑道。

"喜欢？他老人家能搂着这俩鸡亲嘴儿你信不？"载贝子兴致高涨，"说吧，怎么赏你？"

"贝子爷高兴就是最好的赏了！"洪禄眨眨眼，"昨儿个小的听贝子爷说月底要打仗，不知是哪里要打？我也好托贝子爷的福送点药过去赚点小钱儿。"

"我说了吗？"载贝子瞥了洪禄一眼继续逗弄斗鸡。

"都怪我这记性不好，贝子爷何曾说过？定是我从别处听说的。"洪禄机灵地打圆场。

"此等军机大事泄露了可是要杀头的！"载贝子的手往回一缩躲开黑色斗鸡锋利的喙，"况且军队的药材都由户部统一采购后再交由兵部调配，不是随便就能卖进去的。"

"依贝子爷的意思？"洪禄作揖再拜。

"户部倒是可以下些工夫，只是那郎中崔兆有些各色，你还需想些法子招架才好。"载贝子直起身点拨道。

"多谢贝子爷教诲！"洪禄道谢，心上却恨载贝子故意转移话题避实就虚。

八、月黑遭劫

　　官船上的兵丁连忙自报衙门大声呵斥，喝声未绝小船上已羽箭齐发，那箭却也作怪，箭头处不是铁尖儿而是一包粉末，中得人身爆破开来，人即仿佛着了迷药一样昏然倒地，甲板上的兵丁顷刻间睡下大半，小船上的人随即用钩子勾住官船纷纷跳将上来。

　　单田骏领了洪禄的命令，特意换了身儿天青色福字纹的绸袍扮作富商，一大早就带着四个手下去了通州衙门。通州是京杭大运河的北起点，曾是盛极一时的皇家码头，府衙已接到王爷口谕，即刻准备了一艘官船交给单田骏，并派了十二名护船兵丁供其调遣。府衙的官员派人把单田骏送到码头，早有船老大带着七八个船工在岸边迎候。船老大年逾五十，身量不高黝黑结实，穿着月白色的对襟无袖布卦，黑色布裤高卷起裤腿，显得干净利落，应对时笑眉笑眼颇为和气，单田骏对他很有好感。船老大带单田骏去瞧被缆绳拴在岸边的官船，那官船巍峨矗立，足有十余丈长，五六丈宽，船台最高处竟有二丈。船老大命船工取来梯子伺候单田骏登船。单田骏是第一次乘坐官船，就让船老大带着自己在船上到处转转，船老大边走边向单田骏介绍，官船的龙骨都是选取整根上好的樟木劈板制成，坚固结实，一层中间的舱房可住人装货，两头则是船工行船的橹舱，单田骏瞅见船体船舱无一处不是精雕细刻，尽显奢华气派，不禁暗自赞叹。从底层通过楼梯上到二层，二层的甲板非常宽阔，十二名兵丁已分列两侧，身穿号衣挺胸抬头横眉立目，腰挎长刀气势严整。船工们早鼓起了三只大帆将船摇了起来，帆顶通州府衙的旌旗猎猎招展，真如官老爷出外巡航一样威风八面。

　　船老大将单田骏让到二层靠近船尾处的船阁内，这船阁修得雕梁画栋异常精致，窗户敞开，河面上的景色一览无余，阁内铺着细白的竹席，竹席上放着四只锦垫，铁杉木的条几上则摆着红泥的茶壶茶碗，待单田骏在锦垫上盘腿坐定，船工奉过茶，船老大便要告退，单田骏却请他一起阁内用茶，也好聊聊沿途的风致，船老大坚辞不敢，只在阁外跪坐了给单田骏回话。单田骏问起官船的平日用度，船老大回说其实官船平时极少使用，府衙用船宁可官船闲置也愿意去征民船，民船则需行贿纳钱方能免除船役，此番若不是奉了王爷口谕，官船根本不会在河面上出现。所以一旦官船出行即非同小可，民船商船见了都怕惹祸上身定然纷纷闪避。单田骏闻言急放眼望去，果见商船民船如营营蝼蚁般仓皇奔波，尤其那些虾船扁舟随波上下挣扎逃命，竟似要翻覆过去，不免心中得意。船行至开阔地带，单田骏正惊讶帆影如云映碧波，平林如浪卷残烟的胜景，船老大却摇头苦笑，说这点船跟自己年轻的时候比实在是九牛一毛。遥想当年漕运鼎盛时期，从天津到通州的北运河每年要承载2万艘运粮的漕船，官兵12万人次，连同商船超过3万艘，那可真是万舟并集。可随着海运的兴起，朝廷对运河不再上心，多处河道淤塞，加之黄河决口运河改道，京杭大运河逐渐衰落，仗着通州到天津的航道仍是连通运河航运与海运的要道不致废弛，但也再难呈现过去的繁华热闹了，单田骏听罢也唏嘘慨叹。

官船耀武扬威沿河而下，船速颇快，不日便进入了天津地界。单田骏并未发觉官船后面始终有条小船悄悄尾随。船老大兴致勃勃地说起天津的历史，想那天津自古靠漕运兴市，海河又是由河入海的唯一通道，因此沿海河和运河多处建有仓廪以屯粮，元朝时就号称百万粮仓。南运河、北运河沿岸更是码头林立，大批货物在此经转，人口密集鱼龙混杂，朝廷甚至在各码头设立哨所用来保护漕运的安全。单田骏刚举起茶碗却又放下，似触动了心事，船老大偷瞟了单田骏一眼也不再言语。

官船没有经海河进入天津港，而是靠泊在三岔口码头。三岔口因北运河与南运河汇集注入海河而得名，又因《封神演义》而脍炙人口。哪吒就是在三岔口的九湾河洗澡惊动了东海龙王，派三太子敖丙出海巡查，却被哪吒给剥皮抽筋，以至于闹上天庭的。三岔口还是朝廷重要的政治和军事中心，天津的直隶总督府就坐落在三岔河口一带。由于漕运的兴盛发展，大批船只熙来攘往，使得这里商贾云集，货栈、银号、商铺交易繁忙。正如歌谣中唱道：三岔口停船口，南北运河海河口，货船拉着盐粮来，货船拉着金银走，九河下梢天津卫，风水都在船上头。单田骏吩咐兵丁暂留船上，自己则带着手下下了船，直奔日通货栈。

日通货栈坐落在运河北岸，是乐善堂一年前才在三岔口开设的货仓，从天津港走海路进来的货物都先在此存放，然后再经北运河运往北京。货栈不大，只有五间仓房，到的货物也非定期定量，有时多些有时少些，种类更是杂七杂八不一而足。货栈的张掌柜四十多岁，戴副黑框圆边的洋眼镜，穿着黑色团花的绸袍，他和五六个伙计都是乐善堂派到天津来的，跟单田骏非常熟识，因此一见单田骏到了立刻笑脸相迎。

道了辛苦奉了茶，单田骏问起到货情形，张掌柜回说早上才刚刚入货，共四只捆扎停当的箱子，两只普通的木箱，还有两只箱面上覆了野兽皮的木箱。洪禄曾定下规矩，所到货物张掌柜和伙计只负责收取不准验货，只有他和单田骏方能开箱验看，所以单田骏接过伙计递过来的剪刀和钥匙独自走进库房随手把门关上。单田骏剪断箱子上的绳索逐一开锁查看，见木箱内都是珍珠、玳瑁、燕窝、龟板、红珊瑚、象牙、犀角、土绸、吉祥宝树、孔雀屏、红黄檀香等南洋宝物，皆是上等稀有的货色，像那整棵光泽艳丽晶莹剔透的红珊瑚、色白如玉巨大的野象牙、缀满七彩宝石的吉祥宝树等奇珍异品，其珍贵程度就算是南洋藩属国给朝廷的进贡之物也难出其右。单田骏看罢啧啧称叹，重新锁了箱子才把伙计叫来，当着自己的面再次封箱并多加绳索绑牢。

张掌柜见天色已晚，夜间行舟恐有闪失，遂建议货物先暂放货栈，明日早上再押送上船。单田骏觉得掌柜说得有理，货栈靠近朝廷驻军之地，较为安全，于是命令手下去官船上把十二名兵丁全数叫到货栈，并让伙计出去叫两桌菜让手下与士兵同吃，并严令不许饮酒以防坏事，然后仔细查看货栈内外的地形地貌，按《孙子兵法》中生门、死门、空门的排兵布阵策略令兵丁分守前院、后院及房顶，放置货物的仓房更是重兵把守，直至把所有事情布置妥当才答应张掌柜之邀为他接风。

张掌柜请单田骏去天津著名的"聚庆成"饭庄吃饭，那"聚庆成"饭庄雄居天津最有名的"八大成"饭庄之首，在三岔河口处开有分店，做的是纯正的天津风味菜品，各种席面小吃一应俱全，还有从北塘运来的时令海鲜。张掌柜特意为单田骏点了西施舌、黄鱼、对虾和三岔口的河蟹让他尝个新鲜，但因单田骏不能饮酒，宴席只得早早结束。张掌柜要请单田骏去茶园逛逛解闷儿，怎奈单田骏的心思都在货上，由于这批货物极其贵重，不敢在外多加耽搁，张掌柜却说货栈已被单田骏封成铁板一块，即便苍蝇也难飞进，谅无大碍，不如去茶园凑趣寻乐以解疲乏，还能体察些当地的风土民情，也不枉来此一遭。单田骏被说得动了心，遂同张掌柜一起前往天福园喝茶。

天津的茶园不止可喝茶还可听戏，三岔口一带的茶园尤为兴旺，竟有五十多家，很多有名的角儿像余三胜、谭志道、杨小楼，谭鑫培等都是从这些茶园子里叫出了名声，茶园也因了这些角儿而身价倍增。

天福园是座二层的茶楼，四角攒尖的门楼子轻灵精巧、气概非凡，门楣上悬挂着烫金的"天福园"大字横匾。进得园子，楼上楼下和戏台两侧都挂满宫灯，戏台旁的灯亮一些，好让茶客把角儿看得真切，其余的灯则暗些，整个园子看上去隐隐约约、影影绰绰，显得别有风韵。茶园四面的窗子大开，不时从河上飘来的丝丝凉风冲淡了屋内的暑气，尽管茶客很多，却不觉得闷热，倒是个消夏纳凉的好去处。

小二早掌了眼大声招呼领座儿，楼上两侧是隔断包厢，生意好的茶园通常要提前预订。张掌柜溜了一眼包厢，见已客满，只得要了楼下的散座儿，拣选了上等的茉莉花儿茶。小二殷勤地把戏单子递过来，请二位爷点戏，并说今夜难得坐在楼上包厢里的黄少爷花大钱为名角儿小月仙捧场，那小月仙如今可是天津卫的红人儿，等闲请不到她，待会儿小月仙过来，二位也可趁机点几个段子好好过过名角儿的瘾。张掌柜却回说不点戏，只把那新鲜的干果多拿几盘过来。小二又劝了几回，张掌柜只是不应，小二只得快快而去。

单田骏这才定下心来，从腰上取出扇子一边轻轻摇着跟张掌柜闲话，一边留心瞧着园内的茶客。靠近戏台前排的桌子旁坐着个商人模样的茶客，说话声音颇大，故意咧大嘴岔露出镶嵌的金牙，身穿昂贵的湖锦贡绸，常常提起胸前的金链子瞅瞅洋表或摆弄摆弄手上的大玉扳指儿，聊的全是生意经，喜的最是风月场，话不说满，眼神中自有深意，茶就怕凉，冲出来的都是金银；大金牙对过儿的桌子旁则坐着个手里转着铁球、仰着脸派头十足的旗人，一张嘴满口的京片子，谈得全是玩意儿，话一摆就是八旗的前世今生新闻旧事；坐在第二排身着布衣长衫的老戏迷倒像是完全听不见周围的聒噪，闭着眼不管闲事，耳朵里只听得台上的唱词曲调，用扇子骨在手上有节奏地敲着鼓点儿，兴之所至还跟着哼唱几句；窗户底下坐着的一位茶客倒让单田骏一愣，只见此人穿身儿洋绸裤褂，挑着眉毛撇着嘴，跷着腿抖着脚，不时掏出鼻烟壶嗅两下，眼睛贼溜溜地打量着来往的茶客，一副随时想找人打架的德行，问过张掌柜才知此类人是天津地面上无人敢惹的混混儿。

蓦然起了一阵骚动，原是打茶围的茶客发了票请来的浑倌带着服侍的大姐进了园子轻咳了一下。单田骏瞧那倌人乌云偏堕玉钗斜插，樱唇微张柳眉浅画，胭脂欺了水粉一团喜气，凤目送媚专往那男人脸上兜搭。红色绣花缎袄紧偎纤腰，绿色罗裤颤动一搦凌波，虽无十分的姿色，却有现成的章法，扭了腰摆了胯抖了丝绢撩了发，不堪那瓜子皮花生壳满地滑，娇嗔急喘就往那茶客身上挂，耳鬓厮磨吹气如兰怎不让人心猿意马。

单田骏正看得兴起，楼上的客人却吵着要手巾板儿，专管手巾板儿的小二正守着水桶，把手巾从滚烫的水中一条条拎出来拧干放到大铜盘上，听到客人吆喝，一扬手那温热的手巾板儿便飞上楼去，客人稳稳地接住，小二高兴竟玩起了花活，手指轻轻一挑便将一块手巾旋在了指尖，旋得如伞如盖精灵跳跃，好似那飞转的陀螺越旋越快，嗖地一下抛向空中，楼上的客人刚想去捉，不料它一扭身又旋回了小二手中，众茶客无不拍手惊诧。管茶的小二则提着大肚粗脖儿的铜壶穿梭着为客人续水添茶。园子里嘈嘈杂杂，更不知从哪里飘来的烟气伴着台上咿咿呀呀的清唱令单田骏有些意乱神迷。

忽听一阵梆子响，喧闹的茶园立刻静了下来，闪目观瞧，台上早已换了一位娇俏的花旦，唱得却是《拷红》中的红娘。只见她珠翠耀目粉面桃腮，那双杏眼荡了秋水星转流波勾魂摄魄，朱唇轻启燕语莺声抑扬顿挫，纤纤玉手把那红罗帕舞得袅袅娜娜，款摆腰肢似弱柳扶风婉转情多，台下叫好声此起彼伏，直把单田骏看得目瞪口呆，心道这便是那名角儿小月仙了，真个是销魂尤物。此时小二已沏了茶，茉莉花儿的香气氤氲开来，张掌柜不住地擦那眼镜上蒙的水汽，伸着脖子去看小月仙，单田骏也有点儿心荡神摇把持不住，不想那小月仙在台上卖弄着身段儿一抬腿，单田骏正瞅见她穿了红绒球绣鞋的大脚，猛醒得梨园里的旦角儿多是男人扮的，心头登时泼了瓢冷水懊悔起来，刚被挑起的寻花问柳的心思立时散了，一时间觉得气闷恍惚，连张掌柜的言语也懒得应酬。

待小月仙退了场，茶园里复又嘈杂起来，谁知台上又换了出《时迁盗甲》，看着时迁在台上鸡鸣狗盗单田骏心中更觉丧气，耳朵不自觉地被旁座的茶客吸引了去，他正口沫横飞地讲三岔口近日来盗匪横行，接连几天，南运河附近的三家货栈都被人在半夜抄了货物，且失盗的物品中多是稀罕的洋货，显然那些盗匪早有眼线提前踩了点儿，偷盗之时货栈的伙计居然毫无察觉，说不准连那伙计也是串通的。这些盗匪很是猖獗，就连朝廷收税的钞关都不放过，听说损失了上百两税银，府衙大发雷霆闹着要严查执勤的兵丁。单田骏听得心惊肉跳忙问张掌柜，张掌柜回说确有此事，但正因如此，官府最近才盘查甚严，盗匪不至于在这时候铤而走险，货物反倒安全，单田骏微微领首，心里却存了芥蒂。冷不丁一阵脊背生凉，忙回头，见一身着青衫的秀才正摇着扇子，眯着眼晃着头，嘴里边儿还有腔儿有韵地乱哼，除了手上的黑痣有些扎眼，倒也看不出什么特别之处。但直觉告诉他园子里气氛有异，转头四顾，越看越觉得那些茶客都像是存了心有意无意地瞟他，惹得他瞪了眼想要寻出些端倪。旁坐的茶客看出单田骏有些坐立不安，相互间丢了个眼色，愈发绘声绘色地说起盗匪如何来去无踪，货栈的人抓挠不住盗匪的来路，直至发了狠把那货仓翻了个底朝天才发现，原来盗匪预先挖了地道直通仓库，从地下将货运了出去，难怪神鬼莫查……几句话不啻惊雷，直把单田骏炸得魂飞魄散。

恰逢小二过来添水，不知怎的那手一抖，铜壶霎时从手上滑脱，一壶滚烫的开水就照单田骏的身子砸将下来。小二和张掌柜登时唬得手足无措，饶是单田骏练家子出身懂得机变，噌的带着椅子向后跳起，急用扇子磕那铜壶，铜壶与他擦腿而过重重地摔在地上，顿时水花喷溅热气弥漫。小二这才回过神儿来忙不迭地赔不是，慌忙收拾了铜壶再去添水，单田骏惊出一身冷汗，郁闷至极转身就走，张掌柜不知就里，只好匆忙结了账跟在身后追了出来。

单田骏回到货栈先去仓库里细心勘察，确定地上并无地道，略觉宽心，在仓库中来回踱步，越想那盗匪越不安心，当即就命令手下和兵丁备车装货要连夜赶路，任凭张掌柜苦劝，单田骏却说货栈是民官船是官，在官船上总比在民栈里安稳些，铁了心宁可去那河上趟风浪也不愿在此久留，张掌柜无法只得派车送他和货物上船。到了船上，单田骏脱了绸袍换上黑衣短打，依旧让兵丁们分护了甲板和船舱，吩咐船工立即开船把灯挑亮，让人在夜里也能看出官船的气派不敢轻举妄动。兵丁不到天明不许轮岗睡觉，自己也睁大了眼睛待在船舱守着货物，眼观六路耳听八方，不敢有丝毫大意。

官船沿着北运河溯流而上，白日里的暑气渐退，空气中充满清凉的水汽，商船民船都已靠泊歇息，花船绣舫却开始在河面上往来兜客。那些兵丁眼馋地瞅着涂脂抹粉飞眼招手的俏姐儿，恨不得立时就把身子扑了过去，只恨那单田骏眼中含刀，遂硬收回心神在那船上。行了一个多时辰，越发得夜阑人静，只听到桨橹划动的水声，灯光所及之处已不见往来船只。河面上起了风，吹得云遮了月掩了星，两岸黑压压的芦苇荡子影随风动，不时听到蛙叫虫鸣，成群的蚊子和不知名的飞虫更是围着灯火打转，把守在甲板上的兵丁以及单田骏的四个手下咬得抓耳挠腮，货舱中的单田骏更是被那蚊子叮得心烦却又无可奈何。

将近四更，再有一个时辰天就亮了，此时最是人困马乏之际，单田骏正双手拄着刀坐在货箱旁闭目养神，突然，有人大喊："着火了！"

单田骏心头一凛，急忙跑上甲板，然而甲板上并无火星，暗叫不好，恐中了调虎离山之计，又慌忙跑回货舱，货舱里也不见火光，打开窗子向外观望，惊见前后橹舱浓烟滚滚，舱壁上赫然插着数支冒着火苗的箭，耳中只听得扑通扑通的落水声，原是那些摇橹的船工不堪忍受火烤烟呛竞相投入河中。单田骏满腹惊疑，不知何人如此大胆敢劫官船，蒙眬中却见十几条小船也无灯火，恰似那夜行的鬼魅在水面上飞驰而来，将官船团团围住。官船上的兵丁连忙自报衙门大声呵斥，喝声未绝小船上已羽箭齐发，那箭却也作怪，箭头处不是铁尖儿而是一包粉末，中得人身爆破开来，人即仿佛着了迷药一样昏然倒地，甲板上的兵丁顷刻间睡下大半，小船上的人随即用钩子勾住官船纷纷跳将上来。单田骏慌忙带领手下和官兵迎敌，他自己寸步不离货舱，数次击退妄图进仓抢夺货物的盗匪。然而盗匪人多势众，官兵本无心作战，率先弃械投降，四个手下尽管功夫不弱，但被人缠住动弹不得，货舱里只剩下单田骏孤军奋战，不由忧心如焚。盗匪对货舱连攻不下且多人受伤，也觉出单田骏身手非凡心狠手辣，居然悉数退出货舱，随手扔了一个东西进来，单田骏不辩何物向旁一闪，那头大肚圆的东西嘭地落地，竟如乌贼般哧溜溜喷出一道黄黑相间的烟龙来，味道刺鼻似硝似磺还闪着磷火，舱房里顿时烟雾弥漫。单田骏大吃一惊，迅疾掩了口鼻撞破窗子，一个鹞子翻身上了甲板，甲板上他的手下与盗匪激战正酣。

那些盗匪皆是渔民装扮，手提长剑，虽无上乘武功，缠斗的功夫确是一流，单田骏的手下已是疲于应付，他亦无暇顾及别人。不甘心就此丢了货物，约摸那烟雾散失大半，复又从窗子跳进货舱，自他离开不到半盏茶的时间，三厢货物早被搬得罄尽，几个盗匪正把最后一箱抬向门边，单田骏不由得恼羞成怒，跨将过去挥刀就劈。那刀攒着劲道带着怒火，若是沾上非死即伤，抬箱子的盗匪躲闪不及只道必死，谁知就在千钧一发之际，凌空飞来一把宝剑硬生生将刀磕开。刀剑碰撞火星迸溅，双方都暗自心惊。舱内尚有余烟，持剑盗匪的样貌看不真切，但他面上扎里扎煞盖住半张脸的红胡子却让单田骏感觉分外刺目。抬箱子的盗匪见来了帮手，便跟同伴们继续搬箱子，单田骏哪里肯放，向红胡子虚晃一刀又去刺那抬箱子的盗匪。不料红胡子更是刁滑，挺剑去挑单田骏毫无防备的右腿，单田骏连忙收刀护腿，那箱子已被抬至门边，单田骏急红了眼，纵身一跃竟跳到箱子之上旋刀横扫抬箱子的盗匪，盗匪们吓得丢下箱子抱头鼠窜。

"你是何人？竟敢打劫官船？"单田骏居高临下瞪着红胡子，"要想活命速速把那货物归还于我，否则让尔等碎尸万段！"

"休夸海口！"红胡子剑走龙蛇直取单田骏。

单田骏赶忙用刀招架，他站在箱上臂短腿长使不上劲，下盘空虚，频频遭到红胡子进逼，险象环生，红胡子剑法了得迫使单田骏立足不稳，只好跳下箱子跟红胡子斗在一处。两人都非等闲之辈，斗了十几个回合居然未分胜负，单田骏不熟悉剑中乾坤，只是感到红胡子的剑使得神出鬼没令人防不胜防，红胡子虽对刀法颇有研究，然而单田骏的刀路既非南派又非北门，却刀刀制敌招招求胜，心中骇异不想恋战，接连舞出三段剑花打得单田骏手忙脚乱，他则趁机向后急撤跃出门外，稳稳地落在从旁接应的小船上。单田骏刚要去追，猛想起那箱子货物，转头再瞧，箱子早就不翼而飞，眼瞅着小船逍遥地载着货物疾驰而去，气得他一拳把窗框擂个稀烂，不禁急火攻心，疯了似的蹿上甲板想再找海匪厮杀，可除了尚未苏醒的官兵之外，甲板上的海匪也早跑得没了踪影。恰逢手下推着两名捉到的盗匪过来，遂把满腔怒火发到两个俘虏身上，嗖地把刀架在一名盗匪脖子上。

"说！你们是什么人？"单田骏厉声质问。

那盗匪脖子一梗并不答话，大有视死如归之势。单田骏见状一刀刺进海匪的胸膛，随即将他踹下官船，河面上顷刻间一片血红，紧接着将刀架上另一个盗匪的脖子。

"你也想随他去吗？"单田骏冷酷地瞪着盗匪。

"大爷饶命！"那盗匪吓破了胆，体如筛糠抖做一团。

"快讲！"单田骏命令。

"我是打鱼的。"盗匪连忙回道。

"打鱼的怎敢打劫官船？"单田骏怒道。

"因打鱼艰难，官船财货丰厚。"盗匪颤声说。

"那红胡子是何人？"单田骏一想起红胡子就恨得牙痒痒，刀往盗匪的脖子更近一寸。

"他是我们大当家的。"海匪惊恐地侧头闪避。

"他叫什么名字？"单田骏的刀擦破了海匪的脖子。

"杜海疆！"海匪磕头如捣蒜。

"你们怎知会有官船？"单田骏又问。

"我们有眼线探听消息。"盗匪回答。

"眼线布在何处？"单田骏逼问。

"眼线由当家的分派，小的不知。"盗匪道。

"胡说！"单田骏扬起刀要砍。

"小人委实不知！"海匪吓得匍匐在地。

"把他绑起来回去送交衙门！"单田骏恨恨地吩咐手下。

船工们见盗匪已走，陆续从河中爬回橹舱，船老大忙着检视船的过火损伤，尽管舱房损坏严重，倒尚有橹可用，于是慢慢把橹摇起来，只是少了几只橹，船像个瘸了腿的汉子再也无法恢复来时的航速和威风。单田骏懊丧地立在船头望着河面出神，自知丢失货物难辞其咎，为今之计只有想法子追回失物，心想这帮盗匪行事严密，绝非普通的乌合之众，若筹划不当反而容易打草惊蛇，看来只能智取，不如先从他们大当家那里下手，看看是否能抓住把柄。

单田骏去通州府衙交接了官船，禀述了被劫经过，并将活捉的盗匪交给衙门，官府异常震惊，表示定对其余盗匪严加访拿。回到乐善堂，单田骏挨了洪禄一顿斥骂，遂向洪禄说了想要明察暗访将功补过的打算。洪禄思忖半晌，觉得暂时也没有其他更好的法子，便同意了他的请求，但叮嘱他一定要谨慎行事不可张扬，且无论访得如何都需速去速回，以防乐善堂有事，单田骏无不一一应承。

九、古董飘香

　　秦妈的出现仿佛在洪禄混沌的心中射进了一道光亮，头脑登时澄明起来。何不借势造个与众不同的香艳之所，以便能更好地笼络那些王公贵族，从而广结人脉为己所用。这个场所不是妓馆，更不是乐坊；这里的姑娘既要有大家闺秀的修养和气度，又要有青楼女子的妖娆和风骚，若再加上世所罕见的体香，真可夺荡子之魄，销登徒之魂，让男人言听计从岂不如同儿戏？

　　吃过午饭洪禄便坐车去了琉璃厂。琉璃厂是京城著名的雅游之所，因满汉分城居住，琉璃厂恰在外城的西部，很多汉族官员住在附近，全国各地的会馆也多建在这里，官员和赶考的举子常聚集于此逛街赏书，逐渐形成了人文荟萃的街市，售卖书籍和笔墨纸砚、古董字画的店铺比比皆是。

　　洪禄打发了车子，边走边仔细打量两侧的店铺。那些店铺大都低矮狭小，只有一两间的门脸儿，偶尔也有上下两层的大店，犹以书店居多，书店里没有柜台，四壁都是书架，放满了书籍，每本书都附有标签，写明了书目和价目。临窗放一张上了漆的榆木八仙桌，桌旁有太师椅，壁间挂着的对联内容也都离不开书。

　　洪禄直走到了路头也没找到那家专卖古董的弦音斋，不由得停住脚步思忖起来，该不是那可恶的小厮愚弄我吧？他这几天绞尽脑汁试图把药材卖进军队，访听到军需物资由户部的仓部郎中掌管，本想使点钱疏通关系，不料这位仓部郎中崔兆是位道学先生，崇信朱熹理学，极其标榜清廉。洪禄好歹托人得以拜见，小厮让他先在门外候着，自己进去通报。洪禄心中忐忑，急把来之前临时抱佛脚读的几章理学要义在腹中反复温习，以备见了面不致让崔兆感到对牛弹琴。

　　小厮招呼洪禄进门，他却迟疑地悄声问小厮崔大人是否确在房中？怎的光线如此阴暗？小厮回说老爷一向克勤至俭，灯芯只准点一股以杜绝浪费，洪爷但进无妨，洪禄这才小心地跨过门槛。

　　刚进门就惊闻一阵疾如骤雨的噼啪乱响，不禁吓了一跳，待眼睛适应了微弱的灯光才看清，原来是坐在书桌后面的崔大人正在神色笃定地拨打算盘，那双手灵巧如飞，竟比账房先生打得还要精熟些。

　　"郎中大人这么晚还在为国事操劳，可敬！可敬！"洪禄赞叹道。

　　"哪里，哪里！十指连心借此舒活下筋骨而已，雕虫小技不足挂齿！"崔兆搓着手打着哈哈，声音听上去有些尖细，"洪老板，请坐。"

　　洪禄谢过崔兆，勉强在椅子上坐了半个屁股，暗自使出扎马步的功夫，用双腿撑住身体，因那椅子看上去不仅木质腐朽，还有虫子的蛀洞，他唯恐已风烛残年的木头不堪重负垮塌下去。不止是椅子，书房中的其他陈设也甚是简陋，书架已被书压得弯曲变形，书桌更是漆色斑驳，看上去唯一像样的物件是放在书桌上的宣德炉，那炉敞口方唇三足鼎立，土黄色夹杂着朱红色的斑点，或许常被把玩，炉身磨得很是光亮。

崔兆年近四旬，细眼尖脸牙有些外凸，好似总是鼓着腮帮子，穿一件半旧的黑色长衫，胳膊肘上还打着补丁。洪禄见惯了官员的排场，还从没见过守着那般令人眼红的肥缺儿竟如此寒酸的大人，不禁心生感叹。

小厮进来沏了茶，茶水的颜色比清水深不了多少。

"小的贪夜拜会扰大人雅兴，还望恕罪！"洪禄拱手施礼。

"哪里话！"崔兆摆摆手，"自古道，有朋自远方来，不亦乐乎？洪老板虽不是旧友也算是新朋，正可品茶论道，岂不快哉！"

"小的才疏学浅，哪敢在大人面前逞学论道？"洪禄自谦道。

"洪老爷虽是生意人，做事却比那些饱读诗书的酸腐文人还明白些。"崔兆动动嘴角牵出一丝笑意，"朱子理学是旷古未有的大学问，是人立世存身的根本，然千百年来又有几人学到其精髓？人只知天理不可违，却不知那天理即是人伦之理、人情之理，人欲不可泛滥，但像佛家尊崇无欲则更有悖天道。"

"久闻大人学识渊博，堪称仕人楷模，今日得蒙教诲感佩之至！"洪禄心里惦着买卖的事，装出诚惶诚恐的样子想借题发挥，"人情之理不可废，因此小的……"

没等洪禄说完崔兆就打断了他的话："洪老板，你可懂得宣德炉吗？"

崔兆小心翼翼地捧起桌上的宣德炉踱到洪禄面前让洪禄看，洪禄赶忙起身留神观瞧。

"这香炉是本官的祖传之物，也是本人为官多年仅有的奢侈品。想那宣德皇帝敕命造炉精益求精，恰如朱子之格物穷其理。"崔兆爱惜地抚摸着宣德炉，"此炉颇有灵性，与本官甚为相得，夜读更深焚一炷香，烟气袅袅便可醒脑提神。"

"当真是好东西！"洪禄赞道。

"只可惜自宣德皇帝封炉之后，仿制之风日盛，如今想要得个与它匹配的都不能够了。"崔兆叹口气，似又喃喃低语，"就连琉璃厂也未必有此好炉。高山流水，弦断难续啊！"

"大人若不嫌弃，小的倒可以帮大人留心些。"洪禄听崔兆口气似有言外之意，遂试探道。

"洪老板是想毁我清誉吗？"崔兆蓦然翻脸怒道。

"小人不敢！"洪禄表情错愕惊慌，忙低头行礼。

"送客！"崔兆背过身，也不理洪禄，大喊道。

洪禄被崔兆教训了一通理学要义，非但未谈买卖之事，反倒惹恼了崔兆被赶出门，又气又急，想不出崔兆到底是何居心，一抬头却见崔兆的贴身小厮躲在廊子里看着他偷笑，笑得洪禄摸不着头脑，索性走过去，作个揖问他为何发笑。那小厮二旬左右，青衣青帽，模样机灵，看了洪禄两眼开口道："我是笑洪爷听不懂我们老爷的弦外之音。"

"还望小哥指点迷津。"洪禄急忙拱手。

"我们老爷已经跟您说得清清楚楚，还用我指点什么？"小厮瞟了洪禄一眼转身欲走。

洪禄赶紧拉住，从腰里取出十两银子塞进小厮手里赔笑道："不成敬意！给小哥买茶喝。"

"洪爷是个爽快人，我也就有话直说。"小厮掂了掂手里的银子笑道，"我们老爷最好宣德炉，且只好琉璃厂弦音斋的宣德炉，洪爷有空不妨去那逛逛，自然会有收获。"

"多谢小哥！事成必另当重谢！"洪禄恍然大悟，深深施礼。

洪禄耐着性子又从头找了一遍，发现那弦音斋竟是缩在古艺斋后面的一间极不起眼的小店，店内光线昏暗，多宝阁上摆放出售的东西也不多，无非就是些古钱汉玉。掌柜是个身穿灰布长衫身材矮小的老头，唇上两撇八字胡煞是惹眼。洪禄在店里转来转去不见宣德炉，就问掌柜："掌柜的，店里可有宣德炉吗？"

"只有一座。"掌柜转身，用钥匙打开身后的柜子，取出一个红绸布包放在柜台上打开，"此等贵重之物只有客人询问我才敢拿出来。"

洪禄伸手刚要把炉观看，冷不丁听人大呼："好炉！好炉！"

随声从门外摇摆进来一个身穿湖锦、面相极富态的汉子，急将手中的纸扇插入脖领，忙不迭地双手捧住宣德炉里外翻看，眼睛像要瞪出来："韵味厚重，宝气内敛，款也是宣德的正章，一看就是难得的珍品！"

"客官好眼力！这可是正宗明代宣德皇帝亲自督造的香炉！"掌柜对胖汉子竖起大拇指，"光铜料就要精炼十二遍才能达到如此细腻光泽的质地，现今的仿品可远远达不到这般炉火纯青的功夫。"

"真宣德炉价值连城，不知这只要价几何？"胖汉子瞅着掌柜。

掌柜亮出两根手指。

"二百两？"胖汉子问。

"两千两。"掌柜的回答。

洪禄在旁听得一愣，一路走来他特意留心过其他古董店中的宣德炉，最贵的也不过几百两银子，怎的这家店如此昂贵？真如掌柜说的是稀世珍宝不成？

"即便是正品也太贵了些，一千两如何？"胖汉子还价道。

"一千两莫说利息，连本钱都不够！"掌柜懊恼地从胖汉子手中夺过宣德炉就要包起来。

"掌柜莫急，我再加些，一千二百两如何？"胖汉子忙按住宣德炉。

"就两千两，少一分不卖！"掌柜一口回绝。

"做买卖哪有死守了不还价的道理？这样吧，我出一千五百两可好？"胖汉子央求道。

"不成！"掌柜只是摇头。

"一千八百两！"胖汉子豁出去了。

"你爱买不买！"掌柜的说着，麻利地把宣德炉包了起来。

"那就两千！"胖汉子一跺脚，"掌柜暂且替我留着，我这就回去取钱！"

"这炉我要了。"洪禄见胖汉子当真要买，连忙取出一张两千两的银票拍在桌上。

"你这客人好没道理！我跟掌柜的讲好了价钱，怎么你倒来插一杠子？"胖汉子生气地瞪着洪禄。

"先买先得，再说掌柜也并未答应与你。"洪禄道。

"掌柜的，你可得替我做主！"胖汉子忙揪住掌柜的衣袖。

"同样的价钱我卖给谁都一样。"掌柜的甩开胖汉子的手，"这位客官是现钱，您的钱还没见影儿，我当然要卖给这位客官。"

"我出两千五百两！"胖汉子冲着掌柜吼道，"给我留着！"

"我出三千两！"洪禄也飙上了劲，又拍出张一千两的银票。

"你，你！真是岂有此理！"胖汉子气得张口结舌大怒而去。

"拿不出钱还跑这儿张狂！"掌柜对着胖汉子的背影啐了一口，转头笑眯眯地将绸布包交给洪禄，"爷，您财大气粗，今后还望您多多照应！"

洪禄心满意足地提着宣德炉出了门，到了太阳底下，越走心里越不踏实起来，遂把那宣德炉从绸包里取出细细查看。他是个过目不忘之人，终于认定它就是崔兆所谓的祖传宝物，不但色泽大小一致，就连有一足上的小缺口都一模一样。洪禄看罢幡然醒悟，那胖汉子不过是个价托儿，顿觉火冒三丈，在心里把那个假道学骂了个狗血淋头。让他动气的倒不是被宰了三千两银子，而是崔兆对他灌输朱熹理学时，自己居然对他的安贫乐道油然而生敬佩之意，如今回想起来简直贻笑大方！待气消了些，他才又叫了车直奔崔兆府邸。气归气，生意还要做。

小厮接待了洪禄，说老爷身体不适正卧床休息，东西放下，回去静候佳音便可。洪禄又拿出二十两银子谢那小厮。

"斗胆问一句，老爷桌上的宣德炉可有同胞兄弟吗？"洪禄忍不住问小厮。

"它来去自如，何用同胞？"小厮意味深长地笑。

"崔大人攻于理学研读辛苦，何不找个人红袖添香以慰寂寥？"洪禄戏谑道。

"洪爷也是男人，还不知男人的心思吗？"小厮冷哼道，"只是我们老爷一向绝尘于青楼妓馆，按他的话说，那种樱唇一点万人尝的庸脂俗粉是他最嫌恶之人。可怜我们老爷是天生的情种，一心只想求那文姬才思洛神风流的人物，哎，这样的人物本就世所罕有，又哪里求得到呢？"

"说的也是。"洪禄点头。

从崔府回来奔波劳苦，洪禄径直进了书房，把头靠在椅背上闭目养神，侍女进来为他沏茶，阵阵茶香沁入肺腑，令他突然想起了香园，脑海中立时浮现出大半年前见到秦妈时的情形。

那日他也是外出方回，刺骨的寒风吹透了他的皮袍，冻得耳朵生疼，他刚喝了杯茶暖暖身子，忽听有人敲门。洪禄应了一声，推门进来的却是秦妈。

秦妈年过四旬，是在乐善堂坐诊的老中医秦仲景的续弦，少时曾在王府里做过丫头，加之聪明伶俐，把那大户人家的排场规矩应对学了个透彻，原指望能得主子赏识，搏个出身嫁个富贵人家。可惜她有个羞于启齿的痼疾，多次延医调养都去不了根儿，主人都嫌恶她不愿让她伺候，尽管她有些姿色又善解人意，仍打发她只做那些洗盘刷碗四处张罗不用近身儿的粗活，把她那标高的心气儿生生沒了瓢凉水。有钱的看不上她，没钱的她又嫌人家寒酸，直蹉跎到三十岁上实在没了法子，大哭一场后赎身嫁了秦仲景，只因那老郎中妻子早死又无儿女，至少能落得自己掌家无人管束。且喜那老郎中脾性甚是温和，凡事依着秦妈的性子，两人倒也相安无事。秦妈是个闲不住的人，自己在家嫌闷，没事就提个菜篮子以买菜为借口跑到乐善堂看他男人给人瞧病，更喜欢跟人搭讪聊天，一来二去就认识了洪禄。洪禄正缺人帮他调教丫鬟仆妇好接待上门的贵客，秦妈知道后自动请缨，她也确实有些手段，下人们果然大有长进。

后来秦妈有半年多不曾过来，洪禄以为她上了年纪安心守家，今日见到她颇有些惊讶，她头戴香色冬帽，身穿略嫌臃肿的枣红色棉衣棉裤，看她气色倒比半年前雍容光彩了好些。

"洪老爷，我给您添茶。"秦妈眼尖，看到洪禄的茶杯空了忙走上前倒水。

洪禄刚想推辞，秦妈已经把了壶冲得杯中茶浮波荡。洪禄似乎觉得有些异样，一时又想不出到底哪里不对劲，只闻得阵阵若有若无的香气在身边飘荡，他下意识地警觉起来，怕是迷魂香，可再仔细嗅嗅倒像是寻常的花草香气，遂放下心来端起茶杯饮了口茶问："秦妈身上可擦了什么香粉香水之物吗？"

"我这把年纪还擦那些东西作甚？"秦妈笑道。

"这就怪了！我明明闻到一股香气，不是脂粉香，又非茶香，难道是我的鼻子出了毛病吗？"洪禄满心疑惑。

"洪老爷的鼻子好得很，屋中也确实有香气，只不过这香气是从我身体里面发出来的。"秦妈有些得意。

"此话怎讲？"洪禄半信半疑地放下茶杯看着秦妈。

"洪老爷，若在从前，您敢让我给您沏茶吗？"秦妈微红了脸道。

"这个……"洪禄面露尴尬，其实他方才想推辞就是因为秦妈的身上有一种难闻的骚气，虽不是狐臭，但闻之也能让人掩鼻。

"洪老爷，我不怕您笑话，这痼疾害了我半辈子，多亏了我相公，不仅替我除了病根，还让我的身子发出常人没有的香味来。"秦妈感叹道。

"当真？"洪禄陡然来了兴趣。

"要是您不信，可用手摸摸我的头脸，保准没有头油和香粉，香水更不是我寻常百姓用得起的物件。"秦妈信誓旦旦。

洪禄也顾不得男女授受不亲，急站起身，走过去摸了下秦妈的头发和脸上的皮肤，的确没有油腻的感觉，站在她身侧，那清香之气更是扑面而来令人心旷神怡。洪禄惊喜非常，连忙拉着秦妈坐下。

"秦老郎中可是得了什么仙方吗？"洪禄紧盯着秦妈。

"哪里有啥仙方？是他专为我这病自己配的药，不想治来调去病好了不说，还弄出个能让人身上散发香气的方子，您说奇不奇？"秦妈乐道。

"秦妈不妨说来听听。"洪禄好奇地竖起耳朵。

"说来话长。"秦妈娓娓道来，"自我嫁了秦郎中，他就把我的病放在了心上。他每日在堂里坐诊，回来后既不抽烟也不喝酒，专好去那房里鼓捣些药材，还经常配些方子煎了给我补身子，就这样喝了无数汤药，我的痼疾竟被连根拔除，再也不见一丝影响。

终于去了这块心病，我两口子都很欢喜，本以为相公会就此罢手，谁知他又拿了蜜丸要我吃，我说病症已消为何还要吃药？他却笑而不答，只说吃了方知好处。那药丸清甜适口，丝毫没有中药的苦涩，我也就从了丈夫填入口中。

谁知吃了月余，我身上竟散出淡淡的香味，且精神饱满面色红润，看上去竟比出嫁时还鲜嫩些。我又惊又喜，问相公这药丸怎会有如此奇效，能让人的身子散发香气？相公这才告诉我，这是他给我研配药物时无意中发现的秘方，试过几回始终不尽如人意，不料此番却大获成功，有道是功夫不负有心人，并且还给这蜜丸起了个好听的名字叫蕴香丸。"

"只要吃了这蕴香丸都能发出香气吗？"洪禄忙问。

"那是自然。"秦妈点头，"其实我今天来找洪老爷就是为了这蕴香丸。"

"秦妈有话但说无妨。"洪禄说。

"我在王府做事的时候，见那府里的夫人小姐整日里搽脂抹粉喷那西洋来的香水，只为让自己闻起来馥郁喷香，行动处添一段香艳风流，若是得了这蜜丸吃下去，不用那香粉香水就能逗兰之幽桂之味，岂不是天上掉下来的仙药吗？要真做了出去售卖，那大户人家的太太小姐不抢疯了才怪!"秦妈暗自察言观色，知那洪老爷动了心，故意顿了顿，"所以我才来问问洪老爷，愿不愿意把这蕴香丸放在堂里卖给那些豪门女眷。凭我相公的手艺和洪老爷的精明，到时莫说金珠宝贝，就是那金山银山也是有的，不知洪老爷可稀罕这样一注大富贵吗?"

"秦妈不愧是见过世面的人，又有生意头脑，这的确是个不错的主意。"洪禄满脸堆笑，心里却不甚踏实，"我这就让人把秦老郎中叫进来，咱们一起合计合计。"

"真不凑巧!我来的时候听人说他出诊去了，要不明儿一早让他来找您说说?"秦妈致歉。

"也好。"洪禄点头。

"那我先告辞了。"秦妈起身道个万福。

"秦妈走好。"洪禄拱拱手。

经秦妈这一打岔，洪禄早把寒气抛到了九霄云外，背着手伫立窗前陷入了沉思。秦妈的出现仿佛在洪禄混沌的心中射进了一道光亮，头脑登时澄明起来。何不借势造个与众不同的香艳之所，以便能更好地笼络那些王公贵族，从而广结人脉为己所用。这个场所不是妓馆，更不是乐坊；这里的姑娘既要有大家闺秀的修养和气度，又要有青楼女子的妖娆和风骚，若再加上世所罕见的体香，真可夺荡子之魄，销登徒之魂，让男人言听计从岂不如同儿戏？他的嘴角渐渐露出诡谲的笑意，一个计划慢慢在他的脑中展开雏形，而秦妈的蕴香丸恰恰为这个计划增添了最独一无二的筹码。夕阳在天边燃起绚丽的云霞，他的心也如那云霞般灿烂起来。

洪禄却不知秦妈辞了他就奔了相公出诊的病家，恰逢相公诊完出门，遂一把拽了他回家。原来秦妈是瞅着相公出诊的空子才自作主张见了洪禄，卖蕴香丸的事并未事先跟相公商量，生怕他回乐善堂被洪禄捉住盘问反漏了底，这才将他半路截住。

不出秦妈所料，秦仲景听了秦妈的叙述果然跌足着恼怪她鲁莽，想那蕴香丸才在她身上用了半年，此药配制繁琐，尚待以观后效，至少要过个一年半载看看药力药效究竟如何，才能做到用料精准少出差池，并且此配方中还有中原人不常用的西域奇药，药力强劲并非人人适用，还有待再行用心琢磨调配，若是贸然出手，一旦惊了贵府的太太小姐那可不是闹着玩的事。

秦妈财迷心窍哪里肯听，便软硬兼施地哄劝他，夸他医道高超，断做不出那种虎狼之药，况且洪老爷已答应一起筹措，现在反悔不但坏了名声，就连洪老爷也得罪了，倒不如放手一试，说不准真能掘出一条发财的门路。秦仲景耳朵根子软，被秦妈说得心动，就答应了明日按她的心思去见洪禄。

谁知洪禄提出的谋划却与秦妈的打算大相径庭，他不想卖蕴香丸，而想建一座供高官显贵附庸风雅吃喝玩乐的香园。所有的事项都由他去操办，秦仲景只负责把药调好，秦妈把姑娘们管好就万事大吉，且每年给他们一百两聘金。

秦仲景让这意外之财砸得晕晕乎乎满口应承，秦妈强颜欢笑心里却极其恼火，思量这洪老爷看着面善，实际却老奸巨猾，显然是要将他们困在这园子里，难保不使法子偷了方子窃为己有，遂暗暗存了提防之心。

洪禄办事雷厉风行，不几日就在乐善堂附近寻了座大宅院。宅院的主人曾是权倾一时的京官，因犯上被逐，家产变卖才落到了洪禄手上。

院子很大，房舍也多，那房舍个个雕梁画栋漆柱彩楣，只在规制上略输王府，其奢华程度却毫不逊色。院内亭台阁榭小桥流水，峰回路转曲径通幽，叠石葛藤牵盘缠绕，更有那奇花异卉应季而开，珍稀草木增色添彩，信步走来真个是五步一景、十步一胜。

洪禄命人将院子洒扫完毕，就让秦妈两口子先搬进去把药房建起来，药材则由乐善堂拣上好的直接供给，还特意配上看家护院的杂役、帮佣的老妈子以及厨师，一切的吃穿用度洪老板全都包了，并嘱咐秦妈若有什么其他的需要尽管开口，好让秦妈大展拳脚，按她的意思将蕴香丸发扬光大。

秦妈此时也攒足了精神，一心要做出个样子来让洪老板觉得她们两口子物有所值。她还动了个心眼儿，要老郎中把那配方和研药的手法一一教会于她，明着是给丈夫打个下手，私心里则存着自己下半辈子吃喝用度的打算。

老郎中却怕她缺少根基闯出祸来，教得并不上心，秦妈气恼，夜里便不许他上床，老郎中涎着脸苦求秦妈却不为所动。老郎中被逼无奈，只得把各种药的用量配比细细讲给她听，告诉她何种药是君，何种药是臣，君的用量要大，臣的用量要小，臣不可压君，一旦配比失衡，不仅事倍功半，还易加重病情。那至热至寒的药更要分个时令，不能夏日助火冬日助冰。但君臣也会根据不同的病症相互转换，比如黄芪当归常做君药，大枣干姜常做臣药，像那头疼发热一碗姜汤往往就足以发汗消病，久病体虚则常常需要君臣协力，数剂方能见效。

秦妈还逼着秦仲景手把手地教她如何选取药材，怎样闻其味、查其色、辨其质、观其形，味正色润质实形整的方为上品。她不仅把那炒、烫、煅、煨、燎、炮、炙、蒸、拌、淬等炮制药料的各项手艺学个通透，还特意让老郎中着重给她讲蜜炙的法子，即将蜂蜜放置锅内加适量清水炒至冒花才可放入药材，再用文火慢慢翻炒直至蜜汁吸尽，以不粘手为度即成。她跟着相公用心学习渐渐上手，居然也能自己调配药料和出蕴香丸来，加之蕴香丸的疗效也逐渐趋于稳定，心上愈发高兴。

没出一个月，洪禄就不知从哪儿弄来了十几个十六七岁的姑娘，虽是燕瘦环肥，却个个清丽可人。洪禄把姑娘们都跟秦妈一起安排在南绣楼居住。香园里的房舍多是单层，唯有那南绣楼是如戏楼一般阔大的三层高楼，整栋楼都是卯榫勾连的结构，楼檐伸展高敞，很有些唐代遗风，紫红色花梨木的门窗，双层雕花镂得异常细致，那窗上蒙着的不是白纸，而是上等的苏杭白绢。

每层楼都有回廊，回廊上挂着水红色轻纱裹壁的鎏金宫灯。那底层的回廊檐下还悬着两个木架，木架上分坐着两只二尺多长的大金刚鹦鹉，腿被绳子拴在木架上，一只黄嘴红毛绿翅，一只黑嘴蓝毛黄腹，见着人就道吉祥，脆生生得让人欢喜。更兼那鸟机灵，抖毛耸翅居然能学出许多花腔来逗人捧腹，足见是少有的灵鸟。南绣楼是严禁护院们窥视的，只有老妈子和特定身份的人方可进出。

南绣楼的底层是大客厅、十间小包房以及厨房、杂役房等。

二层除了秦妈自住的上房外还有两间大厅，一间像是戏班子排练房似的大屋，里面摆着琵琶、二胡、古筝等乐器，还有唱戏用的头面服饰，另一间则摆满了书籍笔砚和写字作画用的纸张。

三层共有十二间上房，房内的陈设均是一样，雪白的粉墙上挂着四大美女的工笔画像，悬着大红纱帐的鎏金木雕床上则铺着洁白如玉沁凉舒爽的象牙席。

那象牙席可非等闲之物，其奢侈稀罕的程度恐怕只有宫廷的贡品可以媲美。想那竹子天性柔韧编张竹席尚且工序复杂要费些工夫，更何况是将弯曲坚硬的象牙劈切成片磨制抛光再编织成席，当年皇上就是因为此席制作太过耗费，下令不准再制，所以散落在民间的大多都是舶来品。

席上叠着锦被绣褥，放着一张金丝楠木的小炕桌，炕桌上放只木匣，木匣里装着针头线脑剪刀绣棚之类的女红之物。屋内的立橱桌椅也都是镶嵌了螺钿的金丝楠木，桌子上的茶壶茶碗和插花的大插瓶则是名贵的珐琅彩瓷器，就连油灯都是最时兴的景德镇花鸟粉彩灯。梳妆台上摆的头油、面油、铅粉、胭脂都是特别定做不加香料的品种，更没有香水、香油等洋玩意儿。

每间房里都住着一位姑娘，这些姑娘个个美艳标致，饮食起居秦妈都严格按照大家闺秀的标准伺候，吃的是山珍海味，穿的是绫罗绸缎。

吃要吃得精细，每个姑娘的一日三餐都是定量配给，不能多也不能少。

早上通常是八宝粥、黑米红枣粥，夏天也会喝祛暑的绿豆粥和莲子粥，冬天则是补气的牛肉粥或羊肉粥。粥要熬得绵软筋道，再配上酥饼、春卷儿和一荤一素两种小菜，既养身又垫饥。

午餐花样繁多，鸡鸭鱼肉搭配时令的蔬菜水果、精致的面点或珍珠米蒸出的米饭，营养非常丰富。

晚餐则以清淡为主，三两样素菜、一碗银耳汤或是燕窝粥。秦妈特意叮嘱厨房晚上不能让姑娘们吃多了，吃多了会积食伤胃，时间长了身材就会走样儿，因此尤为注意。

穿则更为讲究，夏天一律都是秦妈亲自挑选的杭绸，因丝绸不但吸湿透汗清凉透体，而且蚕丝养肤，穿久了会令皮肤滋润光滑。其余三季贴身的小衣也是丝绸的，外面的衣服则分季节不同或丝、或缎，绣工则定是上等的苏绣和湘绣。冬天的棉衣用丝绸做面儿里面絮了蚕丝，既轻巧保暖，又不显得臃肿，外面再罩上银狐的披风或是水貂的大氅，尽显雍容华贵。

每个姑娘都有特定的老妈子服侍她们梳妆打扮。秦妈更是拿出看家本领教给她们什么样的衣配什么样的鞋，什么样的手配什么样的扇，什么样的发式撩人，什么样的妆容讨喜，什么样的眼神欲喜还嗔，什么样的樱唇欲语还休，什么样的手势欲推还就，什么样的转身欲走还留。

　　姑娘们还要跟着老中医学习捏背捶腿，哪个穴捏了麻，哪个穴捏了酥，哪个穴捏了心痒，哪个穴捏了欲急。洪禄还专门去戏班子请了师傅教姑娘们琵琶古筝、唱腔身段儿。不学那铿锵之音战马嘶鸣，专学那打情骂俏似水柔情。还另请了老先生教姑娘们诗词歌赋，不学那热血豪迈，专挑那良辰美景。经过这番调教，姑娘们个顶个儿莺语婉转，风情万种。

　　洪禄收回思绪张开眼，端起茶杯陶醉地嗅着茶叶的清香心想，香园已万事俱备，可以开门纳客了。

十、明察暗访

　　杜艺老头儿根本就不是杜家村人！谁也不知道他到底从哪儿来，他自己也绝口不提，他跟本村的月娘有指腹为婚的婚约，三十岁上从外地回来完婚才在此定居，第二年便有了老大杜海山，十岁时却被人拐了去，杜海疆比杜海山小三岁。

单田骏和手下的伙计毛利勒住缰绳极目四望，前方便是烟波浩渺的白洋淀，正值菡萏初放，真个是"接天莲叶无穷碧，映日荷花别样红"，就连高挑的芦苇都绿得青翠欲滴，微风吹过摇曳生姿，好似一道密实的屏障拱卫着荷花和湖泊，不时有野鸭嘎嘎叫着从芦苇丛中飞起，落到湖面上抖羽戏水，渔人则头戴草帽摇着小舟在湖中摘藕采菱撒网捕鱼，紧邻湖泊的小渔村似乎仅有五六十户人家，这该是盗匪所说的杜海疆的老家杜家村了。单田骏翻身下马，用手背擦了把额头上的汗，他也学那船老大的样子穿了件无袖的对襟白布褂，青色的裤子和草鞋，毛利则是一水儿的黑褂黑裤。单田骏吩咐毛利远远地跟在后面，以期进到渔村不至于太过扎眼。

　　他牵着马沿着湖边往村子里走，走不多时就看见一个衣裤打满补丁的渔夫坐在岸上的破船边，用嘴咬着渔网的一头，用梭织补着网上的破洞，于是上前打听杜海疆家的住处。渔夫抬起斧凿刀刻般皱纹密布的脸，惊讶地瞅了单田骏两眼，低下头咕哝说杜海疆家在村西头，再问家有何人却装聋作哑念叨着渔网不经用。单田骏只道村民认生，就牵着马往西边走，村中的房舍都是苇草盖顶土坯做墙，大多饱经岁月失了原本的土色变得发黑剥落，有的甚至早已成了断壁残垣，也有新抹了泥灰的，那花花搭搭的泥灰与老屋并在一处更显破落斑驳。路上又碰到几个粗衣葛服的村民，单田骏再次拱手打听杜海疆的家室，不料村民们竟都面色踌躇支吾不言，勉强遥指了杜家大门便仓皇而去。单田骏心下诧异却又不得缘由，只得闷闷地往前走，走到一处门前看到一位包着头巾衣着褴褛的大嫂正被小儿纠缠不休，那浑身上下赤条条的孩子约摸两三岁的光景，又哭又闹拽着母亲衣襟嚷饿，母亲蜡黄的脸上如哀似怨很是为难。单田骏见状灵机一动，从系在腰上的布兜里拿出一个吃剩的烧饼俯身递给孩子，趁机问大嫂可知道杜海疆。不料大嫂一听杜海疆立刻面色大变，一把抢过孩子手中的烧饼塞还给单田骏，抱起孩子就往门里走，孩子失了烧饼哇哇大哭，大嫂恐吓他你再哭红胡子就来抓你！孩子听到红胡子竟立马噤了声，怯怯地伏在母亲背上，眼含泪花恋恋不舍地瞅着单田骏手中的烧饼。单田骏心中一阵翻腾，他没想到村民们居然对红胡子如此畏惧，把烧饼重新装进布兜，默默地牵着马行到杜家门前。

杜家的院墙有一人多高，垒得要比别家规整，院门虽是粗木板拼凑，但做得非常结实细致。门未上锁，单田骏敲了敲无人应，遂推门而入，木门吱吱扭扭的长吁短叹听得人心里发颤。单田骏大声询问是否有人在家，进了院子才发觉，整个院子死气沉沉悄无人声。院中左侧的大枣树兀自孤零零地守着冷锅冷灶的厨房，右侧的鸭棚早已鸭去舍空，角落里的条凳被雨水浸得发白，地面上积了厚厚的落叶踩上去沙沙作响，这座房子显然久已无人居住。正堂大开的窗门上尚有红色喜字的残痕，仿佛是有人匆匆离去忘记关上，走进屋子尘垢满室，正中的墙上挂着送子观音的画像，画纸泛黄，画上的观音看着非男非女不伦不类，大概是画师想要达到菩萨本无相的境界。画像前摆着厚重的四角方桌，做得倒是甚为精致，桌上的粗瓷茶壶茶碗上还盖着红纸，桌子旁的地上似有橱子椅子压过的痕迹，橱椅却不知去向。西厢房里十分冷落，残破的炕席上堆着一些陈旧的箱笼，炕角还横着一根六尺多长的钓鱼竿，那竹竿涂了桐油颜色碧绿，手握处被磨得发亮。东厢房里的炕席很是整齐，炕上的铺盖尽管布满灰尘，却看得出是两床崭新的大红布面的被子，屋子里到处都贴着喜字，地上散落着红色纸屑，单田骏推测这应是一间新房，只是惊奇这新房为何看上去不曾用过？杜家又是何人娶亲？娶亲的人现又去了哪里？村民们为什么要对杜家的事讳莫如深？自己又该去哪弄清事情的来龙去脉？一连串的疑问令单田骏蹙起了眉头，加上天热人烦心中焦躁，肚子也不争气地咕咕乱叫起来，这才想起只顾赶路还未吃午饭，不如先找个饭铺填饱肚肠再做道理。

单田骏在村里找了半天，总算在湖边找了家只有两间苇草房的小饭铺，便将马拴在门外的木桩子上走了进去。饭铺里共有四张桌子六七条长凳，家什粗鄙，既无客人也无伙计，柜台后只站着个二十多岁、长得黝黑粗壮小眼塌鼻、穿身酱色粗布衣服挽着袖子的店家。店家见来了客人急忙笑脸相迎，看单田骏虽然衣着普通但气度不凡，笑得更加殷勤。单田骏拣了张冲着门的桌子，店家赶紧拿着抹布擦桌抹凳伺候他坐下。

"店家，有何饭菜？"单田骏问。

"有炒鱼片、凉拌荷叶芽、酱野鸭、炒河虾、玉米饼子熬小鱼，不知客官想点些什么?"店家回道。

"玉米饼子熬小鱼是何物?"单田骏从没听过这种菜名。

"客官,真让您问着了!这道菜可是乾隆爷钦点的御菜呢!"店家颇为得意。

"此话怎讲?"单田骏很是惊讶。

"客官有所不知。"店家咧嘴笑着解释,"乾隆爷在位时常到白洋淀来围猎,有一回巧遇大风掀翻了龙船,乾隆爷不慎落水,被渔民李登龙给救了。乾隆爷受了惊吓又赶上腹中饥饿,随行的官员便让李登龙给乾隆爷备饭。可那李登龙家中穷得连白面都没有,思来想去,只好做顿渔家饭,就熬了一锅小杂鱼,鱼用酱料熬得骨刺熟烂,锅边儿上还贴了玉米面儿饼子,饼子贴得金黄,有饹馇的一面爽脆,没饹馇的一面甜嫩,饼子浸了鱼汤鲜咸喷香,再就着熬煮的小鱼滋味异常鲜美,乾隆爷胃口大开直夸好吃!这道菜从此成了白洋淀的名菜。小店的鱼都是今日刚上的鲜鱼,味道保管让客官满意!"

"原来如此,那定要尝尝。"单田骏点头,接着又点了酱野鸭、炒河虾和凉拌荷叶芽,并要了一壶酒。

"客官稍候,我这就去替您准备。"店家见单田骏点了这么多菜,喜上眉梢。

"不知可否借问一句?"单田骏见店家高兴便问。

"客官有话但说无妨。"店家说。

"你可认识杜海疆吗?"单田骏试探着问。

"他早就不在村儿里住了。"店家的表情有些不自然。

"他家还有别人在村子里住吗?"单田骏热切地瞅着店家。

"客官,对不住!我还要去为您准备酒食。"店家却冷了脸自去厨下忙活。

单田骏讨了没趣不免心急,此处又不能来硬的,只得耐下性子见机行事。店家做菜倒也麻利,不多时即将鱼虾和凉菜摆上,又送来一壶酒。单田骏邀店家同饮,店家坚辞不受,转身去厨下收拾野鸭。单田骏见店家绝不兜搭只得闷坐独饮,尝那鱼也不似店家说的那般新鲜,不由倒了胃口。

忽然一个手抓破草帽的渔夫气势汹汹地闯进店来,他发辫凌乱,黄脸上疙里疙瘩,铜铃眼闪着凶光,鞋拔子下巴直往上翘,撸着袖子挽着裤腿光着大脚，恰似那巡海的夜叉般扯开嗓门儿大声责问："杜七，你欠的鱼钱何时还我？"

"五哥，您再宽限一时，待我收了钱就还。"杜七从厨房里探出头来赔笑道。

"又糊弄我！"五哥瞪起眼把草帽甩到柜台上就奔了厨房。

杜七正把那野鸭褪了毛放在锅里煮得半熟，冷不丁五哥踏进厨房闻得香气，掀开锅盖也顾不得烫捞起一条鸭腿龇着满口黄牙就咬，杜七慌忙夺回鸭腿扔进锅里怒道："这是给客人的！"

"我喝口汤！"五哥又从锅台上拿了瓢去舀鸭汤。

"我说了，这是给客人的！"杜七恼火地抢过瓢扔到锅台上并用力把五哥向厨房外推搡。

"现在就还钱，再不还我就找你的客人要！"五哥没捞着打牙祭发了狠，跨出厨房就要去找单田骏。

"五哥，您可千万别搅了我的生意！"杜七忙拉住五哥求道，"我收了钱肯定还！"

"店家欠你多少钱？"看到两人拉扯不下，单田骏在旁开了口。

"两吊钱！"五哥愤愤地回答。

"哪有两吊钱？你在我这白吃白喝就不止五十文钱！"杜七争辩。

"我当多大的饥荒！"单田骏随即从布兜里掏出二两碎银子扔给五哥，"我替店家还了！"

"多谢老爷！"五哥欢天喜地去接银子，不料脚下被杜七伸腿绊了个趔趄，杜七则迅速俯身向前去接银子。

谁知杜七的手刚碰到银子就被五哥扑倒在地，照着他的脑袋就是一拳，杜七脑袋一偏拳头打在了地上，他趁着五哥捂着手嗷嗷直叫，眼疾手快地将散在地上的银子拢到一处用手扣住。

"银子不能给你，我回头给你一吊钱。"杜七小两眼放光，抓住银子就往怀里收。

"银子是老爷给的，由不得你做主！"五哥哪里肯依劈手去夺。

两人在地上翻来滚去，杜七死死攥住银子，拼命抵抗着五哥的拳头，怎奈五哥力大杜七争抢不过，生生被他掰开手指抠出一两银子起身就跑。

杜七气急败坏，急跳起来一脚将五哥踹出门外，恨恨地捞起柜台上的破草帽摔出门去："快滚！以后休得再到店来！"

哐地关了店门，杜七转头向单田骏堆下笑来："多谢客官仗义！村里多是这种刁民宵小，让您见笑了！"

"杜七兄弟不必放在心上，来，咱弟兄喝两杯解解闷儿。"单田骏招呼道。

"敢不遵命！"杜七连忙去厨下将煮熟的鸭子端出来，又去柜台取了一副碗筷和一只酒杯在单田骏对面坐下。

"方才提到杜海疆，杜七兄弟为何不愿多言，难道跟他有什么过节儿？"单田骏给杜七斟满酒。

"我跟他倒无过节儿。"杜七灌下一杯酒，"不过，我劝客官还是别跟他有瓜葛的好。"

"为啥？"单田骏莫名其妙。

"村里人都说他在外面做了不干净的买卖，躲都躲不及呢！"杜七故作神秘地低声说。

"那他的家人知道吗？"单田骏假装吃惊。

"家人？"杜七冷笑，"鬼才知道他的家人在哪儿！"

"他没成家吗？"单田骏为杜七夹菜。

"他离家的时候才十六，哪能成家？"杜七吃一口菜又喝一口酒。

"那他没有父母兄弟？"单田骏也喝下一杯问。

"他爹娘三年前亡故，还有两个兄弟，老大杜海山十岁上就失了踪，老三杜海龙也不知去向。"杜七眨巴着眼睛狐疑地瞅着单田骏，"客官不是朝廷派来摸杜海疆底细的吧？"

"杜七兄弟误会了！是他欠了我们老板一注钱迟迟不还，才要我来催债。"单田骏叹口气，"可惜寻他不着，只怕回去无法交差，就算能寻着他的家人给他捎个信儿也好。"

"他欠你们老板多少银子？"杜七精明地瞅着单田骏。

"不少！"单田骏正色道。

"我对杜家的底细再熟不过，或许能帮客官寻着他的家人，只是……"杜七欲言又止。

"只是什么？"单田骏忙问。

"只是我说的话要是传到杜海疆耳朵里，必定小命休矣！"杜七有些胆怯。

"杜七兄弟放心，今天兄弟说的话除了天知地知你知我知，绝不会有第三人知道！"单田骏边打包票边掏出五两银子放在桌上，"这点钱不成敬意，权充饭资！"

"谢客官！"杜七喜不自胜，忙不迭地收了银子猛喝了两杯酒，"杜家兄弟都是奸佞之人！"

"怎么？兄弟也受过杜家的气？"单田骏问。

"岂止受气！杜海龙抢了我老婆！"杜七额上青筋暴起，恶狠狠地把酒杯掼在桌上。

"这是怎么说？"单田骏一愣。

"我本与兰姑娘情投意合，谁知杜海龙仗着他水性好，天天给兰姑娘抓鱼讨她欢心，骗得兰姑娘答应了他的婚约把我撇在一旁，不是抢我老婆是什么？"杜七已有醉意，愤怒地挥舞着拳头。

"夺妻之恨孰不可忍！兄弟为啥不找他理论？"单田骏怂恿道。

"不用我找他，就在他大婚那天，朝廷派人抓兵，把他和那班狐朋狗友全都抓了去投了军营，你说是不是老天报应？"杜七由幸灾乐祸又变得满腹伤感，"可怜那兰姑娘偏要去京城寻他，至今下落不明，她为何不记得我对她的好？"

难怪杜海疆家布置得像新房，单田骏此时恍然大悟，忙给杜七又添上一杯酒："兄弟切莫伤心，是那兰姑娘没福气。想那杜海龙定是面善心黑，兄弟才着了他的道儿。"

"客官真乃神人！"杜七拼命点头，"杜海龙浓眉大眼身量又高，看上去一表人才，实际最是无情无义，兰姑娘就是被他的样子骗了，活活地守望门寡。"

"杜海龙多大年纪？兄弟可知他在哪个军营？或许我能帮你找到他出出气。"单田骏表现得很是义气。

"他今年虚岁二十一，在哪个军营我却不知。"杜七摇摇头。

"杜海疆要是得知兄弟被抓兵怎会善罢甘休？"单田骏刨根问底。

"他十六岁去修颐和园，走的时候兄弟才两岁，就算现在见了面都不定认得，十多年未通音信，不太可能知他兄弟被抓。"杜七忽然站起身来，"您等着，我给您看样东西。"

杜七说完就跟跟跄跄地去了里屋，不一会儿拿出一条拴着青色锦绳的木鱼放在桌上。

"这是何物？"单田骏看那木鱼雕工精细，料质也是上等的檀香，不像是贫寒人家该有的东西。

"这鱼可是杜海龙不离身儿的宝贝！"杜七醉眼蒙眬地炫耀，"说是过百日的时候他爹给他雕的耍物，绳子还是他娘给系的。那日他去迎亲，走得急落在家里被我得了来，我瞅着是个好物件也能换几文钱，他原本欠我的！"

"他爹是渔民还有这般好手艺？"单田骏不解地摆弄着木鱼问。

"他爹是个木匠，不是渔民。"杜七的脑袋摇得像拨浪鼓，絮絮叨叨地打开了话匣子，"杜艺老头儿根本就不是杜家村人！谁也不知道他到底从哪儿来，他自己也绝口不提，他跟本村的月娘有指腹为婚的婚约，三十岁上从外地回来完婚才在此定居，第二年便有了老大杜海山，十岁时却被人拐了去，杜海疆比杜海山小三岁。别看杜艺老头儿身板儿硬实，却是个一棍子都打不出半个屁的老好人，平日里只知道摆弄他做木匠活儿的家把事儿，做的东西精细价钱又公道，十里八乡都愿意请他打家具。他不抽旱烟也不好酒，没活儿的时候就喜欢钓鱼，还总是在村东头的木桥那里钓，天天钓都不带挪窝儿的，真是个怪老头儿！"

"杜七兄弟怎对杜家这般熟悉？"单田骏很是钦佩。

"我跟那杜海龙从小耍到大，如何不熟？就连他娘奶他们弟兄唱的歌儿我都知道！"杜七眯着眼摇头晃脑地哼道，"海山高，海疆长，龙腾万丈；三兄弟，好儿郎，骨肉相帮。"

"来，再敬兄弟一杯！"单田骏暗暗记下杜七的哼唱，高兴地举起酒杯。

杜七刚要喝酒，恰巧毛利在外等得心急推门进来，杜七听得门响，一抬头正与毛利打个照面，登时惊得把杯子掉落在桌子上。

"海龙？"杜七吓出一身冷汗，立时醒了酒，腾地站起身道，"杜海龙，你怎么回来了？我可没做对不起你们家的事儿！"

单田骏听杜七口口声声喊杜海龙，也忙回头，看到的却是毛利。

"把门关上！"单田骏吩咐毛利，转头向杜七解释道，"杜七兄弟看差了，他不是杜海龙，他是我手下的伙计。"

"没错，他就是杜海龙！那眼睛那鼻子那身条儿，再找不出第二个来！"杜七警惕地瞪着单田骏，"海龙怎么可能是你的伙计？你到底是什么人？你们是不是合起伙来想整我？"

"杜七兄弟多心了！他真是我的伙计，不是杜海龙！"单田骏再三解释。

"那你让我看看他的屁股，假如屁股上有胎记就是杜海龙！"杜七不由分说去扒毛利的裤子。

"放手！"毛利羞愤难忍，抬手要打杜七，却被单田骏用手止住。

看到毛利屁股上没有胎记，杜七难以置信地又紧瞅了毛利两眼，单田骏把毛利推出门去，重新将杜七按回到椅子上。

"杜七兄弟这回该放心了吧？"单田骏笑道。

"要不是亲见，万想不到天底下竟有这般相似之人！"杜七心有余悸地坐下连干三杯压压惊，不想心上一松快酒劲儿立刻就冲到了头上，含糊道，"仔细瞅瞅，你那伙计的岁数是比杜海龙要略大些。"

"刚才杜七兄弟所说的杜海龙身上的胎记是咋回事？"单田骏多了个心眼儿。

"老辈子人说屁股上有胎记的人都是被老天爷从天庭踢下来的，杜海龙的左屁股上就有碗底大小血红的一块，可见他是遭了天谴，这辈子也不会有好结果！"杜七拍着桌子口齿不清地诅咒。

"兄弟说得对！"单田骏随声附和。

"干！"杜七又想举杯，胳膊刚抬了一半儿就跟脑袋一起重重地摔到桌上，嘴里还只管嘟囔，"杜家定是上辈子造了孽，就连他爹娘都死得不明不白……"

"如何不明不白？"单田骏赶紧推推杜七想要问个明白，杜七却已鼾声如雷。

单田骏见杜七推不醒，料也再问不出什么来，不屑地瞟了他一眼，一把抓起那条木鱼揣进怀里，出门叫上毛利，上马疾驰，回杜家取了鱼竿后扬长而去。

十一、冒认亲眷

日通货栈里早已悄无人声，毛利却躺在床上辗转反侧不能入睡。他到乐善堂虽不满一年，但做事有胆有识、言语机灵，颇得洪禄赏识，这次能来三岔口全因他长得像杜海龙，洪老爷遂让他来实施与单田骏定下的借尸还魂之计。毛利年轻气盛，巴不得有机会大显身手，可到了三岔口他才意识到问题的严重性，该去找谁、如何找，根本没有头绪，他总不能见了渔民就问红胡子吧？那样做不仅会打草惊蛇，还会令人起疑，甚至让自己陷入危险境地，然而他又必须尽快摸清海匪的联络方式以便进行下一步的计划。毛利只觉得闷热难当，索性翻身坐起，一把撩开帐子，披上衣服去门外透透气。

深夜的三岔口浮在温柔的月光和摇曳的波光中半梦半醒，茶肆鼓楼丝竹未歇，码头河面渔火不眠，更兼蛙声一片，把沉闷的夜愈发聒噪得颤动不安。毛利信步沿着河边走，看到一艘晚到的货船刚在码头靠泊便不知从哪跑过来两个赤着上身手提扁担高卷裤腿光着脚的汉子招呼船老大，言谈间双方似乎很是熟识。个子高些的汉子问船老大何时需要卸货、要多少人手，船老大回说货不沉，五六个人应该够用，明日报过钞关只怕要后半晌了，到时候再讨扰弟兄们。汉子们辞了船老大边走边争执着什么，最终矮个汉子不情愿地跑开，高个汉子继续往前走，走到离商船一百多步远的岸边有块横着的条石，高个汉子往条石上一躺，侧转头面向河面，眼睛随时关注着河上的动静。看着两个汉子的背影，毛利心里渐渐有了主意。

第二天一早，毛利换了身杜家村渔民常穿的蓝色土布衣裤，把裤腿儿高高挽起戴上草帽，让张掌柜也给自己找了根扁担，提着就奔了河边。清晨和傍晚是货船靠泊的高峰，大家都想避开正午的酷热。毛利看到有条货船正在卸货，便凑过去问是否需要帮手，船老大惊讶地看了他一眼说人手够了，担货的挑夫则借口挡了道把他挤到一边。他不死心又去找第二条货船，谁知接连问了几个船老大，他们的表情居然如出一辙，先是吃惊而后便不再搭理他，也有好心的船老大悄悄提醒他快些走别等着惹祸上身。毛利正纳闷儿，呼啦围上四五个人来，个个儿手提扁担怒目而视，其中就有昨晚上那个高个汉子。

"你竟敢抢我们的行事？"高个汉子的鹰钩鼻子差点伸到毛利脸上。

"兄弟不敢！我就想挣口饭吃！"毛利后退一步拱手道。

"你吃饭我吃嘛？"鹰钩鼻子一瞪眼，"这是我们的地盘儿！没我们老大允许谁都不准私自揽活！船老大也不敢把活儿给你，否则他的船就要倒霉！"

"拜托兄弟带我去见见老大，让他赏我口饭吃行不？"毛利作揖赔笑。

"你给我磕三个响头就带你去。"鹰钩鼻子得意地挺起胸脯冲其余的汉子丢个颜色，汉子们全都开始呐喊助威，逼着毛利磕头。

"这太欺负人了！"毛利拼命压住胸中的怒火。

"这是规矩！"鹰钩鼻子脸一沉。

"我不信有这种糟蹋人的规矩！"毛利忍气吞声试图离开，却被四个汉子挡住去路。

"那就叫你信！"鹰钩鼻子凶狠地一挥扁担。

四个汉子立即欺身上前贴住毛利，毛利想要扭身避开，一条扁担却迅疾顶住了他的喉咙，另一条扁担戳住他的腰，鹰钩鼻子顺手抢了他手里的扁担，毛利不甘束手就擒正待反抗，忽觉双脚离地身子悬空，不由心中大骇，四个汉子抓手抓脚抬着毛利就走。

"你们想干啥？救人啊！"毛利徒劳地挣扎着大声呼喊，看到的人却要么摇头叹息，要么赶紧避开视线，谁也不敢上前。

四个汉子不由分说将毛利抬到河边，最瘦的汉子在岸上守着扁担，鹰钩鼻子则带着三个汉子将毛利押进齐腰深的河里，两个汉子扭住他的胳膊，一个汉子将他的头狠狠地摁进水中，毛利慌忙闭住呼吸，脑袋刚被提起来喘口气就又被摁进水里，折腾了三四次毛利的脸开始发白。

"还不磕头？"鹰钩鼻子冷笑着呵斥。

"我磕！"当毛利的脑袋再次被提出水面时放声大叫。

"这才像话！"鹰钩鼻子哈哈大笑。

"我磕你个头！"毛利趁着抓住他的人稍微松懈，一头撞上鹰钩鼻子的下巴将他撞翻进河里。

没等抓他的汉子回过神儿来，毛利猛地向后一仰，生生把两个汉子拖进水中。两个汉子被迫放开毛利扑腾着想要起身，毛利却潜入水中抓住两人的辫子用力一拽，疼得两人高声惨叫复又跌进水里，毛利灵机一动，把两人的辫子系在一起，结果两人越使劲越是按下葫芦浮起瓢，直搅得水花四溅筋疲力尽。鹰钩鼻子看势头不好急忙往岸边游，不料毛利比他游得还快，几个有力的后蹬就赶上了鹰钩鼻子，一把抓住他的双脚就往水里带，鹰钩鼻子猝不及防喝了一大口水，立时乱了阵脚狂乱地划水，怎奈站不起又游不动，只得没命地蹬脚，想要踹开毛利的手，毛利的手却像铁钳一样死死扣住鹰钩鼻子的脚，还把他的脚踝骨相互狠磕，鹰钩鼻子的踝骨被磕得疼痛难忍不敢再蹬，接连呛了几口水便像只灌饱的蛤蟆一样浮在水面不再动弹。毛利怕他呛死，一用力将他翻过来仰在河上，自己抹了把脸上的水径直走向河岸，岸上看热闹的人偷偷对毛利挑起大拇指，眼神里满是敬佩。看扁担的汉子见了毛利撒腿就跑，毛利也不追，这番打斗完全出乎意料，让他很不痛快，更令他内心深处隐隐感到不安。

毛利抓起自己的扁担想先回乐善堂再做计较，不想刚走到半路就见五六十个手提扁担的汉子气势汹汹地迎面而来。

"就是他！"看扁担的瘦汉子看到毛利，忙指给领头的年轻大汉。

那汉子足有六尺多高，长得膀大腰圆，光着上身穿着灰裤结着草鞋，毛利琢磨他应该是这帮人的老大。没等老大发话，早有七八个汉子抢起扁担就冲了过来，其余的人则将毛利团团围住。那七八个汉子恰似饿虎扑食气势慑人，毛利慌忙握住扁担招架，以扁担做棍使出上剃下滚、平直一线、圈转粘连的打法，忙乱过一通后他才发现，对手的扁担也没什么路数，只是凭着一股子蛮劲胡抢乱打，不禁暗笑自己高估了他们的功夫，便也假装闭着眼横扫，看似毫无章法其实专挑人立足的脚脖子腿腕子等要害打，扁担没使几下，那七八个人就都跳着脚捂着腿痛叫着坐倒一片，其他人见毛利不是善茬，虽跃跃欲试相互推搡，但谁也不愿轻举妄动，毛利却丝毫不敢放松，边攥紧了扁担护在胸前随时准备应对攻击边观察老大的反应。老大右边站着个捋着山羊胡子的精瘦老头儿，眼睛一眨不眨地上下打量毛利，直瞅得毛利本能地警觉起来。

"你吃了豹子胆，敢打我的人！"老大瞪起野牛眼冲着毛利晃晃碗口大小的拳头，"今天让你尝尝我的厉害！"

"我不想打，是他们逼我磕头！"毛利胸口起伏满腔愤怒。

"你!"老大正要发作,却被瘦老头伸手止住,急得大叫,"师爷!为嘛拦我?"

"先听这兄弟说说。"师爷拍拍老大的胳膊,老大虽不乐意也只能住了声。

"多谢师爷!"毛利冲着师爷一抱拳,"我就想出把力气挣口饭吃,可那几个弟兄不但羞辱我要我磕头,还把我按进水里强灌,要不是我逃得快早就淹死了!"

"胡说!是你用水灌我弟兄!"瘦汉子争辩。

"你们把我弄进河里,岸上的人有目共睹,你敢找他们来评理吗?"毛利怒斥瘦汉子。

"壮士不必动怒。"师爷微微一笑,"我们扁担帮不是不讲理的人,但我们也有规矩。如果壮士是别处帮派过来砸场子的,我们不会善罢甘休;若壮士只是为了混口饭吃,也该先来拜个码头,弟兄们也好有个照应。"

"你要是来砸场子的,这就是下场!"老大劈手夺过身边汉子手中的扁担,喊哩喀喳折成了两段扔在地上。

"怪只怪我不懂规矩,还望师爷指条明路。"毛利好汉不吃眼前亏,低头赔罪道。

"看你是个明理的汉子,我就给你讲讲扁担帮的规矩。"师爷后背了手道,"扁担帮靠力气吃饭,谁的力气大、挑的担子重谁得的分红就多,你想加入扁担帮就要先试试你的肩膀,能挑动我们定下的重量,弟兄们就算你一份,挑不动,壮士只能另谋高就,也省得拖累弟兄们。"

"不知师爷要我挑啥?"毛利问。

"壮士随我来。"师爷说完转身头前带路。

毛利不知师爷要闹什么名堂,提着扁担谨慎跟随,其他人也都尾随其后,一群人浩浩荡荡走到码头附近田埂边的一块空地上才停住脚步。

"准备家伙!"师爷大喊。

毛利心一紧,睁大眼睛想看看师爷所说的家伙为何物。不大会儿便有人挑来十个百多斤重的沙包,把六个沙包相距十米左右分垒成两垛,然后将一块尺半宽窄的搭船板架在两垛之间形成一条独木桥,再用两个沙包分镇住两头。

"刘瘸子,你上去试试这桥结不结实?"师爷招呼一个有些跛脚的汉子道。

"是。"刘瘸子领了命令，用扁担一撑，竟然俏爽地跳上了沙包垛，他把扁担像横杆一样拿在手里，先抬好脚用力去踩搭船板，踏了几下，搭船板纹丝不动，他这才放心地走上去。他的脚一高一低，手中的扁担一上一下，走起来已经够滑稽了，还特意又作弄出些花哨的阵仗，或用扁担挂在桥上学那猴精手搭凉棚抬脚四顾，或在桥上前窜后跳还扭着秧歌，那窄窄的木桥在他脚下竟似如履平地，瞅着不像挑夫倒像个马戏团的杂耍艺人，惹得众人哄堂大笑，拍着手让他多玩几个花样，然而不管刘瘸子如何闹腾那独木桥连晃都不带晃的。

"好了，好了，下来吧。让你验桥你倒闹起堂会来了。"师爷忍住笑说道。

待刘瘸子从独木桥上下来，师爷又命人将两袋沙包放到搭船板的两侧，搭船板也只是略略下沉了些。

"壮士要能挑着这两袋沙包过了这条独木桥，今后咱们就是一锅里吃饭的弟兄，要是过不了，老朽也爱莫能助了。"师爷让人撂给毛利一卷粗绳，意味深长地瞅着毛利说。

毛利心里咯噔一下，明知这是师爷故意强人所难，想排挤走他这个外地人，可事到如今也只能硬着头皮上，否则他在三岔口就别想待下去。他在乐善堂做伙计时倒是捆扎过货物，但从没挑过二百斤重的东西，更没走过半人高的独木桥，能不能过去心里一点底儿都没有，唯一让他稍觉安慰的是刘瘸子和沙包都已验过，独木桥的结实度尚可放心。

为了掩饰自己的踌躇，毛利蹲下身用绳子在沙包上横竖打了两道结，再把绳子穿过中间的交叉处打结固定，并从中拉出长长的绳圈好套在扁担上。待两个沙包的绳索打完，他将扁担先担在靠近沙包垛的地方，然后请方才抬沙包的汉子帮他把沙包分挂在扁担的两头，他自己则爬上沙包垛俯身运一口气，双手平抬起扁担，脸顷刻间憋得通红，额头手臂青筋暴突，汗珠子立刻冒了出来。他大吼一声举起扁担，没把它竖挑在肩上，而是横在肩上用两臂从旁压住以便保持平衡。肩膀立时如被千斤重物碾压过一般火辣辣地疼，他甚至能听到骨头在咯咯作响，汗水像断了线的珠子噼里啪啦地从脸上滚落，沙包压低了脖子压弯了扁担，毛利咬牙挺住身体，不让自己的腰也被压弯，但他更担心的是自己能否坚持走过独木桥，这十米的路程对他来说简直就是咫尺天涯。他艰难地抬起灌了铅似的腿，脚一踏上独木桥那搭船板立马忽闪了一下，毛利的心霎时提了起来，难道这桥并不像验过的那般结实？就连在旁看热闹的扁担帮的人都睁大了眼睛盯着那桥，幸灾乐祸地盼着毛利出乖露丑。毛利深吸了一口气稳住身体，瞅准位置再次抬脚，他每走一步搭船板就发出一声痛苦的呻吟，他的心也随之被揪得紧一下，两个沙包犹如两座大山压得他喘不过气来，肩膀已经麻木，炽热的阳光像要把他身体里的水分全部蒸发出来，令他身上的每一个毛孔都不停地向外散着水汽。由于体能消耗过大身体虚脱，他有些昏头涨脑，眼睛更是被汗刺得红痛，泪眼迷蒙，衣服像刚从水中捞出来一样冰冷地粘在身上，汗水透过草鞋浸到独木桥上，尽管走得很慢，却步步惊心。

突然，毛利脚下一滑身子一歪，眼瞅着就要从桥上栽下去，人群瞬时发出惊恐的叫声。毛利心中一凛，骤然清醒过来，急向相反的方向使劲，没想到倾斜的沙包要想扳回却难比登天，逼得他赶紧改辙，单脚点地就势一旋，身体在独木桥上转了个圈儿，险象环生地左右摇摆了几次，两手紧紧抓住两侧的绳套，让晃动的沙包停下才又稳稳地站住，四周人声鼎沸连声叫好，毛利却唬出一身冷汗，四肢微微颤抖，并且刚才的惊险非但没让他的身体产生新的力量反而愈发感觉疲惫，更可怕的是他的精神也在垮塌，他无数次想扔掉扁担结束这种任人宰割的局面，却又无数次被他的理智给困在桥上。扁担已勒进肉里，他能感觉到皮肤的灼裂，当他终于到达独木桥的中心时，只听咔嚓一声，毛利的魂儿差点飞了，周围的人也都下意识地发出一阵惊呼。

毛利不敢再走，即便不动他的脚底都能明显地感触到搭船板在一点点裂开、一点点下沉，还有一半的路程只怕走不到三成桥就会断。怎么办？就这么前功尽弃？不成！他不能成为被人耻笑的逃兵！危急关头他忽然想起练功时轻身提气的心法，自己也曾腿缠沙袋奔跑跳跃，沙包虽比那沙袋重了许多，但基本的功夫法门是不错的，也唯有借此一搏方有可能逃出生天。打定主意，他猛提一口气脚步一点，攒足了力气竟豁了出去在桥上飞跑起来，肩上的担子受到震动左右摇晃，搭船板也在急遽地上下波动，脚下的步子稍有差池就会摔下桥去，搭船板断裂的声音也愈发剧烈，一声声残酷地撕裂着人们的神经。毛利却仿佛神力附身一般，眼中除了前方的沙包垛，身子已感受不到任何疼痛和重量，桥终于吱嘎怪叫着耗尽了最后的支撑能量，就在桥断成两截的一刹那，毛利扑到了沙包垛上。将扁担甩到地上，沙包在地上砸出深深的泥坑。毛利气喘如牛地趴在沙包垛上努力控制住狂跳的心，翻过身坐在沙包垛上大口地喘着粗气，心有余悸地瞅着分了家的搭船板，身体像散了架似的，每个关节、每寸肌肤都痛彻骨髓。他不想让人看出他的狼狈，尽量做出豪迈的样子，脱下上衣拧干水往肩上一搭，冲着众人朗然一笑。扁担帮的人顿时爆出一阵热烈的掌声和叫好声，师爷也捻着胡子满意地点点头，毛利心里总算松了口气。

加入扁担帮让毛利有了可以打探消息的人，但这些人并不像他想的那么好相处。师爷似乎挺赏识他，这就让其他人对他这个外来户更是又嫉又恨，特别是那个被他灌了水的鹰钩鼻子，更是想方设法要抓他的把柄把他赶出扁担帮，毛利也不想再惹是生非，所以处处小心，一味地埋头干活很少说话。

扁担帮的人除了有家室的，其余的都住在一座破庙里。庙的规模不小但早就断了香火，偌大的院子里杂草丛生，横七竖八地躺着些残缺的塑像，大殿的屋顶已是千疮百孔风雨飘摇，夏天四处撒风倒也凉快，冬天恐怕就没那么舒服了。扁担帮的汉子们在大殿的地上铺些稻草随意一躺，夏日潮湿霉气四散，更兼蚊子臭虫肆虐，毛利头一天夜里就被咬得浑身是包奇痒难忍，只得向师爷买了些药膏涂抹才不至于把皮挠掉。

住了几天，毛利渐渐摸清了扁担帮的行市，尽管老大威武雄壮样子唬人，却只是个傀儡，一切的主意都是师爷做主，他才是扁担帮真正的老大。扁担帮每天派人早晚巡视，把船老大们提供的姓名、船号、货重、装卸货时间和需要的人手汇报给师爷，师爷一一记录在账册上，然后按时分派人手去装卸货物，再根据账册记录派专人向货主收钱，干完活立马结账绝不允许拖欠。扁担帮垄断了三岔口所有商船的装卸货生意，因此挑夫的价钱自然也由他们说了算，货主们往往是贴钱送神图个省心。扁担帮在破庙里设灶开火提供一日三餐，无非是粗茶淡饭难见荤腥，衣服扁担也都由帮里统一供给，所以师爷会把每日得到的工钱扣除大部分作为平日的吃喝用度，只有极少的部分才按挑货多少分给个人，汉子们多拿这点可怜的收入攒做老婆本，巴望着有朝一日也能像那些有家室的人一样搭个能遮风挡雨有人陪伴的窝，很少会舍得随意挥霍。当然也有铁了心打一辈子光棍儿日日坐吃山空的主儿，只是那点钱除了喝两碗酒就算想折腾点花样都不能够。

毛利干活肯下力气，得的钱也多，得了工钱又舍得请一起挑担的弟兄们喝酒，因此没几日身边也开始有了朋友，一个外号叫"赶子"的十六七岁的小伙子就整天黏着他。小伙子叫王大赶，是土生土长的三岔口人，瘦得皮包骨根本挑不动多少东西，别人都不愿跟他搭伙，嫌多出力少挣钱，更兼他傻里傻气很像天津人看不起的"老赶"，大伙儿不是拿他取乐就是懒得搭理他，就毛利不计较跟他搭伙还多分他工钱，"赶子"心里感激遂把毛利当亲哥一样奉承。待熟络之后毛利感觉"赶子"心地不坏为人实诚，便动了想找他帮忙的念头，作为本地人，对于海匪总会听到些风声。

这天下了工，毛利没有直接回破庙，而是拉着"赶子"奔了一家卖火烧馄饨的小饭铺，吃着火烧喝着馄饨，"赶子"高兴得跟过年似的。

"赶子，哥跟你打听件事儿。"毛利说。

"哥，您说！""赶子"停住嘴瞪起眼瞅着毛利。

"你知道红胡子吗？"毛利压低声音问。

"海匪的老大，咋不知道？三岔口的人都知道，但没人敢说！""赶子"神情紧张地左右瞟了一眼小声说。

"怎么能找到他？"毛利急切地问。

"嘛？找他！你不要命了！""赶子"吓了一跳，"别说朝廷的人到处抓他，就是扁担帮的人知道你要找他也不会饶你！"

"为啥？"毛利一怔，难道扁担帮跟海匪还有过结？

"扁担帮跟海匪表面上井水不犯河水，实际上水火不容！""赶子"喝了口馄饨压压惊，"扁担帮怪海匪坏了三岔口的名声、砸了他们的生意，海匪怀疑扁担帮经常给朝廷通风报信，虽然两家没真打起来，但谁见了谁都不顺眼。"

"我必须找到他，我有他家里带给他的急信。"毛利抓住"赶子"的肩膀，"兄弟，哥在这人生地不熟，你可得帮我！"

"这事得找师爷商量商量。""赶子"皱眉道。

"扁担帮就是师爷说了算，他要是知道我找海匪我不死定了？"毛利慌道。

"别人不敢去找，我去找就行。""赶子"得意地笑道，"我是师爷的亲外甥！我就告诉你，扁担帮没人知道！我舅总不能把我也踢出扁担帮吧？"

"那真谢谢兄弟了！"毛利大喜，他本对"赶子"没存多大奢望，谁知歪打正着竟扯出这么一段亲眷来。

"哥不用客气，只是千万别漏了消息，要让旁人知道就麻烦大了！""赶子"提醒道。

"我明白。"毛利点头。

"赶子"当夜就给毛利捎来了消息，师爷说运河北岸钞关的门口立着两只石狮子，雌狮子的脚下踩着一只小狮子，以前扁担帮和海匪为了互相通气避免误会，曾约定，双方需要通报消息时把写好的纸条塞在雌狮子和小狮子脚爪之间的洞里，两边会派人定时查看，既好找又不易被人察觉。但随着相互关系越闹越僵，这个法子久已废弃，不知道现在还能否管用。毛利唯有赌上一把，权把死马当做活马来医。

天一亮，毛利就跟师爷请了假偷偷溜回乐善堂，取出纸笔在纸上写道：乡人带红胡子家中急信，盼面见转呈！写完将纸条折好握在手里，按捺住想飞跑的冲动，慢条斯理地踱到钞关门口装作闲逛，趁人不注意迅速将纸条塞进雌狮子与小狮子的脚爪间，然后一副若无其事的样子搬了块石头坐在石狮子旁边的大柳树下，将草帽压得低低的，暗中监视来取纸条之人。

钞关是朝廷设在三岔口的税收衙门，凡是进入三岔口的商船都需先去钞关报验交税后才允许卸货交易，因此钞关门前每日里都是人来人往络绎不绝。毛利在钞关门前连守了两天也不见有人前来取走纸条，不由心急如焚，忍不住怀疑这条信息渠道是否真像师爷说的已被彻底弃置不用，果真如此也只好另寻他法，想想其他的法子似乎又更加渺茫，心绪烦乱直熬到五更才打了个盹儿，一睁眼又去看那石狮子，发现纸条竟然不见了，高兴得一蹦三尺高，匆匆吃过早饭又去那柳树下坐着，眼巴巴地盼着回音。这次倒快，等了一天就有了回信，毛利急忙展开观看，纸条上让他腰扎红带，明日酉时在钞关门口候着，有橹上绑了红色义字结的船即为接应之人。毛利激动得一夜未睡，第二天早早装扮停当，提了鱼竿去了钞关门口等候。酉时过了大半，果见一条小船摇摆过来，橹上绑着红色的义字结。毛利赶紧过去招呼，摇橹的渔老大四五十岁的年纪，胡子拉碴，一双眼却甚是机敏，见了毛利的红腰带便让他上船，船上还有个十八九岁的毛头小伙子。谁知毛利刚要上船，冷不丁斜刺里杀出一拨人来，为首的竟是鹰钩鼻子。

"弟兄们！他是海匪的奸细！不能让他跑了！"鹰钩鼻子大声怂恿。

原来"赶子"去找师爷问话的时候不慎让鹰钩鼻子给盯了梢，暗中打了主意要拿毛利个人赃并获。小船一见不是头就要开船，毛利想上船却被扁担帮的人死死缠住，眼瞅着小船已摇离岸边，恨得他呼呼地舞起手中的钓鱼竿，那钓鱼竿倒也争气，抡起来居然像扁担一样硬实。扁担帮的人知道毛利厉害，不敢上前真打，只是挡住毛利的去路不让他脱身，毛利心急不再手下留情，使出那阴狠的招式如砍菜切瓜一般，瞬间将扁担帮的人打了个稀里哗啦，毛利杀出一条生路纵身跃入水中，飞快地游向小船。鹰钩鼻子红了眼，居然抓起岸上的石头照着毛利飞掷，石块擦着毛利的脑袋飞过，把他吓了一跳，接连又有几块石头落入水中，他索性一个猛子扎进水里，片刻之后竟从船的另一侧冒了出来，船上的小伙子连忙将他拉上船，小船远远地甩开扁担帮的人驶向河心，留下鹰钩鼻子在岸上兀自跺脚气恼。

船上的人也不跟毛利说话，毛利心中忐忑更不敢多言，唯恐露了马脚，只在胸中再三回想跟单田骏排练过的应对之策，还不忘观察着小船行驶的方向。不知不觉，船已拐出三岔口沿北运河而下，这时那毛头小伙子起身对毛利说了声对不住，就用黑布条蒙了他的眼睛将他推进船篷内。毛利在船上被晃得昏昏欲睡，也不知过了多久，接应之人将他带下船，只觉得脚下磕磕绊绊上坡下沿儿七拐八扭，弄得他晕头转向，耳朵里只听到呼呼的风声和此起彼伏的蛙声虫鸣，不时有蚊子飞虫扑在他的脸上害他不断地摇脑袋赶走它们，心更提到了嗓子眼儿，生怕路上遭人暗算。直等到立住了身子，扯了眼睛上的布条，他都没有立即睁眼，而是调匀气息放慢心跳才装出惊恐的样子打量四周。他所在之处是个两丈宽窄的山洞，两侧的洞壁上嵌着四只油灯，他的正前方摆着一把椅子，椅子上坐着位褐色衣裤、腰扎红带、豹头环眼、一脸虬髯的壮汉，也在上下打量着毛利，两旁各有两把空着的椅子，椅子间都有小桌，上面放着茶壶茶碗。

"见过大王！"毛利冲着椅子上的壮汉拱手，心道这便是红胡子了。

"壮士请坐。"红胡子请毛利在旁边的椅子上坐下后拍了拍手，左侧的门帘一掀进来个兵丁，给壮汉和毛利沏上茶。

131

"多谢大王！"毛利道谢。

"壮士何来？"红胡子问。

"小人从保定府杜家村来给杜海疆送家信。"毛利禀告。

"我就是杜海疆。"红胡子说。

毛利抑制住胸中激动故意正色道："大王，请恕小人无礼！因这家信甚是私密，小人能否斗胆请教大王几个问题？"

"请讲。"红胡子点头。

"大王既说自己是杜海疆，请问二位高堂姓甚名谁？您又是多大离家的？"

"严父杜艺，慈母杜月娘，我十六岁离家去修颐和园至今未回家乡。"红胡子回答。

"大王可有兄弟？"毛利又问。

"兄长杜海山，兄弟杜海龙。"红胡子有些恼火反问毛利，"你到底是何人？为啥不快快把家书给我却要啰啰唆唆问这些废话？"

"小人杜海龙。"毛利回道。

"你是杜海龙？"红胡子吃惊地瞪圆了眼睛，蹭地从椅子上站起，"你有何凭据？"

"大王若是二哥自然知道怎样验我真身。"毛利笑道。

"你可会杜家拳？"红胡子复又坐下，强作镇定地问。

"杜家拳？"毛利听闻不啻晴天霹雳，单田骏并未交代杜海龙会武功，想这杜家拳必是独门绝技，不能以等闲功夫蒙混，事到如今只能铤而走险，"爹爹不曾教我拳脚。"

"胡说！"红胡子猛地一拍桌子，震得茶水四溅，"杜家拳是我家祖传功夫，男丁必练，爹爹怎么可能不教你？你定是招摇撞骗的无赖，来人！给我拖出去打！"

立时从门帘后冲进来两个兵丁抓住毛利的胳膊就往外拖。

"大王容禀！"毛利急得大叫，"只因在我五岁时爹爹突然得了中风之症，在床上躺了半年多才能下地，走路都不灵便，怎能教我练武？"

"此话当真？"红胡子半信半疑。

"若有半句虚言小人任凭大王处置！"毛利咬牙道。

"爹爹现在可好？"红胡子忙问，摆手让兵丁退下。

"爹娘已在三年前相继过世，过世前还在念叨大哥和二哥。"毛利眼中竟滴下几滴泪来。

毛利趁着用袖子抹泪的时候把木鱼从腰侧挪到了靠近肚皮的显眼处，不料壮汉对木鱼熟视无睹，令他疑心陡起，因时隔多年杜海疆早已忘了这木鱼的来历，还是眼前的壮汉根本就不是真的杜海疆？可他面上又分明长着红胡子！毛利决定冒险试他一试。

"过世？"红胡子呆愣片刻长叹一声，"唉，都是孩儿不孝！"

"多谢大王同情！"毛利盯着红胡子，"只是您不是我二哥杜海疆。"

"一派胡言！"红胡子怒道，"我不是杜海疆是谁？"

"大王是谁我不知道，但二哥必认得这个信物。"毛利解下腰上的木鱼举起给红胡子看。

"这木鱼？"红胡子一时语塞，表情很是尴尬。

"这木鱼是爹爹在海龙百日的时候特意为他雕的耍物，那青色锦绳还是娘亲手系的吉字结。"话音刚落门帘一挑，又一个红胡子从门外走了进来，只是这个红胡子样貌迥异，高鼻深目长条脸，那胡子红得分外耀眼。

"大哥。"壮汉赶紧给红胡子让座倒茶，自己则一把将脸上的红胡子拽下坐到了旁边的椅子上。

"二哥！我是海龙！"毛利扑通一声给杜海疆跪下，神情急切，"您不认得我了？"

"你先莫叫。"杜海疆说，"我且问你，我离家的时候你几岁？"

"两岁。"毛利暗自高兴，终于把真的杜海疆给逼出来了。

"杜海山可在家中？"杜海疆锐利的目光瞅着毛利。

"大哥六岁失踪并无下落。"毛利叹道。

"爹爹也算是落叶归根了！"杜海疆喝着茶，眼睛却偷偷瞟着毛利的表情。

"爹爹不是杜家村人，是三十岁上从外地来娶了娘才在杜家村住下的。"毛利机灵地绕过了杜海疆布下的陷阱。

"你可记得娘教给咱的歌谣？"杜海疆急问。

"这怎么能忘呢？"毛利哼道，"海山高，海疆长，龙腾万丈；三兄弟，好儿郎，骨肉相帮！"

"我隐隐约约记得你身上有个胎记，是在背上吧？"杜海疆试探着起身，疾步走到毛利面前。

"二哥真是贵人多忘事啊！请看！"毛利也顾不得羞耻，解开腰带露出左屁股上的红色胎记。

"你真是海龙！"杜海疆一把拉起提着裤子的毛利将他抱在怀里，"好兄弟！想煞为兄了！"

"二哥！兄弟也想你！"毛利为了进一步巩固杜海疆的信念忙把鱼竿交给杜海疆，"我把爹的鱼竿也带来了！"

杜海疆接过钓鱼竿深情地抚摸着："这可是爹不离身儿的物件儿啊！可惜我没能见爹娘最后一面！"

"二老走得很安详，二哥不必太过自责。"毛利劝道。

"那就好啊！"杜海疆抹了把眼泪给毛利介绍，"海龙，这是二当家罗汉，你就叫罗大哥。

"罗大哥！"毛利飞速系好腰带行礼。

"海龙兄弟，刚才多有得罪还望恕罪！"罗汉笑着给毛利赔礼，心里却仍不放心杜家拳的事，但杜海疆既已认定了兄弟，自己也不好多说什么。

"不敢！"毛利连忙还礼。

"大当家，兄弟相认是天大的喜事！我这就吩咐大排宴筵为您二位庆祝！"罗汉拱手道。

"谢谢二当家！"杜海疆紧紧地握住毛利的手，"海龙，你来了我就放心了！"

毛利嘴上应着，心却一点儿都不踏实。

十二、冤沉海底

　　杜海龙顿时昏了过去，船上的人松了绳索把他放到地上。打手们将杜海龙和郑喜捆了手脚，装进麻袋扔进小船，待小船划到深海便凶狠地将两个麻袋踹进了海里。

　　水兵们趁着放假天气又好，都把换下来的脏衣服拿到甲板上去洗，三五成群有说有笑泡沫飞溅，就连许石山的阿福犬也在人堆儿里蹿来跳去跟着凑热闹。洗好的衣服则搭在一切能搭的地方晾晒，整个军舰一时间仿佛挂上了万国旗。杜海龙正搓洗着衣服，耳朵里却飘进刘富的两个跟班儿激烈的争吵，下意识地扭头看了一眼，只见两人为了谁来洗面前的一堆衣服争得面红耳赤，看那些衣服的标识应该是刘富的，显然刘富不在舰上，否则他的跟班儿们也没胆子闹成这样。最后还是长得像虾米的那个跟班儿从怀里掏出一小块东西，东张西望后偷着塞进另一个三角眼的手里，三角眼才迅速揣起东西，皱起鼻子用手指头捏住衣服扔进盆里。杜海龙知道虾米给三角眼的是烟土，不屑地转回头，正看到身旁的小值旗手根娃将半干的龙旗小心翼翼地铺在凳子上，用盛满沸水的大茶杯细心地熨平旗上的褶皱。

　　"根娃兄弟，我看你对那面龙旗比对你自己还上心！"杜海龙抖着洗净的裤子打趣道。

　　"许帮带说了，这可是咱大清国的国旗啊！"根娃稚嫩圆润的脸上充满了崇敬和自豪。

　　"这不是咱们舰上的军旗吗？"杜海龙好奇地瞅着根娃。

　　"没错儿，就是咱的军旗！就因为咱大清没有国旗让洋人笑话，所以老佛爷特意下旨把这面为水师专造的龙旗也当做大清的国旗。"根娃兴奋地指着龙旗说，"瞧见没？这龙代表的是皇上，这黄色的旗面儿代表着满族，青色则代表着东方，合在一处就是说咱大清天子震慑东方！俺能不恭恭敬敬地伺候吗？"

　　杜海龙闻听仔细端详着龙旗，果见黄色的纱面儿上青龙腾跃甚是威武，不禁佩服道："你知道的可真不少！"

　　"这都是许帮带教俺的。"根娃不好意思地挠头道，"许帮带还说，这龙旗就是咱的主心骨儿，要是主心骨儿没了，人心也就散了。"

"哦。"杜海龙听得似懂非懂，不明白一面旗咋就成了主心骨儿，但他心里还想着更要紧的事，没时间琢磨这些，遂把衣服晾在大炮上说，"根娃兄弟你先忙着，我去办点事儿。"

"成！"根娃点头，继续熨他的龙旗。

自那日从京城回来，杜海龙心里就一直牵挂着洪老爷府上的兰师傅是不是兰烟，总想托人打听打听，忽然想起郑喜人头熟路子广，兰烟进京投奔姨娘的事就是他帮忙探听来的消息，看来这事儿还得找他合计合计。杜海龙跑进了郑喜的舱房，却看见郑喜正在铺上闷坐垂泪，一眼瞅见杜海龙赶紧把一封信掖进被子擦干眼泪。

"郑伯，出啥事了？"杜海龙吃惊地看着郑喜。

"没啥，都是家里的杂事儿。唉，这人呢不能欠着别人，欠着就得还。"郑喜支吾着取过桌上的烟袋吧嗒吧嗒地抽起来，"杜兄弟，快坐！这几天一直也没得空儿问问你，你去京城找着人了吗？"

"郑伯，我就是为这事儿来跟您说道说道。"郑喜不说杜海龙也不好追问，遂拖个凳子在郑喜对面坐下，"兰烟确实去找过她姨娘，怎奈她姨娘已经去世，她没能投奔上。"

"那就又没着落了？"郑喜瞅着杜海龙。

"姨娘那边的家人也不知道兰烟去了哪里，不过我倒是碰巧遇见一个人，或许他能跟兰烟她们家有些瓜葛。"杜海龙说。

"京城里的人？"郑喜问。

"说不上。"杜海龙摇头，"是许帮带前去赴宴的那家乐善堂里的一个厨子，做得一手好佛跳墙。佛跳墙是兰烟的拿手菜，起初我以为是她，可看那形貌又是个男的，所以也拿不准。不过京里做佛跳墙的高手只有兰烟她爹，她爹早就不在了，这人也姓兰，跟兰家有什么渊源也说不定。"

"你也是！既见了那人为何不问清楚呢？"郑喜急得从嘴里抽出烟袋嘴儿责道。

"我也只是从窗上看了个背影，待要去问许帮带又急着喊我走，就没来得及。"杜海龙也是一肚子懊恼。

"算了，你也别急，好事多磨，再扫听扫听就是了。"郑喜安慰杜海龙。

"我能不急吗？"杜海龙求道，"郑伯，您认识的人多，帮我想想辙，怎么能找人去那京里的乐善堂问问才好。"

"还别说，俺还真有辙！"郑喜笑嘻嘻地又续上一袋烟。

"郑伯，您快说，有什么辙？"杜海龙忙问。

"厨子跟商人一样，他们也有同乡会，经常互相通个消息啥的。俺有个老乡就是厨子，在南市的泰昌酒楼做大厨，他就是从京里过来的，在京城里肯定有熟人，不行让他京城里的朋友帮着给留点儿神，或许就能打听出点儿眉目来。"郑喜说。

"那还等什么？今儿个咱们就找他去。"杜海龙催促道。

"杜兄弟，你就让俺歇歇吧！你也知道最近舰上要打仗的风声紧，就连操练时间都延长了半个时辰。要是刘富代为操练还能偷点懒，偏偏这两天赶上许帮带练兵，累得俺都快散架了！俺这把老骨头哪能跟你们年轻人比？咱们下个休息日再去行吗？"郑喜哭丧着脸说。

"郑伯，您老就陪我走一趟吧！您要是走不动了我背您！要不我雇辆车拉着您！昨儿个刚发了饷银，我给您买烟抽！"杜海龙讨好地哀求郑喜，"郑伯，您就去吧！"

"唉，男人遇上小娘儿们的事儿就猴急！"郑喜无奈地把烟袋锅子里的余灰往桌上的小瓷碟儿里磕磕，把烟袋卷起来放到桌上站起身，"成，俺就跟你走一回。洋车就算了，俺浑身都疼，那玩意儿颠来颠去再把俺的腰颠折了！咱们还是慢慢儿走着吧。"

"行，咱慢慢儿走！"杜海龙赶紧去搀着郑伯，耐着性子跟郑伯慢悠悠地下了船。

那泰昌酒楼位于天津南市的中心地段，杜海龙和郑喜到的时候已近晌午，酒楼生意兴隆，小二们上上下下地为客人们送着饭食，忙得不亦乐乎。郑喜拽住一位小二问："小二哥，顾大厨可在吗？"

"您出了门往右拐有个侧门，那就是后厨，顾大厨在那儿呢。"小二说完又忙着招呼客人去了。

杜海龙和郑喜按着小二的指引找到了酒楼的侧门，刚到门口就听里面一迭声儿地吆喝："先把小菜上桌让客人吃着，招牌菜客人点的多就该把料提前多多备下，现洗现切能来得及吗？"

"咱来的不是时候，人家正忙着呢。"郑喜站在门口有些犹豫。

"要不先问一声，要是人家没空儿咱就等等。"杜海龙建议。

"俺先瞅瞅。"郑喜从开着的厨房门探进头去喊了一声,"顾大厨在吗?"

"谁找俺?"顾大厨闻声走了过来,他中等个头、浓眉大眼,白衣青裤,边走边用白围裙擦着手,一见郑喜便大笑着招呼,"这不是郑哥嘛,您怎么来了?"

"老哥来请你帮个忙。"郑喜给顾大厨介绍,"这位是杜兄弟。"

杜海龙和顾大厨相互拱手见礼。

"你要是忙俺们就先到别处溜达溜达。"郑喜用手指了指后厨说。

"没事儿,除非是招牌菜,一般的菜用不着俺上手,您老有事就说。"顾大厨让伙计从店里搬三个凳子大家坐了。

"这位杜老弟的媳妇儿叫兰烟,杜老弟被抓了兵,她一个人在家无依无靠就投奔了京城的姨娘。谁知姨娘死了,她也从此没了音信。兰烟的爹曾是宫廷御厨,她也做得一手好饭菜,尤其擅长做佛跳墙。前些日子杜老弟去崇文门外的乐善堂公干,偶然听说他们那里有个会做佛跳墙的厨子,也姓兰,就怀疑那厨子是他媳妇儿。你在京城里熟人多,就想请你找人打听打听那厨子叫啥?若是他媳妇儿最好,若不是莫非也跟他媳妇儿家有啥关系不成?"郑喜一五一十地解释道。

"俺还没听说京城里有女厨子,不过去乐善堂寻寻消息倒不难。"顾大厨爽快地应承,忽似想起什么来,"郑哥,你说佛跳墙俺倒想起件事儿来。不久前北京天桥附近有个姓丁的大户人家招聘厨子,就在街面儿上摆开了擂台,闹得沸沸扬扬。连着比了三天,还巧了,最后一道比赛的菜品就是佛跳墙,还就是一位姓兰的厨子拔了头筹,轰动了整条街呢!"

"有这事?"杜海龙一阵激动,"那厨子是男是女?您可知道那厨子叫啥吗?"

"叫啥真不知道,只知道是个后生。"顾大厨摇头。

"后生?"杜海龙的心顿时凉了半截儿。

"不过比赛完了发生了一件怪事儿!丁府已经聘下了兰厨子,没想到兰厨子在回家的路上竟然被人劫了,至今还下落不明呢!"顾大厨又说。

"劫了?被谁劫了?"杜海龙恍如五雷轰顶。

"说是被几个蒙着脸的劫匪。"顾大厨叹道,"就算绑票儿,只听说有劫财的、劫色的,还从未听过有劫厨子的,你说这事儿不奇了怪了吗?兰师傅的兄弟还去衙门告了状，可县衙以无凭无据为由给驳了。"

"兄弟？"杜海龙更懵了，怎么平白无故又冒出个兄弟来？兰烟并无兄弟，难道此人不是兰烟？

"他自称是兰厨子的兄弟，但他本人却姓田，估计是拜了把子的弟兄。"顾大厨猜测道。

"要能找到这个姓田的倒可以问问。"杜海龙又燃起了希望。

"俺看还是先去探探乐善堂的消息，毕竟这个厨子有去处好找些。"郑喜插言道。

"也好，那就拜托顾大厨了！"杜海龙冲着顾大厨一抱拳。

"都是撇家舍业挣命的人，朋友之间伸个援手不算什么，杜兄弟不必客气。"顾大厨笑道。

"顾大厨，客人点您的菜呢！"伙计在厨房里叫道。

"这回该忙了！"顾大厨急忙站起身，"郑哥，都晌午了，您二位也别走了！就在大堂里拣张桌子坐了，这顿饭我请客！"

"哪能让您破费？这顿饭该当我请！"杜海龙忙说，"我和郑伯先喝着茶，等您忙完了咱们一块儿吃。"

"那可使不得！"顾大厨赶紧摆手。

"就按杜兄弟说的办吧，你先去忙，俺们在大堂里等你。"郑喜开了口，顾大厨不好推辞，遂应下，自去厨下忙碌。

杜海龙跟郑喜从侧门绕到正门，拣了张靠窗的桌子坐了，边喝茶边等着顾大厨。

"郑伯，您说那劫匪劫那兰厨子干嘛？"杜海龙不解地问。

"打劫无非是为了劫财寻仇。"郑喜喝口茶道，"兰厨子不是有钱的主儿，寻仇的可能性大些。"

"一个厨子能跟什么人结仇？"杜海龙更纳闷儿了。

"那就不好说了。"郑喜意味深长地瞅了一眼杜海龙，随后垂下眼皮看着茶杯里上下浮动的茶叶喃喃自语，"仇这东西不是你想结就能结上，也不是你想避就能避开。有些人稀里糊涂就做了别人的刀下鬼，到死都没明白自己究竟做了什么把人得罪了。照俺说这都是前世的冤孽，能寻上谁只有老天爷心里清楚。"

"是这么个理儿。"杜海龙忧心忡忡，"现在可好，一下子冒出两个兰厨子来，但愿被劫的那个不是兰烟。"

"顾大厨不说是个后生吗？还有个拜把子的兄弟？"郑喜说。

"听着也不像。"杜海龙郁闷地灌下一口茶水，"也不知兰烟到底去哪儿了？真是急死人了！"

"你急也没用，顾大厨既然已经答应帮你问，你就再耐心地等等，兰烟吉人天相，不会有事的。"郑喜安慰杜海龙。

"承郑伯吉言！"杜海龙拱手致谢。

杜海龙心里不踏实，闷着头喝茶，不觉喝多了水，跟郑喜打了声招呼去解手。解手回来路过一个单间，碰巧听到里面有刘富的说话声。杜海龙觉得一阵晦气，刚要迈步，忽听刘富说起烟土的买卖。他猛然想起许石山让他留心刘富倒卖烟土的事，遂驻足静听。然而站在门口人来人往太不方便，他听听隔壁的房间悄无声息，于是推开门，一闪身躲了进去关好门。虽然把两个房间隔开的双层厚纸壁比墙壁要薄，但要想听清楚隔壁房间的谈话还是有些困难。杜海龙于是从腰后掏出水手刀来，竖起刀尖儿在板壁上钻，怕弄出声响又不能太用力，只能慢慢旋着钻，不大一会儿，他就在板壁上钻出一个极小的洞，而隔壁房间的声音听起来也清楚多了。

"石先生，这批烟土共有多少？"刘富问。

"保准够你用的！最晚明天就能到。"石先生话题一转，"刘头儿，刘书办怎么还不来？不会是忘了今天之约吧？"

"放心吧，石先生！他巴不得来呢！"刘富笑道。

杜海龙恍然大悟，原来那个洋行的石先生就是给刘富提供烟土的人。

刘富的话音儿刚落就听门响。

"你总算来了！"刘富责备道，"石先生都等你半天了。"

刘书办直说抱歉，接着就听到搬动椅子的声音和刘富出门吆喝小二上菜的喊声。

"刘书办，上次多亏了您！今天我做东，请您跟刘头儿好好消遣消遣！"石先生好像很开心。

"多谢石先生！"刘富赶紧应承。

"石先生客气了！在下只是做一些枯燥的文书工作，承蒙石先生看得起，自当尽力！"刘书办回答。

"刘书办的工作可是很重要啊！"石先生说得意味深长。

"重不重要还不是您说了算吗?"刘书办的回答也颇具深意。

"刘书办,最近是不是公务繁忙啊?几次请您您都不出来。"石先生问。

"哎!石先生有所不知,现在朝廷里都乱成了一锅粥,老佛爷生了气,皇上也发了狠,朝臣们全都战战兢兢,就连李鸿章大人都在朝堂上屡遭攻讦,我们这些小小的文官更是人心惶惶啊!"刘书办哀叹。

"却是为何啊?"石先生很吃惊。

"朝廷前天接到急报,说是丰岛那边的海上出了事,清军的运兵船'高升号'让东洋人给劫了,死了七百多个清兵。皇上震怒,说要严办此事,并申斥李大人贻误战机,有的朝臣还指责李大人为保他自己的淮军,却让湘军的弟兄去送死,李大人自然也不肯示弱极力辩驳,所以才闹成了一团。"刘书办显得非常担心,"石先生,这事儿不会越闹越大吧?"

"有石先生在你怕什么?"刘富略带恼火地接过话茬儿,"事情闹大了才好!闹得越大越对咱们有好处,您说是吧,石先生?"

"刘头儿说的没错,水浑了才好摸鱼嘛。"石先生问,"刘书办,朝廷没说要怎么严办吗?"

"听说朝廷让李大人跟东洋人交涉,但东洋人不听,要战要和老佛爷和皇上也是各有主意,接下来会怎么做我也不清楚。"刘书办说的模棱两可。

"那您有什么好担心的呢?"石先生语调倒很轻松。

"我是怕万一咱们有什么事做的不妥当让朝廷起了疑心,真的细细彻查起来?"刘书办颇为犹疑。

"刘书办放心,就算朝廷真要查也查不到你我头上。"石先生好像胸有成竹。

"何以见得?"刘书办尚有怀疑。

"您想啊,我只是个商人,您也只是个小小的书办,那朝廷的机密大事岂是我等能知道的?即便要查也只能从上面查,那些朝廷大员的眼睛何时瞟过我们这些做下人的?"石先生安慰刘书办,"再说无凭无据,他们又从何查起啊?"

"石先生说的是,看来是我多虑了。"刘书办听上去松了一口气。

"你可真是咸吃萝卜淡操心!别忘了今天可是皇上的万寿大典,皇宫里不一样在热热闹闹办寿庆吗？连皇上都不急，你急啥？"刘富很是不屑，"还彻查？我看皇上只顾着彻查他的嫔妃了！"

三人哈哈大笑。

"来，刘书办，我敬您一杯！您的报酬我也带来了，一会儿再给您找两个姑娘压压惊，您看好吗？"石先生提议。

"好，好！"刘书办痛快地答应。

"这才对，人活着就该及时行乐！"刘富说，"干！"

只听一片杯盘之声，三人似乎只顾着喝酒吃菜，话倒是少了很多。有几句话也都是吃完饭到春香楼找哪个姐儿。杜海龙还想再听听，不料门被猛地推开，把他吓了一跳，却是小二带着客人进来。小二见了杜海龙也是一怔："客官，您这是？"

"对不住！我走错房间了。"杜海龙慌忙扯个谎疾步走出房去。

他的心里乱糟糟的，为自己偷听到的话既感到震惊又感到茫无头绪。刘书办是谁？东洋人杀了七百个清兵怎会扯上他呢？那位石先生又是从哪儿帮刘富弄烟土呢？杜海龙叹口气，这些事还是回去请许帮带操心吧，兰烟的事已经够让自己烦心的了。他装作若无其事的样子回到大堂在郑喜身边儿坐下。小二忽然走过来给摆酒上菜，郑喜一问才知是顾大厨吩咐的，让二位先吃着，他忙完这阵子就过来。杜海龙和郑喜恭敬不如从命，兀自吃喝起来。正吃着，杜海龙一眼瞅见刘富他们吃饱喝足从单间出来，他不想跟刘富直接照面儿，忙侧身低头，用眼角的余光目送他们出了酒店大门才放下心来。不多会儿，顾大厨也从后厨出来跟二人凑在一起，三人一直吃到下半晌才结了账，杜海龙和郑喜辞了顾大厨往回走。

杜海龙有心事喝不进去，郑喜却放开肚皮一通豪饮，出门的时候已是脚步踉跄，颇有些醉意。杜海龙只得小心地搀扶着郑喜，生怕他一不小心栽倒在地上。郑喜喝多了话也多起来。

"杜兄弟，今儿个喝得痛快！"郑喜的舌头有点儿打卷儿，"好久都没喝这么痛快了！现在不喝以后还不定能不能落着喝呢！"

"郑伯又说闹话呢！"杜海龙用力撑起郑喜不断下滑的身子，"您老要是高兴可以天天喝。"

"傻兄弟，要是真打起仗来，别说喝酒，就连小命儿都不知有没有呢！"郑喜又气又恨地挥手比划着。

十二

冤沉海底

杜海龙一听郑喜提起打仗，想起刚才刘书办说的死去的七百多个清兵，不由得心下一阵着慌，要是水师也跟东洋人干起来，自己不定被派到哪里的战场去，并且生死未卜，那见兰烟的希望不是更渺茫了吗？杜海龙不想去打仗，他恨不能立时抛下郑喜奔去京城，就算被抓了当做逃兵处死他也要见到兰烟。可他不能，因为那样做也会害死兰烟。杜海龙不禁悲愤交加，仰天长叹。

"杜兄弟，俺明白你的心思。"郑喜晃着脑袋说，"谁也不愿意去打仗送死，何况你还有个牵肠挂肚的媳妇儿，你现在就是跑了老哥也不会怪你。只是普天之下莫非王土，你又能跑到哪儿去？说句不好听的，你就算跑去阴曹地府不还有阎王爷管着吗？"

"郑伯教训的是。"杜海龙点头。

"你才来了几天？俺都在舰上待了五年了！俺当年倒是跟着军舰出去看了不少西洋景儿，也见识过不少舰队，最能摆谱的就是英国的远东舰队，那舰队司令叫斐利啥来着？对了，叫斐利曼特，俺们都叫他斐利馒头，那架势，简直能把鼻子翘到天上去！人家的水兵那才叫拽，个个都抽雪茄！不喝水专喝咖啡，有一回俺偷着尝了一口，竟比那苦胆水还苦，真不知有啥好喝的！见得越多越觉得憋屈，就像上海香港那样的花花世界都是当官的玩儿的地方，哪是咱穷水兵玩得起的？"郑喜眨眨眼，用手抹了把眼泪，"杜兄弟，不怕你笑话，你别看俺整日里笑得没心没肺的，俺心里苦啊！要不是家里遭了灾，不为了老婆孩子有口饭吃，跑来受这洋罪干啥？天天在那浪头里折腾，你水性好，俺可是旱鸭子，刚上船的时候吐得肠子肚子都翻了个儿！"

"郑伯，您喝多了！"郑喜脚下一顿，险些绊个跟头，杜海龙急忙用手搀住。

"俺没喝多！"郑喜晃荡着身子摆手，"酒是个好东西！它能让人说点儿掏心窝子的话。杜兄弟，你是个好人！但这个世道不是好人的世道。俺也曾年轻气盛过，如今不还是要夹着尾巴做人？就算这样别人都不肯饶你！"

"郑伯，我明白。"杜海龙应道。

"你不明白！"郑喜又绊了一跤，哭得越发伤心，"俺小时候家里穷，沾了当教书先生亲戚的光才略识了几个字，俺现在倒宁愿不识字！那哪是字？那都是催命符啊！俺想回威海，也不知家里给折腾成啥样儿了！"

杜海龙听郑喜说得没头没脑，也不知该咋安慰，只默默想着心事。他搀着郑喜磕磕绊绊地往码头走，丝毫也没觉察有人悄悄地跟在了他俩后面，原来刘富从酒楼出门时瞅见了杜海龙跟郑喜，立时派人通知了郭松，郭松于是派人专在码头附近候着两人好寻机报复。那人是郭松手下的打手，上次在南市被杜海龙打折了手一直怀恨在心，巴不得报仇雪恨，一看见杜海龙和酒醉的郑喜就撒腿去找郭松通风报信。天已经黑下来了，原本熙熙攘攘的码头没有了白日的喧嚣，整个天津港笼罩在一片柔和的静谧里。岸边的船上星星点点地掌了灯，为这片静谧增添了一些跳动的光影。杜海龙架着磕磕绊绊的郑喜往军舰的方向走，几乎是他在拖着郑喜走，郑喜的腿已经软得站不直了。郑喜终于一屁股坐在了一艘停泊在岸上的货船边再也迈不动腿，那艘大船上黑乎乎的没有灯光。

"兄弟，咱先歇歇！"郑喜把背靠在船上，不停地喘着粗气。

"郑伯，就快到了，要不我背您吧。"杜海龙背对着郑喜蹲下想让郑喜爬到自己身上。

突然，一个绳套从天而降，迅疾套在了杜海龙的脖子，杜海龙慌忙用手去扯，绳套却越勒越紧，生生把杜海龙从地上拽了起来。杜海龙死死拉住绳套以防被它绞死，郑喜却在一旁像一摊烂泥似的睡了过去。杜海龙想喊却喊不出来，身子紧紧靠在船帮上，拼命把身子下压不让自己被绳索提起来。就在杜海龙拼力挣扎的时候，震惊地看到郭松从船后面转了出来。

"你不是能打吗？我倒想看看你今天怎么打！"郭松嘲弄地用手中的木棒戳戳杜海龙，抬头冲船上的人大声命令，"给我勒紧点儿！今儿个就把他在这给我吊死！"

"大哥，把他吊在这太扎眼，水师那边会来查，要是再牵连上大哥到时候反而不好交代。"打手低声跟郭松嘀咕。

"那你说怎么办？"郭松一瞪眼。

"不如把他们绑了，用麻袋装了扔到海里去喂鱼，既报了仇又神不知鬼不觉，大哥，您看？"打手讨好地说。

"还是你小子有心眼儿。"郭松一脸仇恨地瞅着杜海龙，"你让爷栽了面子，就别怪爷心狠手辣！"

杜海龙被拽得仰起脸，眼睛里满是愤怒和轻蔑。

　　"看嘛看！"郭松被杜海龙的眼神触怒了，举起手中的木棒对着杜海龙就是一顿毒打，然后朝着他的头狠狠砸了下去。

　　杜海龙顿时昏了过去，船上的人松了绳索把他放到地上。打手们将杜海龙和郑喜捆了手脚，装进麻袋扔进小船，待小船划到深海便凶狠地将两个麻袋踹进了海里。

十三、误闯密室

　　洪老爷取下面具戴在脸上，抓起一根两端绑有白布的圆头竹棒似的棍子，前击后退闪转腾挪把棍子使得虎虎生风，直把兰烟看得目瞪口呆，做梦都想不到看上去温文尔雅的洪老爷居然还是一介武夫。

　　兰烟提着菜篮在崇文门外的菜市上走走看看挑挑拣拣。其实她每天吃过早饭都会去附近的菜市买点新鲜的蔬菜和需要的调味料，用以准备午饭和晚饭。米面由店铺的伙计送，燕窝鱼翅一类贵重的物品则由洪老板亲自负责打理。洪老爷没有家眷，全府上下算上帮佣统共有二十几号人。但兰烟只负责洪老爷自己和他宴请的贵客的饭食，其余人的饭则由其他的厨子做，就连灶头都是单独隔出一间，以免主人和下人的饭食互相冲撞，因此兰烟的活计并不繁重，每日要买的东西也不多，但洪老板仍会派一个年轻的伙计跟着兰烟帮她提篮拿菜。这个伙计名叫柴昆，平时在厨房里砍柴烧火给兰烟打下手，还算勤快话也不多，不到万不得已决不开口讲话，讲起话来声调也有些怪，兰烟甚至怀疑他有些半哑。因他长得粗壮，丫鬟仆妇们都暗地里叫他"柴火棍子"，又因他总是毛手毛脚，所以她们都尽可能地躲着他。兰烟初来乍到不明就里，对他倒还和气。洪老板既然吩咐下了，兰烟也只好将就。

　　其实兰烟很想一个人出来走走透透气，毕竟府上人多眼杂，她一个女人需处处小心才能避免露出破绽，更重要的是她想借出去买菜的机会打听一下海龙哥的下落。自那日在茶馆听说朝廷要派兵去高丽打仗，她的心就一直悬着。然而街面儿上听到的还是那些不冷不热的消息，海龙哥到底在不在那些被派的兵里也始终没个准信儿，惹得兰烟更加心焦。兰烟到乐善堂已近月余，总想着该回去看看田大妈和虎哥，免得他们牵挂。可一想到虎哥她又有些打怵，生怕他再拾起那些断下的念想儿。可不回去既对不住田大妈，自己身单力薄又根本没有能力四处奔波打听，而虎哥每日里出去拉车到处跑，见的人多信息灵通，只有他帮衬着才能早日找到海龙哥。兰烟心里觉得对不住虎哥，可又实在没有别的法子可想。只是这几天府上宴请不断脱不开身，兰烟只得把去田大妈那里的心思先放一放。

　　这日买完了菜回到厨房，柴昆出去劈柴，兰烟则把调味料从篮子里拿出来检视一下买得是否齐全，再把它们分别放到各自的瓷罐里。分好了调味料，兰烟把篮子放到灶台上，从里面拣出不新鲜的菜叶扔进灶洞，撸掉叶子间和根儿上的泥，然后把菜整齐地码在墙边儿的灶台上以便取用方便。兰烟将篮子的泥土控出来，把篮子清理干净挂起来，又简单清扫了一下地面，这才从缸里舀了一瓢水到盆里洗净了手，在灶间的凳子上坐下。今天洪老爷并没有吩咐准备午饭，所以中午她可以歇歇。兰烟难得一个人清静会儿，随手将窗子推开，看见柴昆正在院子里光着膀子劈柴。看着他结实的手臂一次次抡起斧头将木材劈开，兰烟又想起了海龙哥，想起他给自己劈柴的情景。想起自己的手调皮地滑过海龙哥鼓着肉疙瘩的胳膊，海龙哥怕痒，便扔下斧头前来捉她。两人嘻嘻哈哈地追赶着，最后她总是被海龙哥捉住紧紧地抱在怀里，抱得她面红耳赤心神荡漾，急忙喊着菜要糊了，趁海龙哥分神的空当挣脱出来跑进厨房，海龙哥也跟着跑过来，和兰烟一起看着灶上的锅子咕嘟咕嘟地冒着蒸汽，浓浓的幸福伴着饭菜的醇香刹那间充盈了她们的心房。那锅子里炖的正是佛跳墙，虽然物料并不齐全，但当海龙哥把这些乡下难得一见的东西拿给她时，还是令她惊诧不已。海龙哥说这些东西都是他爹弄来的，说来也怪，尽管公公只是个木匠，却总有钱买些对普通人来说过于奢侈的吃食。自从兰烟的爹去世之后，公公婆婆就把她当作亲生女儿一样照顾，相处久了她越发感觉公公的见识跟村里人不一样，能看得出，他也像爹一样是见过大世面的人。然而随着公婆的离世一切都变了。

忽然，兰烟闻到一缕香气，像是做菜的香味儿。奇怪！这香气从何而来？自己的厨房和下人的厨房都没有开火，不会是从记忆里飘出来的吧？再闻闻，的确有一股香气。兰烟不由得起身顺着味道寻找，发现这香气竟是从墙根儿堆着的柴草垛子里飘出来的。兰烟更觉奇了，顺手扒开柴草垛，香气愈加浓郁。那柴草垛子很厚，她索性一层一层地扒开，香气越来越浓，当她扒开最后一层的时候，地面上赫然出现了一块石板，香气就来自石板下面。兰烟刚想掀开石板，就听到柴昆往厨房走的脚步声，慌得她忙不迭地胡乱把柴草盖好，顺手拿起灶台上的抹布装作清理灶台。柴昆把劈好的柴放到柴草垛旁整理了一下，转身又走了出去。兰烟松了口气，可脑子里还在琢磨石板下的香气，那香气闻起来非常鲜美，却带有一股自己不熟悉的味道。兰烟打小儿跟着爹爹学做饭，鼻子非常灵敏，闻着味儿就能把那菜品猜个八九不离十。但现在她居然闻不出是什么菜，这让她感到很是诧异，厨子的好奇心驱使她想要一探究竟。白天肯定不行，看来只能晚上找机会了。

晚上洪老板吩咐要宴请客人，兰烟直忙到戌时，待把灶间收拾妥当已累得她手脚发软，便让伙计先去歇了，说自己坐坐就回房歇息。伙计走后，兰烟又等了一会儿，听听外面已悄无人声，便吹灭了灯，借着火折子的光把柴草挪开露出石板，然后用力将石板推开，石板下居然显出一道石头阶梯来。兰烟举着火折子小心地从石梯上蹭下去，石梯下面竟别有洞天。火折子的光忽明忽暗看不真切，但兰烟能感觉出下面的房子要比上面的厨房大得多，布置得也更加精致，并且空气非常新鲜，丝毫没有地窖的那种潮湿和憋闷。墙刷得雪白，墙上挂的提篮里整整齐齐地码放着海带、海参、鱼干、裙带菜、豆腐等做菜的原料，地面则铺了石板。靠近石梯的一侧也像厨房一样砌有灶台，灶台非常干净，只是灶台下没有灶洞，灶台上也没有炉灶。灶台靠墙的一侧排列着不少瓷罐，兰烟逐个打开看看，大多跟自己平时用的调味料差不多，但有一两罐黏糊糊的东西她没有见过。她用手蘸了些放进嘴里尝尝，有点像酱，但味道要比酱甜。灶台的中间摆着一个怪模怪样、银质雕花、四脚香炉架子一样的东西，架子中间还有个大肚儿的银罐子。架子上面则放着一口银质带盖子的小锅。兰烟揭开锅盖，里面是空的，凑到银罐子边闻闻，有点像变味儿的白酒。架子旁的灶台上还有把勺子样的东西，只不过勺子的头更像个浑圆带边儿的盖子，兰烟抓起它使劲瞅瞅，却想不出它能干啥用。灶台上还摆着个长方形的木质隔板，隔板上放着一套做工极其精细的紫泥茶碗和茶壶，隔板的右侧还另有一只银质镂花的大茶壶，大茶壶边儿上居然还放着笔墨。

兰烟曾听爹爹讲起过洋人的西餐，难道这里是做西餐的地方吗？可干嘛要建在地下，这些西餐又是做给谁吃呢？她更琢磨不出那个香炉架子似的东西如何能烧火做饭？兰烟越想越纳闷儿，也越想越好奇。她离开灶台往里走，里面似乎很空，几乎没有放置什么东西，只是在墙上挂着两幅画，一幅画上是盛开的粉红色花，一幅画上是一座像戴了白帽子一样的山。再往里走出现了一道门，兰烟大着胆子轻轻推了一下，吱呀一声轻响把兰烟的魂儿都快吓没了。捂着胸口站了半天，看到门后是黑乎乎的一团，这才定下心来，举着火折子往里走。过了门是一条长长的通道，通道里黑咕隆咚的，地面也铺了石板，倒很平整。兰烟提心吊胆地往前走，随时准备着逃跑。

不知走了多久，前面又出现了一道门，兰烟正要用手去推，忽听门那边有声响，趴在门上侧耳细听，竟是人的说话声！兰烟唬得急忙后退，扶着墙边儿跌跌撞撞地跑回石梯边，仓皇地爬回厨房，慌乱地推回石板盖好柴草，坐在地上一个劲儿地喘粗气，不停地在责备自己不该去窥视人家的秘密。待心神稍定，心里头却总有些放不下的东西，可又想不出一间厨房为何会令她感到不安。其实大户人家基本上都有密室，在里面鼓捣个玩意儿开个小灶也很正常。难道是因为刚刚听到的谈话吗？她听出一个是洪老爷的声音，另一个说话大舌头，她根本听不懂。兰烟叹口气，自己操这些闲心干嘛？还是想想怎么能找到海龙哥才是正理。

第二天备好了午饭，兰烟去向洪老爷请示，看哪天府上有空想告一天假去看看婶娘和兄弟。自己遭了劫她们难免悬念，早日通个消息也好让她们心安。洪老爷倒很爽快，说明日府上没有宴请，兰师傅可快去快回。兰烟谢过洪老爷自去准备。第二日起了个大早去买了些糕饼点心，因为不熟悉路径，所以雇了辆黄包车直奔天桥。到了田文虎家的门口，兰烟打发了车夫便去敲门，可敲了半天也没有半点声响。正犹疑间，门突然被拉开，田文虎一头冲了出来，兰烟急往后躲。田文虎一见兰烟瞬时瞪大眼睛惊叫起来："兰姑娘！你还活着！"

"虎哥，让您担心了！"兰烟赶紧道歉，看到田文虎急匆匆的样子不禁问，"您要出去吗？"

"哦，去给我娘抓点药。"田文虎说。

"田大妈不要紧吧？"兰烟忙问。

"没事，偶感风寒，吃点药就好了。"田文虎急拉着兰烟进屋，"兰姑娘，你先跟我娘说说话，我抓了药就回。"

"虎哥，您快去吧，我进屋看看田大妈。"兰烟说。

兰烟推门进屋，一股浓浓的药味儿扑面而来，田大妈正似睡非睡地歪在床上。兰烟轻轻走过去把糕饼放到桌子上，搬个凳子在床边坐下唤道："大妈，我来看您了！"

田大妈睁开眼瞅见兰烟，好半天才回过神儿来，一把扯住兰烟的手，灰黄的脸上立时有了光彩："兰姑娘，你可来了！"

"大妈，真对不住！让您和虎哥跟着操心了。"兰烟握着田大妈的手关切地问，"您的身子好些了吗？"

"好多了！"田大妈要起来，兰烟赶紧帮她靠着床头坐起身子，"那日虎子回来说你被劫了，吓得我一宿没合眼。你初来乍到的也没得罪过谁，怎么会遭这么个难呢？虎子去衙门告状，衙门不管，虎子就天天出去找，也没个结果，现在看你平平安安地回来我就放心了。"

"大妈，您道那劫我的是谁？就是丁府的管家派的人手，只因我挡了他的好处，幸亏当时被人救了，否则今日还不知身在何处呢。"兰烟仍心有余悸。

"唉，那管家咋就那么黑心呢！"田大妈拍拍兰烟的手安慰道，"我就知道你吉人天相不会有事的，你现在可有了落脚之处了吗？"

"我在崇文门外的乐善堂做厨子，那天就是乐善堂的洪老爷派人救了我。"兰烟笑笑。

"洪老板还真是个大好人！在好人手底下干活心里也踏实。"田大妈点头。

"大妈，听虎哥说您是偶感风寒，天儿虽然热了，早晚还是要多注意身子别着凉。"兰烟劝道。

"你见着虎子了？"田大妈的脸发了白。

"正好在门口碰上，他说去给您抓药了。"兰烟看到田大妈表情有异，感到奇怪。

"兰姑娘，不怕你笑话，我这病不是什么偶感风寒，而是心病！"田大妈神情尴尬。

"心病？"兰烟一怔。

"唉，这事儿我真不知如何开口？"田大妈为难片刻，忽然紧紧抓住兰烟的手道，"兰姑娘，就算大妈求你，这事你可一定得帮我！"

"大妈，您有什么事尽管说，只要我能帮上忙的决不推辞！"兰烟回答得很干脆。

"兰姑娘，你也知道，虎子年纪也不小了，我一直张罗着给他寻门亲事。前几天隔壁的王妈给介绍了个姑娘，人品好又勤快，我让虎子去见见，可虎子打死都不去，还让我以后别再给他张罗这些事，"田大妈叹口气，"我明白虎子心里有你，我也巴不得你能做我的儿媳妇。可你是有丈夫的人，当娘的不能让孩子打一辈子光棍儿啊！我这一急就病倒了。兰姑娘，我豁上这张老脸求你，你也别告诉虎子你在哪儿，也别见他，等他拜了堂成了亲，我亲自给你磕头赔罪，成吗？"

"大妈，这都是我的错，咋能怪您呢？"兰烟又羞又愧，眼圈儿泛了红，"我就是惦着您来看看您，趁着虎哥还没回来我这就走，今后我不能来看您了，您老多保重！"

兰烟要跪下磕头，被田大妈死活拉住："兰姑娘，大妈对不住你！哪能还受你的礼？"

"大妈，那我走了。"兰烟眼中噙泪，田大妈早已老泪纵横。

"对了，兰姑娘，听虎子说跟你丈夫一起被抓的兵都去了直隶兵营，总算有个着落了。"田大妈抹着眼泪说。

直隶兵营？兰烟不啻于听到晴天霹雳！直隶兵营不就是被派去打仗的兵营吗？她努力撑着不让自己坐到地上，强颜欢笑地跟田大妈道了别，撒腿跑出门去。她急着去找黄包车好尽快避开田文虎，忽见墙角人影一闪，竟像是帮她在厨房打下手的伙计。兰烟没心思去多想，回到乐善堂就一头扎进卧室关了门，扑倒在床上号啕大哭，直哭得天昏地暗，哭到浑身无力地趴在床上。

哭够了，兰烟却不死心了，兵营那么大，说不定海龙哥没给派出去，就算派了去也还能活着回来不是？海龙哥福大命大，菩萨会保佑他的！但让虎哥帮着打听消息是不可能了，田大妈已经说到那份儿上，自己万万不能再见虎哥，只得再另想法子。正胡思乱想，忽听有人敲门，兰烟慌忙擦干眼泪，直起身子理了理头发衣服问："谁啊？"

"兰师傅，是我。"是柴昆的声音。

"有事吗？"兰烟没开门，她不想让柴昆看到自己的样子。

"老爷听说您回来了，晚上正好要加一桌席，让您提前准备呢。"柴昆说。

"好，我一会儿就过去。"兰烟应道。

兰烟又坐了一会儿，然后用冷水洗了把脸就奔了厨房。柴昆把老爷吩咐的菜单子递给兰烟，看着兰烟的肿眼泡，眨了眨眼没说什么。兰烟巴不得他不说，遂接了菜单子转身去备料。兰烟一心一意地干着活，丝毫没有发觉柴昆在偷偷地打量她。厨房靠着后院儿，角门那儿有人拍门，柴昆闻声跑了出去，兰烟也下意识地回头去看，只见柴昆接了一个浅褐色的纸袋子转身去了前院儿。那人是电报局的小伙计，隔三差五就来敲一次门送点东西，兰烟不以为意继续低头切菜。忙完了厨房的活计，兰烟想尽快回房歇息，不料柴昆却挡住了她的去路。

"你还有事吗？"兰烟莫名其妙地看着柴昆。

"兰师傅，你不像是个男人。"柴昆眯起眼盯着兰烟。

"柴兄弟，你这是说的啥话？"兰烟大吃一惊。

"男人是不会像你那样哭的！"柴昆抱起双臂，脸上满是怀疑。

"你在偷听吗？"兰烟生气地皱起眉头。

"兰师傅的哭声还用偷听吗？"柴昆哼道。

"假如你的兄弟上了战场命悬一线，你不会哭吗？"兰烟愤怒地瞪着柴昆。

"我已经观察兰师傅很久了。"柴昆却避而不答，"无论你身上的味道还是行为动作都更像是个女人！"

"你胡说！"兰烟强作镇静厉声斥道，"我堂堂男子汉凭什么在此受你侮辱？我要去找洪老板评评理，啥时候开始伙计敢挑起师傅的不是来了？"

"兰师傅，我只是随便说说，您也别往心里去。"柴昆被兰烟的气势所震慑，尽管心存疑虑却不敢再加逼问，只能告辞而去。

柴昆一出门，兰烟就失魂落魄地瘫坐在灶台上，心几乎要从胸膛里跳出来。自己真的露出了什么破绽吗？她猛然想起曾在田文虎家附近隐约看到过柴昆，难道当时他在跟着自己吗？刚才他又说出这番话，他到底安的什么心？她倒不怕他去跟洪老爷说，洪老爷是个好人，即便知道自己是个女的也不会太为难她。倒是厨房里只有她跟柴昆，要是他有什么歹意？兰烟顿时感到浑身发冷。刚离虎穴又入狼窝，巨大的恐惧让她心乱如麻，甚至觉得柴昆就在门外的黑暗中伺机而动。怎么办？她猛然想起那个神秘的地下厨房，连忙跑到柴垛旁闻一闻，没有味道，下面应该没人，看来只好下去躲一宿了。兰烟插上了厨房门吹灭了灯，举着火折子再次推开了石板。

地下厨房里没有被动过的痕迹，似乎这几天没人来做过饭。兰烟把凳子拿到墙边，想靠在墙上眯一会儿，一整天担惊受怕已经让她筋疲力尽，然而她却怎么也睡不着，闭上眼脑子里就显出柴昆那张可怕的脸。她从没如此清楚地看过他的脸，从没注意到他的眼睛里竟会有如此淫邪的凶光。

兰烟的心一抖，躲得了一时躲不了一世，索性跟洪老爷说清楚，是去是留让他拿个主意。可转念一想，真要是离了这里又实在无处可去，海龙哥没有音信，田文虎家又去不得。唉，这可如何是好？一阵咔嗒咔嗒的脚步声打乱了兰烟的思绪，那声音像是从通道那边传来的。兰烟不由得慌了神儿，左顾右看，只有灶台对面墙角的大缸后面有少许存身之处，赶忙从缸上爬过去躲进那个狭小的犄角旮旯儿，迅速灭了火折子，屏气敛声心惊肉跳地蹲着。

　　房间里很快就亮了起来，兰烟偷眼观瞧，进来的却是提着灯的洪老爷，他的左手里还拿着一本书。那灯不是油灯，有提手，还有一个草帽样的盖儿，兰烟叫不上名字。洪老爷把灯和书放到灶台上，那灯照得房间亮如白昼，兰烟还从未如此清晰地打量过这间屋子。洪老爷的穿戴也让兰烟摸不着头脑。他穿一件黑色交领袖口肥大的上衣和白色的阔腿裤子，这种装束异常奇特，既非旗装又非汉服，兰烟更是前所未见。洪老爷从木质隔板上拿起银质的茶壶揭开盖子，转过身用瓢从缸里舀了些水灌进茶壶。兰烟拼命缩起身子，生怕洪老爷发现自己，还好洪老爷并未注意，兰烟却感觉有如劫后余生。洪老爷把香炉架子上的锅拿下来，用火折子在那架子上一晃，那大肚儿银罐子里居然蹿出了火苗，并立时飘出一股酒的味道。洪老爷把银茶壶放到架子上，然后从瓷罐里掏出一些茶叶下到紫泥茶壶里。做完这一切，洪老爷便离开了灶台走向挂着画的地方，兰烟这才注意到离画不远的墙上竟然挂着一个黑色长圆形丝网状的面具，地上还靠墙竖着一些木质的刀剑棍子一类的兵器。洪老爷取下面具戴在脸上，抓起一根两端绑有白布的圆头竹棒似的棍子，前击后退闪转腾挪把棍子使得虎虎生风，直把兰烟看得目瞪口呆，做梦都想不到看上去温文尔雅的洪老爷居然还是一介武夫。银茶壶的水烧开了，洪老爷扔掉木棒走向灶台，兰烟可以看到他脸上的汗水。洪老爷把银茶壶从香炉架子上提起，用那个勺子样的东西往香炉架子上一压，火苗瞬间就熄灭了。洪老爷把水沏进紫泥茶壶盖上盖子，将银茶壶放下，用手按住紫泥茶壶的盖儿用沸水逐个把茶碗浇了一遍，等水浇没了再重新给紫泥茶壶续水，然后把一只扣着的茶碗翻过来沏上茶。洪老爷这才用毛巾擦了把脸上的汗，拖过凳子坐在灶台边慢慢品起了茶，他品得很慢，品得非常陶醉，仿佛他的思绪已经随着缕缕茶香飘去了极远的地方。品完一杯茶，洪老爷把茶杯放下，拿起书从里面抽出一张纸来，边瞅着纸上的字句边翻书查找，然后用毛笔蘸了墨汁在纸上写些什么，写完后又对着纸仔细审视了一会儿便将那纸投入灯火，看着它迅速化成灰烬。兰烟隐隐约约看那书的封皮上写着《本草纲目》，难不成洪老爷是在对药方吗？可对好了干啥又要烧掉呢？兰烟琢磨不通，洪老爷也像是有了心事，茶杯兀自在手中转了片刻才一口喝下，不等把这一壶茶品完就用剩下的水将茶碗茶壶冲洗干净，将灶台用抹布抹净，把废茶叶用布包了攥在手里，将书夹在腋下提着灯走出了门。

房间立即变得伸手不见五指，兰烟感觉眼睛有些发痛，身子也不敢动，生怕洪老爷再折回来，等了老半天，确定门外再也没有声音了，才打着了火折子从水缸后面爬出来。来这里做饭的竟是洪老爷，着实出乎兰烟意料之外。他一日三餐都有人伺候，就算想吃点特别的东西也尽可以吩咐下人，又何必亲自动手？他那一身古怪的装束也是富贵人家时兴的吗？还有这些令人感到新奇的烧水做饭的器具以及洪老爷深藏不露的武功，兰烟的脑袋犹如开了杂货铺，所有的东西都搅在一起，然而什么她也想不明白，想了一会儿也想不出个头绪，索性不再去想，灭了火折子迷迷糊糊地趴在灶台上，却一夜也睡不踏实。

十四、螳螂捕蝉

　　黑蝙蝠是最近才开始出现的海盗船，就像凭空从海底钻出来的幽灵一样，没有人知道它来自哪里，更没人知道它隐身何处。只有那迎风招展的黑色骷髅旗带着死神的狞笑，让所有海上的货船为之胆寒。黑蝙蝠分为雌雄两艘，雄船铁甲护身装备利炮，船上的海盗凶悍狠毒，不仅抢劫货物，而且杀人不眨眼，能从他们手下生还的人凤毛麟角。

清晨，一望无际的海平面上出现了一艘从朝鲜开往天津港的货船。船上装满了上等的高丽参、虎骨、虎皮、海参、鲍鱼，还有名贵的宝石、秀丽的七彩缎，这些都是在大清深受王公贵族富商巨贾欢迎的货物。从船上看，天是圆的，海也是圆的，只有这艘鼓着补得像丐帮帮旗一样风帆的货船，像玩具一样被大海肆意玩弄，时而被涌浪推向山一样高的波峰，时而又被漩涡拖入仿佛深渊一样的波谷，与其说是在航行，倒不如说是在挣扎。红日正从海上冉冉升起，将水面染成一片鲜红。突然，红色的海平面上出现了一个黑点，并且随着太阳的升起那黑点越来越大、越来越大，红日仿佛为那黑点镀上了一层血腥的光影。朝鲜船的船长连忙举起单筒望远镜仔细观看，随即大声通报："前方十八海里处发现可疑船只！"

货船上一阵骚动，水手们全都不安地涌上了甲板，急切地想知道是哪里的船。船长的望远镜里渐渐显现出船的轮廓，那是一艘硕大雄壮的铁甲船，没有挂旗不像是军舰，行驶速度很快更不像普通的货船。船越来越近，航向直逼货船。船长的心猛地揪了起来，脑海中立时跳出一个可怕的念头，死死攥住望远镜的手由于紧张微微颤抖，嘴里喃喃地祈祷："千万别是黑蝙蝠！"

话音未落，铁甲船上疾速飞升起一面黑旗，双骨交叉的惨白骷髅图案霎时刺痛了船长的眼。

"黑蝙蝠！"船长震惊地大喊起来，"转舵！转舵！"

船员们顿时乱成一团，比起飓风海啸，黑蝙蝠才是所有商船真正的梦魇。黑蝙蝠是最近才开始出现的海盗船，就像凭空从海底钻出来的幽灵一样，没有人知道它来自哪里，更没人知道它隐身何处。只有那迎风招展的黑色骷髅旗带着死神的狞笑，让所有海上的货船为之胆寒。黑蝙蝠分为雌雄两艘，雄船铁甲护身装备利炮，船上的海盗凶悍狠毒，不仅抢劫货物，而且杀人不眨眼，能从他们手下生还的人凤毛麟角。雌船则是比雄船小很多的普通的货船，专门用以装载抢来的货物。船长的望远镜里果然出现了一大一小两艘船，黑蝙蝠首当其冲，雌船则尾随其后。黑蝙蝠张挂黑旗意在警告货船立即停船，否则格杀勿论！船长岂肯束手就擒，一面急令水手们升起主帆加速逃跑，一面吩咐大家准备土枪和战刀准备防御。

黑蝙蝠见货船不肯停，加快速度紧追不舍。黑蝙蝠船上横帆和纵帆的结合使用，不仅吃风力大，而且可以迂回航线逆风而行，航速要比普通的商船快上几倍，劈波斩浪杀气腾腾，犹如猎手紧咬住猎物。两船的距离迅速缩短，眼瞅着相距只有四五海里，黑蝙蝠侧翼的炮舱打开，十几门铜炮炮弹齐发，炮弹落水掀起巨浪，使原本竭力与海浪博弈的货船更如孤立无援、绝望飘摇的孤舟。一枚炮弹打中了货船的船舷，船身立时破了一个大洞，狂暴的海浪扑进洞里，船开始向一侧倾斜。

"转舵！用力！"船长大喊着冲到舵手的身边，跟舵手一起用整个身体的力量死命将舵扳回原先的航向。

船身终于正了过来，船上的水手们愤怒地向黑蝙蝠发射土枪，随着声声沉闷的枪响，喷射而出的铁砂击中了海浪，纷纷落向海里溅起水花，黑蝙蝠却毫发无伤。看到货船试图做最后的顽抗，黑蝙蝠被激怒了，飞速横靠过来，猛地撞上货船的船身，那黑蝙蝠又高又大，货船在它面前竟如婴儿般一个趔趄，水手们猝不及防栽倒一片，土枪在甲板上蹦跳弹射，有的直接掉到了海里。海盗们趁机将一排拖着绳索的锚扔到货船上勾住拉紧，把货船与黑蝙蝠紧紧连在一起，然后举着战刀顺着绳索快速滑下见人就砍。这些海盗面露狰狞眼含杀气，黑衣黑裤打着绑腿脚穿草鞋，双手紧握弧形战刀，刀锋犀利寒气逼人。货船的水手则是白衣白裤，他们本已是惊弓之鸟，骤然看到一群狰狞怪兽扑面而来，更是惊恐万分，但是为了活命他们必须全力以赴，挥舞着战刀大吼着迎向海盗，刹那间刀影翻飞一片混战，铿锵的金属碰撞在海浪的咆哮声中显得尤为刺耳。海盗的战刀弧度完美便于连砍带削，高丽战刀却形如长棍适合直刺，并且坚实度也逊于海盗的战刀，两刀相接高丽战刀极易断裂。这些普通的水手何曾经历过如此惨烈的战斗？那些简陋的武器又怎能挡住锋利的战刀？尽管货船的水手们拼死抵抗，怎奈心存惊惧武器落后，海盗却越战越勇，仿佛一群闻到血腥就兴奋嚎叫的吃人魔鬼，疯狂地舞动着战刀，水手们惨叫着倒下，顷刻间血溅甲板。眼见水手们一个个惨死，船长忧心如焚，恰在此时，海盗头子冲进了驾驶舱，他以黑巾遮面，只露出一双精光四射杀气腾腾的眼睛。

仇人相见分外眼红，船长操起战刀大叫着："我跟你拼了！"挥刀奋力劈向海盗头子，海盗头子急忙挥刀磕开船长的刀，震得船长退后一步虎口发麻。船长不敢跟海盗头子硬碰，而是身子一矮用刀横扫海盗头子的双腿，海盗头子却向旁一跃顺势将刀拨开，船长抢起战刀斜砍向海盗头子的肩膀，海盗头子身子一侧，用刀架住船长的刀想要翻腕反制，谁知船长拼力下压，海盗头子难以得手。两刀在空中相持不下，船长的额头渗出了汗珠，海盗头子的刀却纹丝不动，脸上依旧阴森莫测。忽然，海盗头子手腕一沉，船长心头大喜，以为对手体力不支，就势刀身陡进直刺海盗头子，不料海盗头子刚才是虚晃一枪，他趁着船长挺身猛刺胸前门户大开，飞步侧滑，战刀深深地捅进了船长的胸膛，血立时从船长的胸口渗出，海盗头子迅疾抽回战刀，看着船长惊恐地用手捂住狂喷而出的鲜血，慢慢跪倒，毫不留情地砍掉了船长的头颅，将战刀在船长的白衣上蹭净血迹插入刀鞘，冷酷的眼神中满是鄙夷。

残忍的屠杀过后，雌船从另一侧靠近了货船，海盗们踩着水手们的尸体，把船上的货物全部搬到雌船上。海盗们爬回黑蝙蝠收起锚索，然后将火把扔向货船的甲板，火焰疯狂地吞噬着货船，黑蝙蝠则在冲天的火光中扬帆起航。黑蝙蝠撤下海盗旗，把炮收进炮舱，全部海盗换上普通渔民的服装，俨然两艘普通商船，静静地在海上航行。

黑蝙蝠没有就近去天津港，而是直奔月牙岛。月牙岛是乐亭县西南渤海湾中的沙岛，形似一弯新月，面积约 10.5 平方公里，离陆岸 4.8 公里，由七个狭长列岛断续组成。岛上地势平坦灌木丛生，沙滩绵长人迹罕至，是绝佳的隐蔽之所。到达月牙岛已是深夜，海盗头子吩咐手下靠岸抛锚，用小铜炮发射信号弹，闪着绿色荧光的信号弹呼啸着划破夜空，岸上立刻亮起了火把。留守的海盗举着火把前去海滩接应，海盗们抬的抬、扛的扛，将劫掠的货物运进岛上的仓库。仓库和其他岛上的建筑一样，都是典型的日式木屋。

海盗头子命令手下清点货物，自己则径直走向属于他的木屋。他的木屋位于所有木屋的中心，要比其他的木屋更加高大。他刚踏上木楼梯，就有两个身穿艳丽和服的东洋女人拉开门出来躬身迎接。海盗头子没有在客厅停留，而是穿过几道拉门进入了浴室。女人们显然非常了解海盗头子的习惯，一声不吭地在他身后默默跟随，不忘将他随手拉开的门关上。这个浴室是将岛上的天然温泉围制而成，水质清澈温度适宜。海盗头子一把扯下脸上的黑巾甩到地上，露出右颊上蜈蚣一样盘踞的可怖伤疤，快速将衣物扒扯净尽，把身体深深地埋进沸腾的泉水，闭上眼睛长吐一口气。女人们则收拾起衣服退出了房间。这是海盗头子最放松的时刻，蒸腾的热气泡得他骨软筋酥。一只细小的吹管从纸窗上悄无声息地插了进来，刚要再进半寸，拉门外忽然响起了总管的声音。

"进来！"海盗头子不耐烦地叫道。

总管跪行进来，两手撑地低头跪坐在海盗头子面前，吹管赶紧从纸窗上收了回去。

"清点完了？"海盗头子懒洋洋地问。

"清点完了。"总管回道，"京、津、山东所要的货物都已备足。"

"那就好。"海盗头子沉吟道，"先把北京的货发了，那边社长催得紧，明天一早就发。发完北京，再发天津和山东的货。"

"最近天津港风声太紧盘查甚严，走水路只怕不妥。"管家说。

"风声太紧？"海盗头子呼地直起身来，撞起一层水浪。

"因朝鲜之事，大清与我国已近开战，因此天津港愈加戒备，只怕稍有疏漏就会人货两空，我还听说三岔口一带海匪盛行，还是走陆路比较安稳些。"管家分析道。

"陆路时间太长，倘若货物延误，社长定会发怒。"海盗头子皱起眉头，脸上的疤痕下意识地一阵抽搐。

"请您放心！从月牙岛到天津港的陆路要是快马加鞭，顶多比水路晚半日时间。"管家禀告。

"路上务必小心！万不可有丝毫差池！"海盗头子已无心洗浴，迈出浴池抓过浴巾裹在身上，"我看这事还是让野村带几个人跑一趟吧，他是中国通又懂机变，遇事不至于被人识破身份，否则一旦货物有失，你我都要提头请罪！"

"属下明白！"管家的头磕到了地板上。

"我出去的这段时间，孔先生在月牙岛都做些什么？"海盗头子问。

"除了读书散步，就是让人去乐亭县城买书。"管家回答。

"多久买一次？那些书可有什么特别吗？"海盗头子盯着管家。

"他看书速度极快，有时一周，有时四五天就要买，那些书买回来我

十四 螳螂捕蝉

161

都让专人精细检验过，只是普通的书籍，没有任何特殊的标记。"管家说。

"嗯，去把他叫来。"海盗头子若有所思地吩咐道。

"属下斗胆，请您不要太相信孔正，他虽有学识，但毕竟是支那人，非我族类，还望您用心提防！"管家再次磕头道。

"他一介书生何用提防？"海盗头子嗤之以鼻，"用支那人对付支那人才能不战而屈人之兵，达到用兵的最高境界，你连这点都不懂吗？"

"属下愚钝！"管家慌忙鞠躬谢罪，"但他自被抓后，并未向您献计献策，您为何还要留着他？"

"我佩服他片言化解刀兵的胆识，这种人正是大日本帝国应该极力笼络的。"海盗头子赞佩道，"我待他恭敬有加礼如上宾，人非草木，早晚有一天他会为我所用。"

"大王圣明！"管家赞颂道。

纸窗外的影子迅速离开，不多时，一只受惊的白鸽从树丛中振翅蹿入夜空。

茂祥客栈的掌柜正催着伙计准备酒食清点马匹，他身材稍胖，脸仿佛跟身上的酱黄色袍子一同染的色，看上去病快快的样子，只有那双滴溜乱转的绿豆眼还透着些生气。茂祥客栈是个两层的小客栈，院子挺大，房间算上掌柜伙计的住处统共才只有二十间。它开在宁河县到天津卫的一条小道上，地野村荒。为了安全起见，官差商贾都愿意走那热闹的官道，只有急着抄近道赶路的人才会在茂祥歇脚换马，因此平日里客人极少。谁知晌午刚想眯一会儿，十几位客人就顶着大日头进了门。这群人头戴斗笠，褐布衣裤，手里提根竹竿，光脚穿着草鞋，瞅着非农非商，也不知是何路数，一位身量瘦小的汉子还背着张刻着怪模怪样花纹的弩，为首的汉子身材高大满面沧桑，看不出他的确切年纪，一对大眼却是格外世故机警，盖住了半张脸的络腮胡子尤为扎眼，竟是罕见的金红色。他们住宿饮马要酒要菜，冷清的客栈一下子忙碌起来。掌柜心里却喜忧参半，既喜生意上门，又担心这帮人来路不正临走拐了他的银钱马匹，所以叮嘱伙计对他们多加留神。

眼瞅着日已西斜，估计不会再有客人光顾，掌柜吩咐伙计去把院门关了。不料伙计刚走到土墙边，就见一队人马扬尘而来，后面还跟着辆绑着只巨大木箱的马车，车上还插着振威镖局的黄色火焰边儿的镖旗。人和马都跑得汗流浃背，分明是远道而来未曾歇息。到了门口，人从马上跳下来，八位全都是黑衣短打、面相凶狠、身体彪悍的年轻汉子，领头的唇下留着两撇小胡子，看上去要比其他人斯文些。他就是野村，奉了海盗船长之命带人护送货物去天津，为防路上横生枝节，特意假借了振威镖局的名号，一路上跑得人困马乏，看到茂祥客栈犹如沙漠中发现了绿洲，又赶上天色已晚，正好在此歇脚换马，明日好继续飞奔赶路。伙计见是镖局的人赶紧帮着把马牵进马棚，掌柜也张罗人前来帮忙卸车，野村的手下却冲着伙计们一瞪眼，兀自把箱子卸下来，那箱子很沉，要四个壮汉才抬进了屋里。野村订了八间上房，并让把酒菜送进房里，随即带着人搬着箱子上了楼，对在大厅里喝酒吃菜吆三喝四的客人看都不看一眼。

红胡子镇定地饮着酒，不动声色地观察着野村和他手下的行动交流方式，揣摩着他们的身手。十多年的江湖闯荡让他练就了一套独特的本领，不管一个人如何伪装，他都可以仅凭言谈举止就能判断出此人的个性脾气和身份职业，并且十猜九中，也正是凭着这套本领他才能拉起这么一大帮子弟兄。他已经断定进来的这帮人不是镖师，因为镖师走镖规矩颇多，尤其是住店，更是特别小心，生怕被人打劫，要严格遵守住店三要。何为住店三要？新开之店不住，镖师走镖多是走固定路线，沿途的店家都很熟悉，新开之店不了解店内情况，要径直通过绝不停留，以防有人设下陷阱；易主之店不住，客店易主定是发生了事情，镖师在不明就里的情况下也不会贸然进入；娼店不住，有妓女的店多歹人，不利护镖因而不住。并且镖师在住店之前都要先行派人快马打探，而野村这帮人不但一起进店，看上去跟掌柜也不熟，这就犯了走镖的大忌。另外，镖师进店之后还有进店三要：店内巡视，即派人在店内四处查看，看有无异象；店外巡视，即派人在店外走走瞧瞧，看有无异风，是否被人尾随贴上；厨房巡视，即派人去厨房跟厨师唠唠嗑套套近乎，其实是为了检查厨房有无异味，若有异味则定不吃店内的饭菜。然而野村既不懂住店的规矩，也不懂进店的规矩，直接就定了房间让送饭菜，可见他们不是真正的镖师，再加上他们所佩戴的与众不同的长刀，红胡子可以肯定他们就是自己和弟兄们要劫的东洋人。

红胡子猛灌了一口酒，想当年自己少小离家，原本只想跟着朝廷混碗饭吃，不成想经过酷吏们的层层盘剥，到手的工钱温饱都难以为继，从此被迫流落异乡骨肉离散。或许是上天可怜他，才让这么多的苦命人跟他聚在一起同呼吸共患难，现如今弟兄们的性命责任沉甸甸地压在他身上，他的日子再也不是为了自己活。此次前来虽已提前周密部署，然仍需审时度势随机应变方能确保无虞。更何况他瞅着那些抬箱子的汉子个个身手不凡，野村更是根基深厚，心中不免又多了一层忧虑。他瞟了身边的瘦猴一眼，瘦猴连忙把目光从小胡子身上收回来低头吃菜。自从父亲被倭寇所害，孔正叔叔被俘，瘦猴就成了孤儿，要不是有红胡子这些叔伯帮衬，他也活不到现在。他一心想找机会报仇，怎奈倭寇行踪诡秘，自己又势单力薄，因而总是未能如愿，心头不免懊恼。老苗则不慌不忙地摆弄着他的弩，用布细细地擦拭着弩上鸟、蛇和鱼的意象图案，那是他部落的图腾。偶然的机会，叔父将他带出了深山，离开了终日游猎不问世事的生活，踏入了陌生纷扰的世界。在一次惊心动魄的船难中，若不是有幸被红胡子搭救，他早已葬身鱼腹，自此死心塌地跟定了红胡子，随着他走南闯北，但无论到哪儿他始终保持着猎手的习惯，身上随时备着用苗疆特有的见血封喉之树的毒汁浸泡的箭头，并喜欢顺手采摘些随处可见的草药为同伴们疗疮治伤，伙伴们都亲切地称呼他苗神医。秀才坐在红胡子的对面安静地吃饭，像是对周围的一切视而不见。尽管每日里风吹日晒，他依旧面皮白净细皮嫩肉，所以才得了这么个绰号，其实他行事一向雷厉风行，剑术尤其高超，弟兄们之中无人能出其右。红胡子和弟兄们继续吃喝划拳，直闹到下半夜才都醉醺醺的各自散去。

二更时分，一缕幽香飘进了野村的卧室，秀才带着四个人悄悄地伏在门外，过了一会儿，听听屋内已无动静，随即弄破窗纸拨开门闩，将门推开。月光透过窗子正打在放置在屋子中央的木箱上，床上蜷着一个人似乎睡得很香。秀才一挥手，四个人急忙窜进屋内去抬木箱，秀才则直奔床榻，挥剑去刺熟睡之人。突然，那人向旁一滚就势跃起，屋内的灯刷的亮了起来，门也被迅速关上。秀才这才发现八个东洋人竟全在这间屋内，将他和弟兄们团团围住，而且个个头戴诡异的丝网状面具，难怪迷魂香对他们不起作用。事到如今只能硬拼，秀才跟弟兄们一使眼色，大家立即从竹竿中抽出长剑跟东洋人战在一起。东洋人显然都是武士出身，不但训练有素，而且配合默契手段凶狠。秀才的人武功良莠不齐又兼寡不敌众，鏖战下去必会损失惨重。秀才心思机敏，看出东洋人不想把事情闹大，毕竟这是大清的国土，不是无人管辖的海域，若是闹出人命势必招惹上官府，但这帮海盗恶习难改，即便不取你性命下手也极其狠毒，招招令人非伤即残，已经有两个弟兄中招倒地。此时决不可恋战，得想法子逃命要紧。秀才使出浑身解数把剑舞得灵巧如蛇，瞅准海盗双手握刀转身笨拙，专门攻击海盗身体的侧翼，连连刺伤好几个海盗，趁他们阵脚稍乱腾身而起，轻点墙壁跳到门边，一脚将门踹开，急令弟兄们往外冲。或许是担心另有埋伏，海盗们也不追赶，看秀才他们跑向另一侧的客房，野村忙叫手下抬起箱子，其余的人护卫着去往楼梯，决意趁早离开这是非之地。野村吸取教训，先从楼梯上跑下去查看，楼下的大厅里居然人影皆无，兀自庆幸没有惊动更多的毛贼。野村招手让手下赶紧跟上，不料抬箱子的人刚走到楼梯半腰，楼梯竟然轰的一声碎为齑粉，箱子和人全都摔落在地面具横飞，一个海盗的腿当即被箱子压断，疼得闷声嚎叫，另外的海盗还未等爬起，红胡子已带人从暗处现身，将无数的石灰粉劈头盖脸地撒向他们。石灰入眼灼痛难当，海盗们捂着脸刚要痛叫就被一顿乱棒打得昏死过去。这一系列的变故发生得如此之快，以至于野村看得瞠目结舌却无力回天，只得撇下货物掉头就往门外跑。

"别让他跑了！"红胡子急忙追了出去。

"大当家放心，他跑不掉！"老苗追上红胡子说。

"你换了他的马掌？"红胡子边跑边问。

"不，我拔了他的马掌，还在马蹄上涂了点药。"老苗一脸坏笑。

果然，只听门外一阵马嘶，红胡子和老苗跑出店门观看，只见那匹黑色的高头大马像疯了一样狂暴地撂着蹶子，一头将野村从马背上掀了下来。野村不愧是练家子，忍着疼一个鲤鱼打挺从地上跳起来，看到红胡子几近癫狂，提着刀就冲了过来。红胡子也不甘示弱，仗剑相迎。刀光剑影你来我往，只看得弟兄们一个劲儿地为大哥叫好。交上手野村才开始后悔，红胡子功夫了得，自己能不吃亏就算占了便宜。这帮人来路不明敢劫海盗，定然不是一时冲动，况且他们消息如此灵通，难保月牙岛没有内应，若不及时回去报信定然后患无穷。他假意体力不支，向马厩的方向且战且退，红胡子则步步紧逼。马儿们看到两个人挥舞着刀剑过来，惊乱嘶鸣，野村故意在马匹中间跃来跳去，趁机挑断拴马的缰绳，马儿们骤然获得自由纷纷撞开栏杆跑出马厩。红胡子忙乱恼火地躲闪着奔涌而出的马匹，野村却冷笑着跳上一匹马夺路而去。红胡子气急败坏拼命追赶，眼看着野村就要跑出大门。忽听啊地一声惨叫，就见野村直挺挺地从马上摔了下来，又被其他的马连踢带踏，等红胡子跑到近前他早已成了一团肉泥，只是背上的弩箭还明晃晃地插在那里。

"干得好！"红胡子兴奋地拍了老苗一巴掌。

"好什么好？我的店都让你们给毁了！"客栈的掌柜跑出来一屁股坐到地上号啕大哭，"你们杀了人走了，我可怎么办啊？还不如也一刀把我杀了倒干净了！"

"掌柜的，您别误会！"红胡子连忙把掌柜扶起来，"我们杀的是东洋人，是倭寇！不信您看看他的头。"

掌柜听说，忙看向野村的头，他头上的假辫子早已被马撕扯掉，露出光秃秃的脑袋。

"真是东洋人！"掌柜眨巴着眼，随即把头转向红胡子，"可就算杀的是东洋人，到了官府也不好交代啊！再说，我的店让你们炸得乱七八糟，还怎么招待客人赚钱啊？"

"掌柜的，您放心！人我们全部带走，这些倭寇滥杀无辜，不知有多少客商死在他们的刀下，我们要用他们的脑袋去祭奠死难者的亡灵。至于您的损失，"红胡子把掌柜拽进大厅叫人打开箱子，指着箱子里的东西说，"您就从这里面挑两件东西去别处开个店吧。"

"当真？"看到满箱子的宝贝掌柜眼都直了。

"绝不食言！"红胡子一拍胸脯。

掌柜兴高采烈地奔到箱子面前，爱不释手地抚摸着箱子里的人参、虎骨、宝石、锦缎，最终挑了两只高丽参千恩万谢地走了。红胡子吩咐弟兄们砍下海盗的头用石灰蚀过血迹后装进麻袋，把尸体在客栈外面的树林里挖坑掩埋，然后将箱子重新封好装车，策马加鞭扬长而去。

战仗方开客店的伙计们就弃店四散，只有一位年纪稍长的伙计留了下来，躲在厨房里目睹了整个事件的始末。等人都走净了他才从厨房出来，直接去了马厩。马厩里只剩下那匹被老苗拔了掌的马。他用水将马蹄洗净，从杂物间找出马掌利索地给马钉上，然后翻身上马直奔月牙岛。

十五、真假兄弟

　　杜海龙听说那青衣汉子竟跟自己同名同姓差点惊叫起来，再细瞅红胡子的眼碴儿确跟自己的二哥有些神似，难怪那青衣汉子会窃了自家信物，登时乱了主张，蓦然想起戏台上唱的西游记，难道这也是唱的一出真假美猴王吗？

杜海龙被郭松派人扔进了海里，刚入水，他就一个激灵清醒了过来，感到头痛欲裂，手脚被缚动弹不得，慌忙憋住气用手在后腰上摸索，万幸水手刀没有被郭松他们搜了去。他用手指慢慢从腰上拉出水手刀，艰难地划割手腕上的绳索，费了好大的劲才把绳索割开，随即割断脚上和麻袋上的绳子，迅速蹿出水面深吸一口气。他猛然想起郑喜，急忙又潜入水中，在黑黢黢的水下脚踩手摸，总算找到了盛装郑喜的麻袋，为他割掉绳子将他托出水面。郑喜已被呛晕过去，此处不见陆地，杜海龙只得把郑喜举在头上，用脑袋用力顶他的胸膛，折腾了半天郑喜才吐了几大口水缓过气儿来，但神志依然恍惚，想是那酒劲儿尚未过去。杜海龙总算放了心，仰身揽住郑喜的身子向岸边游。由于天黑不辨路径，游了半天也不见岸上的灯火，杜海龙心下着急，加之单手划水力不从心，正欲换一只胳膊，忽听几声呼哨，迅疾划过来几只小船，船上之人不由分说，放下钩子将杜海龙和郑喜勾上小船。杜海龙刚要道谢救命之恩，不料未及坐起就又被船上之人给用力摁倒，捆住了双手，并用黑布蒙住了他的眼睛。

"为啥绑我？"杜海龙愤怒地晃着脑袋，想把黑布甩下来。

"为啥？你是朝廷奸细！"船上的人气呼呼地踹了杜海龙一脚。

"我不是奸细！"杜海龙争辩。

"是不是奸细我们当家的说了算。"船上的人不再搭理杜海龙，载着他跟郑喜就划向了芦苇深处。

杜海龙窝了一肚子火，屋漏偏逢连夜雨，刚逃脱了郭松的毒手，谁知又掉入陌生人的掌心，只能自认晦气。也不知这些人是何来路，为何会把自己当做朝廷的奸细？

"杜兄弟，闹腾啥呢？"郑喜躺在船上哼哼道。

"郑伯，您还记得咱们如何到得海上吗？"杜海龙问。

"海上？咱们回舰上了吗？舰上怎么这么黑啊？"郑喜别扭地摇晃着脑袋。

杜海龙见郑喜还没反过味儿来，只得把被郭松所害直到被人当了朝廷奸细捉拿一五一十讲给他听。

"有这等事？"郑喜惊了一身冷汗直起身子，酒立时醒了，"兄弟，是俺害了你啊！要是俺不喝醉早早回到舰上，就不会遭这劫难了。"

"郑伯，不干您事，都是郭松那班人心黑！"杜海龙叹了口气，"只是不知这些人又是何来路？"

"兄弟，您这是要把俺们带去哪儿啊？"郑喜问划船的人。

"到了就知道了。"划船之人不耐烦地回答。

"兄弟，俺们是水军，不是奸细，您就行行好放了俺们吧？"郑喜求告。

"抓的就是水军！朝廷抓了我们那么多弟兄，就是你们水军出兵抓的！"划船之人恨道。

"兄弟，那你可就岔了！你知道俺们是什么水军吗？"郑喜刚要说，却被杜海龙撞了一下胳膊把话咽了回去。

"我管你是什么水军？半夜三更跑到我们地盘儿鬼鬼祟祟就是奸细！定是为了刺探军情！"划船之人又踹了郑喜一脚。

"连你们是谁都不知道，探什么军情！"杜海龙生气地说。

"不知道最好，有话跟我们当家的说去。"划船之人不再跟杜海龙废话，倒跟自己的同伙儿快活地嘀咕起来，"兄弟，咱们今天网了两条大鱼回去请赏，晚上得好好喝几杯庆贺庆贺！"

"你怎么忘了？原本大当家新认的兄弟就要请咱们喝酒，还省了你的酒钱。"

"这事说起来也真稀奇！大当家见着自己的亲兄弟竟也能对面不识，还要费那么多口舌！"

"俗话说好事多磨，再说大当家在他兄弟极小的时候就离了家又多年未归，辨认起来自是非同寻常，能认下就是好结局了。他那兄弟也真是仗义！天天好酒好菜地招待咱们，拿着咱们也当亲弟兄呢。"

"大当家仁义，他的兄弟自然也差不到哪儿去。"

"说的也是。"

"杜兄弟，俺能猜出这些人是干啥的了。"郑喜碰碰杜海龙轻声说。

"干啥的？"杜海龙问。

"能成帮结派在海上夜里行舟来去自由的，只有专门抢官船打海盗的海匪！"郑喜压低声音道。

"海匪？"杜海龙头一回听说这个名字，不免有些纳闷儿，"打海盗还抢官船，他们到底是好人还是坏人？"

"不好说。"郑喜摇摇头，"官府和海盗把他们当敌人，但他们劫了官船把财物分给渔民，所以渔民把他们当菩萨。"

"那他们不就是劫富济贫的绿林好汉吗？"杜海龙闻听很是兴奋，"既这样自然不会加害咱们。"

"他们虽然做些善事，但脾性变幻无常捉摸不定，若是认定了咱们是奸细，只怕难逃一死。"郑喜的语气却毫不乐观。

"滥杀无辜还算什么绿林好汉？"杜海龙嗤之以鼻。

"他们自称是匪，就没打谱儿把自己当好汉，俺看咱们还是早点想辙逃命要紧。"郑喜说。

杜海龙不由得犯了难，要是自己一个人，翻身下水就能逃，可郑喜是个旱鸭子，连凫水都不会，更别说潜水逃遁了！更可恨水手刀也让船上的海匪给搜了去，急切间找不到弄断绳子的法子。这帮海匪也不知会把他和郑喜带去哪里，那地方是否会有生路？

此时海面上风平浪静，小船悄无声息地在海中前行，大约划了半个时辰，小船向左一拐进入了海河交汇处的河道，它并未沿着河道直行，而是随即划入了一条支流。又过了一炷香的功夫，前方出现了大片的芦苇荡，岸边也显现出连绵不绝的崖壁。船上的人拢船靠岸，先把杜海龙和郑喜押下来，再把船藏进芦苇荡里，然后推搡着杜海龙和郑喜跟着他们走。船上的人点亮了灯笼照着脚下长满了海藻和贝壳的礁石以防滑倒，杜海龙看不到道路被人拖拽着跌跌撞撞地前行，感觉自己走过了礁石堆和粗粝的沙滩，脚下的土开始变硬，坡度也逐渐陡起来，要屈膝向上攀登，道路忽左忽右似乎很是崎岖，灌木丛撕扯着他的衣服，浓重的海腥气渐渐被新鲜的草木气息所取代，可以听到被惊飞的鸟鸣。路又开始变得平坦起来，但经常会有小石块绊脚，杜海龙的鼻子里再次充满了潮润的味道，然而这味道却不同于海的潮气，潮气中还混杂着浓重的松香气味儿，心里正纳罕，胳膊却被人一把拽住令他止步，眼睛上的黑布随即被扯掉，骤然出现的明亮光线刺得他好半天没睁开眼睛。他眯着眼模模糊糊地辨不清方向，忽见头顶上竟闪耀着北斗七星，那斗柄恰好悬在他的脑袋上，不禁吓了一跳，慌忙眨眼细瞧才看明白，原来是按北斗七星的方位悬吊排列的七只硕大的油灯。油灯照得周围灯火通明，他这才惊讶地发现自己所在之处居然是个巨大的山洞，四周洞壁上的嶙峋怪石在飘忽的灯光映照下越发显得明暗不定阴森可怖。冷不丁一声脆响惊得杜海龙心一抖，循声望去却是洞壁上涔涔渗出的泉水直落入地上的水池发出的声音，那池中竟似有鱼在游动。

"来者何人？"一声断喝令杜海龙急忙闪目观瞧。只见山洞正中一字排开三张石质交椅，中间的一张是赭黄色石料，左右两张则分别是青色和白色石料，一看便知是取其左青龙右白虎之意，黄色乃居中正色的意思。石椅上都铺着虎皮，洞虽闻之潮湿，虎皮却是毛发舒张很是干燥。白色石椅上坐着位豹头环眼五大三粗的壮汉，一身褐布衣裤，扎着红腰带穿着草鞋，正瞪着眼睛威视着自己，他左边的石椅上则坐着位青衣青裤的年轻汉子，形貌胖瘦跟杜海龙不相上下。中间的赭黄色石椅却空无一人，椅子后上方的天然石洞里还供着关老爷石像，石像前的香炉里点着长香，不时有袅袅的烟气钻进杜海龙的鼻子。山洞两侧则分立着几十号的兵丁，都是褐色衣裤腰扎黑带手提竹竿，个个横眉冷目地瞅着杜海龙和郑喜，恰似那阎王殿上的小鬼儿，很有些急于食肉寝皮的架势。杜海龙看罢暗自思忖，瞅着这班人的做派恐非善类，但他们既然供着关老爷，至少面儿上还应讲些江湖规矩。江湖上最敬的就是不怕死的好汉，因此绝不能先在气势上输了他们。想罢极力稳住心神，刚要说话，不料郑喜已经扑通一声跪在地上："大王，俺们虽是大清水军，却绝不是朝廷奸细！请您高抬贵手放了俺们吧！"郑喜不住地磕头求饶。

那石椅上的大王看看杜海龙和郑喜身上的水军服饰，皱起眉转头问抓杜海龙的人道："怎么抓了两个水军回来？"

"二当家的，他们深更半夜擅闯禁地，难保不是朝廷的奸细！"抓杜海龙的人禀告。

"说的也是！你们来此何干快快从实招来，也好免受皮肉之苦！"二当家一瞪眼。

"我们根本不想来，是被你们硬抓来的！"杜海龙毫不畏惧大声辩驳，"你们诬陷好人捆绑无辜，这算什么江湖好汉的行径？"

"胡说！我们替天行道除暴安良，当然是江湖好汉！"二当家对杜海龙的桀骜不驯非常恼火，"尔等擅闯禁地就该按律论处！"

"荒唐！"杜海龙简直哭笑不得，"我们被人扔进海里，难道还要找条鱼给你提前带话不成？"

"你们即便不是朝廷派来的奸细，回去也必会将我等的情形向朝廷禀报，所以放你们不得！"二当家怒喝道，"来人，把这两人给我推出去做掉！"

二当家周围的兵丁全都发一声喊，整个山洞立时响彻着阵阵回声。

"大王饶命啊！"郑喜惊恐地呼喊。

"慢着！"杜海龙奋力挣脱着推他的人扭身大叫，"朝廷剿杀海匪何用我们出兵？要我们出兵那都是天大的事儿！你怎能不问青红皂白就滥杀无辜？"

"说！你是哪里的水军？"青衣汉子好奇心陡起。

"我们是定远号铁甲舰上的水手！"杜海龙用手指着胸口写有定远舰的补子朗声回答。

海匪们霎时静了下来。海匪的小船跟定远号比恰如茅草房跟皇宫的差异，他们做梦都想能在铁甲舰上耀武扬威一把，屡次吃海盗的亏就是因为海盗有铁甲船，这也是海匪们最无奈的痛处，因此一听杜海龙说定远号无不又羡又妒。而且据说定远号上的水兵个个训练有素身手不凡，就连厨子都有两下子，不禁对杜海龙刮目相看。二当家闻听也面色惊愕沉吟起来。

"二当家的。"始终在旁留心观看的青衣汉子开了口，"定远号铁甲舰是朝廷仰仗的重舰，稍有风吹草动就非同小可！朝廷一向视海匪为眼中钉，此番若是做了定远号上的水手，更等于给了他们派兵的口实。外有海盗内有官兵，使我等腹背受敌反为不美。"

"杜兄弟，以你之见呢？"二当家问青衣汉子。

杜海龙和郑喜闻听那青衣汉子也姓杜不由一怔。

"我且试他一试。"青衣汉子说着，起身走向杜海龙。

待青衣汉子到得近前，他跟杜海龙都不由惊诧地对望了一眼，两人竟会如此相像，就连郑喜都瞪眼摆头在他们身上来回地瞅。

青衣汉子似笑非笑地说："我倒有个两全其美的法子，既能救二位性命，还能让你们得个富贵，二位可愿听听？"

"只要能救俺等性命，请大王尽管吩咐！"郑喜忙不迭地应承。

杜海龙因那青衣汉子的姓氏对他留心观看，一眼瞅见他腰上挂的一条四五寸长的檀木小鱼，顿时心头翻江倒海狂澜迭起，只因那木鱼是杜海龙他爹亲手所刻，拴住木鱼的青色锦绳还是他娘亲手编的吉字结，如今却为何挂在此人腰上？他爹曾亲口讲过这条木鱼的来历：杜海龙的百日恰逢正月，他爹歇了活计，就想给儿子作件耍物。因为他爹做得一手好木匠活儿，十里八乡谁家娶亲打家具镂刻箱笼都请他去，剩下的边角废料不愿要了也会让他爹看着处理，他爹就把那些碎木头拿回家堆在厨房。他爹去厨房的木头堆里扒拉了半天，选了块给财主家做家具剩下的一小块上等的檀木料，精心雕刻了这条木鱼，鱼鳃鱼鳞都雕得栩栩如生，鱼尾分叉向上翘起，他爹说鲤鱼跳龙门的时候都是这个姿势。他娘还亲手用做面鱼的细竹管沾了红漆给鱼点了眼睛，说是好让鲤鱼认得去龙门的路径。这条檀木鱼杜海龙从小玩到大，爹娘死后就把它挂在门上当作对爹娘的念想。此刻乍见了爹娘的遗物怎能不令他心惊？

"看啥？你认得这条木鱼啊？"青衣汉子见杜海龙目不转睛地瞪着自己腰上的木鱼便问。

"不，不认得！"杜海龙赶紧收回目光赞道，"我是觉得这鱼精细，真个雕得好手艺！不知您在哪儿买的？"

"兄弟好眼力！不过此鱼是我家传之物，外面是买不到的。"青衣汉子爱惜地抚摸着檀木鱼说。

青衣汉子的话却闷雷般把杜海龙的脑袋炸得嗡嗡作响，瞅着他的年纪跟大哥二哥相去甚远，杜海龙想不透自己怎会又从天上掉下个跟自己长得一样的兄弟来？遂对面前的青衣汉子起了戒心。

"水军虽有朝廷发的饷银，但等到得你们手里早已所剩无几，不要说养家，就是自己花销都怕不够。"青衣汉子紧盯着杜海龙和郑喜的表情变化，"要是二位肯做我等的眼线，提前通报在下朝廷的出兵动向，我不但可以即刻请求当家的放了二位，并且可视情报的缓急重重有赏！"

郑喜正犹豫，杜海龙却断然拒绝："多谢您的抬举！可惜我们只是军舰上的底层兵丁，身微言轻，如何能知晓朝廷的战略要事？只怕得不着您的赏赐反而会让朝廷砍了脑袋！"

"朝廷砍不砍脑袋还两说着，你就不怕此时被砍了脑袋吗？"青衣汉子威胁道。

"生死有命富贵在天，你们存心要置我们于死地，就算我们说破了嘴皮又有何用？"杜海龙冷笑。

"那就别怪我等不客气了！"青衣汉子撂下一句狠话走回石椅坐下，跟二当家附耳说了几句。

"你是敬酒不吃吃罚酒！"二当家声色俱厉，蓦然话锋一转看着杜海龙，"但我佩服你是条汉子，所以决定放你们一条生路。"

"多谢大王不杀之恩！"郑喜见二当家宽宏大量连忙磕头。

"早该如此！"杜海龙哼道，心下松了口气。

"放可以，有个条件。"二当家诡谲一笑。

"什么条件？"杜海龙的心立刻又提了起来。

"来人！"二当家慢条斯理地掸了掸衣袖命令道，"把这老的绑到门外的柱子上重责四十鞭子！要是他能撑过去，就把二人全都放了。"

"啊！"郑喜一听立马瘫到了地上。

"不可！"杜海龙想不到二当家竟如此歹毒，事到如今只能豁出命去，"欺负一个老人算什么本事？有本事打我！"

"兄弟，还是让俺去吧。"郑喜老泪纵横，"老哥比你痴长这么多年，也活得够本儿了。你还年轻，还有未谋面的媳妇儿！"

"郑伯，不碍事！我皮糙肉厚，经打！"杜海龙忍住怒火，蹲下安慰郑伯。

"好小子！你此话当真？"二当家见杜海龙中计，心花怒放。

"男子汉大丈夫，一言既出驷马难追！"杜海龙挺起胸脯。

"好！我倒要看看是我的鞭子硬还是你的嘴硬！"二当家当即喝令，"来人，给我推出去打！"

上来两个兵丁要架杜海龙，杜海龙肩膀一抖甩开二人，兀自大踏步向外走，围观的兵丁们被杜海龙的气势所慑，都在心里无声地叫了个好。来的时候被蒙着眼，往外走杜海龙才发觉这个山洞原是大洞套着小洞，主路又分出多条岔路，出去的路径并非一通到底，而是在洞中左右穿梭，若是无人带领贸然闯入很可能会被困死在洞中。他边走边琢磨着脱身之策，不停地转着手腕，试图把腕上的绳子弄松，要是能把绳子弄开，他就能放倒两个兵丁再想办法去救郑伯，怎奈那绳绑得甚是结实，杜海龙忙了一头汗竟没弄开。两个兵丁不知杜海龙的心思，急急把他领到洞外一处相当宽敞的空地上，不由分说上前剥了杜海龙的上衣露出胸膛，然后将他绑到一根粗壮的立柱上，身板儿壮实的那个兵丁从腰上解下一根由九根牛皮绳扭在一起的粗大皮鞭抖了一下，鞭音响亮，接着退后几步找到行刑的最佳位置，冷冷地看着杜海龙猛地举起了鞭子。杜海龙眼一闭心一横，自道此鞭下去定是皮开肉绽，只怕用不了四十鞭这条命就已魂飞天外，怪只怪自己生不逢时处处遭难，就连媳妇都保不住，这辈子活得真他妈窝囊！想到此不由得仰天长叹。行刑之人却丝毫不为杜海龙的叹息所动，皮鞭裹挟着劲风呼啸着直奔杜海龙的胸口而来。

突然，噗地一声闷响，杜海龙耳灵目疾，眼瞅着猛力抽下的皮鞭竟被一块飞石击中，脱手斜挂到了旁边的树梢上。杜海龙大惊，何人功夫如此了得，居然能把力道遒劲的皮鞭震飞？急忙看向石块儿飞来的地方，只见灌木丛中闪出十几个人来转到了洞前的空地上，其中五六个还抬着一只黑色的大木箱，为首的则是个一脸红胡子的壮汉。

"大当家的！"两位兵丁见了红胡子连忙行礼。

"为何又要鞭人？"红胡子责问。

"二当家的怀疑此人是朝廷奸细。"行刑的兵丁回道。

红胡子近前上上下下仔细打量着杜海龙，面上竟露出稍纵即逝的惊疑之色。

"我不是奸细！"杜海龙恨恨地瞪着大当家。

"先把他押进来，我再审审。"大当家的眼神依旧犹疑，说完率先带人进了山洞。

杜海龙重又被押回山洞，此时正中的石椅上已坐了大当家红胡子。

"兄弟，没伤着吧？"郑喜见到杜海龙，惊喜地从地上爬起来跑过去问。

"郑伯，您放心！我福大命大！"杜海龙展颜笑道。

"菩萨保佑！菩萨保佑！"郑喜不断地低头默念。

"你怎么知道我不会再打你？"红胡子微微一笑。

"要打我又何必押我进来？"杜海龙冷冷地看着红胡子。

"见了大当家还不跪下？"二当家厉声喝道。

"男子汉跪天、跪地、跪父母，凭什么跪你们这群不讲理的强盗？"杜海龙把头一昂，吓得郑喜拼命给他使眼色。

"你为啥说我们不讲理？"红胡子的面色沉了下来。

"为啥？就因为你们诬陷好人！"杜海龙火道。

"我们虽是海匪，却从不伤害无辜！"红胡子正色道。

"此人语善诡辩，二哥别着了此人的道儿。"青衣汉子提醒红胡子。

"海龙兄弟放心，二哥可是风里浪里趟过来的，何种阵仗没见过？还怕他个乳臭未干的黄毛小子不成？"红胡子笑道。

杜海龙听说那青衣汉子竟跟自己同名同姓差点惊叫起来，再细瞅红胡子的眼碴儿确跟自己的二哥有些神似，难怪那青衣汉子会窃了自家信物，登时乱了主张，蓦然想起戏台上唱的西游记，难道这也是唱的一出真假美猴王吗？就连郑喜都瞪了眼瞅瞅杜海龙，又瞅瞅青衣汉子，感觉摸不着头脑。此刻杜海龙的脑中电闪雷鸣，青衣汉子口口声声称红胡子为二哥，假如红胡子真是二哥杜海疆，那青衣汉子一旦知道我的真实身份必定会想方设法予以加害，他既已冒充我跟二哥相认，二哥定是信他不信我。见着亲哥不能相认已让杜海龙心如刀割，更令他感到恐惧的是不清楚那青衣汉子冒认亲眷到底有何居心？若他只为图些钱财倒也罢了，要偏赶上是那朝廷的奸细意图加害二哥，二哥岂不性命危矣？转念又一想，就算红胡子真是自己的二哥杜海疆，浪迹江湖多年，现在又过着刀头舐血的海匪日子，他还会是小时亲切敦厚对我爱护有加的二哥吗？要是他果真已经变成杀人不眨眼的强盗，相认又有何益？况且现在情势危急，还是先想法子避开耳目确认一下红胡子的身份，也好见机行事赚得他放了我们才是正理，至于他究竟性情如何只能从长计议。打定了主意，杜海龙努力让自己镇定下来。

"你既说自己是好人，且先报上你的姓名籍贯，作何生计？"红胡子问杜海龙。

"在下万里江，直隶人氏，现为大清定远号上的三等水手。"杜海龙冲郑喜一摆头，"这位是跟我同在舰上听命的长辈郑伯。我们只为逃命才不慎误入你们的地盘，而这位二当家不听我等解释就要鞭打于我，不是不讲理是什么？"

郑喜听杜海龙改名换姓不知是何用意，又惊又怕地垂下头不敢看红胡子。

"打你都是轻的！"二当家直眉瞪眼气急败坏。

红胡子伸手止住二当家继续问："你所说的逃命是何意？"

"我们被奸人毒打后装进麻袋扔进了海里，现如今能活着站在这里都已是侥幸。"杜海龙回道。

"既遭毒打必有伤痕。"红胡子吩咐手下去杜海龙身上验伤。

"回大当家的，此人身上有棍棒痕迹，头上也有红肿高起的棒伤。"验伤的海匪禀告。

"既有伤，证明你此言不虚。"大当家点头。

"大当家的，行走江湖谁的身上没点儿伤？不能就凭几道伤就信了这小子的话！"二当家急道。

"那你要如何才信？把我们打到阎王殿才信吗？"杜海龙怒斥二当家。

"大当家的，嘴硬的人不用刑是不会招的！"二当家随即怂恿海匪们，"弟兄们，你们说是不是？"

"是！"海匪们齐声呐喊。

"大当家的，宁可错杀不可错放，弟兄们的性命可都悬着呢！"二当家继续给大当家施压。

看到大家群情激奋，红胡子挥挥手平息众人的情绪高声说："弟兄们，我们之所以痛恨海盗，就是因为他们残害无辜，倘若我们也不辨黑白草菅人命，那不也成海盗了吗？传出去必遭江湖唾弃，海匪还有何立足之地？杀两个人容易，想要挽回名声却比登天还难！弟兄们也都有父母兄妹，都是为了活命才蹚了这趟浑水，难道还要再背上一个强盗的恶名不成？"

一番话说得大家都低了头，就连二当家也咬着嘴唇不好再劝，杜海龙心里则对红胡子暗自有了几分钦敬。红胡子看看杜海龙结实的肌肉，又瞅瞅白白胖胖的郑喜。

"这位老伯，您可会水吗？"红胡子问郑喜。

"不瞒大当家的，俺是个地道的旱鸭子，要不是这位万兄弟，今儿晚上早就喂鱼了！"郑喜鞠躬道。

"这就是了！"红胡子哈哈大笑，"弟兄们，你们有谁听说过拖着一个旱鸭子来当奸细的？那不是自寻死路吗？"

海匪们全都大笑起来，二当家的脸臊得通红。

"多谢大当家明辨是非！"杜海龙谢道。

"二哥，奸细诡诈，拖个旱鸭子做掩护也并非不可。"青衣汉子却又插言道，"况且放他们回去难保不会泄露我等的藏身之处，不如将他们先行羁押，等打探明白了再做处置。"

"大当家，海龙兄弟说得有理。"二当家见有人撑腰立即附和。

"这，"红胡子一时不好决断。

没想到杜海龙听罢狂笑起来："我只道海匪个个虎胆龙威，却不料竟如此胆小如鼠！"

"你胡说什么？"二当家恼羞成怒。

"两个军舰上的普通水手就让你们如此胆寒，非要诬为奸细除之后快，不是胆小是什么？"杜海龙一脸轻蔑。

"照你说怎么做才不是胆小？"红胡子被激得有些不悦。

"不知大当家可敢跟在下打个赌吗？"杜海龙继续激将红胡子。

"什么赌？"红胡子一怔。

"在下不才略懂拳脚，想跟大当家的比试比试。如果我赢了，大当家即放我等离开；如果我输了，甘愿受大当家的惩罚！"杜海龙挑战地盯着大当家的眼睛。

所有的海匪听了杜海龙的赌局都嬉笑起来，二当家和青衣汉子更是面露得色，他们深知大当家武功高强，杜海龙此局必输无疑，郑喜也暗暗替杜海龙捏了一把汗。只有红胡子颇感诧异，万里江分明见识了他以石击鞭的手段，为啥还要冒死请战？难道他也有过人的功夫不成？可不应又显得自己露怯。

"二哥，您就答应他吧，也好让他输得心服口服。"青衣汉子见红胡子踌躇便说。

"好，我答应你！"红胡子拍椅而起。

兵丁听命上前替杜海龙解了绳子，大家全都向四周远远地避开让出场子，红胡子也脱了上衣跟杜海龙面对面地拉开架势。杜海龙假借弯腰活动筋骨，伸手在地上抹了把灰蹭到面颊上，以防杜海疆看着他与青衣汉子样貌相似易生疑心。打过一个回合，红胡子就觉出杜海龙功夫不弱，杜海龙也觉得红胡子的招数有些眼熟，遂有心进一步试探红胡子，故意使出他爹根据木匠活儿自创的招式，用"凿壁偷光"奇袭红胡子的双眼，"墨斗取直"攻击红胡子的下盘，"鲁班神斧"横扫红胡子的胸腹。

"你这些招式从何学来？"红胡子连连闪躲面色大惊。

"是我，"杜海龙刚想说我爹，猛地记起尚未摸对方真实底细急忙改口，"是我舰上的一个兄弟教的。"

"舰上的兄弟？"红胡子慌忙避过杜海龙的手掌，"他是哪里人氏？"

"听说是保定府杜家村人氏。"杜海龙封住门户见招拆招。

"他叫什么名字？"红胡子急问。

"杜海龙！"杜海龙来了个双峰贯耳，红胡子一愣神险些让杜海龙的拳头砸到脸上。

"那杜海龙可有兄弟姐妹？"红胡子整顿精神再次出拳。

"大哥海山、二哥海疆皆去向不明。"杜海龙使了招夜叉探海去踹红胡子的腿。

"你可知那杜海龙的屁股上可有胎记？"红胡子疑窦丛生内心焦躁，猛然来了个饿鹰扑食，自己刚认了亲兄弟，怎么又跑出个杜海龙？并且这个杜海龙好似更货真价实！那先前的那个又是谁？他若不是海龙又怎会有自家的信物？

"我们虽是好弟兄，但也不能去看人家的屁股不是？"杜海龙急忙仰身招架，"要是大当家有兴趣，不妨自己去找他看，兴许他会为您网开一面也说不定。"

"我当然要去，到时还要劳烦兄弟代为引荐。"红胡子边说边跟杜海龙佯装争斗。

"大当家的意思是要放我们了？"杜海龙忙问。

"那就来个平手如何？"红胡子提议。

"好说！"杜海龙手腕一翻立时擒住了红胡子的脖子，红胡子的拳头也同时抵住了他的心口。

"承让！"杜海龙撒手抱拳。

"小兄弟好功夫！"红胡子赞道，"你我既不分伯仲，我自当不食前言，即刻派人送你们回舰！"

"多谢大当家成全！"杜海龙道了谢，蹲下身替郑伯解开绳子扶他起来。

"小兄弟后会有期！"红胡子目含深意冲杜海龙一抱拳，随即吩咐手下，"来人！好生送二位回去，若中途有失定严惩不贷！"

"是！"手下领命。

"大当家保重！"杜海龙也对红胡子拱拱手，转身搀着郑喜随着兵丁向洞外走去。

杜海龙和郑喜依旧被蒙了眼由小船原路送回。坐在船上，杜海龙怅然若失，通过在比武中的察言观色，他已经肯定红胡子就是二哥杜海疆。看二哥的行事也并不是大奸大恶之人，不免因为青衣汉子又替二哥忧心起来。咫尺天涯，此一别也不知何时才能兄弟相认？

十六、暗香浮动

　　洪禄给秦妈丢了个眼色，秦妈会意，命兰香、桂香去陪庆郡王。两个姑娘刚一落座就被庆郡王抢过手去捏住，这些姑娘学的虽是调情的功夫，毕竟不比那青楼乐坊的倌人，仍是处子心性，羞得脸红心热杏眼含嗔，忙不迭地抽回手却又顺势轻推了庆郡王一把，把庆郡王挑逗得抓心挠肺。

胡乱吃过早饭，齐三儿就擦着眼睛吸着鼻子窜进庆芳堂。

从外表看庆芳堂跟普通的茶馆没啥两样，十几张原木桌椅，五六个聊天儿的茶客，手脚麻利的小二和坐在柜台后面眼观六路的掌柜。掌柜的一见齐三儿忙给小二递了个眼色，齐三儿却没等小二招呼就径直挑起门帘儿进了后房。

后房里是一间雅室，摆着楠木桌椅，墙上挂着临摹的名人字画。齐三儿一屁股坐到椅子上，小二掀帘子进来冲着齐三儿弯腰施礼，脸上挤出笑来："三爷，这大早您就来消遣啊？"

"瘾头犯了，少废话！赶快开门！"齐三儿打了个哈欠眼泪流了出来。

"开门不难，三爷，您今天可带了银子吗？"小二冷笑道。

"怕我不给钱怎的？"齐三儿急火攻心，蹭地跳起来揪住小二的脖领子，"你要不开门我今天就把这茶馆砸了，然后上官府告你们个私开烟馆！"

"三爷，您已经欠了十两银子，要是烟客都像您这样，不用您砸我这店也就倒了。"小二争辩道。

"我有钱的时候你把我当佛爷供着，现在我手头不宽裕你就翻脸不认人，我先掐死你这反复无常的奴才！"齐三儿不由得怒从心头起，恶向胆边生。

他一手用力卡住小二的脖子，一手在他身上掏摸，眨眼就把小二腰间的钥匙掏了出来，一把将小二推了个趔趄，转身拨开书法立轴，哆嗦着将钥匙插进墙上的钥匙孔里一扭，墙壁立时向旁一滑露出一道门来，门里是一条通往地室的楼梯，齐三儿把钥匙摔还给小二，匆匆忙忙跑下楼去。

尽管时间尚早，地室中却已是烟气弥漫如蒸笼一般，隐约可见左侧铺着炕席的几十尺长的大炕上躺着七八个虾米似的人形正在吞云吐雾，右侧则是分隔开的单间都挂着布帘。室内烟味儿、人味儿混杂着潮湿的霉气顶得人喘不动气，齐三儿却贪婪地吸着带有大烟味道的浑浊空气，精神头儿立时提了起来。

他瞅瞅大炕上的烟鬼不见"驴脸","驴脸"是庆郡王府的一名亲兵，因脸长似驴所以得了这么个绰号，齐三儿上回无意中从他口中听得一些消息，遂约了他今儿上午在此碰面，想把那消息再问得实落些好去洪禄那里卖个好价儿。他知道"驴脸"贪小便宜，想让他开口除非用上等的烟膏子哄他，可向洪禄预支的跑腿儿银子早让他抽得罄尽还拉了饥荒，他必须想法子在"驴脸"来之前弄到烟膏子，否则不但办不成事儿，还坏了自己在江湖上的名声，以后再想倒腾事儿就难了。

他眨巴了两下小眼睛，决定使出那地痞流氓的手段找个有钱的寿头敲笔竹杠。大炕上的烟民用的都是粗木烟盘，烟枪也都是甘蔗杆儿或是未加装饰的木条，一看就是没钱的主儿。他又嗅了嗅炕上烟民用的烟土货色，闻着多是暴躁、火气大、不堪吸的新土，像便宜的波斯土或是川土，就连这样的土有的烟客还在"抖烟灰"，就是把烟斗里的烟灰挖出来用水调了再吸第二次、第三次，齐三儿见状不屑地撇了撇嘴，于是把目标锁定在了包间里的烟客身上。因单间要另外加钱，对于恨不能把每个铜板都换成烟泡儿的烟民来说，单间里的客人要比大炕上的人有钱。

他偷偷将布帘撑开条缝儿窥视里面的烟客，当走到第五个包间时立刻瞪起了眼。

包间内的炕上铺着细白的凉席，一老一少两个客人枕着高枕忘情地对吸，老的那个穿着土黄色的洋绸袍子，若不是烟灯一亮一亮还以为是裹着个干瘦的僵尸，少的那个富态些却也是一脸的铁青，穿着银鼠灰的素缎袍子。老烟民用的正是此处烟客最中意的那只老枪，湘妃竹的枪身红玛瑙的嘬口儿，圆形嵌银线的寿州陶斗，枪的末端还有牛角包头。那老枪可是此处烟民们争抢的宝贝，特别是别人刚吸完趁着枪杆子还热乎的时候用它吸上一口，那感觉才叫过瘾才叫有劲。两人中间搁着花梨木的烟盘，盘上的白铜小盘内放着宝塔形的紫铜太古灯，烟气也嗅着像是烟醇味厚的陈年印土，一看就是烟店老板招待贵客的大排场。

少烟民猛抽了几口，刚想用烟扦子从白铜烟盒里挑些烟膏放到烟灯上烧烟泡儿，冷不丁看到齐三儿，探进来的脑袋吓了一跳，齐三儿却不等他开口责骂就闪入单间内尖着公鸡嗓子唱起了讨烟的喜歌：进门来，喜气迎，炕上躺着两个大福星。老的是那南极仙，少的是那文曲星，升官发财满堂红。

"少贫嘴！快滚！快滚！"谁知少烟民听了喜歌非但不喜反而大声呵斥齐三儿。

"爷，您就赏我口烟抽，我祝您吉星高照金榜题名！"齐三儿涎着脸作揖。

"我这上等烟土岂是打发叫花子的！"少烟民鄙夷地瞟一眼齐三儿。

"爷当真不赏？"齐三儿也板起脸来。

"不赏！"少烟民怒道。

"进门来，晦气重，炕上躺着两具白骨精。老的是那刻薄鬼，少的是那断肠命，阴曹地府受酷刑！"齐三儿恶狠狠地唱出一段丧歌来。

"可恨！"少烟民举起烟枪起身要打齐三儿，却被始终迷迷糊糊享受着的老烟民拉住。

"这种泼皮你打伤了他反倒被他讹上，赏他两口烟让他走就是了。"老烟民附在少烟民的耳边低声嘀咕道。

"岂有此理！那不更助了他的威风？"少烟民不依。

"咱们品烟要紧，快打发他去吧。"老烟民说完冲着齐三儿挥挥手道，"去找小二要五十文的烟土，就说记在五房的账上，多了我可不认！"

"我费了半天神唱得嗓子都哑了，爷要赏也得赏块您抽的那种烟膏才对得起我出的力气。"齐三儿倒拿起把儿来。

"你别得寸进尺！"少烟民瞪起乌鸡眼。

"您要觉得我工夫下的不够我就再给您添点儿红！"齐三儿说着竟从腰间摸出一把腰刀来，比量着胳膊就要往上划。

"好汉住手！我给！我给！"老烟民吓破了胆急叫，唯恐齐三儿把刀子划到自己身上，对满人来说，杀个汉人根本就不算事儿。

"谢老爷赏烟！"齐三儿这才收起刀子兴高采烈地拱手致谢。

齐三儿找小二要了十两银子的上等印土和一个单间，都记了五房的账，小二还在恼火方才齐三儿下的狠手，气呼呼将烟盘、烟枪和烟膏子掼在炕上就转身离去。齐三儿已经让烟瘾靠得涕泪横流浑身发冷，忙挑起一小块烟膏放在烟灯上点起烟泡儿，那烟泡儿慢慢涨起犹如蛤蟆晒肚，齐三儿急不可耐地吸上一口，顿觉烟入肺腑极为舒畅，闭上眼正飘飘欲仙地躺在炕上，突然被人拍了一把，睁眼见是"驴脸"。"驴脸"一身蓝袍便服，长脸上睡眼惺忪。齐三儿赶紧起身吆喝小二再拿杆枪来，并殷勤地把自己吸热了的烟枪让给了"驴脸"。

"您老昨儿晚上辛苦？"齐三儿边点烟边问。

"昨儿晚上执勤熬了一宿，今儿个还没返过乏来。""驴脸"抽口烟道，"这膏子不错，三爷最近发财了吧？"

"发财谈不上，碰巧弄了点好土这不就赶着孝敬您来了。"齐三儿谄笑道，"您上次说那长毛的事儿后来咋样了？"

"后来就逃了呗！逃得那叫惊险！差点儿被火给吞了！""驴脸"语带夸张地说。

"官府四处捉拿又带着那么个累赘，他能逃到哪儿去？"齐三儿问。

"那人既能逃脱必定武艺高强，湘军只顾放火寻财哪里还有心思去追逃寇？朝廷更是有心无力，他只消找个穷乡僻壤隐姓埋名地窝着，要找他也难。""驴脸"吧嗒着嘴道。

"到现在也没寻到下落？"齐三儿不死心。

"也不是没有。""驴脸"吐了口烟说，"前两年王爷倒是派人去办了件要紧的差事，据说是为了长毛的事，但去哪办、怎么办的却没人说得清楚，就连谁去办的都众说纷纭，更玄乎的说法是那些办差的人回来后都生不见人死不见尸，王爷对此更是讳莫如深从不提起，我做下人的也就无从知晓。"

"从那以后就再没些影响吗？"齐三儿瞧着"驴脸"。

"没有。""驴脸"摇头。

齐三儿跟"驴脸"胡扯乱聊了一通吸够了烟，遂辞了"驴脸"，叫了辆人力车直奔了乐善堂。洪禄正坐书房的椅子上跟单田骏说事儿，见齐三儿进来笑道："三爷，别来无恙啊？"单田骏要告退，洪禄却摆手让他留下。

"洪爷，您就别取笑我了！"齐三儿慌忙打躬作揖，"您上次说的那事儿我给访听到了，只是末了却有些不甚爽利。"

"此话怎讲？"洪禄双眉微蹙。

"是这么回事儿。"齐三儿舔了舔嘴唇，"长毛城破之时，那人确实奉了忠王李秀成之命带了传国玉玺逃走。当年老佛爷派两江总督马新贻彻查太平天国案也就是为了访查传国玉玺的下落，不料案子刚有眉目马大人就

十
六
暗
香
浮
动

185

被刺身亡，表面上此案不了了之，其实老佛爷私下仍委派庆郡王暗中查访，据说已查到了那人的所在，但具体的事宜则只有庆郡王知道。"

"你可探到带走传国玉玺之人的名讳？"洪禄听此事牵扯到庆郡王，心中有些犯难，面上却装得若无其事。

"此事因有老佛爷的御旨做得甚为机密，就连刚刚说的这些也是费了好大手段才从王府的下人口中漏出来的。"齐三儿回道。

"此事别撂下，你继续打听着，有消息尽快来报。"洪禄嘱咐齐三儿。

"洪爷的事儿我就是上刀山下油锅也在所不辞！您看我这鞋底儿都跑穿了，您老好歹也打赏小的几个钱买双鞋，我也好尽力为洪爷办事不是？"齐三儿点头哈腰讨好地瞅着洪禄。

"事办得好打赏是应该的。"洪禄让单田骏取了十两银子交给齐三儿。

"多谢洪爷！"齐三儿欢天喜地地接了银子，"洪爷，我这就再去探些消息。"

打发走齐三儿，单田骏问洪禄，"若得了玉玺您打算如何处置？"

"自然是用它作为筹码为咱们换取更大的利益。"洪禄有些诧异地看着单田骏，不知他为何有此一问。

"筹码？"单田骏难以置信地瞪起眼来，"我听说这块传国玉玺自秦朝以来就是世所公认的皇权天授的信物，谁得到它谁就是名正言顺的天子，您就不想有朝一日用它谋图更大的帝国吗？"

"当今社会早已西风东渐，没想到你的意识还停留在旧有的思想之下。"洪禄哂笑摇头，"人们对玉玺的尊崇早已不复往昔，大清立国也没有靠什么玉玺嘛！光乾隆爷自己就刻了三千多块玉玺！传国玉玺如今不过是个象征而已，更何况现在人心浮躁，都是些即时得利者，你想用玉玺让他们臣服还不如给他银子，所以我们要想建立帝国只能凭借经济和武力，就像你屋子里摆的那些从战败之人身上夺来的刀剑一样，靠的是你的功夫实力而不是你家族的名头。"

"还是您深谋远虑！"单田骏嘴上佩服，心里却并不认可洪禄的观点，但又不想跟洪禄争辩，于是找借口道，"我这就去盯着齐三儿。"

"齐三儿不用你操心，还按咱们刚才说的，多留心毛利那边的动静，现在万事俱备只欠东风，尽快把货物夺回以备急用。"洪禄忧心忡忡。

"是。"单田骏点头问，"王爷那边您可已有良策？"

"王爷那边不可操之过急，下午我正好要带他去香园，或许会有转机也未可知。"洪禄不安地用手指敲击着桌子，他目前也没想到合适的法子。

　　秦妈接到洪老爷派人传的信，说王爷过了晌午要来香园，让姑娘们准备迎接。秦妈赶紧让老妈子们为姑娘们精心装扮，自己则跑去药房找相公秦仲景速速预备天香饮，好让姑娘们在见客前服下。进到药房刚巧有人送来一袋东西，打开看时却是些殷红如血、异气扑鼻的果子。

　　"这是何物？"秦妈欢喜地拿起一颗问秦仲景。

　　"这就是大漠香棘果！"秦仲景瞅瞅四周无人，压低声音道，"天香饮的药力全靠它！吃后不仅能将香体丸的药效发挥到极致，并且还能引发自身的造香功能！"

　　"就是你说的那种极难得的西域奇果吗？"秦妈惊喜地抚弄着手中的果子。

　　"正是！"秦仲景点头，"此果药力比天香饮强上百倍，若不慎食之恐大病一场，一定小心收妥，莫让人错拿了！"

　　秦妈闻听忙将手中的香棘果放进袋子扎紧袋绳。

　　不想他们的谈话却被恰巧路过的海棠听了个真切。她偶感风寒，听说要来客人，本想找秦郎中要点儿药应急，听了秦妈夫妇关于香棘果的说话怕自己这会子闯进去反落了嫌隙，只得转身回房等客人走了再做道理，边走边寻思着吃些今天早上秦妈让人派送的荔枝或许能身子舒爽。

　　岂料海棠回到卧室正看到相好的姐妹桃香坐在炕上，她们二人因是同乡，自进了香园就要做一处形影不离，没事便凑在一起商量头面装扮服饰搭配，淘气时还故意扮成对方的样子，竟也能以假乱真让人不识庐山真面。

　　桃香热情地招呼海棠，海棠原本精神倦怠懒于应酬，不料一眼瞧见桌上的一盘子荔枝居然早被桃香吃个罄尽，立觉心头火起玉手轻颤。桃香最让她受不了的就是她的嘴馋，不管是谁的东西，只要到了她的面前一概不问青红皂白照单全收。桃香并未觉出海棠的异样，海棠竟也隐忍不发，只是紧攥着手帕盯着空盘子陷入沉思。

　　由于是香园第一次开门纳客，王爷是否满意关系到秦妈今后的荣华富贵，因而如临大敌，反复检视姑娘们的服饰仪态言语应对，尤其对梅香反复叮咛。梅香虽姿色出众心思缜密，却太过拘谨放不开手脚，不能像其他姑娘一样浮浪调笑。秦妈瞅得她是个贵人胚子，不想可惜了她的风致，因而加倍对她上心，不料却搞得梅香愈发精神紧张，生怕错了章法。

当然秦妈心里还是颇有自信的，每日里的锦衣玉食细心调教早已使姑娘们脱胎换骨，最让她脸上有光的却不是姑娘们的美貌和知书达理，而是她们身上令人痴迷的香气。这香气从姑娘们的体内发出且因人而异，有的吐气如兰，有的嗅若玫瑰，有的则仿佛丁香绽放，要是把了姑娘的手，竟连自己的手也能沾染了香气。那香气若即若离如丝如缕悠远绵长，行动处香风香雾四散飘荡，闻之令人心乱神迷难以自持。

毕竟香园只是临时栖所，姑娘们也想凭着自身过人的本钱找一个好的归宿，所以个个使出浑身解数，就连服侍的老妈子都盼着姑娘们攀了高枝儿能提携自己，无不想方设法让所伺候的姑娘艳压群芳。

梅香本是这脂粉堆里最出挑的姑娘，服侍她的王妈更是把所有的念想都压在她身上，听了秦妈的吩咐低头想了一会儿，为了让梅香独占花魁，又偷偷去药房多弄了一碗天香饮来给梅香喝，好让她身上的香气愈发浓郁。天香饮秦妈控制得异常严格，决不允许姑娘们多喝，梅香一见喜出望外，几口便喝了下去。

洪禄提前在香园门口恭迎庆郡王，庆郡王身穿蜜色绸袍青色裤子，带着随从微服而来。洪禄给庆郡王请了安，吩咐门房牵了马，便头前引路进了香园。一路走来草木扶疏姹紫嫣红，怪石假山泉水叮咚，直把庆郡王看得连声赞叹。洪禄没有带庆郡王去南绣楼，而是直奔了照月亭。照月亭是一座阔大的湖心亭，四角飞檐翘起，檐下挂着大红宫灯，十六根红漆木柱，木柱间有一尺宽二尺多高的红木围栏，地面则是青色的大理石，到湖面共有三层台阶。最奇的是湖与岸之间的桥竟设计成了一艘画舫，让人仿佛摇了船去那亭中游玩，别有一番新意。亭中早摆了桌椅茶具和苏杭的南式小点心，两个青衣小童已候在桌旁冲茶伺候。庆郡王却不去那椅子上坐，而是在围栏边踱步，看湖中碧波荡漾睡莲朵朵，彩色的鱼儿在莲叶间追逐嬉戏，越看越心急起来想要看那赛香妃，碍着面皮又不好直说，便问那睡莲可有香气？洪禄心下明白，只说其味甚淡，不如先品茶香。

谁知话音刚落便闻香风阵阵沁人心脾，庆郡王慌忙寻香观看，只见那画舫桥上彩衣鬓影俏脸生花，真如仙女下凡惊鸿凌波，直把庆郡王看痴了过去，就连洪禄都有点神魂不收，忙假意轻咳了一声，庆郡王猛醒过来，赶忙去那椅子上装模作样地坐了，眼睛却仍直勾勾地瞅着画舫桥，手中的茶洒了一桌子都不知觉，惹得小童忙用抹布擦了背过脸偷笑。洪禄示意小童退下，没等他们走出亭子，亭子里就已环佩叮当衣袂飘飞，恰似群蝶争艳百花竟芳，把庆郡王晃得眼花缭乱。

秦妈带着姑娘们给庆郡王和洪禄道吉祥，依次介绍十二位姑娘，姑娘们全都穿着大红洒金的百褶丝裙，上身则是白绸绣袄。

春香袄上迎春初绽，兰香袄上幽兰叶长，桃香袄上芳菲妖娆，海棠袄上粉英嫣然，丹香袄上花开富贵，榴香袄上榴花照眼，玫瑰袄上柔苞含露，荷香袄上芙蓉映日，桂香袄上金花纷繁，菊香袄上秋华傲霜，水仙袄上素肌凌尘，梅香袄上血魄冰魂，个个柳眉杏眼粉面桃腮，秋波传情樱唇吐珠，把庆郡王喜得心痒难耐。

洪禄给秦妈丢了个眼色，秦妈会意，命兰香、桂香去陪庆郡王。两个姑娘刚一落座就被庆郡王抢过手去捏住，这些姑娘学的虽是调情的功夫，毕竟不比那青楼乐坊的倌人，仍是处子心性，羞得脸红心热杏眼含嗔，忙不迭地抽回手却又顺势轻推了庆郡王一把，把庆郡王挑逗得抓心挠肺。庆郡王被香风熏得早跑了三魂荡了七魄，不禁老怀大悦："果真是赛香妃！洪禄，你小子到底使了什么法术让这些姑娘如此香气逼人？"

未等洪禄回答秦妈就忙不迭地抢先道个万福："王爷，这可不是法术而是蕴香！"

"何谓蕴香？"庆郡王抽着鼻子嗅着桂香问。

"王爷，蕴香可是我家相公的独门绝技！"秦妈甩着帕子洋洋得意地炫耀，"这蕴香前先要排毒！要想让姑娘们变得容光焕发体态轻盈，就要用药排出她们身上淤滞的湿浊之气。排毒完了才能开始初香，初香时姑娘们每日都需香汤沐浴，这香汤可是用五味名贵香料加入泉水和蜂蜜烧沸而成，再在沸汤中撒入玫瑰花瓣，尤其是姑娘们的三寸金莲，沐浴之外还必须专门熏洗以活血化瘀祛除秽气。"

"沐浴好啊！"庆郡王亲一口兰香，想象着姑娘们沐浴时水汽萦绕暗红浮动桃花如面藕身酥软的情状，更觉心旌荡漾。

"要想体内生香光靠沐浴可不行，还需每日服用香体丸！"秦妈不知王爷的心思，只一味扭捏作态表白自家的功劳，"那香体丸可是用十味中药加上槟榔，研成细末和蜜做成黄豆大小的蜜丸，白天含服三丸，晚上加服一丸，常服则香气不绝，就连衣被都是香的！"

"真有那么香？"王爷借机将脸凑近兰香和桂香，惹得两人一阵娇笑。

"初香过后姑娘们虽遍体透香，但其香气似有若无时断时续，因此还要固香！"秦妈越发说得精神亢奋口沫横飞，"这固香也是蕴香里最重要的一步！服用香体丸两个月后，还要定期给她们服用天香饮，此饮可绝非凡品！而是用西域红花配以天山峰顶的雪莲，再加入极其稀有的大漠香棘果熬制成汁，服用后即便十天半月不吃香体丸也会香气依旧！要说这香棘果……"

"秦妈，你先退下！"洪禄见王爷嫌秦妈聒噪忙打断她，随即命春香、海棠、丹香、榴香为庆郡王献舞，其余的姑娘则为舞者琵琶伴奏。

一时间弦乐阵阵香气缭绕，雪臂曼舒红裙飞扬，看得庆郡王兴致再起仿佛早登仙界误入玉庭。

一曲终了，姑娘们散座喝茶取帕擦汗，却说那梅香搁下琵琶，只觉心口躁动坐立不安，索性起身走到场中道了个万福："梅香给王爷唱个曲儿。"

庆郡王拍手叫好，秦妈却吃了一惊。梅香平日里极是冷静谨慎，这会子怎倒莽撞起来？便存了心细细打量她的行止。梅香不知秦妈见怪，拿腔作势地清唱起来，她唱的是《武十回》中潘金莲初遇西门庆，嗓音清越余音不绝，就连忙于跟兰香桂香调笑的庆郡王都转过脸来。只见她兰指轻挑双峰微颤，蛮腰侧摆裙裾偏转，双足尖尖难撑弱质，丰臀慢摇步步生莲。

庆郡王何曾见过此等粉嫩的旦角儿？就连入宫给老佛爷唱戏的花旦都是男人扮的，远远看着尚能入眼，稍近些瞅见那粗手大脚便倒了胃口，哪及得上梅香万分之一的水灵？梅香那双眼顾盼生姿含愁带怨，勾得庆郡王撇了兰香桂香疾步奔上场来，竟与梅香对唱起挑帘片段。别看庆郡王贵为王侯，居然也是梨园好手，唱作功夫样样在行，虽比不上西门庆的风流倜傥，却把他的放荡不羁演绎得恰到好处。

梅香眼波迷离笑意荡漾，丝帕不经意飘到了庆郡王的脖子上，庆郡王趁势抓住稍一用力，梅香哪禁得他力大，娇喘一声眼瞅着就要倒进庆郡王怀里，倒了一半竟身子一转笑意盈盈地迎向洪禄，伸手扯住他的袖子也要与他唱西门庆。洪禄大惊失色不知梅香搞什么名堂，急瞅了一眼庆郡王，见他面沉似水赶忙去甩梅香的手。

姑娘们也被梅香出格儿的举动吓得都噤了声瞅着秦妈，秦妈更是慌得没了主张。洪禄刚要想法子打圆场，不料庆郡王满腹气恼地跟了过来，正待发作却被梅香飞了个眼风，摇着他的胳膊吐气如兰，说要跟两位爷唱个满堂会，庆郡王登时酥了半边，想怒却怒不起来，只得从了她的意，众人却暗暗为梅香捏了一把汗。

梅香却全无惧色，莲步轻移穿花拂柳，媚眼迭抛素手翻转，帕子从庆郡王的胸前拂过，庆郡王急待去捉，却柳腰一扭欺到了洪禄身边，小手在洪禄脸上轻轻划过，臊得洪禄进退两难，只偷眼瞧着庆郡王生怕忤了他的意。岂知庆郡王被梅香哄得神迷意乱也顾不得体面，只想讨那梅香欢喜开颜，根本没把洪禄放在眼里。

众人这才放下心来，洪禄也开始对梅香另眼相看。只有秦妈越看越觉得不对劲，那丫头眼波横斜面色潮红似有醉态，可她口中并无酒气，显然没有饮酒，性情也与平时迥异，难道她偷喝了天香饮？此惊非同小可，她之所以严禁多喝就因为饮中的香辣果热力极强，喝多了气血奔涌难以遏制，轻则精神失常，重则有性命之忧，然此果之力又无药可救，搅得秦妈心急如焚却又无可奈何。

梅香也觉出了身子有异，焦渴难忍奇热难当，竟伸手接连解开了脖领处的三个扣袢露出半侧粉颈，庆郡王和洪禄立时瞪了眼恨不能直接将她那衣襟扯开，姑娘们却同声低呼，梅香闻听猛地一怔，顿时羞愤不已，转身跑出一个圆场碎步，试图躲开庆郡王和洪禄重新扣上扣子。

谁知庆郡王却寸步不离直追到栏杆边上，梅香被庆郡王一碰，身体一歪，脚下一个没留神，被阶梯一绊放声惊呼，洪禄忙伸手去抓，梅香的身子却从他的手中滑脱瞬间栽入了池塘。事情来得太过突然，待众人回过神儿来梅香已在水中挣扎欲沉。

庆郡王急了眼大叫救人，话声未绝洪禄早跳入塘中托起了梅香，梅香经水一浸，尽管热力去了大半，但惊吓过度，死死搂住洪禄脖子缩在他怀里。她本就衣衫单薄，此时更是曲线玲珑，偎得洪禄脸红心跳，赶快将她抱上岸，招呼秦妈带她先回去歇息。洪禄擦一把脸上的水向庆郡王请罪，庆郡王却只管嚷着要去看望梅香，洪禄知庆郡王动了情便说梅香受了惊吓且妆容不整恐污了庆郡王的眼，等调养数日再让她亲自给庆郡王赔罪。庆郡王叮嘱洪禄需好生看顾梅香，择日他还将亲来探视，洪禄唯唯应命。庆郡王被这一场变故搅了兴致又悬念梅香，悻悻然带着随从打道回府。

洪禄送走了庆郡王回乐善堂换了身干净衣服，不知为何心里头也放不下梅香，遂又回到了香园去看梅香。梅香此刻已重新沐浴换了衣服，正昏昏沉沉地躺在床上，那药力仍在发散，脸烧得犹如火炭，身子却柔弱无力，手不住地撕扯衣服。

洪禄进到梅香闺房问了境况，秦妈不敢说是药力之故，怕洪禄责怪她，只道是着了邪魔。洪禄皱了皱眉头，把秦妈和服侍的老妈子都赶走拴上了门，回到床边坐下，越看越觉得梅香脸飞红霞、酥胸半露的样子蚀魂销骨，遂三两下脱光衣服扑到床上去褪梅香的纱衣，梅香睁眼见是救命的洪老爷也不推辞，只娇羞地嘤了一声，弄得洪禄更为神魂颠倒。

"庆郡王看上了你，等你养好了身子只怕就要将你娶进王府。"洪禄边吻边说。

"梅香已经是爷的人了，庆郡王要是发现不会怪罪吗？"梅香嘟起嘴问。

"这倒是有法子应付，况且能得到你这么个尤物别的也就都不在乎了。"洪禄笑道。

"爷舍得梅香吗？"梅香扬起脸哀怨地瞅着洪禄，小手抚弄着他的胸膛。

"如何舍得？"洪禄叹口气，"不过，你倒是可以替我办一件要紧的事。"

十七、劳燕分飞

　　杜海龙故意背过身去不让兰烟看到自己眼中的惆怅，兰烟却奔过去从后面抱住他，脸紧紧贴着他的脊背。杜海龙转过身为兰烟擦去泪痕，强颜欢笑着宽慰她等自己回来，兰烟却把头埋进他的臂弯不肯放开，泪水浸透了他的衣衫，令他柔肠寸断。

　　杜海龙跟郑喜回到舰上并没向许石山透露海匪之事，只是讲述了被郭松等人挟私报复几乎丧命的经过。许石山听后大怒，立刻行文派人知会地方官府捉拿郭松。待郑喜回舱，杜海龙又把在酒楼听到的刘富跟石先生、刘书办的谈话告诉许石山，许石山甚为惊诧，他已听说高升号遇难，却没料到刘富竟然也纠缠其中，遂存了心要把刘富查个详细。他本想先禀报管带，转念一想自己手中并无真凭实据，且舰上官兵关系复杂，一旦走漏风声反为不美，遂写了封急信给自己的好友北京崇文门附近顺源镖局的王正谊总镖头，请他利用道上儿的关系帮忙彻查，让杜海龙明日一早送到京城。因此信事关重大，只可面交并要立等回信。杜海龙曾听爹提起过王正谊，是京城第一的侠士，爹爹深为敬佩，没想到明日竟有缘拜识心甚欢喜，另外他正可趁此良机去乐善堂访听一下兰师傅的确切消息，也免得终日悬心，所以领了许石山的书信回到舱房兴奋得睡不着觉，思来想去恨不能立时就走，又怕许石山见怪，迷迷糊糊熬到四更便起身穿戴整齐，快马加鞭去了京城。

　　抵达京师天已大亮，尽管跑得风尘仆仆，杜海龙的精神却是极度亢奋。崇文门外本就繁华，做买做卖行脚走路人流如织。杜海龙没有直接去顺源镖局，而是先奔了乐善堂。眼看快到乐善堂了，杜海龙倒踌躇起来，下了马边牵着马边寻思着怎么说才既不会让洪老爷起疑，又不会给兰师傅带来麻烦。猛然想起许石山夸赞过兰师傅做佛跳墙的手艺，或许用他的口气去说会更好些，毕竟他是洪老爷请过的贵客，洪老爷不至于像打发下人一样打发自己。正想着，忽见乐善堂内出来两个人，一人头前领路走得甚急，一人手提菜篮紧随其后，两人出了门就奔了东边的差市，看上去很像厨下的伙计。杜海龙忙疾走几步跟了过去，想先从伙计那里探探口风。但两个伙计的行为举止却让杜海龙有些奇怪，头前的伙计一路上挑挑拣拣，提篮的伙计付账装货，两人也不说话，提篮的伙计不小心碰到了头前伙计的胳膊，头前的伙计立刻缩起身子快走拉开距离，提篮伙计也紧接着黏住头前的伙计寸步不离。杜海龙越看越摸不着头脑，不知二人在闹什么名堂，转念一想不觉好笑，莫管他人是非，先打听自己的事要紧，于是加快脚步想要绕到两人的前面。

谁知差市人多拥挤，杜海龙牵着马行走不便，又赶上两位老者由于菜价高低言语不和争吵起来，看热闹的人越聚越多挡住了他的去路，他被不断涌来的人流困住正自懊恼，不料马也被人蹭来蹭去受了惊，高声嘶鸣摆开了蹶子。众人害怕纷纷四散，那马却已拦阻不住就要甩镫狂奔，杜海龙不得已翻身上马死死拽住缰绳，马因受制奋蹄嘶叫，几次三番仰头蹬蹄想把杜海龙摔下地，杜海龙使出千斤坠的功夫俯身拼力扯住缰绳。马不甘心，再次举蹄狂踢，正在此时，人群骚动有人被挤得脚步踉跄身体不稳，一下子冲到了马蹄前，眼瞅着马蹄就要踹到那人身上，那人惊恐抬头恰与杜海龙四目相接，两人顿时呆住，竟好似瞬间忘了周围的一切。众人惊呼令杜海龙刹那间猛醒狠拽缰绳，那马居然被勒得倒退三步停了下来，不住地喷着响鼻儿。

那人竟是兰烟！是杜海龙日思夜想魂牵梦绕的兰烟！他感觉周身的血液瞬时凝固又轰然爆裂沸腾起来，尽管她剃了头编了辫子穿了男装，他眼中映出的却仍是那个含羞带娇笑靥如花的倩影。似乎又闻到了她身上特有的清香，如带露荷叶般的少女气息，他想大喊喉咙却被千言万语哽住不知从何说起，只是激动得浑身发抖定定地瞅着兰烟，生怕一眨眼她就会消失不见。兰烟也呆看着杜海龙，她的眼睛像蒙了一层水汽，眼神缥缈犹疑，仿佛透过层层迷雾若隐若现的灯火，且惊且喜如诉如泣，直看得杜海龙要滴下泪来。他刚要下马抓住兰烟道尽离情别绪，不期提篮的伙计钻到兰烟身边警惕地瞪着他，兰烟的眼中立时显出厌恶与无奈，赶紧后退躲在提篮伙计背后偷偷向杜海龙摆手摇头止住他的行动，做出受惊的样子用手拍了三下额头，转身后背了手同着提篮伙计匆匆离去，抛下杜海龙失魂落魄地坐在马上看着她的背影，想追又不能追，只得策马缓缓前行，边行边揣测兰烟的手势到底是何用意？她又为何对提篮伙计如此惧怕以致不敢与己相认？她改头换面显然是有难言之隐，难道还被人监视不成？杜海龙心中翻腾竖起双眉，眼睁睁地瞅着兰烟进了乐善堂却无计可施，恨得他猛抽一鞭纵马急奔，打定主意先去顺源镖局办完事再回乐善堂问个究竟，他就不信那乐善堂是龙潭虎穴，大不了掀了那堂子救出兰烟远走高飞。

顺源镖局名声响亮，杜海龙没费多少唇舌就找到了它的所在。镖局的门楼上高挂杏黄镖旗，上书"顺源镖局"四个大字，红漆大门左右还分别挂有"义重解骖""德容感化"两块金字匾额。杜海龙他爹曾说过这两个匾是老百姓感激王总镖头轻财重义济危扶困而送给他的，此番亲见更令他心中感佩。镖局大门敞开，杜海龙牵马进入，早有伙计迎出来安顿了马匹问明缘由将他让进屋奉茶，说总镖头外出未归请他稍作等候。杜海龙心里惦着兰烟坐不安稳，王总镖头又凑巧不在更让他心急，喝了几杯茶听得似有喊杀之声，索性站起身循声走去。镖局的院子相当阔大，听那声音像是从西跨院传来，走到院门前果见院内有不少武师在练功夫，刀剑飞舞拳来脚往打得甚是热闹。院子边上摆满了刀枪剑戟等长短兵器，还有石锁、沙土口袋等练武所需要的器械。那些武师拳脚利索，看得杜海龙也想进院子去耍上两把驱走闷气，冷不丁耳边响起一声冷嘲热讽："都是些不中用的花拳绣腿！"

杜海龙忙转头，不知何时身边多了一个人。此人三旬开外个子高挑苍白清瘦，剑眉长目冷冷地瞅着院中的武师，身穿暗紫色箭袖锦袍，腰系黑带，挺胸背手一副唯我独尊的神态。杜海龙心下大惊，此人功夫如此之高，自己竟没发觉他的行踪，更不知他在此站了多久，他的傲气却让杜海龙有些着恼，顺嘴顶了一句："壮士如此看不起这些武师，想必定是身怀绝技了！"

"是又如何？你还敢领教吗？"紫衣人不屑地瞟了杜海龙一眼。

"在下杜海龙，请问壮士高姓大名也好请教！"杜海龙赌气冲着紫衣人一抱拳。

紫衣人眉毛一挑盯了杜海龙一眼，随即拱手道："凌子寒奉陪！"

杜海龙有心试试凌子寒到底有何本事，一上手就用了八成力道。一个回合下来，杜海龙觉出那凌子寒绝非浪得虚名，不但身手敏捷功力深厚，并且很有武学悟性，对手的招式他看一遍居然能立即学来用以攻击对方，令杜海龙措手不及大为惊叹。凌子寒却似全然不把杜海龙放在眼里，招招凌厉步步紧逼，迫得杜海龙只有招架之功毫无还手之力。原本在院子里练功的武师们见有人打架，也都好奇地跑出来站在边上指指点点议论纷纷。凌子寒见有人观看反皱了眉头不想恋战，虚晃一拳抓住杜海龙的胳膊将他带了个跟头抬脚欲走，不料杜海龙就地一滚来了个兔子蹬鹰，凌子寒躲闪不及腿上挨了一脚恼羞成怒，一串连环踢逼得杜海龙腾身而起架住凌子寒的劈掌顺势来了个黑虎掏心，凌子寒也不闪避，杜海龙的拳打在他的胸前犹如打在一团棉花上，杜海龙心中大骇，这是顶尖高手才会使的棉花功，刚想撤手，拳却被凌子寒用气吸住动弹不得。眼看凌子寒的双峰贯耳就要让杜海龙脑袋开花，武师们投鼠忌器急欲上前阻止，又怕稍有失手反倒害了杜海龙，只能干瞪眼，杜海龙抽身不得心急如焚。

"手下留情！"随着洪钟般的高声断喝，一双手掌从杜海龙身后横空出世硬生生抓住了凌子寒的手。

出拳被截凌子寒正要发怒，待瞅见手掌的主人却迅速抽手抱拳："凌子寒见过王总镖头。"

杜海龙惊魂未定也赶忙回身，看到一个年约五旬的高大壮汉立在身后，头缠白巾身穿白袍，典型的回民装扮，胡子拉碴却是一脸的慈祥。

"您就是王正谊总镖头吗？"杜海龙急忙拱手，"多谢出手相助！"

"不必客气！"王总镖头向杜海龙微笑致意，随后面对凌子寒施礼道，"凌护卫武艺高强，何必跟少年人一般见识？"

"此种不知天高地厚的猴崽子早该教训！"凌子寒冷哼道。

"猴崽子？"杜海龙闻言仿如醍醐灌顶登时愣住。

"凌护卫此来必有要事，随老朽进屋一叙如何？"王总镖头岔开话题。

"王总镖头请！"凌子寒说完也不理众人，率先奔了聚义厅。

"请小壮士稍等，我先接待了凌护卫再行招呼。"王总镖头向杜海龙赔罪道。

杜海龙却只低头沉思也不回话，王总镖头只道他比武落败心情不好，随即吩咐别的镖师好生款待，自己则快步走向聚义厅。

待王总镖头送走凌子寒来找杜海龙的时候，杜海龙正欣喜若狂地坐在椅子上，他终于弄明白兰烟手势的含义。他回忆起自己躺在小船上望着几只白鹭从蓝天下飞过，把从爹那里听到的《西游记》故事讲给兰烟听，当他讲到孙悟空拜师学艺因为听菩提祖师讲道喜得抓耳挠腮被菩提祖师在头上敲了三戒尺作为惩罚，并怒气冲冲地背手而去，所有的师兄弟都责怪孙悟空惹恼了师父耽误他们听讲，唯有孙悟空心机灵巧，暗想菩提祖师敲他三下定是要他三更前去拜见祖师，后背双手则是要他从后门进入，依法而行果见菩提祖师在等候于他，看他如约前来非常欣慰，遂传他过人法术，使他成为"齐天大圣"的美猴王。兰烟听完故事，咯咯笑着用手中采到的莲蓬也装模作样的在他额头上点了三下，说他就是那只调皮的猴子，他捉住兰烟的手说自己是戴了她紧箍咒的猴子，这辈子都会陪在她身边乖乖地听从她的咒语。兰烟必是情急之下想起了孙悟空的典故，也学菩提祖师的暗语要自己三更从后门入去会她。杜海龙越想越有道理，高兴地咧开了嘴，刚才的气恼也立即烟消云散。

"小壮士的样子很开心啊！"一直在门外静静观察杜海龙的王总镖头走进门笑道。

"王总镖头，杜海龙失礼了！"杜海龙赶紧起身向王总镖头施礼。

"杜兄弟坐。"王总镖头笑着招呼，自己则在杜海龙旁边的椅子上坐下，"看杜兄弟的装扮像是朝廷的水军，不知来此有何贵干啊？"

"不瞒王总镖头，我是定远号巡洋舰上的三等水兵，奉许帮带之命有急信面呈。"杜海龙说着，从随身的背囊里取出许石山的书信恭敬地递给王总镖头。

"许帮带的信？"王总镖头惊喜地接过信。

"许帮带说此事紧急，让我在此立等您的回话。"杜海龙说。

"好，杜兄弟稍待片刻，我这就去写回信。"王总镖头说完大步跨出门去。

也就两盏茶的工夫儿，王总镖头便拿了回信进来交给杜海龙。

"杜兄弟辛苦！请替我多多致意许帮带。"王总镖头拱拱手。

"您的威名雄冠武林，能结识您是我的荣幸！"杜海龙诚心赞佩。

"杜兄弟过奖了！杜兄弟才是英雄出少年呢！"王总镖头困惑地看着杜海龙道，"杜兄弟的武功虽与那凌子寒有差距，但也不至陷入危地，高手过招最忌心浮气躁，杜兄弟看上去却像在任性使气，心思根本不在拳脚之上，令在下百思不得其解。"

"您真是慧眼如炬！"杜海龙惭愧道，"我刚才被别事所扰心绪不宁，才鲁莽地顶撞了凌子寒跟他斗了起来，还好您及时出手救我一命，不知那凌子寒是何许人？功夫居然如此高超？"

"凌子寒是庆郡王府护卫统领凌肃天的义子，为人孤僻高傲，凌肃天有十个义子，个个武功了得，凌子寒在这十人中又属出类拔萃，自然要比杜兄弟技高一筹，输在他手下也不算委屈。"王总镖头解释道。

"原来如此！"杜海龙恍然大悟频频点头。

辞别了王总镖头，杜海龙骑马回到了乐善堂附近，找了家客栈要了间一楼的客房，小二牵马喂料，他在客栈里随便吃了点东西回到房间。离三更尚早他又无事可干，吃饱喝足阵阵倦意袭来干脆倒头便睡，也好攒足精神夜会兰烟。这一觉睡得酣畅淋漓，直到二更方醒，杜海龙穿好衣服洗漱完毕感觉神清气爽。客栈里早已寂无人声，他不想被人看到就从窗子爬出去，翻过后院的墙来到街上。街上空无一人，丝丝凉风荡涤着暑气，连聒噪的蝉也偃旗息鼓只在梦中偶尔吱几声。杜海龙的心怦怦直跳，一想到马上就能见到兰烟，他的心就像灌了蜜一样，甜蜜过后他又担心自己没猜准兰烟的意思着慌起来，喜忧参半折磨得他忽冷忽热，不得不停下脚步深吸一口气稳住心神。白天他已摸清去乐善堂后门的路径，此时借着月光走起来俨然轻车熟路，不想刚到门口就见两个打更巡夜的人远远走来，他只得纵身上了旁边的一棵大树。还好大树枝繁叶茂，巡夜的人没看到他，待他们走过他惊喜地发现，从树上可以清楚地看到乐善堂的后院，三更未到，正可在此登高瞭望查看院中的动静。

时间慢得好似蜗牛蠕动，迟迟听不到更漏之声。杜海龙蹲在树上正等得心焦，突然，院子里出现了一个人影，人影左顾右盼小心翼翼地向后门摸索前进，杜海龙见状大喜，看来自己猜得没错，来人定是兰烟了。他刚欲从树上直接跳进院子，兰烟的身后竟然又出现了一条人影，那人行为鬼祟地尾随着兰烟，兰烟回头他便闪进阴影。更漏骤然响起，兰烟好似吓了一跳，猛地站住，随后急惶惶就往门边赶，她后面的尾巴也紧跑几步躲在墙角偷偷探头向外张望。杜海龙看到兰烟在门边徘徊怕她等得心急，可那个尾巴不解决掉他就没办法跟她见面，思忖片刻终于有了主意。

兰烟在门边心急火燎地等杜海龙，既期盼着敲门声响起，又担忧杜海龙没有弄懂自己的意思爽约，更害怕被乐善堂的人发现，任何一丝风吹草动都唬得她心惊肉跳，像只躲避猎犬却又无处藏身的兔子一样瑟瑟发抖，对身后渐渐逼近的黑影毫无觉察，黑影一下子抓住她堵住她的嘴巴，兰烟惊恐万状奋力挣扎，那人却咬着她的耳朵说："烟儿，我是海龙哥。"

兰烟如释重负，霎时瘫软在杜海龙的臂弯里。

"烟儿，此处不是说话之地。"杜海龙扶住兰烟说。

兰烟慌忙打起精神带着杜海龙迅速穿过后院跑进自己住的西侧厢房，

点上油灯，杜海龙发现窗子已被她用厚纸挡住以防被人看见，兰烟牢牢地插上门才又一头扎进杜海龙怀里。

"海龙哥，我不是在做梦吧？"兰烟啜泣着。

"烟儿，不是做梦！"杜海龙泪流满面地抱住兰烟，像要把她深深地融进自己的身体。

他不停地吻着兰烟的面颊，虽然胸中心潮澎湃，却吻得那样轻那样柔，唯恐弄痛了她娇美的皮肤，贪婪地吮吸着她身上散发出来的美妙气息。她不再只是他的梦境，而是真实地贴住他的躯体，那么多个日日夜夜的思念和恐惧全都在雨点般落下的亲吻中逐一消散。她陶醉于他的亲吻，尽情地抚摸他强健的肌体，她的心听着他的心跳，嗅着他粗犷的男人味道，他的手燃起她的渴望和对所有美好的憧憬，让她的每寸肌肤都在他的触摸下激情跳跃、蠢蠢欲动。他的唇压住她的唇，巨大的幸福立刻让她感到头晕目眩。她娇羞地推开他，去箱子里翻出从家乡带来的嫁衣，解开衣服褪掉裹胸，将鲜红的嫁衣穿在雪白的身上，再一次做他的新娘。他温柔地抱起她放在床上，今晚是他们迟来的新婚之夜，没有花轿和红烛，没有大红的喜字，只有两颗燃烧的心和炽热的身体在彼此的温存中缠绵融化。

"海龙哥，你这一走杳无音讯，想得烟儿好苦！"兰烟俯在杜海龙赤裸的胸膛上喃喃低语。

"烟儿，都是哥不好，让你受委屈了！"杜海龙爱怜地抚着兰烟的头发问，"你怎会流落到京又这副打扮？"

兰烟叹了口气，把自己从杜家村外出寻夫的过程讲了一遍，听得杜海龙连连嗟叹。

"烟儿，你的经历比我的胡思乱想还要险上百倍，我再也不能让你寄人篱下四处流落，我也不做啥水兵了，这就带你回杜家村。"杜海龙说。

"海龙哥不是说逃兵要诛灭九族吗？回杜家村不等于自投罗网吗？"兰烟淘气地用手指点了一下杜海龙的鼻子。

"那就去别的地方，我就不信天下之大没有咱们的容身之地。"杜海龙不服气。

"我不想再过提心吊胆的日子。"兰烟把身子紧偎住杜海龙，"不如回去好生求求许帮带，让他想法子放了你，咱们才能安安心心地长相厮守。"

"你说的在理，东躲西藏终究不是长久之计。"杜海龙忽想起一件事，

"烟儿，你可知去后门的时候有人跟踪你吗？"

"当真？"兰烟惊得坐起身子。

"放心，我已经把他放进了马厩，估计要睡上四五个时辰呢。"杜海龙将兰烟搂进怀里笑着安慰她。

"定是那个帮厨的柴昆！"兰烟恨道。

"就是早上跟你一起买菜的那个人吗？他干嘛要跟着你？"杜海龙很是惊讶。

"他怀疑我是女的。"兰烟说。

"他看出了破绽不成？"杜海龙忙问。

"我想他只是虚张声势，就怕今夜的事倒是给他添了口实。"兰烟不无忧虑。

"我今天就带你回天津，先安顿下，不用在此受气。"杜海龙说。

"洪老爷对我有救命之恩，我本不该忘恩负义说走就走，可最近发生的事太过蹊跷，跟你去天津倒省了好些烦恼。"兰烟叹息道。

"啥事蹊跷？"杜海龙惊奇地瞅着兰烟。

兰烟遂把在地下厨房中见到的洪老爷的异常做派告诉杜海龙。

"听你说来着实有些怪异，我从没听爹爹说起过那种装束的武林人士，那样的面具和兵器更是闻所未闻！地下厨房你万万不可再去，一旦被他发现非同小可！另外那帮厨的伙计也需多防着他些，不行就找个借口让洪老爷把他支走，否则迟早会让他抓住把柄。"杜海龙叮嘱道。

"嗯，我明天就去跟洪老爷辞行，他一找到顶替的厨子你就来接我去天津。"兰烟想到又要跟海龙哥分手，不禁泪水涟涟。

"烟儿，我再也不让你离开我了。"杜海龙紧拥住兰烟。

更漏再次响起，已是四更，兰烟泪落如雨看着杜海龙起身穿衣。杜海龙故意背过身去不让兰烟看到自己眼中的惆怅，兰烟却奔过去从后面抱住他，脸紧紧贴着他的脊背。杜海龙转过身为兰烟擦去泪痕，强颜欢笑着宽慰她等自己回来，兰烟却把头埋进他的臂弯不肯放开，泪水浸透了他的衣衫，令他柔肠寸断。

杜海龙将王总镖头的回信交给许石山后快快地回到自己的房间，琢磨着怎么跟许石山说去除兵籍之事，却听许石山叫他，连忙进到许石山的舱房。

"坐，说说吧。"许石山指着椅子让杜海龙坐下。

"说什么？"杜海龙茫然地盯着许石山。

"这次出去不会又让人给劫了吧？"许石山戏谑道。

"我见到了兰烟。"杜海龙涨红了脸。

"原来是让媳妇给劫了。"许石山大笑，"这是天大的喜事啊！你为啥还闷闷不乐呢？"

杜海龙心一横拱手道："兰烟让我求您帮我脱去兵籍，我们也好一家团圆。"

"此事朝廷自有制度，非我所能决断，不如先把兰烟安置到天津，也好就近相见从长计议，不知你意下如何？"许石山劝解道。

"我也这么想，只是她做厨子的那家乐善堂让我不放心。"杜海龙双眉微蹙。

"可是我去赴宴的乐善堂吗？"许石山心中一动。

"正是。"杜海龙点头，"兰烟说洪老爷有一间地下厨房，他在里面饮茶练武，不过所用的茶具和兵器都十分诡异。"杜海龙向许石山详细描述了兰烟所讲的茶具、面具和兵器。

"那是东洋武士才有的防护面具和东洋刀，军舰访问日本的时候我曾亲眼见过！"许石山大为震惊，"怪不得那日我偶然看到洪老爷卖弄功夫，辫子歪了都不感到疼痛，原来他是东洋人，头上戴的定是假辫子！"

"东洋人！"杜海龙惊跳起来，"那兰烟岂不是有危险？"

"兰烟不知洪老爷的确切底细反倒安全，我再拜托王总镖头暗中照应谅无大碍。"许石山摆手，让杜海龙稍安毋躁。

"多谢帮带！"杜海龙甚为感激。

"现在两国战事一触即发，洪老爷不但身份可疑，而且不惜重金广结王公大臣，只恐他是东洋人的奸细，意图不轨，对朝廷不利。"许石山沉吟道。

"那以您之见？"杜海龙忙问。

"当立即修书给王爷陈述厉害断他图谋！"许石山义愤填膺拍案而起。

"不需要先禀报管带吗？"杜海龙问。

"级级上报不但耗时且易生变数，不如这样来得快捷。"许石山说。

许石山却万万不曾料到王爷收到书信的时候正在挥毫泼墨，洁白的宣纸上"风平浪静"四个大字笔力甚是遒劲。梅香笑盈盈地将信递给王爷，王爷浏览过后气得把信捏成一团掷在地上："朗朗乾坤，何来奸细！无凭无据妄加揣测！"

"王爷何事动气？别气坏了身子。"梅香连忙用手安抚王爷的胸口。

"本王不怕生气，就怕体力不支。"王爷淫笑着顺势抓住梅香的手，把她拉进怀里。

"王爷好坏！"梅香在王爷怀里扭着身子娇嗔道。

"你可知洪老爷是东洋人吗？"王爷逗梅香。

"东洋人？"梅香心内一惊，脸上却仍是春意荡漾，"梅香没见过东洋人啥样，看那洪老爷的做派却是地道的大清子民，不知王爷为何有此疑虑？"

"都是那许帮带胡乱猜忌，本王不理他就是。"王爷恨道。

"王爷，您上回给我讲的宝藏故事还没讲完呢！"梅香撒娇道。

"好好好，本王这就给你讲。"王爷满口答应。

十八、兄弟悲情

　　三人也跟着人群奔跑。大雨浇透了杜海龙的衣服和身体，却浇不透他胸中不断膨胀的悲愤和怒气，它们在他体内飞蹿无处发泄，顶得他双眼外凸四肢发痛，让他仿佛忘记了一切，只存了一个念头，就是从重庆号上揪出奸细为兄弟们复仇。

兰烟住在东洋人家里令杜海龙心神不宁，急托郑喜帮他在港口附近的渔村里赁所房子好尽快把她接到天津。这日用过晚饭，天还未擦黑，郑喜来找杜海龙，说寻到一处住所想让他去看看拿个主意。杜海龙大喜，遂向许石山请了假，谁知刚下军舰就被人一把抓住了胳膊："万兄弟，别来无恙？"

　　杜海龙回头细瞅居然是杜海疆！他一身渔民装扮，草帽压得很低，只因他的红胡子用墨染成了黑色，一时竟没认出他来。

　　"二？"杜海龙看到二哥又惊又喜，话到嘴边又忙改口，"大当家怎么来了？"

　　"我已在此等候多时，可否劳烦万兄弟把杜海龙从舰上叫下一叙？"杜海疆热切地看着杜海龙拱手道。

　　此时郑喜也认出了红胡子，忙抱拳施礼，听他当着杜海龙的面要找杜海龙不禁有些犯傻。

　　"大当家，此事一言难尽！"杜海龙哭笑不得只好叹道。

　　"此处不是说话之地，请两位兄弟随我来。"杜海疆看出杜海龙为难，机警地扫视一下四周说。

　　"既然两位有事俺就不跟着掺和了。"郑喜不想跟海匪搅在一起，遂向杜海疆辞道，转头又问杜海龙，"房子的事咱改日再说可好？"

　　"我看郑伯还是跟我们走一遭的好。"杜海疆微笑着看郑喜，眼神中却含着一丝凌厉。

　　"那俺就叨扰了。"郑喜见红胡子语含威胁，只得点头应承。

　　杜海疆带着杜海龙和郑喜离开港口，不走大道专拣小路，左拐右拐来到了一户农舍门前，推开栅栏门便闻到一股子刺鼻的腥气。院子的地上散乱地堆着捕鱼的网具，房檐下的绳子上还挂着些晒干的小鱼，一群苍蝇正围着鱼嗡嗡乱飞。杜海疆开锁进屋，掩上门点上油灯招呼杜海龙和郑喜在椅上坐下，自己则去厨下烧水准备冲茶。杜海龙打量这屋子虽然是土炕土坯，稍嫌简陋，但地面倒也干净，桌椅和茶具上都不见浮土，显然经常有人在此打扫，却又不见屋主，心里不免有些见怪。郑喜则心下打鼓坐立不安。

"万兄弟，那杜海龙没出什么事吧？"杜海疆面露关切，在杜海龙对面坐下问道。

"他很好，不知大当家问他作甚？"杜海龙拿不准杜海疆到底心意如何，又碍着郑喜不好明说，只能一步步试探。

"万兄弟可是忘了曾对我说过的话吗？"杜海疆面色微变，狐疑地瞅着杜海龙。

"大当家不是已经有了一个好兄弟吗？"杜海龙哂笑道。

郑喜在一旁搞不懂二人打啥哑语，左瞅右瞅也不敢插言。

"真的假不了，假的真不了！"杜海疆有些不悦，"我之所以来找万兄弟帮忙，就是为了辨个真假以求心安，万兄弟却为何敷衍推诿？"

"大当家请恕我直言。"杜海龙也豁出去说个痛快，"杜兄弟疾恶如仇，他担心十多年未见，大当家叱咤江湖是否还是当年朴实良善的兄弟心性？若真变成了杀人越货的强匪，彼此就不再是兄弟而是仇人，断不愿相认！"

"我做事上对得起天地，下对得起父母兄弟！杀的都是海盗贪官，救济的都是黎民百姓，从不滥杀无辜！"杜海疆圆睁双目向天拱手，"绝不会拖累兄弟背一个千古骂名！"

"大当家既如此说，想那杜兄弟也该安心了。"杜海龙说得风平浪静，心头却狂涛翻涌。消除了对杜海疆品行的疑虑，杜海龙巴不得即刻便与二哥相认，偏偏郑喜在旁，他无法想象郑喜要是得知自己跟海匪头子是亲兄弟该作何感想？会不会对二哥有所不利？然而不给二哥一个交代他又不肯罢休，纵然心急，怎奈仓促间又找不到两全之策。

"万兄弟还有何问我杜海疆，定如实奉告！"杜海疆见杜海龙低头不语着急道。

郑喜在旁听红胡子说自己是杜海疆吃了一惊，万想不到杜海龙的兄弟竟还活着，这才明白杜海龙隐瞒姓氏的真实目的，偷眼瞅瞅杜海龙，恰巧杜海龙也瞅着他，四目相对，郑喜似有所悟。

"万兄弟，你倒是说话啊！"杜海疆愠怒地从椅子上弹起，俯身瞪着杜海龙，"万兄弟刚刚说的话莫不是要我？"

"我！"杜海龙急得腾身而起却说不出话。

"啥都别说了，大当家请看！"郑喜跨前一步，麻利地解开杜海龙的腰带拽下他的裤子，露出屁股上血红的胎记，"他就是你的亲兄弟杜海龙！"

"郑伯，你！"杜海龙提起裤子涨红了脸，杜海疆却呆在一旁。

"杜兄弟，你的心思俺懂，俺不是那种卖友求荣之人。"郑伯温和地笑笑。

"郑伯！"杜海龙方要说话，冷不防被杜海疆双手抱住。

"二哥，你当真认不出兄弟吗？"杜海龙眼中含泪嗓音哽咽，"你离家那天我抱着你的腿又哭又闹死活不让你走，你抱起我说去给我买糖吃去去就回，我这才撒了手，哪知哥哥一去就是十六年！"

"你真是海龙兄弟！"杜海疆也被泪水模糊了双眼，颤抖着双手扶住杜海龙的肩膀，"我以为你那时候年纪小，早把这些事给忘了。"

"二哥！"杜海龙动情地站起身紧紧抱住杜海疆，"我总算找到你了！"

兄弟二人抱头痛哭，郑喜也唏嘘不已，水在火上沸腾翻滚蒸汽四溢。杜海疆抹了把眼泪让杜海龙坐下，转身去冲茶。

"海龙，你怎会远离家乡跑到军舰上当了水手？"杜海疆给杜海龙沏上茶问。

"我是被抓来的。"杜海龙叹口气，把大婚被抓和兰烟失散的经过给杜海疆说了一遍。

"真没天理！我带人去把那狗衙门掀了替你报仇！"杜海疆听完拍桌子大怒。

"起初我也只是恨那官府，后来沉下心仔细想想，又觉得事情没那么简单，倒像是有人存心要灭咱杜氏一门！"杜海龙灌下一口茶思忖道。

"兄弟在村儿里可有仇家？"杜海疆忙问。

"在舰上待的久了我才明白，村里人根本没能力让官府出兵，何况在大婚之日抓兵更是冒天下之大不韪，很容易引起民众暴乱，官府避之唯恐不及，若没人施压又岂肯惹火烧身？我曾见过为首之人身上的腰牌，绝不是等闲府衙里的腰牌！"杜海龙分析道。

"杜兄弟是说施压之人的势力不可小觑！"郑喜喃喃地接口道。

"该不是愚兄连累了贤弟吧？"杜海疆心内一阵愧疚。

"应该不是。"杜海龙摇头，"要是朝廷想通过我诱捕大哥，应该把我抓进监牢而不是投入军营，我倒感觉此事与三年前爹娘被害有关。"

"被害？"杜海疆仿如五雷轰顶目瞪口呆。

郑喜也吃惊地看着杜海龙，料不到他胸中竟藏着如此的深仇大恨。

"爹娘被杀死不瞑目！"杜海龙满腔悲愤，脑海中再次浮现出那夜家中的惨状。

"被谁所杀？"杜海疆浓眉倒竖怒火万丈，一拳险些将桌子擂得四分五裂。

"小弟不知。"杜海龙眼圈儿泛红，"我那天去兰烟家回来晚了些，院子里并无异样，房子里却黑着灯。我以为爹娘已经睡下，待我点上灯才看到爹娘的屋门没关，我去关门却瞧见屋内一片狼藉，娘侧着头趴在地上大睁的眼中满是惊恐，像是被什么东西吓着了，爹则背靠着炕沿儿，嘴角有血奄奄一息。慌得我赶紧去扶娘才试出娘早已气绝，又去摇爹的肩膀，爹好不容易睁开眼，瞅了我半天才说了句：'把鱼竿儿交给你大哥！然后就命归黄泉，再没留下一句话。"

"我正是见了爹的鱼竿儿才认了那冒名之人！"杜海疆跌足恨道。

"爹的鱼竿儿和我的耍物如何会落到他人手中？"杜海龙大惊，"此人心机深厚只恐别有图谋。爹爹临死之前还惦着那根鱼竿儿，可见此物非同小可，还望二哥能想办法把它夺回来。"

"自那日兄弟走后我就对那冒名之人起了戒心，已找借口将那鱼竿收进了我的房中，并暗中派人盯着他。他若果真是奸细，定然会有所行动，到时再见机行事不迟，倒是兄弟可看出谋害爹娘之人所用的武功路数吗？"杜海疆问。

"爹娘身上没有其他伤痕，都只有一个青黑色的掌印，爹的在胸前，娘的在背后，很像爹跟我提到过的阴风掌。"杜海龙猜测道。

"阴风掌？"杜海疆深感纳闷儿，"爹曾说过，阴风掌是明代东厂的太监所创，因使起来阴风阵阵诡谲刻毒，能令受掌之人即刻毙命，好似阴曹地府索命一般，所以才叫阴风掌。不过会这种功夫的人极少，就爹所知，唯一会用此掌的人也早已被火烧死，哪里又来这阴风掌？"

"小弟要是知道早就去给爹娘报仇了！"杜海龙郁闷至极。

"爹娘大仇定然要报！"杜海疆皱起眉头，"但像爹这样一个老实巴交的木匠从未与人结仇，娘更是连虫子都不忍加害的菩萨，谁会对他们下此狠手？着实让人费解。"

"我估摸着那仇家必是旧怨，想爹三十岁才到杜家村娶亲安家，却对三十岁之前的事绝口不提，还偷着教咱们武功不让外人知道，莫非就是防着会有人寻仇吗？"杜海龙道出心头的疑惑。

"此事恐怕只有找到大哥才能见分晓。"杜海疆也茫无头绪，索性给杜海龙倒上茶，"只要咱兄弟齐心，就一定能找到大哥和行凶之人，一起为爹娘报仇！咱们以茶代酒，干！"

"二哥说的是！"杜海龙端起茶杯。

"兄弟，还有件事，你可知那乐善堂是东洋人开的？"杜海疆瞅着杜海龙。

"我正为此担忧兰烟安危，不知二哥如何得知？"杜海龙一怔。

"是海盗告诉我的。"杜海疆戏谑道。

"海盗？"郑喜脱口而出，手中的茶杯险些掉到桌子上。

"东洋海盗在海上劫掠商船残杀无辜，然后把抢来的货物运到他们的老巢月牙岛，自以为做得神鬼莫知，岂料我们早就在岛上布下了眼线。"杜海疆冷哼道，"除留下很少的部分供己挥霍外，海盗竟把货分成三份发往北京、天津和山东。发往北京的货最多也最贵重，接货人就是乐善堂的洪老板。"

"洪老板？"杜海龙懊恼地一拍大腿，"兰烟还把他当做救命恩人，原来却是海盗的帮凶！"

"要不是亲眼所见，你我尚不敢做此猜想，更何况弟妹。"杜海疆安慰杜海龙，"弟妹那边兄弟宽心，我明天就派人去京城把她接来。"

"有二哥做主我就不怕了。"杜海龙满心欢喜。

兄弟二人相见亲热，直聊了将近两个时辰，郑喜则暗自为二人的命运多舛心生感叹。杜海疆才提出要送杜海龙和郑喜回舰，三人趁着清凉夜风缓步而行，天空中月朗星稀，港口处渔火点点。自从爹娘死后，杜海龙头一回觉得有了依靠，心从没这样敞亮踏实过，听着二哥的一言一笑，看着他的胡子随着嘴巴的开合抖动，他也跟着欢呼雀跃。他暗暗感谢上天开始厚待自己，让他见到了兰烟并与二哥相认，好日子似乎近在眼前，油然而生的幸福感刹那间包裹住他的全身，令他深深陶醉。

　　快乐的时光总是过得飞快，不知不觉已走到了港口。忽然，杜海龙听到了时断时续的哭声，杜海疆和郑喜也闻声止步细听，三人顺着声音望去，岸边似有火光，人影嘈杂烦乱，不清楚发生了何事。三人急忙往岸边赶，走近了才吃惊地发现远处看到的那片火光竟然是一丛丛燃烧的篝火！篝火围起的空地中央搭起了一个临时的醮台，醮台上摆放的香炉里烧着长香，烛台上点着白烛，醮台旁竖着一圈身上贴着姓名字条的稻草人，篝火的两侧呈八字形排开两列用长竹竿高挑起的招魂幡和写有名字的白色灯笼，手拿铙钹的道士站在篝火外面对着醮台，口中念念有词，道士身后的沙滩上跪着一群缌衣素服的男女老少，随着道士铙钹的声响撕心裂肺地呼喊嚎哭，直哭得天地含悲风云变色，有的老人甚至哭得晕厥过去，怀抱婴儿身披重孝的年轻母亲更似那巨浪中的孤舟瑟缩无依。噼啪爆响的篝火映红了夜空，黄色的魂幡和白色的灯笼随风舞动，似在轻轻唤着逝者的名字，不知那一阵紧似一阵扑打着海岸的浪花可携来亲人的亡魂？杜海龙被这凄绝的场景所震撼，不由得心下惨然。

　　"海龙，这些人都是高升号上遇难士兵的家属，在此潮魂祭海悼念亡灵。"杜海疆拉着杜海龙在人群边上跪下悄声说。

　　郑喜也赶忙在旁跪下。潮魂是渔民特有的招魂仪式，他以前见过几次，但像这么大规模的却是头回得见。

　　"原来如此！"杜海龙恍然大悟，想到自己也是一名兵勇，大有兔死狐悲之感，心里又觉得惊奇，"二哥怎会得知？"

　　"我听说他们要来。"杜海疆的眼睛却瞄着海上的来往船只。

　　入夜后的船只虽大幅减少，然仍有少数的客船会进港靠泊。

　　突然，一名身穿军服的清军军官从跪着的人中站起，疾步走到人群前方，转身面对众人，激动地挥舞着手臂大声说："各位父老乡亲！咱们今夜为葬身海底的弟兄们招魂引路，盼着他们的魂魄能回归故土。他们是父母的儿子、是孩子的父亲，是咱的兄弟，都是咱打断骨头连着筋的亲人！他们都是被东洋人杀的！但他们个个都是好样儿的，宁死不降！"人群立时哭声一片。

　　"二哥，我怎么看这说话之人像是村儿里的仲火兄弟？"杜海龙诧异地问杜海疆。

　　"就是他！"杜海疆肯定地说，"他哥仲天就死在高升号上。"

"仲天？"杜海龙的心一阵猛跳，"他是跟我一起被抓兵的，是迎亲队伍里的吹鼓手！那么二小、蚊子、石头他们？"

杜海疆惊惧转头瞪着杜海龙，一把握住他的手，握得那样紧，似乎在感受它的真实，又像是怕它消失，半晌才悲叹一声，"兄弟，是你命大逃过一劫，他们都死了！都死在了高升号上！"

"死了？"杜海龙的脸霎时没了血色，心像被狠狠剜了一刀，眼泪刷地流了下来。

手舞足蹈吹喇叭的仲火，兴高采烈颠着花轿的蚊子和石头，为他身上缠红绸的狗蛋儿……喧闹喜气的场景仍历历在目，然而那些为他吹吹打打披红戴花的好兄弟，都没了！极度的愧疚和悲痛令他浑身发冷："是我，是我连累了他们！"

"兄弟万不可自责！"杜海疆神色冷峻，"要记仇也要记在杀害咱爹娘的仇人身上！"

"我大哥就死在高升号上！"仲火双目血红，额头青筋暴突，"他死得冤！所有高升号上的弟兄都死得冤！为啥？"

人群顿时停止了哭泣，全都目不转睛地盯着仲火，眼神充满迷茫和疑惑，就连低头流泪的杜海龙都立时抬起头来。

"因为东洋人的奸细把他们出卖了！"仲火挥着拳头大喊，"高升号是英国船，东洋人咋知道船上装的是大清士兵？就是东洋人的奸细给他们透的消息！就是这些奸细帮着东洋人把咱们的儿子，咱们的兄弟给杀了！他们手上沾满了咱们儿子、兄弟的血！现在他们要跑，他们杀完人要逃，咱们能让吗？"

"不能放走奸细！"

"抓住奸细偿命！"

"找东洋人报仇！"

人群骤然沸腾起来，愤怒的叫喊此起彼伏直冲云霄，上天似乎也感应到这股汹涌澎湃的怒火，眨眼间电闪雷鸣，瓢泼大雨倾泻而下，浇灭了香烛，浇灭了篝火，让原本清朗的世界顷刻变得愁云惨雾。

"苍天在哭！那是咱们死难的弟兄在哭！他们在等着咱们为他们报仇！"仲火声嘶力竭，奋臂指向停泊在港口的一艘客船，"大家看到了吗？那就是重庆号！东洋人的奸细今晚就要坐这艘船逃出大清的国土，咱能眼睁睁地看着杀死咱们儿子兄弟的人逃吗？"

"不能！"众人齐声大喊。

"对，不能！"仲火高叫，"咱们这就去重庆号上抓住奸细！"

人群也顾不得雨骤风狂，纷纷站起来跟在仲火身后浩浩荡荡奔向重庆号。泪水和雨水早已交织在一起，仇恨给了他们勇气，此刻他们不再是只会哭泣任人宰割的弱者，而是要为亲人报仇的勇士。三人也跟着人群奔跑。大雨浇透了杜海龙的衣服和身体，却浇不透他胸中不断膨胀的悲愤和怒气，它们在他体内飞蹿无处发泄，顶得他双眼外凸四肢发痛，让他仿佛忘记了一切，只存了一个念头，就是从重庆号上揪出奸细为兄弟们复仇。

重庆号是一艘英国人的客轮，刚装满了乘客准备起航，冷不防仲火带着一群狂怒的民众冲上了甲板。英国船长休斯见状试图阻止，民众却根本不理睬他的叫喊，在仲火的带领下闯进船舱逐一搜查。杜海龙的脚刚踏上甲板却被郑喜从后拽住。

"杜兄弟，此事万不可鲁莽！"郑喜深知牵扯洋人之事非同儿戏。

"郑伯，我不能让弟兄们白死了！"杜海龙挣脱开郑喜跳上船，郑喜在栈桥上急得长吁短叹却又无可奈何。

上了船杜海龙反倒冷静下来，脑中马上浮现出石先生的影像，若那石先生真是东洋人的奸细，应该也在这艘船上，遂瞪大了眼睛留心寻找。船上的乘客不知是何缘故全都乱了套，惊呼声、指责声响成一片。

"岂有此理！我是法国驻大清使馆武官裴理博！"一个法国人气势汹汹地冲着仲火怒吼，"我要向你们的政府提出严正交涉！抗议你们不顾国际影响强行搜查！"

"我们不想打扰英国人和法国人！"仲火义正词严地回道，"我们是为东洋奸细而来！"

东洋乘客闻听立马儿慌了神儿，个个表情紧张生怕被暴民盯上。仲火让杜海疆帮忙检查乘客的护照，看到护照上写的是东洋人就让民众推下船绑了扔在栈桥上。杜海龙急于要找到石先生，渐渐脱离了二哥和仲火。通过平日里许石山的谆谆教诲和郑喜时不时讲的一些出洋访问的见闻，杜海龙对国际间交往的礼仪和避讳有了不少了解，方才裴理博吹胡子瞪眼的演说更让他开始感到形势的严峻和时间的紧迫，他明白过不了多久真正的清兵就会赶来，到那时不但擅闯外籍船只无法解释，很可能还会因此放跑奸细，所以他必须尽快找到有用的东西交给朝廷才能为所有的人开脱罪责。杜海龙始终没发现石先生的影子不禁心急如焚，难道他不在这艘船上吗？正在此时，贵宾舱中重物坠地的声音引起了他的警觉，伸手去拉舱门，舱门却被从里面锁住，他凶猛地擂着舱门大叫开门，舱门终于不情愿地打开，一个身穿和服的东洋人皱着眉探出头来，没等那东洋人说话，杜海龙就一步跨进舱房，眼睛迅速扫视着地上的行李。

"我是大日本帝国派驻天津的领事荒川己次！你是什么人？竟敢擅闯我的舱房？"荒川己次铁青着脸大吼。

杜海龙愤恨的目光瞪着荒川己次，拳头捏得嘎巴直响，吓得荒川己次缩到一旁不再言语，眼光却不安地在行李上溜来溜去。杜海龙察觉到他的慌张，认为箱中必有可疑之物，便俯身打开了他的行李箱。荒川己次的头上冒出了冷汗，又不敢去夺，只得悄悄地往门边挪，想要溜之大吉，不料杜海龙回身一脚将舱门踹上，惊得荒川己次身子一抖靠墙站住。杜海龙转头飞快地翻找着行李中的物品，衣服杂物被他扔了一地，很快一个大信封从箱底漏了出来，他连忙抓起信封打开，信封里有一封信函和一些地图。杜海龙展开信函阅读，可信上都是些看不懂的偏旁部首，估计是东洋文字。杜海龙将信函折好放进信封揣进怀里，转身鄙视地瞪了荒川己次一眼，将他拖出舱房交给民众，自己则四处找寻二哥。

杜海龙总算在栈桥上找到了杜海疆，他正和仲火在低声交谈。此刻东洋人已被全部带离了重庆号，大部分情绪激越的民众也已回到了码头，吵着要将东洋人送官。

"二哥，您看这算不算东洋奸细的证据？"杜海龙从怀中取出信交给杜海疆。

杜海疆接过信也看不懂，遂抓过身旁的一个东洋人问他信上写的是啥？那东洋人战战兢兢地说上面写的是清日开战后东洋使领馆人员撤退后安排留守间谍的具体步骤，那些图则有天津卫码头的平面图、天津和江南机器局的平面图以及各省的地矿图，甚至还有北京城的详细地图。

"二哥，这就是罪证！"杜海龙大喜。

杜海疆立即把信函交给了身边的仲火。

"海龙兄弟，我替死难的弟兄们谢了！"仲火郑重地对杜海龙抱拳，急将信函揣进怀里。

郑喜嫌他们兄弟啰唆得不合时宜，只想尽快脱离险境，猛听得远处似有杂沓的脚步声，放眼望去惊见清兵正往码头的方向集结。

"不好！"郑喜赶紧冲着码头上的民众大喊，"官兵来了，大家快撤！"

众人一听立即四散，杜海龙兄弟也与仲火匆匆告别各奔东西。

"二哥，您如何把证据给了仲火？"待跑得离码头远了杜海龙才不解地问杜海疆。

"给他才能真正替死去的兄弟们申冤。"杜海疆回道。

"二哥跟这仲火早有交情？"杜海龙登时心下豁然，"今晚重庆号的事该不会也是二哥从中安排的吧？"

"兄弟，来日方长，咱改日再谈！"杜海疆笑着拍了杜海龙一巴掌，随即跑进了夜色中。

杜海龙和郑喜兴奋疲惫心力交瘁地回到舰上，刚要进舱，却见官兵们三三两两地从船舱中出来涌到了甲板上。杜海龙虽然有些莫名其妙，也只好随着水兵们在甲板上列队，心里突突直跳，琢磨着是否因自己在重庆号上参与的乱子已被许帮带知晓，惹恼了他才弄出这番阵仗。再想想却又不对，正没个主意，猛听一声断喝："官兵弟兄们！"

杜海龙震惊抬头，这声音不是许帮带，竟是定远号的管带刘步蟾！他一直外出公干未归，为何回来就黄夜召集大家？难不成出了什么大事吗？

"我刚刚得到消息。"刘步蟾披挂整齐神情严肃，"就在今天，大清帝国跟东洋人宣战了！东洋人杀了咱们的清兵弟兄，咱们要让他们血债血偿！北洋水师是大清坚不可摧的海上城防，绝不允许东洋人随意践踏咱大清国土！军舰即刻开往威海与兄弟舰只会合，随时准备与东洋人决一死战扬我国威！"

杜海龙没听清刘管带还讲了些什么，他的心正在冰与火的炼狱中苦苦煎熬，一边是与兰烟的生离死别令他痛彻心扉，一边却是要为好兄弟报仇雪恨的豪气干云，他从未感到如此彷徨如此难以取舍。雨已经停了，他仰望夜空，却看不到明月也看不到繁星，唯有阴云翻滚酝酿着又一场天翻地覆的风暴。

十九、墓穴惊魂

　　只是墓中不是棺材，而是两扇有拉环的石门。凌子寒俯身拉开石门，露出一道倾斜的石梯。凌子寒示意兰烟往下走，兰烟却腿脚发软动弹不得，凌子寒只得将她抱下石梯。

　　杜海龙走后的第二天兰烟就去找洪老爷辞工，洪禄虽心中不悦嘴上却好言挽留，请兰烟多宽限几个月，他也好腾出手来去寻厨子，再说像兰烟这样的好厨子也实在难找。兰烟听洪老爷说的句句在理，即便自己心急也不好立时就辞，只好耐下性子回去做事，日日盼着海龙哥早日来接自己。

　　这天兰烟刚忙完午饭，在厨房高卷起袖子刷锅刷碗，不时用脖子上的手巾擦把脸上的汗，乐善堂内的小伙计却跑来告诉说她兄弟来找，正在乐善堂内候着。兰烟只道是海龙哥来了，大喜过望，忙在围裙上擦干手要随小伙计去，转念一想乐善堂内人多眼杂说话不便，遂央求小伙计把人带到厨房，顺手用纸包了两块新做的点心塞进小伙计手里，小伙计欢天喜地地捧着点心走了。兰烟赶紧舀了瓢水洗把脸，又整了整发辫，心怦怦地跳个不住，从心底溢出的笑意绯红了面颊，坐也不是站也不是，扭着手巾在屋里兜圈子，忽听门响急忙上前去迎，进来的人却让兰烟登时怔住，来人竟是田文虎。田文虎穿着灰布无袖褂子、黑色裤子，还是一副乐呵呵的憨厚相，只是脸看上去瘦了些。

　　"兰姑娘，我可找见你了！"田文虎看到兰烟喜得合不拢嘴。

　　"虎哥，您怎么来了？"兰烟为了掩饰自己的尴尬，忙给田文虎搬凳子坐，"大妈的病好些了吗？"

　　"早就好了，原本也没啥大病。"田文虎坐在凳子上笑着说，有些局促地搓着手问，"妹子在这好吗？"

　　"好。"兰烟转身给田文虎冲茶，暗自叹了口气，强作欢笑把茶递给田文虎，"虎哥，喝茶！是大妈告诉您我在这儿的？"

　　"我娘死活都不肯说，只天天逼着我相亲，后来我急了，说再不告诉我你的去处就再也不相亲了，我娘没法子才说你在乐善堂做厨子。"田文虎红了脸，"其实我也没啥事，就想看看你过得咋样，过得好我也就放心了。"

　　"谢谢虎哥惦记。"兰烟犹豫了片刻说，"我找见我男人了。"

"找着了！"田文虎的兴头一落千丈，"他在哪儿？"

"他在定远号铁甲舰上做水兵，前几日我们刚见过面，他还说要尽快接我去天津团聚呢。"兰烟低头摆弄着衣角回道。

"那、那要恭喜妹子了！"田文虎神情失落，心里酸溜溜的不是滋味儿，越发笨嘴拙舌起来，正找不着恰当的话头，一着急倒想起件事来，"对了，我听说大清跟东洋人打起来了，北洋水师的船这几日就要开去南边儿打仗，妹子要去就得赶紧走，走晚了怕就赶不上了。"

"有这等事？"兰烟立刻慌了手脚，"就算要去这一时半会儿又如何能到？况且我还应下洪老爷要替他多担待几日，这样走了岂不成了背信弃义吗？"

"妹子这时候哪还顾得了那些？说句不好听的，能见上一面就算莫大的造化，真要打起仗来还不定咋样呢！"田文虎劝道。

"虎哥说的是，我这就去找洪老爷辞行。"兰烟刚要起身却被田文虎拉住。

"妹子去不得！"田文虎说，"你前番去说那洪老爷不应，这回去说定然也不能放，还是另外想辙妥当些。"

"虎哥可有法子？"兰烟焦急地瞅着田文虎。

"依着我就给洪老爷留封书信今夜就走。"田文虎想了想说，"二更时分趁府上人都睡下，我在后门接上妹子先去我家住一宿，明早就送妹子去通州乘船，不日就可到天津，妹子意下如何？"

"这使得吗？"兰烟觉得半夜三更孤男寡女相伴而行似乎不太合适。

"妹子还信不过我吗？"田文虎看出了兰烟的顾忌。

"我是怕给虎哥添麻烦。"兰烟赶忙解释。

"我没啥麻烦，倒是妹子孤身在外不让人放心。"田文虎瞅着兰烟说。

"等我到天津找着龙哥就没事了。"兰烟假装用手巾擦汗，躲开田文虎火辣辣的目光。

"那我先告辞，妹子也好尽快收拾行囊。"田文虎拱手道。

"也好，多谢虎哥帮衬，妹子感激不尽！"兰烟深深道了个万福。

"妹子不必客气！"田文虎大咧咧地摆手。

兰烟送田文虎往外走，一个人也从窗下直起身来，他就是厨下帮工柴昆。他刚喂完马往厨房走，就看见一个眼生的男人进了厨房，那夜跟踪兰烟被人塞进马厩的情景立马儿在脑海中浮现出来，令他恨得咬牙切齿，于是紧跑几步偷偷躲在窗下偷听，想听听这个男子是否就是那天暗害自己之人，不料却听到了兰烟的逃跑计划，不禁又惊又喜。惊的是兰烟竟想与人私奔，喜的是自己没看走眼，兰师傅果然是个女的，再想起兰烟俊俏的模样，不由得春心荡漾，哪甘心就这么让她跑了？思量半天计上心来，嘴角露出掩饰不住的淫笑。

兰烟并不知柴昆有心害她，打点好细软写好书信，终于熬到二更，开门听听院中已无动静，便挽着包袱蹑手蹑脚地出了门溜向后院。天有些阴沉，兰烟极力让自己的眼睛适应黑暗，以防被东西绊倒弄出声响，好不容易摸索到后门又驻足转头四顾，见身后没人跟着才伸手轻轻去拉门栓，拉一点停一下，生怕声音太大引起别人的主意，一道门栓竟拉了一盏茶的工夫。门一开，兰烟迅疾闪身而出并回身将门关上，用手按住胸口深吸一口气，试图让狂跳的心平静下来。田文虎的车早已等在门外，看到兰烟出来连忙放低车把让她上车。

"虎哥，走吧。"兰烟爬上车说。

田文虎也不答话，拉起车便走。田文虎跑得飞快，车子离乐善堂越来越远，兰烟渐渐放松下来，月亮也从云中探出头为她们照亮。跑了一会儿兰烟觉得路不太对，田文虎家虽去的少，但方向她还是记得的，此时跑的却是截然相反的方向，兰烟不由泛起了嘀咕。

"虎哥，这路对吗？"兰烟问。

"对！"田文虎大概跑得辛苦，回答得气喘吁吁有些差音儿。

"还要多久才到？"兰烟看看周围的房舍逐渐稀少，心里愈发感觉不踏实。

"马上就到！"田文虎说。

"虎哥，我被颠得头晕恶心，您先歇口气停停车，我也缓缓身子，反正已经出来了也不急在一时。"兰烟想借停车的功夫好好问问田文虎到底是何打算。

田文虎却不说话，拉着车更飞跑起来。兰烟慌了神儿，后悔自己不该那么轻信答应跟他出来，细想田文虎不是那种孟浪之人，为何今夜会如此鲁莽？难不成他听说自己找到丈夫心上嫉恨生了歹意？兰烟越想越没主张，索性心一横，悄悄把那包袱中的菜刀抽出来掖到腰上以备不时之需。

田文虎总算停下了车，兰烟抬头见前方黑黢黢的一团像是座山岗，隐隐可见岗上林木密集没有光亮，立时唬得她魂飞天外。

"虎，虎哥，你拉我来这里作甚？"兰烟结结巴巴地问。

"你睁大眼看看，我可是你的虎哥？""田文虎"猛地回过身来。

兰烟诧异观瞧顿时如坠冰窟，眼前站着的居然是柴昆！

"怎么是你？"兰烟脸色煞白。

"你那虎哥身体不济拉不动车，我只好替他。"柴昆冷笑道。

"你把虎哥怎么样了？"兰烟惊问。

"也没啥，只不过让他的脑袋疼两天罢了。"柴昆醋意大发，"事到如今还惦着你那虎哥，真是情深义重啊！"

"我跟你无冤无仇，你为啥要害我？"兰烟斥道。

"害？我可舍不得！"柴昆色眯眯地瞅着兰烟，"这么俊的小娘们儿我疼还疼不够呢！"

"你想干啥？"兰烟大叫。

"我想干的事你心知肚明。"柴昆说着就要来抓兰烟。

兰烟抽出菜刀一阵乱划，柴昆猝不及防往后撤身，兰烟趁机跳下车就跑，谁知没跑几步就被柴昆从身后抱住顺势按到了地上，夺过她手里的菜刀甩了出去，迫不及待地撕扯她的衣服。

"混蛋！放开我！"兰烟拼命叫喊奋力挣扎，怎奈手脚被柴昆压住动弹不得，愤怒和屈辱在她胸中剧烈震荡，泪水霎时涌了出来。

柴昆兽性大发，三两下剥去兰烟的外衣露出白色的裹胸，看着兰烟雪白的身子，柴昆淫兴更起，急褪兰烟的裤子。

"不！"兰烟疯了似地扭身抗争。

柴昆心头火起，狠狠打了她一巴掌，兰烟被打得头昏目眩身子瘫软。柴昆哼了一声再次去抓兰烟的裤子，冷不防被人一把拎了起来。

"畜生！"厉声断喝震得柴昆耳朵发麻。

柴昆急转头，身后不知何时竟站了一个瘦长的汉子对他怒目而视。

"你敢坏我的好事！"柴昆恼羞成怒照着汉子就是一拳。

岂料汉子一把抓住柴昆的胳膊向后一扭，柴昆立马儿疼得高声惨叫："好汉饶命！我上有八十岁老母，下有两岁幼儿。"

"那我就替你的老母幼儿教训你，让你好好长长记性！"汉子手稍用力就听嘎巴一声，柴昆的胳膊应声而断，柴昆疼得杀猪似地惨嚎。

汉子又冲着柴昆的后背猛踹一脚，柴昆一下子飞出老远，重重地摔在地上昏死过去。

"姑娘，你没事吧？"

兰烟迷迷糊糊听见有人叫她，睁开眼看到一个身穿黑色夜行衣的陌生人，吓得护住胸前急往后退，"你，你别过来！"

"姑娘别怕，我叫凌子寒，刚才那畜生已被我打晕了，你赶快穿上衣服。"凌子寒把衣服递给兰烟后背过身去。

"多谢凌义士搭救！"兰烟含泪整肃好衣裳磕头拜谢。

"姑娘不需行此大礼。"凌子寒赶紧搀起兰烟，"我的事还没办完，姑娘只能随我去岗上走一趟。我怕留姑娘一人在此不安全，办完事我再送姑娘回去。"

"兰烟听凌义士吩咐便是。"尽管兰烟怕进那林子再生事端，然而自己独自等候更是害怕，只好硬着头皮跟在凌子寒身后往林子里走。

凌子寒打着火折子头前带路，兰烟用手驱赶着直往脸上撞的蚊虫怯生生地紧随其后。林中的路本就崎岖难走，再加上阴风阵阵怪鸟哀鸣，吓得她心如撞鹿惊恐万分，脚下一滑，下意识地扯住了凌子寒的衣袖。凌子寒见状遂解下腰间的佩剑，让兰烟握住一头拉着她走。兰烟看凌子寒颇识大体不似奸佞小人的行径，心下稍安。也不知走了多久，到了半山腰一块较平坦的坡地，兰烟看到坡地上似有隆起的土堆，走近一看立刻惊得她冷汗直冒失声尖叫，那竟然是一座扒开的坟墓！只是墓中不是棺材，而是两扇有拉环的石门。凌子寒俯身拉开石门，露出一道倾斜的石梯。凌子寒示意兰烟往下走，兰烟却腿脚发软动弹不得，凌子寒只得将她抱下石梯。

墓室外天气燥热，墓室内却寒气逼人，兰烟霎时起了一身鸡皮疙瘩。凌子寒放下兰烟，用火折子点亮了墙上的火把，兰烟这才发现脚下的墓室非常高大宽敞，顶部呈拱形，墙壁均用石块垒砌，壁上每隔四五米便插着一个火把，墓中左右两侧各依次排开五个三尺多高的石台，每个石台上都放着一口红漆棺材，那棺木看上去都是上好的木头，不见任何朽坏之处，墓室中除了这些棺材之外也没有任何其他的陪葬品。凌子寒撇开兰烟用黑布包了口鼻，然后用宝剑撬开左侧中间的一口棺木，墓室中立时臭气弥漫，兰烟忙用手掩了鼻子，心抖个不住，这人难道是盗墓贼吗？盗掘坟墓可是灭门之罪！看了一会儿却不见凌子寒从棺材里掏出什么金银，而只是用一根长长的银针在里面拨来拨去。好奇心驱使兰烟暂时忘了恐惧，慢慢挪过去看，见棺材中的尸首已腐朽变质，只剩下阴森森的白骨，白骨旁尚有些丝绸类的衣服残片，靠近尸骨腰部的位置还有块刷了金漆的腰牌。

"凌义士看这些骨头干啥？"兰烟忍不住问。

"查找死因。"凌子寒翻弄着骨头说。

"如何能看出此人的死因？"兰烟更觉奇怪。

"此人骨头发黑，显然是被人毒死。"凌子寒用银针指指尸首乌黑的肋骨，又举起被染黑的银针给兰烟看。

"凌壮士可是衙门的仵作？"兰烟猜测道。

"我不是仵作，但对毒物略知一二，尤其是此人身上的毒。"凌子寒直起身盖上棺木，用布擦了擦银针，又用宝剑撬开旁边的一口棺材。

"这是什么毒？"兰烟问。

"鹤顶红！"凌子寒微皱双眉。

"我记得鹤脑鹤肉均可入药疗疾，倒没听说鹤的顶冠有毒。"兰烟感到不可思议。

"此鹤顶红是一种剧毒药的名称，不是鹤的顶冠，人服下后半个时辰即可毙命。"凌子寒说，"且此种毒物多在王侯贵胄中使用，民间所用极少。"

"您是说棺材里的人是王公贵胄吗？"兰烟惊讶王公贵胄怎会葬在这荒山野岭？

"他不是，但毒死他的人至少是能接触到鹤顶红的人。"凌子寒忽然咦了一声。

"这个也是被毒死的？"兰烟弯腰去看，却见这具尸骨的肋骨黑得奇特，看那形状倒像是半截手掌的印记。

"他是被打死的！"凌子寒眼含怒气，狠狠地盖上棺材盖又去撬第三口棺材。

兰烟看到第三口棺材中尸骨发黑的程度跟第一口棺材中的一样，应该也是被毒死的。此刻她的胆子也大了起来，再瞅瞅刚才那具棺木，竟在它的帮上发现了一块钉上去的白色木牌，木牌上用黑漆写着：凌子婴。转头再看其他的棺材，帮上居然都有字牌，一个字牌蓦然跳入眼帘，惊得兰烟脱口大叫："凌壮士，这个字牌咋跟你的名字一模一样？"

"那就是我的棺材，等我死了就装在里面。"凌子寒幽幽一笑。

"这些人都是你的兄弟？"兰烟大为震惊。

"兄弟？"凌子寒仰头大笑，笑得甚是凄厉，"我没有兄弟！就连这条命都不是我的！"

兰烟听得毛骨悚然，觉得他既可怕又可怜，目瞪口呆地瞅着他不知该说些什么。

"走吧。"凌子寒叹口气，收起银针扑灭了火把，兰烟听话地随着他走出墓室。

兰烟为凌子寒打着火折子，默默地看着他用扔在地上的铲子填平墓坑，只觉这凌子寒行为诡异身份可疑，也不知墓中埋的何人又为何人所害？他们既不是凌子寒的兄弟为何会跟他葬在同一墓穴？看那尸骨已然有些年头，他又为何现在才跑来掘墓勘验？想想自己若真被那淫贼所污定然难以苟活，很可能也会葬身在乱岗之上，不免悲从中来又有些泪湿，正胡思乱想忽听凌子寒叫她："兰姑娘，干啥还愣着不走？"

"走。"兰烟连忙擦干眼角跟上凌子寒。

凌子寒仍叫兰烟坐到黄包车上，试着拉了两下倒还不算太难，拉了一段竟也能小跑起来。

"兰姑娘，你家住何处？"凌子寒边跑边问。

"我没有家。"兰烟轻声说。

凌子寒猛地停下车转头看着兰烟："兰姑娘何出此言？"

"我本是来京寻我兄弟，碰巧做了乐善堂的厨子，听说我兄弟当兵的定远号要去南边打仗，因急于见他一面才约了我干兄弟田文虎趁夜带我逃走，明天一早好坐船去天津见我兄弟。"兰烟叹道，"不成想田文虎被那淫贼所伤，还把我掳到此处，幸亏遇到凌壮士才得以脱险。"

"原来如此！"凌子寒似有所悟地看着兰烟，"只是天津兰姑娘也不必去了，定远号怕是这两日就要起航去威海。"

"啥？"兰烟大惊，"那，那我就去威海！"

"威海不比天津，军舰都停泊在刘公岛附近且警戒甚严，平民根本上不了岛。"凌子寒摇头。

"凌壮士怎知道得如此详细？"兰烟心生疑惑。

"兰姑娘要是不信可自己去看。"凌子寒嘲弄道。

"那可咋办?"兰烟急火攻心竟一头晕倒在车里。

凌子寒掐了半天人中才把她掐醒,松口气道:"兰姑娘何苦如此性急?岛虽上不去还可通书信,再做打算便是,若三番两次这般惊怪,你没死我倒被你吓死!"

"凌壮士责的是。"兰烟连忙赔罪。

"当务之急先找家客栈安顿一夜,明日再想你的去处。"凌子寒自言自语地说完,又拉起车子。

凌子寒在宣武门外找了家客栈,把车停下扶兰烟下车。栈门已关,他只在门上拍了一掌那门就应声而开,进到门里见值夜的小二趴在柜台上睡得正香。凌子寒摇醒小二,小二还以为梦中见鬼,半晌才回过神儿来。凌子寒吩咐小二把车拴了,要了一个套间,小二揉着惺忪睡眼把二人领进房内。兰烟打量那客房,里间是卧室,外间则是会客室,正寻思凌子寒是何用意,凌子寒却让她进里间锁上门休息,他自己则在外间将就。

兰烟道了谢进屋关上门,暗暗感激凌子寒的好意。一晚上担惊受怕令她疲惫不堪,刚想躺到床上,突然看到一道白光从窗前飞过直射天空,恰似烟花般在空中绽出三朵白花,那白花拖着长长的烟气向下坠落,眨眼间便消隐无踪。兰烟瞅那白光竟像是由凌子寒的客内发出的,正自纳罕,骤然看到窗外黑影一闪,慌得她忙缩到墙角。听到隔壁有人落地的响声,兰烟脱掉鞋和衣躺在炕上,她不想再去听凌子寒的秘密,她现在要做的就是好好睡一觉,明天想办法去威海。海龙哥去了威海她也要去,她就不信那些水兵永远待在船上不下来。想着想着,她的眼皮越来越沉,但砰的一声闷响立即让她惊跳起来。她不清楚隔壁发生了什么,只是本能地跑下床用身子顶住门,低低的谈话声也从门缝里飘进了她的耳朵。

"你确定是他干的?"一个充满怀疑的声音问。

"只有他会那种功夫。"凌子寒冷冷地回答。

"可是?"声音听上去仍在犹疑。

"如果不是亲眼所见,我也不敢相信!"凌子寒愤懑不已。

"那你打算咋办?"声音很是无助。

"你可查清那人来历?"凌子寒问。

"他是保定府杜家村人,名叫杜艺。"声音回答。

"他可有家人？"凌子寒哼道。

"听说有个儿子在军舰上做水兵，已买通舰上的人伺机刺杀，务求斩草除根！"声冷如冰。

兰烟只觉五雷轰顶天旋地转，一屁股坐到了地上，隔壁之人似听到了门响住了口。片刻之后，兰烟闻得一缕幽香，令她周身舒畅，随即便人事不省瘫倒在地。

二十、故设迷局

　　不想桃香的小手刚在载贝子的肩头捏了两下，载贝子就觉浑身酥软说不出的畅快，桃香身上飘散出的阵阵蜜桃香气更是令他馋涎欲滴，遂一把抓过桃香的手，只见十指尖尖白嫩如玉，露出的半截藕臂更是圆润撩人，不禁抬头去看，桃香美目微荡桃腮含羞，直把载贝子看得惊为天人把持不住，当下猛拽过来紧抱在腿上，冲着洪禄一摆头。

洪乐赌坊是京城有名的赌场，门楼高排场大，悬挂在门口写着大大赌字的赌幡离老远就能瞅见。因这里的老板赊钱比别处赊得多，引得赌徒们蜂拥而至，当然收欠款也收得更狠。即便如此，赌徒们还是存一丝能翻本的侥幸，所以此处的买卖异常兴隆，特别到了晚上更是人声鼎沸。单田骏已经在赌场里转了两圈，六张赌桌上的赌徒都挨个儿瞅了一遍，被赌徒们吵得耳朵轰鸣心烦意乱，就连梁上挂的大红灯笼和赌桌上铺的红色锦缎都让他觉得眼晕。然而让他窝火的是，他仍然没发现自己要找的人。是齐三儿的消息不准确？还是那人一直故意低调不曾显山露水？单田骏看看那些五大三粗背手肃立的护场打手，他们的表情没什么异样，再瞅瞅那些摇骰宝的荷官也不见有何担忧之色，难道那人真的没来？不对！直觉告诉他那人已经来了，只是他似乎在等，他在等什么？

突然，六号赌桌处发出一阵惊呼，其他赌桌的赌徒们也纷纷往那边靠拢。单田骏也忙挤进人群，惊奇地看到六号赌桌居然换了一个女荷官。只见她高挽云鬟柳眉凤目，眼睛以下却围着厚厚的面纱，让人看不出庐山真面。穿一身水红色紧身敞袖团花袄裙，露出半截玉臂将骰宝摇得如玉珠落盘。所有人的眼睛不是盯着她的手，而是盯着她的眼，就连单田骏的目光也立时被她微眯的双眼勾了去。看她眼风流转似喜非喜似梦似幻极其妖媚，心里巴不得变成那骰子任她的玉手摇来晃去。女荷官摇了一阵，猛地将骰宝拍到桌子上。

"请下注！"女荷官燕语莺声，看似不经意地用手在写着金色"大"字的一侧锦缎上轻拂了一下。

赌徒们全都好似中了邪般把赌金压在"大"上。

"买定离手！"女荷官叫道，见大家押完随即将骰宝从桌上抬起，露出三粒雪白的骨质骰子，"四点小，庄家通吃！"

赌徒们发出一阵哀鸣，女荷官麻利地用小木耙收集赌客的赌金，当木耙碰到站在东面的一位赌客的十两银子时，那赌客却伸手将木耙按住：

"我明明买的是'小'。"那赌客说。

　　女荷官一愣，闪目观瞧，那赌客的确是将银子押在"小"上，不禁对他多看了一眼，遂从收得的赌资中拿出十两银子交给那人作为赢得的赌金。单田骏也定睛细瞅那位赌客，看他面颊稍瘦脸白无须，眼睛很大瞳仁极黑，嘴角挂着嘲弄的微笑，穿着米黄色细麻布褂子，右手擎着一把半开的黑色折扇不时在下巴上敲两下，神态极其悠闲，全然不似其他的赌徒那般上蹿下跳。女荷官再次摇骰开赌，"黑折扇"把二十两银子仍旧押了"小"，骰宝揭开果然又是七点小。赌客们顿时喧闹起来，有羡慕"黑折扇"给他叫好的，也有愤慨自己赌运不济的，还有后悔没有跟着"黑折扇"下注的。到第三局竟有一半赌客下注前都瞅着"黑折扇"，看到他还是押小，他们也都跟着押"小"，骰宝一开全场欢呼，"黑折扇"再次押中。女荷官一次赔出一百多两银子不由双眉微蹙，幽怨地盯了"黑折扇"一眼，单田骏也开始对这位"黑折扇"刮目相看，只是不清楚他到底是运气超好还是赌技精湛，再说他的相貌也与齐三儿所说相去甚远，拿不准他是否就是自己要找的人。

　　"这位客官，您已经赢了七十两银子，想必也站得累了，不妨出去喝杯茶歇息歇息再来逗趣。"女荷官冲着"黑折扇"抛了个媚眼劝道。

　　"久闻玉娘摇骰宝的技术一流，今日一见果真名不虚传！""黑折扇"笑道，"要我喝茶也行，除非玉娘肯跟我对赌上三局，三局中若有一局输了我即刻就走，若是三局我都赢了，烦请玉娘摘下面纱让我一睹芳容，就算让我喝三天茶也使得，不知玉娘可敢跟我赌吗？"

　　"我好心解劝客官不听也就罢了，怎倒找上了我的错处？客官不愿喝茶接着赌就是了，输赢自是您命定的福分，与我何干？"玉娘赌气道。

　　"玉娘既这么说，那我就不客气了！""黑折扇"向着赌客们拱手道，"各位可愿随着我押宝？"

　　"愿意！"赌客们立即大声响应。

　　单田骏心里却把"黑折扇"看轻了好些，赌客赌钱天经地义，然而胁迫弱质女流实非男子所为。

　　"客官想必知我这面纱是从不摘的，又何苦为难于我？"玉娘急道。

　　"我非责难，实是仰慕已久才邀您对赌，还望玉娘成全。""黑折扇"竟全不退让。

"客官就不怕我姿容丑陋扫了您的雅兴吗?"玉娘冷笑道。

"愿赌服输!""黑折扇"一抱拳。

"也罢,我就跟你赌上三局!"玉娘眉毛一挑抓起了骰宝,另一只手却偷偷扯了把桌下的小铃,那铃绳直通赌场老板的内室。

"玉娘爽快!""黑折扇"闻言大喜。

赌客们都屏息敛声盯着玉娘手中的骰宝,玉娘更是使出浑身解数将骰宝摇得上下翻飞哗啦作响,直看得人眼花缭乱。单田骏却目不转睛地瞅着"黑折扇",见他抱臂而立双目低垂面无表情,好似睡着了一样,耳朵却像谛听周围动静的兔子般微微颤动。啪的一声骰宝落桌,玉娘得意地瞟了一眼"黑折扇"道:"客官请下注!"

"玉娘好身手!""黑折扇"双眼放光,"此点非大非小而是三个一点,同色为贵,不论我押大押小都会被玉娘通吃。"

"客官的确听力非凡!"玉娘赞道,随手打开骰宝,果见三只骰子摞在一起,皆是红色的一点。

单田骏一阵欣喜,看来"黑折扇"就是自己要找的人!众赌客也爆出欢呼,对"黑折扇"敬佩有加,吵嚷着要玉娘赌第二局。玉娘不敢轻敌,加大了骰宝的摇摆力度,骰子在内剧烈撞击犹如万马奔腾,把单田骏听得心神躁动恨不能将那骰宝抢过来摔个粉碎,那些神气稍弱的赌客不得不堵上耳朵以躲避这可怕的噪音。

"客官请下注!"不知何时,玉娘已将骰宝安放在桌上。

"玉娘此招虽嫌狠辣,但能摇出这种点数的荷官满京城只怕也就玉娘一个!""黑折扇"由衷地佩服道,"若我猜的没错,骰宝中应是两个五点,一个一点,只是这一点有些作怪,它尽管面上还是一体,内里却已折断,我要是押十点小,玉娘轻开骰宝让它保持完整,就是十一点大,我要是押十一点大,玉娘只需将骰宝略顿一下就可把它震碎变成十点小,请问玉娘想让我怎样押?"

"还是请客官自己判断为好。"玉娘揭开骰宝,一点的骰子居然真像"黑折扇"说的那样叠在一个五点之上,中间断开似掉非掉。

单田骏暗暗点头,赌客们更是大声惊呼,皆视"黑折扇"为神人。"黑折扇"却并无骄色,稍稍欠身请玉娘开第三局。单田骏虽然听不懂骰宝,可对周围气氛的敏感却超乎常人,他明显感觉到此时赌坊里已是危机四伏。赌客们沉迷赌局浑然不觉，打手们则伺立圈外蠢蠢欲动，内室的门帘竟也挑起一角，有人在帘后悄悄地观察着赌桌的动静。

"此骰宝已被我震裂，我想换个结实点的行吗？"玉娘边说边把裂开的骰宝拿给"黑折扇"看。

"玉娘请便。""黑折扇"点头。

玉娘吩咐人将黑色的木头骰宝换成了褐色的山羊角骰宝，然后装进骰子开始摇动。因山羊角和骰子均为骨质音色相近，无疑给听点数增加了难度。赌客们窃窃私语为"黑折扇"抱不平，单田骏也觉出玉娘的诡诈，倒想看看"黑折扇"如何应对。谁知"黑折扇"依然半睡半醒不动声色。当玉娘第三次把骰宝放到桌上时，"黑折扇"骤然睁眼将八十两银子全都压在了"小"上。

"买定离手！"玉娘喊完轻蔑地扫了"黑折扇"一眼，揭开骰宝。

骰宝下三只骰子摞成一柱都是六点朝上。单田骏心一紧，"黑折扇"怎会听错呢？是骰宝的原因还是自己错判了此人？赌客们也都惊奇地看着"黑折扇"。

"客官，这回您可猜错了！"玉娘讥笑道。

"是玉娘笑得太早！""黑折扇"诡谲一笑，用扇子在赌桌上轻轻一磕，那三只骰子竟立时化为齑粉，"玉娘能拿捏到如此火候，功夫也算是炉火纯青了！不过这一局我却是赢了！"

单田骏恍然大悟，众赌客连声惊叹，玉娘则眼含怒火，愤愤地又输给"黑折扇"八十两银子。

"玉娘，还有您的面纱。""黑折扇"收拢银子提醒玉娘。

玉娘恼恨地瞪他一眼幽幽地说："客官今日若见了奴家的真容，奴家就再也无法在赌坊立足，客官真就这般狠心吗？"

"像玉娘这般手艺神妙的荷官赌场求之不得，怎会不能立足？还请玉娘不要再找借口推脱！""黑折扇"倒收起了笑容冷冷地盯着玉娘。

玉娘叹口气，低头解下面纱，单田骏只觉眼前一亮，那玉娘生得面如敷粉唇若涂朱，加之双颊羞红可怜兮兮，更别有一番韵致。众赌客正瞪眼呆看，不料"黑折扇"哈哈大笑道："失敬！失敬！我只道是玉娘，却原来该叫玉郎才是。"

单田骏一惊，再瞅玉娘，果见他下巴上擦的厚粉中露出极小的一点青色胡茬，众赌客哗然，玉娘看再也装不下去恼羞成怒，转身拂袖直奔了内室。"黑折扇"有些失落地摇了摇头，把银子装进随身带来的包袱里挎在肩上，大摇大摆地往外边走，众赌客恭恭敬敬地为他让出道路。单田骏听赌客们悄声议论："他不会就是赌技京城第一的'千面摇钱宝'吧？"

"除了他还能有谁？"

"可面相不同啊？"

"笨蛋！面相相同还叫千面吗？"

单田骏正要跟出去，蓦然瞥到原本站在内室偷瞧之人向两个打手使了个眼色，两个打手立刻跟在了"千面摇钱宝"身后，单田骏冷哼一声，也悄然尾随着打手们出了赌坊。

没出赌坊多远"千面摇钱宝"便让赌坊的打手扯着脖领子拎进了后巷。

"你们想干啥？""千面摇钱宝"挣扎大叫。

怎奈过路的行人见是赌坊的人皆侧目闪避，没人愿意管赌徒的闲事。单田骏也躲在墙后冷眼旁观没有立刻出手，想瞅瞅"千面摇钱宝"的武功如何。

"干啥？你吃了豹子胆敢来洪乐砸盘子？我看你是不想活了！"打手照着"千面摇钱宝"的肚子就是一拳。

"千面摇钱宝"应声倒地疼得乱滚，单田骏不由苦笑。尽管"千面摇钱宝"赌技奇精却是个功夫白痴，再让两个打手打下去只恐他小命不保，于是大声喝止："住手！想打死人不成？"

两个打手正打得起劲，冷不丁有人插一杠子心里不爽，甩着膀子就要给单田骏点颜色看看。他们岂是单田骏的对手，被他三两下就打得满地找牙。单田骏搀起"千面摇钱宝"，叫了辆马车去了乐善堂，让堂中的坐诊大夫给他上了药后，将他带进了洪禄的书房。

洪禄正在查看发往军队的药材账目，看到单田骏带着个陌生人进来很是诧异。

"这位是？"洪禄疑惑地瞅着单田骏。

"我若猜得没错，您就是号称'千面摇钱宝'的姚六宝姚先生吧？"单田骏向"千面摇钱宝"拱手道。

"惭愧！让您见笑了！"姚六宝施礼道，"多谢壮士搭救！"

"姚先生不必客气！我叫单田骏。"单田骏给姚六宝介绍洪禄，"这位是乐善堂的洪老爷。"

"幸会！"姚六宝眼珠乱转，在单田骏和洪禄身上溜来溜去。

"姚先生怎会弄成这般模样？"洪禄边问边招呼二人坐下，命人上茶。

"姚先生拔了洪乐赌坊的'摇钱树'，被他们的打手追打。"单田骏笑着解释。

"我哪里知道那玉娘竟是男子！"姚六宝一脸懊恼。

"您不知为何偏要赌他的面纱呢？"单田骏感到奇怪。

"是人跟我打赌，我要能揭掉玉娘面纱便输给我一百两银子。"姚六宝说。

"玉娘是洪乐赌坊的招牌，姚先生把他戳穿了，只怕今后的日子不会好过。"洪禄似是甚为担忧姚六宝的处境。

"赌坊原本就不待见我这种人，不过我自有妙招应对。"姚六宝久经风浪，一副无所谓的样子。

"您是说您高超的易容之术吗？能否有幸让在下一睹您的真容？"单田骏恳请姚六宝。

姚六宝嘿嘿一笑把脸一抹，白脸立时换成了红脸，浓眉吊眼竟与关老爷有点相似。洪禄和单田骏被惊得目瞪口呆，姚六宝再抹把脸又恢复成了方才的模样。

"姚先生手法神奇，令人叹为观止！我倒看不出究竟哪张脸才是您的真容？"单田骏依旧困惑。

"两张都不是。"姚六宝戏谑道，"这些虽是雕虫小技，却是我赖以混饭吃的法宝，要是让人知道了我的真实模样，我不是被赌坊的人打死就是被饿死了，因此还请二位爷见谅！二位爷要是没别的事我就先告辞回去养伤。"

"姚先生请坐！"洪禄忙道，"我已吩咐人替姚先生准备了一间上房，此处医药俱全，姚先生可放心在此养伤。另外我还想请姚先生帮我办件事。"

"何事？"姚六宝的眼中闪出一丝机警。

"也不是啥大事，就是请姚先生替我赌一局。"洪禄轻描淡写地说。

"跟谁赌？"姚六宝眨眨眼。

"过几日我天津机械局的朋友冯贵冯帮办要来京公干，他很喜欢玩两把，所以我想请姚先生坐庄开个局让他过过瘾。"洪禄说。

"这局设在哪里？"姚六宝问。

"就在我府上。"洪禄回答。

"洪老爷想必知晓朝廷的法度，私自聚赌不仅要枷责还要发配，您就不怕？"姚六宝试探道。

"衙门那边不用姚先生操心，我久闻先生摇骰宝的技艺天下无敌，几乎能达到随心所欲的境界，因而只有您做这个庄我才放心。"洪禄恭维道。

"要坐庄至少要有十万以上的银子，这钱谁出？"姚六宝盯着洪禄问道。

"钱我来出，事成之后奉送先生一千两酬金。"洪禄看到姚六宝沉吟不语便问，"姚先生是嫌酬金少吗？"

"我只是不明白洪老板安排这场赌局对您有何好处？"姚六宝狐疑地瞅着洪禄，"难不成您有求于那冯帮办？我可不想坏了自己名头故意输钱给他。"

"不，我要您赢他，最好能赢得他倾家荡产！"洪禄笑道，跟姚六宝交换了个意味深长的眼神。

安顿好姚六宝，洪禄就奔了香园恭迎载贝子。载贝子轻车简从只带了一个小厮，进了香园连夸院子里的景儿比王府还要精致。

洪禄将载贝子迎进南绣楼装饰华贵的小包间里奉茶，说刚得了信儿，天津机器局的冯贵帮办过几日要来。载贝子冷笑，说他上回进京在自己开的牌楼里输得精光，那人穷赌还好借钱，要是洪禄不想沾上饥荒就少搭理他。谁知洪禄闻听正中下怀，说想通过冯贵引荐也办点儿洋务，载贝子却摇头，说冯帮办也就懂造枪造炮，洋务恐不通。洪禄忙说能为机器局供货也成，载贝子凌厉地瞪一眼洪禄，说机器局造的枪炮关乎大清的军队命脉，供应商都是朝廷审核过的，让他还是做药材本分。洪禄还想说话，载贝子却不耐烦地问他赛香妃在哪儿？

洪禄见贝子爷起了，急忙让人去带姑娘们过来，一时间红花绿影晃得载贝子眼花缭乱。待定睛细瞅，载贝子却挑起了毛病，不是嫌这个手粗就是嫌那个腿短，横竖不得他的意，好不容易有个合适的还嫌人皮肤长得糙。洪禄明知贝子爷是怪他耽搁了时间故意找茬儿，可一时又想不出好的对策，急得冷汗直冒。

正着急，秦妈又领着两个姑娘进来，却是桃香和海棠。载贝子方才瞧得眼累，眼皮都没抬一下就随手指着桃香让她给自己捶背。不想桃香的小手刚在载贝子的肩头捏了两下，载贝子就觉浑身酥软说不出的畅快，桃香身上飘散出的阵阵蜜桃香气更是令他馋涎欲滴，遂一把抓过桃香的手，只见十指尖尖白嫩如玉，露出的半截藕臂更是圆润撩人，不禁抬头去看，桃香美目微荡桃腮含羞，直把载贝子看得惊为天人把持不住，当下猛拽过来紧抱在腿上，冲着洪禄一摆头。

洪禄明白贝子爷看上了桃香，总算心下踏实，不料一旁却醋翻了海棠。她见贝子爷人物风流又是王府贵胄，本指望凭着自己的姿色献媚邀宠，谁知却被桃香占了先，不由心生嫉恨，幽怨地瞅了一眼载贝子，悻悻地随着洪禄和秦妈退出房门，载贝子和桃香的调笑传到她耳朵里竟似刀一般剜着她的心，竟至将手帕撕成了碎片。

洪禄哪里顾得上海棠的失态，只一门心思想着载贝子关于冯贵和天津机器局的说话，看来自己想要拿下冯贵的策略是对的，心头暗自生出一丝得意。

冯贵到的前一天，洪禄让下人把自家的会客室布置成赌坊的样子，赌桌骰宝等赌博工具一应俱全，还特意请了两位爱赌钱的朋友庄老板和杨老板到时同来凑趣，这才给冯帮办下了帖子，约他明日戌时在府上恭候。

冯贵闻听赌局就像那苍蝇闻到血腥喜不自胜，果然如约而至。他肤色蜡黄脸庞滚圆，一双小眼睛总像两只不安的小鼠般瞅来瞅去，黑色的湖绸长袍裹着一股股的肉团儿让身材显得尤其矮胖。他这赌博的爱好可是有家世渊源，他爹就是因为豪赌荡尽了家财，害得他从小只能进不花钱的教会学校学习洋文和算学，谁知他竟因祸得福，毕业后就凭借流利的英文进了江南制造局当翻译，对洋务和洋机器渐渐谙熟，这才被李鸿章大人调来天津机器局充当帮办。优厚的待遇让他不必再有衣食之忧，却没能阻止他走上他爹好赌的老路。

洪禄让姚六宝换了身极为富丽的蓝色洋缎袍子装扮成姚老爷，将冯贵让到会客室给他介绍庄老板和杨老板，又私下跟他咬耳朵，说那位姚老爷家财万贯最喜欢坐庄，却是个地道的"大头"，因为赌钱每天扔出十万八万两银子简直如同儿戏，根本看不在眼里。冯贵满心欢喜瞅定了姚六宝，打算好好地敲他一笔。大家分宾主落座后洪禄便请姚六宝开局。

姚六宝不愧是赌博高手，摇骰宝的技术比那玉娘更要老道得多，就算洪禄用上武功心法凝神静听都无法听出骰宝里的点数，只能胡碰乱猜。冯贵则完全像变了一个人，骰子一响他就把所有的胆小谨慎抛到了九霄云外，激动得面红耳赤，浑身的肉团儿随着他站起坐下不住地颤动，第一次下注就大呼小叫地押了五百两"小"。骰宝一开，冯贵兴奋得差点晕过去，五点小，他立马将洪禄和庄老爷、杨老爷下的注都划拉到自己身边。

看到洪禄叹气冯贵更来劲了，吵着让姚六宝再开。连开两局冯贵都赢得满堂彩，洪禄夸他吉星高照财源滚滚，让他乐得合不拢嘴，将刚得的两千两银子全部押在"大"上，口中狂呼巴望着再翻一倍，不想财神爷打了个喷嚏让他滑了一跤，银子眨眼间进了姚六宝的腰包。

冯贵哪里肯依？立即从怀中掏出五千两银票拍在桌上，要与姚六宝一决高下。姚六宝继续不急不恼地摇着骰宝，暗暗使出独门绝技，不露声色地在揭开骰宝的一刹那腕力稍动玩个花招，就将大换成了小，把小又换成了大，让冯贵始终没有翻身的机会，很快又将他的五千两银子收入囊中。冯贵输红了眼，求洪禄借给他一万两银子翻本。洪禄二话不说就给了冯贵一万两银子，谁知不到半个时辰就连这一万两也打了水漂。

"洪老板，再借给我五万两银子可好？我就不信今晚会背到底！"冯贵央求洪禄。

"冯帮办，不是我不借，只不过，"洪禄面露难色欲言又止。

"你是怕我还不起？"冯贵怒道，"我这就给你写一张押地的借据，庄老板和杨老板正好给我做个见证，我那地值十万两银子，定不会亏了洪老爷。"

"冯帮办既如此说我也不好推辞。"洪禄叹口气，极不情愿地接过借据又给了冯贵五万两的银票。

洪禄见时机成熟，就大声呼唤丫鬟添茶续水，早已伏在门外的单田骏和步军统领衙门的王大班听到暗号遂一起闯了进来。

"老爷，差官前来查夜，我挡都挡不住！"单田骏故意哭丧着脸说。

"官爷驾到有失远迎，请到书房奉茶可好？"洪禄也装出惶恐的样子低声下气地给王大班请安，众人见状也都给忙不迭地给王大班请安。

"私自聚赌，你们可知罪？"王大班看到赌桌煞是震惊，横眉立目地瞪着赌桌旁的人。

冯贵登时吓得体如筛糠，庄老爷和杨老爷也唬得不知所措，姚六宝则有些发懵，洪老板并没跟他说过还有抓赌一节。

"官爷莫怪，我们只是朋友玩玩，不当真的。"洪禄赔笑道。

"你不当真我可当真！"王大班一瞪眼，"弟兄们，把他们都给我抓了，回去扔进牢里枷上三个月不准折赎！"

"是！"四个差役发一声喊就要抓人。

"官爷，有话好说，有话好说！"洪禄和单田骏急忙拉住王大班，洪禄悄悄给他手里塞了二百两银票。

"洪老爷是聪明人！放你们可以，但不能全放，总得抓个替死鬼给衙门有个交代。"王大班瞅了一圈忽然用手一指冯贵道，"我听着他不是京城口音，就抓他好了。"

"啊！"冯贵惊得扑通摔到了地上。

"官爷万万使不得！他可是我请来的贵客！看兄弟薄面请您放他一马，我定当重谢！"洪禄连忙打躬作揖，又塞给王大班一百两银票。

"看洪老爷面上我就饶他一回，下次再让我看到绝不轻饶！"王大班恶狠狠地瞅一眼冯贵转头吆喝衙役，"弟兄们，走！"

洪禄送走了衙役回来，冯贵对他千恩万谢，直说回到天津就送银子过来赎回借据。洪禄不但好言相慰还送了他几百两银子的盘缠，并亲自雇车送他回天津，冯贵心下感激，遂把洪老爷当做了全天下第一等患难与共的好朋友。

二十一、命悬一线

　　原来刘富曾多次驻扎刘公岛，对这里的地形极为熟悉，今天看见杜海龙和郑喜去了龙王庙，便特意引杜海龙来此施以毒手。看看杜海龙已沉入海底，去了心腹大患，刘富顿感心情舒畅，冷笑一声，转身哼着小调离开海崖。

杜海龙以前只是听许石山说过北洋水师的舰队如何庞大，当他亲眼在刘公岛前的海湾中看到那些威武雄壮整齐排列的战舰和高高飘扬的青龙旗时，他才真正从心底里感到震撼，油然生出一种从未有过的自豪感，他说不准是在为大清帝国自豪，还是为自己能成为这舰队的一分子而自豪，或许两者都有，只是这种自豪感却在操练中遇到了考验。

许石山一心想把杜海龙培养成一名合格的炮手，为了让他尽快熟悉炮务不惜手把手地教他。杜海龙很聪明，基本上已经掌握了装弹、瞄准、开炮的要领，可在今天的装膛演练中那枚开花弹试了几次愣是装不进去，郁闷得重重把废弹放进废弹筐中抱怨道："先前装十个开花弹能有一个废弹，现在可好，装十个能有五六个废弹，真不知那帮造炮弹的人想干啥？"

"果真有这么高的废弹率？"许石山闻言很是吃惊。

"您瞧，都在那呢！从昨天到今早上，筐都满了！"杜海龙一指废弹筐，"我就不明白！他们做东西就不检验吗？咋废弹也能送到舰上来？真要打起仗来岂不误事？"

"说得没错！"许石山冷峻点头，"按说天津机械局生产开花弹已非一日，早该驾轻就熟才是，而今质量不升反降于理不通！现在水师备战又急需这种威力强大的炮弹，我当立即上报管带，敦促工厂严格把关，否则难保不贻误军机！你先把废弹退回支应官那里，我这就去找管带说项。"

杜海龙看着许石山的背影心里很不是滋味儿，军舰就靠大炮发威，炮弹打不出去，再大的军舰也不过是一堆废铁，他对北洋水师刚刚建立起来的信心开始有了强烈动摇。

杜海龙送完炮弹回来找许石山复命，却见许石山眉头紧锁面色阴沉，好像发生了什么大事。许石山见到杜海龙抬起头来。

"你可知那位石先生是谁吗？他果真是东洋奸细，名叫石川五一！"许石山气得拍桌而起，"我刚接到朝廷通报，就是他向东洋人透露了高升号的消息！"

"抓到他了？"杜海龙问，他记得在重庆号上截获的信函中就有这个名字，看来把信函交给仲火是对的，现在果然案发。

"他跟天津军械局的刘棻，也就是你听到的刘书办都已归案，刘棻这个卖国贼！竟然为了区区八十两银子就把大清的军事秘密卖给了石川五一，为此搭上了上千条清兵弟兄的性命！"许石山来回踱步忧愤难平，"倭人虽得咱中华教化摒除愚昧，却难脱兽性，不但不思感恩反屡犯华夏疆土。前朝戚继光抗倭十余年才保东南沿海无虞，大清同治爷十三年倭寇再犯台湾，若不是钦差大臣沈葆桢大人奉命睿智周旋、鼎立抗衡，台湾已归倭人矣！旧闻新事络绎不绝，倭人犹如豺狼卧于枕侧，何能安睡？沈葆桢大人临终前还千叮万嘱要当心倭人，有识之士也曾屡次奏报朝廷，称东洋奸细早已遍布咱大清国土，对咱大清虎视眈眈，狼子野心昭然若揭！朝廷却始终不以为意，时至今日才总算认识到东洋奸细的存在，已不知有多少情报早被东洋人窃了去，悔之晚矣！抓到的奸细只是冰山一角，没抓到的又有几何？我曾上书王爷请他当心乐善堂，却迟迟得不到回音。可惜我等身微言轻，心有余而力不足，若假以时日，只怕这大清江山都要毁在倭人手里！"

"难道大人就甘心坐以待毙？"杜海龙急道，他虽想象不出东洋人如何能毁掉大清，但弟兄们被东洋人所杀却是血淋淋的事实。

"当然不能！"许石山凛然道，"大战在即，奸细不抓必害我军用兵！我会再次上书王爷，痛陈厉害，以期引起朝廷重视，遍捕东洋奸细，再给王总镖头去封书信，烦他留心一下乐善堂的动静。刘富的事我已禀报管带，管带令我等尽快彻查，你也需盯紧刘富，他既与石川五一有联系，难保不与其他的东洋奸细有勾搭，若真如此，也可引蛇出洞一网打尽！"

"是！"杜海龙领命。

许石山派杜海龙监视刘富，岂知刘富早已听到了风声，朝廷虽对满人犯法处罚较轻，但对投敌叛国之人却绝不轻饶，他唯恐石川案连累自己掉脑袋，窝在舱房里寻思着怎么能摆脱嫌疑，思来想去只有杜海龙曾看到他跟石川五一在一起，为今之计，只有除掉杜海龙才能死无对证。可杜海龙身手不凡，想要干掉他并非易事，想了两天，刘富终于想出一条毒计。

这日上午，定远号进行实弹射击演练，刘步蟾亲自站在舰桥上观演。洋枪队率先进行标靶射击，随后是副炮射击和鱼雷发射，刘步蟾用望远镜仔细观看着命中状况，时而扼腕叹息时而又暗暗点头。最后才轮到主炮开火，海面上早已设置好了固定的标靶，炮罩已经取下，主炮手也已就位。许石山悄悄吩咐主炮手让杜海龙射三发炮弹，并拍拍杜海龙的肩膀鼓励他瞅准目标、心无旁骛。杜海龙既兴奋又紧张，这是他头一回真炮实弹进行射击，并且还是在管带的眼皮底下，是成是败将直接决定他今后能否成为一名合格的炮手，遂拿出练功的定力稳住心神，装弹、放药、瞄准、射击一气呵成，居然三发全中，引得刘步蟾大声叫好。

或许是刚才精神太过亢奋，操演完毕杜海龙竟有些情绪低落，想起一直没有得到二哥的消息，也不知兰烟那边状况如何，她一日不离开乐善堂他就一日不得安心。郑喜看出他的忧虑，建议他去岛上的龙王庙为兰烟烧香祈福，据说这里的龙王爷很灵，顺便也给自己念叨上两句，真要打起仗来也可保平安。杜海龙觉得郑喜说得有道理，遂跟他约好下午得空一起去龙王庙。

岛上的龙王庙古朴典雅、香火旺盛，特别是每年的正月初一或六月十三龙王爷生日这天，不但岛内岛外的渔民都要来此进香跪拜，祈求龙王爷保佑其海上平安，就连北洋水师的官兵也会来庙里祭祀烧香，并与岛内居民一起在庙前的戏楼看戏同乐。杜海龙随着郑喜拾级而上进入正殿，正殿里的龙王爷头戴冠冕、手持牙笏、身披锦袍、正襟危坐，横眉怒目极其威严。龙王爷的右侧立着黑帽青衣的龟丞相，左侧站着面目狰狞的巡海夜叉。龙王爷的座前摆着条案，条案上放着燃着红烛的烛台和镀金的香炉，炉中青烟袅袅，不时有人在条案前面的垫子上磕头跪拜。杜海龙也向庙祝请了三炷香在垫子上跪下，将香举过头顶，虔诚地闭目祷告，请求龙王爷保佑兰烟平安无事，也保佑自己能逢凶化吉。郑喜也请了香，在他身边的垫子上跪下。杜海龙祷告完毕，起身把香插进香炉，绕到东面去看墙上绘制的《封神演义》中的故事，忽觉人影一闪，感觉有些面熟，抬头细瞧竟是刘富！只见他穿着水兵头的服饰急匆匆地奔了后殿。他也来烧香？可自己并未看到他在龙王爷跟前跪拜啊？那他来干啥？杜海龙心里嘀咕，瞥了一眼郑喜，见他还在祷告，于是快走几步出了正殿去跟刘富。刘富走走停停不时转头四顾，却又不像在找人。杜海龙怕自己的水兵服饰太惹眼，只能找人多的地方走，瞅见刘富进了后殿，因这后殿并无后门，索性躲在左侧的厢房等他出来。厢房里坐着一位替人解卦的老道，面庞清癯，仙风道骨，他面前的桌子上摆着签筒。

"施主印堂发黑恐有灾祸，不妨抽上一签，贫道也可为您开解开解。"老道招呼杜海龙道。

"多谢道长！我在等人，不想抽签。"杜海龙辞道。

"施主需万事谨慎，不可操之过急！"老道劝道。

"谢道长！我记下了。"杜海龙嘴里应着，眼睛却紧盯着后殿。

刘富进了后殿半天不出来，杜海龙不免有些心急，忽见刘富跨出后殿，身上却换成了渔夫的装束，头戴草帽灰褂灰裤，肩上挎着一个蓝布包袱，就连脚上的鞋都换成了草鞋。杜海龙看到刘富的样子不禁一怔，难道他想乔装逃跑不成？正要跟上去看个究竟，冷不丁被老道一把拉住了胳膊："施主，您还是算一卦吧！"

"卦象自由心生，哪有强人算卦的道理？"杜海龙恼火地挣脱老道去追刘富，留下老道独自摇头叹息。

杜海龙路过正殿撞着郑喜，推说自己有点急事先走一步，郑喜不疑，杜海龙遂撇下郑喜急跑下石阶，却不见了刘富。杜海龙站在戏台边左右张望，猛然看到刘富的草帽出现在西边的路上，他那草帽头顶破了个洞，草茎外翻，好似脑袋上长了茅草一般，很是显眼。尽管战争的阴云日益逼近，北洋水师也加强了岛上的戒备，凡是在岛上停靠的过往船只都需查验才能放行，不允许外面的人上岛，但对在岛内居住的渔民较为宽松，刘富也尽量低头躬身避开行人，因此刘富并未引起路上水兵的注意，只当他是原本就住在岛上的渔民。刘富不避讳水兵却躲着渔民，因他那白胖的膀子明眼人一瞅就知不是在大太阳下出苦力的，他怕渔人见他面生向水师出首讨赏坏了他的事，所以净找些犄角旮旯的道儿走。

这可苦了杜海龙，他本就对岛上的路径不熟，前一刻还看着刘富在路边弯腰提鞋，后一眼他又踪影皆无。正自心焦，却见刘富又从渔户茅屋旁的土坡上冒了出来，把渔户养的鸡惊得四处乱飞。杜海龙不得不紧瞅着刘富，生怕稍一错眼让他跑了。看着刘富一直朝着北炮台的方向走，杜海龙很是惊奇，他不明白刘富既然要逃干嘛不找近处的渔船载他出海，而偏要舍近求远？况且北炮台附近的海岬风高浪急，渔船极少会在那里停靠，难不成他还另有所图？杜海龙边想边加快了脚步，刘富已经到达了北炮台的山下，山上全都是郁郁葱葱的黑松和茂盛的蒿草，稍不留神就会把人跟丢。刘富果真没有沿着大路走，而是一头扎进了黑松林，杜海龙也只得潜入蒿草丛。

那蒿草足有一人高，草丛里蚊虫扑面，且很难不发出响声。刘富似觉出身后有人，蓦然回头，眼睛像猫头鹰一样逡巡。杜海龙慌忙蹲身，待刘富看够了才继续悄然跟随。地势渐渐升高，杜海龙抹了把脸上的汗，水兵服已透湿，手上也让坚韧的蒿草划了好些口子，被汗水一浸丝丝跳疼。刘富也是汗流浃背气喘吁吁，他养尊处优惯了何曾受过这等劳累，走几步就停下来歇口气再走。前方就是怪石突兀、道路陡峭的海崖，海崖下惊涛拍岸、浪花四溅，发出阵阵轰鸣。刘富小心翼翼地攀着岩石向崖边靠近，还抻着头探身往海崖下面看。杜海龙越发好奇，可从他的角度还看不到海崖下面，然而再往前刘富就会发现他。他又往前挪了几步，仍然无法看到崖下，再抬头刘富却消失了。杜海龙一惊，刘富刚刚还在前面二十步左右的地方，怎会眨眼就没了呢？崖边也并无可以躲藏的地方，他不会掉下去了吧？海浪的声音那么大，就算掉下去也不定能听到声响。刚要上前，刘富的草帽又从另一块岩石后面露了出来。刘富的脑袋在岩石间起起伏伏，杜海龙的心也跟着上蹿下跳，刘富的头总算在最靠近海崖的一块岩石旁不动了。杜海龙又往前蹭了蹭，刘富的举动让他愈发想弄清崖下究竟有啥东西。

突然，杜海龙听到一声惨叫，忙抬头，只见刘富的草帽乍然飞向空中又旋即向下飘落。杜海龙赶紧跑出草丛赶往崖边，待他终于攀住岩石俯视海面的时候，海面上除了在波涛中翻滚的草帽，既没有刘富也没有其他的东西。杜海龙正想换个角度细瞅，冷不防身后被人猛推一把，措手不及瞬时摔下悬崖，耳中只听得刘富纵声狂笑："今日不是你死就是我亡，休怪我无情！"

原来刘富曾多次驻扎刘公岛，对这里的地形极为熟悉，今天看见杜海龙和郑喜去了龙王庙，便特意引杜海龙来此施以毒手。看看杜海龙已沉入海底，去了心腹大患，刘富顿感心情舒畅，冷笑一声，转身哼着小调离开海崖。

却说杜海龙从悬崖急坠而下，身子悬空不能施展功夫，降速又极快，眼瞅着就要栽到崖下的礁石上粉身碎骨。可离着礁石还有半尺，忽觉一股劲风呼啸而至，迫得他身子疾速后荡，立时远离了犬牙交错的暗礁一头扎进了海里。杜海龙大难不死全身发软，在水下扒着礁石憋着气伏了一会儿，估摸着刘富应该走了才慢慢浮出水面。

"别怕！俺把绳子扔给你拉你过来！"一个人冲着杜海龙叫道。

杜海龙闪目观瞧，居然是龙王庙中算卦的老道。

"不用绳子，我游过去就成。"杜海龙说着，便向老道站立的岸边游去。

此处海流太过湍急，仗着杜海龙水性好，仍然费了好大的劲儿才游上岸。

"多谢道长救命之恩！"杜海龙想要跪拜，却像有一道无形的屏障横在面前，怎么跪都跪不下去，心中大惊方知遇到高人。

"小兄弟福大命大自有天助，怎把功劳推给俺呢？"老道笑嘻嘻地看着杜海龙。

"刚才若不是道长用奇功将我逼开，我早就命丧黄泉了！"杜海龙恭敬施礼。

"看来小兄弟也是个练家子。"老道捻须点头。

"略知皮毛让道长见笑了！"杜海龙惊奇地瞅着老道，"不知道长缘何到此？"

"俺在庙中就看那人总是刻意地吸引你的注意，起初以为你们是一起的，后来发现你跟他并非一路，恐你落他陷阱才有意提点你让你算卦，怎奈你盯人心切，俺也只好随你走一趟，好在俺这腿脚不算太弱，没让你这小伙子跑丢了。"道长笑道。

"道长神机妙算，杜海龙感佩之至！"杜海龙深深鞠躬，佩服得五体投地。

"别再叫俺道长，俺早已还俗，因龙王庙中的算命道士有事外出，俺又懂些算命打卦的门道，便让俺穿了这身行头替他几日。"老道叹息道，"现在到处都在传要打仗，真要打起来老百姓就再没好日子过了，谁不想卜个吉凶讨几句吉利话啊！俺叫钟云鹤，你叫俺钟老头就成。"

"那怎么使得？"杜海龙上前握住老道双手，趁他诧异之时扑通跪倒在地，"我父母双亡，钟老伯对我如再生爹娘，若您不嫌弃就收我做个义子，我也好随时伺候报答您的救命之恩！"

"你小子倒机灵！"钟云鹤被逗得朗声大笑，"相见即是有缘，好，俺就收你做个义子！"

"多谢义父！"杜海龙大喜。

钟云鹤将杜海龙拉起来问道，"俺先问你，那个人为啥要害你？"

"说来话长。"杜海龙把自从到得军舰上以后跟刘富之间的恩怨细细复述给钟云鹤，听得钟云鹤不住摇头。

"此等奸佞小人需早日抓捕，否则祸患不小！"钟云鹤提醒道。

"义父所言极是！"杜海龙点头。

"你既无碍，俺还要赶去给一渔户治病。"钟云鹤说完举步就走。

"义父还懂医道？"杜海龙愈发惊喜。

"当年俺在昆仑山修道时曾得掌门传授了些治病的草药方子，身处深山偶犯病痛也可自救，没想到还俗后倒也能与人方便。"钟云鹤边走边说，竟气息均匀毫不喘息。

"我也跟义父去看看，说不定能帮上忙。"杜海龙自告奋勇，把钟云鹤身上的褡裢抢过来搭到肩上。

"也好。"钟云鹤应允。

杜海龙跟钟云鹤边走边聊，钟云鹤告诉他要去的那家渔户姓孙排行老二，大家都称他孙老二，他家祖孙三代都是岛上的渔民。杜海龙跟着钟云鹤走进渔村，浓烈的鱼腥气扑面而来，苍蝇在腐败的鱼蟹尸体上飞起落下，好似一团团移动变幻的黑雾，成群的海蟑螂在礁石上晒太阳，听到人的脚步声立时四散奔逃。看着海滩上挂满海藻的渔网，瞅瞅那些用土坯垒成的破屋，杜海龙感觉那样亲切，仿佛又回到了家乡，只是呈现在眼前的不是浩渺的白洋淀，而是无边无际的大海。在从天津到威海的航行中他第一次领略了大海的广阔包容和凶险狰狞，偌大的铁甲舰在狂暴的海浪中都似一叶浮萍，更何况简陋的渔船。这里的渔民每天都需在喜怒无常的海上讨生活，只怕要比家乡的渔民活得更为艰难。

孙老二正在海滩上费力地修补他那条破船上的漏洞，辫子盘在头上，黝黑的皮肤愁容满面。看到钟云鹤喜出望外，连忙迎上前来给钟云鹤鞠躬，见杜海龙穿着水兵服饰，恭敬地称他为官爷。

"我不是官，以前也是渔民，我姓杜，叫杜海龙。"杜海龙连忙说。

"孩子怎么样了？"钟云鹤问。

"烧得厉害，您老快给看看吧！俺怕他……"孙老二的眼圈儿有些泛红。

"别着急！"钟云鹤拍拍孙老二的肩膀安慰他，随他走向他家的土房。

孙老二家的土房没有院墙，推开摇摇欲坠的木门，里面一团漆黑，杜海龙好半天才适应了阴暗的光线。孩子昏昏沉沉地仰躺在烂了边儿的破炕席上，也就七八岁的年纪，小脸儿烧得通红，不时地咳嗽两下。钟云鹤给孩子号了脉，吩咐孙老二先用浸了冷水的手巾敷在孩子额头上，然后接过杜海龙递给他的褡裢，取出药交给孙老二，让他赶快煎了给孩子服下。

"义父，我该做些什么？"杜海龙干瞪眼帮不上忙。

"你把孩子头上的手巾拿下来拧干再去浸些冷水，在孩子的额头、下巴和腋窝处不停地擦。"钟云鹤说着拿起孩子的手开始推揉。

"成！"杜海龙去孩子的额头取手巾，感到那手巾已经被孩子的额头烤热，心里吓了一跳，急忙去用冷水湿透给孩子擦拭。

钟云鹤给孩子推完手和胳膊，又把他翻过来给他捏脊，折腾了半个时辰，孩子脸上的潮红淡了好些，脉搏也没那么快了，这才松了口气。恰好孙老二煎好了汤药，孩子喝了汤药睡得比原先安稳了许多。

"孩子的病不妨事了，再将养几日吃几服药就会痊愈。"钟云鹤让孙老二放心。

"钟道长，您就是救苦救难的活菩萨！俺没钱给您，给您磕个头吧！"孙老二眼含热泪就要跪倒。

"使不得！"钟云鹤赶紧挽住孙老二，"区区小事，何足挂齿！不必行此大礼！"

"孩子他娘死得早，俺就剩这一点骨血，要是他有个三长两短，俺也没法活了！"孙老二边絮叨边背过身去擦擦眼角，找了两只粗碗给钟云鹤和杜海龙倒水，"看俺光着急孩子，都忘了给您喝水了。哎，孩子能好俺就放心了，昨日他还吵着要俺带他去庙岛祭拜呢。"

"啥是庙岛祭拜？"杜海龙随口问。

"庙岛是长山列岛中的一个岛，岛上的显应宫里供着海神娘娘，据说有求必应很是灵验，因此每年七月十五，附近的渔民都会齐聚岛上拜祭海神娘娘，感谢她的护佑祈福还愿。"孙老二解释说。

"庙岛离这远吗？"杜海龙又问。

"不近，渔船至少提前三天就得走。"孙老二爱怜地摸着儿子的头说，

"这孩子打小体弱多病，俺想去求求海神娘娘让他能壮实些。反正就俺爷俩，漂到哪里都是家。"

孙老二的话令杜海龙心酸不已，却又暗暗羡慕他们父子相依。

"你的船能摇那么远吗？还带着个孩子？"钟云鹤有些担心。

"沿着海边儿走应该不妨事。"孙老二嗫嚅道，"远点儿也比待在这里安稳，谁知道打起仗来会咋样？"

"有水师在你怕啥？"杜海龙的心头呼地窜起一股无名火。

"俺不是怕水师的弟兄不能打，是不清楚朝廷有啥打算，水师不也得听朝廷的吗？"孙老二语甚无奈。

"这。"杜海龙竟一时语塞。

"朝廷即便不顾及黎民百姓，也要保它大清江山稳固，定不会让东洋人乱来的。"钟云鹤替杜海龙解围道，"俺把药留下，你定时给孩子煎服，过两日俺来看看。"

"多谢钟道长！"孙老二千恩万谢。

"俺没看错你。"出了孙老二家，钟云鹤微微一笑。

"啥意思？"杜海龙有些发懵。

"习武之人最重武德，仁又位于德之首，不但要匡正义助弱小，更要有急难之心。"钟云鹤拂一把长髯道，"刘富数度加害于你，而你并未狭私报复，反以国家大义为重，实属难得！孙老二与你素不相识你却诚心帮他，虽是小事却可借此知你人品。有这样的根基练成功夫才能造福一方，不至堕落成江湖败类！"

"谨遵义父教诲！"杜海龙心头欢喜。

钟云鹤从褡裢中抽出一本《道德经》递给杜海龙，意味深长地叮嘱："武之根本在于心智，心智无所依则事不成。此书中的哲理极其深奥，然一旦知其所以将使你受用终生！"

"孩儿一定竭尽所能探其真意！"杜海龙拱手道。

杜海龙回到舰上，先去禀告许石山刘富乔装行凶的经过，许石山命人去提刘富却遍寻不见，只得吩咐一旦发现刘富立即带来回话。许石山说今天补发拖欠的饷银，让杜海龙去账房领钱，杜海龙兴冲冲地拿了钱刚回到舱房，郑喜就端着一碗粥走进来。

"杜兄弟，俺听说你回来了，先喝碗粥暖暖胃，俺再去给你把晌饭端来。"郑喜热情地招呼杜海龙。

"让郑伯受累了！"杜海龙却没接粥，而是从刚领的饷银里拿出一半笑呵呵地递给郑喜，"郑伯，您家口大用钱的地方多，平日里又对我百般照应，这些钱算是我孝敬您的！"

"这如何使得？"郑喜一怔连忙推辞。

"有啥使不得？"杜海龙硬把钱塞进郑喜的怀里。

"杜兄弟！俺！"郑喜深受触动，眼中泛泪竟把持不住，手中的碗啪地掉落在地摔成两半。

"郑伯，没伤着吧？"杜海龙忙问。

"唉，人老不中用，连碗粥都拿不住！"郑喜赶紧蹲下去捡破碎的碗碴儿。

"郑伯别扎了手，我还是去找把扫帚簸箕来收拾的好。"杜海龙去拉郑喜。

"算了，咱先去吃饭，回头再来收拾。"郑喜用碗碴儿把地上的粥拢了拢直起身说。

"也好。"杜海龙欣然应允，并没看到那拢过的粥里正冒着怪异的黄色气泡儿。

二十二、一箭双雕

"我杀了杜艺夫妻，并将逼问出的宝藏据为己有，只剩一件尚未追回。"凌肃天似心中有所抗拒，不断地摆头。

"还剩啥东西没有追回？"兰烟强忍住悲愤问道。

"传国玉玺。"凌肃天打了个哈欠，把兰烟惊得一哆嗦。

"你派谁去刺杀杜海龙？"兰烟急问。

……

　　兰烟迷迷糊糊地醒来，感觉头昏脑涨，又闭了会儿眼再睁开，发觉她已不在客栈，而是在一间陌生的卧室里，慌得她急忙去摸身上，衣裤都在，腰带上的结还是自己打的样子，这才稍稍定下心坐起身来环顾四周。阳光将白色的窗纸晕黄，把窗框的轮廓印在雪白的墙上。除了墙边放置的红木八仙桌和两把椅子，屋中再没有多余的陈设。她用手摸摸黄褐色的细竹炕席，光滑如丝清凉沁心，墙角叠着夏日用的锦缎单被，旁边还放着自己从乐善堂带出来的包袱。整间屋子瞅着不像那种浮华的腌臜之地，却也不像普通人家的女眷卧室。兰烟觉得口干舌燥，刚要下地去看看桌上的茶壶中有没有剩茶，忽听门响，心头一惊，却见一位头发花白的老妈妈推门进来，看到兰烟立刻笑着招呼："兰姑娘起来了？"

　　"您是？"兰烟警觉地打量着老妈妈。

　　"我姓李。"老妈妈边说边关上门走到桌边，把手中提的陶壶中的沸水倒进茶壶中冲茶。

　　兰烟趁李妈妈倒茶的工夫悄悄地打量她，见她头面服饰收拾得干净利落，眉目也还慈祥，不知为何眼睛里却似含着一丝淡淡的愁绪，左眼下方还有颗米粒大小的滴泪痣。

　　李妈妈笑眯眯地将茶碗递给兰烟："兰姑娘想是渴了，慢点喝，小心烫着！"

　　"谢谢李妈妈！"兰烟接过茶碗小心地吹了吹气喝了一口，顿觉肺腑舒畅，"李妈妈，这是啥地方？"

　　"这是子寒少爷的府邸。"李妈妈说着，在椅子上坐下看着兰烟道，"他去王府公干，说你昨夜受了惊吓让我好生招待兰姑娘。"

　　"凌子寒是王府的人？"兰烟吃惊地瞪大眼睛。

　　"他是庆郡王府护卫统领的义子。"李妈妈幽幽地叹口气，"看着挺风光，说不准哪天就会把命搭上。"

　　"为啥？"兰烟惊疑地瞅着李妈妈，猜不出她此话何意。

"瞧我这张嘴！子寒少爷心眼儿好，菩萨会保佑他的！"李妈妈连忙岔开话题，一眼瞅见了兰烟的脚，瞪着眼瞧了会子，若有所思地说，"姑娘家都怕天足嫁不出去，剜心剜肉地裹了脚，岂不知真嫁了去也照样苦楚。听子寒少爷说，兰姑娘女扮男装在乐善堂做厨子，那胆识倒跟戏文中唱的女侠有得一比了！"

"李妈妈过奖了！"兰烟羞红了脸缩了脚，"我在京城举目无亲，不过凭着些少厨艺求个安身之处罢了。"

"子寒少爷还让我问问兰姑娘，你是打算在此多住几日等等兄弟的消息，还是即刻就去威海投奔？"李妈妈望着兰烟。

"这。"兰烟一心想弄清凌子寒对海龙哥到底有何阴谋，想了想道，"我觉得子寒少爷说的在理，等我跟兄弟联系上再去不迟，还要多劳烦子寒少爷和李妈妈，不知府上除了您二位还有何人？"

"就我两人。"李妈妈笑道，"子寒少爷平时忙于公务，家中里里外外都是我替他张罗，有兰姑娘做伴儿就更好了！"

"子寒少爷年岁不小，干啥不成家呢？"兰烟很是疑惑。

"我也劝过几回，他总说公事太忙无暇顾及，只怕真想成家的时候就来不及了。"李妈妈面容悲戚，眼角竟有些泪湿。

李妈妈的言谈情状让兰烟有点摸不着头脑，忙下炕也给李妈妈斟上一杯茶道："我就给李妈妈打个下手，有啥活计您尽管吩咐。"

"那可使不得！"李妈妈谢过兰烟摇头道，"兰姑娘毕竟是客，累着姑娘子寒少爷怪罪下来我可担不起！"

"看李妈妈说的！我又不是大户人家的小姐，哪有那么娇贵？再说也没有白吃白住的道理。"兰烟忽然想起件事来，"李妈妈，这附近可有民信局吗？我想给兄弟寄封信。"

"有，出了胡同不远就是，要是兰姑娘不认路，我去帮你送也行。"李妈妈倒很热心。

"哪敢劳动妈妈跑腿，我自己去就成。"兰烟笑道。

"随兰姑娘高兴好了！只有一条，"李妈妈正色叮嘱道，"少爷的书房全是他一人打扫，就连我也是不让进的！"

"我记下了！"兰烟点头，心中不禁升起一团疑云。

凌子寒的府邸就在定阜街附近的兴华胡同，是个灰墙灰瓦的四合院，一棵老银杏树冠盖擎天，几乎盖住了大半个院子。兰烟住的是东厢客房，南房是凌子寒的住处，李妈妈则住在西厢厨房旁边的房间里。为了能让海龙哥有所提防，兰烟想尽快弄清刺杀之人的姓名，可又不知该从何处下手，思来想去决定去闯凌子寒的书房，指望能在书房中有所收获。

想着容易，做起来却绝非易事。不知是多了个伴儿心里高兴还是有心监视，李妈妈总想把兰烟拴在身边，一会儿要跟兰烟学做菜，一会儿又要教兰烟学女红，要么就抓着兰烟讲她先前的主子多么年轻，多么英俊，待她就像亲人一样，一心巴望着伺候他成家立业生个一儿半女续个香火，谁知上天弄人让他英年早逝，害她哭干了眼泪，若不是蒙子寒少爷好心收留，她这把老骨头定就随着她的主人去了。李妈妈哭得稀里哗啦，兰烟也陪着掉泪，联想到自己跟海龙哥的悲欢离合，泪水更是止不住，猛想起海龙哥尚身处险境，慌忙收泪琢磨着怎么摆脱李妈妈去书房走一趟。兰烟推说哭得心肺搅扰想去房里躺一躺，李妈妈一听连声埋怨自己惹得兰姑娘伤了身子，要陪她同去房里，兰烟忙说不用，自己走走就会好些。

从李妈妈房里出来，兰烟径直奔了自己的卧室，再过半个时辰李妈妈就该张罗晚饭了，趁她忙的时候去书房更妥当些。她在房中坐立不安地祈祷菩萨保佑一切顺利，不时地从门缝中向厨房张望，心急火燎地估摸着时间，终于看到李妈妈的身影出现在厨房里。待李妈妈从窗前背过身去，这才偷偷地走出门，迅速跑到墙边的月季丛处蹲下，瞅瞅李妈妈仍在低头忙碌，遂蹑手蹑脚地顺着墙边溜进南房急掩上房门。

南房中间是会客室，正中的墙上挂着桃园三结义的绢画，画下摆着条案，条案上的两个大插瓶里插着李妈妈从院子里剪来的红色月季花，条案两侧靠墙各摆着一对黑色的楠木椅子和茶几以待来客，会客室的左右两边分别是凌子寒的卧室和书房，大概是凌子寒对李妈妈格外信任，书房居然并未上锁。兰烟大喜过望，疾步走进书房把门合上。书房中非常洁净，书架上摆满了书，大多是关于兵法韬略武器功夫的书籍，书架对面的墙上挂着剑鞘华丽的宝剑，靠窗放置的红褐色书桌保养得光亮如新，上面除了笔墨纸砚和一对铜狮镇纸外并无任何公文类的东西。兰烟小心地拉开左侧的抽屉，抽屉里整齐地摆放着几种不同材质的印章、一盒红色的印泥、几只尾部拴着红绸的锋利袖镖和十几枚古钱；右侧的抽屉里则放着些盛着不知何种粉末的小瓷瓶和成卷的白纱布条；中间的抽屉只有两侧抽屉的一半大小，兰烟试了试，抽屉锁住了打不开。她爬到桌子底下用手向上推举抽屉试图震动抽屉锁，猛听得院内有人说话，惊得她赶紧往外爬，身子撞到桌子疼得闷哼一声，急跑到窗前向外张望，正好看到李妈妈打开院门，竟是凌子寒提前回来。兰烟大惊失色，连忙跑出书房关上门，若是立即就从南房出去肯定会被凌子寒抓个正着，急中生智索性进了凌子寒的卧室，取下墙上的鸡毛掸子装模作样地在床上桌上掸来掸去，凌子寒的脚步声越来越近，她握住掸子的手也抖得越发厉害，明知凌子寒会进卧室，在他推开门的一刹那还是被他吓了一跳。

凌子寒看见兰烟一怔，瞅见了她手中的鸡毛掸子忙谢罪道："怎敢劳动兰姑娘替子寒清扫！"

"子寒少爷对兰烟有救命之恩，这些小事是该当做的。"兰烟紧扭着双手抑制住颤抖低头道。

"兰姑娘言重了！我不过举手之劳，兰姑娘不必放在心上。"凌子寒瞅了两眼兰烟笑道，"此处只有我跟李妈妈，并没外人，兰姑娘为啥还是男子装束？"

"在乐善堂穿惯了，若不是您提起我都几乎忘了！"兰烟不好意思地捏着衣襟，"明日我就出去买两件衣裳换上。"

"提起明日，我倒真要请兰姑娘帮个忙！"凌子寒抱拳道。

"子寒少爷不用客气，有事请说。"兰烟对凌子寒请她帮忙很是好奇。

"我和同门师弟凌子归为答谢义父凌肃天的教养之恩，一直想请他老人家来家坐坐喝个痛快，怎奈我们皆不懂厨艺无以侍奉，只好去那酒楼饭肆，义父却嫌人多眼杂不喜那种地方。如今适逢兰大厨在舍下做客，所以我斗胆请他老人家明晚来这里好好喝上两杯热闹热闹。我知道兰姑娘厨艺非凡，还望您能鼎力相助大显身手，事成之后定当重谢！"凌子寒解释说。

"能为子寒少爷尽力兰烟求之不得，何谈重谢？想吃啥子寒少爷尽管说，我明日一早就去采买。"兰烟应承道。

"吃啥兰姑娘该比我更有经验。"凌子寒示意兰烟等一下，转身去了书房，很快又走了回来，交给兰烟一锭二十两的银子，"兰姑娘去看着买就成，这些银子可够吗？"

"不吃龙肝凤胆应该够了。"兰烟笑答。

"兰姑娘的衣裳钱也算在这里面好了，全当我给兰姑娘的谢礼了。"

凌子寒微微一笑。

"那就谢过子寒少爷了，若是您没别的事，我去帮李妈妈准备晚饭。"兰烟给凌子寒道个万福，挂好鸡毛掸子出门去了厨房。

凌子寒看着兰烟的背影沉下脸来，不禁皱起了眉头。

因兰烟不熟悉买菜的路径，第二天一早李妈妈陪着她一起去了附近的集市。这个集市规模倒挺大，不但有摆摊卖瓜果蔬菜的商贩，有推着车沿街叫卖脂粉首饰的货郎，路的两侧还有卖衣裳鞋袜及日用杂货的店铺。兰烟和李妈妈有说有笑边走边逛，很快便将做晚饭的物料采备齐整。兰烟还请李妈妈给参谋着置办些姑娘家的衣裳鞋袜。她看好了一件素净的蓝底白花的小袄和一条藕荷色的裙子，李妈妈却拿来一件艳丽的紫红纱面蝶戏牡丹的绸袄为她前后比量。

"李妈妈，这等贵重的衣料我哪穿得住啊？"兰烟见状赶紧辞道。

"有啥穿不住的？穷人就不兴有几件儿好衣裳？"李妈妈不以为然，"我看这衣服大小合适，颜色也起脸，你要嫌贵我就替你买了！"

"哪敢让李妈妈破费？"兰烟赶紧阻止。

"啥破费不破费的？我留着钱也不能带进棺材，你正是花朵样的年纪，现在不穿到老了想穿都不能够了。"李妈妈边说边又拣出条鹅黄色的湘裙让老板一并包了，"难得咱娘俩儿投缘，就算我送给兰姑娘的见面礼吧。"

兰烟推辞不过只得收下，想自己从小没有娘在身边呵护，不知道被母亲疼是啥滋味儿，见李妈妈如此厚待自己不由得百感交集，鼻子都有些泛酸。路过货郎的脂粉车时，兰烟瞅见了插在布墩儿上的簪子，蓦然想起凌子寒书桌抽屉上的锁，或许用簪子能捅开，于是挑了枝簪头极细的扭花银簪，不想李妈妈却买了枝凤凰展翅流苏嵌玉的金簪。兰烟心头颇感诧异，李妈妈今日倒像豁出去要把家底儿败光似的。眼瞅着到了民信局，兰烟请李妈妈先往前走着，自己寄完信就去寻她。虽未得到刺杀者的姓名，为免夜长梦多，兰烟还是连夜给海龙哥写了书信提醒他小心防范。兰烟将信交给民信局负责收取邮件的差办，差办称量了信件的重量后装入民信局的专用纸袋并粘实封口。兰烟交代这信紧急，务必尽快送达。差办遂在信件的一角粘上一根鸡毛以示急件，并告知兰烟需多付邮资。兰烟付够邮资看到差办在信上贴上民信局的专用信票并盖上民信局的印章后才放心离去，丝毫没有觉察到有人正盯着她的邮件。差办刚将她的邮件放入急信邮筐中就听有人唤他，待差办转身去了后房，一人立即闪身进了民信局，将兰烟的信件抽出便走。待离得民信局远了，他才避在一处墙角用匕首小心地挑开尚未干透的糨糊打开信封抽出信纸。此人正是凌子寒。昨日他见兰烟扫除卧室神色仓皇，进书房拿钱时又发现桌上的东西移了位置，怀疑兰烟已窥探过书房，为弄清她到底是何用意今日才特地尾随二人出门。凌子寒看罢书信惊诧不已，信中的内容完全出乎意料竟让他有些不知所措。

兰烟并不知凌子寒偷截了信件，还一心盼着海龙哥能逃脱毒手。吃过午饭收拾完碗筷，李妈妈把兰烟叫到自己的卧室让她试试新买的裙袄。兰烟兴奋地穿上紫袄黄裙，她还从没穿过这般奢华富贵的东西，喜得目光闪耀颊飞红晕，李妈妈拿着铜镜为她前后照看，直夸她又比原先的俏模样俊了十分。兰烟爱惜地抚摸着光润的丝绸，却在想要是手拿铜镜的人是海龙哥该有多好。李妈妈说兰烟的发辫太像男人，不由分说替她散了头发剪了刘海，把她脑后的头发用木梳梳理得顺滑光亮，松松地绾了个垂云髻用那凤头金簪别住。经李妈妈这么一捯饬，兰烟宛然变成了优雅贵气的小家碧玉。

"李妈妈好一双巧手！居然能把我这样的山野渔姑打扮成京城里的小姐模样。"兰烟赞叹着取下头上的金簪递还给李妈妈。

"人靠衣裳马靠鞍，要我说就是那王府里的格格都不定有兰姑娘这样的美貌。"李妈妈心满意足地感叹，却并不接金簪，"兰姑娘留着好了，这金簪就是给你买的。"

"您的好意我心领了，但如此贵重之物，兰烟断不能收！"兰烟坚决地将金簪塞进李妈妈手里。

"兰姑娘，你就收下吧！"李妈妈竟扑通跪倒在兰烟面前。

"您这是做什么？"兰烟大为震惊，慌忙去扶李妈妈。

"兰姑娘莫怪，我送你这金簪裙袄是存了私心的。"李妈妈说着已声泪俱下。

"有事好说，您先起来。"兰烟却死活拽不起李妈妈。

"兰姑娘要是不答应我就不起来，我不能到死还闭不上眼！"李妈妈铁了心冲着兰烟磕头。

"我答应还不行吗？"兰烟惶恐无着只好先应下再做道理。

"兰姑娘，我也是被逼无奈！"李妈妈在兰烟的搀扶下起身在炕上坐下，从袖中取出手绢来拭泪道，"你可知今夜要来的凌肃天是何人吗？"

"听子寒少爷说是他的义父。"兰烟不解地瞅着李妈妈。

"不错，他就是王府的护卫统领，也是我先前主子的义父。"李妈妈叹道。

"您先前的主子也是子寒少爷的同门师兄弟吗？"兰烟感到惊讶。

"他同子寒少爷一样，都是凌肃天收养的孤儿，他叫凌子婴。"李妈妈回道。

"凌子婴！"兰烟脱口而出，心中大骇，他不是棺材中那具身中剧毒的尸骨吗？

"兰姑娘知道他？"李妈妈见兰烟神色反常，遂困惑地瞅着她。

"不，我只是，只是没想到，他那么年轻！"兰烟结结巴巴地不知该如何回答。

"他死得冤啊！"李妈妈用手帕捂着嘴痛哭失声，兰烟忙挨身而坐抚背安慰，好半晌李妈妈才缓过气儿来，"我就想知道他究竟是怎么死的？"

兰烟有口难言，她不清楚凌子寒为啥没把凌子婴的死因告诉李妈妈，只能低头不语，静静地听李妈妈絮叨。

"他就像我的孩子，我永远也忘不了三年前的那个晌午，他回来说出去办差这么多日子怕我担心，才背着其他弟兄偷跑回来给我报个平安，马上还要赶去义父家里，义父要为他们几个庆功请赏，谁知这一去竟成永别！"李妈妈再次大放悲声。

"您是说他死在义父家里？"兰烟倒吸口冷气。

"我不知道。那天夜里来了几个人抬着他的尸首给我看，说是酒醉而死，不让近身也不让入殓，当即就把人抬走了。但我看见尸首面色发青，口鼻隐隐似有血迹。后来子寒少爷把我接到府上照应，我就把那晚的情景跟他说了，请他帮忙查查子婴的死因，可到如今也没个着落。"李妈妈急切地握住兰烟的手道，"我见兰姑娘胆魄过人非那寻常女子可比，因此我才想拜托兰姑娘！"

"我能干啥？"兰烟莫名其妙。

"子婴的死因恐怕只有凌肃天一人知晓，所以我想请兰姑娘诱他开口！"李妈妈恳求道。

"诱他！"兰烟惊跳起来又急又怒，"您把我当成什么人了？"

"兰姑娘莫慌，我不会糟蹋你的清白名节。"李妈妈赶紧澄清，"我只想要你去给凌肃天敬酒。"

"我只会做菜，不会敬酒！"兰烟余怒未消，浑身燥热冒汗，伸手就去扯腰上的湘裙。

"兰姑娘别生气，且听我把话说完。"李妈妈拉兰烟在炕上坐下，"常言道酒后吐真言，但那凌肃天酒量极大，就算子寒跟子归加起来也敌不过他。"

"我更不会喝酒！"兰烟插嘴道。

"不用兰姑娘喝酒，我已经想好了法子。"李妈妈说着去柜子里取出一个大肚长颈的黄铜酒壶和一个纸包，把酒壶递给兰烟，"你打开盖子瞧瞧。"

兰烟不明所以揭开壶盖，发现壶中居然另有乾坤，壶内被用铜片竖分成一大一小双层壶胆。

"这叫八卦转心壶，壶中可分装两种不同的酒。壶柄上有两个洞，按住大洞可倒出小胆中的酒，按住小洞则可倒出大胆中的酒。"李妈妈又打开纸包给兰烟看，"这是从洋金花中提取出的药粉，咱只需把药粉加在小胆中的酒里倒给凌肃天喝，就能让他知无不言。"

"洋金花会毒死人的！"兰烟唬道。

"此药粉不会，它已经去除了洋金花的毒性，却可令人产生幻觉有问必答，而且药力过后对所说之事浑然不知。"李妈妈眼中又滴下泪来，"这药粉还是子婴不知从哪儿淘换来当做稀罕物件交与我收着的，没想到今日竟为他的冤屈派上了用场，岂非天意？"

"妈妈何苦如此！"兰烟心酸不已，可还是不放心，"凌肃天就不会对这酒壶起疑吗？"

"当然会。"李妈妈筹划道，"厨房里还有个跟这把一模一样的酒壶，先用那把酒壶盛酒，等他把酒喝光要再装酒的时候，你再端着这把酒壶前去敬一杯酒。凌肃天极为好色，见了你定然不疑。不过这药只能维持一盏茶的工夫，你要算好时间速速发问才是。"

此时兰烟平静下来，倒生出个一箭双雕之计，于是对李妈妈说："我既应了李妈妈就不会食言，只那大户人家的进退礼数还需妈妈多多教导。"

"老身自当尽力！"李妈妈喜得千恩万谢。

为图清凉，酒宴就安排在院中的银杏树下，兰烟提前把菜料做得半熟，这样做起菜来更加快捷，李妈妈负责端菜送酒，酒则是极烈的杜康。十道菜很快上齐，酒也喝了两壶，李妈妈又给送去了第三壶。兰烟趁此空档赶紧洗脸更衣，刚拾掇完毕站稳脚跟就瞅见李妈妈拿着空酒壶回来。

"喝了三壶还没醉吗？"兰烟惊道。

"子寒、子规稍有醉意，凌肃天却毫无醉态，又叫第四壶呢。"李妈妈说着把下了药的酒壶交给兰烟，"兰姑娘，看你的了！"

"李妈妈放心！"兰烟整整衣饰定下心来，接过酒壶缓缓走出门外。

院子里清辉满阶欢声不绝，凌子寒还特意在银杏树上挂了只气死风灯，更照得树下光耀如昼。三人似全然忘记了夏日的闷热，只把那酒当做了解暑良药。凌子寒听得脚步声以为是李妈妈，大叫拿酒，及至转头看见兰烟登时把那未说完的话卡在了喉咙里。眼前的兰烟高插凤簪青丝低挽，黛眉如画目转流星，玉手捧壶款款举步，道不尽的娇羞风韵妖娆仪态，竟与那蓝布衣裤的大厨天上地下判若两人，呆看片刻骤然心惊，她如此装扮抛头露面实在作怪，心头又莫名跳出一丝欢喜，当下红了脸回转身子。凌肃天跟凌子归见凌子寒举止有异也都转头，立时瞪住兰烟紧瞅，皆疑是那天上的仙女错投了人间。

兰烟也偷眼瞧那凌肃天，见他身高面阔狮鼻黄睛不怒而威，浑身上下透着一股煞气。凌子归则黑脸厚唇，虽眼露精光却难掩憨态。

"子寒，怎么金屋藏娇也不跟义父说一声啊？"凌肃天责备凌子寒，眼睛却没离开兰烟。

"孩儿岂敢隐瞒！"凌子寒分辩道，"我也是昨日才见到兰姑娘，哪有什么金屋藏娇？"

"今夜月色撩人，我只当兰姑娘是嫦娥下凡呢！"凌子归打趣道。

"我是李妈妈的干闺女，昨天才到府上给妈妈做伴儿，刚刚见妈妈辛苦劳累才斗胆来给三位爷添酒，还望各位爷莫怪！"兰烟笑盈盈地屈了屈身。

"不怪！不怪！"凌肃天高兴得哈哈大笑，命凌子寒再搬张椅子拿副碗筷过来，"兰姑娘不妨也坐下喝上两杯。"

"我不会饮酒，倒可以陪各位爷说说话。"兰烟绕到凌肃天的身边，"我先给爷把酒满上。"

凌肃天的眼只在兰烟身上滴溜乱转，女人身上的脂粉香气早已让他酥了半边，哪里还有心思去看兰烟手中的酒壶？即便如此，兰烟的心仍是狂跳不止，握住酒壶的手微微颤抖，唯恐倒错了酒。

"兰姑娘莫怕，我不是老虎，只疼女人，不吃女人！"凌肃天看出了兰烟的紧张，竟借势抓住兰烟的手轻抚着，给自己满满倒了一杯药酒。

兰烟恶心地起了一身鸡皮疙瘩，脸上却挤出笑容道："小女子从未见过此种阵仗，让大爷见笑了！"

"我就喜欢兰姑娘这样的清水芙蓉！"凌肃天佯作酒醉竟伸手去搂兰烟，兰烟却扭身去给凌子归添酒，把凌肃天闪得心猿意马又不好发作。

兰烟给凌子寒斟酒道："子寒少爷休怪我鲁莽，回头我再向您请罪！"

"兰姑娘能让义父开心我感激不尽，何来得罪？姑娘好自为之便是！"凌子寒客气道。

凌子寒语含警告让兰烟有些着慌，但倒酒做得极为谨慎应不致让他看出破绽，事已至此也顾不得许多，她走到凌肃天的对面站住，在凌子寒拿来的空酒杯中也倒上半杯酒，然后把酒壶放到近前以防被人瞅见壶柄上的机关。

"今儿个机缘难得，我就舍命陪君子，也敬各位爷一杯，还请各位爷赏脸！"兰烟说完一饮而尽，顿时面颊绯红，忙用袖子掩了嘴呛得连咳了两声。

"好，兰姑娘爽快！"凌肃天端起酒杯一口喝干，然后冲着凌子寒和凌子归大叫，"兰姑娘敬的酒，谁敢不喝我可不饶！"

凌子归赶紧喝光，凌子寒虽心中犹疑，见兰烟把酒喝了也把酒灌进嘴里。

"兰姑娘，这边坐了说话！"凌肃天拍拍身旁的椅子道。

"好。"兰烟装着头重脚轻袖子一挥，竟把酒壶打翻在地失声惊叫，"哎呀！这可怎好？"

"不妨事！不妨事！"凌肃天看兰烟酒醉却喜上眉梢。

李妈妈在房里听得酒壶落地急忙跑出来。

"妈妈，看我做的好事，把酒都洒了。"兰烟一脸懊恼。

"我去换过就是。"李妈妈蹲下收拾起酒壶奔了厨房。

兰烟用手扶着头站立不稳，凌肃天竟起身将她扶到旁边的椅子坐下，忙不迭地给她夹菜醒酒，看得凌子归低头偷笑，凌子寒却眉头微蹙。李妈妈又把酒送来，给兰烟递了个眼色，兰烟会意这只酒壶已换成了普通的酒壶，遂放心大胆地给凌肃天斟上。凌肃天刚要端杯不想手抬了一半就颓然垂下，身子往后一靠只觉目眩神迷。

"凌爷！"兰烟娇滴滴地推推凌肃天。

"嗯？"凌肃天口里应着，依旧垂头闭目。

兰烟又看看凌子寒和凌子归，见二人也是低首不语，知药力已发，忙凑近凌肃天的耳朵问："凌爷，凌子婴是谁毒死的？"

"是我。"凌肃天机械地回答。

"为啥？他可是你的义子啊！"兰烟恨道。

"义子又怎样？"凌肃天冷笑，"他知道得太多，必须死！"

"他知道什么？"兰烟想不到凌肃天竟如此蛇蝎心肠。

"我杀了杜艺夫妻，并将逼问出的宝藏据为己有，只剩一件尚未追回。"凌肃天似心中有所抗拒，不断地摆头。

"还剩啥东西没有追回？"兰烟强忍住悲愤问道。

"传国玉玺。"凌肃天打了个哈欠，把兰烟惊得一哆嗦。

"你派谁去刺杀杜海龙？"兰烟急问。

凌肃天却晃晃脑袋像要醒来，兰烟见时间已到不便再问，连忙也装作醉酒的样子闭眼歪头靠在椅子上，一侧的凌子寒却悄悄握紧了拳头。

二十三、计赚海盗

    海盗船长愣愣地瞅瞅杜海疆，又瞅瞅肚子上的剑，随即发出瘆人的嚎叫跪倒在地，这怪异凄厉的惨叫吸引了所有人的目光，居然都暂时忘记了打斗。

　　瘦猴站在山顶手搭凉棚四处张望，火辣辣的阳光刺痛了他黝黑的肌肤，看了一圈儿总算看到老苗坐在山坳处的青草坡上鼓捣着什么，"菜篮子"则和另外几个弟兄在坡下的平地上举着一人多高的木偶扭捏作怪。"菜篮子"的老家是木偶之乡莱西，他打小儿也学会了制作木偶的技艺，做出的木偶竟像人一样能说会动，空闲的时候还让木偶穿上戏服唱上两句柳腔，常常逗得大伙儿捧腹大笑。因他总是挎着个篮子，里面装着做木偶的家什儿，大伙就给他取了这么个诨名儿。瘦猴瞅了两眼木偶，开心地顺着山道急跑而下，险些刹不住脚步撞到老苗身上，老苗手中摆弄的物件儿让他立时瞪大了眼睛。

　　"老苗，你在干啥？"瘦猴好奇地蹲在老苗身旁，瞅着他手里拿的一根半尺长的竹筒子问。

　　"我在做飞雷。"老苗笑着看了一眼瘦猴，低头把竹筒中的火药压实。

　　"啥叫飞雷？"瘦猴纳闷儿地瞧着地上的那堆竹管子。

　　"就像打雷一样，能把人炸死。"老苗边说边把几个竹筒子捆在一起。

　　"能像打雷那么响吗？我试试。"瘦猴说着抓起一根竹管抛向远处。

　　"别拉那绳儿！那是拉炮儿！"老苗想阻止已然来不及，只得冲着摆弄木偶的弟兄们大喊，"快躲开！"

　　那几个弟兄听得老苗叫喊，抬头看见一物疾驰而来，慌得四散奔逃，竹筒落地只听砰然巨响，周围的人都被震倒在地，草皮翻起炸出个尺把深的洞来，瘦猴登时惊得目瞪口呆。

　　"这么响！吓死我了！"瘦猴吓懵了，结结巴巴说不出话来。

　　"作死呢你！"老苗气得在瘦猴的脑袋上狠狠地削了一巴掌。

　　"瘦猴，你别走！""菜篮子"心疼地握着散了架的木偶从地上爬起来，怒吼着要找瘦猴算账。

　　"老苗，大当家的找你！"瘦猴哪还敢待，拽着老苗就跑，老苗边跑边拍打身上的灰土。

杜海疆和罗汉正坐在聚义厅的椅子上凑首交谈，看见老苗和瘦猴进来忙招呼他们近前说话。

　　"大当家，您找我？"老苗抱拳问。

　　"昨日命你们去三岔口采买去庙岛显应宫祭祀海神娘娘的五牲香烛，可办得顺利？"杜海疆紧盯着老苗。

　　"顺利！一切都在大当家的意料之中！"老苗回禀，"他说要去找扁担帮的兄弟叙叙旧，我就派瘦猴偷偷跟着他。"

　　"我亲眼看见他进了日通货栈！"瘦猴赶忙插嘴道。

　　"日通货栈？这么说他是？"罗汉震惊地瞪着杜海疆。

　　"罗兄弟猜得没错！"杜海疆满面愧疚，"悔不当初没听你的忠言！"

　　"大哥言重了！"罗汉劝慰道。

　　"大当家，您啥意思？"瘦猴话一出口就被老苗用力扭了一下屁股，疼得他哎哟惨叫。

　　"没啥意思。"罗汉岔开话题不放心地问瘦猴，"他没看见你吧？"

　　"就我这把小骨头往人堆儿里一扎就没了，想看见都难！"瘦猴得意地拍拍瘦骨嶙峋的胸脯。

　　"此戏开场关乎所有弟兄的身家性命，切不可走漏风声！"杜海疆正色叮嘱道。

　　"大当家放心！"老苗跟瘦猴异口同声。

　　一切安排妥当，杜海疆吩咐准备十艘快船，并将从海盗处抢来的货物装到船上，带领海匪倾巢而出直奔庙岛。船行风浪一路无话，眼瞅着庙岛将近，毛利终于忍不住问："二哥，货物在三岔口脱手十分便当，为啥要舍近求远带来庙岛？"

　　"庙岛客商云集且远离陆地，纵然有事朝廷也鞭长莫及，不像三岔口，朝廷眼线密布，容易被人瓮中捉鳖。"杜海疆说得意味深长。

　　"原来如此！"毛利恍然大悟，"可今日祭祀大典，大家都在忙于祭拜，哪有心思去买货物？"

　　"贤弟有所不知。"杜海疆故意压低声音道，"咱在岛上有固定的销货商铺，拜祭完毕去他那里一手交钱一手交货就算大功告成。"

　　"还是二哥想得周到！"毛利嘴上恭维却心下难安，货物出手定难追回，必须想法子阻止他销货，把货留到晚上才好行动。

"大当家的，那边好像有人求救！"瘦猴忽然喊道。

杜海疆闻言抬头观瞧，果然看到离船十丈左右的海面上一条孤舟倾覆大半，只露出半截船头，船上两人正在海浪中挣扎呼救，因是逆风，声音时断时续，船上似乎还有个孩子。

"快救人！"杜海疆赶忙命令将船摇过去。

船趁顺风航速颇快，然而小船上的二人显然已筋疲力尽，大人尽力向上托举着孩子，可孩子的高度却在一点点下降，接二连三的涌浪扫过，二人支持不住没入水中。

"不好！"杜海疆见状一个猛子扎进水里，奋力向小船游去。瘦猴随之跳下船去，毛利稍一犹豫也下了水。杜海疆很快游到了小船边，潜入水中托起遇险的船家，船家紧紧地抱着他的孩子，孩子已呛了水，浮出水面便咳哭不止。瘦猴和毛利连忙帮着杜海疆拖着二人离开小船，此时海匪的船已赶到，大家放下绳索七手八脚地将水中之人拽上甲板。

"多谢各位救命之恩！"遇险的船家忙不迭地给杜海疆跪下磕头。

"都是渔家不必客气！"杜海疆忙搀起船民问，"你们可是庙岛上的渔民？"

"俺们是从刘公岛来庙岛拜祭海神娘娘的，不想船破翻覆，幸亏恩人搭救才逃过一劫。"船家抹了把眼泪道，"俺叫孙老二，这是俺的儿子小鱼儿。"

"你那小船能从刘公岛摇来实属不易。"杜海疆豪爽地安慰孙老二，"天下渔民是一家，有我们吃的就饿不着你们。"

"俺们今天是遇上菩萨了！"孙老二合掌感叹。

"大爷，俺现在就饿。"小鱼儿可怜兮兮地望着杜海疆。

"这孩子，真不懂事儿！"孙老二责备小鱼儿。

"还是小鱼儿实在！"杜海疆哈哈大笑，"海龙，去拿些干粮给他，咱得说话算话不是？"

"敢情叫海龙的都是好人，俺在刘公岛认识一个水师里的兵爷也叫海龙，他也是个热心肠。"孙老二感激地瞅着毛利。

说者无心听者有意，孙老二的话不啻飓风，在毛利心头掀起惊涛骇浪，杜海疆也面色微变，正要开口却被毛利抢了先："渔民中叫海龙的颇多，碰见几个不足为奇。"毛利拉着孙老二和小鱼儿道，"孩子心眼儿实有啥说啥，只怕你们爷儿俩都已饿了，干脆带你二人一同去吃些，二哥，您说呢？"

"这如何使得？"孙老二慌忙摇手。

"有啥使不得？随海龙一起去吃便是。"杜海疆大大咧咧地推着孙老二跟毛利去，肚中早已明了毛利唯恐孙老二露其马脚的心计。

到了庙岛，杜海疆命令罗汉带几个弟兄先把货物送到商铺守在那里，等拜完海神娘娘就去跟他们会合，然后带着其他弟兄抬着五牲香烛赶往显应宫。

庙岛自古就是天下闻名的避风良港，南来北往的船只都愿在此靠泊，真个是桅杆如林商贾如云。船民到得岛上都要去显应宫拜祭海神娘娘，求她保佑消灾避难，说起这显应宫倒还有个非同寻常的来历。庙岛原先供奉的是龙王爷，龙王庙的房梁是一根六七丈长的抹香鲸骨，当年渔民捕获了抹香鲸后，从它体内取出了成色和数量都十分罕见的龙涎香进献给皇帝，皇帝大悦册封此鲸为神，取其脊骨做成龙王庙的房梁享受香火。后来一场突如其来的海啸毁掉了龙王庙，大家都说是因渔民不敬，龙王震怒收回了鱼神，闹得人心惶惶。福建商船见机游说岛民，尽述妈祖之神力灵验，并出资在龙王庙的旧址上修建了显应宫，自此显应宫香火不绝且影响力不断扩大，以致今时人们只知妈祖而忘却了鱼神。

七月十五恰逢中元佳节，渔船商船更是蜂拥而至，祭祀仪式尤其盛大。杜海疆他们到了码头下锚停泊，码头边人群熙攘喧闹非凡，几十名鱼贩将鱼篓一字排开，篓中盛装着横行霸道的螃蟹，活蹦乱跳的鲜鱼，吐着长舌的海蛏子和蛤蜊，还有二三尺长弯曲蠕动的八带，各色海货林林总总不一而足。每当有商船商人经过，渔贩们都会立刻围上去叫卖自己篓中的海货。

"大爷！早上刚打的鱼，您尝个鲜！"

"您瞅，这个头的八带除了庙岛可没别处吃去！给您来一条？"

"庙岛特产的红加吉！您瞅瞅，多鲜亮！清蒸出来味道一绝！"

若有客商买了海货想现吃的，鱼贩们就会殷勤地领他们到鱼市后面不远处的渔家饭店现场加工，活海鲜为图原汁原味做起来都很简单，洗净、去掉内脏，放锅里扔点葱姜，少调点盐，就会鲜美无比。

还有连这都嫌麻烦的。一个头戴灰色无沿儿毡帽、身穿黑衣黑裤渔夫打扮的壮汉坐在岸边的礁石上，左脸上的蜈蚣形伤疤触目惊心。他手里拎一条不停扭动欲逃的红加吉鱼，往面前稍平整些的石头上一放用手按住，另一只手从腰间抽出短刀顺着鱼腹侧线一划一挑就将鱼刨成两半，随后又解下挂在裤间的酒葫芦用嘴拔下塞子，用酒将鱼肉透浇一遍，鱼肉立时变红还发出一股子刺鼻的醋味儿，鱼头鱼尾尚在颤动他即用刀片下鱼肉送到嘴里，边满意地大嚼边机警地注视着来往的船只。

杜海疆他们人多势众浩浩荡荡，在码头上甚是扎眼，黑衣人冷眼瞧着，等他们走得近了才把刀子往裤子上抹了抹掖进腰带，抱起双臂迎面走了过去。毛利一直在人群里四处搜寻与自己接头之人，一眼瞅见了黑衣汉子头上的毡帽和脸上的伤疤，那正是海盗船长特有的标志。毛利急于表露身份遂对杜海疆说："二哥，我听说庙岛上盛产罕见的九孔鲍鱼，要不咱也去逛逛买两只尝尝？"

"先办正事要紧，等回来再买不迟。"杜海疆回绝道。

毛利怕私自离队会引起怀疑，只得暗自给黑衣人使眼色，黑衣人却面无表情昂首走过，急得毛利心如爪挠又无计可施，只能另想对策。

通往显应宫的主道上红毡铺地，两旁每隔十米便架一面大鼓，两鼓之间则站一身着彩衣之人手持铜锣。头包兰巾光着膀子的壮汉挥汗如雨，卖力地抡着鼓槌击得鼓声如雷，鼓声方歇锣声便起，还有穿红衣的乐人用笙管吹出飘飘仙乐，鼓乐喧天令鼓架子两侧分舞着的两条金龙舞得越发起劲，显应宫方向不时爆出的巨大彩色烟火更是引得万众瞩目人潮涌动，整个岛子都像要蒸腾起来。

杜海疆兴奋地搂着身边的毛利说："海龙，你还没见过这么热闹的祭祀场面吧？今天就让你开开眼！"

"咱家乡过中元节也要祭祖烧纸请戏，规模倒是差得远了。"毛利似乎也被这热烈的气氛所感染，眼睛却不住地在人群中找海盗船长，看他是否跟了上来。

"兄弟，你在找啥？"杜海疆也随着毛利到处看。

"没找啥，我就觉得这么多新鲜景儿看不过来。"毛利急忙掩饰道。

"那就仔细看看，世事无常，谁知明年还能不能再来祭拜？"杜海疆似笑非笑。

"二哥说的是。"毛利不由心下冷笑。

杜海疆他们随着人流缓慢前行，前方渐渐出现了嵌着"显应宫"巨大牌匾的三层飞檐的牌坊，及至拾阶而上到得显应宫门前已过了将近一个时辰。庙祝命人接了杜海疆他们带来的贡品，杜海疆带着弟兄们对着峨冠博带金箔贴身的海神娘娘三拜九叩，高举长香祈求海神娘娘护佑弟兄们在海上平安，然后把香插入条案上的香炉，接过庙祝递来的酒杯，将酒恭恭敬敬地洒在条案前的地上。毛利根本无心进香，他的目光在两侧进香的人流中来回逡巡，突然，他看到左侧条幡前立着闭目祈祷的海盗船长。毛利大喜，琢磨着怎么能不动声色地跟他接上茬，转头看到了双掌合十虔诚祷告的小鱼儿，灵机一动附在小鱼儿的耳朵边说："小鱼儿，我看见海神娘娘前面的那只仙鹤眼睛会动！"

　　"真的？"小鱼儿惊喜地瞪大了眼。

　　"要不过会子咱去瞅瞅？"毛利建议。

　　"成！"小鱼儿欣然答应。

　　拜完海神娘娘，杜海疆站起来躬身退出大殿，毛利却拉着小鱼儿凑到仙鹤前，有意用胳膊碰了下海盗船长，海盗船长诧异地回头看着毛利，毛利暗暗晃了晃腰间的檀木鱼，海盗船长心领神会，冲着毛利微微点头。

　　"俺咋看着不会动呢？"小鱼儿着急地问毛利。

　　"方才大概是灵光突显，灵光过了就没有了。"毛利搪塞道。

　　"那它啥时候才会再显灵啊？"小鱼儿大失所望。

　　"我也不清楚，小鱼儿，我好像听到你爹在叫你。"毛利抓着小鱼儿就往外走，海盗船长则悄然尾随。

　　出了显应宫，杜海疆脚步匆匆急于赶到商铺交易，毛利却想方设法要拖住他，正心急火燎，一抬眼瞅见了显应宫前空地上的高香，忙一把拽住杜海疆道："二哥，咱也去烧炷高香吧！"

　　"那不过是显应宫为了节庆凑趣添的物事，烧它作甚？"杜海疆站在台阶上居高临下瞅了一眼道。

　　"二哥是怕上不去惹人耻笑吗？"毛利激道。

　　"那香不过四五丈的高度，旁边还有搭到半截的架子，想要烧香不算太难。"杜海疆笑答。

　　"二哥就给小弟露一手如何？我到山上这么久还从未见过您的手段呢！"毛利继续怂恿。

　　"既然贤弟这么想看，二哥就不推辞了。"杜海疆说完，让老苗带着弟兄们去买些酒食先回船上，自己则跟毛利挤进围住高香的人群。

　　杜海疆和毛利站在人前细瞅那高香，见它通体鲜红，以粗竹为杆插入地下，四周竹架搭至半腰，离香头尚有两丈左右的距离，若非轻功超凡，休想把香点燃。何况香不似蜡烛有芯，要想一次烧着四尺方圆的香头更绝非易事。主事儿的身穿黄衣手拿铜锣边敲边喊："烧高香，讨彩头，烧高香，求吉祥了！各位好汉，来烧高香啊！"

　　也有那些自恃武功高强之人举着火把攀上竹架去烧香头的，可不是跃起的高度不够就是连竹架都上不安稳，始终无法将香点着，引得看客们一阵阵惋惜。杜海疆看了片刻，把黑布腰带扎紧，快步走进场中，到得竹架旁的火盆边弯腰拿起一支松油火把，看热闹的人见来了个红胡子的白衣壮汉，都为他加油鼓掌，主事儿的也狠敲了两下铜锣给他助威。杜海疆向看客们抱拳施礼，随即提气抬腿蹭蹭几步上了竹架。毛利立即暗示跟在身后的海盗船长上前说话，待他挨近才低声说："他就是老大！可记得清了，到时别弄错了！"

　　"就凭那胡子也不会弄错。"海盗船长哼道。

　　"来的人可够吗？这边有三十几个。"毛利问。

　　"放心！只等你举火为号，定让他们插翅难逃！"海盗船长傲慢地抱臂撇嘴。

　　杜海疆不知毛利存了黑心，在竹架顶上稍作休整便身形飞起落到香上，脚点香壁竟身轻如燕如履平地，蓦然一个鹞子翻身立到了香头上，高香轻晃引得看客们呼声迭起。杜海疆脚下用力，高香晃了两下又复归平稳，看客们见此情景激情高涨齐声大喊："点香！点香！"

　　杜海疆卖弄将火把挥舞得虎虎生风，随即身子弹起，将火把稳稳地戳住香头来了个凌空倒立，顿时把看客们瞅得提心吊胆，生怕他从半空掉下摔成肉泥。主事儿的却趁火打劫般将锣敲得疾如骤雨，更把看客们的心揪到了嗓子眼儿，就连毛利和海盗船长都目不斜视，想看看杜海疆究竟如何收场。杜海疆却举止若定，眼看着火把已将香头点燃大半，身体一松向下便倒，看客们霎时捂眼抚胸惊慌乱叫，只道杜海疆必死，谁知他却飘然落地毫发无损，再看那香头早已火色耀眼，被风一吹更是红红火火。主事儿的回过神儿激动地敲锣大喊："高香点燃，吉祥平安！"

"此人功夫不可小觑！"毛利有些担忧。

"花架子的东西何足挂齿？"海盗船长却不以为然。

看客们纷纷向杜海疆拱手道贺，杜海疆爽朗地左右回礼，信步向毛利的方向走来，海盗船长见状立马隐入人群。

毛利赶紧迎上杜海疆，言不由衷地赞叹："二哥，您的功夫可真俊！"

"那人是谁？"杜海疆瞅见海盗船长的背影顺嘴问。

"没谁啊？可能是看热闹的。"毛利装模作样的转头四顾，杜海疆见他不说，虽心下嘀咕，面儿上也不说破。

杜海疆带着毛利赶往商铺与罗汉会合，尽管适逢庆典人流如织，他仍能感觉出有人在跟着他们。杜海疆佯装不知，径直奔了庙岛最大的万隆商铺。挑帘进门正看到罗汉与掌柜的在喝茶聊天，看到杜海疆，罗汉连忙起身道："大哥，现在就议价吗？胡掌柜已等候多时了。"

"让您久等了！"杜海疆向胡掌柜抱拳施礼。

毛利也向胡掌柜拱手。

"请三位当家的到内室说话。"胡掌柜躬身将三人让进典雅富丽的会客室。

"二哥，我觉得今日不宜出货。"毛利皱眉道。

"为啥？"杜海疆不明所以。

"刚才来的路上我偷眼瞧见有人跟踪，不清楚是何路数，只怕是冲着货物而来，要是咱把货卖给了胡掌柜拿钱走人，也就等于把祸患留给了胡掌柜，咱岂可行这不义之事？"毛利说得慷慨激昂。

"这，这可如何是好？"胡掌柜吓得哆嗦了手。

"你可看得清了？"杜海疆眼含疑惑。

"二哥不信可去门口瞅瞅，那人保准不会走远。"毛利胸有成竹。

"果真如此咱们不能连累胡掌柜。"杜海疆豁然起身，"把货抬走！"

"抬到哪去？"罗汉一愣。

"先抬回船上再做道理。"杜海疆沉吟道。

"当家的大仁大义胡某感激不尽！来日定当补偿！"胡掌柜千恩万谢。

"是杜某给胡掌柜添了麻烦！"杜海疆谢罪道。

罗汉则趁二人客套之际去后院喊人抬货，毛利心头总算松了一口气。回到船上杜海疆便命拔锚起帆开往潜龙礁，只说要在礁上等候一夜，明日看看风头再做打算。

潜龙礁距离庙岛有三四海里，是个方圆近半海里的小岛，岛上草木葱茏，却因海鸟群集聒噪不止而少人问津，倒成了避人耳目的绝好所在。岛子西侧伸入海中的崖壁前端历经千百年的风吹日晒断续成两排尖峭的石柱，仿若从水中拱出的龙牙，龙牙靠近岸边圈住的海面又被称为龙潭，因此处海底有深达两米的海沟，而海沟旁的海水却浅到小腿，不知就里的人一脚踩空极易呛水溺死。船到潜龙礁已近黄昏，惊得岸上海鸟齐飞，在空中盘旋鸣叫，半晌才渐渐落到树木的高处警惕地俯视着脚下的不速之客。杜海疆命弟兄们拢船上岸埋锅造饭，今天毕竟是中元佳节，要让大家好好喝个痛快。

毛利正苦于找不到合适的借口查看一下岛上的情形，恰好听到小鱼儿缠着他爹要去岛顶上看大鸟，他爹却要跟老苗他们一起去砍柴，于是顺水推舟领着小鱼儿分草攀树去了岛顶。站在岛子的顶端，毛利急切地搜寻着庙岛方向的海面，看了半天也没有一艘船是他要找的。

"海龙哥哥，大鸟在哪儿？"小鱼儿仰头看着毛利。

"就在最高的那颗树上。"毛利问小鱼儿，"你见过的另一个海龙哥哥长啥样儿？"

"长得跟你一模一样！先前俺还以为你就是他呢！"小鱼儿说着又仔细瞅了瞅毛利，转头指着一棵高大的黑松问，"哪棵是最高的树？是不是那棵？"

"就是它。"毛利听到小鱼儿的回答，遂对他们父子起了杀心。

毛利牵着小鱼儿走到那棵黑松前极目四望，一艘船立时映入毛利眼帘，那艘船看似普通的大型商船，不去庙岛而是静静地停泊在庙岛与潜龙礁中间的海面上，扬起的风帆上还画有一只初升的红日，那正是毛利与海盗约定的暗号。

"太好了！"毛利脱口而出。

"啥太好了？"小鱼儿天真地眨着眼睛。

"我看到大鸟了！"毛利露出诡谲的微笑。

众人各司其职，潜龙礁上很快便炊烟袅袅香气四溢，海匪们兴高采烈，倒上酒齐齐地瞅着杜海疆，只等大当家号令一下就要开始大快朵颐。

"弟兄们！"杜海疆双手端起酒碗立在众人面前高声说，"今日是中元节，是咱祖祖辈辈祭祀祖先祭奠亡灵的日子。这么多年弟兄们跟着我过着出生入死刀头舔血的日子，能活到今天那都是上天护佑！所以这第一杯酒咱要敬天！让老天爷继续保佑咱们长命百岁！能多干些替天行道的痛快事儿！"

杜海疆说完，将酒碗高举过头，众弟兄也学着他的样子，举起酒碗把酒向后泼出。杜海疆又倒上一碗酒："是大海给了咱们讨生活的本钱，是海把大家聚在一起成了生死与共的弟兄！这第二杯酒，咱要敬海！让它能保佑咱们躲过狂风恶浪，帮着咱让那些挨千刀的海盗去见阎王！"

"好！"众人齐声大吼，将碗中的酒泼进海里。

"这第三杯酒，咱们要敬那些死难的弟兄。"杜海疆面容悲戚，"愿他们能早日投胎，再做一条好汉！"

瘦猴想起亡父嘤嘤地哭起来，众人也神情惨淡，默默地把酒洒在地上。杜海疆走到瘦猴身边郑重地拍拍他的肩膀道："男儿有泪不轻弹！这仇咱记着，时候一到必然要报！"

"我懂！"瘦猴带着满脸泪花用力点头。

"弟兄们！明日把货卖了就给大家发银子！今夜咱放开了喝，一醉方休！"杜海疆开怀大叫。

"谢大当家！"众人这才兴致勃勃地席地而坐觥筹交错。

"让'菜篮子'给大家表演一段木偶戏助助兴！"杜海疆对着菜篮子举杯道。

"好！"众人呼叫响应。

"菜篮子"灌了两碗酒兴头正好，抽抽鼻子咧开大嘴站起身，一手举着一个人偶走到人前。那人偶装扮成书生和书童，唱的却是《赵美容观灯》，看俩木偶手随眼动，嘴巴开合摇摇摆摆，拿腔拿调竟真如扮了男装的赵美容般顾盼生情，脆生生地唱道："白菜灯赛蓬松，摇头散发的芫荽灯，黄瓜灯一身刺儿，茄子灯紫莹莹，韭菜灯赛马鬃，葫子灯弯中儿中儿，南瓜地里造了反，北瓜地里乱了营，放了一些绿豆子，打得个西瓜满地里蹦……"一串诙谐的看灯词儿直把海匪们笑得前仰后合直喊肚疼。

"海龙，咱也好好喝两杯。"杜海疆边笑边拉着毛利道。

"二哥，您知道我不善饮酒，只一杯就醉死了。"毛利怕误事，连忙推脱。

"醉了怕啥？醉了就睡！莫非你还有啥心思不成？"杜海疆瞅着毛利。

"跟二哥在一起我还能有啥心思？"毛利拿起酒碗倒上酒，"我就豁上跟二哥喝上一碗。"

"爽快！"杜海疆开心大笑。

海匪们直闹腾到月上中天才横七竖八地躺倒在地，海滩上一片狼藉。月光随着波浪微微晃动，海鸟们也都各自归巢安歇。夜风送来阵阵凉意，毛利悄悄睁开眼，轻轻推推醉卧在对面的杜海疆，杜海疆则翻个身依旧鼾声如雷。毛利蹑手蹑脚地起身，刚跨过杜海疆，冷不丁被他抓住了脚脖子。"你去干啥？"杜海疆含含糊糊地问。

"我，我去撒尿。"毛利的心几乎要从胸口跳出来。

"嗯。"杜海疆放开手又睡过去。

毛利吓了一身冷汗，赶紧稳了稳心神继续向岛顶走去，他要去点燃岛上最高的那棵黑松好让海盗船前来接应。他打着火折子小心翼翼地在林中摸索前进，好在他已记熟白天的路径，没费多大劲就找到了那棵黑松，忙用手中的火折子去点树干，树干上松脂纵横，很快就烈焰熊熊。

"这树看着有年头了，点了它实在可惜！"毛利背后骤然响起啧啧叹息。

"谁？"毛利惊慌回头，竟是老苗。

"大当家早让我在这儿候着你了。"老苗冷哼道。

"候我做啥？"毛利还想装出笑脸糊弄过去。

"候你这个海盗奸细！"老苗怒斥道。

"你！"不等毛利有所反应，一块破布就堵住了他的嘴巴，他的身体立即软软地瘫了下去。

"瘦猴，把他捆紧了！"老苗吩咐道。

"好！"瘦猴立刻把绳子用力勒进毛利的皮肉。

"我就把你放在这儿喂蚊子，等解决了海盗再收拾你！"老苗愤愤地端了毛利一脚。

燃烧的黑松在夜色中光耀醒目，海盗船悄无声息地向潜龙礁靠近，为了不暴露行踪而驶入了两排龙牙之间。海盗船长带领海盗们下了船，手提战刀涉水而行。海盗们身穿黑衣，与漆黑的夜色融为一体，只有锋利的战刀偶尔闪露寒光。

海滩上一片寂静，隐隐可见一块块模糊的物体，奄奄一息的篝火却让那四只装满财宝的大木箱若隐若现，也让海盗们眼露狂喜，尚未飘散的酒肉香气更激起了他们残酷杀戮的欲望，不约而同地加快了脚步。岸上的人睡得像死猪一样，对近在眼前的危险毫无知觉，不时还翻个身打个酒嗝咕哝几句。海盗们欣喜若狂，扑上岸一顿猛砍，被砍的人却软如面团声息全无，待俯下身细瞅，才发现他们砍的竟然都是穿了衣服的稻草，只有一名海盗砍的东西坚固结实，被砍得满地乱滚，腿一抬恰恰端中了海盗的裤裆，海盗疼得歪眼斜鼻又不敢喊叫。海盗船长心头纳闷儿，担心毛利情报有误却又不甘心放掉装满宝物的木箱，遂命令十几个海盗上前去抬箱子。箱子颇重，海盗们使出吃奶的劲儿挪了几步，似觉有东西牵绊，猛然低头，看见箱子壁上居然凿有一孔，孔中放出条绳子来直通黑魆魆的树林。海盗急于搬箱，伸手想把绳子扯断，不料绳子刚断便如天崩地裂般硝烟弥漫火舌蹿空，四个箱子依次爆炸炸，得海盗血肉横飞。海盗船长心知中计急忙号令撤退，海盗们屁滚尿流仓皇奔逃，谁知在水中没跑几步，海岸上瞬时又飞来一包包捆扎的竹管，还没等他们明白过来，那竹管已如烟花般爆开，炸得海盗们鬼哭狼嚎。

海盗们没命地往船边奔逃，不想"菜篮子"在龙牙上设置了机关，七八个连成一体身穿海匪衣服的木偶手舞足蹈吆喝呼喊，晃得龙牙上全是海匪，吓得海盗不敢上前。有几个跑得快的海盗气喘如牛地跑到船边急抓住绳梯向上攀爬，岂知脑袋一近船舷就被乱刀砍入海中。原来秀才和瘦猴依照杜海疆的吩咐，带领几个弟兄早就潜到海盗船边埋伏在水中，只用一根草棍呼吸，及至海盗上岸他们才从水下出来偷摸上船。海盗船上只留了三四个海盗把守，他们见海盗们出师不利想把船开过去接应，可任凭他们如何发动船就是不肯挪窝儿，皆因他们不懂这龙牙中海水的底细：满潮时龙牙内船行无阻，退潮时只能划过小舟，此时正是退潮时节，船自然就会搁浅。海盗不知所以，兀自使用蛮力，秀才已带人杀到船上，海盗仓促招架，他们哪里是秀才的对手，没出两个回合就被秀才他们剿杀。秀才不放心，又带着瘦猴去船舱里仔仔细细搜寻了一遍，看到一间舱门竟从外面用铁链子锁住，心头好奇又恐中了埋伏，忙叫瘦猴躲到身后，解开铁链轻轻将门推开，一位身穿灰袍的书生正坐在灯下看书，闻得响声惊讶抬头，那人居然是孔正！

"孔军师，您还活着！"秀才惊喜交加。

"孔叔叔！"瘦猴大叫着扑过去，抱住孔正泪花涌动，"我还以为再也见不到你了！"

"孩子受苦了！"孔正摸摸瘦猴的头忙问秀才，"大当家到船上了吗？"

"还没，我领了命令先来截断海盗后路。"秀才禀道。

"大战在即，其他事咱回头再说。"孔正拍拍瘦猴，头前带路疾步出了船舱。

三人上到甲板刚好看到其他的弟兄在砍杀妄图爬上船的海盗，孔正立即让瘦猴点燃船头和帆索。

"这么好的船干啥不留着？"瘦猴感觉可惜。

"海匪成事皆靠船小速快便于隐蔽，留下这庞然大物外出招摇岂不像那官船一样坐以待毙？"孔正笑道。

"孩儿明白了！"瘦猴心中豁然，赶紧用火折子烧着了船头和船帆，然后回头问，"着起来不把咱们也烧死了？"

"傻孩子！"孔正摇头失笑道，"咱们不下船去帮大当家打海盗，难道还坐等火烧起来不成？"

"兄弟正有此意！"秀才高兴地说，瘦猴则羞红了脸。

却说海盗船长跑到一半，猛见船上火光冲天，自知没了退路，只能背水一战，挥着战刀狂怒转身，大叫谁敢后退就宰了谁，海盗们只得调转身子，好似惊弓之鸟战战兢兢地向海边挪，边挪边不住地左右观望唯恐再有炸弹飞来。或许是炸药用尽，岸上居然出现了片刻的宁静，然而未等海盗们心神稍安，岸上喊杀之声又起，顷刻间灯火通明，树梢岩石皆亮起火把。杜海疆带着海匪们从隐蔽的树林中和礁石后面手提宝剑蜂拥而出，"菜篮子"又摆弄着木偶，借助火光在礁石上映出无数奔跑的身影，海盗只见人影幢幢也搞不清究竟有多少海匪，先自心怯乱了阵脚，海匪却如下山猛虎个个奋勇。

杜海疆迎面堵住一名海盗，一剑刺穿了他的胸膛，未及拔剑又飞起一脚，把身后意图偷袭的海盗踢翻在地。海盗尽管有所伤亡，其数量仍与海匪不相上下，且海盗为求生路拼力厮杀，加之他们原本就比海匪训练有素，形势竟悄然逆转，海盗反而占了上风。杜海疆瞧在眼里急在心里，常言道擒贼先擒王，只有消灭了海盗头子才能彻底摧毁他们的群体意识，但他并不认识海盗船长，只好退求其次找那功夫高超的海盗战斗。他蓦然瞥见一名海盗闪转腾挪长刀生风，先后伤了五六个海匪，脸上的伤疤张牙舞爪好似要活转过来的蜈蚣，分外狰狞，猛然想起他就是自己在烧高香时看到的与毛利在一起的人，立刻心下恍然，料他定是海盗头子，遂横出一剑刺倒眼前的海盗，杀出一条血路直奔海盗头子。海盗船长正杀得兽性大起吱哇乱叫，冷不丁感到脑后生凉，惊慌回头，立时与杜海疆四目相对。

"红胡子，我正找你！"海盗船长咬牙切齿，双手握刀侧劈杜海疆。

"找我送你早见阎王！"杜海疆浓眉倒竖挺剑接招。

仇人相见分外眼红，都拿出看家本领，谁也不敢疏忽大意。海盗船长使用的东洋刀狭长微弯便于砍削，杜海疆的宝剑则轻灵峭拔擅长挑刺，刀剑相碰火星迸溅，杜海疆的剑身竟被磕出一处微小的缺口，不由心下大惊，海盗船长却喜上眉梢，特意用刀不断去磕杜海疆的宝剑，想把他的剑磕断令他刀下毙命。杜海疆自知武器不济不敢硬碰，专挑海盗船长的破绽下手。怎奈海盗船长进退有度刀法严谨滴水不漏，杜海疆连刺失败，索性剑走游龙，学那黄鼠狼迷惑兔子的法子前后左右绕得海盗船长晕头转向，干脆闭眼听声一顿狂砍，只听啊的一声惊叫，杜海疆忙向后急撤，原是左臂被刀划伤鲜血直流。海盗船长仿佛闻到血腥味的鲨鱼直逼过来，杜海疆牙关紧咬剑走偏锋让海盗船长无机可乘。

两人斗得难解难分，从海滩打到了树丛边，刀起剑落枝叶纷飞，杜海疆一招银蛇出洞削掉了海盗船长的假发辫并伤及肩头，海盗船长披头散发更如恶魔附身，疯狂出击迫得杜海疆连连后退撞到了礁石。海盗船长见把杜海疆逼进死路心头狂喜，杜海疆想要施展轻功跃上礁石，却被海盗船长看破心思上下夹击，杜海疆只能疲于应付。胳膊上的血顺着手指滴到地上，杜海疆脸色泛白心急如焚，如此僵持难有胜算，又苦于无计摆脱海盗船长的纠缠，忽然瞧见礁石上长长的裂缝，急中生智铤而走险用剑接刀，哐啷一声脆响，宝剑立时断为两截。海盗船长大喜过望挥刀直刺，杜海疆身子一挫，东洋刀恰好砍进礁石缝隙，没等海盗船长拔出长刀，杜海疆的半截宝剑已经深深地扎进了他的肚子。海盗船长愣愣地瞅瞅杜海疆，又瞅瞅肚子上的剑，随即发出瘆人的嚎叫跪倒在地，这怪异凄厉的惨叫吸引了所有人的目光，居然都暂时忘记了打斗。海匪看到杜海疆获胜立刻士气大增，海盗见船长遇难皆面露惊恐，忽闻背后杀声四起，却是秀才和瘦猴带领劫船的弟兄包抄过来。海盗立刻军心大乱，像无头的苍蝇般到处乱撞，海匪越杀越勇前后合围，将海盗们逼向龙潭。海盗们看到自己的船还未烧尽，存着一丝逃生的侥幸，且战且退争先恐后地踏入龙潭，忽觉脚下踩空身体瞬间没入水中，有的浮起尚能挣扎喊叫，有的则直接尸横海面做了淹死鬼。老苗瞅准机会甩出两个飞雷落入潭中，震得地动山摇巨浪咆哮，待火气散尽，除了涌动的波浪再也看不到活着的海盗。海匪们带着满身的疲惫和伤痛骄傲地欢呼，那呼声吐尽愤懑直冲霄汉，杜海疆不禁有些泪湿，虚脱地靠住礁石扯下衣襟包扎伤口。

"大当家！"熟悉的声音引得杜海疆忙抬头张望，恰好瞅见了热泪盈眶的孔正。

见到孔正，杜海疆快步迎上前紧紧握住他的手动情道："孔军师，您可想死我了！我一直担心您遭海盗毒手，没想到您不但安然无恙，还暗中运筹帷幄让咱大获全胜，我可佩服得很呢！"

"瞧大当家说的！"孔正笑呵呵地摆手道，"这都是弟兄们的功劳，我怎可一人居功？"

"要不是孔军师想出用书名传递消息的法子，难保我不会着海盗的道儿。"杜海疆忽然想起假杜海龙，回身命令老苗，"把那个奸细押来！"

"不用押，我就在这儿！"阴森森的声音惊得所有人都转头观看。

只见毛利背靠岩石手握宝剑架在小鱼儿的脖子上。原来他弄松了绳索跌跌撞撞地走出树林，却正好看到海盗全军覆没，狗急跳墙瞅见了躲在礁石后面看热闹的小鱼儿，遂把他抓做了人质。

"给我一条船，我带这孩子走，要不我就杀了他！"毛利冷酷地一提宝剑，小鱼儿吓得登时大哭起来。

"大当家，俺求求您！"孙老二扑通跪倒在杜海疆面前不住磕头，"俺就这一个孩子，您就救救他吧！"

众海匪恨得牙直痒痒却又无可奈何，全都向杜海疆投去询问的目光。

"备船！"杜海疆大吼一声，海匪赶紧去弄了条船过来。

"看在咱兄弟一场，你先放了孩子！"杜海疆怒道。

"兄弟？"毛利仰天狂笑，"我是大日本帝国的武士，岂能做支那人的兄弟！让孩子他爹过来给我摇橹，等我把船划得远了就放了他俩。"

"你！"杜海疆怒火万丈，却只能眼睁睁地看着毛利挟持着孙老二和哭闹不止的小鱼儿上船。

孙老二摇橹开船，毛利得意洋洋地坐在船上按住小鱼儿，嘲讽地瞥着岸上的海匪。

"我真想把他炸死！"眼睁睁看着小船渐行渐远，老苗气得直跺脚。

"船上有人，不过你倒可以往船上扔颗迷魂弹。"孔正点拨老苗。

"军师高见！"老苗心领神会，即刻把一支迷魂弹插在弩尖瞄准飞射上船。

迷魂弹在甲板上滴溜乱转黄烟四起，毛利慌忙放掉小鱼儿去抓迷魂弹，想把它扔进海里。孙老二趁机喊道："小鱼儿，跳船！"

小鱼儿听得参吩咐一头扎进水里，他虽身子弱却跟他参练就了一身好水性，在水中灵动如鱼比在陆地上还欢快，孙老二也紧跟着跳入水中。毛利气急败坏，忽觉胸闷气短头脑发昏无法硬扛，也身体后仰掉进水里。

"赶快救人，活捉奸细！"杜海疆命令海匪。

海匪连忙开船过去将钻出水面的孙老二和小鱼儿救上船，却遍寻不着毛利的影子，只道他已被浪冲走，且夜色深沉难于继续搜寻，只好悻悻收船回岸禀报。

二十四、孤注一掷

　　她本想让桃香大病一场，谁知竟要了她的性命，正当她惶恐无措生怕被人察觉之时，不期洪禄却让她顶替桃香借尸还魂，真是天遂人愿，不免暗中得意。

洪禄从电报局回到乐善堂，吩咐下人不准进书房打扰，然后从怀里掏出电报稿，对照着桌上的《本草纲目》将电报稿上的药方翻译成日文电文，浏览过后迅速烧掉，这才命人把单田骏叫来。洪禄示意单田骏关好房门，打开锁着的抽屉取出一卷朝鲜地图摊在桌上。

　　"刚刚接到陆军参谋本部电报，叶志超和聂士成率领的清军虽在牙山和承欢失利，但清廷派出左宝贵等率领的援军已抵达平壤，两军并在一处，人数与大日本帝国的军队不相上下，且左宝贵英勇善战素有威名，不似叶志超那般贪生怕死，两军之战胜败将很难预料。"洪禄不无担心地用手在地图上指着援朝清军的行进路线说。

　　"军部有何指示？"单田骏忙问。

　　"军部想让咱们搞清大清朝廷是否会再派援军，援军是走陆路还是走水路，若走水路清廷吸取丰岛战役的教训必定会派北洋水师的主力舰队予以护航，大日本海军励精图治一直希望能与北洋水师决一死战，夺取黄海的制海权，若它能倾巢而出则正合我意，北洋水师一日不除则一日为我祸患。"洪禄喝了口凉茶继续说，"军部还对海战胜负所带来的结局做了具体分析：若海战获胜夺得制海权，则陆军主力兵团在渤海湾登陆直取大清京城；若海战胜负难分，陆军至少也要完成对朝鲜的占领；若海战失败则退回本土养精蓄锐。"

　　"派兵这等军国大事只有军机处最为清楚，然清日宣战风声日紧，加之石川五一案发，清廷警醒有所戒备，高官为了自保避免惹祸上身，皆会三缄其口，恐探之不易。"单田骏踌躇道。

　　"先前援朝的四大军都从东北调拨，因那里离朝鲜路途较近不必长途跋涉，估计这回要派援军也不会离得太远。"洪禄思忖片刻交代单田骏，"大军未动粮草先行，你先去军部发放药材登记的人那里着重了解一下药材军需是否会发往旅顺大连等处，能打听到最好，打听不到咱们再想办法。此役关乎战争胜败，我等必须竭尽全力！"

"属下明白！"单田骏鞠躬领命。

"老爷，外面有人找。"丫鬟在门外通报。

"是谁？"洪禄问。

"她不肯说。"丫鬟回禀。

"让她进来吧。"洪禄回道。

"那我先去办事。"单田骏开门离开，一个穿戴整齐的老妈子走了进来。

"王妈，快请坐！"洪禄一见原是过去在香园服侍梅香的王妈，自从梅香被王爷收做了六福晋之后也跟着去了王府服侍。

"洪老爷不必客气！我说完就走，福晋还等着回话。"王妈给洪禄万福道。

"不知福晋有何吩咐？"洪禄面脸堆笑。

"福晋已禀明王爷，今日用过晌饭要去香园喝天香饮，并找昔日的姐妹聊天叙旧，也想请洪老爷过去一趟，有些事好当面交代，让我问问洪老爷是否方便？"王妈用手帕擦着胖脸上的汗珠说。

"当然方便！"洪禄赶紧应承，"烦劳王妈告诉福晋，我这就让人通报香园恭候福晋大驾光临！"

"福晋不喜闹腾，说只把她原先的卧室洒扫干净就成。"王妈说。

"谨遵福晋吩咐便是。"洪禄拱手道。

"那我先回去报个信儿，别让福晋等急了。"王妈说着就要告辞。

"王妈慢走！"洪禄连忙取了五两银子塞进王妈手里，"王妈辛苦，给您喝茶！"

王妈走后，洪禄处理完手头上的事就奔了香园，命人把梅香先前住的卧室收拾洁净后就在香园用了午饭。刚准备停当，一顶小轿就抬到了南绣楼的门口，洪禄慌忙出门迎接。

"福晋驾到洪禄有失远迎，还望恕罪！"洪禄躬身施礼。

"洪老爷不必多礼。"王妈在旁挑开轿帘儿，梅香从轿子里走出来道。

梅香头上只约略戴了两三件昂贵的首饰，穿着月白色芙蓉花瓣飘飞的湖丝小袄衬着翠绿的百褶罗裙，虽则清淡却愈发显得清丽脱俗，洪禄低着头偷瞄了两眼情不自禁心神躁动，但梅香已今非昔比不可造次，只得权且忍耐。梅香进了卧室后在椅子上坐定，下人上了茶，梅香便打发王妈去取蕴香丸和天香饮，让洪禄关上门后坐下说话。

"福晋在此哪有洪禄的座位！"洪禄忙辞道。

"洪爷对奴家恩同再造不必拘礼。"梅香笑吟吟地说，洪禄这才在椅子上坐下。

"福晋此来可是那玉玺的事有了眉目吗？"洪禄试探着问。

"洪爷交办的事奴家哪能怠慢。"梅香放下茶碗婉转细述，"王爷对此事口风极紧，我也是费了不少工夫才听了个大概。当年曾国藩攻破天京，在长毛的宫殿内搜了三天三夜也没搜着传国玉玺，老佛爷大怒，命庆郡王暗地彻查，王爷就选了他的侍卫总管私下查访，此人曾在长毛军中做过卧底，亲眼见过那枚玉玺，没想到最终查到的那个长毛竟是这个侍卫总管当年的结拜兄弟，名叫杜艺。杜艺自天京战役后就隐姓埋名住在保定府杜家村。三年前侍卫总管奉命去拿杜艺，可杜艺至死都没吐露玉玺的下落，倒是她老婆受刑不过，临死之前说传国玉玺就埋在杜家村，但具体在哪儿却没问出个所以来。"

"让福晋受累了！"洪禄听得杜艺的名字甚为耳熟，蓦然想起他就是杜海龙的爹，不由心下豁然，遂转换了话题，"福晋在王府里过得还好吧？"

"在香园时姑娘们都巴不得去那深宅大院里享受荣华富贵，真进去了才知道那里最是见不得人的地方，规矩森严需处处谨慎，哪能似在香园里这般开心快活？"梅香幽幽叹道。

"哎哟！怪不得见福晋消瘦了好些！"洪禄怜香惜玉地瞧着梅香。

"洪爷天天软玉温香，却让我日日陪着徒有其表的老王爷，我焉能不瘦？"梅香含责带怨地瞟了洪禄一眼，瞟得洪禄登时浑身酥麻欲火难耐。

"天地良心！"洪禄也顾不得体统，抱起梅香放到床上，"我的心都在你身上，何曾有什么软玉温香？你才是能要我命的那个！"

"洪爷就会哄我！"梅香被洪禄压得紧实，心旌摇曳却假意推他。

"难道要我掏出这心来给你看吗？"洪禄急不可待地撩开梅香的裙子。

"东洋人对女人也像洪爷这样猴急吗？"梅香笑着轻戳了下洪禄的鼻子。

"为何说起东洋人来？"洪禄接口道。

"那许帮带写信给王爷，怀疑你是东洋人，王爷就向我打听。"梅

二十四　孤注一掷

279

香说。

"你怎么说？"洪禄大惊立即停了手。

"我自然说你不是。"梅香搂着洪禄脖子撒娇道。

"还是你机灵！"洪禄知那王爷已对自己的身份起疑，立时把那偷香窃玉的心思减了大半。

梅香感觉洪禄意兴阑珊正待要问，忽听王妈在门外禀告已取来天香饮，慌得二人急撒了手整顿衣冠。待梅香重新在椅子上坐下，洪禄才去开了门。王妈端进天香饮，梅香喝过之后便起身告辞，洪禄也无心再留，就将她送出门外。

看着梅香上轿离去，洪禄始觉怅然若失，可一想起王爷又愁眉紧锁。他本指望能从王爷那里探听些派兵的消息，但他深知像庆郡王这般老奸巨猾的官员绝不会在此种风声鹤唳之时与自己这个疑似东洋人的人有所瓜葛。

洪禄正自焦躁，猛听得楼上一声惊呼，紧接着传来一阵呼天抢地令人毛骨悚然的哭喊，不禁把他吓了一跳，下意识地愕然抬头往楼上瞅，却见秦妈张皇失措地从楼里跑出来，也顾不得尊卑有别，扯住洪禄就往楼里拖。

"老爷，您快去看看吧！大事不好了！"秦妈浑身颤抖，嗓子都岔了音儿。

"出啥事了？为何慌成这样？"洪禄急问。

"桃香，桃香她死了！"秦妈目光闪烁言辞支吾，说罢忙用手帕堵了嘴低声哭泣。

"什么？"洪禄顿感魂飞天外，甩开秦妈大步疾走，径直奔了桃香的卧室。

桃香的卧室里已是哭声一片，服侍桃香的老妈子更是哭得悲痛欲绝，姑娘和老妈子们看到洪禄匆匆赶来都赶紧让出道路。洪禄扑到床边震惊地看见桃香仰躺在床上，面色惨白七窍流血，忙伸手去摸桃香的脉搏，手臂冰冷脉象全无，知已无可挽回。

"你干的好事！"洪禄怒火中烧，揪起服侍桃香的老妈子大吼。

"奴才冤枉啊！"老妈子惊得面如土色，"姑娘刚才还好好儿的！可喝了天香饮之后就成这样儿了，委实不是奴才作的孽啊！"

"天香饮？秦妈，过来！"洪禄气得一屁股坐在椅子上大叫，吓得姑娘和老妈子们都悄了声。

"老爷。"秦妈哆嗦着凑到洪禄面前。

"你说！天香饮是怎么回事？"洪禄气急败坏地瞪着秦妈。

"我，我也不知道！"秦妈满腹委屈，"方才我命老妈子们给姑娘们送天香饮，大家喝了都没事，桃香却不知咋了，喝完就说不舒服，我想去叫老伴儿来给看看，谁知没等我转身她就开始四肢抽搐，眨眼间就没了气儿，究竟为啥我可真的一概不知啊！"

"桃香死前有何症状？"洪禄转头问服侍桃香的老妈子。

"面色潮红燥热难安，直嚷着恨不能把那皮揭了好透透气儿。"老妈子哭哭啼啼地回答。

"那天香饮你们也都喝了？"洪禄问众姑娘，见大家都点头又问，"有谁也感觉不适吗？"

众姑娘纷纷摇头让洪禄心上纳闷儿，命人去把秦仲景找来。秦仲景给桃香号了脉，说是因气血逆行急火攻心而暴毙。洪禄忽然想起梅香落水前后也是此番模样，心中大疑，紧瞅着秦仲景问："天香饮里可有让人热力发散的物料吗？"

"要说此种物料也就是香棘果，它是能帮蕴香丸固香的根本，缺它不可。"秦仲景低着头说。

"天香饮用了这么久都平安无事，怎么突然就喝死人了？是你对配方另作了手脚不成？"洪禄审视着秦仲景。

"小人不曾动手脚。"秦仲景的额头冒了汗。

"胡说！"洪禄恼怒地一拍桌子，"我看你是不打不招！去多叫几个护院进来把他给我拖出去打！"

"老爷就是打死小人，小人也不能认那未做之事啊！"秦仲景吓破了胆，扑通跪倒大喊冤屈。"桃香是贝子爷看上的人，不日就要迎娶进府！现在人死了，贝子爷要人我就把你交上去！"洪禄气急败坏。

"老爷饶命啊！"秦仲景匍匐在地不住求饶。

"老爷，您就高抬贵手饶了他吧！"秦妈忙跪下替秦仲景求情，"您不看功劳看苦劳，若是没了他，这香园可就散了。"

姑娘和老妈子们见此情景也给洪禄下跪求他饶过秦仲景，海棠更是跪在人群后面吓得头都不敢抬。

"不是我不饶他！"洪禄余怒未消，"贝子爷的火爆脾气你们都是见识过的，我总得给他一个体面的交代。若能交代过去还好，要是贝子爷铁了心要寻咱们的麻烦，谁也难脱干系！"

众人面面相觑，一时也想不出好的法子，秦仲景夫妻更是号啕痛哭，洪禄看着心烦让护院先把秦仲景看押，又命秦妈带人为桃香擦洗干净换上衣裳，怕天热尸身腐坏，着人采买了上等的棺木盛了放入南绣楼的地室中用冰冷着，等禀明了贝子爷后才好入殓。

单田骏晚上去找洪禄复命，见他闷闷不乐，问明原委后大为惊讶："洪禄君打算如何处置？"单田骏也感到事情牵扯到王府甚为棘手。

"就算是寻常女子暴毙，想要掩饰过去都很困难，更何况是贝子爷的人！"洪禄叹口气，"人命关天，王府是定要去的，否则咱就别想再在北平立足。"

"王爷已然开始怀疑您的来历，去了王府不等于自投罗网吗？"单田骏提醒道。

"即便是虎穴也只能去闯，总不能一走了之，那咱们费尽金钱物力在京城编织起的关系网就彻底毁于一旦，将直接影响到完成军部交付的使命。"洪禄思忖道，"就王爷的个性而论他应该不会抓我，那样就等于暴露了他跟日本人有来往，他顶多闭门不见，这对咱们来说也是极糟糕的结果了。"

"大不了咱抛了这烂摊子，从军效命反倒畅快，省得整天奉迎那些贪官大爷让人窝火！"单田骏抱怨道。

"山田君有所不知。"洪禄微微摇头，"王爷是老佛爷眼前的红人，也是清廷异动的风向标，若他都不肯见我，说明清廷对日作战的态度异常坚决，自然会对战事补给不遗余力，士兵的斗志就会随之高涨，对大日本帝国的军队而言非常不利。"

"若他见您又如何？"单田骏似乎心有所悟。

"见我则要凭他的言谈来断定事态发展，不能一概而论。"洪禄蓦然想起交办给单田骏的差事，"你那边可有消息？"

"药材发放的数量都很正常，也没人听说朝廷会再派援军的事。"单田骏摇摇头，"明日我再去别处打听打听。"

"也好。"洪禄心不在焉地应着,脑子里却在想着明天觐见王爷的说辞。

庆郡王和载贝子用过早膳正在喝茶聊天,管家进来禀报说乐善堂的洪禄求见,王爷吩咐让他先在门房候着。

"阿玛,堂哥不是怀疑洪禄是东洋人吗?现在清日开战,这节骨眼儿上您不赶快打发他走还让他候着,岂不惹人非议?"载贝子不解地瞅着庆郡王。

"他不说咱不说,谁能非议?"庆郡王嗤之以鼻,"再说本王身为总理各国事务大臣,见个洋人不是顺理成章的事吗?我且问你,咱府上的财富比起和珅和中堂来如何?"

"还用问吗?当然是有过之而无不及!"载贝子颇为得意地回答。

"那为何和中堂被皇上赐死上吊,咱们还能在这儿优哉游哉地品茶闲话?"庆郡王慢条斯理地吹着茶杯中的热气。

"要抓贪官只怕能把整个朝廷都抓空了,法不责众,皇上索性就不抓了呗。"载贝子打趣道。

"此言差矣!"庆郡王瞪载贝子一眼,"本朝被弹劾举报的官员也并不在少数,怎能说不抓?"

"那依阿玛的意思?"载贝子有些糊涂。

"和中堂是何时死的?"庆郡王问。

"嘉庆爷的时候啊。"载贝子恍然大悟,"您是说咱们还能安生度日是因为有老佛爷保着,咱们还能给老佛爷办事,就像乾隆爷离不开和珅一样!"

"聪明!"庆郡王满意地点头,"但老佛爷今年六十大寿,人生七十古来稀,谁知道她老人家还能保咱几年?皇上自幼体弱多病,两人谁先谁后还两说着。老佛爷在大清的天下就能安稳,她老人家一殡天大清必乱无疑!就像李中堂曾说的,大清好似一间破旧的老屋,早就风雨飘摇,咱们都不过是临时给它撑撑门面的裱糊匠。皇上身后并无子嗣,洋人又虎视眈眈,你敢说这大清江山不会落入洋人之手?所以说,假如洪禄真是东洋人,本王更要见他,保不准日后还能为咱所用。"

"祖宗江山岂能拱手让人!"载贝子愤然道。

"让得还少吗?"庆郡王冷笑,"何为祖宗?记住了!能保咱荣华富贵的才是祖宗！"

洪禄在门房等得犹如热锅上的蚂蚁，王爷肯见他已让他喜出望外，但对王爷见他的理由却拿捏不准。正等得心焦，忽听门子传他进去，赶紧整顿衣服随着门子往里走。尽管他拿出了要闯龙潭虎穴的胆气，但进了戒备森严的王府看见威武肃立的王府侍卫，内心依旧惶恐不安。管家领着洪禄穿过一宫门向左拐进了西跨院，把他领到王爷的内宅会客厅前大声通报，王爷命洪禄进见。洪禄进到厅内，看到庆郡王和载贝子都在，慌忙下跪磕头："洪禄今日特备厚礼来给王爷和贝子爷请罪！"

洪禄说着把礼单高举过头，管家接过礼单呈给庆郡王过目。

"收了，你先退下吧。"庆郡王扫了一眼礼单交给管家吩咐道，"洪老爷今儿个怎么这么客气啊？起来说话吧。"

"王爷贝子爷不赦免小人的罪过，小人不敢起！"洪禄惶恐道。

"本王倒想听听，何事能把洪老爷吓成这样？"庆郡王饶有兴致地盯着洪禄。

"是香园里的桃香忽得急症于昨日暴毙。"洪禄小心翼翼地回答。

"桃香死了！"载贝子听罢急痛交加，从椅子上暴跳起来，一脚将洪禄踹翻在地，"狗奴才！把人放你那里都看不安稳！要是有人故意加害，小爷就把你们全都宰了！"

"贝子爷息怒！小人知那桃香是贝子爷看上的人，用手捧着还来不及哪有胆子加害？"洪禄吓得魂飞天外，赶紧爬起来再次磕头。

"你先别急，听听洪老爷如何说。"庆郡王示意载贝子坐下。

载贝子哪里坐得下，碍于父王情面屁股刚沾了下椅子就立时蹦起来冲着洪禄厉声斥问："你说！她是怎么死的？若说得不好仔细你的皮！"

"小人让秦郎中验尸号脉，说桃香先天心血不足，赶上昨日天热，虚火上升喝了天香饮后气血翻涌，心脉收摄不住才导致七窍流血香消玉殒。"洪禄恐实言相告引起猜忌，只得急中生智胡编乱造予以搪塞，"小人知贝子爷是重情之人，但人死不能复生，还望贝子爷节哀！香园里的姑娘要是贝子爷还有其他看得上眼的请尽管吩咐！"

载贝子正要发作，庆郡王却在一旁插言道，"本王听洪老爷说的在理，桃香暴亡是她命薄福浅，偌大的香园还愁找不到顶替她的姑娘吗？"

"阿玛！"载贝子听父王帮着洪禄说话更加愤恨难平。

"小人已盛殓桃香，难得贝子爷与她情投意合，要不要去见上最后一面以慰哀思，我也好让姑娘们陪您散心解闷儿。"洪禄听到王爷顶替的说法顿时心生一计。

"我这就去！备马！"载贝子大声命令侍从。

"贝子爷，您先莫急！"洪禄忙道，"您此时哀痛过甚，骑马若有闪失小人更吃罪不起！哀大伤身，还是等您气息稍平，过晌我再派轿子来接您过去。再说香园已乱成一团，我也得先去整备停当才能迎接贝子爷大驾。"

"你自去准备便是。"庆郡王用目光止住载贝子对洪禄说。

"多谢王爷！多谢贝子爷！"洪禄如遇大赦躬身而退。

"阿玛，您怎就放他走了？"洪禄离去后载贝子恨道。

"不放还当真把他杀了？姑娘有的是，要哪个还不是随你挑？为个娘儿们闹得天翻地覆成何体统！"庆郡王像只打盹儿的老猫，微闭着眼睛靠在椅子上咕哝道，"洪禄心机深厚，不管他是不是东洋人，你下午去都需谨言慎行。欲擒之必先纵之以观其心，方可知而后动，可保万全。"

"孩儿记下了！"载贝子经庆郡王点拨略为思量，不由暗自佩服父王远见卓识。

洪禄刚把香园布置停当就见门子飞跑来报，说载贝子已到门口，不由大惊，边急赶去迎驾边揣测载贝子不等自己去接就提前到来的用意。不料跑到半路就撞见载贝子带着十几名手持长矛的侍卫气势汹汹地闯进园子。载贝子本就觉得桃香死得蹊跷，听了阿玛的一番说话更是疑心陡起，因此特意提前到来打他个措手不及以防洪禄毁尸灭迹。载贝子此番进得香园的心境更与往日大相迥异，依然是春意撩人风光旖旎的园子，在他的眼中却是香影留痕人去楼空的伤心所在，越看越悲愤难抑，连洪禄也不搭理，甩开大步竟奔了南绣楼。

"给爷围起来！里面的人没爷的命令不准放走一个！"到了南绣楼门口，载贝子横眉怒目大声下令。

"贝子爷，您先进屋喝杯茶消消气儿。"洪禄见载贝子动了真格的忙殷勤赔笑。

"桃香在哪儿？"载贝子却并不领情，冷声喝问。

"停放在地室中。"洪禄小心回道。

"头前引路！"载贝子吩咐，带着仵作紧随洪禄下了楼梯。

地室的四壁皆用青石砌成，阴冷潮湿，壁上蒙着一层薄薄的水汽，用石头垒起的台子上，原本放置的肉类等容易腐烂的食物被挪到了墙角，临时将桃香的灵柩放到了上面。载贝子命仵作验尸，洪禄赶紧让人搬了把椅子给载贝子坐。仵作翻看了桃香的眼皮查看了她的舌苔，仔细检查了尸体上的淤斑，又从针盒中捏出银针从桃香的喉中刺入，片刻后取出，瞅了瞅，用布擦净放回针盒内。

"小人查验了桃香姑娘的尸身，并不见伤痕，喉中也并无中毒的迹象，从面上尸斑来看，的确属于急火攻心暴亡的症状。"仵作向载贝子禀告。

"你可看出这暴亡是人祸还是天灾？"载贝子不死心。

"依小人看应是本人先天气虚亏损导致。"仵作说。

"你下去吧。"载贝子抓不到洪禄的把柄心里不解恨，脑子里骤然冒出个念头，想试试他究竟是不是东洋人，若他真是东洋人就把他当奸细抓了也不枉桃香死得冤屈。幸亏他小时曾在恭亲王奕䜣的府上跟着洋教习学过几句东洋话，冷不丁甩出一句东洋话命令洪禄，"去拿香烛！"

洪禄端着茶碗刚送到载贝子手边，猛听得乡音本能地想要应承，字到舌尖骤然一个激灵惊出一身冷汗，又被他生生地咽了回去，心好似在空中翻了个跟头，要不是他用定力定住身体，手中的茶碗早摔到了地上，即使如此脚下的土也让他踩得矮下半寸。

"贝子爷，您说啥？"洪禄眨巴着眼睛茫然地瞅着载贝子，心里却暗骂这翅膀未硬的小家雀儿也想跟翱翔蓝天的老鹰斗。

"混账！还不去拿！"载贝子借事撒气，一巴掌将茶碗打翻在地。

"贝子爷，我真没听清您说啥！"洪禄慌得赶忙跪下，一脸无辜地望着载贝子。

载贝子冷眼旁观，看洪禄确实不懂东洋话，才怒气渐消，要洪禄去拿香烛好拜祭桃香，洪禄忙让下人去取。载贝子给桃香点烛烧香，见桃香装裹停当躺在铺着锦褥的棺材里面色如生，抚棺长叹不觉滴下泪来，洪禄见状也陪着唉声叹气。看载贝子哭得差不多了，洪禄说桃香房里还有留给贝子爷的物件儿，还望贝子爷能念在往日的情分上前去收纳。载贝子大为惊奇问是何物，洪禄只说是桃香的私物，贝子爷一去便知。

载贝子半信半疑地跟着洪禄进了桃香的卧室，触目所及更令他深感物是人非悲恸不已。卧室内的桌子上早已摆下美酒佳肴，桌上还有只镶嵌着红宝石的金镯子。

"这是我送给桃香的镯子。"载贝子睹物思人心绪惆怅，抓起桌上的酒壶一仰脖子就灌下半壶，颓然跌坐在椅子上怜惜地摸着镯子道，"她说镯子大了些，我答应她接她进府那天给换个更金贵更合适的，谁知她却没等到就去了！让这镯子去陪了她吧，我不忍心让她孤单上路身无长物。"

洪禄忙命人拿了镯子下去给桃香做陪葬，然后弯腰给载贝子斟满酒："桃香的在天之灵定会感激贝子爷情深义重！"

"坐下，陪我喝酒！"载贝子命令洪禄，又自喝下一杯，"红颜知己最为难得！好不容易得了上天又生生在你亲热的时候收了去，从此阴阳相隔永不再见，是老天爷成心折磨我吗？"

"贝子爷宅心仁厚定得上天护佑！"洪禄看载贝子喝得急，索性给他换了大杯倒满才在对面坐下。

"还是这般过瘾！"载贝子一饮而尽醉态蒙眬满腹怨气，"阿玛怪我为个女人伤心动气，怎不说他自得了梅香连我额娘的屋子都不去了？偏他能有个体己人儿夜夜温存，凭啥我就不能？"

"王爷是担心您伤心过度才狠心说出那些话来，贝子爷不必介怀。"洪禄偷眼瞧着载贝子醉意深沉，起身压了压灯芯把光调暗，悄悄对着门外的下人点了点头。

载贝子醉眼迷蒙刚要举杯，冷不丁瞅见个袅袅婷婷的女子从门外进来，见她慵缩青丝杏眼含春，着一身桃粉色雨打海棠的绸袄、蜜色的纱裙，模样行动不是桃香是谁？

"桃香，你还活着？"载贝子惊喜交加，跟跟跄跄地站起来迎过去。

"贝子爷，我是海棠。"海棠笑盈盈向载贝子道个万福。

原来洪禄回到香园就问秦妈可有跟桃香相像的姑娘，秦妈说桃香向来跟海棠要好，且两人身貌相仿，不细瞅竟犹如亲生姐妹一般。洪禄大喜，立刻命秦妈把海棠照着桃香平日里的样子梳妆打扮，躲在桃香卧室旁的房间里听候吩咐。

岂料海棠另怀鬼胎，她因嫉妒桃香且想治治她的嘴馋，暗地从药房偷了颗香棘果，去到桃香房里说是别人送的奇果，恰逢老妈子来叫回房去喝天香饮，她便故意落下果子起身离去，等她回来果然不见了香棘果。她本想让桃香大病一场，谁知竟要了她的性命，正当她惶恐无措生怕被人察觉之时，不期洪禄却让她顶替桃香借尸还魂，真是天遂人愿，不免暗中得意。

"不，你就是桃香！你可想死我了！"载贝子越看海棠越像桃香，一心把她当做了桃香的替身上去搂抱。

海棠羞得满面绯红急忙后退撤身道："贝子爷，洪老爷还在这儿呢。"

"嗯？"载贝子这才想起洪禄来，遂转头道，"我与桃香叙情你在这里作甚？"

"小人这就告退！"洪禄见载贝子上钩，故意把话说错，"既然贝子爷有幸与桃香鸳梦重温，我这就派兵去给王爷送个信儿。"

"你又不是朝廷派什么兵？"载贝子只想去捉扭捏闪躲的海棠，顺嘴批驳道。

"朝廷何时派？"洪禄提心吊胆冒险一搏。

"要派也得下个月。"载贝子终于抓到了海棠，把她紧紧搂进怀里。

"贝子爷，我先给您倒碗水解解酒。"海棠娇喘道。

"从水上去救还是陆上去救？"洪禄借着海棠的话茬豁出去问道。

"自然是水上去救。"载贝子说完，猛然大睁双眼瞪着洪禄，"你刚才问什么？"

"我问贝子爷是用水去酒还是用菜去酒？"洪禄以为载贝子识破了他的伎俩，心霎时提到了嗓子眼儿。

"水？菜？你是这么说的？"载贝子犹疑地晃晃脑袋，可头脑一片木然。

"贝子爷，您想吃啥我喂您。"海棠赶紧打圆场。

"我就吃你！"载贝子用力将海棠扑倒在炕上。

"海棠好生伺候贝子爷安歇。"洪禄趁势脱身，掩上房门激动得心跳不已。

载贝子留宿香园洪禄不能擅离，他派人去给王爷报了平安后顺道把单田骏叫到香园，让他明日一早就去把清廷要派兵的消息发给军部。第二日，洪禄奉载贝子的口谕命人将桃香择地好生安葬，伺候着载贝子携了海棠高高兴兴地回了王府才急三火四地赶到乐善堂询问单田骏军部的指令，单田骏回说军部让洪禄立即前往威海，探明北洋水师是否护航、何时出发。

“不论水师是否出动咱们都要提前部署。”洪禄想了想说，“你即刻前去天津找冯帮办，想办法炸掉天津机械局，让他们的枪炮弹药毁于一旦，让水师的大炮变成哑巴。另外也顺便了解一下毛利在庙岛那边的战况，再不夺回财物乐善堂单靠卖药恐难以为继。”

　　“天津那边请宗方君放心！”单田骏点头。

　　“山田君，请还叫我洪禄，想要宗方五郎和山田武男这两个名字复活还为时尚早，越到关键时刻越要谨慎。”洪禄说。

　　“是，不知您打算何时动身？”单田骏问。

　　“安排好乐善堂和香园的杂事就尽快动身。”洪禄看着单田骏用心叮咛，“你我此去吉凶难料还望珍重！”

　　“是！”单田骏也肃然鞠躬。

二十五、触犯军规

　　"你还有脸提媳妇儿！"许石山怒得紧走两步复又站下，望着水兵们语重心长地大声说，"弟兄们！谁都有妻子儿女兄弟姐妹，我也有老婆孩子，但咱们抛家舍业来当兵为了啥？是为了能嫖娼赌博抽大烟吗？"

　　好多水兵不自觉地垂下了头，远处隐隐传来滚滚的雷声。

杜海龙几乎整个上午都在清理炮膛，手上脸上沾满炮灰，跟汗水搅在一起简直成了个花脸猫。因助推炮弹发射的黑火药极易炸膛，北洋水师遂将引药换成了栗色火药，然而栗色火药燃烧温度高，易导致炮膛烧蚀，其火药残渣还会附着在膛线上影响大炮的发射速度和准确度，所以每次发射完毕都需彻底清理，但清理起来极其耗时耗力，猪鬃炮刷都不知坏掉了多少个。战事风声日紧，操练愈加频繁，清理炮膛的任务也随之多了起来。杜海龙用手臂擦了把额头上的汗，已是八月下旬却仍热得没有一丝风，整个人好似被闷在潮湿的罐子里，恨不能把自己像衣服一样捞出来拧干。他歇口气抬头看向岸边，看见身着红色制服的洋枪队正在海滩上对着海面上的标靶进行瞄准训练。他有时挺羡慕那些拿枪的弟兄，至少擦枪要比擦大炮容易得多，当然枪的威力无法跟大炮比。杜海龙转过头拍拍面前的这门305毫米克虏伯重炮，冰凉舒爽的感觉立时传遍他的全身，朝夕相处他已经喜欢上了这个厚重的铁家伙。

他刚把清理用的工具收拾起来，忽然看到信差在分发信件，赶忙用抹布擦干手跑过去问，信差给了他两封信，一封是二哥杜海疆来的，另一封则是许帮带的信，烦他给许帮带送进去。杜海龙急展开二哥的信，得知兰烟再次失踪仿若当头一棒眼前一黑，好半天才缓得劲儿来。二哥说已派人四处追查才让他心神稍安，见许帮带的信件落款是顺源镖局，知是王总镖头来的，遂神情恍惚地拿去给许石山，谁知到得许帮带的舱房门外却被里面传出的激烈争吵惊得转身欲走。

"难道高升号的弟兄们就白死了不成？"许石山的愤然诘问立时又将杜海龙钉在了门前。

"你以为我就不想痛痛快快地跟东洋人一决雌雄？我就愿意整日缩在刘公岛上被人耻笑？"杜海龙听出是管带刘步蟾的声音，"军令如山我有啥办法？"

"可皇上的圣谕不是要咱主动寻找东洋舰只出击，以遏敌气焰使之不敢进犯吗？"许石山不甘心。

"圣命固然难违，恩师的话又岂能不遵？"刘步蟾悻悻地叹口气，"昨日李中堂给丁军门拍来电报，说自丰岛海战后东洋军舰常在黄海附近游弋，嘱咐丁军门率舰去大连护送赴朝援军时应尽量远离公海以避免与东洋舰只遭遇，丁军门也是进退两难，因此才让咱们按兵固守。"

"东洋人势如虎狼，早就存了要剿灭北洋水师的心，咱们去长崎访问时不也领教过他们如何处心积虑，就连小孩子都拿着咱定远号的模型发誓要击沉咱的舰队吗？"杜海龙听到一声沉闷地敲击，"北洋水师根本无处可躲！只有出其不意抢占先机方能克敌制胜！"

"你就从没想过李大人为何不愿让咱打？"刘步蟾语气伤感，"因为他心里清楚，如今的水师早已不是十年前初建时的模样！想当年定远、镇远初回大清，水师的装备傲视全球何等的威风！兵士又是何等的胜勇！再看看现在的水师！朝廷发放的银饷逐年克扣，水师已多年未购新船新炮，就连枪支弹药都供应乏力，再加上军纪涣散、官谋私利、兵弁萎靡，还谈何战斗力？你不会不清楚整个水师的可用之舰只有八艘，八艘啊！然而东洋人却在这十年里倾全国之力大肆购买军舰打造海军，并且他们的炮射速高，军舰的航速也比咱快，与之相搏岂有胜算？所以李大人才想保存实力以图后举。"

"管带大人说的这些我都明白，但我也相信大部分的水师弟兄还有骨气，真若两军交战绝不会做那贪生怕死之辈，高升号的弟兄宁死不降就是最好的例证！"许石山情绪激昂，"石山恳请管带大人再次游说丁军门一定要居安思危提前部署，万不可坐以待毙！"

"我再去跟其他舰只的管带商议一下，大家一起去说胜算的可能会大些。"刘步蟾最终做了让步。

"有劳管带大人！"许石山话锋一转，"您看，刘富的事？"

"务必尽快捉拿，绝不能放跑奸细！"刘步蟾拍案怒吼。

杜海龙正听得入神，舱门猛地打开，刘步蟾从里面出来一眼瞅见杜海龙不禁一愣："你在这里做什么？"

"我来给许帮带送信。"杜海龙急忙晃晃手中的信件。

"你在这多久了？"刘步蟾满腹狐疑回头望着许石山。

"管带大人，您先去公干，我来教训他便是，随后再向您禀报！"许石山忙过来给杜海龙解围，待刘步蟾走远后关上舱门问，"你都听到了？"

"嗯。"杜海龙点头，把信交给许石山。

"听就听了，迟早大家都会知道。军队作战最忌贻误战机人心浮动，如果连指挥官都对作战方略模棱两可，仗就没法儿打！"许石山满面忧虑，用裁纸刀拆开信封展信阅读。

杜海龙正在琢磨许石山的话，忽听许石山惊叫："该死！王总镖头派去监视乐善堂的人说洪禄已经离开京城不知所踪！"

"他跑了？"杜海龙也吃了一惊。

"此人行事诡秘心思机敏，又有一身的好功夫，绝非普通侨民，他若是东洋奸细很可能会来刘公岛探听虚实。"许石山沉思道。

"到这里来岂不是自投罗网？"杜海龙可不认为洪禄会那么笨。

"咱们对他的了解仅是依据兰姑娘的偶然发现所做的推测判断，即便他来又凭什么拿他？"许石山摇头。

"您是想欲擒故纵？"杜海龙恍然大悟。

"除此之外恐别无他法。"许石山嘱咐杜海龙，"此处只有你我二人见过他的样子，要是见到他还需小心行事，不可打草惊蛇。"

"可刘公岛戒备森严，非岛上的渔船不得入内，他如何能上得来？"杜海龙不解。

"他上不来倒是水师之福，然百密一疏不可不防！"许石山道。

"是。"杜海龙应承道。

下午的例行操练过后，杜海龙回到自己的舱房休息，他想自己终日在舰上服役不能随意下船走动，要监视洪禄只怕还要请义父帮忙，毕竟他熟悉刘公岛功夫又好，不必担心会遭洪禄毒手。杜海龙其实巴不得能见到洪禄，他一直怀疑洪禄知道兰烟的下落。兰烟跟自己约好去接才走，她独自离开定有万不得已的苦衷，否则绝不会背己之约。但无论去哪儿她都该给自己来封信报个平安，却为何至今仍杳无音讯？难不成她真的已经？不，不会的！

"海龙兄弟，干啥呢？"杜海龙正心乱如麻，猛听郑喜叫他，忙抬起头来。

"没啥。"杜海龙把手中的《道德经》扔到枕头上，他刚才捧着胡乱翻看却一个字都没看进去。

"走，俺请你喝酒。"郑喜笑着去拽杜海龙。

"喝啥酒？"杜海龙不明所以地瞅着郑喜。

"在舰上待着也是心烦，不如下去喝两口解解闷儿。"郑喜似乎看透了杜海龙的心事。

"也好。"杜海龙想想郑喜说的也有道理，遂起身跟他出了舱房。

刘公岛上有不少小酒馆，基本上都是给水兵准备的，因岛上的渔民原本就少，加之生活贫困能下馆子的实在不多。而水师除了冬季南下之外，大部分时间都驻扎在岛上，官兵没有命令也不能私自离岛，岛上的酒馆便成了他们日常消遣的好去处。他们进的酒馆在个小高坡上，进了酒馆果然看见六七个水兵，看他们胸口的补子可知都是其他舰上的弟兄。杜海龙和郑喜向他们拱拱手打过招呼后拣了张靠窗的桌子坐下，岛上蔬菜缺乏，但最不缺的就是海货。郑喜点了几盘海鲜叫了一壶酒，两人边吃边喝不觉已有醉意。

"郑伯，您说这仗能打起来吗？"杜海龙问。

"能不能打起来咱们又说了不算，操那心干嘛？"郑喜将一口鱼肉填进嘴里。

"我今天听刘管带说皇上让打李大人不让打，刘军门拿不定主意，真不知结果会咋样，到底是打还是不打？"杜海龙郁闷地灌下一口酒。

"兄弟，说句实话，俺不想打。"郑喜放下筷子瞅着杜海龙，"俺就想熬到退役回到家老婆孩子热炕头，没事谁愿意往枪口上撞？"

"那也不能便宜了东洋人！何况他们还杀了咱们那么多弟兄！"杜海龙急道。

"兄弟，俺知道你仁义！可打仗就有伤亡，你敢说真打起来就能活命？你要死了让兰姑娘投奔谁去？"郑喜不以为然。

"说不定她已经在地下等着我了。"杜海龙抓起酒碗一气儿喝干，脸立时涨得通红，"这么久都没消息，我怎能指望她还活着？说不准她早已遭了洪禄毒手！"

"兄弟，吉人自有天相，你可千万别胡思乱想！"郑喜见杜海龙动了真情忙解劝道，"来，吃口菜压压酒。"

郑喜忙着给杜海龙夹菜，杜海龙却又喝下一碗酒。

一阵吵闹声从开着的窗子传进来，杜海龙醉眼迷蒙地侧头向外看，只见两个水兵正对一个姑娘拉拉扯扯，那姑娘挣脱不开急得无法。杜海龙看那姑娘的身影好似兰烟，心中一惊，晃晃头眨眨眼再次观瞧，越看越像兰烟，不由得怒从心头起恶向胆边生，哐啷撞开桌子就往外走，郑喜不知出了何事也赶紧追了出去。

"放开她！"杜海龙大步走到调戏姑娘的水兵面前，一把揪住其中一个麻子脸推了个趔趄，"光天化日竟敢调戏良家妇女，我看你们想找打！"

"良家妇女？小子，你吃错药了吧？"另一个高颧骨的水兵伸手去抓杜海龙。

谁知还没等他近身就被杜海龙飞起一脚踹了个四脚朝天。那姑娘吓得惊叫着缩到一旁，郑喜见状慌忙跑过去，拉住杜海龙给麻子脸和高颧骨赔笑道："兄弟们，别打架，有话好说！"

麻子脸和高颧骨无故被打哪里肯依？堵住杜海龙拳脚相加。杜海龙酒劲儿上来也顾不得许多，甩开郑喜就与他们战在一处。麻子脸和高颧骨见杜海龙喝得身子摇晃，以为有机可乘，两人对个眼色一起前扑想把杜海龙压倒，岂知杜海龙酒醉反应却不迟钝，眼瞅着两人扑到胸前，身子往后一仰，双手就势抻住两人的脖领子往中间一带，只听咚地一声，麻子脸和高颧骨疼得抱住脑袋哭爹叫娘，杜海龙两手用力直接就把两人摔出去重重地跌到地上。郑喜见杜海龙闯了大祸，急得捶胸顿足刚要拉他逃跑，不想杜海龙却似踩着云彩般晃到姑娘面前摇手道："兰烟莫怕！我不会让他们欺负你！"

"俺不是兰烟，俺叫银花。"姑娘忙扶住杜海龙。

"银花？什么银花？"杜海龙头脑不清地嚷嚷。

"兄弟快走！再不走就来不及了！"郑喜扯住杜海龙就走。

"我好不容易见到兰烟，干啥扯我？"杜海龙恼怒地想要挣脱郑喜。

"她不是兰烟！她是……"郑喜话说到一半便张口结舌。

原来他们的打斗早惊动了酒馆里的和岸上来往的水兵，有看见自己舰上的弟兄被打心中不忿的，纷纷围上来要找杜海龙讨个公道。杜海龙还没搞清状况就被人围住挥拳乱打，本能地出手招架，只苦了郑喜，护头缩身被打得哀叫连声。杜海龙看到郑喜被打火冒三丈，狂使狠招杀出重围去救郑喜，双方战成一团，毕竟对方人多势众，杜海龙的脸上身上也挨了不少拳头。汇聚的人越来越多，有定远号上的水兵看到杜海龙和郑喜被围殴，也挤进人群助战，结果三人之间的争斗演变成了两条军舰水兵的混战。双方拳来脚往各不相让，有的打急了眼掏出了刀子，眼看就要爆发流血冲突。巡查的士兵飞报给了许石山，许石山气得带着负责执法的洋枪队就奔了岸上。砰地一声枪响把所有打斗的水兵都吓得停了手，麻子脸和高颧骨见定远号的帮带带人来了，赶紧示意自己舰上的弟兄撒腿快跑。许石山也不追，只恨恨地扫视一眼低头站立的二十多个定远号上的水兵，命令洋枪队："都给我带回去！"

杜海龙他们被洋枪队押回军舰，战战兢兢地跪倒在甲板上，刚才的威风早飞到了九霄云外。

"说，谁挑起的？"许石山厉声喝问。

大家都看着杜海龙。

"你干的好事！"许石山难以置信地瞪了杜海龙片刻，走过去狠狠甩了他一个嘴巴子。

"他们调戏良家妇女！"杜海龙被打得眼冒金星，捂着脸争辩道。

"良家妇女！郑喜，你说！她是谁？"许石山怒道。

"她是，她是妓女。"郑喜偷瞄着杜海龙嗫嚅道。

"妓女！"杜海龙骤然惊出一身冷汗清醒了好些，那女子不是兰烟是妓女！但他心里仍不服气，"妓女也是人！"

"她是人你不是人？"许石山冲着杜海龙愤怒咆哮，"你为了个妓女争风吃醋酗酒闹事败坏军纪，定远号的脸都给你丢尽了！"

"我没有争风吃醋！"杜海龙心虚地咕哝，"我喝醉了酒把她看成了我媳妇儿。"

那些站在四周看热闹的水兵听到杜海龙的说辞发出一阵哄笑。

"你还有脸提媳妇儿！"许石山怒得紧走两步复又站下，望着水兵们语重心长地大声说，"弟兄们！谁都有妻子儿女兄弟姐妹，我也有老婆孩子，但咱们抛家舍业来当兵为了啥？是为了能嫖娼赌博抽大烟吗？"

好多水兵不自觉地垂下了头，远处隐隐传来滚滚的雷声。

"咱们是男人！保家卫国是男人的天职！咱们来当兵不就是为了能守住大清的这片海疆，让咱们的家人能平平安安地过日子吗？"许石山凌厉地挥手，"水师训练你们功夫不是让你们把拳头落在自己兄弟身上！现在东洋人要打过来了，你们拿什么去跟他们打？拿你们的酒瓶子鸦片枪吗？

打不过东洋人，他们就会践踏咱的国土蹂躏你们的妻女，你们甘心吗？"

"不甘心！"水兵们群情激奋爆发出怒吼，憋了一天的雨终于倾盆而下，但谁也没有离开。

"不甘心就把你们用在别处的心思收回来认真训练，让东洋人好好见识见识你们的勇猛，这才对得起大清，对得起你们的家人！"雨水顺着许石山的面颊流淌，却丝毫没有减退他的热情，"说书唱戏都离不开岳王爷的故事，为啥？因为他是咱民族的英雄！是咱的榜样！当兵就该像岳王爷那样精忠报国，还记得我教你们的《满江红》吗？"

"记得！"水兵们嘹亮雄壮的歌声立时响彻战舰。

"杜海龙，你还有何话说？"歌声唱罢，许石山恨铁不成钢地瞅着杜海龙。

"我知错了，我不但自己犯了军规还连累了众弟兄。"杜海龙满面羞愧转身给大家磕头，"弟兄们，我杜海龙对不住你们！"

"我也不罚你，天公作美，你就在这雨中好好反省反省，其他人解散！"许石山叹口气拂袖而去。

"是！"杜海龙拜谢。

杜海龙孤零零地跪在甲板上，瓢泼大雨浇醒了他的酒气，层层雨帘也仿佛一幕幕拉开了他的回忆。自从爹娘死后，整个世界只有他跟兰烟相依为命。那个世界单纯快乐平和，他曾极力想要保住那个世界，为此他拼命地挣扎，然而却绝望地发现他再也回不去了，就像他再也不是十五岁的少年，在看到爹娘惨死的那一刻起他就已经长大。他用了三年的时间修复破碎的世界，却再也无法将它们拼得完整。如今他的世界里一下子多了很多人，这些人都与他息息相关。他想起了二哥、许帮带和郑喜，想起了那些帮他打架的军舰上的弟兄们，蓦然感到自己不再只是一个人活着，他们就像一块块带着温度的碎片来帮他填补心头的那些裂缝。有些人死了，可他们的音容笑貌还在他心里活着，他们还在梦里跟他说话，他想起了爹娘，想起了高升号上的弟兄，想起他们的坚守。他们也有老婆孩子，也有未过门儿的媳妇儿，他们也是被抓去当兵，他们完全可以投降保命与家人团聚，但他们没有！他们可能说不出许帮带那样的豪言壮语，他们可能只是不想丢自己的脸，丢他们家人的脸，丢整个民族的脸！他突然觉得自己的脸火辣辣的，心中刹那间充满了自责和悔恨。自从被抓到军舰上他从没感觉到做一个水兵的骄傲，然而此刻他却生怕会失去这种骄傲。许帮带的话深深地刺痛了他，他可以因命运的不公而选择愤怒逃避或悲观厌世，他也可以选择面对，面对尽管痛苦却能让他清醒，让他能真正地思考应该怎样活，他头一回觉得能成为水兵是他的造化，自己能有机会为别人甚或能为国家做些什么，就像许帮带说的，只有这样他才对得起兰烟，才对得起作为一个男人的称号。高升号的弟兄们做出了选择，他也必须做出选择，他无法改变命运，但他相信每一次的选择叠加起来必将影响命运。他仰起头任凭雨点凶猛地敲击在脸上，让倾泻而下的水流荡涤着他的身体，也荡涤着他的心。

第二天舰上放假，杜海龙去龙王庙找义父，恰好庙里人不多，他便坐在义父的卦桌前跟义父聊起要留心洪禄的事，也说了自己打架被罚的事。

"义父，您咋不说话？"杜海龙见义父只是笑而不语急道。

"你让俺说啥？"钟云鹤笑问。

"您若像许帮带那样骂我两句我倒好受些。"杜海龙有些泄气。

"骂你何用？"钟云鹤捋着胡子微微摇头，"你年少气盛，多经些挫折自然就会悟出其中的道理，俺给你的《道德经》你可细看了？"

"只翻了翻看不太懂。"杜海龙红了脸。

"毕竟你阅历尚浅，看不懂也很正常。"钟云鹤理解地点点头，"《道德经》中最重要的修为便是上善若水。水是世间至柔之物，泽被万物却不争名利，看似谦卑柔弱，然一旦汇成洪流却势不可挡。"

"义父是让我韬光养晦吗？"杜海龙问。

"一个人的修为需要逐渐积累，说到韬光养晦，俺倒可以教你一套道家张真人创立的太极拳。太极讲求的是阴阳相济以柔克刚，正如水可穿石，练得好不仅能增加你的定力，更能极大地提升你的功力，当初俺救你的那掌便是用了太极的功夫。"钟云鹤说。

"义父可能打一回让我瞅瞅？"杜海龙一听武功立时瞪起眼来。

"想练太极可急不得。"钟云鹤笑着站起身，走到场地中打起了太极拳。

只见他一招一式虽则舒缓，不似一般的拳法舞起来虎虎生风，然而却柔中带刚劲风阵阵，看得杜海龙手痒，也凑过去用自家的拳法跟义父过起招来，不料太极的招式看着简单却把杜海龙的拳脚瞬时化为无形，没出几个回合就被义父一掌击出圈外。

"义父，这太极拳好厉害！"杜海龙赞道。

"要练好太极需达到六合。"钟云鹤手把手地指导杜海龙，"所谓六合就是手与足合、肘与膝合、肩与胯合、心与意合、意与气合、气与力合。"

杜海龙原本就是功夫好手，不多时便将拳法套路记住，但要想练到钟云鹤那般出神入化还尚需时日。杜海龙练惯了快拳，初练太极很不适应，只得逼着自己耐下性子放慢速度，等练上几回渐渐觉得心境澄明浮躁顿轻，索性在义父那里草草吃过午饭，直演练到红日西斜才辞别义父赶回军舰。

杜海龙出了龙王庙正匆匆赶路，冷不丁听到有人叫他，回头一看竟是银花。

"昨日不该搅了银花姑娘的生意，还望姑娘莫怪！"杜海龙神情尴尬地赔罪。

"生意？"银花一怔，随即哀婉一笑，"看来壮士知道了我的身份，俺昨日并不想做那两个水兵的生意，多谢壮士替俺解围！敢问壮士高姓大名？银花也好用心铭记！"

"我叫杜海龙。"杜海龙看银花不过十八九岁的年纪，头发随意地绾了两下用簪子别住，穿件素白桃红滚边儿的洋布褂子敞着领口，水蓝的洋布裤子，虽堕入风尘，面上却并无俗艳之色，倒是一番楚楚可怜的清秀面庞，不禁奇道，"姑娘想是好人家的女儿，不知为何要做这不堪之事？是家中遭了大难不成？"

"穷就是难！刘公岛上几十家私寮里的姑娘哪个是愿意用身子养命糊口的？"银花眼圈儿泛红滴下泪来，"俺就生在这刘公岛上，自幼父母双亡，是叔叔婶婶将俺拉扯到十四岁，要将俺嫁给人家做童养媳，俺誓死不从，叔叔一怒之下便把俺卖到了妓院，因老鸨看管严密欲逃不能欲死不得。老鸨看俺伶俐，答应俺先做清倌人才得以苟且至今，只不知这般忍辱偷生的日子何时是个了结？"

"姑娘的叔叔也太心狠！怎舍得把亲生骨肉往火坑里送？"杜海龙浓眉倒竖。

"他也是穷得无法，怨不得他，我只怨自己命苦！"银花用手帕擦去眼泪强笑。

二十五　触犯军规

"银花姑娘，何为清倌人？"杜海龙有些不好意思地问。

"就是卖艺不卖身的妓女。"银花羞答答地从腰上解下个香囊递给杜海龙道，"杜壮士心善，只有你把俺当人看，实心实意地护着俺，银花无以为报，连夜赶制了一副香囊，装上冰片给您带在身上解暑。"

"银花姑娘这可使不得！"杜海龙连忙推辞，"我已有妻室不能再收姑娘的香囊。"

"妻室？来嫖妓的哪个没有妻室？"银花冷笑，"杜壮士若是嫌俺的香囊脏，俺也不想污了您的手，这就回去把它绞碎了扔进海里。"

"银花姑娘，我不是那个意思。"杜海龙进退维谷。

"那就收下！"银花将香囊拍进杜海龙手里转身就走。

"银花姑娘！"杜海龙叫不回银花，懊恼地瞅了眼手中的香囊，那香囊大红的缎面上绣着一对戏水的鸳鸯。

杜海龙像抓了个烫手山芋，只好把香囊搓成一团捏在手心儿，唯恐别人看见，闷闷地到了军舰下，刚要登上跳板，忽觉人影一晃很像刘富，蓦然立身四顾却并未看到可疑之人。是自己眼花了？刘富正被通缉，怎么可能冒险返回舰上？杜海龙暗怪自己疑神疑鬼。回到舱房，杜海龙一屁股坐到床上，随手将香囊抛到墙角，岂料香囊乍落一物便迅疾竖起身子飞蹿向杜海龙。杜海龙惊得往后急蹦，定了定神闪目观瞧，床上居然盘着一条二尺多长的毒蛇！此蛇遍体黄褐色，带有花纹，是刘公岛俗称"骚土"的剧毒蝮蛇，被它咬伤顷刻便可毙命。那蛇吐着长芯阴森森地注视着杜海龙，身形缓缓向他的方向游动，似乎在瞅准时机发动进攻。杜海龙惊愕不已，船上怎么会有蛇？没等他细想，毒蛇已然游下床快速袭来，杜海龙急忙掏出水手刀甩向毒蛇，毒蛇被钉在地上挣扎了两下断成两截，那蛇头竟仍不死心，扭动着半截身子奋然朝上蹿起去咬杜海龙。杜海龙唬得魂飞天外，忙抄起凳子挡住蛇头，用凳子面儿罩住蛇头一顿猛砸，只砸得胳膊酸麻才抬起凳子，那蛇头早被砸了个稀烂。杜海龙满身大汗手脚颤抖，虚脱地跌坐在地，猛然想起刘富的身影，真是他要赶尽杀绝不成？

二十六、报仇雪恨

　　她的手终于摸到了那把匕首，抄起匕首不顾一切地刺向凌肃天的后背。谁知匕首刺偏却激怒了凌肃天，仿若红了眼的豺狼死死掐住了兰烟的脖子，兰烟被掐得气若游丝，意识也愈发淡漠，她以为自己即将去到另一个世界。

炉子里的柴火烧得噼啪作响，锅里的粥咕嘟咕嘟地冒着热气，香味儿渐渐弥漫了整个厨房，兰烟和李妈妈却似浑然不觉，坐在板凳上谁也不言语，眼睛直勾勾地想着心事。

"李妈妈，该咋办您倒是说句话啊？"还是兰烟率先开了口。

"唉！"李妈妈叹口气，"凌肃天武功盖世，就连子寒少爷都未必是他的对手，我一个老婆子又能把他如何？"

"李妈妈就不能说服子寒少爷为子婴报仇吗？"兰烟试探道。

"子寒少爷虽然跟子婴要好，但凌肃天毕竟是他的义父，只怕他下不去手，再说他也没理由杀他。"李妈妈用手帕擦擦眼角，"怪只怪子婴福薄命浅，偏偏赶上那么件掉脑袋的差事。"

兰烟思虑再三，没把杜艺是自己公公的事说出来，她担心李妈妈会告诉凌子寒，那自己在这院子里就再无立足之地。凌肃天是杜家不共戴天的仇人，可恨自己既无法替公婆报仇，又不能搭救丈夫，急得兰烟把那蓝底白花的小袄揉皱了边儿。左思右想，为今之计只有鼓动李妈妈和凌子寒一起对付凌肃天或许能有转机，她决定先试试李妈妈的心思再做道理。

"这事怪不得子婴，是凌肃天心机歹毒，我亲耳听他说根本没把子婴他们当成义子，他们只不过是替他办事的工具罢了。"兰烟急切地瞅着李妈妈，"他已经杀了三个，也不怕再多杀一个，您就不担心子寒少爷也会遭他的毒手吗？"

"三个？"李妈妈震惊地瞪着兰烟，"除了子婴还有谁？"

兰烟便把她当初碰到凌子寒时在墓中看到的情景告诉李妈妈。

"他怎能如此狠毒！他们都像对待亲生父亲一样敬重他，说他仁爱，赞他宽厚，这个骗子！他怎么能？怎么能！他们都是他亲手养大的孩子啊！"李妈妈惊怒至极浑身发抖，腾地站起身来，"不行！我要告诉子寒少爷，让他赶紧辞了那份差事，离开那个杀人不眨眼的魔头！"

"我觉得凌肃天不会轻易放子寒少爷走。"兰烟摇头。

"不走也得走，总不能在那等死吧？我这就去跟子寒少爷说。"李妈妈说着就要往外走。

"您要跟我说啥？"不期凌子寒一步跨进厨房，笑眯眯地问李妈妈。

兰烟和李妈妈都吃一吓，一时没回过神儿来。

"怎么有股子煳味儿？"凌子寒皱起眉头抽抽鼻子。

"粥！"兰烟慌忙去掀锅盖，刚才只顾跟李妈妈说话，忘了锅里还熬着粥。

李妈妈也赶紧蹲下身去灭灶里的火。折腾完了，李妈妈也顾不得手上的柴灰，一把抓住凌子寒的手哀求道："子寒少爷，您今儿个去把王府的差事辞了吧，凭您的功夫咱去哪儿都能过活。我替子婴也攒下些银两，咱离开京城找个安稳的地方成家立业可好？"

"李妈妈，您今儿个是咋了？咱在京城不是过得好好儿的吗？我若有啥照顾不周的地方您尽管说。"凌子寒有些莫名其妙。

"李妈妈是怕您突遭横祸。"兰烟眼含愁绪盯着凌子寒，"就像凌子婴那样。"

"子婴的死是个意外。"凌子寒却面不改色，淡淡地回答。

"不是意外，是凌肃天亲手毒死的！"李妈妈脱口大叫，随即号啕大哭起来。

"李妈妈，您如何得知？"凌子寒很是惊讶，凌厉的目光扫过兰烟落到李妈妈身上。

"那日凌肃天来赴宴，我让兰烟在他酒里下了药，他亲口说的！"李妈妈边哭边说。

凌子寒大惊，幸亏他当时感觉兰烟的出现太过蹊跷留了个心眼儿，趁兰烟给凌肃天敬酒的功夫偷偷把酒倒进了靴筒，然后假装昏迷静静地听着凌肃天的自白。他一直以为下药的是兰烟，没想到却是李妈妈。

"李妈妈，您可知道，那日要被凌肃天察觉，咱们的脑袋都得搬家！今后万不可再做此等鲁莽之事！"凌子寒急道。

"我就想知道子婴是咋死的。"李妈妈像做错事的孩子般垂下头，忽地又抬起头来，"子寒少爷，难保那凌肃天今后不对你下手，咱们还是赶快逃吧！"

"李妈妈您有所不知。"凌子寒苦笑道，"自我们被买进王府的那天起，我们就像王府的家奴一样，生是王府的人死是王府的鬼。若我走了就是逃奴，王府的侍卫会四处追杀，除非王爷亲自除去我的家奴身份，否则到哪儿都是死。"

"可惜了子寒少爷一身的好武艺，原来也是只被拴住腿的老鹰。"兰烟幽幽地叹道。

"谁又不是？"凌子寒意味深长地瞅着兰烟，瞅得兰烟莫名心跳烦乱，赶忙低下头。

"这可怎么好？"李妈妈用手帕揩着眼泪张皇失措。

"李妈妈放心，凌肃天对我不薄，我今后凡事小心，应不至招致杀身之祸。"凌子寒安慰完李妈妈笑道，"我快饿死了，不知早饭可准备停当？吃过我也好早些去王府公干。"

"早就妥了，我这就给你盛粥，咸菜和油饼已经放在桌子上了。"李妈妈连忙转身张罗。

兰烟一边帮李妈妈盛饭一边暗自打算，待凌子寒走后再去书房探个究竟。

伺候凌子寒走后，李妈妈大概经过早上的那番折腾感觉心累，吃过饭说想去炕上歪一歪。兰烟巴不得一个人行动便宜，忙催着她回房休息，自己来拾掇碗筷。兰烟麻利地把厨房收拾干净，摘下围裙洗过手，这才悄悄地去往凌子寒的书房。兰烟知道凌子寒刚出门不会那么快就回来，因此这回进入书房不像上次那样慌张。兰烟关好门先环顾一下书房内有无异样，凌子寒这两天似乎没对书房上心，书桌上竟有了一层薄薄的灰尘。兰烟心一沉，他不来书房是发觉了自己的窥探还是改换了放东西的地点？还是他实在太忙抽不出时间？千头万绪搅得她心绪难安，忽然对是否能从抽屉中获得急需的消息感到深深地怀疑。她恐惧地瞪着书桌中间的抽屉不敢靠近，唯恐自己会承受不了巨大的失落而昏倒在地。她瞪着那个抽屉仿佛瞪着一扇能瞬时开启悲欢的大门。犹豫半晌终于下定决心，快步走过去，从头上拔下银簪，哪怕有一线营救海龙哥的机会她也不能放弃。她蹲下身将银簪插进锁孔轻轻地挑拨，这活儿从前只是听爹爹说过，她自己却从没干过，也不知怎样才能把锁投开，直累得手抖腿麻香汗淋漓，那抽屉仍是纹丝不动。兰烟懊恼地直起身伸展一下腰腿，急得恨不能用桌上的镇纸把那抽屉砸开。她消消气，瞅着抽屉暗暗祈祷菩萨保佑，反正盯着锁眼也看不出花来，索性坐在地上抬着手用银簪在锁孔中乱投。谁知她一通乱拨竟听得咔嗒一声，兰烟拉了拉居然能活动，惊喜地跳起来，别好银簪小心翼翼地拉开抽屉，慢慢展露出抽屉中封存的秘密。抽屉里的东西不多，摆放得非常整齐，两本黑皮账本上工工整整地记录着一些账目开销，看上去像是办差的记录而不是日常家居的花费，账本里没有夹任何纸条之类的东西。兰烟放好账本，拿起一个手掌大小精致的雕花银盒，盒内是折放齐整的银票和十几两碎银子，她赶紧扣好银盒放回原位，下意识地在衣服上擦擦手。银盒旁叠着一块白色的麻布手帕，手帕的一角还用淡黄色的丝线绣了个小小的月牙儿，看上去像是女人用的东西，兰烟微微一笑，原来整日里冰炭般板着面孔的子寒少爷也有相好的姑娘。抽屉里并没有重要的政令文书，这让兰烟大为泄气，除了一把贵重的精雕细刻金质匕首外，只剩下只红色的锦盒，兰烟遂把最后的希望都寄托在这只锦盒上。她打开盒子，把盒盖放到书桌上，盒子里用红绸包着一团东西，揭开红绸却是一块戴在小孩子身上的银锁，银锁的链子和锁面都已发黑，看着便知是经了岁月的物件儿。锁牌的上端是蝙蝠形的锁头，两侧双龙盘绕，下端则是盛开的莲花座，莲花座下还有五条银链分别挂着福斗、禄斗和鸡鸭猪形状的银饰。银牌上一面刻着长命百岁，另一面却是三个嬉戏的孩童，全然是那种市面儿上司空见惯的锁头式样，没有任何新奇之处。兰烟好奇地摆弄着银锁，实在想不出它跟凌子寒会有何瓜葛，来回翻看了两回，忽然看到三个孩童之间似乎还刻着几行小字，忙凑近眼前仔细辨认，待她看清了那些字句，登时惊得心跳加剧四肢冰冷。

"兰姑娘，你可看够了？"凌子寒突如其来的发问更让兰烟的身体犹如秋风中的落叶般瑟瑟发抖。

兰烟这才明白，凌子寒始终都在盯着自己，他早上去厨房定是故意做给自己看的，自己一个弱女子怎能斗得过他这个王家暗探，不禁暗笑自己太过天真，事到如今也只能拼死一搏。兰烟没有回答，而是紧紧握住抽屉里的匕首，手一扬猛地刺向胸口。

"兰姑娘，你干什么？"凌子寒大惊失色，一个箭步冲到兰烟面前去夺匕首。

不料兰烟手腕一翻，匕首直刺向凌子寒，凌子寒身手何等敏捷，稍作闪避便将匕首打飞出去插进了书堆。

"谁派你来行刺于我?"凌子寒恼羞成怒,抓住兰烟的手大吼。

"杜艺!"兰烟奋力挣扎,眼中的怒火直烧向凌子寒。

"杜艺?"凌子寒一愣,"你那天也曾亲耳听凌肃天说杜艺被他所杀,与我何干?"

"你果然知道!"兰烟羞愤交加,"我再不听你花言巧语!是我瞎了眼误把你当做好人,早该想到你跟凌肃天是一丘之貉!三年前你也去了杜家村,他杀杜艺的时候你也在场,是不是?大不了一死,我今天跟你拼了!"

兰烟说着用头去撞凌子寒。

"兰姑娘,何出此言?"凌子寒急忙用胳膊架住兰烟的身子,被兰烟一顿抢白有些发懵。

"这就是证据!"兰烟愤怒地把银锁伸到凌子寒鼻子底下,"你没去杜家村,怎会有杜家的东西?"

"杜家的东西?"凌子寒低头看见银锁,"这是我从小戴在身上的物件,咋会成了杜家的东西?"

"你胡说!只有杜家的东西才会刻上这首儿歌!海山高,海疆长,龙腾万丈!这是杜月娘自己编的儿歌!是她亲自教她的儿子唱的儿歌!是!"兰烟声嘶力竭的喊叫戛然而止,惊恐地大睁着双眼瞪着凌子寒,"你,你刚才说啥?你从小戴着这银锁?"

"杜月娘!"凌子寒也吃惊地看着兰烟,蓦然放开她拿起抽屉里的手帕,"这条手帕就是杜月娘给我的,可我只记得名字却记不清她是谁。"

"你被卖进王府的时候几岁?"兰烟忙问。

"十岁。"凌子寒说。

"你连自己姓甚名谁都不记得吗?"见凌子寒摇头,兰烟又问,"那你对小时候的事还记得啥?"

"我被拐时估计被拍花的人下了药,儿时的事所记甚少。有一回练武,我不慎落入了王府的湖中才知道自己还会游泳,做梦时常会梦见跟人一起去钓鱼,还有根特别的鱼竿儿,其他的就想不起来了。"凌子寒努力回想着,猛地抬起头望着兰烟,"兰姑娘问这些作甚?"

"你还记得那根鱼竿儿啥样吗?"兰烟却不理会凌子寒的疑惑着急地问。

"好像是根涂了桐油的绿竹。"凌子寒眨眨眼。

"大哥！请恕兰烟得罪！"兰烟双目含泪扑通给凌子寒跪下。

"兰姑娘，我咋成了你大哥？"凌子寒赶忙将兰烟搀起，弄得丈二和尚摸不着头脑。

"若是我猜得没错，你莫非就是杜艺失散多年的大儿子杜海山，也就是我丈夫杜海龙的大哥。"兰烟破涕为笑。

"杜艺的儿子！"凌子寒此惊非同小可，好半天才回过神儿来，"就凭那首儿歌和鱼竿儿吗？"

"还有杜月娘。"兰烟亲切地注视着凌子寒，"她是杜艺的妻子，你的母亲。"

"母亲！"凌子寒恰似五雷轰顶，胸口热浪汹涌，"那凌肃天就是我的杀父仇人！"

"正是！"兰烟点头。

"这怎么可能？"杜海山失魂落魄地跌坐在椅子上，打从心底里无法接受眼前的现实，更无法接受兰烟竟是自己的弟妹，"上天为啥要这样捉弄我！"

"凌肃天一心要灭掉杜氏一门，他要是知道你是杜海山绝不会放过你！"兰烟提醒道。

"我明白。"杜海山剑眉微挑。

"我之所以不顾名节来闯你的书房，就是为了弄清凌肃天派谁去行刺海龙。"兰烟说。

"去杜家村的事凌肃天从不对我提起，更不会告诉我要派谁行刺。"杜海山摇摇头。

"可那日在客栈里？"兰烟不解地瞅着杜海山。

"那只是为了查明子婴的死因打探到的一点皮毛，刺杀之人的姓名委实不知，不过我倒可以继续找人打听。"杜海山起身搬过椅子让兰烟坐，"没想到我这个孤儿一下子有了亲人，不知我共有几个兄弟？"

"两个，老二杜海疆，老三杜海龙。"兰烟回答。

"杜海龙这名字甚是耳熟，三弟长啥样子？"杜海山问。

"个头高挑浓眉大眼。"兰烟有些出乎意料，"大哥见过他？"

"我们曾在顺源镖局交过手，没想到他竟是我的亲兄弟！"杜海山感叹，心里莫名升起一股醋意，"不知二位兄弟现在何处？"

"二哥听说做了海匪首领，海龙现在定远号上做水兵。"兰烟瞅着杜海山问，"大哥，你武功高强，可能打过凌肃天吗？"

"我的功夫就是他教出来的，如何打得过他？再说他身居王府要职，要想铲除他恐非一日之功。"杜海山沉吟道，"弟妹稍安毋躁，此事需找准机会方能下手，否则不但容易打草惊蛇，还会白白搭上你我的身家性命。还有我的身份，也请弟妹暂时保密，万不可说与外人。"

"一切听凭大哥安排便是。"兰烟应道，"只是海龙那边还望大哥能及时通报以防万一！"

"弟妹放心，我自有主张。"杜海山瞅瞅兰烟欲言又止，"只是我还有个坏消息要通知弟妹。"

"坏消息？"兰烟见杜海山从怀中掏出一份大红的文书放在桌上，心头一凛，不会是海龙出啥事了吧？

"这是啥？"兰烟惊奇地问。

"凌肃天要娶你做四姨太！这是他让我带回的婚书！"杜海山不敢看兰烟的眼睛。

"啥？"兰烟愤然道，"把婚书还给他，我不嫁！"

"嫁不嫁可由不得弟妹！"杜海山又急又恼地站起来，在屋中来回踱步，"我回来时，凌肃天借口保护你的安全，就已经派兵把这院子围了，若我回他说你不嫁，他直接就能让人进来抢亲！"

"他就不怕王法？"兰烟急了。

"他杀了那么多人何曾怕过王法？"杜海山冷笑。

"他要敢进来抢我就死给他看！"兰烟咬牙道。

"弟妹休要赌气！"杜海山猛地站住，"不如将计就计，我寻机助你逃出京城。"

"我若逃了他不是还要追吗？"兰烟依旧忧虑。

"弟妹仍然换做男装，你又是大脚，即便官兵追上也不定认得出来，仓促之间也只能先出此下策姑且一试。"杜海山致歉道。

"我走了他不会怪罪你吗？"兰烟犹豫。

"我再找法子周旋便是。"杜海山说。

杜海山回复凌肃天，说兰姑娘脸皮薄又素喜清净，过不惯吵吵闹闹的家族生活，要是凌爷真想娶她还需另择宅院单独过活，名分上虽是四姨太，但一切的排场都要按正室的规矩来做，答应了这些条件才表明凌爷是真心疼她。凌肃天色迷心窍为讨兰烟欢心无不应承，当即就催着杜海山去寻宅子。杜海山办事也爽利，没出半天就赁下了一所前后两进的四合院儿，并雇人打扫干净张灯结彩只等操办喜事，然后回去告诉凌肃天已找人算过，月底就是良辰吉日。凌肃天喜得合不拢嘴，连夸杜海山办事得力。

婚礼那天李妈妈请来的"全人"（此人上有公婆下有子女）一大早就到了杜海山府上替兰烟打扮，帮她梳头、开脸、清眉、擦胭脂抹粉，然后为她戴上凤冠，套上霞帔和八幅绣花罗裙，穿上红缎绣鞋盖上盖头，直忙活到将近正午。此时锣鼓喧天的迎亲乐队已至门口，凌肃天身穿大红的新郎袍服，胸前系着大红花球，骑着枣红色的高头大马得意洋洋地行至门前翻身下马。两个伴娘把兰烟从屋中搀出来，凌肃天迎她上轿，伸手想掀开盖头偷瞧一眼却被兰烟毫不客气地劈手打落，凌肃天只当兰烟害羞，也不生气，乖乖地坐回马上。

新宅院离杜海山的府邸只隔着两条街，一路上吹吹打打好不热闹。兰烟坐在花轿里却感慨万千，她做梦也想不到自己头一回扮新娘做花轿居然是坐的仇人的轿子。想到惨死的公婆和命悬一线的丈夫兰烟心如刀绞，下意识地摸了摸揽在腰间的锦袋，这是杜海山交给她的迷魂药，让她下到洞房的酒里。杜海山不让兰烟带兵器，怕引起凌肃天的警觉，但兰烟还是偷着揣了杜海山的金匕首。花轿到了新宅院，伴娘扶着兰烟从轿子里出来，宾客们早已候在了院子里，见兰烟来了顿时鼓掌欢呼鞭炮齐鸣，小孩子们也高兴地前后奔跑叫嚷。凌肃天用"同心结"牵着兰烟跨过火盆，进到厅堂里拜过天地吃过喜饼便让伴娘将兰烟送入洞房，自己则在院子里招待宾客。兰烟坐在挂了红罗帐的床上，伴娘劝她吃些糕饼点心垫垫饥，兰烟推说不饿让她们自去吃饭。

待伴娘出了门，兰烟一把扯下盖头，过去把门插上，然后从腰间掏出锦袋把迷魂药粉倒进酒壶里晃匀，把着酒壶不禁垂下泪来，瞅着满屋大红色的家什颓然滑坐在椅子上。为啥这最是浓烈喜气的色彩对她来说总是充满痛苦？为啥最该喜气洋洋的时刻总让她痛彻心扉？她突然感到浑身无力，她的心再也经不起这种残酷地揉搓，有时她真想死掉算了，死了就不会有这些痛苦，只因她舍不得海龙哥，舍不得她们曾有过的那些美好，她仍在苦苦支撑。可是今日，她要面对的却是无比强大的敌人，尽管有杜海山暗中相助，但她却丝毫也不敢奢望能有逃脱的侥幸，她已经给海龙哥发了急信向他做最后的告别。她从怀中取出金匕首，手指在锋利的刀刃边摩挲。她已孤注一掷，这两片刀刃不是刺进凌肃天的胸膛，就是刺进自己的胸膛。海龙哥，烟儿对不住你了！兰烟的眼泪再一次喷涌出来。

门上响起轻轻地敲击，兰烟连忙拭去眼泪挨到门边询问，听到是杜海山的声音才打开门。杜海山闪身进来迅速把门关上，见兰烟泪眼残妆低声道："海山让弟妹为难了！"

"大哥也是为我着想，谈何为难？我只是触景生情想起了跟海龙的婚礼才心头难过。"兰烟哽咽道。

"海龙跟弟妹虽历尽悲欢离合，却能始终生死相守，让我羡慕！"杜海山叹道，"想我从小被迫离家，想要个可以牵挂的人都不能够。"

"大哥不必悲伤，自你失散之后公婆和海龙兄弟无时无刻不在想念你，要是海龙得知找到了大哥，不定要多高兴呢！"兰烟劝慰道。

"光顾说话险些忘了。"杜海山打开手中的纸包交给兰烟，"我给弟妹带来些吃食，酒席只恐要持续到晚上，你填饱肚子到时才有力气逃跑。我先送你去城外的朋友家暂避，等过了风声就送你去威海见海龙。"

"多谢大哥费心！"兰烟拜谢。

杜海山走后，兰烟重新插好门胡乱吃了些东西，想到要熬到晚上，竟歪在炕上打起盹来。也不知睡了多久，忽听门框哐啷作响，兰烟一个激灵醒了过来。

"兰儿，开门！是我回来了！"门外响起凌肃天淫荡的笑声。

兰烟慌乱地从床上站起，一眼瞅见桌上的金匕首，忙把它塞到盘子里的糕点下面，又重新把盖头盖上，整整衣冠定定神，慢慢走过去开门。凌肃天跨进门，浓重的酒气扑面而来，兰烟急返回床上坐下，凌肃天向后一退将门撞上大叫："兰儿，你在哪儿？屋子怎么这么黑啊？"

"凌爷，天已经黑了吗？我看不见。"兰烟回答。

凌肃天用火折子点着蜡烛走到床前，一把掀起兰烟的盖头。兰烟只道凌肃天醉了，骤然见他嬉皮笑脸地瞅着自己，脸上竟毫无醉意，不由心惊。

"兰儿，掀了盖头你就是我的人了！"凌肃天说着就要去扑兰烟。

"凌爷，咱们还没喝交杯酒呢！"兰烟佯装撒娇地起身给凌肃天倒了一大碗酒，只给自己倒了一小杯。

"我刚刚喝过许多，明日再喝如何？我现在就想亲你！"凌肃天不接酒碗只管去抱兰烟。

兰烟急忙躲开责道："哪有成亲不喝交杯酒的道理！难道我还不及外面的宾客不成？"

"兰儿莫急，我喝，我喝！"凌肃天见兰烟生气，赶紧接过酒碗一饮而尽。

"凌爷，这杯不算！"兰烟嘟着嘴又给凌肃天倒上一杯，"交杯酒你咋自己就喝了？"

"哎呀，喝酒喝习惯了！来来，交杯酒！"凌肃天拉住兰烟的手绕过自己的胳膊，趁机一把将兰烟揽进怀里。

兰烟的心立时飞跳起来，忍着强烈的厌恶看着凌肃天把酒干了，自己则偷着将酒倒进了袖筒里。已经喝了两杯，却不见凌肃天有任何迷糊的症状，兰烟心急如焚，凌肃天却抱紧了兰烟不撒手，嘴巴直凑过来要亲兰烟，兰烟迫得扭头闪避，凌肃天狗熊一样的庞然身躯推着她连连后退，砰地一声碰到了桌子。凌肃天就势把兰烟压在桌子上就去解兰烟的衣裳，兰烟唬得魂飞魄散两手在桌子上乱抓，手指触到了酒壶，遂抄起来狠命地砸到凌肃天的头上，酒顷刻间洒了凌肃天满头满脸。

"你干什么？"凌肃天"啊"地一声怒视着兰烟。

"凌爷根本不懂温存！"兰烟颤声责道，身子早已不听使唤地抖做一团。

"我天生就是莽汉！"凌肃天兽性大发，再次扑向兰烟。

兰烟极力闪躲，凌肃天步步紧逼，兰烟跑去开门却被凌肃天猛地抱紧再次将她压到桌上就要行房。兰烟拼力抗争，手在桌上急促摸索，越急却越摸不到藏匕首的盘子，凌肃天的手已经扯掉她的裙带眼看就要探进她的亵衣，兰烟感觉自己就像一只徒劳哀嚎的小羊，不，不要！她的手终于摸到了那把匕首，抄起匕首不顾一切地刺向凌肃天的后背。谁知匕首刺偏却激怒了凌肃天，仿若红了眼的豺狼死死掐住了兰烟的脖子，兰烟被掐得气若游丝，意识也愈发淡漠，她以为自己即将去到另一个世界。

就在千钧一发之际，窗被突然撞破，从外面跳进一个人来，那人不由分说拳脚生风照着凌肃天就打，凌肃天慌忙接招却见是个十八九岁的后生。

"海龙哥!"兰烟总算喘上口气,捂着脖子又喜又忧,见到海龙哥大喜过望,却又担心他不是凌肃天的对手。

"你是谁?"凌肃天一掌将后生震出圈外。

"我就是你想杀的杜海龙,兰烟的丈夫!"

杜海龙怒不可遏正欲再战,不想门被哐地撞开,杜海山闻声冲了进来。

"来的好!快与我拿下这个叛贼!"凌肃天急令杜海山。

杜海山看到杜海龙,稍做犹豫果真挺剑逼住杜海龙,趁错招之时附在杜海龙的耳边急催道:"此处有我,兄弟快走!"

"杀父之仇,夺妻之恨,大哥可以忍,小弟不能忍!"杜海龙断然拒绝,"有种你就把我和兰烟一块儿杀了,成全你做凌肃天的走狗!"

"你!"杜海山被杜海龙抢白得无言以对。

"那小子交给你,我先把这小娘们儿解决了!"凌肃天转头去抓手足无措的兰烟。

焉知凌肃天身子刚动,杜氏兄弟竟一齐向他发起了进攻。

"凌子寒,你疯了!"凌肃天左右招架不迭,冲着杜海山大吼。

"我不叫凌子寒,我叫杜海山,就是你杀死的杜艺的长子!"杜海山冷森森的回答直透凌肃天的心窝。

"好,好,今天老夫就把你们这对兔崽子一并解决永绝后患!"凌肃天咬牙使出绝招对付杜氏兄弟。

凌肃天毕竟功夫老辣,杜氏兄弟在他面前很难占到便宜,一旁急坏了兰烟,生怕海龙他们有个闪失。杜海龙却仇人相见分外眼红,积攒了这么多年的深仇大恨一朝痛快淋漓地发泄出来,令他如虎添翼,他早已将生死置之度外,唯一的念头就是要手刃凌肃天这个害得他家破人亡妻子离散的仇人。杜海山虽拼力迎敌,心思却比杜海龙要复杂得多,他本想依计行事,但因凌肃天要对兰烟下手,才不得不卷入了这场战斗。是兰烟让他久已封冻的心重新有了活力,这份无法说出的苦痛也让他把所有的怨气都撒在了凌肃天身上。杜氏兄弟越战越勇,凌肃天逐渐只有招架之功没有还手之力,再加上药力发作,他的身手明显迟缓起来。杜氏兄弟见状合力进逼,就在凌肃天撞上桌子的一刹那,杜海龙夺过杜海山的宝剑一剑刺进了凌肃天的肚子，凌肃天的身子轰然摔倒在桌子上，就听一声怪叫，凌肃天的脑袋霎时烧成了一个火球，身体在屋中诡异地乱撞了片刻跌倒在地。他头上的火还在熊熊燃烧，烧灼皮肉的焦臭味道顿时充满了整个房间。

"咋会这样？"杜海山看到凌肃天的样子惊道。

"他死有余辜！烧死他算便宜他！"杜海龙恨意未消。

"或许是他的头撞上了蜡烛，头上的酒烧了起来，现，现在可咋办？要是官府知道，咱们都得为他陪葬！"兰烟惊魂未定。

"弟妹说的也正是我担心之事。"杜海山皱眉道，"我刚劝海龙置身事外他却不听，如今闹到这步田地着实有些难办。"

"置身事外？亏你说得出口！"杜海龙闻言火冒三丈，"放过杀父仇人让兰烟任人欺凌，你还算啥大哥？"

"兄弟，我不是那个意思，我已想好安置弟妹的计划！"杜海山辩解道。

"你的计划就是放过凌肃天这个恶贼！"杜海龙针锋相对。

"海龙哥，大哥也是一番好意。"兰烟忙从中解劝，杜海龙却并不领情。

"既然兄弟误会我也无话可说，还是先想办法把此事遮掩过去再做道理。"杜海山思索道，"你二人先在此稍候，我去去就来。"

杜海山一出门，杜海龙就抱住兰烟："烟儿，让你受惊了！"

"海龙哥，你咋来了？我还以为再也见不到你了！"兰烟劫后余生，幸福地依偎在杜海龙的怀里，用手心疼地抚摸着杜海龙又黑又瘦满面风尘的脸。

"我接了你的加急书信就向帮带请了假连夜往这赶，杜家的大仇要由我来报，我不能眼睁睁看着你去送死！"杜海龙爱怜地亲吻着兰烟的头发。

"海龙哥，听说军舰要去打仗。"兰烟揪心道。

"是。"杜海龙叹口气。

"海龙哥，咱们逃吧！你要是有个三长两短可叫我咋活！"兰烟含泪祈求。

"烟儿，我不能逃！"杜海龙心痛欲裂紧紧搂住兰烟。

"为啥？"兰烟惊讶地仰起头看着杜海龙。

"你知道吗？仲天那帮好兄弟，他们都死在了高升号上，都被东洋人给杀了！他们都是受我连累才被抓的，我要替他们报仇！"杜海龙眼含悲愤语气决绝。

"什么？他们都死了？"兰烟的心一阵剧烈地颤抖，死命地抱住杜海龙，"海龙哥，我不让你去！"

"烟儿，我是男人，我必须去！"杜海龙深情地捧住兰烟的脸，"你在大哥家好好等我回来！"

"可是！"兰烟慌得心如撞鹿没了主张，刚要说话，杜海山恰好推门进来。

杜海山带回来个一人长的包袱，打开包袱里面竟是一具女尸。

"这是谁？"杜海龙吓了一跳，兰烟更是惊得把脸扭向一旁。

"是我从乱葬岗上寻的无主尸首，弟妹快将身上的嫁衣脱下来给这女尸穿上。"杜海山吩咐道。

"为啥？"兰烟有些头皮发麻。

"凌肃天一死弟妹也难逃干系，只有你们俩都死了才能死无对证。"杜海山解释说，"弟妹快些，以防夜长梦多！"

兰烟只好脱下嫁衣哆嗦着给女尸换上，换装妥当后杜海山把凌肃天跟女尸并排放到床上，放下帷帐，举起蜡烛点燃床帐，烈焰熊熊，床铺眨眼间变成一片火海。

"走！"杜海山带着杜海龙和兰烟飞跑出门。

火焰在他们身后熊熊燃烧，凌肃天带来护卫的亲兵早已让杜海山给灌得烂醉如泥瘫在了偏房里。杜海山故意选了这处离家近的宅院，没用多久他们就跑回了自己的府邸。杜海山要留杜海龙住一夜明早再走，杜海龙却执意要连夜赶回，他怕自己一旦住下就再也舍不得离开兰烟，只能硬下心肠与兰烟洒泪而别。看着海龙哥飞马远去的背影，兰烟的心头蓦然生出巨大的恐惧。海龙哥再也不是心里只有她跟家的海龙哥，他心里多了些她所陌生的东西，她害怕这些东西会彻底带走海龙哥，也带走她全部的希望。

第二日，杜海山装作去给凌肃天道贺，见了已烧成灰的人和房子立时大惊小怪地去向庆郡王报告。庆郡王忙派仵作前去查看，仵作回说是偶然失火所致，庆郡王叹息了一回命人厚葬了事。杜海山在庆郡王面前为自己干妹子的惨死掉泪，庆郡王见他可怜有意安抚，正巧凌肃天一死缺了侍卫统领，遂让杜海山顶替了凌肃天的位置。

二十七、家贼难防

在日本的时候，单田骏从没进过工厂，对于出身武士家庭的他来说，内心深处甚至对工厂怀有隐隐的仇恨，他认为正是由于工业的兴起导致人们越来越相信洋枪洋炮，越来越崇拜有钱的实业家和工厂主，从而彻底颠覆了武士的尊贵地位……

在日本的时候，单田骏从没进过工厂，对于出身武士家庭的他来说，内心深处甚至对工厂怀有隐隐的仇恨，他认为正是由于工业的兴起导致人们越来越相信洋枪洋炮，越来越崇拜有钱的实业家和工厂主，从而彻底颠覆了武士的尊贵地位，即使在最穷困潦倒的时候他也没想过要去工厂做工，那对他的家族来说不啻于奇耻大辱。于是他把目光投向了隔水相望的支那，他觉得只有那里才是能让武士建功立业的热土，遂投奔了同门师兄，比他大几岁、供职于日本谍报机构的洪禄。他一直瞧不起工厂，在他的想象中、工厂的样子应该跟普通的手工作坊差不了许多，只不过多了两台机器地方大些罢了，因而当他到了位于大直沽的天津机器局门前时不禁大吃一惊，这哪里只是一座工厂？放眼望去，巨楼层叠厂房连绵，迤逦相属参差相望，十几根高耸的烟囱浓烟滚滚，偌大的厂区与天津卫遥相对峙，简直就是天津卫外的一座重镇。机器局门口的门楼上悬着铜制名匾，下面的墙上写有"海疆藩卫"四个大字，门口左右各摆一尊局内出产的铁炮，炮身精巧制作精良，黑洞洞的炮口直视前方甚是威严。局的四周建有高墙，墙外挖涌筑堤植树成林，全然是维护城池的气派。单田骏呆看了半晌顿觉忧思满腹，像这样硕大规模的兵工厂在日本都属罕见，一向保守落后的大清竟能倾力于此实出意外，若任其扩张，假以时日后果将不堪设想，要制猛狮必先砍其利爪以绝后患，炸掉机械局刻不容缓。

单田骏皱皱眉头翻身下马，牵着马走向机器局对面热闹的街市。这里原本是一片荒地，自从机器局在此设厂且规模不断扩大之后，每日前来联系原材料供应的商贾络绎不绝，加之机器局内几千名工人的吃穿用度，吸引了大批酒楼客栈以及做买做卖的贩夫走卒在此安营扎寨，日益汇聚以致成市。虽然早已过了晌午，街市上各种小吃的叫卖唱和仍是此起彼伏。单田骏的双目在街市上四处逡巡，寻找能换马掌的铺子，他的马连续狂奔右后腿有些跛，再不换掌只怕真会变瘸，并且他找马掌铺子还另有目的。街市上只有一家换马掌的铺子，铺子前的空地上竖着三四根拴马桩，几匹马正低头在马槽里饮水吃草，不时还欢快地摆摆蹶子。铺子的掌柜是个红脸膛的壮实汉子，他正坐在门前的凳子上用罩在灰布衣裤外面的皮围裙擦拭手中的马掌刀。看到单田骏，掌柜忙把刀挂在皮围裙上的搭扣上起身相迎，蜈蚣般的浓眉下一双精光闪烁的眼睛让人感觉活力充沛。

"客官要换马掌？"掌柜殷勤致问。

"右后蹄不太利索。"单田骏回答。

"您先坐，我来瞧瞧。"掌柜忙让伙计给单田骏搬凳子坐，自己则轻轻抬起马的右后蹄仔细查看后说，"马掌已损需立即更换，请客官稍等。"

掌柜说完便跟伙计一起将马牵到两根并立的木桩前，从马肚子下绕出两条绳索吊悬于两根木桩间的横木上用以禁止马匹奔跑走动，接着又用绳索将右后蹄吊起以防马匹疼痛乱踢。吊拴稳当后，掌柜进屋取来钉马掌的用具，吩咐伙计扶住马蹄。单田骏看那掌柜将几枚铁钉含在嘴里，先用木锤把马蹄上黏附的土块敲打下来，用毛刷子刷去细土，再用钳子将马蹄上的钉子拔出来揭下原先的马掌，然后将马掌刀的长柄夹在腋下，用月牙形的刀铲在凹凸不平的马掌上飞快地刮削，直到把马掌刮平才从地上拿起新马掌附在马蹄上，从嘴中取出三枚钉子按三角形分别钉进马掌边缘的小孔。马受到惊动马腿摇晃，伙计用力抱紧。单田骏饶有兴致地看着掌柜用木锤敲敲马掌找找平，又陆续把铁钉钉入马掌后再用锤子将伸出马蹄边缘的钉子头敲弯，用锉刀在马蹄外侧来回挫平，这才让伙计解开绳索带马前去喂料。

"掌柜换掌技艺精湛，想是做了许多年吧？"单田骏搭讪道。

"七八年了。"掌柜说着走过去把刮削下来的马蹄扔进木架旁的一只水盆里，大半盆马蹄样的东西都已被水沤烂发出淡淡的异味儿。

"掌柜的沤那些马蹄作甚？"单田骏很是讶异。

"我有个朋友喜欢养花，这可是上好的花肥。"掌柜乐呵呵地用围裙擦着手说。

"掌柜的，你这里可有多余的右蹄铁吗？"单田骏试探道。

"抱歉！只有左蹄铁。"掌柜机警地瞅着单田骏，"你是？"

"乐善堂。"单田骏确认了马掌铺的掌柜正是日通货栈的张掌柜安插在这里的眼线，忙问，"机器局有何消息？"

"我听厂子里的工人说局里共有八座弹药库，随便炸上一个就能把整个厂子一锅端！就连他们自己也发生过擦枪走火引起爆炸的事故，因此就算爆了也不会怀疑到外人身上。只是那局子可不好进！"掌柜把凳子挪到单田骏身边低声说。

"为啥？"单田骏一怔。

"凡是来局里谈买卖的商家都需有地方官府或是本地保甲出具的保函，这样出了问题便于追究，否则门口的守卫根本不让进。"掌柜摇摇头。

"只不过是个工厂，至于那么小题大做吗？"单田骏不以为然。

掌柜用手指着机器局门口的卫兵说："瞅见没？那卫兵枪里装的可都是真家伙！我有一回就看见卫兵让一个想进局里的买卖人给磨叽烦了，冲着那人的脚前就开了一枪，吓得那人连蹦带跳抱头鼠窜！这里的卫兵做事可不含糊，把门守得严实着呢！"

"我认识里面的帮办。"单田骏诡谲一笑。

"有帮办在进门就好说了。"掌柜笑道。

"时候不早我也该去局里办事，马匹就有劳掌柜了！"单田骏起身拱手。

"客官放心，回头来领就是。"掌柜满口答应。

守门的卫兵上下打量单田骏问他来此何事，单田骏回说自己是冯贵帮办的朋友，远道而来特为探望。卫兵要他去门房登记，门房里坐着个四五十岁发辫花白的老头，单田骏向他说明自己的姓名来历，烦他通报一下冯贵帮办，没想到门房居然操起桌上的电话听筒放在耳上，然后对着话筒要接冯帮办。单田骏大为惊异，想那电话在日本尚不普及，在大清所用之人更是凤毛麟角，询问才知因机器局厂子太大厂房众多，为便于及时联系，李鸿章大人遂命在厂区内增设了内部电话和电报用于相互联络沟通。门房等了一会儿似是接通了冯帮办，恭敬有加地应答后挂了电话，说冯帮办公务繁忙没时间会客，让单田骏改日再约。单田骏没料到冯贵会闭门不见，知他心虚怕自己向他讨债才找理由搪塞，自己此番前来就是为了进机器局，岂能让冯贵那个滑头牵着鼻子走。他瞅那门房倒还和善，遂央告说自己从京城来一回不易，务必要见着冯帮办才不算白来一趟，还望门房能通融通融，说着又从腰里摸出五两银子放在门房手里。门房何曾见过这等架势，还从未有人为了进厂子给他银子，惊讶地瞅了单田骏两眼忙将银子推还给他，说自己位卑职小，若出了事恐吃罪不起。单田骏却晃晃身上的包袱说就连皇上还不打送礼人呢，冯帮办既得了好处又怎会责备。门房心领神会，这才收了银子走出房间，跟一个卫兵耳语了几句，卫兵便让另一个卫兵暂时看守，自己随单田骏去局里走一趟。进机器局前卫兵又把单田骏上下搜了一遍，将搜出的火折子和一盒洋火都扔给另一个士兵让他先为保管。单田骏惊问为啥这般，卫兵说厂子内严禁烟火。单田骏这才明白卫兵名为护送实为押送，身上没了火器，想点燃炸药又要另寻法子。想不到一进门就来了个下马威，不由心内焦躁，只能硬着头皮往里走，蓦然看到厂区内的地面上铁轨纵横，铁轨上轧道车往来穿梭的繁忙景象令他又自一惊。

"此为何物？"单田骏假装不认识铁轨。

"这是窄轨铁路，直通厂内的各个车间和东门外的船坞，弹药造好后即可用轮车运至码头装载上船，既省时又省力。"门房颇有些自豪地说。

话音刚落，就见铁轨上疾驰过来一辆装满饼药的轧道车，两名工人一前一后地压着手中的铁杆让车跑得飞快，要不是门房把单田骏往旁推了一把险些撞上。

"先生小心！"门房赶紧提醒。

"想不到大清的国土上竟有此等不同凡响的所在！"单田骏由衷地赞叹机器局内的运输设施工于心计。

"这还不算新奇，我还有更新鲜的玩意儿给您看！"门房故作神秘地咧嘴道。

单田骏不知门房葫芦里卖的啥药，只能乖乖地跟着他跨过层层轨道，突觉面前尘雾弥漫视野不清，正待要问却被骤响的笛声吓得一抖，待雾气散去才看清面前竟停着一列绘着金边儿的红色小火车，火车除去火车头外只有两节没有门的车厢，车厢内的皮座椅倒是相当高级。

门房请单田骏坐到火车头后排的座位上开心地说："这洋人的火车在咱大清可是稀罕物！您只管在车上安坐，司机会把您送到冯帮办所在的厂子，冯帮办的办公室就在二楼。"

卫兵也寸步不离地在单田骏身旁坐下。单田骏谢过门房，司机发动火车头，立时汽笛长鸣蒸汽四溢，火热的白烟喷了单田骏一脸，呛得他连咳几声睁不开眼，忙摸脸擦眼一通忙活才又重见光明。小火车载着单田骏在铁轨上奔驰前行，路过一排排车间厂房，最后到达了冯贵所分管的专门生

二十七 家贼难防

产炮弹和火药的厂区。

"此物比起轿马如何？"火车头司机转过戴着西式司机帽的娃娃脸打趣地问单田骏。

"自然更加舒适快捷！"单田骏赞道，"我只听说洋人那里有这些东西，不成想机器局的装备不次于洋人。"

卫兵把单田骏送到厂子门口交给一个青衣青帽的小伙计，叮嘱了两句，然后随着火车头司机沿着铁轨自去，单田骏跟着小伙计走进工厂的车间，车间里机器轰鸣粉尘飞扬，几十名工人都在一台台不停转动的机器前忙碌。小伙计带着单田骏登上铁梯上到二楼，将他让进冯贵的办公室，奉上茶水说冯帮办去别的车间公干少顷便回，让单田骏在屋中稍候。

冯贵的办公室很大，风格中西合璧，墙上挂着山水字画，桌上摆着笔墨纸砚，招待客人坐的却不是太师椅而是绒布沙发。单田骏却无心品茶，机器局对进厂之人的交接尚且如此严谨，不敢想象弹药库的戒备会否更加森严？看来要炸弹药库并非像马掌铺的掌柜说得那样简单，很可能会无功而返。单田骏在屋中焦急踱步苦思良策，顺手翻动冯贵书桌上乱堆的文件，偶然翻到一本牛皮封面的册页，册页内用蝇头小楷工工整整地记录着炮弹进出船坞闸口的时间。

单田骏如获至宝正要仔细翻看，猛听到楼梯上传来杂沓的脚步声和愤怒地呵斥，赶忙合上册页跑回沙发坐下。刚装模作样地端起茶碗，门就被用力推开，哐地一声撞到墙上，冯贵却不进门而是站在门口挥手跳脚地将他身后的人骂了个狗血喷头。单田骏看不到被骂的人是谁，听冯贵的说辞像是由于材料供应不及时而延误了工时。冯贵骂够了人，脸上余怒未消大步冲进办公室，骤然看到坐在沙发上的单田骏，吓了一跳，面色红白甚是尴尬，下意识地缩了缩脖子，随即关上门，胖脸上堆下笑来："在下实是事务繁杂疲于应付才不得不推拒，还请单兄弟不要见怪！"

"小弟岂敢怪罪冯帮办！"单田骏起身作揖，"只是洪老爷吩咐我定要面见冯帮办，若见不到我无法回去复命。"

"多谢洪老爷惦记！不知他找我何事，让单兄弟这么大老远跑一趟？"冯贵局促不安地瞅着单田骏，心里打鼓他是为那五万两的欠款而来。

"洪老爷是盼着冯帮办发财，特意让我来致以问候！"单田骏微微一笑。

"你也不必拐弯抹角，我的借据已押在洪老爷处，难道还怕我赖账不成？"冯贵闻听恰如芒刺在背，脸上挂不住做张做势拍案大怒，"单兄弟回去告诉洪老爷，待我手头宽裕自当亲自赎回，用不着他派人来催！恕不远送！"

"冯帮办真是心急，也不等我把话说完就乱发脾气。我今儿个来本是洪老爷一片好心要把借据还与冯帮办，既然冯帮办想做那一言九鼎的正人君子，我把它带回去便是。"单田骏也撂下脸来甩手就往外走。

"慢着！"冯贵急得一把抓住单田骏，"单兄弟所说要还借据可是真心？"

"不是真心我来此何干？"单田骏怒气冲冲地瞪着冯贵。

"单兄弟有话好说。"冯贵笑得肥肉乱颤，硬把单田骏按回到沙发上，眨巴着眼睛狐疑地盯着单田骏，"洪老爷如此大度可是有事相托？"

单田骏见冯贵行事谨慎，怕露了口风惹得这只乌龟缩回壳里，忽然想起刚才见过的铁轨，遂脑筋急转编了个借口："也不是啥大事，这几年洋务闹得风生水起且颇能得利，洪老爷想着冯帮办或许熟悉其中的门路可代为引荐，如能合作大家一起赚钱岂不两全其美？"

"洪老爷真有眼光，做洋务找我算是找对人了！"冯贵至此才放下心来得意地显摆，"我在机器局浸淫多年，对洋务之事无一不通，定能帮洪老爷找到可以大展宏图的机会！"

"洪老爷求之不得！"单田骏从包袱里取出借据趁机道，"冯帮办能否带我参观一下厂子，也好让我开开眼？"

"好说！好说！"冯贵只管抢过借据快速浏览，看到果真是自己签字画押的五万欠款单，喜不自胜满口应承。

"这下冯帮办该放心了吧？"单田骏接过借据就着冯贵亲手打着的火折子点燃。

冯贵直瞅着那借据烧成了灰后才兴冲冲地领着单田骏走下铁梯。

"真想不到机器局里居然有这么多洋人的玩意儿！"单田骏看着满厂的机器啧啧称叹。

"多亏李鸿章大人醉心洋务鼎力支持，机器局才有今日的局面。那几台碾药机都是从国外进口，大清军备所需的火药大多都是从这里供给。"冯贵指着厂房里不停运转的几台大型机器说。

工人们看到冯贵和单田骏都鞠躬致意。冯贵偶然瞥见门外有洋人经过也忙点头哈腰去打招呼，待洋人走过他又迅疾绷起脸来。

"那是啥？"单田骏望着几个工人正在操作的机器问。

"那是铁模机，用来制造炮弹的砂型。"冯贵解释说，"待砂型造好后把熟铁液从预留的孔中倒入，冷却后除去砂型就可造出需要的炮弹。"

"我并未看到炮弹啊？"单田骏环顾四周却只看到机器和生产的工人。

"炮弹都在隔壁的库房。"冯贵笑道。

"大清炮弹据说威力无比，我还真想见识一下。"单田骏的表情很是向往。

"炮弹不过是些铁球而已没啥好看。"冯贵却转移了话题，"单兄弟一路辛苦，我这就命人准备晚饭为你接风洗尘！"

冯贵并没有带单田骏去机器局外面就餐，而是同他坐着小火车进了厂区内的一家酒楼。这酒楼位于厂子的西南角，离厂房较远，周围花木环抱绿树成荫环境优美，与灰暗喧闹的厂区简直天壤之别。酒楼门前既无灯笼也无酒幌，若不是进了门有小二招呼，从外面看还以为是供哪位官爷休憩的私宅。小二把单田骏他们让进雅间，雅间内银烛高照，桌椅摆设很是讲究。冯贵早已吩咐下了菜式，两人分宾主坐定，未及寒暄几句小二就开始鱼贯上菜，不大工夫已是佳肴满桌。冯贵率先举杯请单田骏大快朵颐开怀畅饮，单田骏也把酒回敬。

"冯帮办，这些菜品的味道不次于那些名头响亮的酒楼！厂子里如何会有这等清雅的所在？"单田骏吃了两口菜很是惊怪。

"单兄弟有所不知。"冯贵诡秘一笑，"这是厂子自办的酒楼，专门招待前来巡查的朝廷大员，那些人眼尖嘴刁，不但口味不能差，用料都丝毫不敢省！凡是厂子里的公务吃喝多在此处，因今夜我还有要事不能出厂，只好借花献佛，请单兄弟暂且将就，改日再请你去外面快活。"

"冯帮办何必自谦，这满桌的山珍海味只怕在外面的酒楼都不定做得这般地道！"单田骏瞧见冯贵衣衫起皱眼圈乌黑关切地问，"风帮办近来可是公事劳累没休息好吗？"

"哎，一言难尽！"冯贵摇头晃脑地咂了口酒，举手张罗单田骏，"来，多吃菜！不谈公事，不谈公事！"

"我哪懂啥公事？只是怕冯帮办累坏了身子。"单田骏打着哈哈端起酒杯，"我敬您一杯，您多喝点酒也好解解疲乏。"

"单兄弟真对不住！酒我也不能多喝，单兄弟一路舟车劳顿，尽可放量自饮。"冯贵赔罪道。

"冯帮办莫非有啥难言之隐？"单田骏放下酒杯面带愠色，"还是冯帮办信不过我想催我快走？"

"岂敢！岂敢！"冯贵慌道，"单兄弟，实不相瞒，我晚上还要熬夜值守，恐醉酒误事上方怪罪，所以不敢多饮。"

"冯帮办何不早说？"单田骏豪爽地拍拍放在旁边椅子上的包袱，"洪老爷早为您准备好了提神的物件儿！"

"啥物件儿？"冯贵一听来了兴致。

单田骏解开包袱露出一个绿色的锦盒，打开锦盒里面竟然是一副白玉做成的麻将牌，那玉牌块块晶莹剔透，一看就是上等的羊脂玉。冯贵瞬时双目放光，情不自禁地伸出手指在玉牌上忘情地来回摩挲，那陶醉的神态好似抚着姑娘白嫩的身子，猛地用力捏起一块凑到眼前，看那架势，要不是碍着单田骏能狠狠地亲上一口，就连嘴角的涎水淌到了下巴都不自知。

"冯帮办可喜欢？"单田骏心中鄙夷，面儿上还要装出游移不定的神情来。

"这真是给我的？"冯贵回过神儿来，爱不释手地摸着玉牌问。

"眼瞅着中秋佳节将近，洪老爷特备了这份薄礼，还望冯帮办笑纳！"单田骏拱手道。

"洪老爷真是慷慨之人！"冯贵嘴里叹着，眼睛却不离玉牌，"可惜我无以回报，惭愧！惭愧！"

"冯帮办说哪里话，君子之交又企图回报？"单田骏目含深意瞅着冯贵，"这玩意儿可能陪您熬夜吗？"

"求之不得啊！"冯贵大喜过望，"有这东西做伴醒酒，多喝几杯也无妨！"

"爽快！"单田骏欣然举杯。

一番推杯换盏之后，冯贵似有醉意不再端杯，单田骏半开玩笑道："冯帮办要想容光焕发还是回府休息的好，就算天天玩玉牌也撑不了几夜。"

"能撑过今夜就好！"冯贵此刻已把单田骏当作了亲兄弟，不再避讳，

"只因前些日子水师退回来一些不合格的废弹，因数目太多，总办发了火，命连夜赶制新弹送往水师，我只能跟工人一起熬着不能擅离，待明日最后一批炮弹运上船就大功告成，我也可休假几日，不如今天就跟单兄弟玩个通宵如何？"

"让冯帮办见笑了！我向来不通此道，看着您跟别人玩我也就尽兴了。"单田骏不动声色地辞道，心却怦然乱跳庆幸自己来得及时。

酒足饭饱之后，冯贵果然约了负责其他车间的帮办来他的办公室一起玩牌，还特命人搬了张现成的麻将桌来。他怕单田骏干看烦闷想先安排他去厂内的驿舍休息，单田骏却说也想跟着凑凑热闹，冯贵求之不得，遂在麻将桌边多设了一张椅子让单田骏观牌。单田骏耐着性子看着冯贵碰和了一回，借口要去解手走出了房间。

原以为晚上厂内的工人不多便于行事，谁知车间内的工人并不见少，想是为了赶制弹药轮班休息。工人们见到单田骏纷纷施礼，倒弄得他更为郁闷，仿佛自己的一举一动都在无数双眼睛的监视之下。他匆匆下了楼梯想去探探隔壁的库房，不料小伙计竟要陪他同去茅厕。单田骏推说冯帮办已经告诉了他茅厕的具体位置，不必劳烦伙计，小伙计却说这是厂内的规定，外来的客人必须有人陪伴，就连厂子里的工人未经批准都不许四处乱走。单田骏无奈，只得让小伙计领着去茅厕，路过库房时只见里面灯火通明，四名荷枪实弹的士兵守在门口，间或有工人推着装满火药或零件的小车要入库，进入之前士兵都要检验工人身上的车间标牌以及入库单方可放入，审查异常严格，外人根本没有可乘之机。单田骏不死心，从茅厕回来时故意假装迷路绕到了库房的后面，然而唯见高墙森森连个窗户都没有。单田骏彻底绝望，难道此番费尽心机拼上重礼就只能前功尽弃不成？他百思无着，忽然想起冯贵桌上的册页，冯贵说明日会有最后一批送往水师的炮弹装船，若能查到货船的驶离时间就可半路将其炸掉，虽不能炸掉厂子永绝后患，至少可以让水师弹药不足，对大日本帝国的舰队也有助益。尽管炸船必然会引来朝廷的关注，但事已至此只能冒险一搏，然而要想在冯贵和众帮办的眼皮子底下偷看册页实在难比登天。

回到冯贵的办公室，众帮办正玩得起劲，冯贵满面春风地招呼单田骏请他自便。单田骏坐在椅子上眼瞅着麻将牌，心里却合计着如何能找个借口去桌子边看看册页。稀里哗啦的洗牌声响过，牌被再次垒砌起来，帮办们伸手摸牌，每一下都要预先念上几秒钟的咒语以便让自己获得好运，冯贵则是急不可耐地抓牌，牌的好坏也一目了然地显示在脸上。帮办们出牌更是谨小慎微，往往权衡再三才打出一张，若让人碰了去立时懊悔不迭，下次出牌也变得越发犹疑。冯贵却丝毫没有儒雅的牌风，竟像玩骰宝一样大呼小叫地甩牌，看到玉牌被拍得在桌上跳起，单田骏灵机一动，忙把身子凑到冯贵身旁假意看牌，趁他再次出牌时假做身子不稳去扶冯贵，却在手臂上加了力道，冯贵拍出的牌立刻在桌子上弹跳而起径直奔了他的书桌。

"哎呀！都怪我不知轻重！"单田骏边赔罪边大步走到书桌边，俯身钻进桌子下面去够玉牌，拿住玉牌转身要起不成想将桌子一并带起，桌上的文件撒了一地。他忙将玉牌扔给冯贵接住，自己满地乱爬去拣拾文件，特意做得手忙脚乱唯恐冯贵和帮办们察觉有异，岂知他笨手笨脚的窘相却惹得帮办们哈哈大笑，冯贵更是大声安慰他莫心急慢慢收拾。单田骏低头冷笑，迅速查看地上的册页，明日辰时共有三条船到达机器局的码头，其中一条货轮旁边注明是将废弹卸下、装运合格炮弹送出。单田骏看罢急忙将文件归拢起来放回桌上，走回冯贵身边向他请辞，说自己还是早些赶回京城复命的好，省得在此添乱。冯贵虚让了几回要亲自相送，单田骏则以不好让帮办们久等为由坚拒，冯贵遂顺水推舟让伙计带单田骏出了门。

单田骏快马加鞭奔了日通货栈，张掌柜见单田骏黉夜前来不胜惶恐。单田骏命张掌柜即刻准备得力的人手，明日随他去炸毁机器局运送炮弹的货船以免资敌，张掌柜寻思半晌，说天津港朝廷驻军甚多，炮弹船被炸绝非儿戏，一旦有所纰漏，朝廷彻查下来恐难脱干系，且目前清日开战风声甚紧更不可轻举妄动，不如在货船到达码头之前将其劫了，把废弹卸到安全之处后伪造运货凭证派自己人前去装货，取得了运货单后再将合格的炮弹全部换成废弹送往水师，这样既能把水师的大炮变成哑巴又神鬼莫知。单田骏连夸此计甚妙，赶着张掌柜速去安排，张掌柜应命，前脚刚跨出门槛又回头拱手道："一时仓促忘了禀告，毛利回来了！"

二十八、寻宝遇险

　　有一天夜里狂风暴雨电闪雷鸣，竟劈死了山丘下的一颗千年古松，村民们去看热闹，居然看到劈开的松干中现出个幽深的洞口，大家纷纷猜测此洞很可能是古墓的入口，有三个胆子大的兄弟不顾众人的劝阻下到洞里，结果一去无回。

从庙岛返回没几天，杜海疆就接到了杜海龙的来信，信中说兰烟找到了大哥杜海山，请他速速带着鱼竿进京相认也好兄弟团聚。杜海疆大喜，把帮中的事务都交给二当家罗汉料理，孤身一人从三岔口搭乘去通州的商船北上，为了隐藏行踪还特意换了身灰布长衫并把胡子染成了黑色。他在通州码头雇了辆黄包车直奔京城，黄包车过了宣武门到达定阜街附近的兴华胡同时已近黄昏，他边走边仔细查看胡同两侧院门的门牌，直至走到一扇黑色带铜环的院门前才停下脚步，用手叩了叩门环，听到门里并无响应又多扣了几下，这时门里传出女人的应答，不多时院门打开，李妈妈探出头来。

"您找谁？"李妈妈上下打量着杜海疆问。

"我是杜海疆。"杜海疆咧嘴笑道。

"杜！"李妈妈愣了片刻一拍脑门儿，忙把杜海疆让进院子，"瞧我，到现在还没转过弯儿来！兰姑娘都对我说了，您是海山少爷的二兄弟，兰姑娘的二哥，对不？"

"对，对！"杜海疆连连点头。

"海山少爷和兰姑娘正在屋中说话，我这就领你进去。"李妈妈兴冲冲地带着杜海疆去往南厢房。

兰烟正在书房跟杜海山商量如何能找到刺杀杜海龙之人的办法，凌肃天一死倒让此事失去了线索，也不知那人是否还会继续执行凌肃天的命令，虽已急信让龙哥提防，但偌大的军舰几百号人，防范起来并非易事。兰烟和杜海山见李妈妈带进个人来忙站起身，岂知没等李妈妈介绍，杜海疆就扑通跪倒在杜海山面前。

"大哥！我是海疆！"杜海疆鼻子发酸仰望着杜海山，大哥的样貌依稀还带着年少时的影子。

"海疆！"杜海山又惊又喜，看二弟的面相倒比自己还要老上几岁，不禁眼圈儿泛红，赶紧把杜海疆搀起来，"二弟快快请起！"

兰烟和李妈妈早已在旁边抹开了眼泪。

"弟妹，海龙兄弟找得你好苦！"杜海疆转头看着兰烟。

"唉，要是海龙在这就可一家团圆了。"兰烟用袖子拭拭眼角破涕为笑，"二哥想是车马劳顿尚未用饭，我这就去弄些下酒的饭菜为二哥接风。"

"我听海龙说弟妹做得一手宫廷御宴，今日可算有口福了！"杜海疆打趣道。

"休要听他胡说，二哥莫嫌难吃就好。"兰烟红了脸与李妈妈去了厨房。

兄弟二人分宾主落座，胸中都有千言万语一时又不知从何说起，杜海山过去的记忆早已支离破碎，只是一个劲儿地瞅着杜海疆希，望从他的脸上唤起一些沉睡的往事，直把杜海疆瞅得像孩子似的呵呵傻笑。

"大哥，听说您刚升了王府的侍卫总管，可喜可贺！"杜海疆高兴地说。

"不过因祸得福而已。"杜海山淡淡一笑摆摆手，把凌肃天逼婚遇火意外而亡的经过给杜海疆说了一遍，"到现在我都不敢让弟妹抛头露面，生怕有人认出惹来麻烦。"

"那凌肃天着实可恨！"杜海疆气得双目圆睁胡子颤抖，"就是他不死我也要把他碎尸万段以慰双亲在天之灵！"

"大仇已报，二弟不必再为此挂怀，只是二弟做着被官府追杀的勾当，大哥实在有些担心。"杜海山忧虑地瞧着杜海疆。

"莫说小弟，大哥不一样过着刀头舔血的日子吗？只不过大哥是给人家做奴才，哪有小弟快意恩仇逍遥自在？要是大哥嫌弃我会拖累您升官发财，我这就走！"杜海疆听杜海山论及自己身为海匪的长短，冷笑着豁然站起。

"二弟何出此言？"杜海山一惊也忙起身。

"我是个直肠子存不住话，说出来大哥莫怪！"杜海疆恼火地一抱拳，"自从我进了大哥的门，您脸上就似笑非笑模棱两可，全然没有兄弟久别重逢该有的激动模样，让我好没头脑！"

"二弟责的是！"杜海山苦笑着抬手把杜海疆按回到椅子上，"正如刚才二弟所说，我从小被卖到王府，举目无亲，整日里战战兢兢唯恐出错，第一等要学的功夫就是要控制住自己的感情，尽量做到喜怒不形于色，让人摸不透你的心思才能做好奴才保住性命，这么多年的历练你让我即时就改又如何能够？自弟妹说我还有两个兄弟我就日夜挂心，岂知好不容易见了面还是让二弟误会，难不成还要我掏出心来给二弟看吗？"

"小弟鲁莽还望大哥恕罪！"杜海山的一番肺腑之言弄得杜海疆追悔莫及慌忙赔礼。

"不知者不怪，更何况还是自家兄弟。我听弟妹说爹爹珍藏的鱼竿在你那里，就是你手边的那根吗？"杜海山不愿弄得杜海疆太过懊悔，遂指着竖在椅子边的竹竿转移了话题。

"正是！"杜海疆忙把鱼竿儿递给杜海山，"我曾跟海龙合计过，爹如此珍视这根鱼竿，很可能上面有些咱不知道的秘密，不知大哥是否知晓此中原委？"

"让我瞧瞧。"杜海山接过鱼竿握了两下。

鱼竿握上去坚硬结实，下端足有二寸粗细，抚摸着漆色斑驳的绿竹，杜海山脑中蓦然回忆起曾跟爹一起在水边钓鱼的情景，手指不自觉地停在了距离竹竿尾部约三尺左右的地方，下意识地用力一拧，想不到鱼竿即时头尾分离，抽掉上面的竹管竟露出根三棱黄铜短铜来。

"大哥，您果然知道鱼竿的妙处！"杜海疆惊讶地瞪着判官笔。

"我也只是权且一试，现在才想起爹确曾跟我说过鱼竿中另有乾坤。"杜海山也自吃惊，"二弟快看，这短铜的凹槽里果真刻有暗语。"

"我看不懂铜上刻的这些话，好像都只说了半句。"杜海疆瞅了半天一头雾水。

"二弟可还记得娘打小儿教咱唱的儿歌吗？那时娘并不知道会生三个儿子，却在儿歌中加入了三兄弟的名姓，说明其中定有隐情。"杜海山欣喜地看着手中的短铜说，"直到今日见了此物我才悟出其中缘由。"

"是何缘由？"杜海疆忙问。

"爹娘正因不肯泄露藏宝地点才惨遭凌肃天的毒手，想来这铜上所刻的语句与儿歌合成一处就该是爹的藏宝地了。"杜海山叹道。

"不知爹藏的是何宝贝，为啥从未对咱们提起？"杜海疆很是不解。

"爹藏的可是杀头的宝贝，竟是从秦汉流传下来、用和氏璧雕成的传国玉玺！"杜海山肃然道，"大概爹怕连累家人才闭口不谈。"

"大哥可能从儿歌和铜上的口诀推断出宝贝所埋的地点吗？"杜海疆立时兴致高涨。

"恐怕要实地勘验才能得知。"杜海山摇头道，"此物易招杀身之祸，还是不碰为好。"

"我倒觉得应该找出来放到更为安全的所在，说不定今后还用得着，不知大哥意下如何？"杜海疆热切地瞅着杜海山。

"也好，明日我去禀过王爷说要回乡扫墓，后天一早咱就出发回乡寻宝。"杜海山想了想同意了杜海疆的提议。

"弟妹也一起去吗？"杜海疆问。

"此去吉凶未知还是先不告诉她的好，以免她挂心。"杜海山忽然面露警觉压低声音，"二弟可听到有何声响？"

杜海疆闻言忙竖耳细听，房顶上似有极细微的响动，遂向上翻了翻眼睛道："大哥，我好像闻着饭菜的香味儿了，要不咱一起去厨房看看可好？"

"好。"杜海山欣然应道。

兄弟二人起身走向门口，此时门外天色已黑。刚出门，杜海山就凌空一跃蹿了上房顶，杜海疆没有那么好的轻功只得在院子里接应，只见房顶上黑影晃动，少顷杜海山就擒下一个人来，那人居然也不叫喊，听凭杜海山愤愤地将他拖进屋内，杜海疆也赶紧跟进屋里。

"你是何人？竟敢在此窥探？"杜海山厉声喝问。

那渔夫打扮的人却用长有硕大黑痣的手不慌不忙地摘下草帽。

"李全，怎会是你？"杜海疆登时怔住。

"二弟认识他？"杜海山也一愣。

"他是我派去监视东洋人的本帮兄弟李全。"杜海疆莫名其妙地瞅着李全，"你不去瞅着东洋人跑来这里作甚？"

"还不是因为大当家！"李全一脸无奈，"您在三岔口就已被人跟上，我跟着那人一路到了这里，他在房上揭了瓦片，用刀子将瓦片下的泥背戳了个通透，把大当家弟兄的说话听了个一清二楚！我原要继续跟着他看个究竟，谁知却被大哥抓进了屋子！"

"谁在跟着我？"杜海疆大吃一惊。

"也是个渔夫打扮的年轻后生，样貌我却从没见过。"李全面露困惑。

"这就奇了!"杜海疆皱起眉头,"大哥,那人不知是何来路,既探了咱的底细难免横生事端,方才商量的事要不要先避避风头再做打算?"

杜海山沉思半晌开口道:"躲得过初一躲不过十五,倒不如来个引蛇出洞一箭双雕!"

两日后的清晨,朝霞刚在天边涂抹出一线橙红,杜海疆兄弟便带着短柄铁锹和鱼竿来到了杜艺钓鱼的地方,那是一处岸边的小土坡,水道在土坡下陡然变窄,形成了两丈多宽的小河,湖水冲进小河奔流不息。杜海疆站在土坡上望着广阔的白洋淀感慨万千,正是天高气爽芦花飘飞枯叶残荷莲蓬成熟的季节,湖面上渔舟出没,荷花荡中采莲女歌声清脆,魂牵梦绕的大湖仍是记忆中的模样,故乡却早已物是人非。杜海山的眼睛则不动声色地扫视着四周和水面上的动静。

"二弟,咱们有伴儿了。"杜海山微微一笑。

"在哪?"杜海疆一愣。

"就是那泊在芦苇丛边上的小船。"杜海山冷哼道,"船上的人既不捕鱼又不采莲,一味地躺在船上睡觉,杜家村可有这么懒的渔人吗?"

"就算有也没大清早就在湖上睡觉的道理。"杜海疆瞟了一眼小船问,"大哥,那咱们?"

"心中有数便是,咱们继续寻宝。"杜海山说着,把黄铜铜上的竹帽抽掉仔细研读上面的字句:"坡西,水长,珠落东方。若将咱们的名字嵌进去就成了山坡西,江水长,龙腾万丈珠落东方。从字面上看应该是指从爹钓鱼的土坡沿着江水一直往西走到河边的龙王庙,珠落东方又指龙王庙的东边。"

"既如此咱就去龙王庙那边瞧瞧。"杜海疆提议。

二人沿着小河向西走了大约半里地就看见了那座颓败的龙王庙。

"龙王庙的东边是河,爹不会把这么贵重的东西藏在河里。"杜海疆继续念铜上的字,"斗妖王,鞭子往南甩三丈,日月无光,套上儿歌就是三兄弟,斗妖王,好儿郎,鞭子往南甩三丈,骨肉相帮,日月无光,不知这三兄弟是指谁?"

"定然不是指咱们兄弟三个。"杜海疆脑中忽一闪念,"说起斗妖王我倒想起一座三兄弟坟。"

"坟在何处?"杜海山忙问。

"大哥请看！"杜海疆用手指着河对岸几百米开外的巨大山丘，那山丘高约二三十丈，长约一里左右，顶部平坦植被茂盛，孤零零地矗立在平原上显得尤为突兀，"那座山丘又叫王侯台，相传是古代某个朝廷显贵的大墓，曾引得无数盗墓贼前来探路却都无功而返。有一天夜里狂风暴雨电闪雷鸣，竟劈死了山丘下的一颗千年古松，村民们去看热闹，居然看到劈开的松干中现出个幽深的洞口，大家纷纷猜测此洞很可能是古墓的入口，有三个胆子大的兄弟不顾众人的劝阻下到洞里，结果一去无回。村民骇惧，都说这是上天对心存贪念之人的惩罚，遂填埋了洞口并在上面培土筑坟，算是给三兄弟的家人一个交代，同时也提醒后人莫要自寻死路。"

"希望咱们比三兄弟的运气好，能寻条活路出来。"杜海山瞅着湍急的河流问杜海疆，"二弟打算怎样过河？"

"自然是游过去，大哥还有更好的法子不成？"杜海疆莫名其妙地看着杜海山。

"我先做一遍给二弟看，若能行倒省了晾晒衣服的麻烦。"杜海山说着，用手中的鱼竿儿探了探，水深尚可，遂把那鱼竿儿当做竹篙在水中轻点，只见他紫袍飘扬宝剑轻荡，几个起落便站到了对岸，引得杜海疆连声赞叹。

杜海疆先把铁锹扔过河，然后接住杜海山抛过来的鱼竿，也学着大哥的样子跃向对岸，终因轻功稍逊险些落进河里，幸亏杜海山及时出手拽了一把。

"大哥轻功高超小弟佩服！"杜海疆由衷地赞佩。

"我在王府中早已受够了这些虚饰文辞，二弟且莫弄这些客套。"杜海山不耐烦地摆摆手，"咱们还是先去找兄弟坟的好。"

杜海山的话让性情爽直的杜海疆心中很受用，于是拾起铁锹带着杜海山往王侯台走，走到半道忽悄声低语："真让大哥说着了，那小船果然从湖中进入了河道，只恨看不清船上之人到底是何面目。"

"二弟莫急，自有他抛头露面之时。"杜海山安慰道。

王侯台上只长杂草灌木，台下却树木环绕，颇像一个个无声的哨兵拱卫着重地。三兄弟坟在王侯台的北面，坟头上荒草萋萋早就不见了老松的影子。杜海疆站在坟前左右张望，发现爹钓鱼的土坡竟然直冲着三兄弟坟，顿时心下豁然开朗，怪不得爹要选那水急无鱼的地方整日枯坐，原来时时刻刻都在盯着自己埋宝贝的位置，他的眺望也让刚想拢船上岸的人又瞬时趴回了船里。

"鞭子向南甩三丈。"杜海山自言自语地用步子向兄弟坟的南侧量出三丈的距离，他的鞋尖恰好触到了王侯台的土壁，遂站定招呼杜海疆，"二弟快来看！日月无光或许是指地下，可骨肉相帮又该做何解？"

杜海疆闻言走过去，用手在土壁上一通乱摸，也没摸到啥有用的东西，又蹲在地上翻草扒石还是一无所获，泄气地一屁股坐在地上抱怨道："爹为啥不说得再明白些，也好让咱少费点工夫？"

"也许在爹看来已是再清楚不过，只是咱们还未参透其中要旨而已。"杜海山摸着下巴沉思道。

"除了咱兄弟二人，这里哪还有能称得上骨肉的东西？"杜海疆没好气儿地撸了几根草茎，揉搓着手中的草茎突然猛地一拍大腿跳起来，"大哥，我记得爹曾讲过，世间万物皆是精气所聚，草木动物无一不是气脉相承血脉相连，既如此，骨肉的说法也就不再局限于人，凡是周围的花木土石皆有可能！"

"二弟所言真乃醍醐灌顶！那咱就找找其他的骨肉！"杜海山喜出望外。

杜氏兄弟寻不多时就把目标锁定了两棵大小相仿的山枣树，这两棵山枣树离土壁仅一步之遥，高及腰部，上面结满了红黄色的山枣。它们与周围的灌木品种完全不同，显然是从别处移植而来，两树相距四尺左右且在同一条水平线上，杜海疆便在两树间的直线与杜海山步测的交点处开始挥锹挖掘，挖到二尺左右铁锹发出声响，像是碰到了硬物，忙蹲下用锹铲去表面的土，一块灰色的石板渐渐显出来。杜海疆用铁锹柄敲敲石板，里面传出空洞的回声，他试图用铁锹把石板撬开，不想铁锹却总是打滑，扒不住石板边缘。

"二弟何需费那些手脚？爹不是已给了咱开启的钥匙吗？"杜海山笑着拿起黄铜铜，将尖端插入石板中间的凹穴，石板当即裂成四片缩回土中，一条黑漆漆的密道瞬间呈现在二人面前。

"还是大哥高明！"杜海疆喜道，"看来爹找到了通往王侯大墓的通道，顺便也把玉玺藏在里面替他保管。"

"恐怕这要感谢那三个莽撞的兄弟。"杜海山让杜海疆看密道中的石阶,"这些石阶的材质明显跟旁边的砖石不符,想是爹听了三兄弟的故事有所启发,遂在附近打了个洞,自己垒砌了台阶好方便进出。"

"那还等什么?咱们这就下去。"杜海疆说着就要去踩台阶。

"不可!"杜海山急忙拉住杜海疆,"二弟忘了咱们还有尾巴,若是被他们堵住洞口瓮中捉鳖岂不被动?"

"依大哥的意思?"杜海疆闻听暗自心惊。

"不如来个以其人之道还治其人之身,咱们先躲起来,让他们先下去。"杜海山诡谲一笑。

"他们要不下去咋办?"杜海疆心里没底。

"那就想办法让他们下去。"杜海山说着,就拉杜海疆躲进了稍远些的灌木丛守株待兔。

等了有半个时辰,远远看到两个人从船上下来往这边奔跑,待他们跑到了王侯台,又折腾了半天才找到了密道的入口。这二人都是褐色草帽蓝色衣裤的渔民装扮,脸上却分别戴着一黑一白两个盖住脸部只露眼睛的纸壳面具,让人辨不出庐山真面。

"他们定是从密道去了地下。"白面具低头道。

"那咱们就在此等他们出来,一旦得到玉玺就堵死洞口让他们插翅难逃!"黑面具说着就在密道旁边坐下。

"此计甚好!"白面具随声附和,也挨着黑面具坐在地上。

"幸得大哥想得周全,否则正好中了那两个家伙的奸计。"杜海疆开心地说。

"我看着不像是衙门里的人,二弟可认出他们是谁?"杜海山问。

"说不上。"杜海疆看那两人不挪窝儿有些着急,"大哥,想啥法子能让他们下去?"

"二弟稍安毋躁,大哥特意安排了一场好戏,你只管瞧着便是。"杜海山卖了个关子。

戴面具的人坐了还没一炷香的功夫,白面具就等不及开了口,"要是他们不上来咱们就干等着?"

"不上来是啥意思?"黑面具转头看着白面具。

"比如出意外啥的。"白面具嗫嚅道。

"他们二人武功高强,要连点意外都应付不了怎敢下去寻宝?"黑面具嗤之以鼻。

"倒也是。"白面具不安地扭着手。

"二位施主装扮成这样可是要去演戏吗?"一句高声问询把黑白面具吓得灵魂出窍,忙抬头观看,不知何时,对面十步开外竟出现了一位长髯飘飘手持拂尘的道士。

"道长说的没错,我们正是要去演戏,因走得累了才在此歇息。"黑面具赶忙说,暗中示意白面具跟他并排而坐挡住密道。

"依贫道看两位施主像是要扮黑白无常,倒与这王侯台颇有些渊源。"道士笑嘻嘻地抱着拂尘说。

"道长此话怎讲?"黑面具问。

"都说王侯台是先朝贵戚的大墓,不知吞了多少手段高明的盗墓豪杰,我还从没听说有人活着出来过,岂非无常在里面索命吗?"道士用长着黑痣的手捋着白胡子仰天长笑,也不管黑白面具扬长自去。

"这道长说的甚是偏颇,杜艺不就从里面出来了吗?"白面具不服气地撇嘴。

"他是去送宝,不是盗宝,所以才会安然而出。"黑面具也坐不住了,"咱们下去看看。"

"大哥跟李全定了计谋为啥还瞒着我?"杜海疆不满地责怪杜海山。

"非是我要瞒你,是李全想给大当家个惊喜而已。"杜海山催促杜海疆,"咱们还是动身去捉老鼠的好。"

下了台阶,墓道墙壁上的火把竟已全部点亮。杜海疆以为是黑白面具干的,杜海山却解释说是陵墓当初就已设置成有足够量的空气进入火把就会自燃的模式。墓顶很高,用红砖砌成拱形,墓道很长,两侧有大大小小的房间分别放置着粮食、美酒、日用器皿等物品,还有的房间散落着丝绸碎片和陶瓷的残片,有的房间竟然还有车马和人偶的模型,看来墓主人的确拥有很高的身份和地位。杜氏兄弟尾随着面具人直奔了主墓室,主墓室很大,正中摆着一口硕大的棺木,红色的外椁已被掀翻在地现出黑色的檀木棺材,就连棺材盖也错开了一道缝儿,仿佛墓主人随时都会从棺材里跳出来似的。主墓室内并没有火把,而是在四壁点着四盏铜制的长明灯,灯光摇曳映照着棺材正上方墓顶的星象图,波光暗涌,愈发衬得整个墓室诡异恐怖。面具人冲进墓室不见杜氏兄弟不由一怔,又瞅见地上躺着的三具

二十八 寻宝遇险

335

尸骨更为惊异。

"大哥，那三具白骨想是三兄弟的遗骸，他们身旁落有生锈的箭镞说明墓中定有机关。"杜海疆藏身暗处附在杜海山的耳边说。

"二弟说的是，咱们还是小心为妙！"杜海山点头。

"这墓室一看就是被盗过的样子，玉玺不会也被偷走了吧？"杜海疆很是担心。

"爹日日提防应不致出此纰漏，只不知日月无光究竟是何用意？"杜海山仍在心中悬念。

"棺材里最是日月无光，我看咱们还是先把那两个讨厌的跟屁虫解决掉再细想不迟。"杜海疆说完，大步跨进灯光照耀的范围内冲着两个面具人大叫："二位是在找我吗？"

两个面具人惊得连忙回头，迅疾从腰间抽出宝剑直指杜海疆。

"你既已现身不如咱们就此做个了断！"黑面具恶狠狠地挥剑直取杜海疆，不想却被杜海山挺剑架住。

白面具也仗剑去砍杜海疆，杜海疆没有兵器，只得用手上的铁锹暂且抵挡。

杜海山和黑面具算是棋逢对手，杜海疆和白面具则完全失了章法。杜海疆使惯了宝剑，铁锹又沉又不趁手，左铲右挡看着像个挖泥的工匠。白面具也被杜海疆的铁锹一搅乱了阵脚，那锹头又大木杆又长，宝剑明显吃亏。杜海疆尽量用铁锹头去对付白面具的宝剑，谁知白面具耍了个心眼儿宝剑往侧旁一挑，杜海疆忙用铁锹去拨，白面具陡然回剑去刺杜海疆的胸口，杜海疆情急之下将铁锹柄一横，正被白面具的宝剑削个正着，铁锹柄立时断成两段，连带他的上衣也被削了道长长的口子。杜海疆啊地一声惊出一身冷汗。高手过招最忌分神，杜海山听到杜海疆惊叫稍一侧目，即被黑面具一刀划伤了他的肩膀，立刻血染衣衫。

白面具见占了上风，立即窜到棺材前去推棺盖，霎时棺盖大开露出尸骨，尸骨的肚腹上赫然放着一个用绫包裹的宝蓝色锦盒。白面具一见大喜，伸手去抓锦盒，杜海疆情急之下拦腰抱住白面具想把他摔倒，白面具却宝剑后刺逼开了杜海疆。杜海疆没了铁锹护身被白面具迫得险象环生，只能眼睁睁看着黑面具又纵身跃到棺材前去拿锦盒。不料刚捞起锦盒，棺材内的尸身也被同时带起，尸身一起整个古墓霎时晃了一下，唬得黑面具不禁有些愣神，冷不防被杜海山从身后飞起一脚踹趴在地，锦盒立马从他的手中滚了出去。杜海山趁黑面具去追锦盒的空当，将别在腰上的黄铜铜扔给杜海疆，然后跟他合力对付白面具。白面具哪里敌得过两位高手，很快就被杜海山一剑刺中了肚子，闷哼着倒在了地上。杜海疆抢上一步揭开了他的面具，面具下显露出毛利毫无生气的脸，杜海疆不屑地啐了一口。

黑面具此刻已抓到了锦盒夺路要逃，却被杜氏兄弟挡住了去路。

"我当是何好汉，原来是个不敢露脸的懦夫！"杜海疆讥讽道。

"让你知道又有何妨？"黑面具一把扯下面具，竟是单田骏！

"是你！"杜海疆怒视着单田骏。

"他是谁？"杜海山见杜海疆发怒，感到有些意外。

"是我的仇人！东洋海盗！"杜海疆咬牙道。

"二弟的仇人就是我的仇人！"杜海山目光如冰直射单田骏。

杜海疆嘲弄地盯着单田骏："东洋人都喜欢自作聪明，你以为跟踪我做得天衣无缝，殊不知螳螂捕蝉黄雀在后，我的人也在跟着你，我们今天就是要在此候着你一决雌雄！"

"即是如此又何须多言！"单田骏举剑再次与杜氏兄弟杀做一处。

杜海山身上有伤，杜海疆的黄铜铜不够锋利，单田骏却豁出命去对付杜氏兄弟，招招狠辣步步紧逼，迫得他们自顾不暇，但他们毕竟都非等闲之辈，几个回合之后相互间的配合越来越默契，最终将单田骏打得只有招架之功毫无还手之力。单田骏寻机一个空翻跳出圈外，迅速从地上抓起锦盒用力摔到墙上，刺耳的碎裂声后，锦盒掉落，从里面撒出点点洁白的玉片。墓室原本在翻动尸身时就已晃动，此时更是剧烈颤抖沙土俱下，大有倾覆之势，杜氏兄弟不禁对望了一眼。

"我得不到的东西你们也别想拿到！"单田骏狞笑道。

杜海山恨他毁了玉玺，不由分说抬剑就刺，单田骏疲于应付终因寡不敌众被杜海山一剑刺中了大腿单腿跪地，杜海疆趁机将黄铜铜深深地扎进了他的胸腔。

"玉玺还在我们的土地上，东洋人永远也休想得到！"杜海疆骄傲地直视着单田骏的眼睛，把黄铜铜用力往里一推。

单田骏顷刻间瞪大了双眼，巨大的恐惧从瞳仁中透射出来，他的身体一下子松懈下来，垂下头软软地跪在地上。

"大哥，你没事吧？"杜海疆撕下衣襟给杜海山裹伤。

"我已将穴道封住，应无大碍。"杜海山焦急地说，"墓道即将垮塌，咱们还是逃命要紧！"

杜海疆扶着杜海山顺着来路往回奔，一路上小心地闪避着从空中落下的沙土石块。主墓室已被成堆的沙土覆盖，沙土也在紧追着他们想把他们也埋进地狱。火把依次熄灭，前方的道路越来越黑，杜海疆拽着杜海山拼命奔跑，就在他们爬出密道的一刹那，只听轰然巨响，整座王侯台都矮了两丈，台顶立时变得凹凸不平。

"大哥，算咱命大！"杜海疆身体颤抖，心有余悸地瞅着变了形的王侯台。

"唉，我真笨！"杜海山却懊恼跌足道，"日月星为三光，日月无光还剩星光，爹一定是把玉玺藏在了棺材上方的星象图里，而在棺材内放了个假货鱼目混珠，想不到我居然也被爹骗过！"

"或许这是天意！"杜海疆却感觉轻松了很多，"就连东洋人都想得到玉玺，若玉玺出世还不定引来怎样的腥风血雨！"

二十九、百密一疏

　　杜海龙撤身不及眼瞅着就要命丧泉下，却见影子一闪，银花猛扑过来用力推开杜海龙，用身子硬接了洪禄一拳，一口鲜血狂喷而出，霎时染红了半壁粉墙。洪禄和杜海龙都被银花突如其来的举动震得愣住，目瞪口呆地看着银花飘然倒地

　　初秋的威海卫已渐渐褪去暑气，天高云淡清风习习。洪禄站在岸边远眺着海中的刘公岛，北洋水师的军舰遥遥在望，恨不能立时生出一双翅膀飞将过去探个究竟。他已经在威海卫待了两天，扮作普通的客商流连在海边跟船上的渔民搭讪，只说想去刘公岛上作些买卖不知是否有通达的路径，渔民们都说最近岛上戒备森严，外面的船都不许靠近，洪禄问了一遭都是此般回答不由心中烦闷，遂找了个小酒馆，拣了张靠窗的桌子坐下，要了两盘小菜一壶酒，一面自斟自饮一面看着窗外海面上的点点渔帆，煞费苦心地思索着如何才能到得岛上。这个茅草搭盖的酒馆里汇聚的大都是附近的渔民，出海归来，卖掉海货得了钱便在此喝上两口解解乏，与熟识的朋友凑趣聊天图个热闹。洪禄对面靠墙的桌子边坐着三个渔夫，半背着洪禄的那个长着张飞模样扎里扎煞的黑硬胡子，一只黑不溜秋的光脚踩在凳子上，讲起话来粗声大嗓；"莽张飞"右手边坐着个弯腰驼背的小老头，皱着脑门儿小口小口地抿着酒，偶尔插两句嘴，一副自得其乐的样子；"莽张飞"对面坐着个十八九岁的黑脸小伙儿，眼睛有点斜，只顾吃东西却不甚喝酒。

　　"你们听说没？两条军舰上的水兵因为怡香楼的银花姑娘干起来了！""莽张飞"兴奋地说。

　　"银花？就是你看上的那个窑姐儿？你咋知道的？"斜眼停下筷子喜滋滋地瞅着"莽张飞"，那眼睛却一只瞅在"莽张飞"脸上，一只瞅在了墙上。

　　"可惜人家看不上俺。""莽张飞"郁闷地喝口酒，"俺前天听刘公岛上过来的船家说的。银花可是刘公岛上数一数二的姐儿，要不怎会连水兵都为她打架？"

　　洪禄听了刘公岛上过来的船心中一动。

　　"都啥时候了还为个窑姐儿干架，这样的兵能打仗吗？"驼背老头儿摇摇头。

"能不能打仗不知道，但瞅着这些日子水师的操练架势只怕离打仗不远了！""莽张飞"煞有介事地说。

"就在咱家门口打？"斜眼神情紧张。

"那谁知道？""莽张飞"挟口菜填进嘴里大嚼着问，"水师的洋枪队现在正画影图形捉拿定远舰上的水兵头刘富，好像说他是东洋人的奸细，你们见着没？"

洪禄听着刘富的名字耳熟，猛然想起他就是石川五一曾跟他提过的刘头儿，原来石川的案子也牵连上了他。

"俺今儿个还在船上碰到水师的巡查拿着画像给俺看呢！"斜眼不解地眨眼道，"前一阵是听着朝廷杀了东洋奸细，咋水师里也有奸细？好像还是个吃里爬外的旗人！"

"过去倭寇在威海卫闹腾了那么多年，多亏水师来了才消停些日子，但愿水师能保咱一方平安。"驼背老头念叨着。

"那还用说？水师有那么多的军舰大炮，还能让倭寇占了便宜？"斜眼冲着"莽张飞"一仰头，"是不？"

"那是自然，水师的军舰大炮可不是吃素的！""莽张飞"拿起酒碗提议，"来，咱为水师能打胜仗干一个！"

"俺咋看着墙角边坐的胖子有点像画上的刘富呢？"斜眼压低声音咕哝道。

"莽张飞"一听立刻回过头去瞧了一眼，转头道："说不准，是挺像！"

"咱要不要去找水师的人报告？"斜眼有点激动。

"报告啥？多一事不如少一事，又没赏钱！要是弄错了还要落顿埋怨，吃你的饭，别管闲事！"驼背老头儿斥道。

"这话不对！放跑了奸细不就等于帮了东洋人吗？俺这就去跟水师的人说道说道。""莽张飞"豁然起身离去。

洪禄假意把筷子掉到了地上弯腰去捡，偷着向后看去，只见墙角边的桌子旁果真坐着个头戴破草帽儿身穿褐布衣裤的汉子，形貌的确跟石川五一提到过的刘富有些神似，只是面容要憔悴些。刘富似乎注意到有人看他，急急扒了两口饭就甩下几个铜板出了酒馆，洪禄也赶紧结账跟上。

刘富把帽檐儿压得极低，匆匆离开岸边往附近的村子里奔，洪禄在他身后紧紧尾随。谁知刘富刚拐过一个路口，正与"莽张飞"带来的洋枪队碰个对面。

"就是他！""莽张飞"指着刘富大叫。

洋枪队闻听，呼啦一下就把刘富围在当中，五条长枪立刻对准了他的脑袋和胸膛，刘富只得束手就擒。

"莽张飞"见捉了刘富很是得意，辞了巡查队自回酒馆显摆他的功劳。刘富垂头丧气地被洋枪队押着往海边走，两只眼睛左右乱转寻找着脱身的机会。洪禄在洋枪队后面悄悄跟随，待走到一处僻静之地忙从袖中掏出手帕系到脸上蒙住鼻子和嘴巴，纵身跳到走在刘富后面的两个洋枪队员身后，没等他们转身便用手在他们的脖子上用力一砍，两人立时倒地昏厥过去。前面的三人听得动静急转身举枪，洪禄却身子一矮，迅疾来了个扫堂腿将三人全部放倒，然后抓住刘富撒腿就跑。刘富见有人营救巴不得逃命，洪禄路途不熟倒被刘富带着左转右转一口气跑出一里多地，看看后面已无追兵这才靠着墙弯着腰大口地喘气。

"你是谁？为啥救我？"刘富像牛一样喷着粗气，狐疑地盯着洪禄。

"我是石先生的朋友。"洪禄扯下手帕直起腰回答。

"我不认识啥石先生。"刘富绷起脸，他已被石川五一害到这步田地，再也不想跟他的人有任何瓜葛，撇下洪禄抬腿就走。

"我能救你也能杀你！"洪禄冷哼道。

"你想怎样？"刘富站住，惊恐地瞪着洪禄。

"想法子帮我去刘公岛。"洪禄紧瞅着刘富。

"我在威海卫都自身难保，刘公岛更是避之不及，哪有法子帮你去？"刘富急了。

"你在水师这么多年连这点法子都没有，还不如刚才让他们把你抓了！"洪禄讥讽道。

"总得让我想想，况且这种事也需要打点。"刘富转转眼珠子，口气有些缓和。

"只要能去刘公岛一切好说。"洪禄倒也爽快。

"那就容我两日探探风声。"刘富来了个缓兵之计。

"你既被水师捉拿，为何还滞留威海卫不远走高飞？"洪禄忍不住问。

"我倒是想，哪有钱飞？"刘富叹道。

"那你现在身居何处？"洪禄问。

"暂住在一所废弃的村舍里，今日是为了寻些吃食才贸然出来，不想却碰到了你。"刘富的面色也看不出是高兴还是丧气。

"我在旅店里有个套间，你不妨来一起同住，有事也好商量。"洪禄想把刘富拴在身边便于监视。

"也好，反正我也无处可去。"刘富当下应承。

刘富从洪禄那里要了二十两银子权充打探的资费，过了两日回来说事情有了眉目，由于水师的限令，威海卫的渔船都不往刘公岛走，现在唯一还能往返的渔船只有孙老二的船，他隔三差五地来威海卫购些水果蔬菜去岛上贩卖。只是这孙老二打死也不肯捎人上岛。洪禄听着心上恼火，这不等于没说一样吗？没好气儿地斜了刘富一眼。刘富没瞅见洪禄的表情兀自口沫横飞地大骂老天不公！凭啥孙老二那样的渔夫就能没来由地得一场富贵，而自己这个堂堂的旗人却要东躲西藏穷困潦倒？

几句话勾起了洪禄的好奇，问孙老二到底得了啥富贵？刘富也模棱两可，只说他带着儿子划条破船去了趟庙岛，回来后不但换了条崭新的渔船还有了做买卖的银子，自此抛了起早贪黑浪里翻滚的捕鱼本业做起了倒腾水果蔬菜的行当。那蔬菜水果可是岛上的稀罕货，每趟来回都有不小的赚头。孙老二本人对庙岛的经历绝口不提，后来他儿子不小心露出些口风，说他爹发财全是托了海匪叔叔的福，孙老二知道后把儿子打了个半死，大家再问那孩子具体的情形就再也问不出来了。

洪禄却在一旁听得心花怒放，催着刘富赶紧带自己去见孙老二，说他有法子让孙老二捎他上岛。刘富惊异地眨巴着眼问是啥法子，洪禄也不说破，只说到时自有主张。刘富说就算有法子今儿个也见不着孙老二，让洪禄再给他点银子好去扫听扫听，洪禄又给了刘富五两银子，看着刘富急将银子收进怀里的贪婪相，眼中闪过深深的厌恶。晚上刘富回来说已探听到孙老二明日会来威海卫进货，洪禄高兴地请刘富大吃了一顿，好让他明天有劲跑腿儿干活。

第二天刘富果然带着洪禄找到了孙老二，孙老二刚从刘公岛过来把船泊进码头，没等下船就被刘富和洪禄堵个正着。洪禄瞧那孙老二还是一身渔民的装束，只不过衣裳干净鲜亮些。孙老二一听要捎人上岛，当即把头摇得像拨浪鼓，跳下船撇下二人拔腿就走。洪禄急忙赶上拽住孙老二的衣袖悄声道："我可是大当家派来的，孙老兄咋连点情面都不给？"

343

"啥？"孙老二的身子下意识地一抖，回过头吃惊地瞪着洪禄，"你有啥凭据？"

"大当家派我来给他的兄弟杜海龙捎封急信，这算不算凭据？"洪禄冒险一搏。

"你说的是哪个杜海龙？"孙老二谨慎地瞅着洪禄。

"当然是定远号上的杜海龙。"洪禄笑道。

"他果真是他兄弟？怪不得！"洪禄笃定的样子总算打消了孙老二的疑虑，他见码头上人多眼杂，赶忙把洪禄拉到僻静之处，"如今岛上盘查甚严，稍有纰漏只怕咱们都难脱干系，您也不必去闯那关卡，俺只消把信捎过去，等有了回信我再带回岂不更好？"

"大当家吩咐我务必面见本人立等回信，你这不是让我违令不遵吗？孙老兄连这点忙都不帮，若传到大当家的耳朵里，他的脾气可不太好！"洪禄连哄带吓。

"俺不是不帮，实在是！唉！"孙老二急得蹲在地上抓挠着头发闷声不语，吭哧了半晌终于直起身道，"你既死活要去，只好委屈你一遭，除此之外俺也再想不出其他的法子了。"

"只要能去岛上，委屈些不算啥。"洪禄忙说。

"俺先去置办货品，你后半晌再来船上找俺，一个人来。"孙老二叮嘱道。

"成！"洪禄点头答应。

好不容易在客栈里挨到了申时，洪禄抓起早已打点好的包袱就奔了码头。孙老二正让人往船上装货，看到洪禄示意他稍待片刻，等帮工的人都走净了才让他上了船。孙老二在船舱里铺了块雨布，让洪禄躺在上面，在他身上加盖了一层舱板，然后又在舱板上摞上水果筐和蔬菜筐遮挡严实，趁着天色昏暗摇向刘公岛希图蒙混过关。

洪禄蜷缩在冰冷漆黑的舱底，呼吸着混杂着海腥气与水果香的空气，被水浪颠簸得胃里翻腾恶心不已，不断跟舱壁的摩擦撞击也让他的膝盖生疼。因船舱狭小无法转身，他正想努力活动一下有些发麻的右侧身躯，忽听外面传来喝令停船的声音，整个神经霎时绷了起来。洪禄感觉到有人跳上了船，问孙老二为啥这么晚才回岛，孙老二回说今天装货慢了些误了时辰，让军爷受累。那人在船上走来走去，没有要下去的意思，每一个脚步都像踏在洪禄的心上。

　　巡查的水兵吆吆喝喝让孙老二把筐子搬下来检查，孙老二只好把放在上面的筐子搬下来，下面的筐子却没动。洪禄听得巡查的水兵用东西在筐子里戳来戳去搅得里面咕隆乱响。不知怎的，那人脚下一滑，只听咔嚓一声舱底立时射进一道灯光，那巡查的水兵显然是踩断了舱板，洪禄顿时惊得魂飞天外，更加缩成一团，生恐巡查的水兵看到自己的腿。巡查的水兵骂骂咧咧说崴了脚非要把舱板掀开看看，孙老二忙跑过来赔不是，请军爷高抬贵手，又在水果筐上踹了两脚骂它碍了军爷放脚，干脆送给军爷当做孝敬，也好赎它之罪，巡查的水兵这才心满意足地让人抬了水果筐离去，此时洪禄在舱底早已大汗淋漓。

　　到了自家附近的海滩，孙老二见四周无人才放出洪禄把他领进家好生招待，直说刚才惊险，活了半辈子还是头一遭做了这等瞒天过海的勾当。洪禄千恩万谢，掏出十两银子赔他的水果钱，孙老二却坚辞不受，说自己能有今天全靠了大当家仁义，不仅不收钱还让洪禄在家里安心住下，明日他就去舰上找杜海龙。洪禄一听怕事情露馅儿，赶紧谢绝孙老二的好意，坚决要亲自去见杜海龙。孙老二见说不动，遂嘱咐他换身渔民的衣服，别到处乱跑以防外人看着眼生起疑，洪禄无不应承，当夜便在孙老二家宿下。担心孙老二问他太多有关海匪的问题，待问清了岛上的路径后就推说身子困倦早早上床歇息。

　　为便于行事，洪禄故意等到天色大亮的时候才辞别孙老二往军舰的方向走。他头戴草帽，布衣葛服低头赶路，眼睛却机警地观察着周围的动静。看着停泊在岸边的一艘艘军舰他的心激动不已，不自觉地就往海边走，可没走几步就瞧见了在岸上巡逻的洋枪队，心中陡然一凛，暗怪自己太过冒失。但那些军舰就像磁铁一样吸引着他，他找个犄角旮旯一蹲，瞅着洋枪队过去又往海边溜达，然而刚靠近些就被执勤的水兵给轰到了远处。

　　洪禄索性离开海边往后面的山上走，找了个树密草茂的山坡，爬到一棵黑松上坐着，从包袱中取出双筒望远镜眺望海面。海面上的军舰清晰地进入了视野，就连军舰上的人都清晰可辨。洪禄抑制住兴奋，用笔在纸上记录下港内所有军舰的型号、规模以及出港、入港、水兵操练和换岗时间，并画下码头和兵营的位置。他在树上直待到日影西斜才把望远镜挂到隐秘的树杈上，以备明日来继续观望，图纸则卷成小条塞进特意准备的一袋烟丝放进怀里以防被人盘查。

收拾停当后，他从树上跳下，才感到腿脚酸麻腹中空空，心想自己必须先找个稳妥之处安身再筹划下一步窥探水师之事。洪禄的嘴角浮起一丝淫笑，对男人来说最安全的藏身之处就是妓院，只要你有钱，老鸨是不会穷究你底细的，而且妓院不止是男人的欢乐场，还是绝好的消息集散地，男人们为了讨姐儿欢心是啥机密话都肯说的。

妓院的标志非常明显，远远就能看见它们门前挂着的耀眼的大红灯笼，虽是战事临近，岛上的欢场却仍是一派歌舞升平。洪禄挑了家最大最气派的怡香院走了进去。此处的气派当然无法跟京城相比，两层楼房的门窗虽也镂刻雕花，但材质与做工却显得潦草土气，不过在夜色与暧昧迷乱的灯光映衬下也足以勾起男人的淫欲。

妓院已是宾客盈门，大茶壶高声大嗓儿低头哈腰地招呼着客人，看到洪禄的寒酸装扮皱了下眉，虽没赶他也没搭理他，转身去应承别的客人。洪禄跨进大门举目四顾，从空中悬吊下的各式宫灯把整个大厅照得灯火辉煌。尽管妓院里人声嘈杂，却不见妓女与嫖客肆意调笑的香风艳影，甚至不见一个女人，只看见一堆男人聚在通往二层的楼梯下面窃窃私语，二层楼梯与一层楼梯间的平台被从天花板上垂挂下来的金色帷幔遮住，看不清里面有何名堂，但瞅着众人那焦躁饥渴期盼的神情，竟像是在等待什么千载难逢的盛事。

洪禄询问身旁的客人才得知原来怡香院的规矩跟别处不一样，这里每天都以"摘牌子"作为每夜的开院仪式。所谓的"摘牌子"就是给院中的头牌姑娘进行竞价，价最高者可与花魁共度良宵，等头牌姑娘名花有主了，其他的姑娘才能接客。洪禄笑问若头牌姑娘没人要难不成还要闭门谢客吗？那嫖客诧异地盯了洪禄一眼，说他定是初来乍到，这里的嫖客哪个不想与头牌的银花姑娘春风一度？那银花姑娘年方十九，刚挂牌一个月就红遍了整座岛子。对嫖客来说，即便砸下数百两银子只换得侍酒奉琴也是好的，冷场倒牌的状况更是绝不可能发生。

正说着，只听一声锣响，嫖客们立时群情骚动，齐齐抬头望向平台，洪禄也顺着众人的目光向上望去。只见帷幔徐徐拉开，一位身穿孔雀蓝织锦滚边儿银黄小袄缎裤、长发过腰的姑娘背对着大家站在一座一米方圆的莲花台上，红莲瓣瓣栩栩如生，中间的莲心台却宽仅尺余。

密集的鼓声豁然响起，姑娘开始在莲心台上摆腰舒袖舞蹈起来，婀娜的身段轻盈的舞姿引得台下赞叹不绝，尤其那双着粉色缎鞋的月牙尖足竟能在莲心台上游刃有余，实在令人叹为观止。

姑娘手中蓦然多了两把桃红洒金的折扇，纤腰一扭，转身的同时折扇啪地打开挡住头脸让人看不真切。大家正心焦时，姑娘才犹抱琵琶露出半张脸来，忽闪着长长的睫毛向楼下溜了一眼，只这一眼就如流光泻玉，扫得人群鸦雀无声。但见她刘海黑亮乌鬓光滑，瓜子儿脸肤若凝脂眉目如画，玉手擎扇更衬她面若桃花，恰似嫦娥临凡飞燕风雅。洪禄正失魂落魄瞪眼呆看，姑娘却扇子一倾掩住脸面。洪禄也是脂粉堆里滚过来的，没料到这种乡野之地竟也会有此等绝色佳丽，比之梅香不仅毫不逊色好似还多了些贵气。

鼓声骤急，姑娘的舞步也急促起来，身形犹如翩翩蝴蝶随着鼓点儿在莲心台上翻飞旋转，鼓声高到极点突然戛然而止，姑娘刚好双扇交叠盘坐在莲心台上，嫖客们的欢呼鼓噪立时如山呼海啸，震得整座大厅簌簌颤动。

大茶壶不失时机地猛敲了两下锣让大家为银花姑娘竞价，银花姑娘想是舞得累了，只坐在莲心台上向众人微微颔首却未起身。嫖客们争先恐后攀比着竞价，价银从五十两直喊到二百两。洪禄看那银花轻摇折扇眼帘低垂，面上浮着一丝浅笑，并未对嫖客们的嘶喊所动，思绪已然神游天外去了。

嫖客们兀自扯着嗓门儿想把银花的心收到自己身上，几轮厮杀下来还剩下两个对手，一个是身穿灰色府绸袍子、面容干瘪的中年人，另一个则是藏蓝色羽纱马褂罩身、肥头大耳耀武扬威的壮年汉子。两人都势在必得，壮年汉子把价银喊到了三百两后轻蔑地瞟着中年人，中年人踌躇半晌没有开口。大茶壶喊了一声三百两无人再应，银花此时抬起头冲着壮年汉子嫣然一笑，笑得那汉子险些酥倒在地。

洪禄问旁边的嫖客那汉子有何来头，嫖客说他是水师鱼雷艇上的王管带，心仪银花许久，已经连包了她两个晚上。洪禄心思一动，忙叫过一个小跑堂附在他耳边说了几句，然后塞给他一张银票。小跑堂赶紧跑向大茶壶，此刻大茶壶正准备叫第三次三百两。小跑堂近前跟大茶壶嘀咕了几句把银票给他，大茶壶随即敲得锣响，宣布贾老爷出价银五百两，问王管带可想再加？王管带恼羞成怒想要发作，瞧着大茶壶手里晃动的银票却又无能为力，气得贪恋地瞅了银花两眼拂袖而去。大茶壶立刻宣布今夜由贾老爷拔得头筹，嫖客们左右观望遍寻无人，就连银花也从莲心台上站起惊讶顾盼，洪禄却默然独立也不声张，心思早飞到了银花身上。

大茶壶略带惊讶地上下打量了一下洪禄，便将他带至二楼的牡丹堂，那牡丹堂是正冲着楼梯的阔大南向套房。进门就瞅见一副巨大的青白玉底座双面刺绣的花开富贵牡丹插屏，绕过屏风则是一间摆宴席的厅堂，格子窗正对着院门，格子窗下是一张红木的双人坐床，床上竖着靠枕铺着绣褥，中间的炕桌上放着抽大烟的银盘和两杆包银的木杆烟枪，此时床两旁立着的红木雕美人灯架顶着的红色纱灯已然点亮。坐床左侧的墙上挂着翡翠镶嵌的花鸟画屏，紧挨着画屏垂下一袭略显厚重的暗红色游龙戏凤图案的锦帘，洪禄估计锦帘后面应是内室，遂跟大茶壶说想进内室换身衣服才配得上银花姑娘。大茶壶满口应承并让丫鬟端水为贾老爷洁手净面。洪禄掀开帘子进到内室，里面是间极舒适的卧房，桃色罗帐环绕着楠木大床，屋子里还残存着淡淡的麝香味道。洪禄边换衣边扫视着房内的布局，跑堂儿招呼客人的吆喝声不断从窗子灌进他的耳朵。洪禄换了身昂贵的黑色香云纱的袍子好让自己显得腰缠万贯风流倜傥，他的装扮果然收到了预期的效果，出了内室就把大茶壶喜得眼睛笑成了一道缝儿。

洪禄刚在床上坐下就听门响，复又起身，眨眼间一位满头珠翠脸擦厚粉年过半百的老鸨子从屏风后面摇摆着走了出来，两个小丫鬟搀着已换过衣裳的银花也跟着现身。洪禄跟老鸨和银花见礼已毕，老鸨张罗着让人撤下烟盘摆上酒馔，甩着帕子跟洪禄讲银花姑娘只卖艺不卖身的规矩，把洪禄拍了一身鸡皮疙瘩心里竟有些空落落的，原来这五百两银子仅够银花陪侍的费用。洪禄看到床右侧的花梨木高背椅子前的条案上摆着一张装饰螺钿的华丽古筝，就说想听银花姑娘与筝相和高歌一曲，银花欣然落座，戴上木质假甲将弦一拂，立觉清音绕梁，老鸨也拉过张锦凳坐在银花身旁寸步不离。洪禄听银花素手挑弹唱了一曲《春江花月夜》，只觉嗓音婉转暗含惆怅，筝韵悠扬曲水流觞，不禁抚掌慨叹，问老鸨给银花赎身需要多少银两？

老鸨和银花闻言尽皆一怔，还是老鸨反应快，精明地瞅了洪禄一眼，说银花是妓院的摇钱树，等闲不肯外赎，如果贾老爷真心想赎，需一次性交付十万两银子。洪禄紧盯着老鸨的眼睛问此言是否当真？老鸨则斩钉截铁地说一言既出驷马难追，并可当即签字画押。洪禄直言老鸨爽快，保证三日内定将十万银子送到。

不想一旁听恼了的银花腾地站起身道，自己与贾老爷初次谋面，尚无深交，难托终身，洪禄解释说，为她赎身，只因惋惜她国色天香却沦落风尘，且无意逼婚，她可完全随自己心意自由择配。银花和老鸨都难以置信地瞪着洪禄，洪禄却请银花床上就座与她喝酒叙谈。银花勉强坐了，言谈甚为拘谨，老鸨跟两个服侍的小丫鬟使了个眼色让她们看紧两人，遂辞了洪禄径去招待别的客人。

待老鸨走后，银花问洪禄要替自己赎身的真正用意，洪禄说只是想让银花帮自己做一件事。银花惊问何事，洪禄说自己有批货急需运到北边，听说军舰要往北走，要是银花能从王管那里打听出何时出发并请他帮忙托运，他绝对会一言九鼎为她赎身。银花虽半信半疑，但能从此绝迹欢场还是让她心动，便说此事不难，王管带原本钟情于她，明日一准还来捧场，到时请他来牡丹堂问他就是。洪禄大喜酬敬，银花也开心举杯，觥筹交错渐渐都有了醉意，小丫鬟扶着银花回卧室歇息，洪禄即在牡丹堂宿了，梦里都在盘算着情报和银花的一箭双雕之计。

第二日银花起得早了些，想去拜谒龙君保佑她早脱苦海，偶然向窗外张了一眼，竟看见贾老爷渔夫打扮匆匆出了院门，不由面露惊诧，对贾老爷昨夜的保证也变得忐忑起来。银花跟老鸨说要去龙王庙烧香，老鸨正睡眼惺忪就派了个小丫头跟着她，她见小丫头也颇为困倦，就让她在龙王庙外的戏台边兀自打盹，自己则一个人走进庙里。

庙里的人三三两两，银花捐了功德请了香，跪在龙王爷面前虔诚地祈求，求龙王爷保佑自己脱困解厄，再不用过这般暗无天日的生活，也祈祷龙王爷能让贾老爷说话算话。银花烧完香起身往庙外走，她只顾着低头想心事，差点跟进庙的人撞个满怀，慌忙抬头赔礼，却发觉眼前之人竟是杜海龙。银花由惊转喜，霎时面色绯红绽出笑来，杜海龙却尴尬无措急忙抱拳施礼。杜海龙本是来找义父钟云鹤研习太极功夫，不期与银花撞上，想躲又没处躲，只得硬着头皮与她搭讪，心里巴不得即刻就走，生怕她再扯出男女之情来。偏偏银花的念想全在他身上，见了他恰如暖阳消融了残雪，整个人都透出鲜活，美目传情直瞅得杜海龙面红耳赤，正待狠下心肠逃脱，却被银花拽住了衣袖。

"过些日子俺可能就不在岛上了。"银花假意幽幽叹息，暗中偷看杜海龙的脸色。

"姑娘要去哪里？"杜海龙推开银花的手耐下性子问。

"还不知道。"银花摇摇头，"不过来了位贵客说要给俺赎身。"

"这是天大的好事！我给姑娘道喜！"杜海龙忽觉有些纳闷，"那贵客可是刚来的吗？"

"是昨日来的。"银花点头。

"他打算何时带姑娘走？我也好备些礼物给姑娘送行。"杜海龙真心诚意地说。

"也就这几天。"银花含羞低首道，"若是杜壮士有心，俺可以为你留下。"

"杜某岂敢误了姑娘的大好前程！"杜海龙话锋一转，"况且那贵客也不会答应。"

"那人说了，任凭俺自主择配不加干涉。"银花热切地望着杜海龙。

"银花姑娘，我！"杜海龙还未说完，就听钟云鹤唤他，赶紧招手搭腔。

"俺等你的消息。"银花见有人打岔，轻轻握了一下杜海龙的胳膊急急离去。

杜海龙甩甩胳膊跑向义父，一脸忧虑："义父，水师如此戒备居然有人上了岛！"

"何以得知？"钟云鹤也很吃惊。

"刚才银花姑娘说有位客人昨日才到岛上。"杜海龙蹙眉道，"不知这人是何来头？为啥偏偏选在此时上岛？他竟能通过水师关卡着实令人起疑！我若亲自去看只恐打草惊蛇，所以想斗胆劳动义父走一趟。"

"防范外寇匹夫有责，有啥风吹草动我自会告知与你。"钟云鹤慨然应允。

"多谢义父！"杜海龙道谢。

却说洪禄从怡香院出来，径直奔了北边的山头，一天下来把岛上的炮台位置又摸得了然于胸。在外用过晚饭天刚擦黑，他便回到怡香院藏身于牡丹堂的内室，听着楼下此起彼伏的喝彩声，等待着银花如约而至，却迟迟不闻牡丹堂的动静。他开始觉得焦躁难耐，犹如困兽般在屋内踱来踱去，思量着各种可能的变数。猛然听到门外老鸨令人肉麻的献媚和一个男人派头十足的装腔作势，以及银花淡如烟尘的柔声应酬。

洪禄连忙躲到锦帘后面，掀开一道缝隙偷瞧着宴客的厅堂，果见王管带大咧咧地坐在床上殷勤地为坐在对面的银花夹菜，银花今儿个特意换了身银白洒桃花大红滚边儿的长褂，两个丫鬟则在旁侍立伺候。王管带猴急地去抓银花躲避的手，问她可愿做自己的夫人。银花瞟了王管带一眼，回说，您已经有了三房夫人，哪里还缺银花一个？自古道人无千日好花无百日红，若真嫁过去少不得也要独守空房。王管带赌咒发誓说这辈子绝不负她，银花却转移话题，备言自己有个亲戚想往北边运些货，不知王管带可愿帮忙。王管带大笑此等小事不足挂齿，请姑娘尽可放心。银花问他何时走，王管带却避而不谈，只说该走时就会走。

洪禄在内室听到紧要关头正热血沸腾，不料生生被王管带泼了瓢冷水，恨得他牙根儿痒痒，可恨归恨，又不能跳过去打他一顿逼他开口，只能仰仗银花的随机应变。银花却只把玩着手中的筷子默不做声，洪禄急得额头冒汗盼着银花开口，王管带见银花沉下脸来也自惶恐，忙好言安慰，说出发时间军中严令不许外传，并非有意得罪姑娘。银花冷笑走与不走与俺何干，筷子一拍就要起身，慌得王管带赶紧死死按住，借机凑到银花耳边轻言细语，银花厌恶地推开王管带怨道，你只说是属相就万事大吉，又何须这样啰唆。

洪禄听得属相正不解其意，赫然听得院内一片吵闹，赶忙跑到窗前向外张望，惊见二三十个水师的巡查队员气势汹汹地闯进妓院，为首的正是许石山和杜海龙。原来钟云鹤暗中跟着洪禄，把洪禄的样貌和活动一五一十地告知了杜海龙。许石山听到杜海龙的汇报又惊又喜，遂带人直奔了怡香院。洪禄大惊失色，也顾不上探究属相的含义，挑开锦帘就往外蹿，谁知正与踹门而入的杜海龙撞个满怀。王管带怒声训斥杜海龙擅闯禁地，杜海龙却指着洪禄针锋相对，指责王管带包庇东洋奸细。银花震惊地瞪着洪禄，王管带则瘫坐不起。

洪禄见事已败露，狗急跳墙，试图杀出一条血路，杜海龙岂能放他逃脱，二人拳来脚往打做一处，直打得屏风坍塌锦帘飘飞桌椅狼藉。洪禄见出门无望，腾身便往窗边跳，吓得王管带扑通跌倒在地，手脚并用爬到墙边瑟瑟发抖。洪禄一把搂住银花的脖子迫杜海龙后退，岂料银花在洪禄的手臂上狠狠咬了一口挣脱出来，大骂自己瞎了眼竟听信了倭寇之言，抓起桌上的酒杯盘盏向洪禄胡乱扔去。洪禄躲闪不及被酒杯砸破了额角，顿时恼羞成怒，刚要去抓银花却被杜海龙挺身护住。

洪禄唯恐再来兵丁脱身不得，使出浑身解数杀气迭出，杜海龙的功夫捉襟见肘，不得不用上义父刚刚教他的太极心法避实就虚，然而毕竟练的日子短，被洪禄看出破绽，拳带劲风飞速直击杜海龙的心窝。杜海龙撤身不及眼瞅着就要命丧泉下，却见影子一闪，银花猛扑过来用力推开杜海龙，用身子硬接了洪禄一拳，一口鲜血狂喷而出，霎时染红了半壁粉墙。洪禄和杜海龙都被银花突如其来的举动震得愣住，目瞪口呆地看着银花飘然倒地。

杜海龙冲过去抱住银花大声呼喊，洪禄则趁机破窗而出跳进院中。杜海龙对闻声赶来的许石山报告洪禄跳窗逃跑，自己则紧紧地搂住银花说要带她去义父那里医治。

"不必了。"银花深情地看着杜海龙，颤抖着苍白的嘴唇喃喃低语，"俺能死在你怀里已经很满足了。"

"不，银花，你不能死！"杜海龙眼含热泪，慌乱地想要抱起银花，可一动血又从银花的嘴里涌出，吓得他赶紧把她放下。

"俺不是想要帮奸细，俺是想能赎了身跟你，跟你……"银花断断续续地嗫嚅着，纤秀的头颅终于歪倒在杜海龙的臂弯里。

"银花！银花！"杜海龙涕泪交流的喊声震彻了整座楼宇，却再也喊不回银花的生命。

就在杜海龙为银花大放悲声之际，洪禄已逃出妓院直奔孙老二家附近的海滩。他趁夜深无人，将孙老二的船翻扣过来藏在里面。追兵对海滩上扣着的木船早就司空见惯，果然没有进行搜查，待水兵们走远了，洪禄才从里面爬出来，又将船翻过来推下水，借着夜色的掩护划向威海卫。

刘富正在客栈里坐立不安，忽见洪禄狼狈地跨进门，吩咐他赶紧收拾跑路。洪禄清楚，水师若用电报通知陆上驻军，用不了多久就会全城戒严插翅难逃。刘富不愿走，还要去村中躲避，洪禄威胁他不走就会成瓮中之鳖，并让他扯烂衣服扮作乞丐，自己也弄乱头发黏上假须把脸涂黑装成叫花子的模样。

二人悄悄溜出客栈往烟台的方向走，街上寂无人声，洪禄的心却怦怦乱跳，碰见巡夜的经过更是不敢抬头。白日里他们则混在逃荒的人群里警惕着周围的风吹草动，就这样走走停停居然顺利地过了威海卫到了烟台，等在船员的白眼中交足了船钱，搭上了烟台去往上海的客轮后，洪禄才算松了口气。

洪禄和刘富躲在舱里闭门不出，刘富躺在床上睡大觉，洪禄则在琢磨属相的含义，想了半天啪地击了一掌暗骂自己糊涂，中国的属相有十二生肖，水师定是十二日出发。洪禄自鸣得意地咧开嘴，忽然觉得船好像不动了。他把头探出舱外观望，听乘客们议论纷纷，说水师已命船停航，要来船上搜查奸细。洪禄大惊，刚要缩回舱内，却心意一转又跨出舱外，拉上舱门佝偻着身子挪向船头。到得甲板果真看到水兵上船，领头的是个三十多岁的青年军官，他的身边站着杜海龙。洪禄心中立时生出一条毒计，他之所以要带着刘富这个累赘也就是为了救己急难。他连咳带喘的走到军官面前问奸细长啥样，军官怕他身染肺痨，忙用手掩住口鼻亮出手中的两张画影图形，洪禄跟刘富都在图上。杜海龙惊异地瞅他两眼，竟未认出面前的脏老头儿就是洪禄。洪禄见杜海龙没认出自己，越发得意，颤巍巍地用手指点着刘富的画像，说三等舱里好像有这么个客人，具体在哪个舱房记不清了。军官听说立即命手下包围三等舱，不许放过一个可疑之人，杜海龙早已先行一步前去捉拿。

三等舱里闷热恶臭，乘客们听闻水师抓人都跑出来看热闹，使狭窄的过道变得拥挤不堪，也给水兵们的搜查增加了难度。为免人多嘈杂漏掉刘富，杜海龙让乘客们分批前往甲板，并对每一个乘客仔细验看，然而三等舱已走得空无一人，却没发现刘富的影子。杜海龙不甘心，开始逐一查看每间舱房，查过一遍仍没发现刘富。杜海龙又气又急，莫非刘富真的不在船上？

搜查的士兵见抓不到人想要撤离，杜海龙却坚持要再查一次。他慢慢地走过一间间舱房，警惕地搜索着舱房里每一处可疑的蛛丝马迹。当他走过一间舱房时又蓦然折返回去，眼睛盯着舱房里的一堆包袱麻袋皱起了眉头，总感觉有什么地方不对劲儿。麻袋里鼓鼓囊囊像是装着被褥，有一个麻袋倒在地上，床上却扔着一条新被子。杜海龙心头豁然敞亮，上前对着地上的麻袋狠狠踹了一脚，麻袋果然扭动了一下。杜海龙大喜，抓住麻袋底部用力向上一提，一个人顺势从里面滚了出来。

"真是刘富！"杜海龙探手去抓。

"海龙兄弟，您大人有大量就放过我吧，日后发达定当相报！"刘富满头棉絮狼狈不堪地向杜海龙讨饶。

"放过你，那些死去的弟兄们不答应！"杜海龙愤然冷笑。

"你别敬酒不吃吃罚酒！"刘富见软的不行要来硬的。

爬起来刚扑向杜海龙，却被杜海龙一拳击中了下巴，重重地撞上舱壁弹到了地上。

"抓奸细！"杜海龙大喊，水兵们闻声忙跑过来，七手八脚捉住刘富捆住双手。

洪禄躲在人群里冷冷地看着杜海龙把刘富拖拽上甲板，他其实也在做生死之搏，生怕刘富开口咬出他来。谁知刘富盯了他片刻竟泄气地低下头去，大概也怕与东洋人做伴会罪加一等反而三缄其口。看着刘富被杜海龙押下船，洪禄深呼一口气露出满意的微笑，水师既然要抓奸细就送给他们个奸细，他暗自佩服自己棋高一着。

船到上海，洪禄一上岸就直奔了电报局，将所搜集的重要情报第一时间发给了日本陆军本部。

三十、血战沙场

　　炮弹又一次在定远号沉没的地方炸响，所有岸上的官兵都愤怒地转头望向已被东洋人占领的南帮炮台，许石山带头唱起了《满江红》，整个海岸都回荡着官兵们悲壮的歌声："……壮志饥餐胡虏肉，笑谈渴饮匈奴血，待从头收拾旧山河，朝天阙！"

　　杜海山自从杜家村回来后，兰烟就紧催着他去寻找凌肃天派人追杀杜海龙的线索。这天他又在本属于凌肃天的办公处所内翻查文件，忽然从文件里掉出一封信来，信封上是凌肃天的笔迹，收信人则是定远号巡洋舰上的郑喜。杜海山不知这郑喜跟凌肃天有何瓜葛，打开信封里面却是空的，想了想遂将信揣进怀里带回了自己的府邸。

　　兰烟见到信很是疑惑，她从未听海龙哥提起郑喜，杜海疆却说他曾见过郑喜，他与海龙似是形影不离的好友，但他既与凌肃天有联系，难保不是欲对海龙下手的刺客。兰烟闻听顿时乱了主张，吵着要去威海卫见杜海龙。杜海山苦劝无效，自己又公务繁忙分身乏术，只得让杜海疆陪弟妹去趟威海卫，嘱咐他务必弄清郑喜的真实意图，以防海龙遭遇不测，并派侍卫总管的马车送二人去往通州坐船南下。

　　杜海疆带着兰烟到了威海卫，也顾不上休息就打听去刘公岛的船，不想在码头碰上了刚从刘公岛过来的孙老二。孙老二见到大当家吓了一跳，忙把二人拉到了自己船上。

　　"大当家，您咋来了？"孙老二吃惊地瞅着杜海疆，"现在威海卫风声正紧，官兵到处都在捉拿奸细，您到这儿来不是往枪口上撞吗？"

　　"我又不是奸细怕啥？"杜海疆不以为然，"孙二哥，我们有急事要见杜海龙，你可有法子让我们上岛？"

　　"大当家，您就饶了俺吧！上回为了给您兄弟送信，俺差点儿吓出病来！"孙老二哀告道。

　　"送啥信？"杜海疆听得一头雾水。

　　"您没派帮里的弟兄给海龙兄弟送信？"孙老二一怔。

　　"没有啊！"杜海疆莫名其妙地瞅着孙老二。

　　"那他咋说是您派来的，还知道您和海龙兄弟的名讳？"孙老二喃喃自语，蓦然打了个冷战，脸刷地一下就变白了，莫非那人真是奸细不成？

　　"孙二哥，你到底在说啥？"杜海疆看到孙老二的神情变化更觉奇怪。

"没啥，是俺想差了。"孙老二慌忙遮掩转移话题，"不瞒大当家，您现在就是到了刘公岛也赶不及，水师的军舰这就要走。"

"走？去哪儿？"一直在旁边不言不语的兰烟急了。

"听说要去北边儿打仗。"孙老二站起身，"大当家，俺带你们去个敞亮的地方看看。"

孙老二领兰烟和杜海疆直奔了码头附近的高坡，杜海疆从怀里取出从海盗那里缴获的单筒望远镜望向刘公岛，果见岛前的海面上舰列森严龙旗招展，军舰上巨大的烟囱已开始冒出滚滚浓烟，刺耳的汽笛声更是叫得兰烟心烦意乱。杜海疆把望远镜递给孙老二让他找找哪个是定远号，孙老二没见过这种洋玩意儿，双手端着望远镜摆弄了半天，骤然看清了舰上的人，吃了一惊。

"舰上的人咋离俺这么近！"孙老二兴奋地用手指画着大叫，"你们看！跑在最前面的那条军舰就是定远号！妈呀！站在船头的不是管带刘大人吗？他旁边的站的是帮带许石山。咦，俺看见海龙兄弟了，他就靠在大炮边儿上！"

"海龙哥！"兰烟一把抢过望远镜，顺着孙老二手指的方向看，果然看到杜海龙背靠大炮眉头紧锁。

像是心有灵犀，杜海龙忽然抬头望向兰烟的方向，兰烟顿时鼻子一酸，眼泪不争气地淌了一脸，对海龙哥的牵挂愈发强烈起来。一个身影蓦然出现在杜海龙身边。

"那个白胖老头儿是谁？"兰烟忙问孙老二。

"白胖老头儿？"孙老二接过望远镜瞅了瞅说，"那是船上的伙夫郑喜。"

"郑喜！"杜海疆急忙夺过望远镜，然后兰烟和杜海疆震惊地对望了一眼，转头绝望地瞪着缓缓开动的军舰。

"二哥，咋办？"兰烟心急如焚，杜海疆却也只能干着急束手无策。

孙老二则丈二和尚摸不着头脑，眨巴着眼不明所以地瞅着两人，不知二人为何会急成这样。

军舰已经航行了两天，这天是中秋佳节，水兵们大多都跑上甲板趴在船舷上期待着玉盘高挂清光照海，然而月亮却始终躲在云后不肯出来，让思乡心切的人们更添愁闷。不知谁轻轻哼起了威海卫家乡的秧歌调，轻柔哀婉的歌声中饱含着对亲人的思念，仿若涓涓细流霎时流淌进每个人的心，在里面千回百转久久不散。水手们轻声和起了歌调，渐渐所有人都跟着哼唱起来。在无月的夜空下，在寂静的大海上，那歌声悠远缥缈，听得人倍感凄凉。

杜海龙被歌声搅得心头烦闷却四处找不见郑喜，遂起身去到郑喜的舱房。谁知郑喜并不在舱房里，杜海龙刚要转身，看到郑喜的一件家常褂子搭在床头，眼看就要从床上掉下来，于是伸手抓起褂子理了理想放到枕头上，不期从褂子里掉出一个揉绉的纸团儿。杜海龙弯腰捡起纸团儿，不明白既是废纸郑喜为啥还要留着，莫不是留着给烟袋引火？纸团儿上隐隐显出字迹，他好奇地打开纸团儿，那纸团儿竟是一封书信，信上的内容立刻引起了杜海龙的注意，飞速将信看完，恰似五雷轰顶登时怔住，气得整个身子都颤抖起来。

"杜兄弟，俺正找你！"郑喜笑呵呵地捧着用纸包着的两块月饼走进来。

"郑伯，这是啥？"杜海龙猛转过身，愤怒地把信掷给郑喜。

"你，你都知道了！"郑喜的脸刷地一下变得惨白，扑通一声跪在了杜海龙面前，"杜兄弟，俺对不住你！"

"我一直把你当亲人，当最好的兄弟！可你竟是凌肃天派来杀我的刺客！"杜海龙急怒攻心悲怆冷笑，"那月饼里不会也藏着毒药吧？"

"杜兄弟，俺对你哪下得去手啊！不信俺吃给你看！"郑喜老泪纵横，连咬了两口月饼唔哩呜噜地说，"杜兄弟，俺也是被逼无奈，若不杀你，凌肃天就要杀俺全家！那封信就是刚寄来的，可你是俺最好的兄弟，俺现在巴不得打上一仗死了，也不用再昧良心！"

"唉！其实我早该想到，只是我打心眼儿里不愿相信！"杜海龙长叹一声。

"想到啥？"郑喜泪眼模糊地瞅着杜海龙。

"那条蛇！"杜海龙搀起满面羞愧的郑喜坐到床上，自己也在椅子上坐下，"起初我以为看到的人影是刘富，可转念一想，刘富不可能冒被抓的风险上舰，而舰上与他身形相似的只有您，只是您比他矮些，并且只有您最熟悉我所在舱房的位置。但相处这么久，我了解您不是那种心狠手黑的歹人，所以我不恨您，要恨就恨凌肃天那个王八蛋！"

"杜兄弟，俺对你实在下不了手！怕那蛇咬坏了你还预先拔掉了最毒的两颗牙。"郑喜用袖子抹一把眼泪说，"俺以为做做样子能糊弄过去，没想到凌肃天却不肯罢休步步紧逼！"

"郑伯，凌肃天已经死了。"杜海龙安慰郑喜。

"啥？"郑喜闻听瞪起眼来，"咋死的？"

杜海龙一愣急中生智："听说是大婚之夜失火烧死的。"

"报应啊！报应！"郑喜如释重负，"凌肃天那种歹毒之人真该千刀万剐！"

"郑伯，您又是如何跟凌肃天搅在一起的？"杜海龙很纳闷儿。

"俺原先是凌肃天的伙夫，因菜做得好很得凌肃天的赏识。"郑喜装上一袋烟吧嗒了两口娓娓道来，"有一回不知谁送给凌肃天一坛虎骨酒，俺娘那时正患老寒腿，疼得要死要活，俺听说虎骨能治这病，就偷着从酒坛里的虎骨上敲下一块藏了起来，想寄给俺娘补补身子。不料凌肃天眼尖发觉虎骨少了，当下就拿了俺的把柄把俺打个半死，生生罚俺这个旱鸭子到军舰上当兵。俺自知理亏，小心谨慎地巴望着熬到期限苦尽甘来，万想不到他竟然把你弄到了舰上，并让俺故意接近你套你的话，可俺试了几次发现你根本不知道俺在说啥，凌肃天得知后遂叫俺寻机杀掉你。俺不肯，他就找人把俺家里闹得鸡犬不宁，俺媳妇儿几次三番来信诉苦，俺这才不得不出此下策。杜兄弟，俺现在真想喝个一醉方休！"

郑喜放下烟袋，躬身在小橱子里掏摸了半天，竟取出一个扁扁的银质盒子。

"这是啥？"杜海龙没见过这种东西。

"这是洋人的酒壶，是俺去香港的时候得的，一直藏着没舍得喝。"郑喜拧开酒壶盖儿献宝似的递给杜海龙，"尝一口？"

杜海龙推开酒壶道："郑伯，大战将近，水师戒律严禁喝酒，等打完仗我陪你喝个痛快！"

"杜兄弟，千万别念叨打仗，还是平平安安的好。"郑喜赶忙摆手。

"您没瞧见刘管带把平时挂在房里的佩剑都带在了身上，可见此去非同小可，连他都做好了决一死战的准备，能平安得了吗？"杜海龙郁闷地说。

"但愿菩萨保佑！别让咱去旅顺运兵的时候也撞上东洋人。"郑喜闭

三十　血战沙场

目祈祷。

"不怕贼偷就怕贼惦记!"杜海龙哼道,"听许帮带说东洋人整日里就在海面儿上瞅着,不碰上才叫稀罕!"

"也不知这东洋人的鼻子咋就那么灵?"郑喜叹口气,"只要咱一出海他就盯着咱,岂不蹊跷?"

"东洋人奸细都能跑上刘公岛,连刘富都帮着东洋人干活,还有啥蹊跷?"杜海龙恨道,"堂堂北洋水师的一举一动全在东洋人的眼皮底下,唉,真不知这仗该怎么打!"

"难得今天过中秋节,咱不想那些丧气事儿了。"郑喜收起酒壶递给杜海龙一块月饼。

"郑伯,我哪咽得下啊?"杜海龙看着手里的月饼不由得想起了兰烟,想起他跟兰烟坐在院子里相互依偎着赏月的情形。

"咽不下也得咽!"郑喜咬了一大口月饼,"咽下了你才能想着挣命!才能想着活!"

"对,咱要活!不能让那东洋人小瞧了咱们!"杜海龙也用力咬了一口月饼。

"杜兄弟豪气!"郑喜也被杜海龙激起了胆量,"俺也豁出去了!真要打起来俺指定不做熊包,打死一个够本儿,打死两个赚一个!"

"没错儿!要打就打得像个男人!"杜海龙挺起胸膛。

"杜兄弟,俺求你件事儿。"郑喜眨眨眼把泪咽回去,"要是俺真的不在了,麻烦你跟俺家里说一声,俺这辈子没啥本事,但俺不是孬种!没给家里丢人!"

"郑伯,您放心!您的家人就是我的家人。要是我不在了,也请您告诉我媳妇儿,让她好好地活,我在地下才能放心。"杜海龙的心堵得慌。

"要是咱都!"郑喜说了半句,狠狠地抽了自己一个嘴巴,"呸!呸!呸!瞧俺,说的啥话!"

把援兵送到朝鲜后返航的北洋水师果然在鸭绿江口附近的大东沟海域与早就守候在那里的东洋联合舰队遭遇,东洋联合舰队先行挑衅,以定远号为首的北洋水师奋力还击,经过五个多小时的激战,尽管损失五艘战舰却死战不退,击伤日舰七艘,并重创东洋联合舰队的旗舰松岛号,逼迫东洋联合舰队率先撤离。大东沟海战结束后,北洋水师退入刘公岛内闭门不出，东洋联合舰队却在酝酿着更大的阴谋。

1895 年 2 月 4 日，英国远东舰队司令斐利曼特乘坐崭新的百夫长号巡洋舰，统帅着九艘军舰组成的舰队浩浩荡荡地开向刘公岛，北洋水师提督丁汝昌已事先接到电报，率领所有军舰的管带站在岸边迎接。丁汝昌全身披挂整齐后背着双手注视着由远及近的英国舰队眉头紧皱，他心里明白，英国人选在中日双方围绕着刘公岛激战正酣的时刻前来，绝不是来嘘寒问暖的。

双方见礼已毕，丁汝昌将斐利曼特让进了提督府中的会客室奉茶。中英军官分列两厢，他们中的很多人都曾一起在英国皇家海军接受过培训，然而此刻却都面容紧绷，无心提及昔日的同窗之谊。

"我奉英皇陛下的旨意特来面见丁提督，就中日战事进行斡旋。"斐利曼特傲慢地扬起下巴说。"多谢英皇陛下费心！"丁汝昌不卑不亢地拱手道，"想必英皇陛下深知此次中日交战罪责全在日方，自黄海海战后日方不但不思悔改反而变本加厉，不顾国际公约悍然入侵我大清国土，还望英皇陛下能替大清主持公道！"

"大英帝国当然不会偏袒任何一方。"斐利曼特冰冷的蓝眼睛避开丁汝昌热辣的目光，"我们已跟日方进行了沟通，他们答应，只要丁提督率部投降就可以立即结束战斗。"

"这是大清的国土！东洋人才应该彻底投降滚出威海卫！"刘步蟾闻言忍不住厉声驳斥，其他的管带也都对斐利曼特怒目而视。

"放肆！"斐利曼特恼羞成怒，英国军官们迅疾手按佩刀警惕地注视着北洋水师的管带们，会客室中的气氛立时变得剑拔弩张。

"步蟾，休得无礼！"丁汝昌向刘步蟾递个眼色，站起身对着斐利曼特正色道，"若将军此来只为劝降，只怕汝昌恕难从命！"

"丁提督，中国有句古话叫识时务者为俊杰，以北洋水师目前的实力根本无法跟强大的东洋舰队抗衡，我劝你还是看清形势为自己留条后路！"斐利曼特也恼怒地站起身。

"后路？"丁汝昌仰天大笑凛然道，"水师官兵们浴血奋战，没有人为自己留后路，我这个水师提督更不会背负皇上的恩典放弃报国大义！烦劳将军给东洋人带个话，告诉他们，水师的官兵宁可站着死绝不跪着生！绝不会让东洋人认为我水师可欺、国土可夺！送客！"

"你会后悔的！"斐利曼特气急败坏地带着手下离开。

丁汝昌没有理会斐利曼特的咆哮，而是转身望向窗外，忧思满腹地看着远处海面上游弋的东洋军舰和停靠在岸边彩旗招展耀武扬威的英国舰队，它们恰似一张拉满弦的弓，箭尖直指刘公岛。

午夜，残月欲隐光线暗淡，即将把大地推进黎明前最深的黑暗。

刘公岛还未从白天激烈的炮战中恢复元气，海面上忽然现出了一些模糊的黑点，借助尚余硝烟的掩护悄无声息地向它靠近。

定远号铁甲舰的议事舱中烟气凝重，北洋水师提督丁汝昌困兽般急促踱步，因连日督战劳累，显得更加颧骨高耸面色黧黑，灰迹斑斑的英式烟斗已被他抽得烟丝罄尽，不时发出烟油燃烧的嗞嗞声。定远号管带刘步蟾侍立一旁浓眉紧皱，原本宽阔丰满的面颊早已塌陷下去，焦灼的眼神随着丁汝昌的身影来回移动，手握雪茄钳毫无目的地剪着手中的古巴雪茄，雪茄段一截一截无声地落在地上。

"威海卫的南北帮炮台相继失守，陆上部队溃不成军，援军却迟迟不至！"丁汝昌猛抽三口，用烟斗指着刘公岛沿岸海图忧心如焚，"一旦东洋人形成水陆夹击之势，刘公岛危矣！"

"东洋陆军已占领威海卫，海上又有他们的联合舰队，早已形成夹击之势！昨日水师虽击伤筑紫、葛城两舰将其逼退，难保明日他们不再来挑衅！"刘步蟾痛陈厉害苦口力荐，"北洋水师孤掌难鸣，为今之计只有率舰全力突围杀出一条血路，尚有存活之机，若固守刘公岛，俟兵粮尽绝又外无援兵，悔之晚矣！"

丁汝昌未及回答就听水兵疾跑来报："丁军门！发现东洋人的鱼雷艇前来偷袭！"

"什么？"丁汝昌大惊失色急望刘步蟾，没料到他们最担心的时刻竟来得这么快！

水兵刚要回答就听轰然巨响，定远号随之一震。

"再探！"丁汝昌险些摔倒，被刘步蟾一把扶住，难以置信地瞪着刘步蟾，"刘公岛南北两个海口把手如此严密，不但都拦上了铁链木排，而且上有浮雷下有沉雷，若无人引路，自家的军舰都难以接近，东洋人如何能顺利进来？"

"英国人刚走东洋人就能溜进来，您不觉得蹊跷吗？"刘步蟾愤然将雪茄钳拍到桌上，"今天白日里英国远东舰队司令来岛上劝您投降，'镇北'号领他们进来的时候，打得正欢的东洋联合舰队竟然停止了炮击，显然他们两家是打过招呼的！"

"管带，定远号前方出现东洋人的鱼雷艇！"水兵再次仓皇来报。

刘步蟾摔掉雪茄就往外跑。待刘步蟾冲上甲板，果然看到敌人的鱼雷艇正向定远号靠近，急令炮手开炮。由于主炮手已经阵亡，杜海龙这个临时炮手听到命令迅速在炮膛里放入引药瞄准敌艇，305毫米的巨炮瞬时发出怒吼，呼啸而出的炮弹正中东洋人的鱼雷艇，鱼雷艇立刻被炸成两半。

"打得好！"刘步蟾脱口称赞兴奋难抑。

"管带！'来远'、'威远'和布雷艇'宝筏'被东洋鱼雷打沉！"瞭望水兵大声禀告。

"给我狠狠地打！不能放东洋人跑了！"刘步蟾义愤填膺。

定远号立时炮声轰鸣炮弹齐飞，看到定远号开炮，其他的军舰也立即响应，一时间炮声隆隆浓烟滚滚，震得海浪狂卷，飞蹿的火舌更是刺破黑夜，照得整个海面亮如白昼。东洋人的鱼雷艇见势头不好掉头逃跑，却被北洋水师的炮弹逼得一艘触礁两艘被俘，其余的鱼雷艇抵挡不住水师的狂轰滥炸被迫退出战场侥幸逃生。就在刘步蟾和舰上的官兵痛快淋漓地作战之时，只听一声闷响，定远号像被一只巨手猛地推了一下向左倾倒，甲板上的官兵措手不及跌倒一片，刘步蟾急忙抓住残存的舰桥才稳住身体。

"管带，左舷被鱼雷击中进水了！"帮带许石山紧急报告。

"立刻抢修！"刘步蟾的脑袋嗡的一声，跟跄着跑到左舷查看伤情。

正看到许石山带领官兵们抢险堵漏，左侧船身已被鱼雷撕裂得面目全非，海水也正源源不绝地灌进破洞，根本无法堵住，船身开始严重倾斜，估计撑不了多久定远号就将沉入水中。

"马上砍断锚链！"刘步蟾见天色已明恐给敌舰可乘之机，遂果断下令。

"管带，砍断锚链意欲何为？"许石山惊问。

"驶向南岸沙滩搁浅！"刘步蟾向舵手大吼，转过头昂然面对甲板上被炮火熏得黑头土脸的定远号上的官兵，"弟兄们！定远不能沉！它是水师的旗舰，定远在水师在！就算定远不能再去海面上追击东洋人，它还可以作为水上炮台支援兄弟军舰痛击东洋人！不管在哪，只要咱的大炮还在咱们就能打！"

"管带放心，誓死捍卫定远！"官兵们齐声呐喊响彻云霄。

谁知定远号刚在刘公岛南边的沙滩上停稳，不想东洋人的联合舰队获悉定远号中弹愈发肆无忌惮地发起了更大规模的进攻，刘公岛的南北两口尽皆受到猛烈炮击，刘步蟾立刻率部再次投入战斗。定远号此刻已经完全成了一座雄壮的固定炮台，密集的炮弹射向东洋人的舰队，炮弹在水中激起成排的巨浪，在东洋人的军舰上燃起大火，迫使东洋人的舰队一次次退却。一发炮弹突然将拴住龙旗的绳子炸断，根娃急跑过去，刚跳起来想拽住绳子防止龙旗下滑，不想却被飞来的流弹击中摔到了地上，嘴里还大叫着："龙旗！龙旗！"

杜海龙闻听忙跑过去，蹿上桅杆把绳子系好升上龙旗，然后把浑身是血的根娃抱到炮位边上，根娃看着升起的龙旗终于慢慢闭上了眼睛。

东洋人的炮弹也使定远号受到重创，多处甲板中弹起火，官兵们一边奋勇扑火一边奋力还击，有人死伤倒下就有人立刻顶上。就连伙夫郑喜都在甲板上帮着搬运炮弹，被炮弹划伤了脚后跟都没有知觉。

"废弹装不上！"杜海龙恼火地把炮弹甩到一边。

"来了！"郑喜赶紧又往提弹器装上一发炮弹。

"还是废的！"杜海龙火冒三丈。

"来……"

郑喜话未说完，东洋人的炮弹就又一次在甲板上炸响，几名水兵瞬间被炸得血肉模糊。

"杀千刀的东洋人！"杜海龙愤怒转身去取炮弹。

又一发炮弹飞速而至，直奔杜海龙所在的位置，杜海龙俯身取弹全然不知死亡将近，郑喜一个猛子扑到杜海龙身上将他紧紧压在身下，天崩地裂般的震颤过后一阵恐怖的死寂。

"郑伯！郑伯！"杜海龙捧住郑喜血流满面的脑袋撕心裂肺地大叫。

"俺终归，终归不欠你的了！"郑喜艰难地从腰上抓下银酒壶，"杜兄弟，俺还想再喝一口。"

"好！"杜海龙倾斜酒壶想把酒倒进郑喜嘴里。

郑喜却徒劳地张了张嘴，酒顺着他的下巴淌到了地上，杜海龙的眼泪刷地流了出来。杜海龙将郑喜放到地上，为他合上眼睛，把酒壶揣进怀里，这是郑喜留给他的唯一念想。杜海龙满腔悲愤，顾不上擦干眼泪，再次冲向自己的炮位。他已经打红了眼，整个身体仿佛提弹器一样机械运转，他唯一的念头就是多开炮多炸敌船为死去的兄弟们报仇。

刘步蟾神色坚定地站在甲板上镇定指挥，他的衣服被飞蹿的弹片擦得破烂不堪，烟熏火燎得看不出原先的颜色，炯炯双目却丝毫没有离开战火纷飞的大海。

"弟兄们，打得好！东洋人的旗舰吉野号中弹了！"刘步蟾从望远镜中瞅着远处着火的吉野号兴奋欢呼，官兵们闻之更是群情振奋。

海面上炮火交织硝烟弥漫，空气中充塞着刺鼻的硫黄味道，烧灼着人的眼睛和皮肤，呛得人喘不动气。在打退了东洋舰队的第六次进攻之后，定远号上的官兵尽管伤亡巨大人困马乏，却个个精神亢奋丝毫不敢松懈。

突然，刘步蟾看到了以管带王平带队、"左一"为首的北洋水师十三艘鱼雷艇和两艘炮艇从刘公岛西口鱼贯而出驶入尚未平静的海面，他诧异地扬起眉毛，难道他们想以身殉职吸引敌舰注意掩护水师主力突围不成？可自己并未听丁军门下达要突围的命令，况且昨夜他还在困守与突围间拿不定主意，怎么鱼雷艇倒先行动起来？他正纳闷儿，却见鱼雷艇驶出港口，非但没有冲向日舰，反而沿着海岸加速向西行驶。

"这帮败类！竟然想逃跑！"刘步蟾气得用力挥了下拳头，差点把望远镜摔到地上。

刘步蟾身旁的水兵们也气得破口大骂，请求管带放上两炮把这些无耻的逃兵打沉。不料还没等他们动手，东洋舰队的巡洋舰就对鱼雷艇展开了穷追猛打。

"向东洋军舰开炮！"刘步蟾见状急忙下令。

"干啥要救贪生怕死的懦夫？"杜海龙也顾不上官阶尊卑愤然诘问。

"我不是要救懦夫，我是要让东洋人知道水师的士气还在！"刘步蟾肃然道。

"是！"杜海龙热血沸腾转身开炮……

天已经完全黑了下来，杜海龙茫然地望着岸上的点点灯火，那些灯火里却没有一盏是为他点燃。经过了战争的洗礼，此刻他的心里只有兰烟，唯有家能带给他期待的温暖。许石山却在盯着刘步蟾，他能感觉到管带的目光在逐渐暗淡，带着他对水师的希望和不甘没入黑暗。

杜海龙跟许石山再也游不动了，就连阿福犬都垂下了头轻声呜咽。杜海龙从腰间解下郑喜的酒壶喝了一口递给许石山，许石山喝了一口，顿觉冰冷的身体有了些许暖意。既然天要绝人躲也无用，杜海龙索性身子一沉，不想双脚竟着了地站了起来。

"到岸了！"杜海龙惊喜地大叫。

许石山闻听忙用双脚试探，见果真踩上了沙子，立时打起了精神。他们将刘步蟾慢慢推向岸边，岸上定远号的官兵发现了他们，急举着火把跑进水里帮着把刘步蟾抬上岸，将他平放在干爽的沙地上。此时刘步蟾早已气绝，官兵们默默地摘下帽子向管带致意，啜泣之声不绝于耳。杜海龙单腿跪地，小心地从刘步蟾的怀里取出那面染血的龙旗，直起身在众人的面前缓缓展开高高举起。

炮弹又一次在定远号沉没的地方炸响，所有岸上的官兵都愤怒地转头望向已被东洋人占领的南帮炮台，许石山带头唱起了《满江红》，整个海岸都回荡着官兵们悲壮的歌声："……壮志饥餐胡虏肉，笑谈渴饮匈奴血，待从头收拾旧山河，朝天阙！"